龙王汤

一

神龙见首不见尾

识介 著

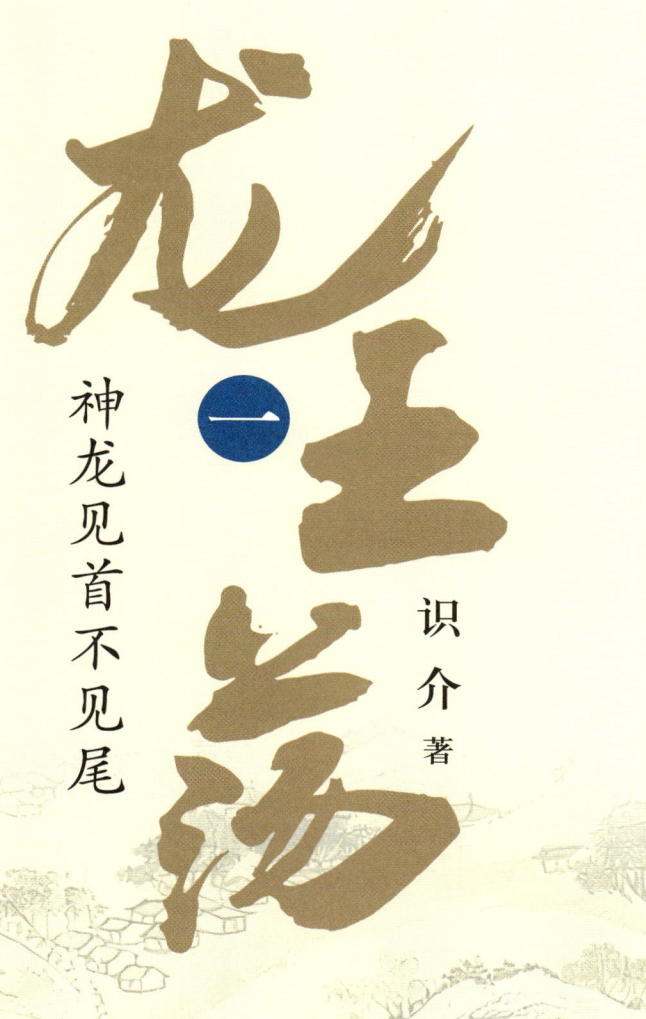

作家出版社

- 作者简介 -

识介，原名廖寿柏，号西坡道人。1959年出生。江苏连云港人。作家，书法家，诗人。著有词书《灵翼有痕》（上海辞书出版社）。

小说纯属虚构，若有雷同，只是巧合。请勿对号入座。

——作者

蹒跚的时光之履，
丈量一颗千年悼心。
回望百世尘埃，
封存着褪色的光耀。
白首芦花，
定格在苍凉的车轴河畔。
惨恻的黄海波涛，
已怅然远去。
泛黄的故事化石，
隐掩着那个世纪的——
崇高与悲伤！

目录
Contents

001. 第一章 夺 粮

083. 第二章 三年绝收

233. 第三章 剿 匪

423. 第四章 这一夜

442. 第五章 重建家园

455. 第六章 朝堂风云

472. 第七章 邱二豹之死

497. 第八章 祭祀大典

第一章

夺 粮

1

饥饿的仲夏夜，挪移疲软无力的脚步，在温热、憋闷的空气里，像一个行将就木、干瘦孱弱的老人，赶一头跛腿的黑驴，摸着黑暗，艰难竭蹶地苦行。天空没有星月，地上没有牲畜，秃树上，没有羽翔鸟栖，河里没有鳞游鱼潜。芦苇丛因被挖掉根蔓，而依附在仲夏肩头，成片成片地枯竭。人，等待死神，是他们现在还活着的唯一理由。大芦野、车轴河、埒子口、黄海滩，在这方圆百里的龙王荡里，夜，无声无息。死亡的影子，如幽灵一样，到处漫游。一觉醒来，随着太阳升起，不知又有多少村庄，拖出多少死尸。

近几个月来，每天每个村上，都有几具饿死的尸体往外运。老的、少的、青壮的、男的、女的。人们习以为常，死一个人，像死了一只小蚂蚁，微不足道。没有棺材，没有停尸板，没有送老衣，仅有一张芦席。没有铭旌，没有纸幡、纸花、纸钱，没有送葬人，只有乡团派出的两个士兵，拖着衣不遮体的半裸干尸。所有饿死的人，浑身上下，一张黄皮包裹着骨头，紧闭的双眼，眼珠子早就凹陷到眉骨里。嘴巴张得大大的，黑洞洞的，不见底。宁死不做饿死鬼。可是，临死也没得到满足，哪怕是一口望人汤。野外，已没了野狗，即使有，也一定不屑一顾。无血无肉的干尸，难以激起野狗的兴致。

龙王荡的死魂灵，一个接着一个，向奈何桥集结，抢喝孟婆手里递过来那碗漂油花的稠汤……

廖家大院，在龙王荡南北二十队的南头队，夜色里的东中西三墅院，一片沉静、昏暗。晚上，在大校场上，喝了一碗稀饭汤的大人、娃娃，一泡尿之后，肚里空空，早已上床躺下。也许此刻正在梦乡中，吃起大餐硬菜哩。中墅第三进院的书房，还隐隐地亮着微弱的灯影。鸡叫四遍，沙漏五更。廖文焕（字子章），龙王荡南北二十队、二十乡总乡团，兼总乡约，两个头衔双挂，却不在大清国政府编制，是荡里平头百姓公认的龙王荡的实际控制者。看上去，四十岁左右，身穿无袖对襟瓦灰色家纺粗麻单衫，宽松的粗麻裤，裤脚口收紧。他在书案旁，持灯细察龙王荡至铜钱岛海峡地形图。桌掌上，挂一条死蛇一样艾叶草搓成的火绳，绳梢冒出缕缕驱蚊的白烟。一只坚强肥硕的蚊子，从桌肚下方，伸开六条长腿，展开双翅，一路"嗡嗡"欢歌，勇敢地穿过烟气，飞上廖子章的肩臂。这是一只皮实、泼辣、贪馋的母蚊子，刚站稳脚跟，迫不及待，伸出钢刺般黑色尖尖细嘴，直插进他的皮肤，如饥似渴，疯狂拼命吸血。他感觉肩上瘙痒、刺痛，下意识"啪"的一巴掌。展开手心一瞅，一个指顶大的血印子。他摇了摇头，唉！人为财死，鸟为食亡。这只蚊子，本不是啥鸟，为吃上一口，付出生命代价，死也值了。人，又何尝不是？他随意捏一个纸团，擦去手心的血印子，抹了一把额头上的汗珠子。油灯生命力太弱，那把半旧的蒲扇，一直熟睡在桌边上。油灯盏的边上，落满黑色的烟垢，比主人还要疲惫的火苗，有气无力地打着瞌睡。廖子章从灯架上，取下掭灯棒，轻轻拨去灯芯火练子上的灯花，被拨长的灯芯上，黄蓝色的火苗，又一跳一跳地蹿起来。

廖子章继续用黑白围棋子，在海峡地形图上推演。这场生死决绝的伏击战，他已经推演了几十遍。再过一个时辰，就要打响。赢了，龙王荡三万平民得救；败了，龙王荡将遭毁灭。室内明亮多了，灯光把廖子章不高不矮的二号个头的敦实身板，映在墙壁上。他的内心，前所未有地孤独，人生第一次感到如此无助无奈，全荡百姓平民公推自己做头领，而在大灾饥馑中，自己却无力救他们于水火，俺这头领做得窝囊啊！

远处的芦苇深荡里，传来几声鹧鸪的哀鸣，声音如负伤的野狗被痛打时拖腔拉怪的凄惨、瘆人。这声音，打断了廖子章的思路，又一次牵动了他复杂、沉重、焦虑、纠结而矛盾的情绪。劫官船、夺粮，必须，不得已而为之。他起身，从剑架的剑鞘中，抽出铮亮的宝剑，随手抓起一条白色的粗线家纺毛巾，裹在剑锋上，一把抹过，宝剑透出冰冷的寒气。他浓眉紧蹙，端详，脑中浮现十五年前，在骤雷急电、风雨大作的战场上，围剿东路太平军的惨烈场景，嘴角上露出特有的不易察觉的坚毅和顽强。

夜色笼罩着漆黑的荡东海面，笼罩着龙王荡东南侧的铜钱岛。海浪猛烈拍打崖岩，发出一波一波訇然喧豗的碰撞声，结成一朵朵庞大的白色昙花，绽放开，随即消逝。铜钱岛的岩洞里，八角布阵堂中，灯火通明，三十七八岁的大统领东方瓒（字五行），立于八阵堂中间，面对八方分营首领，坚定、沉着、大义慷慨地说："……大营的将领们，龙王荡的饥馑，已夺走数条性命，吾辈家眷、亲朋、邻友，都在荡里住，咋办？话不饶舌，机会就在眼前，三日后，将有一个由六十五艘五桅宏舸组成的链锁船营，满载江南香米、白面粉，通过俺们铜钱岛海峡。这批官粮，乃宫中贡品，足够俺龙王荡乡民过活一年半载，度过饥荒大灾。兄弟姐妹们，在朝廷眼里，吾辈早就不是他们大漠戈壁杀敌的壮士了，而是他们的累赘，他们抛弃了俺们的父辈，抛弃了俺们，俺们也没啥活路。俺们是他们眼里的贼、匪、流寇大盗。好啊！俺们替天行道，干票大的，让俺们的父老乡亲们，足足实实，喜乐愉快地得一口大米饭，俺们死也值……"东方瓒话音刚落，众将领激动不已，异口同声："替天行道，干票大的，死也值。"

廖子章走出院门，径直向乡团大校场走去。校场上，一个挨一个，东倒西歪，睡满喝粥的饥民。赈灾放粥的十口大锅上，正升腾浓浓的炊烟。大院的管家正在和几十个乡丁熬粥。火红的大灶膛里，噼里啪啦，燃烧干裂的枯树枝和枯芦柴。熊熊火焰，蹿出灶门。光着上身的乡丁，手持大铁铲在锅里搅和，生怕仅有的稀糊糊，沉淀下去，煳了锅底。

这两个月，龙王荡里，凡是能走动路的人，男男女女，老老少少，成千上万人，集中在南头队和北二队两个乡团练兵的大校场上，等待每天早晚喝下一碗稀粥，维持坚强又脆弱的生命。

廖子章心里沉重，就是因为这每人每天两勺稀粥，也挺不了几天。自家的粮食吃完了，借来的几百担粮，快见底了。州官代表朝廷，也来过龙王荡，声嘶力竭地煽情叫道：“赈灾呀！救民于水火呀！”时至今日，半年过去了，荡民实在无路可走，饿死的人，十之二三，没见朝廷一粒赈灾粮，咋办？

铜钱岛龙荡营伏击战部署妥当。最后，副统领虎头鲸又叮嘱道：“俺们大兵出身，直接、简单、粗鲁，有几分愚。粮食都是用来吃的，给谁吃，不是吃呀！你能吃，俺为啥吃不得，吃进肚子里，都他娘的一泡臭屎。香米、白面从俺龙王荡铜钱岛海峡经过，这年头，谁不万分激动，谁还能按捺得住。管他娘的官粮、民粮、皇帝的粮，先下手为强，后下手遭殃。吃饱不做饿死鬼，劫了，没的商量。谁放过这天赐良机，谁他娘的才是最大的蠢猪。这就是俺龙荡营兄弟们的信条。”

四海稠云，五洲乌风，三山的浓雾，五岳的阴霾，九霄天外的冷气，赤道上的热环流，不约而同，不远万里，向铜钱岛海峡结集。它们本不同属，并非一类，但在铜钱岛海峡黝黑的海面上相遇，却有一种万里寻缘、相见恨晚的融洽和亲密。热气和冷流的汇合，似乎有神灵操控，掩隐一种诡异，一种不可捉摸的神秘。它们相互渗透，你中有我，我中有你，血肉相连，很快形成漫茫无际、难解难分的黑色混合体。在黑暗的云层下，污浊浓厚的脏气里，龙王荡里最大、人口最稠密的城镇丰乐镇，中大街上，又有几个衣不遮体，蓬头垢面，肮脏的男人、女人，粗麻绳一头勒在自己腰间，吃力地拖着另一头芦席里裹着的尸首，挣扎趔趄地向镇外乱葬岗走去。四队小街，南宫杏林大医堂前门，横七竖八，躺着多具尸体，散发恶臭。南宫济先生和几个年轻医者，正在给遭遇绿头蝇、红头蝇的恶臭尸体，喷撒白灰药粉消毒。他们白衣白帽白手套，嘴上捂白毛巾，用白布裹起尸体。路边停靠一辆三轱辘的太平架子车。南宫先生正忙他看病诊疗之外的善事。死者，都是饿死的，在大医堂门前，无人认领。南宫先生确诊他们得的是饿病，一顿饱饭，便可治愈。无奈，趁早凉，送他们入土为安。

铜钱岛海峡神秘奥妙的黑色混合体，把这片海域的天上地下，封锁得水泄不通。整个海峡，俨然成了黑色的铜墙铁壁、被封了钉子埋在地下的黑漆棺材，透不出一点亮光，没有一丝的气息。在黑色混合体的底层，是幽暗静止的海水。海面如广阔无边的墨池，浓稠、沉郁、凝重，就像凝结一层厚厚的黑冰，黑冰将汹涌的海面禁锢挤压成死亡肃穆的灵魂，无声无息。任何视线，也无法看清海的真容。没有风声，没有波浪，只有崖岩上湿漉漉咸涩的汗水。没有鸥鹭鱼鹰的飞翔鸣啼，只有海底潜伏的宏鲸巨鲨，时而隐现，时而掩藏那岛礁般的脊梁。寂寞的海面，静得神秘，静得深邃，静得让人不可捉摸地惊愕和恐惧。

昔日，狂暴呼啸怒吼，惊涛骇浪，势吞人寰的大海，滚滚洪流，常常冲向陆地，攀爬山头，一路狂奔百里，几丈高的洪兽，张开巨大的豁口，舔舐着流涎的肥唇，吞噬村庄、城镇，夺取成千上万条性命。楼宇椽梁、平房屋脊、草垛、垣墙、大树、牛舍马厩，通通高洼滚平。

此时此刻，无波无浪，无起无伏，无惊无险。犹如一个持重、沉稳、渊博且谦逊的学者，深不扬波；仿如羞怯腼腆智性的秀女，默守在静谧的深闺之中。这，就是真正的大海，睿智、温和、平易，或有几分圆滑，让人无法解读，也不敢轻信。狡黠、诡诈、残暴、凶狠，让人胆颤而心生恐惧。它常用一潭死水的面孔，掩饰它将要暴发的，残酷无情的本性。头枕大海睡觉的龙王荡人，深谙它宁静背后，意味着什么。凭着海的博大精深，怎么可能让陌生人，从它的安静和驯服的表象中，随随便便地觉察和认清无垠的内心呢？宁静黑色混合体，在铜钱岛海峡，持续半个时辰，天空，仿佛有人擦枪走火。从龙王荡到铜钱岛，自西北至东南，几十里宽长的高空中，一股股长长的、弯弯曲曲、五头八叉、抖擞颤动的闪电，如一条条翻腾愤怒的白色巨蛟，横空出世，随着一声声振聋发聩、劈礁拆岩的巨响，自天而下的巨蛟，齐刷刷地插进大海。闪电，炫白刺眼的闪电，撕开严实的黑幕。万钧霹雳，地动山摇的轰炸，顷刻摧毁黑色沉默，粉碎了死魂灵的肃穆宁静。电光火焰，炸响交替，海面蓦如千万头被锁禁在黑色牢笼里的凶猛困兽，用蹄爪、用头颅撞击着开始摇晃的铜墙铁壁和快要散板的黑漆棺材。所有亡灵、牛鬼蛇神，从黑暗的十八层地狱，蹿出鬼门关，疯狂涌向海面，升向空中。闪电似无数钢针银刺，编织一束束寒光射线，刺开大海紧闭的双眼。黑色海水，猝然变得十分明亮。炸雷无序地劈开铜钱岛高耸陡峭欲倾的山峰，轰响声回荡在海面上。嚣张跋扈的飙风，像无边的落木，捶打着湍急的浪涛，卷起骇人的悬流巨澜。闪电密集强烈，炸雷斩天劈地，天地混合，山河旋转，铜钱岛海峡恐怖的乌风黑云迷雾，跨上逶迤的海岸线，势欲吞噬百里龙王荡……

2

龙王荡的风云突变，勾起龙王荡里遐迩闻名的风水大仙公孙觋的兴致。六十岁的公孙觋，尖尖的脑袋，猥琐地缩在高簇瘦削的两肩之间，头顶稀疏的长发细辫子，盘结起一个圆圆的鬏，鬏中间，插一支亮晶晶、尖细的玉石簪子。尖尖的下巴颏端头，留一小撮稀稀拉拉的花白山羊胡子。尖脑袋，尖下巴，两颧隆起，左颧上，有一颗黑豆大的黡子，上面弯曲地伸出几根黑毛。瘪瘪双腮，组合成一个完整立体的梭形头颅。大热天，他还穿着有点邋遢的灰白麻质长衫。衣带宽松，套在瘦小的躯体上，仿如一件长衫晾在挂衣架子上，单薄骨感。伛偻的后背，撅起长衫，显出前襟长而后襟短。

公孙觋捧着金灿灿的铜质罗盘，从自家的四合院门里出来，立在大门外，身体往右侧半倾，歪着脑袋，睁大那双垂着白眉毛，没了睫毛，阅尽沧桑，炯炯有神，眼珠子黄少白多的三角眼睛，周密观察四边天空。他侧歪身体，原地转了一圈，并未觉得疲累，眺望东南铜钱岛海峡的天空，仿佛看到幽暗空中，麇集无数乱窜的银蛇。他非常肯定地判断，铜钱岛海峡空中是鳞集的闪电，玄妙的闪电，奇特的闪电。他侧耳聆听古怪乖僻诡异的轰雷声，他一惊一乍地觉得铜钱岛海峡有故事，有阴事秘籍。到底会是啥事，无从猜详。他仰面转视龙王荡，铜钱岛海峡黑风，沿着海岸北上，通过车轴河漭原口，占据了龙王荡。公孙觋原地又转了一圈，目光近移到龙王口，特意观测廖子章、东方瓒两大户上空的风云变幻。最后挺身仰面，仔仔细细，对自己所在位置的头顶上空，张望观察。公孙觋所看到的一切，不外乎乌风追云，他自觉很扫兴没趣，没看到他想看到的东西。观完气象，公孙砚向自家神坛走去，做祖传的测天象、看风水、算命打卦、烧香焚蜡的日课。

公孙家神坛建坛一百多年。一幢全封闭，外圆内方八角圆顶阁，青砖墙，小瓦盖面，建在青石垒基的高台上，四周围九级青石台阶。

公孙家的传统规矩，每代人的长子，享有开坛、祭坛的坛主继承权，其他族人，唯一权利和义务就是服从。坛主传到公孙砚这辈，长房公孙家，就公孙砚独苗一株，公孙砚当仁不让，担起守坛的神圣且无上荣光的职责。他不负家族众望，视坛如命。他明白，守坛，就是守祖业，守公孙一脉的意志和精神。公孙砚有点抖抖瑟瑟地走上台阶，至坛门前，掀起长衫，伸手从右边裤腰带上，解下一把红布条系结的渔叉形的铜钥匙，从锁身一端锁眼里，轻轻插入，推开锁梃，把铜锁挂在门鼻铜环上，随手推开两扇坛门。刚进门，一头撞上馏列子大小的蜘蛛网，凉盈盈的丝丝缕缕蒙住他的脸，他不自觉地抹一下脸。这一抹，破了这张稠密的网络。可惜了辛勤劳作的蜘蛛，加班加点，忙活一夜，织的丝网，还没尝到收获的喜悦，竟被连自己也驾驭不住的庞大家伙给毁了。黑蜘蛛出乎意料，吓得魂不附体，落荒而逃，蹿到墙角桌肚子下面，趴在阴暗角落装死。公孙大仙眼见如螃蟹大浑身生满白毛的黑蜘蛛，脑子一震，心一紧，根根寒毛竖起来，他感觉有某种不吉，脊梁沟里的一道凉气，像一条细溜溜凉森森的水蛇，向裤腰里滑下去。清早，遇到这样的第一件事，他有点蒙。回过神来，既懊恼，又气愤。他立在门框旁，有些迟疑，没敢碰那黑蜘蛛，呆滞的神情，目送黑蜘蛛慌忙撤离。在公孙砚看来，若有不祥，也是苍天安排，黑蜘蛛行为，乃是预兆，是警示。黑蜘蛛不应受罚。

公孙砚一脚门里，一脚门外，遭遇这个尴尬。他若有所思地把伸进门的脚退了回来，他觉得这双新鞋，鞋底硬，走路动静大，容易惊扰了祖师爷。他脱下黑帮白底布鞋，放在神坛门外石阶上，然后进门，脚下利索顺畅多了。进坛，他立坛中，仰面看神坛正堂墙壁上，那张祖师爷袁天罡的挂轴画像，圆头宽面，大耳朵，富态福相。发髻束在后头顶上，身背一支长长的桃木剑，披一件宽大藏青蓝色道袍，特夸张的大袖口，拖在膝盖与脚面之间。右手执一马尾拂子，拂尾飘在胸前。上嘴角两缕白色长鬓和下巴上不疏不密的白色长胡须，混合在一起，梳理得整整齐齐，垂在胸前。祖师爷的画像，有些年头了，厚厚的纸面，泛起深深的灰黄，轴头形成油亮的包浆。画像左眼角上方的半边额头，有明显的仿如一溜尿斑痕迹。其实，那是三十年前神坛维修前，一次漏雨留下的痕迹。多年过去了，一溜黄斑，愈加严重。祖师爷额头的斑疾，早已成了公孙觋的心病，心中愧疚。

公孙觋恭敬地从香案的火筒里，抽出火纸煤，把火纸煤夹在火石边上，左手食指与拇指捏紧石和纸，右手执火刀，用力均匀，“嚓、嚓”两声，火星四溅，其中两个火星子落在火纸煤上，现出明火，只见他嘴唇噘得像鸡屁眼，瞪圆两眼，对准火纸煤，“嗯”地一吹，火纸煤“扑噜扑噜”，勉勉强强地冒出幽蓝红黄的火苗。火着了，他才想起从香案上香盒里，抽出三支紫色檀香，点燃之后，合在掌心，闭眼低头，拜了三拜！嘴唇不停开合，“唧唧嚓嚓”，不知他念叨啥词。然后，轻恭小巧，把三炷香插在香炉里，香烟青青郁郁，袅袅娜娜，萦绕一屋香气。公孙觋在祖师爷脚下方，伏地上，行跪拜稽首大礼。换了水果甜点供品，燃烧大白烛、香蜡……

公孙觋做完清早的日课，突发异想，测测龙王荡、铜钱岛、海峡、龙王口近况。他最近，一直怀疑廖子章这个总乡团，在和铜钱岛匪首东方瓒、虎头鲸密谋，他们可能会有大动作，与龙王荡饥馑有关。他把罗盘放在祖师爷脚下，对准正南正北、正东正西，转动天干地支……从宝剑架子上，抽出那把祖宗八辈传下的沉甸甸、亮晶晶、带浓烈沧桑感的桃木长剑，剑柄端头坠一条长长谷穗状的金色流苏。歪起脑袋，端详桃木剑，仿佛可从中汲取智慧和力量。他盘腿打坐在神坛中间有黑白太极图的蒲团上。桃木剑放在胸前两臂内侧，两手合掌，半闭双目，口中念念有词，心中开始梳理离火、坎水、震木、兑金、巽木、乾金、坤土、艮土，甲乙丙丁戊己庚辛壬癸，子丑寅卯辰巳午未申酉戌亥的排列组合的对应关系。公孙大仙渐渐进入无我的梦非梦、醒非醒的空境。自认为灵魂出窍，飘出他的躯壳，畅游在祖师爷的《推背图》《称骨歌》的世界里。这个世界的神奇怪异，诡秘奥妙，让他无比兴奋、惊讶。正当他如鱼得水，欢愉猎新求解时，飘飘然的思绪转而钻入莫名的空间，天地旋转，灵魂仿佛旋进云层。眼前迷迷糊糊、影影绰绰，是看不到边际的黑洞。旋转的黑洞里，有黑压压、无可名状的人影、鬼影、兽影、山影、洪影、花影，五彩争胜、流漫陆离的霓虹影。又有如狼似虎、若神若妖、若仙若魔、张牙舞爪、披头散发、妖娆娇艳、青面獠牙、口鼻流血、眼耳喷火的场面。他的灵魂十分惧怕，浑身如煮沸的豆浆点入卤膏一样，一阵紧似一阵地浓缩，心跳加速，呼吸促迫，胸口如压着巨石一样憋闷。公孙觋的灵魂进入太虚幻境，在无数说不清的阴影挤压中无处逃遁。天外飞来一只如大鹏般凶猛黑鸦，千真万确，那黑嘴丫里、黑鼻孔里伸出细碎的黑毛，黑眼珠子围着一圈黄色线箍。黑鸦俯冲过来，公孙觋大仙的魂灵躲闪不及，被黑鸦两只黑爪双钩抓住。

一道白炽闪电，一声炸雷脆响，老黑鸦收翅侧身，一个急速翻转避险，落下几根黑色瑰丽的羽毛。落魄的黑鸦，无处躲藏，一头钻进公孙家神坛半掩的门后，松开黑爪，把公孙觋的魂魄还给他。这只黑乌鸦扒在门框上，眼珠转了一转，生出一计，找到一个可以站稳脚跟的地方。它伸开两爪，展开两尺长的羽翅，飞上神堂正面，祖师爷画像挂轴的天杆上。“嘎嘎嘎”地惨叫几声，也许受了惊吓，它转过身，后翘上长长黑翎，不停向上撅，之后，露出鲜明黑润的腚眼，对着公孙觋的脑门，“吱——”地一激，激出一泡热乎乎黑糨糊般的稀稀黏黏的乌鸦屎。公孙觋卷起波纹的三角脑门上，立时被渎出一个黑色的脑洞，弥漫臭鱼烂虾的臊腥气。打坐中的公孙觋，身体纹丝未动，鼻子嗅了嗅，眼皮抖动一下，“啊！啊！啊啾！”打了一个喷嚏。睁开眼，傻乎乎，不知所措。他看着惊魂未定，凄惨的乌鸦，摸摸自己的额头，明白这又是一个晦气征兆。他丝毫没有动容，心中诅咒白毛黑蜘蛛、黑乌鸦这两种不相干的瘆人的凶兆东西，到底要告诉俺啥意味？由它去。他继续专心于他的演算预测。公孙觋的推演，似乎有了结果，他确信，龙王荡连接铜钱岛海峡之间，必有大事，惊天大事，千年不遇。他绞尽脑汁，脑仁子一阵一阵地钻痛，到底没弄明白，会出啥大事。台风？不是！海啸？不是！地动？不是！洪水？不是！匪患？战争？抢劫？……总之，他隐隐感到，那个昔日龙王荡南北军中大营大统领继承人东方瓒、虎头鲸要起事，南北二十队、二十乡总乡团廖子章，也脱不了干系。

忽然，公孙觋怪异地轻轻地掴了自己一个耳刮子，自嘲地说：“预测，求是，天机不可泄！唉！”公孙觋半痴半狂，为自己的预测而陶醉。一霎闪电，一声炸雷。随后一阵狂风，从神坛台阶上，袭进门来。狂风进门后，在坛内一个旋转，纸盒里燃尽和未燃尽的火纸、香蜡纸，从火盆里旋起来，带着明火，飞向门外，飞向天空。又一声开天劈地的清脆巨响，神坛在剧烈抖动中，裂出一道手指宽切口弯曲的缝隙，旋风刮倒香炉里三支檀香，把祖师爷的画像拦腰截断。乌鸦又一声惨叫，在神坛的梁柱上，拍打黑翅，乱飞乱撞乱抓，撕了袁天罡的画像。公孙觋觉得，炸雷劈开的不是墙壁，而是自己的脑袋。脑壳子轰的一声，眼前释放出无数针尖大的点点金星，他不由自主，霍地从地上弹跳起来，魂飞魄散，脸色煞白，像一张七都纸。他仰起头，眼皮里翻出白眼珠，仿佛悟出啥道理了，连忙双膝跪地，双手合掌，口中念道：“老天在上，祖师爷保佑，不孝子孙，公孙小儿，妄猜天意，罪该万死！”

公孙觋连滚带爬，惊慌忙乱，将桃木剑放回原处。在取回罗盘时，发现祖师爷像拦腰截断，祖师爷那慈祥端庄的面容，变得非常狰狞可怖。公孙觋的眼泪“唰”地涌出眼眶。他取回罗盘，胸中杂味聚焦，知道违背师门重规，得罪上天，罪涉祖师爷。他很感悲伤，手足无措，光滑的罗盘没抓稳实，从手里跌落地上。这罗盘，祖传的，精工打造，结实坚固。祖祖辈辈，经历过风风雨雨，曲曲折折，坎坎坷坷，不知摔过多少回，安然无恙，远比想象中结实坚固。公孙觋慌里慌张捡起罗盘，非常在意地摸了又摸，没注意脚下。一只脚踩住长衫底边，身体前倾，一个踉跄，头脑一过性眩晕，眼前重影转动，“哐啷”一声，绊了一跤，身体重重砸在神坛青石板上，瘦骨回荡出金磬之声。他右手攥紧罗盘，左手撑地面，趔趄地爬起来，身体摇晃两下，摸一下屁股，哦！好痛。提起肇事闯祸的长衫衣襟底边，跑出神坛，下了神坛外台阶。坛外亦雷亦闪亦狂风，暴雨即将来临。

他又想起啥事，回过头，上台阶，去关门上锁，捡石级上的新鞋，也无心穿鞋，赤脚奔回自家的院子。到院门前，又是一道闪电掠过，紧跟一声巨响，仿佛就在他屁股后，惊慌之中，又一个磕碰，又猛摔了一跤，就地七百二十度，两个滚翻。即使如此，手里抓的罗盘和新鞋也没撒手。别看公孙觋一把年纪，身体倒是精悍灵活。跌跌撞撞，摸爬滚打，到室内，才消停……

3

五天前，铜钱岛龙荡营的天象师白蝙蝠，摆出天星阵，算定今日铜钱岛海峡，将出现一股罕见的狂风恶雨。这与大统领东方瓒秘密派出的探子营，跟踪朝廷船营，带回的朝廷船营风雨无阻，升桅拉帆，全力北上，今日抵达铜钱岛海峡的消息，不谋而合。这个世纪性巧合，将给古老的龙王荡，留下一段永远流传的经典故事。而在东方瓒眼里，有巧合，无巧合，无所谓。朝廷满载香米、白面的船营，一旦经过俺龙王荡的铜钱岛海峡，不管何种天气，无论啥情况，龙荡营必须让自己行动起来，记下这一历史的壮举。

五天前，一股热气浪从远方的加罗林群岛，环绕爪哇岛海沟，形成了大气涡旋，然后跨过琉球，斜插向西北，火速移动，跨过东海，穿越大岛小礁，所向披靡，直逼黄海。此时此刻，正涌向铜钱岛海峡。

狂飙在海面上卷起数丈高巨浪。进入海峡后，风向突变，竟在海峡里旋转。气流将海水旋向天空，海天之间，撑起一柱通向九霄的旋梯。旋梯在闪电和轰雷中，不断向天外攀升，发出骇人惊魂的轰轰隆隆的震动声。就在此刻，有一条巨龙，在水柱中隐现。尾巴系着海面，龙头伸向九霄。铜鳞铁脑盖，浑身摇动，骄狂放肆。龙借风势，风吸海水，一时间，天地交合。海峡、铜钱岛、天生港、龙王荡，方圆百里，有渔船，随巨龙抖动的身躯，飞向云间。龙王荡南八队打谷场上的水牛磙子，被旋风抬上天去，不见踪影。东陬山上，两棵千年老槐被连根拔起，不知去向……

巨龙搅海，必有天水倾覆。海面上的震动轰响非常厉害，暴雨倾注，如千军行动，万马奔腾，铺天盖地。狂风大作，一阵紧似一阵。暴雨成了漫无边际的瀑布，垂流而下。铜钱岛海峡的乌风黑雨中，依稀可见一个庞大的怪物，如移动的岛礁，迎面呈不规则的大三角形，差不多五六公顷面积大小，顺风而下，这恶劣天气，丝毫没造成影响，很奇怪吧！龙王荡的将士，很清楚它是何物。它是一个由六十五艘五桅巨舸组合的大清国内务府的船营。船营按五、十、十五、十五、二十艘顺序横连纵接大舸，船船之间，用拳头粗细生铁索滚环连接，巨舸被捆绑在一起，整体抗风抗雨抗浪，风高浪险雨疾，万无一失。六十五艘巨舸，载重、测水、体积、形制，皆一模一样，拼成长千丈、宽百丈的庞大整体，每舸十道舱，载万担粮。现在所有的船，皆满舱，舱口覆盖一拃厚的舱盖板，外罩两层厚厚的油布，舱面封得严严实实，水气不进。每两道舱的隔舱壁上端，有一个四方大端口，桅杆深深插入端口底部。每船五桅，如五根擎天的浑圆支柱，耸入云端。中间桅最高，长百尺，径两人合围。前后两桅，桅长分别八十尺、五十尺，桅径一人合围。中桅帆索，系在舵室外桩柱上，其他帆索分别系在左右舷柱上。拉索旁边，有固定水手轮值，昼夜不歇。

五桅笔立，风帆满顶，顺风而行，帆影缥缈，桅杆参差，百帆同向竞发。桅杆顶上，抖动大清龙旗，猎猎作响，耀武扬威，风雨中前行，丝毫不受影响。的确，这样的船营，丝毫没把狂风、巨澜、雷暴铳子当回事，始终保持庄严矜重、鄙夷不屑、大意豪放的态势。这船营，傲然屹立，跋扈骄横，傲视苍天的高慢，让人叹为观止。皇家的船营，真的了不起。那日，欢送船营离港时，苏松督粮道库大使率一班码头工人目送启航，抬头仰观，情趣激昂，感叹赞颂夸耀说："天下之大，唯我大清朝船营，有如此壮阔豪气大派，蔚为壮观，空前绝后啊！"

船营指挥部，设在船营中心位置的一艘巨舸上。此船与其他船，尺码、宽长、高低并无二制。不同的是分前后两段，前段是船舱，后段是三层船楼，舵体大，舵杆粗，多人掌舵。

船营总首领，步军校边慭将军，和航行的总舵把子焦凤山，在一楼用完早餐，一左一右，上了二层指挥大厅。两位副首领常在岭、萧立峰，两位副总舵把子封里行、余定舟四人，早在指挥大厅等候。将军边慭在中间大木椅上落座，其余人，分两边坐定。边慭三十七八岁，圆脸胖腮，身披牛皮铠甲，头顶红缨盔胄，腰挎三尺宝剑，身后板墙上挂一张庞大的航海图。他镇定、严肃、瓮声瓮气，不无焦虑地说："今天这个鬼天气，恶劣得很，是半个多月航行以来，最糟糕最险峻的天气。令人担忧的是，万一哪根链环索出了问题，在这大风大浪大雨中，后果不堪设想，各位万万不可掉以轻心。慎心防务，不敢丝毫懈怠，必须确保万无一失。”边懿担心自然灾害，风大浪高雨疾，一不小心，连接的整体散了架构，发生侧翻和沉没，无法避免。他丝毫不担心，有人胆敢打朝粮贡品的主意。即使有自不量力的来犯者，凭自己旗下的武装力量，也定让来犯者有来无回。

总舵把子焦凤山，胸有成竹地说：“边将军放心，这条航线咱熟。咱活了五十多年，这条线，跑了三十多年，千趟来回，悉知这条线上的水文、海流、明岛暗礁，港湾海沟，深水浅滩。经历过无数次乌风黑雨，电闪雷鸣，险澜巨浪，从未失过手。有咱总舵把子在，确保航程无忧。”副舵把子封里行，担心焦大胡子好大喜功，喜欢吹牛说大话，立马补充道：“海上漂半辈子，见过风浪，像今天这狂风恶浪，触目惊心，实属罕见。”

副将军常在岭，在京城出发前，就悉心研究过这条海运线上，有几个危险的关键环节，一是倭寇海盗，二是沿途海匪土匪。虽然他们作战能力、手段不足挂齿，但是，作为护卫营所担负的职责，决不可小视匪力。眼看船营就要进入遐迩闻名的铜钱岛海峡、匪地龙王荡，须当百倍警惕，大意失荆州，历史教训，不可忘却。常在岭思考之后，明确地说：“船营已过潮河口，很快到达铜钱岛海峡。那里，峡面窄，风急浪险，龙王荡匪徒，其智慧、武功不可低估，手段更是残酷恶劣，频繁扰乱苏北鲁南，乃至朝廷官船。这条海运线，过去有过惨痛教训，朝廷的官银、官粮，都曾经被劫过。如果这段运程危险的话，铜钱岛海峡最有可能是他们的伏击地。咱已下达一级战备命令，让侦探手、护卫艇，密切关注海面动向。”萧立峰接话说：“原先咱建议，从太仓港山发，进太湖，绕道京杭大运河，沿运河北上进京，安全可靠。谁知运河年久失修，许多河道淤塞严重，大舸无法航驶。内河不通，不得不选择海运。海运承担的自然风险和抢劫风险，双增双高，不可大意！”

余定舟继续说：“海运，正值盛夏，风雨旺季，大海高深莫测，再大的船，在海里航行，也仅算一叶扁舟，微不足道。为防不测的风浪，大舸连营，也是不得已而为之。千年前，汉相曹孟德使过这法子，遭了火患。治住火攻，可保大舸营万无一失。”

边懿，尚武世家，通晓用兵之道，对孙子兵法，三十六计，排兵布阵，无不通幽洞微，他打断余定舟的活说：“五百年前，罗贯中先生《三国演义》，讲了周瑜打黄盖，火烧曹营连锁大营。今天海盗荡匪，若用火攻咱们，如同飞蛾扑火，自取灭亡。更何况，今日这天气，海上还能点着火吗？老天佑吾！邪恶终究不能胜正义，天经地义。”常在岭奉承地说：“今非昔比，咱大清大舸编队连营，比千年前曹营大舸更大，更坚固、华丽、完美。有边将军指挥，有各位总舵把子掌舵领航，有咱们护卫艇坚船利刃保驾护航，森严壁垒，固若金汤。将士们个个身经百战，武艺超群，独一无二。万一与盗寇匪徒交手，必保我船营牢不可破，万无一失。”

边懿知道老将军不是外人，有意抬高自己，自己可不能头脑发昏，连忙以手势制止说：“老将军谨言，不可小觑荡匪，咱不是在长他们志气，他们的父辈，都是朝廷赫赫有名、威武神勇、身经百战、战无不胜的将军斗士。现有匪徒中，也不乏英雄豪杰，他们曾经为大清长治久安，立过汗马功劳，许多人都是九死一生，才得如今一时安稳。因为他们不合时宜了，武装、兵器皆落后了，朝廷才让他们到龙王荡开荒垦田，自供自足，自食其力。如今，车轴河南北两大营，二十个大队，少说也有几万人。他们日夜操练，进化思想，改制武装，制造火器，仍然是一支以一当十的英雄队伍，麻痹不得，麻痹不得呀！”边懿话音未落，一士兵匆匆进门，单腿膝地叫道：“报——”在座列位，一齐转脸，面对来报士兵。边懿挥手说：“不必多礼，快说情况！”“报告将军，船队右侧千尺处，现两艘类似渔艇，向咱们船营驶来。天低云暗，看不明白。”“如此恶劣天气，哪来的渔艇？命令即刻驱逐，无论何船，马上离开，违者斩！”边懿话音未落，速行的朝廷船营，船楼猛烈震动，一个巨大惯性之下，突然停止前进，船楼猛烈摇晃，几个人同时摔出木椅，跌趴在船楼板上。这一突如其来的停行惯性，让边懿十分惊讶！抽出佩剑，急叫道：“什么情况！什么情况！”

焦凤山立感不妙，一边冲下船楼，一边惊呼道：“所有船桅，落帆，落帆，快落帆卸桅！风力太大，防止折断桅杆。”边懿也迅速作出反应，惊呼道：“焦凤山听令，去总舵坊，查明原因。”“得令！”焦凤山冲出船楼。边懿继续发令道：“封里行、余定舟听令，你二人，上三楼瞭望台，发旗令，继续全速前进。”“得令！”二位匆匆上楼。

边懿和焦凤山意见不一，焦是从保护船桅角度思考；而边懿则认为，铜钱岛海峡是非之地，令人忌惮，趁天气恶劣，没有引起荡匪的注意，速速离开，确保安全。若此刻停止前进，必遭荡匪强抢。不顾一切，全速前进，是唯一选择。

边懿继续道：“常在岭、萧立峰听令，你二人分别指挥右护卫艇和后护卫艇，四艇齐发，不管来者是渔船、商船，还是战船，一举围歼，不得有误。”“得令！”二位同声，出发。

朝廷的船营，已经被龙荡营早就准备好的海底五层铁环链锁阵像蟒蛟般死死缠住，动弹不得。这时狂风大作，电闪雷鸣，大雨如帘，只听得“咔嚓、咔嚓……”声，连成一片，多艘大舸主桅，已被大风折断。不少船上水手，得到落帆和继续前进的矛盾旗令，一时没反应过来，立在舷上，拉起帆索，正在等待最后的命令时，一阵狂风呼啸扫过，外围船舷上的许多水手，被扫进大海。再好的水性，再好的水中高手，也经不住如此狂风摔打，一个个先后被巨浪吞噬。六十五艘大舸的总舵，就在指挥船楼的后艄下方。此舵巨大，舵体比其他船舵大出十几倍，且坚固，它决定着六十五艘大舸的总航向。二十个力大无比、顶天立地、气壮如牛的彪形壮汉，腰圆臂阔，身材魁梧，光着上身，正在做右满舵操作。他们急中生智，攥紧舵杆，拳头握紧，比榔头还大。推舵时，手臂暴起的青筋，像烧红了的铁条，能听到血管里汩汩的血液流动声。二十人齐着力，只听到“嘎吱吱”的舵轴转动的挤压声。从这声音里，能感受到，舵轴转动一百八十度要消耗多少重力。凄厉之声，艰难苦恨。六十五艘大舸，现如一只巨形死鳖，任凭风吹浪打，雨侵雷击，稳如泰山，一动不动。

焦凤山在狂风暴雨中，冲下楼梯，船舷湿滑，一脚刚出门槛，还没立足，又一阵狂风猛袭过来，就像一根木棍，重重地擂击他的后背。“轰”的一声，他脚下一跐，崴了右脚脖子，摔在船舷上，肥腯腯的肚腩，像喧面糊一样，晃荡晃荡，整个一个大趴，胖墩瓷实的身体，砸在船板上，嘴巴吻着船板，两颗门齿深深地嵌入木板之中，看来今天他是和船板撑上了。酒杯口大的雨点，毫不吝啬地在他的背上，一顿狂炸。他的头脑还十分地清醒，伸出手势，对后舵杆上二十个大力士呼道："左偏舵，十五度……"咆哮的东南风，在海水与天水之间，掀起如山峰般的黑色巨澜，瞬间又落入谷底。

副将军常在岭右手握住巨阙千钧剑，左手紧握护卫艇前舷的抓手，率船营右侧两艇，从不明船的左后侧追赶过去。护卫艇使半帆，风太大，满帆易侧翻，半帆速度提不上来。常将军拼命催："继续升帆，继续升帆！"拉帆的水手，手忙脚乱，心慌意乱，拉帆用力过猛，护卫艇在海面上向外侧驶去，画了半个圆，艇体侧立，险些翻覆，费了九牛二虎之力，好不容易回到追赶的航道上。萧立峰率后卫艇两艘，从不明船的右后侧追击。四艇对不明船渐渐形成覆围之势。不明船见朝营四艇包围，便拉满小帆，借助风力向东北方向逃窜。朝营四艇，苦苦紧逼，尾追不放……

龙荡营的蛙人敢死队员，趁朝廷舸营右卫和后卫的警卫空虚，在舸营大桅主杆被大风相继折断的混乱之时，四十人分两组，几乎在同一时间，从水下跃起，跳上最后一排二十艘大舸后艄下的舵体上，抡起锃锃贼亮的利斧，"噼啪"几声，砍断最后一排二十艘大舸分舵舵轴。

总舵在焦凤山指挥下，直至左满舵，仍然没拨正舸营总航向。总舵把子焦凤山连滚带爬，对总舵手二十人呼叫："提舵，快提舵！"他怀疑舵体失灵，提舵是为了详查真相。不料，舵上早立着七八个生龙活虎，身背兵器，手持明晃晃铁斧的青壮，挥起利斧，"噼噼啪啪……"奋力猛剁，每个人只消几斧头，笆斗粗的舵轴断了。两间屋子平面大的舵体，"轰嗵"一声，落入水中，随着一波巨浪，卷入水底。

两艘不明船，正是龙荡营大统领东方瓒派出的八十人先遣队的先锋艇。

海面幽黑阴暗，风和雨继续相撑较劲。常在岭身上的牛皮铠甲湿透了，明显增加了许多重量，他顾不上浑身沉重，两眼死死盯住不明船上的载物，没弄清楚。萧立峰眼明心亮，借闪电当口，看前边的不明船上，载灰蒙蒙的黑影子，他仔细一瞅，是长方形盾牌拼成的整体，盾下一定是一群人。他当机断定，此船，非寇即匪。情急之下，他命令："火枪队，射程之内，开火！"火枪队有人说了句："火药信子湿了，开不了火！""放箭！放箭！"四艘护卫艇从不明船左右两侧，同时放箭，千箭齐发，如乌云飞卷，射向龙荡营两艘快艇。正在此刻，一阵大风袭过，箭纷纷落入水中，正巧一群无辜的海鲈鱼，漂游经过，不幸纷纷中箭，翻起一片绚丽的水花，仰起白色的肚皮，大嘴巴在海面一开一合。

龙荡营的先遣艇，继续快速向右侧深海佯撤。

蛙人敢死队，砍断舸营发挥重要作用的构成三角底边的二十艘大舸舵轴和主船巨形舵轴，之后分成四组，潜入船队左侧和舸营前锋四艘护卫艇的艇底，在护卫艇底迅速开始作业，斫洞。

阵风大作，轰雷炸聢，暴雨在继续。艇底下的蛙人，紧张斫洞。艇上将士仰首，迎着暴风暴雨，眼睛睁不开，却又不得不盯住指挥部三楼瞭望台上旗手的指示。旗手发出继续前进的命令，而船营始终停止不动。风雨雷电的动静太大，根本弄不清到底出了啥事！

两艘前锋快艇的艇长，见继续前进的指令，毫不犹豫，发令："升满帆，全速前进，左半舵四十五度。"前锋两艘护卫艇，全速前进，渐渐淡出旗手的视野。

边懟觉察事态严重，登上瞭望台，在雨中拉开望远镜，观察四艘护卫艇追歼两艘不明船。留在他镜底的，是渺茫中几个向前方快速移动的阴影。在他望远镜里，两艘前锋艇离开视野，非常遗憾，他除了观察到狂风、暴雨、巨浪，不见前锋艇的踪影。剩下左侧的两艘护卫艇，还在继续前进。他猛地发觉自己的重大失误。此刻，若有荡匪海寇突然袭击，整个船营防务空虚，后果不堪想象。他向身边旗手说："命令，所有护卫艇迅速返回舸营原位，保护舸营！"旗令发出，左侧两艘护卫艇上将士，依稀可见旗令，在疑惑中。大概知道情况不妙，可能有危险逼近舸营，艇长命令："一百八十度左转舵，回航，贴靠大营。准备迎接战斗！"倏而，一艇间有人惊呼："艇底进水啦！艇底进水啦！"艇长迅疾拨开艇上士兵，冲过去察看艇底，四个拳头大小的洞口，如同喷泉，冒出三尺多高的水柱子。艇长急了，不容思考，忙叫："拿东西来，塞，塞紧喽！”士兵们迎着大风大雨、炽电迅雷，惊惧得无可奈何，你看我，我看你，瞪大眼睛，说不出话来。“塞，拿啥东西塞！”他们除了身上穿的铠甲，手里拿的兵器，再无长物可以用来堵塞喷水的泉眼。再说，牛皮挂铁片的铠甲，怎么塞呀！

佯装逃遁的两艘不明快艇，果然成功诱惑敌卫艇紧随其后。当下的重要任务，就是吸引敌营护卫主力追赶，给蛙营敢死队留足时间，砍掉舸营舵轴，斫开另外四艇船底，消灭朝营护卫艇上主力，为即将开始的大战赢得主动。

两艘前锋艇离开大舸营足有十里航程，和舸营彻底失掉联系，在妖风魔雨中挣扎。大雨、狂风，一阵紧似一阵。前锋艇舱中雨水漫过脚面，无人发现艇底被斫出的四个洞，汩汩冒水，都以为是雨水。眼看艇舱中海水漫上膝盖，才有人注意到，艇舱底向上翻滚水花。艇上骚乱，艇身倾斜，渐渐下沉。一士兵脱掉铠甲，扒下内衣，裹在长枪杆头，试着堵洞，水压太大，来不及了。大多士兵，叫天不应，叫地不灵，眼看就要沉入风雨交骤的大海之中，精神已近崩溃。无处可躲，无处可逃，无仗可打，死不了，又活不成。艇底下蛙人敢死队员们，感觉火候差不多了，十人一组，分游两艇周边。每人手持一件血滴子，在艇舷边下方，露出头，队员们训练有素，相互递一个眼色，瞄准船上前锋营的士兵，一对一，做好准备。只听得“唰”的一声，血滴子一齐飞出去，齐刷刷地收回，艇上倒下一片无头尸，喷洒出的血液，瞬息之间，与雨水海水融为一体。

血滴子是大清雍正年间官方发明的，特勤机关使用的，很血腥的割头武器。也是龙王荡军中大营传承保留的独门绝技之一，用于暗杀的核心武器。其形状，类似比人头更大些的皮革囊罩子，底部系有细长的绳索，拉开罩口，轻便地扔出去，套在敌方人头上，猛然抖动绳索，关门封口，囊罩内有锋利无比的十多把细薄坚硬的钢刀片，一齐发力转动，割下人头，收回绳索，取人头，无头尸随即倒下。血滴子，只能用于冷不防时的突然袭击，一旦敌人察觉，有所戒备，就失去威力。

朝营的前锋艇，每艇编制四十人，虽然须臾间少了二十人，两艘还有六十人，战斗力并未受到重创。右前锋艇长行事果断，当即决定开战，他吆喝道：“兄弟们，操家伙，准备战斗，人在艇在，决不言败！”活着的士兵，惊魂未定，惊慌失措，四处张望，害怕冷不防丢了自己的脑袋，端长矛，盯住艇四周动荡的海面。一阵旋风扑来，掀起十几丈高的浪头，刚刚拉满帆的右前锋艇被掀上浪尖，回浪时，半沉的艇身难以操控，不及避险，被大风推进浪谷，侧翻。右前锋艇的士兵，全部落入大海。平时虽练过泅渡，演习过水战，那是风平浪静、温柔腼腆的河面上，多半是为了游戏。而在这狂风暴雨、汹浪巨澜中实战，人不应心，无法施展身体，多人裹着牛皮铠甲，在风浪中招招手，扑腾两下，就沉下了，或被巨浪卷入海底。

蛙人敢死队员乘机水下集结，个个手持短刀，和右前锋落水将士展开厮杀。朝营将士多使长矛，在风浪中难以施展，劣势显而易见，很快招架不住，多数被斩首。

左前锋艇长见势，欲施援助。谁料，自己的艇，水已满舱，即将沉没，泥菩萨过河，自身难保，自顾不暇，爱莫能助。情急之中，左锋艇长向全体将士高呼道：“兄弟们，咱们上！”说完，率先跳进汹涌波涛之中。三十人，七零八落，相继跳海。明摆着的事，留在船上是死，跳下去，也是一个死，帮帮忙，不如死出点人情味。跳下去，让右前锋的兄弟们暖暖心，之后，再死也不迟。

大家都穿牛皮铠甲，脱了吧？死得更惨！不脱吧，遇水，一会浸透，那重量超过自身体重，有的士兵，跳下去，随即坠入水底，冒几个泡泡，再无动静。有的士兵，真的把海当成内地小河了，根本不熟悉这海域的特殊性，跳入水中，刚刚睁开眼睛，腥咸苦涩，伴有泥沙的黄海水，连腌带眯，双眼针刺疼痛，痛得直打哆嗦。尝到这的黄海水，才知道今日必死无疑，立时脑壳昏聩，头颅肿胀。手中抓着兵器，纵有超强武艺，也只能胡砍瞎剁，闭起眼睛乱戳乱刺，而伤的多是自己人。

蛙人们身着紧身防水蚕丝泳服，身体轻盈敏捷如猿，滑溜刁钻得像无鳞的泥鳅黄鳝。头戴防护面罩、水底眼镜，能近距离看清水下物体。水上水下作战，本是看家本领，得心应手，游刃有余。没人知道，她们竟都是女将。刀起头落，剑剑穿心，杀得前锋营两艇那些英勇的将士，无招架之功，亦无还手之力。

海水泛起殷红的波涛，漂浮起一片片尸体，散发着浓烈、新鲜，又令人作呕的血腥味……

舸营左侧，两艘护卫艇在迅速返航，扯帆回舷、转头，争取向大舸营靠拢。虽说船走八面风，那是在常态下的航行。此时，大海面上，风嚎雨怒，电闪雷鸣。没有一丝回旋余地的东南风，以摧枯拉朽之势掀起的恶浪，如山峰倾覆，岂能容得那护卫艇随随便便逆风逆浪而行呢！海水和雨水，在两艘艇舱中汇合，艇身正处于半漂半沉状态。士兵的神色紧张，思绪不定，舱中混乱，是坚定守艇，还是跳海逃生？他们焦急地问艇长："头！咋办？指条生路！"个个梗起脖子，红了眼睛。艇长命令道："守艇待命，艇在人在！"大家都知道，艇，已经一半沉没了，自己也只有半条命了。死活，大局已定。

蛙人敢死队员，在昏暗的海面上，在阴森的艇舷下，轻轻露出水面，没等艇上人发现，掷出手中血滴子，套无虚发，摘下两艇二十颗人头。突如其来的变故，神出鬼没，眨眼间，人头被叼走。活着的士兵，都感觉海上闹鬼，何方妖魔，闪念间，提走了人头，真让人心惊肉跳，人人自危，仿佛下一轮，就轮到自己了。

半沉的艇间大乱，士兵们不再等待艇长发话，如下水饺一样，纷纷跳进沸腾的大海，向大舸营方向游去。等待在艇下的蛙人，哪里容得他们逃离。短兵相接，展开肉搏。没有硝烟，没有战火，只有狂风、暴雨，只有雷电交加。水面上，一蛙人，正面与一艇长相遇，目达耳聪，迅疾从肩臂后，剑鞘中抽出祖传湛卢剑，迎战艇长。那艇长持一把诡异之剑，蛙人仔细一瞅，心中暗暗不屑，原是一把赤堇山之锡淬炼的鱼肠剑，历史上，大凡持这种叛逆剑的人，个个没有好下场，九成九，都是被人杀死的。艇长瞪大眼睛，禁不住惊讶起来，蛙人一身蚕丝连体紧身泳衣，告诉了艇长，对手原是一名身段极其姣好、妙绝的年轻女子。好色的天性顿时让他觉得这是一尊美妙的裸体女神。他一边要着手中的鱼肠剑，一边竟然想入非非。哎呀！如此俊身美体，真他娘的要命，这哪里是打仗，这分明就是色掳嘛！老子，真他娘的把持不住，若是在陆地上，非活捉了你，在战壕里，铺着战地，盖着硝烟，把你给……想归想，眼下不敢大意，稍不留神，命就没了。

颇有作战经验的艇长，过了几招，觉得小女子动作好温柔，咋就当了海匪，可惜了！自己没费多大力，便取得主动，他举起鱼肠剑对着蛙人胸前隆起的乳房处，划了过去，他觉得自己不应该，不忍心对小女子下死手。多么美丽的玫瑰，却带刺。可是，若挨她一剑，绝不是玫瑰刺一下，滴几点血那么简单。

蛙人已经感到对方那双意淫的色眼，盯住自己的女人特征处，竟敢大胆放肆地挑逗戏弄姑奶奶的至圣至洁。她心中沉着应对，推挡自如，剑技娴熟，从容不迫，不急不躁，见招拆招，并未主动杀伐，过了十几招之后，蛙人知道，眼前的艇长，并无长技，不是平庸之辈，但也绝非想象中的厉害。本想给他一点尊严，让他死得体面些。这小老儿，不值得尊重，早点送他上西天，时间紧迫，不逗他了。

蛙人故意卖个破绽，突然间一招狗腿鱼打旋，翻起一股浑浊的浪涡，不见身影。那艇长眼巴巴地在浪涡中疑惑地寻找，有点蒙，有点奇，刚刚从眼前闪过，咋就不见了呢？真他娘出鬼啦！正在纳闷之中，蛙人早已从容转到他的身后，转动锋利湛卢剑，稳稳地刺进艇长的后心。英勇多智而有几分花心，又可怜的艇长，两手揸开，鱼肠剑落入水底，两腿不停地踩水，转过身，两眼还死死盯住蛙人的两乳，口中喷出一道紫红色抛物线，鲜血射在蛙人的胸前。他含笑踩水、踩水，踩着踩着，踩不动了，一个巨浪，一片红花覆盖，艇长消失了。

又一蛙人，手使一把两尺单刀，在水中与一朝营士兵打斗，士兵使长矛，你来我往，斗了数个回合，不见胜负。这士兵，个头高大，在水中却十分机敏柔韧。蛙人不想和他长时间地打斗，求胜心切，她想躲过长枪尖头，潜水至士兵身边，一刀结果他的性命。就在蛙人从他的右臂下蹿过时，不小心，被他腋肘夹住脖子。打蛇打七寸，蛙人肢体油滑，不易抓住。脖子是关键之处，锁住脖子，麻烦就大了。蛙人拼命挣扎，那朝兵死死勒紧不放，左手从靴筒里，抽出一把明晃晃尖利的匕首，对着蛙人脖子割下去，一道一拃长的血口豁开，蛙人霎时身体僵直，就在他放手时他才感觉到，原来被自己杀死的却是一个年轻女子。蛙人沉入水底。

两艘佯逃的龙荡营先遣艇，诱引舸营四艘护卫艇，到深海兜了一圈，迅速撤回，向朝廷舸营飞奔而去。常在岭、萧立峰二人，此刻似乎才反应过来，此乃调虎离山之计。常在岭手拍大腿，哎！大意了，惊呼道：“上当，上当啦！”萧立峰已明白常在岭“上当”的含义，即令：“回辙，目标，舸营，保护大营！”龙荡营两艘先遣艇回辙时，故意从朝营四艇中间借风穿行，擦肩而过，给朝营护卫艇造成唾手可得，却又抓不住，捞不到，痛失良机的懊恼怨恨和颓丧。朝营四艘护卫艇，刚刚扯帆转舵，准备追击，又是一阵狂风袭来，来不及避过风头，四艇一时失控，撞在一起，卡在一起，难解难分。旋风和巨浪，将四艇紧紧拢住，原地打转，艇头顶着艇屁股，艇头顶着艇头，艇头撞向艇身……

风急浪高，一阵大风，一波怒浪，将那失控四艇，掀到几丈高的浪尖，再跌入谷底，人咋能站得住啊！已有几人，跌入浪中，不见身影。护卫艇随时可能发生侧翻，或者沉没。副将军常在岭、萧立峰不淡定了。他们的士兵，虽说是水兵，但身处如此绝境，都是平生第一次。这种失衡失重的颠簸，天旋地转，头重脚轻，抽肠刮肚，呕吐不止。早上吃进的食物，没来得及消化，通通现场“直播”。吐完干的，吐稀的，最后吐的是黄水，有人说胆破了。本来应该从下边分类代谢的干湿物质，现在一股脑地，通通地从原进口处，退了出来。

真不是滋味。士兵们很可怜，有的拄长枪，有的弯腰拄刀剑，有的卧下，有的半跪地扒住艇舷，不敢松手。还有的，几个人紧紧抱成一团，摞在一起。甲胄歪了、斜了，有的挂在脖子上，沾满呕吐物。每个人都仿佛头顶压着大石头，不自觉地耷拉着脑袋，颓废如丧家之犬。还能继续打仗吗？常在岭、萧立峰知道身临绝境，内心无比地焦虑无奈，表面上还保持果敢、坚定、钢铁般意志和不屈不挠的精气神。一辈子军旅生涯，养成了死不屈服的军人气质。他们明白，将军若表现出胆怯、萎靡，士气就泄了。士气可鼓，不可泄，这是带兵将军的常识。最艰难凶险的时刻，方显出真正英雄本色。漂泊在暴雨雷鸣之下，乌风黑浪之中，将军常在岭随着艇身的剧烈摇晃，紧握艇舷扶手，动弹不得。他想起往昔，常常天真地说战天斗地，狂呼劈波斩浪。今天才知道都是心血来潮的空话、假话，吹牛 ×，不该。人啊，在大海面前，如此渺小，微不足道，连一坨狗屎也不如。他内心有几分悲伤，又有几分失望，他觉得不应该想的，却偏偏想起：“力拔山兮气盖世，时不利兮骓不逝，骓不逝兮可奈何，虞兮虞兮奈若何？”盖世英雄再世，又能如何？这风声、雨声、浪声、涛声，雷爆声，海鸥的凄叫声，黑鲸灰鲨的怒吼声，还有士兵的呻吟声、怨骂声，真的不亚于垓下的四面楚歌，风声鹤唳，十面埋伏。想到此，常在岭又给自己打气，增强自信，事情没有糟糕到绝望的地步，只要能靠拢舸营，就有翻盘决胜的机会，鹿死谁手，尚不可定论。

风稍小一会儿，他突然喝令：“养兵千日，用在一时。挺起来，别他娘的㞞包！”话音刚落，大风又袭，一个劈盖的巨浪，掀起侧立的船身，紧接，驰闪骤雨拍打下来。常将军脚下湿滑，重重跌在艇舷上，身体滑落，挂在艇帮子上，半截子拖在艇舷外，随时都有坠落大海的危险。这种险境，艇上人人自危，没人敢碰他，他死死抓住艇舷上一根拴帆索的木桩子，费尽全身之力，好不容易爬上船，趴在艇板上，瘫软了，不敢再动。

蛙人敢死队消灭了大舸营左侧两艘护卫艇和两艘前锋护卫艇上全员中的一百余人，还有二十几个士兵下落不明。蛙人敢死队员，四十人中死伤十一人，余下二十九人，迅速潜回朝廷大舸营，从四周分散攀上大舸。两艘佯逃的龙荡营先遣艇，八十多人先后跃上大舸营。边懿早已发现舸营防务空虚，立马让旗手发令，让舸营每艘大舸上的水手、大副、舵手放弃系统操作，拿起武器，准备迎战来犯之敌。

每舸水手十五人，加上大副、舵手其他人等，共有二十人。六十五艘大舸，一千三百多人，这些人不仅是船营操作工，也是将军、战士，个个身强力壮，武技不凡，绝非平庸之辈。他们接到命令，俄而形成战斗力。

朝营四艘追击不明船的护卫艇，一时失控，并未受到重创，它们具有极强的自我恢复能力。趁海面大风稍微缓和的瞬间，抓住时机，以最快速度扯帆驱舵，矫正航向，修复体能，向船队大营疾驶而去。

呼啸的东南风，一阵又一阵掀起猛烈狂潮，巨浪剧烈地拍打舸营，海水天水，无言交加契合，倾倒在舸营舱盖间平滑的油布上，大舸上一股股水流，通过船舷，流进大海。

龙荡营先遣队员和敢死队员一百多人，与十倍于自己的朝营将士，在天昏地暗的大舸连营中，全面展开保卫与劫夺、残酷而壮烈的搏击与厮杀。

4

灰暗的海面，一叶小舟，扯六尺高小黑帆，在浪尖浪谷中，侧风穿行。这是龙荡营的交通舟，比普通舢板船小，且窄，是一根直径二尺、长六尺的桐木，中间斫两个类似舱而不是舱的空心洞，洞里固定压舱石，一个洞只容一人站立。竖六尺帆，横四条橹，中间微鼓，两头尖细，像海里的沙丁鱼，龙荡营人称其为丁鱼舟。这小舟，原木制成，无缝无隙，任凭雨打浪击，不会散板；任凭狂风袭卷，巨浪劈盖，没有舱，不进水，不会沉没。又有压舱石的作用，就像不倒翁一样，永远不会侧翻。传令官金枪鱼，身着轻装单衣，扯帆操橹。他身高七尺，体格清瘦，熟练地驾驭丁鱼舟，不消两袋烟工夫，从舸营一线驶入铜钱岛港湾泊区。他肩上斜挎小簩篓式箭筒，背挎弓弦，箭筒上插一蓝色三角信号旗，旗上印有白鸽子图案。进港、收帆、靠码头、抛锚、上岸。

铜钱岛四面环水，悬崖峭壁。进岛的码头，通过栈桥通向海面。栈桥是圆木拼成的五丈宽、十丈长的吊桥，吊桥上方，有六十二级石阶，石阶外，是一片开阔的货栈广场，货栈正面，有一块高大的木板墙，上面雕刻一人多高的黑色阴文行书大字“信”字，这是龙荡营对外贸易大货场。吊桥上方四个把守的哨兵，立于风雨之中，如四根石柱，看到丁鱼舟靠港，立发蓝旗暗号，金枪鱼把丁鱼舟拴牢在桥柱上，回过蓝旗暗号。哨兵四人，分两边，摇动机关，随着铁链滚环发出“嘎啦啦……”的一阵怪响，吊桥徐徐而下，平稳严丝合缝。栈桥离水面一丈高，平时大船泊桥，船舷高度和栈桥基本持平。丁鱼舟紧贴水面，哨兵匆匆赶来，放下云梯。军情紧急，金枪鱼跃上云梯，“噔噔噔……”跨上栈桥，一路奔跑，上石阶。哨兵郑重地敬礼，金枪鱼来不及与哨兵打招呼，匆匆越过货栈，左拐，下幽谷，过草坪，上石铺路，穿竹拱巷，到龙荡营主岛洞。主洞口前，六哨兵分列洞门两边把守，见金枪鱼匆匆，知有紧急军报，自动闪开。金枪鱼进山洞，直奔“仁”字堂洞口，洞门口两哨直立，金枪鱼问：“大统领可在？”“在！请！”哨兵揭开门帘。“仁”字洞口对面靠墙，一块四边方正的木板，与吊桥上方货栈那“信”字板一样大小，板上镂刻阳文大籀篆体“仁”字。大统领东方瓒立于台前，在“仁”字旁边的铜钱岛海峡坐标图下，手持细细的青竹竿，指着朝廷舸营方位说：“……天气恶劣，风大雨疾，看不到前方战况，按先前部署，不出意外的话，现在，先遣队和敢死队会合，至少有一百人登上舸营。如果他们已经消灭护卫艇上的朝兵精锐，那六十五艘大舸，每船以二十人计，朝营可在短时间集结一千多人有生力量。接下来，战情依然十分复杂，尽快向八营发信号，等待命令，准备发起总攻。不出意料的话，现在，金枪鱼应该上岛了。”

台下两侧，简易的木椅上，分坐副统领虎头鲸、军师追风蜈蚣、天象师白蝙蝠、妙书手青铜蟹等核心人物，严肃聆听大统领战况分析。

“报——”金枪鱼进洞，单膝跪地呼道。几个人的目光，立马转移到金枪鱼身上，只见金枪鱼气喘吁吁，一身湿漉漉的。东方瓒急切地问：“金枪鱼，快起来说话！”大统领和金枪鱼一问一答，简明扼要。“俺营敢死队、先遣队现在何处？”“已全部登上朝廷大舸营。”“现在战况如何？”“蛙队断朝营舵轴，完成计划任务。潜入前锋、左锋四艘护卫艇下斫洞，杀朝兵一百余人，敌前锋、左护卫营彻底摧毁。”“蛙队伤之如何？”“死伤十一人，现有二十九人，继续战斗！”“两艘先遣队，可有伤亡？”“没有。目前他们已全部登上大舸营。”“大舸营当前战况如何？”“大战，已经展开，现在正是混战时刻。混战，对朝营不利，估计朝营很快会有对策。蛙人和先遣队只剩下一百零九人，面对十几倍的朝营大军，更何况，蛙人已激战快两个时辰了，面临饥饿和疲惫的双重压力，战斗必不能持续。”“朝营除了护航一百多精锐外，还有多少实战的人？”“一千三百八十多人，情况十分危急。”

边憨坐镇指挥部，常在岭、萧立峰、焦凤山、封里行、余定舟，应召急忙进场，按位次站立。边憨根据战情，决定重新统筹战策，不愿仓促慌乱应战。他以为，如果没有作战的章法，在混乱中和劫匪开战，只能说明自己无能。今天要让劫匪知道朝营的厉害，必先杀他一个下马威，让他们尝到自不量力的下场。他要设下开大战的棋局，摆出阵势，以逸待劳，彻底消灭来犯之匪。他沉着稳重地对各位说：“各位将军、总舵把子，事发突然，战情紧急，咱们不得不调整作战部署。各位不必紧张，咱们的精锐还在，咱们的主力还没动，咱今天摆一个‘群英逐春阵’，内打围，外打援，以防劫匪里应外合，必须完全彻底干净地消灭来犯者，绝不放走一个，确保吾大清贡品，不丢下一根针芒。”他扫视每一位在场人的面孔，挺直腰背，放大声音：“各位听令，常将军率右卫艇上的八十将士，守舸营的离位；萧将军率后卫艇八十将士占坎位；焦总舵率一至二十号舸将士把震关；封副舵率二十一至四十号舸将士，抵住兑边。你四人，从四方八位合围，把荡匪牢牢锁在舸营中间位置。余定舟副总舵率四十一至六十五号舸将士，突入包围圈内，把荡匪一百多人一分为三，截断他们的联系，让他们首尾不及照应，不及驰援，分割歼灭。封死控死四边，不得让任何一个荡匪跳海逃遁。各位要步步谨慎，严密防守，像蟒蛇一样，缩紧包围圈。荡匪在船上，没有更多活动空间，难以全面施展拳脚，终必毙无疑。消灭舸上残匪，转过刀枪，迎战援敌，把住四面关口，不得让援匪踏上大舸营地。明白吗？”“明白！”众人回复。“各就各位，看旗令，听调遣，摆纲布阵，协同配合，不得有误！”“得令！”回答声很自信，很响亮。

将军、总舵们，身披战衣铠甲，每人身后，跟着两名轻装强悍又有些骄横跋扈的助手，出了门。门外又迎来新一轮的乌风黑雨，激电爆雷。

龙荡营的蛙人、先遣队员，跃上大舸营，无须啥指挥、命令，只有一个目标，杀绝朝兵。

朝营指挥部三楼旗手，反复多次发出集结“群英逐春阵”的旗令，各艘大舸上的水手、大副、舵手，纷纷出舱。可是，就在他们走出舱门，还未形成战斗序列时，蛙人、敢死队员抓住时机，神速大开杀戒。见一个，杀一个；见一对，杀一双。凡是从舸舱出来的，根本没弄清咋回事，就已经死在龙荡营勇士枪戟刀剑之下。那些朝营士兵，为了保命，持刀者左砍右剁，持剑者上刺下戳，刚刚反应过来，身上已被安上四五个血窟窿。棒前脑开花，棍下卧横尸。不到半炷香的工夫，覆盖舱板的油布上，殷红血液和脑中激出来的类似豆腐渣稀糨糊的东西，融合一起，亲密渗透，流向舷下，流进大海。

折断的船桅上、前舷上、后舷上、舱盖上、船帮上，到处是倒的、挂的、坐的、歪的、斜的、挺直的，蜷缩、扭曲、耷拉头的，缺腿少胳膊的，无头的、半头的、哭状、笑状、龇牙状、咧嘴状、斜眼状、瞪眼状，千姿万态的尸体，既凶惨可怖，又仿佛婀娜多姿。有的尸体，血口子凝固了，鼓出一个大大的血包；有的血窟窿里，还在"咕噜咕噜"冒血泡泡……忙得热火朝天的蛙人、先遣敢死队员，正杀得过瘾，砍得解渴。各艘大舸上，许多未来得及披挂上阵的水手、大副们，已经陆续趴窝了。有的像被锯掉的木桩子，有的呈舞状，有的匍匐，有的仰面朝天，他们被纷纷地抛进大海。是的，不久他们都将成为鲸鲨的排泄物，海藻的有机肥！

出乎边懿意料，自己精心挑选、操练出来的勇士，在龙王荡匪徒面前，竟然如此窝囊，狼狈不堪，丢盔弃甲。而匪徒们却愈战愈勇，镇定自若，从容不迫。他目睹匪徒们在水上、水下、船上、桅上反应灵敏，身手不凡，行动快如风驰电闪，敏捷灵活如猿如狍。抡刀者，有劈山开塔之力；持剑者，有斩虎断石之功；持鞭者，有破木拔树之勇；持镖者……持锤者……

几十蛙人，想不到尽是女流之辈，杀人不眨眼，简直就是他娘的女疯子、女魔头、女妖女怪女鬼，太张狂。她们不知哪里来的力量，哪里来的高超技艺。她们机巧伶俐，机智果敢，刀起头落，剑剑带血，要不是早做"群英逐春阵"的部署，这阵的舸营，恐怕已经天翻地覆了。即使布阵，也不能大意，北宋时有五鼠闹东京，今天这一百多人的匪徒，比五鼠厉害得多！这个时辰，边懿满眼都是钻天鼠、彻地鼠、穿山鼠、翻江鼠、锦毛鼠。匪徒们个个都是卢方、韩彰、徐庆、蒋平、白玉堂转世。必须尽快消灭这一百多个匪徒。他们在这里待久了，咱这六十五艘大舸，经不起他们折腾……

东方瓒听完金枪鱼的战况报告，担心一百多敢死队员的生命安危。这些队员，个个身经百战，是从九死一生中，锤炼锻铸出来的英雄，龙荡营不能没有他们。他们只有一个信条：宁可战死，不打败仗。面对十倍于自身力量的敌人，他们别无选择。万万不可。东方瓒对两边的虎头鲸、追风蜈蚣、白蝙蝠、青铜蟹、金枪鱼说："传令，大虾逛部、四爪飞鹰部、刀螂蛇部、八爪鱼部，从伏地出发，四面合围，目标朝廷大舸营。争分夺秒，增援蛙人、先遣队，全力绝杀，完全彻底干净地消灭朝兵，不放过一粒大米、一把白面，六十五艘大舸米面，照单全收！"东方瓒拉开长脸，以凄凉的眼神，看着各位说："每一个时辰，荡里就要抬出几具饿死的尸首。昨天荡里，南北二十队，抬出七十三具尸体。老人、娃、男人、女人、青壮的、孱弱的，他们都是俺们的父老乡亲、兄弟姐妹，俺们没啥大作为，连自己的父老乡亲都保不住，枉被朝廷称作一方匪。"东方瓒心情沉重忧愁，眼睛忽闪，难以掩饰内心的伤痛。

副统领虎头鲸与龙王荡总乡团廖子章、大统领东方瓒是生死之交，八拜的异姓兄弟。自他和东方瓒随父辈们离开军中大营，上了铜钱岛之后，龙王荡两三万人的死活存亡，就全部压在廖子章肩上。他们三人情义，如同当年的刘关张。他们没有刘关张的宏图大愿，他们只是为龙王荡一方水土，一荡军遗的老弱病残，和原住的平民百姓。虎头鲸非常理解此刻东方瓒的心境，他不能让子章老哥一个人在油里煎，火上烤，水里熬。虎头鲸不再多想，直截了当地说："大统领放心，俺立马率部，增援解围，里应外合，两个时辰，定见分晓。"追风蜈蚣附和地从椅上跳起来说："追风蜈蚣愿助副统领出战杀敌。"东方瓒挥手致意，表示赞许，追加一句："破阵没有你，不中啊！边憨没打过大仗，可能会要出许多花招，兄弟们，千万小心，别让雁啄了眼！"

虎头鲸、追风蜈蚣、金枪鱼，和身边几个彪形大汉，大步走出"仁"字洞，向铜钱岛最高峰抱云峰攀去。

5

黑沉沉的抱云峰顶，接连发出“嗖、嗖、嗖、嗖”红黄白蓝四种彩明绚丽的钻天猴的火串子，火焰如四色闪电，耀眼炫目，鲜明华丽的光芒，照亮铜钱岛海峡灰暗的天空。四色光焰刚落，海面上，四面八方，黑压压的小飞艇，升起一片片小黑帆。黑艇、黑帆，和黑沉沉的气团，融在一起。每船三人，一人执帆，两人一前一后，划四桨。千艇齐发，海面上，如同一层层无穷的展翅低飞的海鸥，一群群看不到边际翩然起舞的黑蝴蝶。顺风的、逆风的、侧风的，朝着同一目标，朝廷的舸营战场，疾驰而去。每艘小飞艇上的勇士，都在二十岁上下，别看这些毛头小子，并不是第一次参战。他们功力扎实，大多数几岁十几岁，就在长辈照应下习武。钻天、入地、潜海、攀峰，飞檐走壁，人人都有自己拿手绝活。他们头戴杞柳桐油盔，身束杞柳甲，外套牛皮罩褂。他们身怀祖传的高招，暗藏名师亲授的杀伐绝技，个个生龙活虎，神采飞扬。右手分别持各种独门利器：偃月刀，梨花枪，赤霄、太阿、龙泉剑，铜锤，钢锏，铁鞭，金箍棒，狼牙棍，戟，矛，斧，钺，钩，叉……左手操坚固的圆形双层杞柳内夹铁皮盾牌。

一盏茶的工夫，近千艘飞艇，接近舸营战场。

舸营瞭望台，两个瞭望哨兵，一高一矮，同一时间，发现四面八方的艇群，黑森森地看不到边，合围舸营。两人面面相觑，脸上、眼角处，惊现紧张和骇怕。高个子对矮个子说：“坏了，劫匪援兵来了。快下去，报告将军。劫匪援兵，两千人左右，对我营形成合围，有内外夹击意图，情况火急，距离八百尺。”矮个子点头称是，快步跳出瞭望台。下台阶，连滚带爬，向二楼指挥部冲去。看得出矮个子的忠职敬业精神，只恨当初爷娘没给他生下四条腿。惊忙之中，一脚踩空台阶，悬空一个倒栽葱，实实在在摔向甲板。本来摔一跤，并无大碍，平时练兵，也经常出现此类危险动作。可是，就在他倒栽葱的头顶快要落上甲板时，正巧撞在一个疯狂冲刺拼杀的朝兵那锋利无比的枪尖上，不偏不倚，枪尖仿佛生了一只明亮的眼睛，准确无误，戳中矮个子的左上胸。那个勇敢的朝营士兵，眼明手快，发觉戳的竟是自家兄弟，慌了手，猛地拔出枪头，可怜的矮个子，心脏里新鲜的热腾腾的血液，如喷泉激发，展现着鲜红娇艳、瑰丽且灿烂如虹般的扇形射线。矮个子仰面朝天，瞪圆的眼珠子里，传递出被自家兄弟戳杀的不屈不服不甘心的定格神态。两膝猛然弯曲，又款款伸平。嘴角、鼻孔、眼眶和耳眼里，流淌着紫红色、亮晶晶的血液。胸口上，拳头大的血洞，浮上厚厚一层如玫瑰花瓣般的血泡泡。鲜活的灵魂，转脸间，回归到生命的原点。

高个子哨兵伸出长长的颈项，眼睁睁地看着矮个子性命归零的全过程，急得捶胸顿足，悲哀得椎心泣血。他三步并作两步，大有前仆后继之势，下了瞭望台，去完成矮个子未完成的任务。高个子慌乱得上气不接下气，屁滚尿流地跑到指挥部门口，正赶上边懿出门，身边还跟着十几个卫士，围成一圈。高个子无比悲痛地，有点结巴地说："报告将军……"没等他继续说话，边懿不耐烦地挥挥手，声音沉重地说："回到你的岗位去，情况，咱明白！"

边懿攀上三楼瞭望台，卫士紧随其后。边懿到旗手身边，举起望远镜，向舸营战场望去，并对旗手说："群英逐春阵，关闭阵门，消灭阵内匪徒。火急！""是！"旗手红黄蓝白四旗并用，指挥离、坎、震、兑四边紧缩，四门关闭。常在岭、萧立峰、焦凤山、封里行率领各自队伍，边战边围，这让龙荡营的蛙人、先遣队员们感到空间渐小，压力增加，腹背受敌。

边懿这一阵法，以众压寡，以多欺少，目的就在趁龙荡营匪徒援兵到达大舸营之前，消灭舸上百余匪徒。只要关闭阵门，阵中被围的人，必成网中鱼、瓮中鳖。外边的援兵，若不懂破阵之法，进不了大舸营，更何况大舸舷，离水面八尺之高，比城墙还要坚固。

龙荡营一艘木制铁皮包裹的装甲指挥艇，接近大舸营三百尺抛锚泊艇。艇里是龙荡营副统领虎头鲸、军师追风蜈蚣，还有副将、卫兵十几人。指挥艇刚停稳，周边四艘小飞艇，落帆靠过来。小飞艇上的人，分别是大虾逛、四爪飞鹰、刀螂蛇和八爪鱼，这是龙荡营的四营首领。虎头鲸指着大舸营船楼上旗令，对四营首领说："看到了吧，舸营上，边懿摆的是'群英逐春阵'，现正在关闭阵门，关键时刻，就要到了。前年，俺们曾经在淮安府劫官银的大战中，摆过此阵，‘离’边大虾逛部、‘坎’边四爪飞鹰部、‘震’边刀螂蛇部、‘兑’边八爪鱼部。上次俺们是守，今天俺们是攻，原占位不变，佯攻边位，真打门位，破门即破阵。上次，俺们赢了，这次，俺们，应该、必须赢。明白吗？”众人高呼：“明白！”

常在岭立于大舸营“离”边，打出两臂向胸前弯曲的手势，他制下的两百精英，迅速向常在岭集结，从两边收紧。此阵，“离”边迅速收紧到位。常在岭在两边士兵的护卫下，顶天立地，八面威风，护住“离”边大门“天香门”。

萧立峰部守“坎”边“韵溪门”，焦凤山部守“震”边“望芳门”，封里行部守“兑”边“大椿门”。龙荡营的蛙人、先遣队一百余人，被围在大舸营的“群英逐春阵”中间。四周人群如潮，合围如堵，里三层外三层，风雨不透，水泄不通。

此刻，余定舟率部，从“离”“坎”“震”三边，突入包围圈，欲把龙荡营一百多人，分割成三个小部分，形成三个小包围圈。刚进阵门，余定舟三部，一部持长枪，从左向右，不停地转圈，围而不打。二部持长刀，刀柄四尺五寸，刀头三尺二寸，刀背上连着十个盏口大的铁环，刀口朝上，刀背朝下，在大舸甲板上，拖刀转圈，从右向左，围而不打，发出令人讨厌、倒胃口的“咯唧咯唧”的怪响。三部皆持金箍棒，从“震”门进入时，一边耍棒一边跑，从左向右，转圈耍棒，围而不打。

龙荡营装甲指挥艇上的追风蜈蚣，清了清嗓子，对四营首领说：“记住喽！俺们是攻方，朝兵是守方。俺们首要任务，抓住对方五个头，五个头叫五剪玫、五道门。摘下五剪玫，崩掉五扇门，群英必隳。此阵法，就算破了。”追风蜈蚣三言两语，言简意赅，在场的人心领神会，个个点头回应。他们早已按捺不住了。时间紧迫，虎头鲸发布战令：“大虾逛部，（手指常在岭方向）扼住‘离’边，发起斩首行动，盯住披红风衣的高个子，边家军头牌常在岭将军，天香门红玫第一剪。”他手指“坎”边萧立峰方向说：“四爪飞鹰部，抓住坎位上那个披蓝色风衣的小头瘦个子，边家军次牌人物萧立峰将军，韵溪门蓝玫第二剪。”他手指焦凤山对刀螂蛇说：“刀螂蛇部，缠住‘震’边上披黑风衣的那个胖子，舸营总舵把子焦凤山，望芳门黑玫第三剪。”继续指封里行的方向说：“八爪鱼部，封锁‘兑’边，除掉那个胄顶上飘红缨披黄风衣的短腿长身板子的家伙，副舵把子封里行，大椿门黄玫第四剪。”转脸对追风蜈蚣说：“军师追风蜈蚣，破阵中三重围。拜托各位，务必尽快在第一时间，摘下五剪玫瑰。”追风蜈蚣对身边几人说：“中间三围，南边第一围叫玫弄影，尕牛，你盯住头戴玫瑰胄的那家伙，灭了他。第二围叫梦芙蓉，丁梭子，你压住头戴芙蓉胄的那个，伺机斩掉他的头颅。第三围叫海棠春，邬久，摁住头戴海棠胄的家伙。”邬久身背一张大砍刀，追风蜈蚣小眼珠转了一下，果断地说：“剁了他。”三人异口同声：“得令！”虎头鲸说：“情况紧急，各部只需一袋烟工夫，攻上大舸营，越快越好，再晚了，舸营上的蛙人、敢死队员，可能架不住。”

大虾逛、四爪飞鹰、刀螂蛇、八爪鱼、追风蜈蚣齐声：“得令！”急忙分散，各自率部，从船营大舸四周，各显神通，登船去了。

“群英逐春阵”，四门五剪玫，离位天香门，坎位韵溪门，震位望芳门，兑位大椿门。四门兵力联动，互持互援互救。任何一边，遭遇险境，相邻两边士兵，立马投入救援解困。

龙荡营若想尽快破阵，攻克四门五剪玫是关键。四门攻下，才可能里应外合，克敌制胜。大虾逛身背丈二九节钢鞭，猛喝一声：“兄弟们，跟俺上！”纵身一个青蛙跳，两腿弯曲蹲下，两脚用力弹起，两臂向上伸展，两手抓住大舸帮，用力猛地一缩，两脚攀上船舷，从身后抽出钢鞭，横竖摔打起来。他想尽快了结离位天香门掌门人的性命。大虾逛率先投入战斗。身后小飞艇，一起涌过来，将士们纷纷登舸。四爪飞鹰，手握双星狼牙锤，直接从飞艇上飞起，人到锤到，人未落地，两个在金色绸缎锤彩隐蔽下的飞星锤，从空中落下，只听得“嗡嗡嗡”的鸽哨声之后，紧接“嗵嗵、嗵嗵”沉闷两声，朝营两个士兵，头颅粉碎，脑汁四溅，红白花朵绽放，两命呜呼！坎位韵溪门，战斗打响。刀螂蛇身背青龙偃月刀，他身长腰细，如滑溜溜的刀螂蛇，蹿上一根倒在舸外的中心大桅子，上了船，直奔震位望芳门。他想在第一时间杀掉披黑风衣的矮胖子焦凤山。

焦凤山虽为总舵把子，带兵打仗也并不外行。水上漂了几十年，掌天下漕运的总舵把子，啥海盗、渔霸、土匪、游寇都见过、斗过。他摆出猛势显赫、威仪非凡的架势，拿起六尺铁锐，迎战刀螂蛇。双方率领的队伍，不由分说，厮杀在一起。

八爪鱼身背鸳鸯金刚八棱双铜锏，从飞艇上抓住一根长篙，篙头插在飞艇小舱，双手如八爪鱼的吸盘，抓住篙梢，一个撑杆大跳，跃上大舸营，紧接一个侧翻转，飞身入阵。两手同时从两肩后，抽出金刚双锏。双锏开路，凡挡道者，纷纷倒地，五脏俱碎。封里行手持青铜玄钺，迎战八爪鱼，你来我往，很快进入胶着状态。

龙荡营的离、坎、震、兑四营和追风蜈蚣独立营的勇士们，紧跟自己首领，飞艇踏着浪尖，每营五百多人，从四面八方，乘风飞驰，陆陆续续登上大舸营。

大舸营的朝廷将士，正在和蛙人、敢死队前冲后涌，奋力拼杀。蛙人和敢死队员，见四营的首领带领兄弟们增援而来，个个陡增精神，力从中来，士气大涨，他们根本不畏惧三围四围，重重包围，左砍右削，上戳下刺，前后冲杀。朝营士兵，人头如蒂落的西瓜，不甘寂寞地在舷板上四处滚动，倾尸仆地，手中还紧握住兵器不放，他们死得如史诗般惨烈悲壮。那些被抹掉头的脖子，如鲜艳的大红花，竞相绽放。

这时候，从朝营指挥部楼底层，蹿出一支队伍，二百多人，兵分两路，沿舸营周边分散开。这是朝营弓弩火枪混合战队，他们如流烟而过，很快占领阵地外围，他们荷枪实弹，对准海面势如破竹、蜂拥而至的龙荡营的小飞艇开火。弓弩齐发，响弦鸣镝。而火枪队在关键时候掉链子了，头领命令开火，却没听到枪声。领头歪着脑袋，就要发火时，定睛看看自己的枪，也没响，傻了，“啊”的一声，再没发话。

弓弩箭发出响声之后，受一阵狂风影响，纷纷落入水中，偏离目标，在海面上打起“水漂漂”来，跳箭了。火枪在大雨中，火药浸湿，火槽进水，哑弹了。也有两三声响，喷沙子、铁豆子，打在龙荡营勇士的盾牌上，“啪嗒啪嗒”，如炒黄豆的声音，没啥杀伤力。

站在装甲指挥艇上的虎头鲸，眼看朝营弓弩火器队对龙荡营上舸破阵的勇士们颇具威胁，果断对后备机动营叫道：“朱武、朱文听令！”二人齐声回复：“在。”“你二人，各领二十精锐，用最快速度，最残酷手段，消灭朝营弓弩火器混合队。”二人齐声回复：“明白！”

朱武身背大片刀，手持牛头金刚叉："一小队、二小队，随俺来！"朱文身背一把刀形斧，手持五股飞渔叉叫道："三小队、四小队，跟俺上！"两艘快艇各载二十人，在枪林箭雨中，飞身跃上舸营战场。朱武、朱文兄弟二人，领了绝杀令。早就按捺不住的手脚，腾云驾雾一样，从舸营左右两侧，对弓弩手、火枪手，展开竞杀。英雄无用武之地，短兵肉搏，火枪无火。弓弩在短兵相接中，使不上劲，来不及还手，纷纷死在龙荡营机动队员脚下。火枪、弓弩队员，惨遭绝杀，方寸大乱，手中无长器，无奈之下，四处逃散，或纷纷跳进大海。

站在瞭望台上的边懿，手握宝剑，眉宇间拧成深深"八"字纹，蒜坨鼻翼下，两边法令纹线，深深地延伸到下巴两边。嘴唇紧紧地抿着，拱成半圆，盯着逃散和跳海的手下将士，内心涌起一股恨铁不成钢的愤怨。对身边一护卫说："令二楼弓弩台，放箭，目标，大营四周飞艇上的匪徒。"护卫抱拳回应："遵命！"护卫转头，从瞭望台飞速至二楼指挥营。冲进屋内，全体弓弩手立正待命。"将军有令，全体弓弩台将士，调整台位，对准海面匪徒，放箭！"护卫传达完命令，转回上了三楼。船楼二楼指挥部，顿时四面窗户大开，露出弓弩台。各种弓弩，装箭待发。臂张弩、踏张弩、腰张弩、数发弩、连射弩、床弩。弩阵，是边懿设计、杀伤力强大的秘密武器，是保卫舸营，保卫指挥部的重要防线。

边懿满脑的疑惑不解，龙王荡的匪徒的数量、作案手段，自己曾做过大量研究，分析对比，其丧心病狂的程度，在朝廷，令许多人闻风丧胆，自己却不以为意，从来没有畏惧过，今日一见，绝非一般意义上的土匪，他们仍然是军人，是不为大清朝廷所用的军人。是一支能打硬仗，能打大仗，置生死不顾，坚韧不拔，攻坚克难，战无不胜的军队。大清朝，再无这样的军队了。不管他们是哪路英雄，他们抢夺皇粮，就是匪。官与匪势不两立，不共戴天。今日别无选择，必将所有力量，通通压上，拼运气，赌一把。

指挥部二楼窗户大开，各弩台上，射出一支支响箭，直插海面，如层层低飞的黑云，落在龙荡营兄弟们陆续而来的小飞艇上，勇士们举起盾牌，密集如网，响声如雨，"扑哧扑哧……"穿进杞柳盾的表层。稠密的鸣镝响箭，丝毫没有阻碍龙荡营的飞艇扬帆前进。

虎头鲸在舸营战场外三十丈远的流动装甲艇上，四周围着护卫盾牌，手持望远镜，清楚看到响箭从指挥楼的二楼射出，他判定二楼必有固定的弓弩台，暗处放响箭，神出鬼没，其手段刁钻，又有戏弄对手的特征。虎头鲸口中骂道：“边懿小儿，戏弄俺虎头鲸，看爷爷如何吃掉你！”他放开喉咙，对身边四个彪悍干将喝道：“王今，你四人相互掩护，突入那船楼，冲杀进二楼，消灭弩台上所有弓弩手，劈毁所有弓弩台。事成之后，不得恋战，迅速撤回装甲艇。”

四人得令，跳进小飞艇，掌盾、扯帆、划桨，向舸营战地冲去。转眼到了舸营船舷下方，趁大舸营地厮杀混乱之际，四人相互掩护，相继攀上大舸。四条汉子轻装上阵，不管三七二十一，一路砍杀，直冲朝营二楼指挥部。四人四把一式的五尺短柄、宽背、金刚口、剁铁如泥的大剁刀，只闻风声，不见影，人头纷纷落地，血雨喷洒，上了二楼指挥部。四人进屋，顺手推上扊扅，把楼门卡死。弓弩台上的弓弩手，还在全神贯注投箭、瞄准、放箭，没注意四人进来。到四人冲到面前时，反应过来，为时已晚。一时惊惧，目瞪口呆，刚想反抗，就听到“嚓嚓嚓……”的一阵旋风，四条汉子对四十多个弓弩手，只在喘气眨眼之间，二楼指挥部里的弓弩手，很快归于平静。四人递过眼色，抡起大刀，“哐哐唧唧，乒乒乓乓，嘎嘎嘣嘣，噼噼啪啪……”大大小小几十把弓弩，一会儿变成小木条子，弓崩弦断。

边懿在瞭望台上，看到四个彪悍大个子，疯子一样，挥刀劈杀，舸营中无人能阻，长叹一声：“匪之勇者，于吾辈之上！”边懿再回过神来，发现四条汉子的目标，是二楼指挥部的弓弩台。随即命身边侍卫：“快，下去，二楼指挥部，把住门口，力阻匪徒冲杀进去！”边懿身边侍卫，冲下五人，至二楼指挥部门口。门早被卡死，几人急得跺脚、捶胸、拍大腿。门太结实，无法破门而入。情急之下，几个朝兵侍卫，对着门缝，发出如虎啸狼嚎般怒吼，又如丧家之犬般呜哇狂吠。他们隔着门缝，目睹四条汉子，耍刀砍头的精湛技艺和严密的刀法、运势，劈、撩、扎、挂、斩、刺、扫、腕花，缠头裹脑。四人四种特色，仿佛在表演刀法：笑里藏刀、敲山震虎、夜战八方、立劈华山、顺水推舟、白鹤亮翅、移花接木、亢龙有悔、天外飞仙、浑然天成；亮刀带马、开门见山、童子迎宾、金龙出洞、运转乾坤、旗开得胜、青龙探爪、翻云覆雨、蛟龙搅浪、怒杀五关、威震雷霆，龙腾虎跃；大鹏展翅、仙人指路、乌龙摆尾、横扫连环劈；轻风落叶、撤步裹脑、弹腿刺刀、旋风飞刀……

朝兵侍卫从门缝中窥视，深感自愧不如。看他们毁坏弓弩台上的各种设备物件，凶神恶煞，鹰视狼步，如群狼、鬣狗抢肉，疯咬狂撕。横冲直撞，如饿虎扑食，鳄鲨掠杀般残酷惨烈。那狂野的兽性，淋漓尽致。他们看这一切，倒吸凉气，不寒而栗。四条汉子毁掉朝兵弓弩台上一切装备之后，知道门已被封锁，外面有人堵在门缝中，向厅里窥视。领头大汉王今，推开三兄弟说："兄弟们，一边看热闹，看大哥表演。"说完，把手中大刀戗在墙脚，吐口唾沫在手心，搓了搓，拎起大刀，举在半空，对准门缝，使全身力气，"叭"的一声，劈开板门闩子，碗口粗的门杠子，一刀斩断，没有一丝刀痕印迹。可怜那个堵在门缝上的卫兵，和木板门同时被劈成两半，一半倒在门外，一半倒在门里。腹中的杂碎，没里没外，成了大舸战营的尸体中，最富特色的一道亮丽而悲壮的风景。龙荡营副统领虎头鲸的四个护卫、四把大刀，和朝营步军校边慤的四个侍卫、四把剑，在指挥部的一楼至二楼的木梯上，对战起来。一对一的对决，八个人，斗的是真功实招。高手过招，实打实，不是叶公，也无一个南郭先生。

龙荡营四条汉子，皆姓王，领头的叫王今，其他三人，分别叫王必、王比、王巴。朝营四人，皆姓桂，领头的叫桂离，其他三人，分别叫桂未、桂罔、桂两。王今对桂离，王必对桂未，王比对桂罔，王巴对桂两。八人，各自为战。王今感觉前一阵，杀得痛快，毁得舒畅。此刻，他想借机冲杀上三楼顶部瞭望台，领教步军校将军的剑法。王今这家伙，有得胜易骄的毛病，他早忘记虎头鲸"事成不恋战，迅速撤回装甲艇"的嘱咐。他和桂离打了几个回合，转身沿木梯上三楼。桂离发现王今意图，岂能容得，飞身转体，抢在王今前面，堵住去路，王今抡起大刀大喝一声："小子让路，敢挡你王爷的路，找死！"桂离机灵俯身躲闪，顺势一剑，削掉楼梯的木栏杆，正巧王今抡刀时，背倚梯上栏杆，一时失重，跌落在二楼楼梯下地板上，没等他爬起来，桂离寒光锃亮逼人的宝剑，如闪电直指他的眉心，戳过来，王今双手上托，顺势将大刀抛在空中，忽然一个就地前翻，在大刀落下时，双手接住大刀，桂离宝剑刺空。趁王今接刀之时，机不可失，桂离使宝剑，削断二楼通向三楼的楼梯，二人你来我往，拼得不可开交。

王必前几天，吃了生牡蛎，虽喝了半斤老白干原浆，最终没止住闹肚子，上吐下泻，两头放花。这一阵子，身上出虚汗，浑身有些力不从心，外烧内冷，打战抽筋，抖得厉害。他和桂未战了十几个回合，就感觉天旋地转，脑鸣耳响，眼冒金花，眼前尽是飞蛾黑影。他被桂未逼到二楼一个墙旮旯，渐渐体力不支，招架困难。忽然间，眼前一黑，栽倒在地，桂未知道对手不是技不如己，他的身体出了毛病，正好，岂能放过这千载难逢的绝佳时机，顺势一剑，刺进了王必心窝子。

王必死了。王必当然不是死于技不如人，王必死于两头放花。王必刀法高强，为人内向，不善言辞，身经百战，沉着冷静，出生入死，战功丰硕。他怎么可能这么容易死于一个普通剑客之手呢？这个谜，困惑虎头鲸许多年。就在桂离削断二楼通向三楼楼梯时，王今发现王必被桂未刺死。王今转身一个跨步腾起，亮起大刀，从桂未的右后肩斜劈而下，如快刀斩红薯，"喳"的一声到底。刺死王必，正在收剑的桂未，刚刚有些得意，想放声大笑，不料，在他身后，王今抡起大刀，披荆斩棘，冲了过来，他还没来得及理解死的滋味，不知道断气与死亡二者的关系，就被王今斜劈了身子，完整的脑袋，完整的五官，眼睛还能看清物体，嘴巴和鼻孔同时急促吸气呼气。他用力转首，向自己热爱的恋恋不舍的军营，向这个美丽而险恶的世界，投以最后懵懂而忧伤的一瞥，遗憾地没来得及和将军打声招呼，就匆匆先行而去。

兄弟王必之死，令老大王今受到极大刺激。他杀死桂未之后，整个人，疯狗似的凶残，恶狼般狠毒，歇斯底里，狰狞得失了理性，号叫几声，冲向桂离，暴戾和狠杀占据了他全部思想。他狂舞大刀，只有形意，不见刀影。只听到"呜呜呜……"的阵阵鸣响，周围五丈之内，水泼不进，何况外来的刀枪，根本无法近身。桂离见王今冲杀过来，这个疯子，这条恶狗，硬拼硬，绝对不是他的对手。面对强敌，岂装孬种，他拉开架势，一点也不认输，不认㞞，思考破招避险之法。只见一阵旋风，经过眼前，桂离好像被吸进绞肉机的金刚涡片之中。在王今形意大刀下，被解肢、切割、撕碎，随飞刀舞转，血肉模糊的碎片，如天女散花，在空中飘散开去。王今大刀的形意旋风，逼进了桂罔、桂两，王今在形意旋风中，号叫：“三弟、四弟闪开。朝营小儿，丧俺二弟，痛彻心扉，拿命来！”桂罔桂两，二人暗递眼色，微微点头，两人散开，一前一后，前后夹击，冲向王今。王今的形意旋风刀，祖传独家大刀法，世上无人破解。二人没能接近王今，手中宝剑，已被折断几截。“咔嚓咔嚓，咯吧咯吧，哐啷啷啷”落在二楼船板上。二人见势不妙，拔腿就跑。王今号叫：“想跑，龟孙子，留下四条腿。”话音未落，齐整的四条腿，从桂罔桂两的股骨处砍断。二楼几十具尸体中，又添两具鲜尸。

被殷血浸染的墙壁、地板、窗台……每个角落，都在散发着令人作呕的腥腐恶臭。

王今跑到那边墙脚，抱起二弟王必，大嘴巴张开如瓢，放声号啕。脑海里浮现：小时候，兄弟四人，在院里一起玩耍……一起分糖果……一起分餐饭……一起睡觉。稍大些，一起随父亲练舞大刀……一起跟随副统领虎头鲸南征北战的情景，不停哭诉：“二弟呀！你咋就死了呢？你不该死呀！以你身手，本在俺之上。二弟呀！冤啊！咱们回营，等打完这仗，大哥带你回家，回龙王荡。”王比、王巴抬起王必，放在王今背上。兄弟三人边战边撤，退至舸舷边上，跳上小飞艇，回装甲艇去了。

6

“群英逐春阵”中的离、坎、震、兑四条边，四大门，皆有重兵把守，阵形如铁桶般，前进后退，重围严实，纵攻、横涌，左右夹击，内外穿插，滚动挪移。敌阵营形势，有所稳定，龙荡营的勇士，不时相继倒下十几人。这使边懿观阵时，发出欣慰一笑。谅他土匪中，无人能识此阵，荡匪援军若想解围救人，必须破门，而任何一门发生危机，相邻两边守兵，皆可驰援解危。而被重围的荡匪，蛙人也罢，敢死队也罢，要想突破重围，其希望几乎为零。此阵，对付重围中的一百多荡匪，关门打狗，不能称之为铜墙铁壁，也算得上万无一失。按预计，只要“群英逐春阵”形成，不出两杯茶的工夫，重围中的荡匪，即全部剿灭。现在差不多半炷香的时辰了，龙荡营土匪倒下十几人，而我军已倒下二百多人了，当然主要是在阵形未形成之前混乱中被杀的。他又举起望远镜，仔细观察，心中暗暗惊讶，想不到，这帮荡匪，人才济济，绝非平庸之辈。种种迹象表明，荡匪可能识破阵法了。从四面八方拥来的匪徒，并没有盲目地见人就杀，而是首先攻打阵中四大门和重围中的三腹围，且是同时开战，欲折我五剪玫。这是天罗地网先抓纲的破阵第一步，重点打击，中间开花。若四门告破，中间核心圈的三重围剿，则形同虚设。可恨的是，荡匪反应特快，趁咱舸营集结短暂混乱机会，派精兵杀了咱的弓弩火枪战队二百多人，又毁了咱二楼护卫弓弩台，杀俺身边卫士五人。边懿内心产生一丝无可名状的担忧，他用放松的神情，刻意掩饰有点害怕的心境。他虽世袭武功之家，自小习武，浑身本事，却毫无实践经验，指挥这场战役，第一次尝试，心中无底。

闪电、雷鸣、狂风、骤雨、巨浪、波涛，仿佛在为双方将士助威。这气候，这环境，这轰响，这湿热。疾风骤雨，舸面上，朝营将士根本无法稳住脚跟，懊恼中夹带苦闷忧愁，对能不能战胜匪徒，心存疑虑。

相反，所有狂风暴雨，恶劣环境，无不激励龙荡营兄弟的战斗热情。这让边懿难以置信。他看到大舸营的四周，黑压压的小飞艇、人群，仿如排山倒海，无可阻挡。弓弩队的全军覆灭，给匪徒上舸，扫平了一切障碍。现在匪徒已拥上大舸。出乎意料，每个匪徒，都用自己独特绝技，干净利索、健步如飞，跃上大舸，没有想象中的云梯、悬梯、人架子，没有想象中的红衣大炮。边懿想多了，龙荡营这次夺粮的原则，杜绝火源，他们目的是粮食，绝不是为了捣乱、杀人，所以既无明枪、火弹，也没放火。

龙荡营的将士们，个个身上都释放出取之不尽的智慧，用之不竭的力量，浑身上下，迸发的是野性、匪性和杀性。朝营的将士们，同样咬牙坚持，在你死我活绝境中，亦无法顾及生死。船面上，双方斗得天昏地暗，难解难分。刀枪夺命，剑戟追魂，斧钺斫颅，钩叉喷血，尸伏遍地，血肉横飞。棍棒中，榔头下，脑浆炸迸；流星处，尸首叠摞；铜锤间，骨断筋裂；钢鞭、铁锏抽打时，皮开肉绽；抓拐伸处，肢分体解；镋槊端头，魂不附体……双方对决，斗的是十八般兵器。毁灭的是年轻、天真烂漫、茁壮无邪、生动鲜活的生命。

阴沉灰暗，乌风黑雨的大舸战场，每一寸舷帮、船板，每一片风帆，每一根倾倒的桅杆，每一条拉索，每一个角落，都飘着杀气，出没幽鬼暗妖，隐藏窥视的恶魔死神，流淌悲惨的血液。一道道鲜血喷出的弧线，与紫白的电光在空地之间交相辉映。船面上的血流，卷起殷红的波浪，流进大海，海浪击打船舷，绽放出无数朵鲜红的玫瑰。“群英逐春阵”的守门破门战斗，打得十分惨烈，惨无人道，惨不忍睹。“群英逐春阵”四条边，边边针锋相对，刀枪滚滚，不可开交；四大门，冤家狭路相逢，刀光剑影。两军皆抱定背水一战、破釜沉舟、血战到底的决心。朝营“群英逐春阵”外围四边，已被龙荡营的四营完全分割，独立分开，朝营四边，边边不能相济，四大门，门门不能互援，各自为战。中间核心层三个包围圈，战斗力明显不足，渐渐疲软，无法和龙荡营的蛙人、敢死队硬拼。第一个冲锋，余定舟手下不停转圈移动，虚张声势。扰乱视线的将士，死伤二十有余。追风蜈蚣手使一柄金丝拂尘，和余定舟战了十几个回合，双方都没主动袭击，意在试探对方实力。

余定舟在加快刀速节奏，追风蜈蚣看得清楚，也跟着加快应对。追风蜈蚣当前策略，你动，我动；你不动，我主动。就是不让你喘息，拖累你，拖垮你，拖死你。双方又战十几回合，还分不出胜负。余定舟寻思，眼前这个似道非道，似妖非妖，头顶冒出浊气、仙气、晦气，瘦巴巴仿佛古稀家伙，诡计多端，心术不正，爱使阴招，自己用全力，使实招，夺命追魂，都被他轻易化解。余定舟心中有点发怵，还假装漫不经心，向追风蜈蚣喊话：“老小子，看你，一把年纪，胡子拉碴，瘦骨伶仃。今天咱余大爷成全你，留你性命，还不速速就擒！”余定舟当然知道自己在说大话，壮胆子。这样打下去，再打半个时辰，打不倒对方，自己一定活活累死。不中，再发力。余定舟使出积蓄几十年的力气，左砍右剁，却刀刀落空，急得汗出如浆，贴身单衣贴在身上。两手握住刀把，汗水通过手心，流向刀把子，弄得刀把子也大汗淋漓，过分湿滑，抓握不稳。

追风蜈蚣是经过风雨、见过世面的人，他不慌不忙，不急不躁地说：“余大爷，打斗嘛，玩的是实力，不是嘴皮。谁死，谁活，你说了不算，俺手中的拂尘说了算。你俺之间，你是笑不到最后的那一个。用点心，耍好你的大刀片子，俺和你打，提不起精神，快要打瞌睡了，你能不能弄两个绝招，让俺见识见识。”余定舟咬紧后槽牙，腮边肌肉忽闪忽闪，咬得太紧，在痉挛。他眼珠一转，心生一计，改砍劈招式为上压下挑，左右削，刀刀从追风蜈蚣脖子边上划过。追风蜈蚣已全部了解对手的大刀法，估计他再也玩不出什么新花样。眼看对手挥汗如雨，动作也明显迟慢下来。追风蜈蚣找准机会，趁对手转身撩拨收刀之际，挥起手中拂尘，一招“暗解香囊”，把余定舟后心的牛皮战袍和披挂在肩臂上的铁甲，硬生生地撕扯下来。余定舟只觉背后，有人轻轻拽了一把，不疼不痛不痒痒，后心头、屁股、大腿胯，毫无保留地暴露在光天化日之下，半件战袍、铠甲撒落一地。余定舟大惊失色，没想到这马尾拂尘，竟然如此厉害。战衣被人家扒了、撕了，这仗还怎么打，丢死人了。余定舟又羞又耻，又辱又恼，无地自容，破口大骂：“追风蜈蚣，你他娘的，匪就是匪，不守规矩，无赖，耍流氓。打人不打脸，扒咱战袍，撕咱内衫内裤，这算啥本事！”追风蜈蚣酸溜溜地说：“余大爷，你刀刀索俺的命，俺不计较。这只是警告，接下来还能干啥，你是知道的，还用俺告诉你吗？再说，您那战袍，不结实，朽了！俺想给您掸掸灰尘，一不小心，撕了！”

余定舟错误估计这柄拂尘了。这拂尘绝非普通马尾拂尘那么简单，这是一把金丝拂尘。金丝拂尘，他没听说过，更别提看过。这是暗藏杀机的绝命武器，只是打着不显眼拂尘的幌子，其实是金刚丝拂尘，每一条精工细丝，就是一把比刀口还锋利的绳刀，其中一根丝，就能斩下一颗人头。战场上，谁把它看成普通拂尘，谁必离死不远。余定舟不是怕死之辈，未加多思，抡起大刀狂叫道：“大胆狂徒，认准余大爷大刀，让你死得明白。”余定舟喊出壮胆的大话，继续重复他的招式，不停砍剁劈挑。他没把握取胜，只有押上性命，对赌了！追风蜈蚣两目余光侧视左右，核心层三道围墙拆除得差不多了，他所率领的将士们和敢死队的将士们，已全面会合，正对余定舟余部，实行残暴、冷酷的杀戮。追风蜈蚣觉得时机成熟，这场“中间开花”的战斗，应该接近尾声了。他一边应对化解余定舟的刀式，一边大声高呼：“兄弟们，记住喽，为了节约粮食，必须完全彻底干净剿灭朝兵，不留一个活口。”他通过高呼，震慑余定舟，分散他的注意力，寻找突破口，用一招制胜。

两人又战了几个回合，几十斤重的大刀，耍来耍去，余定舟这双操舵把子的手，吃不消，扛不住了，两臂酸胀乏力。追风蜈蚣眼看索命机会已然成熟，大吼一声：“着！”平直伸出拂尘，一招“金丝掏心”，直戳之力，足有千斤。看似柔软的一股金丝，突然间变成千千万万根精细、尖锐、金光璀璨的千钧长戟，从余定舟左后心插进。余定舟做梦也不会想到，自己的如此死法。凭他余定舟的大命和造化，怎么可以死在一把马尾巴之中呢！冤啊！真冤！他只觉千万支钢针，刺穿自己后臂的锨板骨，直捣心脏，扯断冠状动脉，扎烂了左右心房。一腔浓稠滚烫的热血，从余定舟口中喷出，他两手一松，长柄子大刀“嘎嘣嘣”摔落在船舷上。追风蜈蚣抽出拂尘刹那间，余定舟随惯性重重跌落，仰面朝天。余定舟这一无意识的仰面朝天，掩饰了他一丝不挂的后脊梁，和光鲜亮白、两个丰满圆润的屁盘子。这是追风蜈蚣留给余定舟死后的一点颜面和尊严。当然更重要的是怕脏了蛙人们的眼睛，她们都是二十岁上下的女娃！阵雨扫过，洗净了余定舟井喷过后而不能合拢的血口子，洗涤了他周身的汗浆，冲刷了他去西天路上的滚滚红尘。一辈子与河海打交道的漕帮领袖，副总舵把子余定舟，今日，朝廷运输大舸，成了他光荣人生的最后一站。

边懋在望远镜里，看到了他不愿看到的场面，三围被破，匪徒正在实施中间开花、外围压境、里应外合的策略。他放下望远镜，他讨厌这副望远镜，自开战以来，就没看到振奋人心的场面。他闭起眼睛，深深默念：余副总舵把子，你尽忠了，一路走好！

船上、阵间，朝廷各分营阵门前的小鼙鼓，配合三楼上的红漆牛皮大鼓，不停错落敲击，用不同节奏的鼓点声，向分营传递攻、防、快、慢、纵、横、方、圆、转、退、进、击……阵形变化信号。敌对双方的将士们，奋勇拼杀，各种兵器碰撞、倾轧、砍剁、刺戳，“当当、叮叮、嘣嘣、嚓嚓、嘎嘎、咯咯、噼噼、啪啪……”乱作一团，天空、海面、战场上轰云滚滚，雾气浓烈，血流成河。倾覆的巨浪，一次又一次，掀起吞噬世界之势。雷电一次又一次轰炸，紧迫的风和雨，一次又一次默契地融合交加。

大虾逛率离部勇士，在龙荡营历次战役中，打的都是头阵，冲锋在前，无往不胜。今天面对的又是“群英逐春阵”第一门，面临的对手，是朝廷战营中的常胜将军常在岭，注定是一场恶战。常在岭将军本是边懿父亲边塞老将军的副将，过去长期受老将军的恩顾和提携，和老将军的关系密切，情同父子，在守边战场上，早就拜老将军为义父。他身经百战，历经千难万险，功勋卓著，军衔级别远在边懿之上。边懿领兵押运，生平第一次，老将军不放心，委派常在岭随行，以确保此次押运安全无事。有了这层关系，常在岭甘心情愿，甘当边懿的副将，扶持这位异姓兄弟。戎马半生，叱咤风云，驰骋大漠的常在岭，从内心深处，瞧不起这班乌合之众的匪徒。他眼见匪徒疯狂冲杀，来势凶猛，自己手下，那么多久经沙场的优秀将士，纷纷倒在这些土匪手下，他忍不住了。手持龙泉寒光映日剑，顺手将长辫子甩绕在脖子上，口中门齿咬住辫梢，挥起六尺剑锋，刺向一个手持钢叉的龙荡营勇士，这个勇士迅疾抵挡，没过三招，这个初生的牛犊，被常在岭这只老虎啖了。大虾逛见状，哪能压得住怒火，九节雷霆钢鞭，十步之外，左一鞭“霹雳开山”，右一鞭“风卷残云”，他让七八个朝兵，转瞬倒在常在岭脚下，个个皮开肉绽，骨断筋裂，手掌撑地，欲立不起，皆用无助的、求生的、哀怜的眼神乞望主人施救。常在岭不忍、无奈、愤怒，举起龙泉寒光映日剑，大战大虾逛。

朝营坎位韵溪门，萧立峰迎战四爪飞鹰。萧立峰是边塞老将军骑兵营分营统领，随老将军撤防进京，在京师骁骑营供职。萧立峰四十出头，年富力强，曾率铁骑千乘，纵横漠北，跨越河西，算得上一世英雄。萧立峰手持戈矛合体方天戟。此兵器堪称“百兵之魁”。戟头有两月牙刀，内刃锋利无比，两刀间突出长矛，可刺可砍，可挑可劈。杆长丈二，四十多斤，此戟有火龙之灵，暗透暴戾煞气，深藏火灵，见血焚烧，见命屠戮，招招阴毒刁狠！萧立峰与四爪飞鹰刚交手，原以为对方是毛嫩的男娃子，几招之后，才发现飞鹰竟然是一个二十出头的女流之辈。

试了两招，便开口羞辱：“穷寇荡，男人都死绝啦！竟使一黄毛丫头片子，也敢跟萧大爷比划，岂不是辱没你萧大爷吗？你不如跟萧大爷回京城，大爷咱，辛苦点，把你纳了，明年今日，就可奶娃子了。小女子，你意下如何哈？”在战场上，两将对阵杀伐时，咒、骂、羞、辱、喊、叫……都是战术。喊呼叫，说大话，吹牛 ×，用来显示自己力量，震慑对方，使之胆寒，失手被杀。咒骂污辱，有意激起对方愤怒情绪，使其取胜心切，而乱了方寸，从而抓住杀机。久经战场的老将，皆有经验。飞鹰从未受过如此羞辱。可是，她心思缜密，不会上当受骗，也不会轻易被激怒。这方面知识，师父也早有交代。她保持清醒头脑，清明的心志，挬萧立峰说：“小仔，回家娶你老娘吧，明年的今天，你老娘给你养下儿子当小弟！”萧立峰被骂呆了。他娘的，是真土匪，大闺女家，这种脏话，也能骂出口，绝非善茬。飞鹰嘴上叫骂，手中收绳，一式“打底抡”，使出一招“黑狗钻裆”，双星锤刹那间，朝萧立峰腿裆袭去，意图非常明确，比比看，是俺的锤头结实，还是你的蛋结实。飞鹰双星锤直取萧立峰下丹田下方耻骨后边的那条皮锤和双卵蛋。这种绝招，不取性命，只是让对手断子绝孙，此乃阴招。这是萧立峰骂阵引起的祸，谁让他阵前耍流氓。他低估了这位睚眦必报的坎营首领黄毛丫头片子了。萧立峰也是经历过大场面的人，见流星锤向自己下裆袭来，连忙使出一招“援”枪法，一个“下劈刺”，顺带“斜勒”，将双星锤弹出，再使一招“滚刀直勒”，意图将飞鹰双星锤链索绕在方天戟铁杆上，逼飞鹰束手就擒。

飞鹰见“黑狗钻裆”这一阴招被对方及时化解，没等对方“斜勒”奏效，趁势紧接着一招“将军勒马”收回链索，打出“金龙盘玉柱”。口中叫道：“小老儿，想搅绕俺的链索吗？来呀，有种的你来呀，俺送给你缠绕。”话音刚落，单锤出击，直指萧立峰手中戟柄，试图用单锤和一半铁链，锁住戟柄，再使出另一锤，取萧立峰性命。萧立峰弹腿跃起八尺多高，用戟缨子使出一招“截割云雨”，用戟上的半月刀内刃，截割双星铁链子。如果他割断锁链，双星锤变成单星锤，下一步就容易对付了，危险性将相对减去一半。在萧立峰眼前，双星锤绕来绕去，手打、肘打、肩打、脚打、膝打、腿打、迎打、腋打、背打、腰打、口打……出其不意，攻其不备，神出鬼没，很难判断何时出锤。出锤速度之快，稍有疏忽，小命不保。萧立峰和飞鹰打了几十回合，不是身累，是心累，防不胜防，不敢大意。

震位望芳门，门里门外一条边，焦凤山部和刀螂蛇部正在热战。焦凤山和刀螂蛇交战不到一炷香的时间，你进我退，你退我攻，迎来送往拉锯式，打了几十个回合，谁胜谁负，暂时未见分晓。焦凤山使一把九尺长雁嘴镋，此镋柄子长七尺，柄尾铁镈长五寸，镋头分三叉，中叉形似宝剑，两翼叉形如雁嘴，每叉两面开锋刃。镋，大多为后方指挥者所用，主要用于防身，一对一作战，尚能发挥作用，若是群体混战，迎战、进攻，没有很大的杀伤力。刀螂蛇，瘦如刀螂，滑如泥鳅，阴毒如蝮，灵敏如猿。两臂比例失调，个头不足五尺，臂长四尺。驴脸刷腮，钩棱鼻子，尿瓢的嘴，大门齿外露，香炉腿，手掌比脚掌长，手指关节长，弯曲时，像五齿的钉钯。肩宽，腰细，臀小。脸面棕褐色，手持一把青龙偃月刀。刀螂蛇这个人不人、鬼不鬼、妖非妖、怪非怪的怪物，焦凤山第一眼瞧见，根根寒毛奓起来，浑身暴出一层鸡皮疙瘩。焦凤山脱口而出："都说龙王荡潜龙伏虎，像你这条刀螂蛇的鬼样子，实实令人作呕。让你和大爷交战，不是咱蔑视藏污纳垢的土匪窝里，算是野无遗才吧！"龙王荡人称螳螂为刀螂，而刀螂蛇则是龙王荡的车轴河岸边的芦苇沙滩积水处特有的四脚蛇，腿短身长，和壁虎相似，比壁虎大出几倍，三尺长左右，蹿行极快，牙齿藏有毒液。人，长得像刀螂蛇，着实可怕。焦凤山心中暗忖，说归说，不能麻痹大意。人不可貌相，海水不可斗量。当年，孙悟空大闹天宫，那形象，也不咋样，凭的是一身本领，不能掉以轻心。两人刚交战，焦凤山俨然长者口吻："小仔，瘦得像虾干，长得像没有食吃的猴子。如果还有人的名字，速速报来，省得你焦大爷，杀了一个无名小牲畜，寒碜。"

刀螂蛇的嘴更损，那是有名的，岂容别人污骂："好一个焦大，你他娘的，在《红楼梦》里，被一班孙子，塞一嘴马屎的泼皮无赖，今日长本事了，你刀螂蛇爷爷，乃龙荡营震营头领渠饼怊是也，绰号刀螂蛇。龟儿子焦大，你今天死在你渠爷爷手下，还能成全你总舵把子的名声。"

焦凤山“哈哈哈”一阵狂笑之后叫道：“原来是一条刀螂蛇。焦大爷今天让你变成龙王荡的土蝼蛄、仰脸虫、癞蛄子。”刀螂蛇毫不示弱，吼道：“本领不是长在嘴皮子上。焦大，大笑，壮胆子。你狗日的，在江湖上，漕帮老大，撑船掌舵，算是一把好手。打起仗来，俺不敢夸你。就你这屌样，龙荡营随随便便来一个无名小辈，一手捏鸡巴，三下五去二，抖几下，就能敲死你，让你现在死在俺刀下，也真的不折你做鬼的面子。”“算你小子有眼无珠，今日就让你尝尝焦大爷铁镋的威力。”一阵小敲小打试探之后，刀螂蛇主动发起进攻，口中不忘继续辱骂。“焦大哎！使这把破镋，打仗不是撑船跑江湖，是玩命的事。你这镋法，一不是家传，二不是师传，活脱脱他娘的野路子。就算你自学成才，相信你，斗过小偷，杀过蟊贼，和无名小辈小打小闹，还凑合。你没打过大仗呀！耍耍戏法，逗逗乐还算将就。你的七尺镋，和渠爷爷青龙偃月刀比，它不在一个层次。”“小仔，打斗，拼体力，你他娘干虾，两头勾一头，扛大刀，搭花架，焦大爷见的多呢！来吧！”焦凤山边说边耍起镋式，他要对方明白，雁嘴镋八大法，他是精通的。他在原地，向刀螂蛇展示“支、捕、折、翻、钩、捅、捞、撩”各种招式。然后步步逼近，两人动真格，打起来了。说真话，焦凤山铁镋招式，机巧有余，力度不够，对付普普通通蟊贼、山匪、流寇，打家劫舍、抬财神的，绰绰有余，拿来对付龙王荡行武世家、身经百战的龙荡营将领刀螂蛇，功力远远不到位。这一点，焦凤山心中有数。事已至此，怕死、退缩，都无济于事，唯一选择，就是拼死一战。明知不可为而为之，那会是啥后果！阴毒的刀螂蛇，推推挡挡，悠闲地看焦凤山耍花镋，也不急于下死手。看了一会叫道：“焦大，看刀！”刀螂蛇并未主动出击，只在原地，边念刀谱边耍大刀：“白云盖顶、提刀上坝、上三刀吓杀许褚、下三刀惊退曹操、猿托刀、舞金花、棚虎就地飞、分鬃无阻、横扫千军、力劈华山……”焦凤山看在眼里，栗在心中，惊愕自语：“乖啰，哪一招，咱也扛不住。咱的命，将休矣！”刀螂蛇猛喝一声“力劈华山！”，一个跨步飞起，四爪着地，贴着地面，刹那蹿至焦凤山面前立起，右脚尖钩起大刀，猛然踢向空中，大刀背上铁环在空中“丁零零丁零零”旋转几圈，落在刀螂蛇手中。春秋大刀，力劈千斤，刀背打在焦凤山雁嘴镋的铁柄上，一道白炽火花，如闪电般掠过，“嘎、叽、嗵”连发三个声调，焦凤山臂膀一阵酸痛麻木，顿失知觉。雁嘴镗脱手落地。刀螂蛇“力劈华山”迅疾收手，使一招“金刚捣锥”，原地打一个低扫堂腿后，刀柄端头着地，斜身跃起，双脚直蹬焦凤山胸口，焦凤山向后倒退几步，一个踉跄，摇了摇脑袋，稳了稳神，没有摔倒。谁知，这正是刀螂蛇想要的结果。他抡起大刀，直捣焦凤山两胸中间的膻中，之后，刀螂蛇毒性大发，转动刀柄，朝左胸削过去，焦凤山的胸骨，如碌碡轧麻秆，“嘎叭嘎叭”，通通清脆削断，随即倒地，焦凤山雪白的胸骨茬，露出整整齐齐的刀痕。焦凤山一贯倔强性格，一刀过后，身体如一摊棉絮，软软地躺在血泊之中，很惨了。刚强、坚韧，有时好说几句大话、过头话的焦凤山走了，走得如此脆弱，如此不堪，江湖漕帮再无焦大，只有关于焦大的故事。

兑位大椿门，龙荡营兑营首领八爪鱼和朝营兑位大椿门首领封里行，战了几个回合，封里行已感到自己如遇凄风苦雨，荆天棘地，吃不消了。封里行使一对青铜玄钺，形如板斧，钺头比普通斧头大出三分之一。杆柄长一尺五寸，钺杆末端镶嵌宝钻。钺头之上，铸有突出的金刚矛，矛长六寸。钺，本是侍卫使用的，使钺的武将，象征着肩负保卫的重要使命，更多代表职业的高贵，并无重大的实战意义。外行人不知道，内行知道钺是花架子，实战力太差。封里行的兵器和武功，和八爪鱼相比，不在同一层次，就像芝麻和西瓜。如果说八爪鱼相当于大鹏，封里行顶多算是一只斑鸠，也许是麻雀。封里行上阵前，多了一个心眼子，为自己备了一把短梢火枪，德国造，当今世上最先进的火枪。是一个美国传教士，牧师慕谛洛，在中国传教到期，被教会召回时，留给老朋友封里行的防身纪念品，在今天这个关键时刻，派上用场了。封里行应付八爪鱼手里鸳鸯金刚八棱双铜锏，腿下渐渐向后挪移，欲拉开距离。左手抓住一对青铜玄钺，右手伸进怀里，摸那支短梢子火枪。封里行想得很周全，火枪膛里有五颗子弹，面对面，一定能射杀这个讨厌的家伙。八爪鱼并不知道封里行身上藏有火枪。从他当前所表现的迹象看，他可能怀藏暗器。就在封里行腾出右手伸进怀中，取暗器的瞬间，八爪鱼哪里容得他的手再出来！以迅雷不及掩耳之势，一锏戳过去，让封里行的右手，永远静止在那个掏枪的动作上。八爪鱼锏锏从封里行右手、前胸进，从后心出，这一穿透戳杀，封里行当场毙命。

边慤立于船楼瞭望台，目送灵魂远去的几位将军，看阵中混乱，死尸纵横，鲜血流淌。风雨交加，电闪雷鸣。船上战鼓声，喊杀声，震天动地。他自语："如此悲壮情景，此生，仅此一战，死亦无憾。不是我无能。能，又如何？"虎父无犬子。边慤高祖，阿穆鲁·边赓，正宗的满族人，早年追随努尔哈赤，建立满族牛录，在努尔哈赤旗下，冲锋陷阵，东征西讨，入关南下，出生入死，忠心不贰，终成努尔哈赤的心腹，当之无愧的大清朝开国元勋。为大清江山，立下汗马功劳。边家，自然而然，世袭罔替，享受武功世家的爵位俸禄。可是，阿穆鲁·边赓，在咽气前，立下规矩，阿穆鲁氏后代子孙，承皇恩，世代享受福泽，俸厚禄，不可居功自恃，世代效忠皇帝，不得坐享其成，必为朝廷鞠躬尽瘁，死而后已！边家几代，没辜负老祖宗示训，戍关守边，宁可马革裹尸，不愿枉享爵位，枉取清福。到边慤父亲，阿穆鲁·边塞，三十岁考中武状元，晋升二品大员副统领，年年戍边，大漠风沙，艰苦卓绝，坚守祖训，矢志不渝，一生戎马，历尽千辛万苦。去年春，皇帝念及边塞年岁已高，不宜风餐露宿，热暴寒袭，恩准边塞返京，统领八旗护军。年近七十老将军，上朝下朝，披挂整齐，威风八面，不失英雄本色。边慤生活在武功世家，受坚强不屈、宁折不弯、刚正不阿、尚武精神陶冶和感化，他身上，散发着坚定、果敢、刚毅、机智的气质。

这次执行押解宫廷重要物资任务，是他生平第一次做主官，独立担当。临出征，父亲的内心其实很矛盾，最终还是决定让他历练历练，万一啥时，国有战事，边家不能没有领兵的人。他对儿子说："慤儿，你年近四十，应该独自担当边家武功了。槽头拴不出千里马，鸟笼里养不了万里鹏。朝廷的一根针、一粒米，都比俺的生命珍贵。生命可以丢，朝廷物资不可丢。将士可杀身成仁，不可蒙羞苟活。咱自家的事再大，与朝廷最小的事相比，都微不足道。吾儿须分得出轻重，尤其是像咱们这种家族，世代受皇帝恩宠，更是马虎不得……老父等你凯旋！"边慤板着脸，双膝跪地，给老父叩了三个响头，又行一个武将向老将军的作揖大礼，两手抱拳低头说：“孩儿谨记父亲教诲，不辱使命，人在船在物资在，人亡也不能丢了朝廷物资。”老将军两眼湿热，眼圈发红，抑住老泪没外流。他扶住儿子的双肩头说：“快起来，放心去吧，为父给你配了军中精英，领兵打仗，他们在行，确保吾儿，万无一失！”

在瞭望台上，边懋亲眼看着自己训练有素的弓弩火器混合战队被剿灭。二楼最后一道弓弩台防线被攻毁。余定舟、焦凤山、封里行相继惨死。低眉俯思，战势多有不妙。现在军中主将，只有常在岭、萧立峰二位将军及其所部，在苦苦硬撑，顽强抵抗。他万万没想到，龙王荡土匪，组织如此严密，指挥调度的灵活性、预见性，超咱数倍。匪徒个个凶猛无比，武艺高强，吾军望尘莫及。他看到匪徒越战越勇，更觉没有取胜的可能，仿佛大势已去，胜负已成定局。他不甘心，不甘心这辈子，在一伙土匪面前，就这样草草了事，碌碌无为地完了。他坚定地要和这帮土匪血战到底，不共戴天，哪怕只有一兵一卒，也决不言败。

当初，老将军边塞得知儿子领受押运任务的信息，知道一路凶险难免，放心不下。当时，老将军如果有点私心，略施小计，让别人从中斡旋，调整其他人前往，替换下自己儿子，也是小事一桩。但老将军没这样想过。儿子终究要挑起保卫大清的大梁，必须放手，让他独立承担责任。他对自己儿子的忠勇，丝毫不担心。老将军最担心的是，途经龙王荡，那帮土匪个个都是英雄好汉。有的匪中老将，曾和自己并肩作战过，人人都有独门绝技，他们调教出的后辈，皆骁勇善战，称霸苏北鲁南，其势力不可低估。老将军从下属亲信中，挑选出百战百胜的军中骄子。在这些将士面前，别说是一股土匪海贼，就是千军万马，也奈何不得。更何况有副将常在岭、骑兵营统领萧立峰二人做先锋，他们都是攻坚高手，有一夫当关，万夫莫开之勇。出征前，老将军再三叮嘱儿子：“遇事多问常在岭，克难力派萧立峰。”焦凤山、封里行、余定舟相继殒命，所遗部属虽然阵脚有些紊乱，但还在拼命抵抗，还在按“群英逐春阵”的打法应对。

刀螂蛇、八爪鱼、追风蜈蚣率部攻坚、冲杀在各自战线上。常在岭和大虾迸，萧立峰和四爪飞鹰，你来我往，进进退退，又打了几十回合，任何一方，都没有明显优势，谁也别想三五招之内，拿下对方。

虎头鲸密切观察大舸营战场，他觉得时间已过一个时辰，按常理，这阵法应该破了，为啥敌阵营还没大乱呢？常在岭、萧立峰手下各有百人精兵悍将，阵中奋勇冲杀，如入无人之境，龙荡营的兄弟们不停地倒在他们兵器之下，一道道血流在船舷甲板上，如一条条赤链蛇，无声无息地流向四面八方。一个倒在血泊里的龙荡营的勇士，从肩上至后背，被大刀砍出一尺多长的血口子，半截身伏在船舷上，两条臂膀垂在船舷帮子外，指尖还在“滴滴答答”地流着一串串的血珠子。

虎头鲸分析战局，敌我对比，龙荡营占据主导，优势明显。但是“群英逐春阵”两道主门，天香门、韵溪门，久攻不下。朝营最主要的杀伤力，并未减弱。他怀疑，难道自己和追风蜈蚣，两人同时认定的“群英逐春阵”看错啦？早年，虎头鲸跟师父从清军绿营中被裁减，来龙王荡车轴河下游两岸，开荒垦田。师父郭良恭在世时，亲授自己各种阵法，其中就有这“群英逐春阵”。前几年，在淮安府劫官银，自己亲自摆过此阵。千真万确，就是这个阵，没错。

7

师父家住陕西华州郑县郭家庄，大唐名门，中兴名将，太师忠武郭令公郭子仪之后。二十岁编入军营，随大军西征，过三关，赴河西，征漠北。边境安定，朝廷换防，将师父所在军队撤回内地。师父本以为，打了三十年的仗，五十岁，半截身子下土了，终于享受太平日月。接下来，找个女人，成个家。若老天开眼，再给自己留下一男半女，算是没枉度此生。百年后，去见祖宗，可以大大方方，脸上不用蒙上一层纸了。朝廷、皇上，没有像师父那样想，他们没打算供养战场上退下来的将士。朝廷的的确确，也没能力供养这帮已经不能打仗，只有鹰头鸭爪子，能吃不能拿的“废物”了。大清朝幅员辽阔，皇恩浩荡，赐一块荒地，让他们自己开荒，自己耕种，自食其力，自供自给，自生自灭。这方面，朝廷有经验。皇帝对他们说：“垦荒，只流汗，不流血，比起打仗，容易得多！”师父他有性格，果断干脆利索，既然如此，那就开拔，滚蛋呗！他不知这一步到底是对的，还是错的，就鼓动一帮新老兵油子说：“说句良心话，开荒垦田，条件是差些，总比‘走马川行雪海边，平沙莽莽黄入天’‘一川碎石大如斗，随风满地石乱走’，千里无草无木无水无粮无人烟无鸡鸣，流沙荒野，黑戈壁强上百倍吧！在那些艰苦卓绝中活过来的人，还怕啥拓荒垦田吗？”师父不仅为自己盘算，也为一起同生共死，一起渴饮骡马尿、饥餐俘虏肉的老兄弟们盘算。记得队伍刚到龙王荡安营扎寨那天晚上，南北两大营的统领、地方各队队长一起晚宴，有酒有肉，众人开怀畅饮，师父是北大营副统领，代表北大营致酒辞时，说得挺开心：“……垦田也好，一辈子，到了晚年，还是应当有个稳定、安宁的家。也许，这就叫作解甲归田。开了荒，屯了田，种出粮食、棉花、瓜果葫芦菜；养殖鸡鸭鹅猪，牛驴骡马。闲时下海下河，张网扳罾，享用鲜鱼鲜虾。有房住，有衣穿，有饭有酒有肉，有钱花。有老婆、娃娃、热炕，就有心灵港湾，也就有了根，有了依据。从此，不再漂泊，不再打仗，不再杀戮。和平、健康，家家温良幸福，愉愉快快，其乐融融，度完余生。为朝廷辛苦大半辈子，最后也为自己快活快活，这不正是我辈想要的吗……”人算不如天算。五万大军入驻龙王荡，沿车轴河下游两岸，从龙王口至车轴河入海的埒子口，直线距离五十里，河南边为南大营，河北为北大营。每个大营二万五千人口，加上荡里原住民，和来自鹰游门、天生港的暂住渔民，每个大营大约三万人。自大兵入驻龙王荡，前三年，连续旱灾、蝗灾、水灾、雹灾。三年三荒，颗粒无收。三年后，南北大营中，那些曾经蹚过千灾，度过万劫，打过硬仗、胜仗，保国家安宁的将士，彻底输给了天灾。饿死、溺死、冻死、病死的人，足有十之三四。

三年间，他们垦荒了，没种出粮食来，却成功地开发出十里方圆的大乱葬坑，坟堆像蒸笼上的馍头，比肩紧挨。死去的大兵，都埋在这里，没有纪念牌，没有墓志铭，没有家人怀念，是后继无人的群体的孤魂野鬼。死者带走了对未来的美好憧憬，建设富足、平和、安详、快乐美丽桃花源的美梦，永远享受皇帝的恩赐，和对皇恩浩荡的希望，闭眼了。师父殷实小康之家的伟大目标、宏伟蓝图，自然如梦幻泡影，化为灰烬。不幸啊！师父内心刚刚萌发的，那一点点甜丝丝的嫩芽，就被那一只没有怜悯，没有同情，没有轸恤，凶残罪恶的黑手，彻底掐死在梦里的笑靥之中。那一点点滋润心田的春的细流，刚刚从冰封雪崖上潺潺流淌下来，还没有尝到甘洌的滋味，已经被暴戾、冷酷阻断。一朵内蕴妍秀的蓓蕾，还没来得及绽放她姹嫣靓丽的娇媚，亦被揉碎得无影无踪。师父苦笑自己的幼稚无知，再不奢望啥家庭、女人、娃娃了。师父内心开始酝酿一条可怕的求生之路。

二十年前，三十岁的郭良恭在行军路上，偶见一个快冻死饿死的男娃，十岁出头，躺在沟坎上。郭良恭从马背上跳下，仔细观察，这小子命大，还活着。长臂长腿，细腰阔肩，大手大脚，关节收紧，是练武的好材料。一双大眼睛，瘦得陷入眼窝深处。郭良恭在当时军中任把总，七品将军，统三千人。此番行军，遭遇此娃，突发恻隐之心，慈悲之怀，收留他当了小兵。虎头鲸不负师望，吃两顿饱饭之后，脸色就活泛了，力气也大起来，跟在郭把总屁股后面跑。平日里，给郭把总牵马坠镫，扛几十斤重的铁杆长戟，一天行军几十里、百把里，不嫌疲累，这使郭把总愈加喜欢。虎头鲸年过十五，长成身高八尺、虎背熊腰的汉子，性情温和、敦厚、耿直。没有战事的早早晚晚，郭把总就给他传授郭家祖传的天戟七十二路招式；传授战场上领兵用兵、摆兵布阵、攻防战略战术；亲授“四法”“二十阵”。圆阵法、疏阵法、数阵法、锥阵法。群英逐春阵、雁行阵、云襄阵、拒后阵、平戎万全阵、鸳鸯阵、螃蟹阵、百鸟阵、鹤翼阵、锋矢阵、冲斩阵、长蛇阵、玄门阵、天门阵、青龙阵、朱雀阵……

天灾对南北大营打击非常之大，在这些大兵中，老弱病残者，第一个年荒，就熬不住，死了。郭良恭凭把总身份，当上北大营副统领，为了活着，能想的办法都想遍了。随军退下的战马、牛皮战袍、牛皮带、牛皮鞋、牛皮靴都吃光了，世上能吃的东西，和将就能下咽的东西，吃光了。野菜、野草、草根、树叶、树皮、树根、芦根、天上飞的、地上跑的、河里游的……吃光了。他们一次次向朝廷告急，盼望朝廷给一点抚恤，撒点救命粮，哪怕是霉变的、喂猪喂马的饲料，皮糠也行。一次次满怀希望的告急，一次次石沉大海，杳如黄鹤。对朝廷，他们失望，以致绝望。一天，郭良恭召集北大营十个队的队长，忍无可忍，他要用自己的方式，求生路。他对众人说：“各位兄弟，自从住进龙王荡，我辈过的还叫人日子吗？一切美好愿望，已飞入九霄云外。这种倒头日子，不过也罢！朝廷、皇帝，卸磨杀驴，兔死狗烹，真的指望不上了。”说着，他扒开自己的上身衣裳，前胸、后背，横七竖八，都是紫黑色刀疤伤痕。他慷慨激昂地说：“兄弟们，战场上俺们九死一生，谁不是从死人堆里爬出来的。如今，吾辈遭难，活得猪狗不如，悲催呀！再看看那些同是从军营退下的王公贵族，哪一个不是得得威威，吃香喝辣，坐拥金山银山，养得肥头大耳，脑满肠肥，有谁想过天下苍生！那些年轻的贝勒、阿哥、阿狗、阿猫，官二代、富二代，搜刮民财、民脂民膏，嫖娼宿妓，一掷千金，恶势如山，富可敌国。原来，兄弟们用鲜血和生命，拼杀和捍卫的竟是这样的大清国，有谁可怜吾辈这些饿死的冤魂野鬼呵！”郭把总说出各位想说又不敢说的心声。大伙七嘴八舌，七蹿八跳，精神来了，扯开大嗓门：“杀上京城，剁了那些狗日的！”“他们可以公开抢劫百姓，搜刮民财，俺们咋办？俺们只有把老百姓被他们抢去的资财，再夺回来！”“他们有枪有炮，俺们也不是吃素的！”“孬种！在洋人面前装龟儿、孙子，除了割地、开通商埠，还有赔款，干不出一件有出息的事。”“他娘的，有本事，真刀真枪，和洋毛子干呀！都他娘的窝里横，欺压平民，见死不救！”“大清国命途堪忧，洋毛子虎视眈眈，垂涎三尺，就像一群饿虎、恶狼、野狗，伸长脖子，在瓜分大清这块肥肉哩！”“这艘破船，真他娘的快沉了。”“气数差不多了，指望不上了。现在反了，俺们还能喝口汤，再反迟了，连口清汤也捞不着了。”

……

郭良恭看大伙情绪激荡心想俗话说，路见不平一声吼，该出手时就出手，用煽动口气说：“是的，兄弟们说得好，既然指望不上，俺们就不指望了。输赢没有活路，决不坐以待毙。”有人插话：“副统领，您说，咋办？俺跟定您，向东向西，干谁，您指，俺跑俺干。没啥说的！”众人异口同声：“跟定您，找条活路。”郭良恭双手举起，招呼大伙，别激动，稳定情绪说：“今天，北大营十个队长，都在此，愿意跟俺良恭干的，请举起你拳头。怕事的，不跟俺一起干的，也别藏着、掖着，俺郭某一不忌恨，二不勉强，一切随愿随缘。俺理解你们，生死一条命，俺赌的是命。”郭良恭说完，四处打量，十个队长，无一含糊，举起拳头。郭良恭很满意地大声呼道：“说干就干，不做软蛋。今日，俺在龙王荡扯起五行八卦大旗。”他把早就准备好的，叠得整齐的，白底蓝图五行八卦大旗抖开：“龙王荡里有南北大营，今天，再添一营，叫作龙荡营。龙荡营的兄弟，今后扯这面旗帜，死认一条理，替天行道，救民水火，闯一条活路。龙荡营的勇士，将来就在龙王荡自家二亩三分地上建房，娶妻安家生子。俺们要活着，要活得好样的，活得美美的，活出个人样子。俺们的目标，是安详富足，桃花盛开，牛羊成群。家家人丁兴旺，六畜繁盛，枝繁叶茂，幸福安康。”

郭良恭深知，有足以让大伙兴奋的美好未来的愿景，有了这些朴实的理由，足可以拢聚人心。其实这也是他的初心。不管这种美好愿景咋实现，啥时实现，人心是关键。郭良恭话音刚落，十个队长已经抑制不住地众口一词：“替天行道，救民水火，闯出一条活路。”说实话，郭良恭早有谋划，就是觉得时机不成熟，不可张扬。眼下，大伙已走投无路，而一贯含垢忍辱、委曲求全、犯而不校的北大营的大统领，现在连饿带病，生命危在旦夕，一丝两气。郭良恭觉得机不可失，时不再来，当断不断，必受其乱。他清了清喉咙说：“兄弟们，吾辈在一起风风火火地共事，长的三十年，短的也有十年八年，俺们回头望望，俺郭良恭待大伙如何？俺不是夸耀自己，大伙心里有杆秤。今后，俺们可能继续过一段踩着刀尖走的日子。”话音未落，大伙又接过话茬：“跟定郭将军，死无憾，不后悔。”有人直接将郭副统领的“副”字去了，直接呼出：“愿听郭统领差遣，上刀山，下火海，共赴生死！”“唯郭统领马首是瞻！”……郭良恭站上河堤高处，大声叫道：“兄弟们，说干就干。明天下午，有三艘官船，从浙江余杭沿海北上，押解官银进京，途经俺龙王荡车轴河入海口。劫了它，荡里人就有活路了。愿意干的，回去，把各队还能喘气的年轻人，集中起来，操家伙，听俺号令，干一票。”龙荡营的第一票，成功了。龙王荡人得救了，从此，兵民一家，你有、我有、全都有。

北大营大统领死了，郭良恭自然而然被推上北大营大统领的座位。

他从北大营，挑选五百身怀绝技的精壮，上了距龙王荡海岸三十里的铜钱岛，竖起龙荡营五行八卦大旗，干起杀富济贫的营生。从那时起，龙王荡土匪声震朝野，闻名遐迩。一日，郭良恭让虎头鲸到他的屋里，问：“今年多大啦？”“二十八。”虎头鲸答。“这么多年，俺传你武艺，你叫俺师父，俺也未置可否。今天，你就行个跪拜礼吧！自今天起，你我不以师徒，而以父子相称，你叫俺义父！”虎头鲸很惊异，为了这一拜，虎头鲸等了十几年。他双膝跪地，恭恭敬敬地叫了一声：“义父大人在上，请受儿子一拜！”虎头鲸拱手拜父，伏地磕三响头。郭良恭受了三响头，面带微笑，对他说：“起来说话。”虎头鲸从地上站起来，脑额上冒着血珠子，恭敬地给义父斟一盅茶，递给义父说：“义父，儿子身无长物，清茶一杯，聊表虔心！”“大义不在小节。”郭良恭温和调侃，继续说，“记下，你欠为父一猪头、两瓶酒的拜父大礼！”没等虎头鲸开口，郭良恭示意他坐下，慈祥地说：“为父在路边捡你时，你已经饿得不中了，看你可怜，给你一块烧饼、一口水，救活了！你年龄还小，是个无名无姓的孤儿。再后来，看你长得结实，有股力气，在水底一个猛子，扎下几百尺，好家伙，厉害，俺就叫你虎头鲸，大伙都叫你虎头鲸。今天，你有姓了，你姓郭，按老郭家谱系，应该在俭字辈，你的姓名，就叫郭俭，号虎头鲸。从此以后，俺们父子，活在一起，死在一起。”就这样，虎头鲸、郭良恭父子一支筷子挑骨头，两条光棍相依在新军营，龙荡营，继续他们的军人生涯。几年后，郭良恭病逝在铜钱岛龙荡营。虎头鲸掐指一算，上了铜钱岛，一晃，十个年头过去了。今日这一海战，惨烈、残酷，天气十分恶劣，超过以往任何劫战。

虎头鲸一愣，眼前回晃许多过往的事情。现在再看大舸营上“群英逐春阵”，望芳门、大椿门，阵中三围的残敌消灭殆尽，只有常在岭的天香门、萧立峰的韵溪门苦苦顶住。虎头鲸对身边卫士说：“预警示锣，放旗令，命八爪鱼部助飞鹰部，刀螂蛇部助大虾逛部，追风蜈蚣部继续扫清阵腹各部残敌。蛙人、先遣队撤出战地，回营休息。”

一阵快慢交错节奏的锣声后，一个冲天炮，一缕红色火焰蹿向天空，龙荡营的将士看到旗令，知道“群英逐春阵”基本告破，接下来调整兵力，扫除余敌。八爪鱼架起鸳鸯金刚八棱双锏锏，朝飞鹰阵前飞去。萧立峰知道，麻烦来了。本来一对一，对那神出鬼没的双星锤，就打得千般小心，万般谨慎，虽然未被打中，业已竭尽全力。又来个要命的金刚鸳鸯锏，这兵器是绝世宝物，岂能受得住。心中没底，嘴上还抢白：“黄毛丫头，一对一，再战你三百回合。两打一，算什么英雄好汉！”“你以为老娘杀不了你，老娘只不过想让你多活一会儿。老娘的男人，你老爹看不过，要教训你，你就自重吧！”飞鹰有意撩他着急，让他抓不到，捞不着，干生气。八爪鱼飞奔过来，抡起双锏，上来就启动十六路。双锏对付千军万马，才用十六路启动，现在他对萧立峰一人一杆方天戟，就用十六路，终极目标一百二十八路。简单地说，就是他周围，有一百二十八人同时向他袭击，他的鸳鸯锏能让这一百二十八人几乎同时毙命。八爪鱼知道萧立峰有万夫不当之勇，所以要他见识见识。八爪鱼开口道：“小贼，看懂你老爹兵器了吗?”萧立峰怒拧叫道：“无耻匪徒，耍两套小把戏，还想障你爷的法眼，没门。秦家打法，十六路鸳鸯金刚双锏锏，娃娃玩的玩意，敢在你萧爷面前耍戏法。”萧立峰话音刚落，八爪鱼将十六路加速到三十二路，萧立峰顽强对抗，手中方天戟迎头赶上，绝不退却。到八爪鱼锏开六十四路时，萧立峰有些力不从心，眼花缭乱，他要防锏，还要防着变幻无常、行踪诡秘、飘忽不定的双星锤。再说六十四路金刚锏，只是未出手打过来，真打过来，不是防就能防得住的。

八爪鱼笑着喊话：“好小子，算你见过世面，现在你该眼花缭乱了吧！放心吧！死在你八爪鱼老爹锏下，不丢人。史上不知有多少比你强百倍的人，荣耀地死在这双金刚锏下。今天，俺让你死得体面些，成全你这位大清国光荣的烈士。”八爪鱼向身边飞鹰使了眼色，飞鹰心有灵犀。八爪鱼又叫道：“小子，六十四路啦！老爹的小戏法，障了你的法眼了吧！”萧立峰心里没底，嘴皮不败喊道：“耍吧，老子爷咱见过一百二十八路，小意思！”八爪鱼心想，你他娘就过过嘴瘾吧！到现在，俺未动手，逗你玩，你自玩出自信来，便破口大骂：“吹你娘的黑牛 × 吧！注意啦！”八爪鱼还是把这机会，留给了飞鹰。八爪鱼叫喊“注意！”是在告诉飞鹰，意思是“可以动手了！”。

八爪鱼迅速转动双锏，已经看不到锏影子，只听到“呜呜呜”的风鸣，八爪鱼口中呼：“着、着、着。”第三个“着”字刚出嘴唇，飞鹰手里如同闪电，一束金光闪过，正中萧立峰的头顶，萧立峰本以为钢盔铁胄，能挡大事，能护天灵。可是双星锤砸进钢盔，萧立峰的脑袋如榔头击西瓜，随着“叭嚓”一声闷响，红瓤子、白瓤子，洒落一地。四爪飞鹰收锤亮相，给八爪鱼一个含情秋波。八爪鱼看得真真切切，明明白白，还是假装若无其事，又冲入厮杀的行列！

8

八爪鱼锏法，得传于他二大爷的外祖父，也就是他的外曾祖父。二大爷的外祖父姓秦，祖籍徐州，是大唐重臣秦琼任徐州都督时，留下的一脉。二大爷外祖父的锏法，当然是传承于老祖宗秦琼。外曾祖父这一门，兄弟一人，单传一女，秦红姑，就是二大爷的母亲，八爪鱼的祖母。外曾祖父把天下第一锏绝技传授给红姑。他没指望红姑从军，上战场报效国家，目的很单一，只是为了把这门绝技，通过她的过渡，传授给下一代。

外曾祖父家祖训，秦家锏独门绝技，传男不传女。外曾祖父，一生未得一男，他念其独门绝技若不传女，从此，这世上说不定就再无秦家锏法了。大唐到大清，千年的光景，再没听说，除自己之外，哪里还有秦家锏法。自己绝不能把秦家锏独门绝技带进棺材。不能辜负祖宗前贤们，一代一代人不断完善的这门绝技。丢了秦锏大法，将来有一天，去见祖宗亡人，情何以堪。外曾祖父只认一个理，传男传女，不重要，重要的是不能失传。留在世上，总比放进棺材，埋在地底下，更有用吧！活人不能一根筋，认死理。这天下第一锏，不是随便说说的，是其他兵器无可替代的绝活。当年老祖宗秦琼，马踏黄河两岸，锏打三州六府，威震山东半边天，大破铜旗阵，是大唐凌烟阁开国功臣之一，被封左武卫大将军时，皇帝李世民亲笔御赐的金匾：“天下第一锏！”外曾祖父顾念的是，无论如何，这天下第一锏绝技，不能在自己手里失传，要真的失传，那自己真的成了千古罪人。

红姑结了婚之后，肚皮争气，一年一个，三年诞下三个儿子，这仨娃，刚刚两腿撑起，身体还歪歪斜斜，踉跄得像踩钢丝般学走路的时候，红姑就开始象征性地让他们抓住木锏，比划着取法练习秦家锏的招式。三个儿，到脚后跟子立得稳的六七岁时，红姑找铁匠给三兄弟置办了一套可心合意的双锏。二大爷在兄弟三人中，个头最魁梧，体格最壮实，悟性最高，手脚最敏捷，力气最大。不消十年，就把母亲传授的秦家锏法，学了通透。一招出手，碗口粗细的大树，“咔嚓”一声，折断倒地，深得母亲夸赞！

天有不测风云，人有旦夕祸福。一场大洪水，灭了八爪鱼家七口人中的五口。八爪鱼的母亲，二大爷的弟媳，在惊慌中，匆匆用一个大木桶，刚把八岁的八爪鱼放进桶里，就被洪浪冲走了。二大爷眼疾手快，一把薅住从屋顶上冲下来的桁条，和那秦家祖传的宝贝双锏，拦住存放八爪鱼的木桶，保住亲侄子的性命。其他人被卷入浪谷里，再没冒出水面。叔侄两人，在洪水里浸泡三天三夜，幸亏是夏天，虽然饥饿难忍，总算没被风浪侵害。他们被风浪推到百里外，一个住有十几户人家的高堆上。这庄名，叫一条岭。洪水退去，二大爷给庄上，一个有很多很多田产的东家扛活做长工。二大爷有的是力气，能吃苦耐劳，会武功，还能看庄稼护院子。东家夸赞二大爷是全面手。二大爷带亲侄子，在这个东家里一待，就是八年。

八爪鱼十六岁，被朝廷征收编入兵营，二大爷不放心，一个孩子当兵，上前线，戍边打仗。不放心，实在不放心。平时农闲季节，二大爷也教侄子秦家锏法，更多的是为了培养他顽强精神、坚韧性格，和强健体魄。那些杀伐绝技，在二大爷看来，不宜过早传授给十几岁的娃娃，防止冲动时惹是生非。到如今，出征在即，二大爷后悔，来不及了。二大爷不管自己将来能不能找到媳妇，能不能建一个自己的家，能不能生下一瓜半枣，况且，将来是啥样子，未可知之。至少，眼前这侄子，是自己老考家，延续香火，现成不二的人选。现金不打，去炼铜，不划算。二大爷寻思来，寻思去，自己千万不能做放弃亲侄子不管，等自己找女人结婚生子，再延续香火的事情。泰州灯笼——没影子，虚无缥缈。万一菩萨不开眼，自己命里没个女人，不要说对不住自己考家的祖宗亲人，也对不住人家老秦家的祖宗。人家把祖传绝技传给俺考家，到俺这辈子，把这门绝技弄丢了，失传了，那不是枉费外祖父的一番苦心了吗！做人，不能不厚道，不能不讲责任。二大爷不敢再往下想了。他死缠活磨那个军营头领，要求和侄子一同为军营效力。那个头领觉得好笑，问二大爷头脑是让驴踢了，还是进水了？哪有放下好好的日子不过，要求上战场送死的人呢！那头领死活不同意二大爷的要求，索性干脆不理二大爷的纠缠，用教训的口气说："你若再找事，信不信，咱把你给废喽！""只要您能废得了俺，俺便服您！"二大爷是男人，是有性格的男人，不客气地搾了过去。"嘿嘿，口气不小，咱不相信治不服你一个刁民。"带兵打仗，为国戍边的头领，在地方上杀几个惑乱军心的刁民，不费事的。二大爷见头领真的生气了，心中暗喜，他上钩了。于是赶紧抱拳赔不是，假装懊恼地说："赖俺！赖俺！军爷，万万不要生气，俺会打仗，会武功，上战场，有用。"那军中头领一听他会武功，得意了。会武功，在军中便是人才。头领放缓口气，有点感兴趣地说："咱说你，三十出头的人，超龄，不适合上前线行军打仗。"

二大爷毫不犹豫，放开肩上裹起的布袋，从布袋里抽出双锏，怯怯地对头领说："军爷，你看，俺会这个玩法。"

那军头第一反应，二大爷是个跑江湖混口饭吃的货，手里双锏只不过搭搭花架子，要要戏法，闹着玩的。直接怀疑二大爷手中八尺鸳鸯金刚双铜锏，是空心的假货。二大爷从他的眼神中，判断出军头心里在想什么，噘了噘嘴，示意军头试试。军头放下手中宝剑，真的过来试试双锏的重量，结果尽在二大爷意料之中，没举起来。军头叫来军中八个五大三粗的凶猛大汉，个个手持长枪，军头轻蔑地说："你若斗过眼前这八个兄弟，一切如你所愿；若斗不过，不必再纠缠。明白吗？""明白。"二大爷不假思索地回答。暗想，八个，八十个，八百个又如何？军头又说："哎！你们比划比划，点到就是，不要伤及生命！"军头也不想发生意外事故。"军爷，让他们一起上吧？"二大爷不屑一顾。"别言过其实！"军头将信将疑，也许根本就不相信。"军爷，你不相信吗？你再弄八人来，一起上！八十也中！"其实二大爷说的是真话。

军头摆摆手说："你打他们八人，若赢了，二话不说，直接换上军装，和你侄子一起，跟军队开拔。若输了，赶紧滚蛋！”二大爷眼睛瞪得滚圆说：“君子一言！”军头也瞪圆眼睛说：“快马一鞭！”

八条大汉，手持长枪，视同上阵对敌，个个吹胡子瞪眼睛，全副武装，盔甲整齐，手如芭蕉叶，眼似铜铃，身板像山，胫骨若象腿。一跺脚，平地震坼；一声吼，穿云起浪。他们从四面八方，枪口对准二大爷，将二大爷团团围住，个个面目狰狞、凶狠、粗暴。二大爷不慌不忙，一个鲤鱼打挺，从地上捡起双锏舞动起来，双锏四路启开，二四分八路，二八又分十六路，再变三十二路。二大爷一口气能够舞到一百二十八路，秦家锏最高路数，世间锏法最高境界。当然，那是对付千军万马的，对付眼前几条大虫，十六路足足有余。今天舞出三十二路，也不是为了显摆，只是让大兵们开开眼界，以后在军中，能平添几分威信。上下左右，四面八方，针插不进，水泼不进。几条大汉真的成了大虫，围着二大爷转圈圈，无从下手，保持距离不敢近前。其中一大汉显得不耐烦，想尝试一下，伸出长枪，试着挑衅，长枪头接近二大爷大约三尺，只所得“哐啷啷啷……”，长枪折成两截，枪头一截飞出几丈高。再看那大汉，虎口震裂，鲜血直流，两臂顿时麻木，“哎哟哟”地怪叫几声，退出三丈多远，“轰嗵”一声，扎扎实实，跌坐在地上，击起一地尘土。瞪圆难看的死羊眼，鼓起短髯腮帮子，颧骨上凸出的暄肉，不停地痉挛颤抖。满心不服，又不得不服。跌坐地上，无奈地使拳头，猛捶地面。

半炷香之后，八大汉，个个趴地上，张开大嘴巴，像水面上缺氧的大头鱼的嘴巴，“叭嗒叭嗒”急促喘粗气。他们头脑发昏，眼冒金花。技不如人，又不想承认。四周围看热闹的大兵、乡民，里三层，外三层，看二大爷斗倒八条大汉，拍手鼓掌，一时气氛热烈。那位军头服了，夸赞二大爷有万夫不当之勇，前途似锦，二话没说，让二大爷换了军装，随军营和亲侄子一起，开拔！

八爪鱼、二大爷、虎头鲸、郭良恭同在一个军营若干年，后来一起被发配到龙王荡车轴河北大营。二大爷在北三队落了户。又过了十几年，二大爷和郭良恭一先一后，去了阴曹地府。

9

八爪鱼越战越勇，斩杀了萧立峰手下数十精英。他和飞鹰一起，边杀边向天香门靠拢。龙荡营的离、坎、震、兑四首领大战常在岭。

常在岭所部两百多人，死伤大半，当前还有六七十人，这些将士，精英中的精英，猛士中的猛士，武艺超强中的超强。常在岭依仗这一训练有素的团队，相互支持，相互照应，协同作战，坚守住阵地。别看这六七十人，在战场上，个个以一当百。龙荡营四首领，短时间想攻下常在岭，并非易事。

边懿站在瞭望台，看阵势全部破失。常在岭将军在孤军奋战，死撑活挨。他心灰意冷，意气减损大半，身边卫士看出边懿的心事，出于关心，说："将军，别看了，趁战场混乱之际，咱们护您先上小艇，隐蔽一下，留得青山在，不愁没柴烧。""你小子，想污吾为不仁不义、不忠不孝之徒。""将军，咱是老将军的侍卫，老将军有交代。咱可以放弃性命，必须保证您的安全。"卫士怯怯地回复。"朝廷物资，岂能丢下。身家性命，区区不足挂齿。再有敢言弃物逃命者，斩！"边懿坚决的口气，不容商议。"朝廷有老将军一面挡着，有何可惧！"卫士有老将军撑腰，毫无忌讳，直言相劝。"丢了朝廷物资，给祖宗蒙羞，丢了家族的脸，吾以何面目苟活。苟活比死更难！知道吗？"边懿不忍心责怪卫士，又不得不说出现实心理。"将军，您年近不惑，膝下无嗣，老将军戎马一生，就你这一脉单传……"卫士本不敢如此放肆，这是老将军私下里交心时表明的心迹："在生死关头，定保吾儿性命，边家不能绝了香火。"卫士这句话，彻底戳穿边懿软肋、痛楚。

边懿瞪大眼睛，咬紧槽牙，没接卫士的话。他手指战场的东边说："你们看，那边千里万里，无边无际，恶浪滔天的黄海，连着太平洋。"又转指西北方向说："那边是黑森森，浩瀚无垠，无穷无尽的芦苇荡。"再转向大舸营战场说："再看，战场上尸体纵横，血流成河。土匪的人，越战越勇猛，越战越多。咱们还有多少人，仅有常将军部几十人了。"边懿加重语气说："我部一千多人啊！痛心啊！没斗过龙王荡的土匪。朝中每年剿匪，皆说龙王荡土匪早已消灭殆尽，小股力量，掀不起啥风浪来，海路安全。现在，叫天不应，叫地不灵。天不佑吾边家。边家香火固然重要，父母恩德，昊天罔极，与皇恩相比，何足道哉！”边懿一番话，说得卫士无言以对！卫士无奈地看着边懿，内心涌动莫名凄愁、酸涩。边懿沉默一会之后，觉得应该布置善后了，让老父亲知道原委，日后率兵剿灭土匪，为朝廷除害。他对卫士说：“眼下，只有拼死一战，别无选择。你把鸽笼子提下来！”卫士跑到三楼顶的鸽舍中，提来鸽笼子，边懿把早已备好的短信，捻成筷头粗的纸卷，分别插入五只鸽子脚脖上特制的小竹管里。亲手一只一只放飞鸽子。这鬼天气，鸽子能不能飞出这暴风雨带，说不准。会不会折了翅膀，死在海面上，它们在这种恶劣天气中，还有明确的方向感吗？会不会遭受天敌老鹰的追捕？边懿不愿多想，听天由命吧！乌云层层，风力稍减，大雨间歇，小雨“哗哗”。五只鸽子形成一群，在战场上空盘旋几圈之后，终于找准方向，义无反顾，向北方飞去。

边懿仰起脖子，目送鸽子身影，渐渐从眼中消失。面向北方，撩起战袍，端正地跪在三楼顶的木板上，重重地磕了三响头。鲜血沾着木板，随一阵小雨扫过，冲流而去。没说话，也许是向皇上谢罪，也许是向父母谢恩，也许是向妻妾告别。他十分自责，对不起皇帝信任，对不起祖宗功德昭示，对不起父母养育之恩，也对不起妻妾恩爱一场，和仆婢们的全心侍奉，还有那条忠心不贰沉默无语的狼狗。

最让他死不瞑目的一件事，阿穆鲁氏，自高祖到他这辈七代单传。他娶了三房女人，贤德美色皆具备，娶前皆经活佛高僧、仙翁老道，天干地支念念有词，五行八卦生庚时，掐得精，算得灵，配得准，确切无误。娶时，喜事办得轰轰烈烈，热热闹闹，迎亲队伍浩浩荡荡，三房媳妇先后登门，拜堂、拦新、闹喜、掀盖头、喝交杯酒，关目一项不少，顺顺利利，皆大欢喜。娶后，一家人更是尊卑伦常，循规蹈矩，孝悌贤良，相敬如宾，谦让亲睦，善处和谐。上上下下，至亲至爱，无嫌无隙。三房女人，个个养得细皮嫩肉，有红似白，前挺后翘，乌发蜂腰，越发如没破过的瓜，鲜活水灵，滋滋润润。她们过门多年，什么都好，就是肚皮子厚而不凸，一直不见动静。太医号脉把关诊断，皆说一切正常，阴阳调和，巢润宫暖，不用担忧。

边懿对自己身体更是信心百倍，床上的事情，做得很开心。炮弹一次蹿出几十发，十分地精准，弹无虚发，没有丝毫差误。再说，鹿鞭虎鞭，吃了几箩筐，十全大补丸一天三顿当饭吃，吃得黏液充盈，三天两头铆足劲，金枪不倒，干那种最坏的好事情。女人们欢喜得大呼小叫，弄得巫山云雨，酣畅淋漓。

自二十年前娶第一房媳妇，至今三十八岁，三个女人，水灵灵，娇巧伶俐，袅娜绰约，娉娉婷婷，仙姿风韵。边懿纳闷，为啥就广种不收？年年精耕细作，年年荒芜。谁也弄不清，到底是籽种霉变，还是土壤贫瘠盐碱涩重？至今是个谜！

边懿从木地板上爬起来，微闭双眼。一会，又睁圆双眼，不情愿，不甘心，不服气。他实在憋不住了，仰天长号般怪叫起来："高天厚土，不佑阿穆鲁氏。奈我何兮！"他内心里，绝望了！边懿沉默一会，突然猛地抽出身边宝剑，指向战场："兄弟们，为朝廷、为皇上尽忠，提起精神，跟咱上！"

大清朝武官，步军校边懿将军，右手握住宝剑，左手将剑鞘扔进大海，甩开大辫子，握紧拳头。敦实，不高的个头，披挂整齐。圆脸，微胖，尽显勇敢和刚毅。头盔下露出一双布满血丝红红的又小又圆的鹰眼，酒糟鼻头，如蒜坨般圆突。棕赭色的短胡须，从骨子里透出桀骜不驯的凛凛威风。这就是尚武世家的子孙，应该拥有的可贵品质。身处绝境，临危不惧，大义凛然，视死如归。

10

边懿的三个响头，不仅是给皇帝叩，也是给父母叩，妻妾叩，是最后的告别仪式。

虎头鲸看到了这一切过程，非常同情这位悲壮的烈士，同情归同情，既然他要充当朝廷的卫道士，那就难怪朝廷掘墓人不给面子了。虎头鲸见边懿在五六卫士护卫下，从三楼栏杆上，像下山饿虎俯冲而下。虎头鲸对身边侍卫说："你们看，那个带头的就是朝营最高长官，步军校，七品武官边懿。俺们等了大半天，他终于出场了。弟兄们，跟俺上舸营，会会他。赵前，曾伍，抬俺的天命战戟来。"赵前、曾伍被肩上的天命战戟压得歪歪趔趔。虎头鲸单手轻轻抓起，如抓起一根竹竿般轻快随意。舞动两下，得心应手，说："走，和阿穆鲁氏边懿将军比划比划！"虎头鲸抓住战戟，装甲艇靠近大舸舷边，他立于船头，一个飞身上马的动作，姿势十分潇洒，从指挥装甲艇上跃上大舸，身后十几个勇士二话没说，手持各自兵器，紧跟翻身上舸，迎着边懿方向，杀过去。

大虾逛看到虎头鲸上来了，十分担心副统领的安危，对身边的八爪鱼和四爪飞鹰吼道："保卫副统领，这里交给俺，万无一失。"说完，信心十足地向两人打了一个胜利的手势。八爪鱼和飞鹰迅速杀向边懿那边去了。刀螂蛇、追风蜈蚣，分布大虾逛两边，挡住对方精兵猛士偷袭大虾逛。大虾逛腾过手来，专门对付常在岭。

大虾逛今年三十六，常在岭今年五十四，武艺，两人半斤八两，平分秋色，旗鼓相当。岁月不饶人，青壮年和中老年，毕竟不在同一年龄层次。两人打了一个多时辰，三百多回合，差不多该到分出胜负的时候了。常在岭边打边想，到目前为止，船上战死的人中，十有八九是朝营将士，现在只有自己旗下，还有几十人活着死拼，这种死拼苦撑，不会维持太久。他看到边懿跳下船楼亲自参战，常在岭明白，大势已去。他尽力了，他无怨无悔。下面，要做的，就是拼到最后一口气、一滴血，为大清国光荣玉碎。

大虾逛高呼："老将军，吾辈敬你勇猛，惜你高龄，一生戎马，功成名就，却在土匪小水涡里翻船，不值呀！现在收手，俺保你性命无忧，和你部下的安全。你若无颜回京城面圣，就在龙王荡里，俺们一锅里磨勺子，管你吃饱喝足！俺们南北大营里，还有你的老伙计呢！要么，一起聚聚？"常在岭一方面觉得后生说得实在，理是这个理，话也不粗糙。一方面又觉得受辱没了，他们是土匪，无论如何，咱终是死在土匪手里，朝廷、江湖上，知道咱常某的人，会活活笑死的。还会污名化咱老常徒有虚名，真他娘冤啊！他心中愤恨地喊道："大丈夫可杀不可辱。吾乃朝廷命官，岂能与尔等同流合污。后生，接招！"常在岭面对大虾逛狠毒的九节钢鞭，没有丝毫示弱，闪过钢鞭中锋，宝剑一招撩式之后，顺势猛刺过去，宝剑吐出一道紫蓝二色的热寒凶光，又一招绝命追魂剑，如电光炽闪，直戳大虾逛左胸。大虾逛咋能轻易被他占了便宜，他双手握住鞭把子，左右开鞭，左边一个轰雷炸浆崩，右边一个青龙摆尾响。常在岭又继续打出三十几招绝妙惊栗技法，跨左击、跨右击、翼左击、送鳞刺、坦腹刺、双明刺、旋风格、御车格、凤头洗……平衡翻腾，轻敏快捷，抽带提格，击刺点崩，搅压劈截，势妙精绝。大虾逛钢鞭连出绝招，劈、扫、扎、抽、划、架、拉、截、捽、刹、撩、拨……亦是变幻无穷。

常在岭生于武功世家，武举出身，正统军人，十八般兵器打法、招数，破除化解，样样精通。一剑在手，剑尖、剑刃、剑脊、剑面、剑柄、剑首、护手、剑穗、剑鞘，无处不杀人，无处不毙命。常在岭一辈子玩剑，四剑之术的达摩剑，十剑之本昆吾剑，十三剑势武当剑，打得出神入化，无不得心应手。他用刺、劈、砍、挎、挂、点、崩、云、抹、穿、压……挥霍潇洒，忽往忽收，恣意偏摆，走锋舞动，乍徐乍疾，似醉非醉，似醒非醒，迷中带明，绵里藏针，暗隐杀机。或正或斜，或上或下，不停化解大虾逛钢鞭绝招。常在岭闪展腾挪，轻灵便捷，虚领顶劲，含胸拔背，勇往直前。眼睛盯住大虾逛的手法、身法和步法，一刻也不敢松懈。

棋逢对手，将遇良才。常在岭心中暗自称赞，后生可畏呀！他观察大虾逛心手相通，动作联动，运势转奇。龙蛇腾盘，翻合皆宜。猛兽屹立，劈天盖地。手足腰胯如曲，内劲丹田如仓，精气神胆如炬，绝非一般练家。最了不起的是那条神鞭，若蛟龙出海，悬垂之异，劈杀追魂；奔雷坠石之奇，天下无双；鸿飞兽骇之姿，臂力撑天；鸾舞蛇惊之态，驱风逐雨；绝岸轰峰之势，杀伐决断；临危据抗之形，避让谦击。重如崩云，挥鞭旋九霄；轻如薄翼，四两拨千斤。导之泉注，无可阻挡；顿之山安，撼震不动。

身高八尺，钢鞭丈二，九节截劲，八十多斤，节节相连，铁链环扣，逐节变细，末节有狼牙倒刺钩，沾上身边，非死即伤。要么五脏开花，要么伤筋断骨，至少也要扯下一串血肉来。俗话说："巧打流星顺打鞭。”常在岭看大虾逛立鞭浑圆，顺势到位，抡、扫、缠、绕、挂、抛、舞，浑身上下，头、手、足、腿、脚、肩、肘、膝、胯、背、臂……一招一式，翻转、跳跃、推挡、拨带，稳健灵敏。竖打一条线，横扫一大片。竖转平归，回缠伴绕。一步十动，十动百花，百花千变，变幻无穷。千姿万态，放收自如。放袭倒一片，收回一团棉；放出如毒龙，收回如软虫。常在岭戎马生涯，真的没见过，有人能把钢鞭打到如此出神入化、无懈可击的地步，他不得不佩服。今天是开了眼，世界之大，山外有山，天外有天，超凡绝世高手，在民间，在龙王荡。难怪朝廷大军，年年剿匪，年年捷报频传。这样的匪，你能拿他怎么样，你能剿吗？唉！捷报频传，皇帝暖心。实属无奈之举，无奈之举呵！

常在岭看着，想着，手中双剑不敢怠慢，愈战愈谨慎，他非常明白，稍有不慎的后果。大虾逛也越战越勇。早年跟随师父在军营中闯荡，戍边守关，小战天天有，大战三六九。任凭手中钢鞭，除妖斩魔，横扫牛鬼蛇神，的的确确是个应酬过大局面，见识过大世面的人。他也在密切注视常在岭手中宝剑，他知道常在岭一直在寻找自己的破绽。他和常在岭经过快两个时辰的交手回合，当然明白这家伙确是个凶恶、歹毒、阴损的角色。大虾逛暗中盘算，既然你想寻俺破绽，看来今日不露个真正的假破绽给你看，一时半会，想取你性命，也不容易。罢了罢了，来个破绽吧！眉头一皱，计上心来。大虾逛叉开双腿，操鞭在常在岭头顶上方，打出一式“盖顶鞭”，钢鞭梢头，在常在岭头上方虚晃一招，紧接着又一招“搅裆鞭”，在他腿裆下方虚晃一招，然后，有意识把自己胸口以下的前门面，向对手敞开。常在岭顾不上怀疑，机不可失，时不再来，机会稍纵即逝。他见到破绽，必须抓住，刻不容缓，见缝插针，说不定，一剑击中要害。

常在岭心中暗喜，大虾逛子呀，你我打了两个时辰，到现在，就看谁，还能一以贯之地防守和进攻，稍有破绽，你就完了。你大虾逛终究逃不出狗大呆、人大愣的宿命喽！四肢发达，鞭子打得好，头脑还是有点简单。你为了打一个盖顶鞭、一个搅裆鞭，却放弃了前胸面的防卫，这不是找死吗？真正的一流练家，不会犯这种低级错误的，你终于露出野路子天性不足的缺陷了。常在岭看清这位彪形大汉，比自己高出半截，两腿壮如两棵大树桩。稳健坚实，似乎不怎么灵活。机会来临，不容错过。常在岭一招“黑虎前刨”蹿到大虾逛脚前，迅速调整剑锋，灵活的手腕扭动剑柄，宝剑中锋直指大虾逛小腹部戳过去。他确认对手收鞭推挡来不及，他定可一招制胜。大虾逛心生暗喜，常将军啊！常将军！你啊！求胜心切了。在俺面前，双剑绕来绕去，和俺比划两个时辰，你啊，你这条大鱼，咬钩了。大虾逛眼观六路，耳听八方，迅捷抽回丈二长鞭，就在常在岭用全力，使长剑中锋直刺大虾逛小腹的刹那间，大虾逛迅疾侧转，躲过剑锋，借侧势左手从后腰的皮匣里，抽出四节短鞭。他没给常在岭任何重新发力的机会，趁常在岭右腿弓，左腿绷，用力刺剑之时，将四节钢鞭横扫在常在岭前弓的右脚脖子上方，膝盖关节的下方，小腿骨上。机智勇敢的常在岭，此时知道上当受骗，晚了！晚了！胫骨和腓骨顿时断成两截，仅有外层皮连接着没有任何功能，尚套着牛皮马靴的脚。常在岭强忍折骨剧痛，“噌”地一跃而起，左脚着地，金鸡独立，两臂弯曲，将宝剑挡在前胸，防守招架。

果断坚决的大虾逛，馈赠给常将军一个宁可玉碎的机会，永远罚没和决绝了他渴望继续为朝廷奋战的念想。紧接一招“劈山盖地府”，从常在岭后臂拦腰劈下去。常将军颈骨及其左边肋下七根肋骨，“喀嘣”一声，粉碎性折断。大虾逛没有任何犹豫，顺手一个“撩鞭”，将常在岭掀出船外，落入滔滔巨浪之中。恐怖的巨浪，簇拥着一群饥饿的巨齿鲨，顺溜地吞噬了这一大清朝将军的身躯。此鲨贪婪无厌，竟然未留下一丝痕迹。

大虾逛放下手中长鞭，向常在岭淹没的地方，恭恭敬敬地鞠了三个躬，真挚地说：“常将军在天有灵，天下之大，而俺俩道不同，休怪俺心狠手辣。你为大清皇帝，尽忠尽责，献身捐躯，死得伟大光荣。俺为龙王荡乡民尽仁尽义，虔心投入，活得有衣有食。咱们两股道上跑的车，走的不是一条路。”大虾逛说完，又操起拳头，给葬于鱼腹中的常将军，行一个抱拳稽首大礼，口中长呼一声：“常将军，一路走好！”

跳下船楼的边憝，瞪圆流血的眼睛，看清义兄常在岭的惨死，万分悲痛。他把全部悲痛集结到手中宝剑上，化悲痛为力量。扬起剑锋，刺向一个手持钢叉的龙荡营的勇士。这勇士迅猛使叉抵挡，不到三招，勇士的咽喉处被刺中，勇士手撑钢叉，脑袋垂向右边，鲜血涌出，却始终没有倒下。

边懲拔出宝剑，就地一个滚翻，蹿到前舱甲板上，一组旋风扫堂腿，打中两个龙荡营勇士的膝盖下边，两勇士刚刚反应过来，已经被扑倒在甲板上。就在他们急忙站起时，脚跟未稳，边懲将剑锋刺出去，从一勇士的右耳朵下方脖子侧面划过去，瞬间收回剑锋时，从另一勇士的左耳朵下方脖子侧面划回来。两勇士几乎在同时，脖子上张开大嘴巴，血喷如注。另一勇士，见身边同营三兄弟，须臾毙命，怒从心头起，恶向胆边生。双眼滴血，平端手中长矛，奋不顾身，向边懲刺过去。边懲侧面猫腰，躲过矛头，左手掌摁住地面，跨出一个弓箭步，把身体压低，在对方长矛柄杆下方，猛地伸剑锋，直刺那个勇士大腿主动脉。龙荡营第四个勇士“哎哟”一声倒地，血流如蚰蜒般在舷间游动，顺着舷口向外流淌，潺潺如溪的鲜红血流，一路吟咏低迷的冤魂悲歌，倾诉惨烈而崇高的精神。阵风呼嚎，奏乱丧祭哀乐。暴雨如注，天地挥泪恸悼。

虎头鲸刚跃上大舸营，就遭劲敌兵器阻截。几人联手，杀死常在岭部属六七个精英，直奔边懲而去。八爪鱼、飞鹰也杀开血路，狂奔过去，给虎头鲸大战边懲助威助战。

朝营指挥台上的瞭望哨、旗手、鼓手、箭手、警卫、勤务……倾巢出动，从船楼上飞奔而下，边懲身边仅剩下九人。边懲杀死第四个龙荡营勇士时，对身边卫士说：“三人一组，形成犄角。咱打中锋，左右锋可进可退，见机行事。护卫、协作、杀防三者并重，不许掉队，同进退，共生死。”边懲明知，这是最后无谓挣扎，可是，不挣扎，又能如何？边懲向其他九人伸出右拳，十只右手，抱在一起，齐声发出最后的怒吼：“共生死！”边懲十分镇定，从容不迫地叫道：“弟兄们，最后时刻，到了！最危险时刻，到了！咱们面前，没有选择，只有一条路，赴死一战！”现在边懲最在意的是，死亡利益最大化，寄希望于以一条命，换取更多生命，换取对方更有意义的生命。他最想和今日龙荡营战场最高指挥者对决。尽管今日战局，他彻底输了，他却输得心有不甘，输得不服。一卫士视死不惧地说：“吾辈跟随老将军多年，现在该是报答的时候了！”又一卫士不屈不挠地高呼道：“杀一个够本，多杀一个，赚大了！”他们激烈地狂呼：“杀、杀、杀！”这是放在一起的十只手，在撒开之前，歇斯底里的壮胆三声，也是痛彻心扉的绝望三声。犄角队形迅速形成，迎接周围拥上来的龙荡营的勇士。

虎头鲸冲在前边说：“你们看，他们在干啥？那还是二十年前俺们的原始打法，三角犄形队，协助互济，保卫中间，太落后了。俺们从四边一起上，管叫他，顾头不顾腚，四处碰壁，八处挨揍。这位步军校大人，到底是个新手，纸上谈兵的主。”八爪鱼紧随其右，四爪飞鹰紧随其左，十几个卫士蜂拥前后。八爪鱼说：“咱们人多，不用蜂拥而上，那样，打得人家不服气。”虎头鲸说：“咱们不可轻敌，俺居中，你们得把那个步军校大人，给俺留下，俺要亲自会会他。问问他，这仗咋打得如此地窝囊。八爪鱼带人随俺右手边，对付他的左锋；飞鹰带五人随俺左手边，对付他的右锋。听令，动手，开！”

在距边懿犄形队三十尺左右，虎头鲸一伙人，队形分序排列，迅速分成三个部分，向边懿犄形队飞奔而去。

飞鹰心想，她和八爪鱼的首要任务，是确保副统领的安全，这是他们当下最重要的职责。为避开对方势力对副统领威胁，首先必须快速斩其“首”。这场战争，到目前为止，对方首领还在，现在若斩其“首”，就再无啥悬念了。而她的流星双锤，来无影，去无踪，偷袭成功率最高。她暗中打算，有点迫不及待了，这机会不能留给别人，包括副统领，对于副统领来说，减少他一次交手机会，他就多一分安全。

飞鹰展示了她的独门绝技，藏星空手，轻空绝尘，展开双臂，迈开双脚，奔跑中，离开地面，飞在队伍最前边一丈多高的上空。

边懿的犄角三组，看到空中飞来一人如鹰，个个莫名惊诧，竖起手中兵器，跃跃欲试，准备迎战。飞鹰在空中，早就认准边懿身份和位置，从腰间悄悄取出双星狼牙锤。就在此刻，边懿身边一卫士，右手从后背的箭筒中抽出一支响箭，迅速搭上弓弦瞄准飞鹰脑门。鹰眼有多毒怪，早已看到九人中，仅有一人，身背箭筒，那是很危险的信号，也是她第一个准备打击的目标。在取锤瞬间，她决定一招两发，没等到那支响箭射出，飞鹰转身甩出最为响亮的“天炮双轰”，在同一时间，双星锤就落在边懿和他身边放箭卫士的天灵盖子上。没想到，人的头骨，竟然如此之脆弱。锤头砸头骨，就像锤头砸碎盛满尿的尿壶的声音，穿过钢盔牛皮胄，只听到沉闷的“噫扑”一声。一声倒两尸，脑浆四溅。大伙正在为之惊异之时，飞鹰两腿着落，收回双星锤，只见两朵锤彩上，裹着浓稠的血浆和脑汁。大伙明白了。

虎头鲸边战边不无后悔地，又以赞叹口吻说：“傻丫头，不是说好的吗？那位步军校大人，留给俺的吗？”飞鹰向虎头鲸做了“傻傻”的鬼脸子，扭动着肥嘟嘟的屁股蛋，飞起双锤，杀向敌人。

边懿实现了他誓死报国的宏愿，践行了效忠皇帝的诺言，实现了人生最完美的崇高价值。他捍卫了祖传的朝廷重臣的地位，捍卫了阿穆鲁氏家族的荣誉。他也十分明白，阿穆鲁氏从此山倒海枯，天地交合，再无后嗣可言。他，只有一死，才能真正兑现忠孝两全的誓言。丢了内务府的重要物资，只有死，他那铁面无私、浩然正气的父亲内心，才能稍得平复。可是失子之痛，绝后遗憾，父亲内心这个缺，永远也无法弥补了。阿穆鲁氏七代单传，就此打住。是的，人生就是如此。阿穆鲁·边懿，上对得起苍天皇帝，下对得起祖宗父母。他的传宗接代、延续香火的心愿，光宗耀祖的希望，追求锦绣前程的企图，伴随他敦实的身躯，不屈精神，顽强斗志，在被抛入大海的那一刻，激起的仅仅是一团子洁白的泡沫，绽放一朵无尘的昙花。阿穆鲁，边家这一支脉，绝了。

整个战局，接近尾声，再无悬念。虎头鲸不得不为还活着的朝营士兵点赞。没了首领，并没有想象中群龙无首，不战而自败的局面。每个英勇顽强的朝兵，死士般咬牙坚持，没有任何人愿意放下武器。不得不佩服，边家精神带出来的士兵，临危不惧，殒身不恤，百折不挠。虎头鲸想，战斗还没有真正结束，绝不能麻痹大意，越是战到最后，越是营中精英，绝不可在告捷时增添损失。他命令：“来人。”卫士回答：“在，请副统领吩咐！”“命令各部，劝降残敌，对负隅顽抗者，全力剿灭，以绝后患！”“得令！”虎头鲸继续发布命令：“来人。”“在，请副统领吩咐！”“传，金枪鱼！”“得令！”金枪鱼早已随队伍上了大舸营战场，听虎头鲸寻自己，急忙奔跑过来：“副统领，金枪鱼待命！”“你速速赶去‘义’字厅，报告大统领，朝营大小首领，全部斩灭，仅剩下四五十士兵在顽抗，俺们将在半个时辰内结束战斗，全军大捷凯旋！”虎头鲸要把这一捷报，第一时间报告大统领，以消除他的焦虑。他忽然又想起一句，忙对金枪鱼说：“哎！回来！”金枪鱼连忙转头：“副统领，还有啥吩咐？”虎头鲸咽了口唾沫，用非常慢的语速说：“俺们兄弟，牺牲一百六十多人，伤八十多人。”说完，沉重地向金枪鱼挥了挥手。

金枪鱼和他的一个助手，乘丁鱼舟，扯起小黑帆，离开大舸营战场，船头朝着铜钱岛方向，侧风而行，很快消失在迷茫的云雾之中。

11

大舸战场上，龙荡营五个分营首领，把朝营剩下的五十个左右的士兵分割成五份，围而歼之。战斗还在进行之中。

八爪鱼破了朝营“群英逐春阵”的兑位大椿门后，手使鸳鸯金刚八棱双铜锏，杀死青铜玄钺封里行，助飞鹰斩了萧立峰，又助大虾逛追杀常在岭，保卫副统领，围剿边懿。在这段时间里，锏影所经处，纷纷倒下一片，亲自杀朝兵不下二百人。他专拣硬对手、狠家伙拼杀，攻坚克难，杀出八面威风。他把外曾祖父的秦家锏法，发挥到了极致。

现在，八爪鱼又饥又渴，也有点疲乏。人有钢铁意志，但毕竟是血肉之躯。即使是钢铁之躯，亦有韧性的极限。八爪鱼的双锏，还在旋风般横扫。四周的朝兵不敢硬拼，纷纷避让。不知道这条汉子，还能坚持多久。八爪鱼生性骄纵，眼观六路，百样玲珑。他发现前边朝营军中，有四个倔强刚烈，使长枪的兵娃子，年龄都未过二十，和另两个年龄稍长，使同类长枪的老兵，凑成六人新组合，打斗得十分顽强。他想，朝兵死得差不多了，剩下的，当然是精英中的精英，善战中的善战。这六人组合，定会干出许多惊人的坏事，杀伤力不可小觑。八爪鱼飞奔过去，大声呵斥道：“小儿死到临头，莫再枉做挣扎。”六人中，岁数稍大些，差不多三十岁，紫褐络腮胡须，不服气地说：“贵君双锏，好生厉害，有秦锏遗风，可未必能赢得了俺六兄弟！”“小儿，敢在你大爷面前口出狂言，看锏。”八爪鱼铜锏劈下去，足有千斤杀力。那个答话的络腮胡子，不躲不避，借劲迎招，托起枪杆，巧顶住八爪鱼的锏锏。这一招出手，八爪鱼颇感意外，自己的劈锏仿佛砸在棉花上。顿觉这是高手，这一锏，他若硬顶，一定虎口震裂，上肢粉碎。脱口赞道：“好小子，不孬种，看你能吃下大爷几招！”“贵大爷，锏锏千钧，小的扛得住。”对方轻松回答。八爪鱼开始发力，举锏启开攻路，朝络腮胡子长枪进发。络腮胡技艺高强，转身闪过，边上两个娃兵，举枪迎战。八爪鱼双锏砸空，又引来两支对枪直冲前胸，左刺右戳。使丈二长枪的人，若无精湛技艺，不会对八爪鱼构成威胁。但是，若高手遇上高手，绝技对准绝技，多一人，就多了一分优势。这六人，立马分散，包围了八爪鱼。八爪鱼双锏，原本如雷如电，如梦如幻，横扫千军，何在乎区区几个小子。谁料想，这六人都出自名门之后，枪法皆为独门绝技。六人组合，所向无敌。数十招过后，八爪鱼被困得有些烦躁，一时取不了其中任何一人的性命。你有千变之术，他有万化之招。眼前六人，近不了他的身，他也奈何不了这几颗“肉钉子”。络腮胡子边战边叫嚣：“各位兄弟，注意，他使的是秦家锏。八路启开，能打出一百二十八路，锏起无影，碰到即亡。”矮个子兵娃接着叫道：“锏身尖头带倒刺，碰到就是一个血窟窿，非死即伤，万万不要贴得太近，拉开距离，莫让他闲着，找机会，弄死他！”豁嘴兵娃跟着话风就上，上唇漏气，说不清楚：“锏（胆）身（心）凹槽有刃（阴）口，此锏（胆）能戳（夺）能劈能刺（死），当心喔！”八爪鱼金刚八棱双锏锏，比普通锏的优势，特殊功能，被这六人认出来了。这是真正的高手对决，知己知彼！

八爪鱼已经拼杀了两个多时辰，两百余人倒在他的锏下。现在明显没有初战时的凶猛、劲爆了。现在靠的是顽强意志、必胜信心。要不是饥渴和疲惫，他打出一百二十八路来，这六人定然无法阻挡。体力只能将将就就停留在三十二路上，保证自身安全，没有问题。可是短时间，若杀不了敌人，自身安全难保。八爪鱼体能、耐受力，持续下降，脑门上，脸膛间，汗水如注，战袍内衬单衣早已湿透。又战了十几个回合，两膀臂渐渐有些酸软。此时，在外围拼杀的四爪飞鹰，看在眼里，痛在心上。毕竟是自己约定了的准男人，还没大婚，不能出一点点的差池。救他！

12

飞鹰和八爪鱼的亲事，是他的二大爷和自己的师父两人十年前敲定的。自那刻起，四爪飞鹰就认定了八爪鱼，是自己终身托付的男人，经常有意无意地表达暗示某种爱意。练武的人，脾气多是小巷里扛木头，直来直去，直接、干脆、利索。可是，爱情这东西，很奇妙，仿佛天生就不是直来直去的事。想浪一下，却感觉羞耻。想直截了当，又委婉了。欲言又止，还脸红。两人早过婚龄，还没摸过手。就是这样的关系，也不知道是不是爱情。飞鹰不知该如何是好。八爪鱼的反应，仿佛原本就不知道男女之事，仿佛不来电，热得慢，平时若即若离，若亲若疏，撩得飞鹰常常晚上在床上扭曲腰身屁股蛋，夹紧大腿，嗯嗯唧唧。八爪鱼没有可心的准话，人前背后，差不多一副不变的面孔，不靠近，也不亲热。这使飞鹰有些揣摩不透，静下来想想，经常有些迷茫和纠结。飞鹰此刻难得多想，不管咋说，他是俺既定的男人，这事实无法改变，龙荡营的人都晓得。飞鹰身披大红，展开双臂，神鹰般纵身一跃，飞上六小子包围圈上空，收锤并翅，直视俯冲，两手放开流星双锤，脚未着地，大喝一声："看锤！"话音未落，一招"玉女穿梭"，不偏不倚，落在络腮胡子脑门上，"叭"的一声清脆，络腮胡子根本没发觉，何时出的流星锤。说实话，这六人根本就没看清，天上飞来的是鹰还是人，使的是啥兵器，耍的是啥招数。无奈的络腮胡子，就被黑白无常请去奈何桥头，孟婆亭里，喝汤去了。

可怜的络腮胡子，临时组合的小队长，洞开的脑壳，如银瓶乍破，迸溅出一片打破了的红白腐乳，黏稠汁液，混合成的糊状物，绵软的身体像卷曲棉花被胎一样，一动不动地瘫在甲板上的雨水之中。阵风吹过，云雾中，他那孤独的长枪，躺在血流间，仿佛发出低沉而悲壮的呜泣。

四爪飞鹰，本姓华，名秋月。战时，她常穿一件红外黑里子双层帔衣，内束一件黑如黝锈、满生倒刺的柔软如绸缎的金丝甲。其甲，用金丝和千年才长成的绣花针粗细的"千年春秋藤"混合编织而成。拳掌不近，刀枪不入，水火不伤。冬可贮温，夏可透气纳凉。此金丝甲，原产越境蛮野之地，是软猬甲的前身。自有一番不平凡的经历。

飞鹰，现龄二十六，身高五尺有五，平肩、鸽乳、蜂腰、肥臀，长发缩结，盘于头顶，鬏髻连着两条齐肩的湛蓝色蚕丝飘带。柳眉，长鼻梁，圆脸肉唇。眼睛不大，神明如鹰，亮彻如月，清目秀丽，两眸脉脉，秋波含情。天生一副让许多男人仰慕的，艳美娇绝的丽质颜容。手舞五丈链环双星狼牙锤。流星锤大多用细麻筋捻成细绳连接，而飞鹰觉得细麻绳连接锤头，见不得刀刃利器。铁链环连接流星锤，扬长避短，单锤重量五斤，单锤击打重量三百多斤。

飞鹰自幼从师学艺，机灵巧手，传承师父独门绝技双星锤，手打、肘打、肩打、膝打、腿打、脖打、头打、臂打、腰打、背打、口打、近打、侧打、俯打、仰打。新创飞鹰八十一绝招：流星赶月、玉女穿梭、蛟腾龙覆、凤翥鸾舞、擒狮伏虎、飞星传恨、银瓶乍破、晴天霹雳、猿攀猴跃、跨峰奔岩、飞鹰捕蛇、黑虎钻裆……

飞鹰用狼牙锤击中络腮胡子后，高声让八爪鱼撤出被困的尴尬局面："这里交给俺，那边需要你，快撤！"飞鹰用心疼的眼神，示意他歇息一会。八爪鱼看到飞鹰增援，信心倍增，仿佛有点狗仗人势的样子，还想再露两手。再说，这几个小子，个个皆是折耗佬，没有一个是省油的灯，他害怕飞鹰纠缠不过。他自豪地对飞鹰说："俺不歇息，有俺两人共在，不怕区区几个毛头小子！"飞鹰大声喊道："你先稍事歇息，俺顶得住！""不用歇息，再战一天，也没啥！"飞鹰急了，你他娘的累得快撑不住，还嘴硬，服软，会死吗！她很不耐烦地吼道："快滚！"她不给八爪鱼面子了，扬起虚放一招"黑虎钻裆"，流量锤"啪咔"一声，打在八爪鱼两腿裆下的甲板上，半拃厚的甲板顿然洞穿。这一动作惊得几个兵娃连连倒退几步。八爪鱼知道她生气了，识趣地抽身跳出包围圈。飞鹰一个跨蹬健步，纵身跳上斜倒的大桅杆，一边舞动双星锤，一边喝令："放下武器吧！留尔等性命。"五人中，一个赤裸上身的兵娃子，十五六岁的样子，迎面刺枪说："宁可战死，绝不放下武器，练家的尚武精神，难道你不知道？"飞鹰改了口气，晓之以理地唤道："吾乃四爪飞鹰，佩服各位小兄弟的勇气和武艺。你们看清楚喽，你们的边憝将军，你们的副将常在岭将军，还有萧立峰将军，总舵把子焦凤山，副总把子封里行、余定舟，哪一个武艺比你们差？他们都死了，你们还坚持愚蠢顽抗到底，还有意义吗？”飞鹰话音刚落，五人中，有一个不怕死的小子，实足的愣头青，手握长枪，枪头朝上，长枪杆端头着地，一个撑杆跃越，腾起身体，跳上半空，两腿并拢，侧翻，斜蹬过去，欲将飞鹰蹬入大海。飞鹰流星锤本来在空中虚晃，本不想击打，刚好这小子持杆腾起。飞鹰暗想，你小子搞突然袭击，好啊！枪打出头鸟。飞鹰脱口而出：“好小子，休怪姐姐俺收了你。吃俺一招霹雳闪电。”飞鹰手中链环索猛地蹿出，一条直线，一束黄色锤彩，爆出耀眼的金光，“嗖”的一声，向那小子的枪杆上打去，只听得“咔哧”一声，那枪杆子如折断的茼秸一样，清脆断成两截。跃起的兵娃子一时失重，从空中直接摔入巨浪之中。船舷下边，一条巨大的公牛鲨转身打一个漩涡，水上猛然泛起一股红色波澜。这个世界，在这兵娃子的眼里，永远消失。

剩下四个小子，年龄皆在十六七上下。一个个上嘴唇上边，刚刚生出一层乌暗且细细的小绒毛。他们没有任何罢战的意思，分散在飞鹰的东西南北四个方位，舞动长枪，紧围不放，紧打不离，招式勇猛狠毒。打得稳准，打得谨慎，打得颇有章法。看得出，这四个小子是经过名师严格敲打出来的，从规范、传统枪法中磨炼出来的。他们始终和飞鹰保持适当距离，枪头避过锤彩飞转叠伏起落的轨迹，又不放过任何一个可以出手冲杀的机会。拦、拿、扎、穿、劈、崩、刺，步步为营。他们前手如管，后手如锁，扎枪一条线，缠绕圆转，灵活多变，翻转自如，步法轻灵稳健，腰腿、臂腕，合力使劲，枪去如箭，枪来如线，飘若浮云，矫如惊龙。飞鹰看得入神，应对自如。别看他们都是些未成年，乳臭未干的毛娃，明斗暗取，枪头藏妖，招式阴毒，实战经验十分了得。飞鹰锤体不愿打破对方四枪队形。不愿打，而非不能打。她有一个大胆想法，既保护好自身安全，也不轻易伤及这些比自己小差不多一轮，却少年老成，志存高远，没过二十的少年勇士。

飞鹰的流星锤在几个小子头顶上空，左右盘旋，纵横穿梭。她在仔细观察对方几支枪的枪法和出招的套路。

豁嘴小子，使的是长枪双月戟，主要招式有封、闭、捉、掳、拦、拿、还、缠八因之法。又引出截、进、乱、定、挖、点、斜、直八技之妙，深化出固、窜、排、压、扎、软、闪、赚八术之绝。飞鹰观察豁嘴招数，似曾相识，印象很深。

飞鹰本是孤女，早年在襁褓中，被扔在一个大户人家花园后门外，“呱呱”哭叫，路过的师父，抱起一看，红扑扑小苹果似的小圆脸，刚刚还在哭叫，师父刚抱起，冲着师父笑得“嘎嘎”的。师父注意查看，白纱里子，丝棉胎，红锻面子的襁褓里，藏一块火红雕龙翡翠，一条黄色金丝手帕。手帕上面有两行清秀朱砂红字，第一行：“盼好心人收吾雏，今生来世，做牛做马，宏愿报答。”第二行：“小女生日龙年六月初三。”师父未加思索，将她带回冠青崖。

冠青崖在中岳嵩山山脉，少室山东北直线距离十多里处。这里有一处耸起山峰，叫峻极峰，峰侧一陡崖，叫冠青崖。崖下河水环抱，澄明荡漾，四周林海缥缈如潮。崖上云雾缭绕，幽僻静谧。崖壁陡峭，崖顶平滑，远近险峰峻拔，参差青障，蓊蓊郁郁，四季常绿，浓荫掩映。五十年前，师父的师父在此结庐，隐居修行，其庐得名，卧云庵。

师父的师父，云逸师太，世称云逸大仙，身怀绝技，精通天下武艺，枪戟剑锏、叉镋钩拐、弓弩斧钺，无所不能。腾云驾雾，飞檐走壁，轻功更是惊人。师太，是隋唐英雄黑夫人黑素梅流星锤一脉的传人。师太云游四方，在运河边姚湾歇脚，见师父投河自尽，救了师父，回了冠青崖，教师父十八般武艺，亲授独门秘籍绝技，流星双锤。十年后，师太圆寂。师父云游，带着小飞鹰回冠青崖卧云庵。

师父本是农家姑娘，农活耕、犁、耘、耙、收、割、播、种，脏活累活，都干遍，练就瓷实的阔身板。师太传授的十八般武艺，师父都能扛下来。

小飞鹰七八岁，师父就教她练功，那时候，师父心疼小飞鹰，不想让她吃更多的苦。对小飞鹰说：“一身学得十八般武艺，太苦太累。女孩家，不要勉强。你一生，咱只授你流星双锤独门绝技和飞云轻功。知道如何面对十八般武艺，见招拆招，攻打袭击，就足可独步天下。不要你复制咱的练武经历，不要你在苦累中，煎熬过活。”飞鹰常常记起师父的话："刀乃百兵之师，枪为百兵之王，戟是百兵之魁。在对决中，能应对这三样兵器，其他的兵器打法，迎刃而解。流量锤对付任何兵器，其要点是拆招和突袭。刀枪戟剑，斧钺钩叉，费的是实劲。而流量锤用的是巧功，神出鬼没，出其不意，攻其不备，一招制敌于死地。"飞鹰跟随师父十八年，谙悉天下名枪大法。再说，冠青崖离少室山只有十多里路程，师父也常常有意无意带小飞鹰，到少室山武场，观摩少林寺的前贤后昆练打十八般武艺，七十二绝技，聆听师父讲千百年少林惩恶扬善的故事，和禅武合一、强筋健体、兼济天下的尚武精神，以及枪戟大法。眼前，她目睹豁嘴手中握的正是少林长枪，双月戟技法，大封大劈，猛崩硬扎，刚柔并济。她当然知道，这就是少林长枪鼻祖武僧洪转大师梦绿堂枪的真传。她边拆招边喊话豁嘴："那位双月戟小兄弟，你的枪法，深得少林真功，必有来头。刚刚使的几招霸王上弓，铁牛耕地，死活崩对，翻身崩退，擒手钩捉，是少林高僧程冲斗的枪势呀！少林人用此枪法惩恶扬善，可是你糊涂呀！助纣为虐啊！"

豁嘴有点蒙，人家看懂自己的招数，连招数的娘家都报出来，这仗没法打了。嘴上还硬说："那位姐姐，算你识相。聪明人一定知道，自己是咋死法！"飞鹰寻思，得吓唬吓唬这毛娃，不知天高地厚，给他来点心理战，呼道："知道姐姐吗？自小就迎着少林的暮风晓雾，沐浴少林的阳光雨露，食少林的萝薯干稀，品尝少林的酸甜苦辣，诵少林金经玉典，敬少林罗汉菩萨，姐姐俺生在少林，长在少林哪！"

豁嘴惊异，既然这样，都是自家兄弟了，还打啥，再打，有悖师门的规矩。不打，也说不过去，旁边的人，眼睛盯着咱，不能当叛徒。打归打，不真打，不知道深浅，可不能成为罪人，于是叫道："那位姐姐，莫说（学）了，俺说（学）不过你，看枪！"耍了两招花枪，退到旁边去了。飞鹰心中有数，豁嘴内心可能动摇了。就在这时，旁边冲出一小矮子，手使杨家的梨花枪，进，锐不可阻，退，速不可拦，势险节短，不动稳如山，一动似崩雷，变幻莫测，神化无穷。飞鹰边打边观，越发兴奋，心中惊奇："哦！真是了不起！"她差点叫出声来。

一直在不断变换位置的赤裸上身的小子，腰细肩阔，方圆脸上透着娃子气的兵蛋子，使的是武当龙门十三枪法。那腰、腿、臂、腕上的功力，一看便知，童子功扎实。细细瞧瞧，顶多十五六岁的样子。小小年纪，应战沉着，面对闪电般流星双锤头，司空见惯似的冷静，足以说明，如果没经历过多次大小战斗，不可能培养出如此坚韧不拔、历险不惊的涵养和霸气魂魄。是一副泰山在眼前崩塌，而脸不变色；麋鹿突然在身边跳跃，眼睛不眨，镇定自若，泰然处之的神情。赤裸小子扎枪如闪电，崩枪撼山岳。枪挑千斤似举鸿毛，劈枪万钧塌天拆地。和这样的对手过招，飞鹰竟觉得心花怒放，很享受。

在这四人中，其实更让飞鹰不敢大意，处处提防的是那个青面、阔嘴巴，上门齿左边有一颗獠牙，突现在下唇外的小家伙，使得一手透甲枪。飞鹰风衣里面，穿的正是一件金丝甲，这是师父的师爷传下来的。当年师父授飞鹰金丝软甲时，曾经讲过透甲枪的故事。据说，这故事，在她们这一师门，已讲了几百年。

大唐天宝年间，有一位平定安史之乱的名将，叫作李光弼，一生只使一件兵器透甲枪，李光弼死后，透甲枪不知去向。师父传的金丝甲是稀世宝物，刀枪不入，拳脚不近的护身甲。世间万事万物，相生相克，金丝甲，唯一克星，便是当年那位战功卓著，被推为中兴第一人，获赐金书铁券，名藏太庙，绘像凌烟阁，天下兵马副元帅，朔方节度使，李光弼手中的那支透甲枪。李光弼五十七岁那年，广德二年为宦官所谗，愤懑郁结，病逝徐州，他所有宝物，都散失在徐州民间，那支掌中稀世宝物透甲枪，石沉大海，杳无音讯。李光弼，契丹人，唐中期名将左羽林大将军李楷洛第四子，他的透甲枪是他父亲传给他的。那枪头，是稀世精钢淬炼，尖如钢针，硬度更是超出蓝钻的几十倍，寒光炫目，令人见光胆颤。此枪的明显标志是杆柄铸有李楷洛的戎装半身头像，有契丹和汉两族最古老的文字“李楷洛掌中宝”六字竖列。透甲枪的珍贵，在于它二尺三寸钢刃口上的硬度，胜过钻石；那尖头细如针尖，点金即透，穿甲见血，刺铁如泥。

在铸枪的工匠中，要经过多少代人的努力，才能造出一支。如果谁能做出一支透甲枪，就注定他在这个行业史上，具备了无人能撼动的，最伟大、最优秀、最精妙、最辉煌的，受天下能工巧匠瞩目的，至高无上的地位。

飞鹰边战边接近青面獠牙小子，观察这支神秘透甲枪，枪杆比其他枪杆子短，八尺到九尺之间，其中枪头长二尺三寸左右，锋刃钢口五寸左右……依稀可见那被时光磨得清白、滑亮的枪杆上，有明显的半身戎装像，头像下方，确有两列文字。枪杆反光发亮，辨不出哪是契丹字，哪是汉字。飞鹰内心已确认，这杆枪是李光弼的那件宝物，李家传承之物。毫无疑义。獠牙小子枪头特贼，时不时盯住飞鹰软肋扎枪，三番五次逼近金丝甲。飞鹰不愿伤及这四人中任何一人。英雄惜英雄。她寻思，如果生擒了他们，为龙荡营所用，岂不是一件美事吗？但现在凭她一己之力，想生擒这四人，几乎不可能。她反复琢磨，凭手中两锤，打掉两支枪，使丈八链索，同时出两招，一招“五花大匪”，一招“缩手就擒”，捆住两人，不成问题。那另外两小子，绝非凡夫俗子，等闲之辈。链索捆住两人，自己便是赤手空拳，对付另外两个身怀绝技的高手，根本没有决胜的可能。若铤而走险，可能招致杀身之祸。想到这，飞鹰使出一招“飞星传恨”，从腰间摸出仿佛拇指粗细的小竹管子，抛向空中，随即掷锤头击打，只得“砰”的一声，响彻云霄，又“吱溜”一声，散出一股橘黄色的火焰，蹿向天空。

这是龙荡营八大分营首领之间约定的，在战场上内部传递援助，生擒对手的信号。载明黄色信号，是飞鹰邀约青龙偃月刀救助。震营首领刀螂蛇，持青龙偃月刀，正在横扫朝营余部，听到炸响，瞥见空中信号，知道飞鹰有生擒对手设想，向自己发出增援邀约。他在收刀时，乘势抹掉前面一朝兵脖子，头颅在甲板上滚动两圈，两眼如死牛眼一样，瞪得大大的，圆圆的，收尽世间最后一抹光束。碗口的血窝子，向外沁血。

刀螂蛇弓起后背，如螳螂般扛起青龙偃月刀，兴奋不已，生龙活虎，神采飞扬，吆喝一声“闪开”，朝兵皆知偃月刀太厉害，赶忙给刀螂蛇闪出一条路来。刀螂蛇一路飞奔，连跑带跳，到飞鹰阵前，见飞鹰面对四支长枪，正处防守状态，心里明白让他来的意图，必是擒这四个小子，他说：“妹子，哥哥帮你！”

四个娃子军还蒙在鼓里，不知道这个女魔头又搞啥鬼花样，相互暗示，千万小心，别中诡计。

刀螂蛇喜欢飞鹰，深深暗恋飞鹰。平时，明里暗里，用火辣辣纯粹眼神、笨拙的语言和武人式的缱绻，向飞鹰传达自己的深情厚谊。

飞鹰像佩服八爪鱼的双锏技艺一样，佩服刀螂蛇青龙偃月刀的技艺，她只喜欢刀螂蛇直爽、逗人开心的一面，没看出刀螂蛇骨子里的刁钻和阴险。不管咋说，既然师父和二大爷做主，让她和八爪鱼配了，她当然不能再应刀螂蛇的追求。这一生，飞鹰秉持自己的原则，也对刀螂蛇说得很清楚。刀螂蛇也明白，就是情不自禁。

飞鹰一声“渠哥哥！”，像百灵歌唱的声音，钻进刀螂蛇的骨子里。

刀螂蛇姓渠，名饼怊，他妈给他取的名，意思是一块烧饼，就能养活这悲哀的穷命孽子。他的妈是凤凰城武举人弁庚家的婢女，名渠海榴，是用人，身姿匀称姣好，春色婉丽，实在无法抗拒武举人私下里的垂爱，和举人连拉带扯，半推半就，在伙房菜案上，两个赤条条的裸体，摆在一起，干出了不雅之事。武举人在渠海榴身上，做下里程碑式的标志，让女娃成为女人，武举人的枪很精准，一次性造出了这条刀螂蛇。后渠海榴在弁家没了容身之处，被赶出弁门，刀螂蛇被认为是野种，随渠海榴流落到龙王荡，嫁与大兵光棍，大刀重开山。重开山重情重义，对渠饼怊视如己出，在他咿呀学说话时，就教他耍大刀。渠饼怊没让重开山失望，二十岁时已精通青龙偃月刀独门绝技。

刀螂蛇跳到阵前，深情地大声说：“妹子，哥来啦！”飞鹰向刀螂蛇暗使一个眼神，刀螂蛇心领神会，激情地应一声：“得嘞！”刀螂蛇参战，原四人围飞鹰，呈包围阵势，一下子就变成两战一。战了几个回合，刀螂蛇熟悉了对手套路。面对两个对手，刀螂蛇打左防右，挥起大刀，向左边獠牙迎面劈下去，逼着獠牙双手举起透甲枪杆，推挡劈下的青龙偃月刀。俄尔刀螂蛇变劈势为拨挑之势，大刀在獠牙头顶，向右边从头到脚，划了个半圆，刀头突然从下向上，猛然一挑，獠牙的透甲枪和刀螂蛇的大刀，同时向上用力，这下子苦了獠牙，“哐啷啷啷……”一阵响声，透甲枪在空中转了数十圈后，“嗵当当”地飞出去，直插在几丈外的船楼的门楣子上。刀螂蛇迅即转动刀柄，用大刀片子猛拍獠牙后背，“啪——”獠牙“哎哟”仆倒在地，一时背气，晕了过去。

刀螂蛇紧接着制服了使梨花枪的矮个子。飞鹰使铁链索，捆住豁嘴和赤裸小子。

大舸营楼顶上，换上龙王荡绿底黄色飞龙下的北斗七星旗和龙荡营的五行八卦旗。哨所换上龙荡营的哨兵和旗令手。战鼓敲的是龙荡营的凯旋得胜鼓。虎头鲸傲然屹立于大舸营指挥船的前甲板上，刚刚从激战中走出来的将士们，战衣上沾满血污，枪戟刀剑等兵器上滴答着血液。虽然个个疲惫不堪，饥肠饿肚，灰头土脸，但那喜悦的内心无法掩藏。虎头鲸发出最后一道命令：“弟兄们，清理战场，洗刷甲板、帆布上的血迹，把朝营战死的将士们归葬大海，让他们不朽的灵魂，忠诚的肝胆，和为大清而亡的精神，入水为安。把医官营的姐妹们接上大舸营，把俺们龙荡营死伤的兄弟们安顿好，带回大本营。”

雷鸣声停止了，东南风渐渐弱下来，转成正南风。海面上，乌云黑雾缓慢散去，天空裂开数条不规则的缝隙。乌云结成块，在天空向北方游动。沉闷、潮热的海空，现出雨霁的彩虹。傍晚的太阳燃烧得格外熊烈，西边天空，涌动黑和红的两种颜色。黑得浓重，红得激荡，游动的黑云红霞，像炉中没有烧透的乌煤，像高温锅炉里正在熔化的铁矿石，像火山口涌吐铺张的浓浓红黑岩浆。黑中裹红，红中簇黑，热烈汹涌，激烈奔放。红彤彤、火辣辣的阳光，一下子让人明白，生活原本这般精彩，生命原来可以这般敞亮。大灾以来，因为饥馑，因为荒殃，龙王荡许许多多的人，心上压着沉重石头，窒息了，死亡了。

磨难、苦难、劫难！一层一层地剥去龙王荡人精神的皮囊，折断了他们饥饿的愁肠，剥夺了他们做人的权利，扒下了许多人为人的外衣。他们吃完一切可以吃和不可以吃的东西，包括蚊子、苍蝇、蟑螂、蚰蜒、臭虫、蛆和死人……

载满紫禁城贡品、香米、白面的六十五艘运输大舸。不，这是载满龙王荡还活着的三万条性命的运输舸。没有这六十五艘大舸的香米、白面，紫禁城里的王公贵族、皇帝老佛爷、三千佳丽，照样活得滋润。而有了这六十五艘大舸的米、面，就能保住龙王荡三万多难民的贱命，是上天成就了两全其美，成就了这段佳话！连接的大舸营被一一分开，排成一列长队，扬起风帆，在震天动地的得胜鼓中，趁河满潮平，乘流畅的南风，浩浩荡荡，驶入那无边无际，芦苇纵深的车轴河之中。

龙王荡人，有救了！

第二章

三年绝收

1

沙漏刚进申时，东方瓒接前线捷报，第一时间命金枪鱼上快马，直奔龙王口南头队，向南北大营总乡团廖子章报告完胜消息。

跑马溜溜，尘烟飞扬，金枪鱼在青鬃骏背上，迎北风，骏马长鬃，像猎猎战旗，狂飘劲舞。骏马平伸长颈，四蹄蹬开、平展、舒腰，长尾飞荡。马颈、马背、马尾，构成一条流动的平行线，一直向西北方向的龙王口延伸过去。一炷香工夫，飞马接近龙王荡总乡团大校场。

校场上黑压压的人群，列十几条弯弯曲曲、东倒西斜的纵队。阅台下，十口大灶锅，一字儿横排，灶上升腾熊熊烈烈、热热烘烘的气流，场外官道和田间阡陌，还有源源不断的人流，拥向这个生命的源头。白体青鬃宝骏，在大校场外边道上，金枪鱼收缰减速，随着“嘟”的一声，马蹄立稳，金枪鱼跳下马，把马缰撂给迎宾卫士，牵马饮水，添料歇息去了。金枪鱼径直向校场阅台后议事厅走去。

阅台后，有两列五间对面的东西屋，中间五十尺间距。议事厅位于东屋第五间，信字厅。廖子章坐信字厅最里头的青砖高台的大木椅上，背后白墙上，有一个高大的黑隶体字“信”。厅内两边，分列十把交椅，左边是北大营的十个队长乡约，右边是南大营的十个队长乡约。

廖子章中等身材，正值精壮，头顶后坠一条象征性长辫子，上身白色无领无袖对襟粗布衫，下身缁色紧口麻裤，脚蹬一双白底黑帮窄口布鞋，腰勒一条一拃宽的棕褐色铜扣牛皮腰带。方正饱满脑门下方，两道浓眉之间，平滑亮白，看得出是一个心底坦荡的人。眼睛不大，炯然有神，目光犀利。笔直的鼻梁，鼻翼圆润有力，外突丰隆，鼻头微微下勾，更显德正良善，敦厚品正，光明磊落，理性睿智，深谋远虑，慎思明辨。两颧高出，棱角分明，胸中有乾坤，得天赋之贵。陷逆境而不气馁，意志坚定，处事果断。长年带兵，风吹日晒，以至紫铜般肤色，两耳轮稍呈表黄颜枯。身板高挺笔立，前膀后臂，二头肌、肱臂肌、三头肌以及前臂上前屈肌侧腕屈肌，凸起一块块拳头大的肌腱肉，并暴胀出一道道铁条般青筋。宽肩，扁细的腰，稳稳端坐在大木椅上。

平凡中，透出刚毅、果敢、担当的气质，这是武功世家，廖氏家族的传统特质。

他板起国字方脸，目不转睛，平视前方，仿佛拉家常的口气，又像是不容置疑地下命令："各队各乡，俺反复强调，碾盘子不能停。虽然说一人一天，只两碗稀粥，南北二十个队、乡，二十口大灶，成千上万人，不停喝粥、熬粥，供应还是很大问题。两层意义，一来，俺家的仓廪，消耗殆尽，还有不足万斤粮，俺家上下老老少少，六十多口人，包括俺本人在内，和难民一起，在大灶上喝粥，就这样，也撑不了几天。派去南方的船队，近期会带些粮食回来，能带多少，又能维持多久，说不准。二来分到各队碾磨的稻子、芦黍和黑豆，混合磨，换人换驴不停磨，十二个时辰，连天带夜。给多少粮，回多少面，不得短斤少两，违者斩。动刀动枪，也要把磨面环节看住喽。现在，也只有你们这些队长、乡约家里，还有能干活的驴和人，你们不要给俺哭丧着脸，你们各家，不会饿死人的，你们也别装，大伙心知肚明，好年景时，俺没亏过你们。说白了，俺为啥没动你们的粮，就是为了关键时，有人干活。当下，粮食就是性命，谁也不能打马虎眼……"

车轴河下游流入七队，河面宽敞，水位最深，两岸几十里，沟河纵横，塘口湖泊相连，河里河外，芦苇丛丛密密，苍蒲层层叠叠，茭林丰茂，水草繁盛，葳蕤簇簇。南岸的无边芦苇中，更是重湖叠壑，崇堤汪洋，诡秘不测。这里有一处，叫龙窝堡，传说曾经是东海龙王行宫。是的，这里许多神施鬼设的地形，湖底石路，台阶宛转，千回百转，神秘无法考证。青障横空，静水世界，阴森可怖，不进日光。堡里通过明岗暗哨，观察堡外动静，而堡外绝对无法弄清堡内情形。

这是龙王荡乡团的水寨之一，可泊百艘大舸、千艘小船，屯兵五千人。战时，乡团和龙荡营共用。六十五艘运粮大舸，就隐在这里。那艘曾经是步军校边懋指挥大舸的船楼，已清洗干净，宽阔的二楼指挥大厅里，边懋那张高背龙头将军椅上，新主人东方瓒妥妥地稳坐其中。

东方瓒一身赭色单衣，身高八尺，端坐椅上，两腿自然分开，短发无冕。四方长脸，耳轮上圆下垂，鼻翼稍微左偏，不注意看不出来。淡眉隐影，大眼厚唇，两道深深的法令纹，上粗下细，像两条黑曲的鲢鱼须，从鼻翼两侧延伸至下颌两边。两手平放大腿上，骄而不扈，威而不怨，凶而不恶。明锐的眼神里，透出宽宥和包容的性格。

台下一边坐副统领虎头鲸，军师追风蜈蚣，天象大师白蝙蝠，妙书手青铜蟹，传令官金枪鱼，粮草车马官秦驼。另一边列坐离营首领大虾逛，坎营首领四爪飞鹰，震营首领刀螂蛇，兑营首领八爪鱼，乾营首领雪里红，坤营首领凌霜菊，艮营首领萃海罂，巽营首领飞天神姑。还有天生港客栈部执事郎韩鲶，冷器部执事郎大匠炉司马淬，火器部执事郎红衣大铳铁蛋。

大战前，廖子章和东方瓒就商议过，战后将面临的严峻险恶的形势。现在东方瓒在战后第一时间，颁发增兵补员、强化练兵命令，做好应对朝廷围剿的大战准备。东方瓒大声训诫道："大战之后，各营休整十日，其间认真仔细，筛查统计战死和负伤兄弟，对其家眷，待遇从优，让其父母享受清福。让其兄弟姊妹们耕有田，食有粮，让其子女皆去德庆堂书院上学念书。衣食住行，由龙荡营包供终生。不能让死去兄弟不瞑目，不能让负伤的兄弟寒心。这次夺粮大战，是功德大战，救民赈灾大战，用自己的死伤，换取别人活着，其善行，感天动地，咱们要让龙王荡人永远记住他们……"

公孙觋家，"口"字形四合院，石基砖墙，小青瓦盖顶。东西南北，各九间勾檐长角坡顶屋。南边九间，中间有三间门楼过道，东西各三间耳房。公孙觋和他的三房婆姨，住北边坐北朝南的九间。西屋九间，当中三间，是公孙氏家族议事堂，门楣牌匾上，有白底黑字的“白马堂”三大字，显显赫赫。堂里，公孙一族，在议事。公孙家族，分支族长九人，这些人皆和公孙觋同辈分，公孙觋是长房长子，出任总族长。龙王荡的大灾，对公孙家族，几乎没有太大影响，公孙觋本人是千亩地的地主，自家仓库的余粮，吃上几年，没的问题。其他兄弟各家，五七百亩地不等，也少不了吃喝，干稀均匀，一天三顿，能吃饱喝足。

龙王荡有死人的事情发生，对于风水先生家族而言，不算坏事。死一人，正常人家请得起风水先生的，选一次死人的墓穴，少不了三块银锄子、一顿小酒。所以，公孙觋乐观地对兄弟们说：“这半年，龙王荡里，天天往乱坑里抬死人安葬入土。这家请，那家带，可忙坏了弟兄们。找俺们弟兄看风水，怎么样？在座各位，没少赚吧？”公孙老九，五十来岁，短脖子，头顿在肩上，不自主往左边歪，说话语速比较慢：“唉！族长大老爷，穷人，饿死病死，能赚啥钱！义工，义工啊！做点善事罢了！”公孙老二，七十出头，名公孙晷，垂胸的大白胡，平时不大瞧得起老大的处事态度，每次家族议事，也经常从中作梗，有时弄得公孙觋下不来台。今个，一如往常，故意戗毛说：“都是饿死的人，穷得叮当响，挣他们的钱，伤天害理。”公孙觋有点无趣，转过话题：“南头队，公孙、东方、廖三大家族，没有散户小姓，所以南头队没有饿死的人。你们各家，底子厚，绝不会没饭吃，是吧！”公孙老三连忙站起来，抱拳道：“族长大老爷，俺的大哥哎！公孙氏，俺这支，穷鬼多，要不是俺不停接济，早已饿死一遍了。俺接济，不是俺家底厚，俺是怕丢族长大老爷的脸啊！”

金枪鱼进了校场议事厅，单膝跪地，双手抱拳施礼：“禀报廖总！”

廖子章向四周参会人反手示意说：“你们先下去稍候！”各队长、乡保长，随即退出议事厅。廖子章挺直腰板，前倾抬手致意，用尊重的口吻说：“金枪鱼兄弟，请起来说话。”金枪鱼知道，跟廖总说话，不要拐弯抹角，有话直说：“廖总，前方战事，经三个多时辰的残酷厮杀，朝营全军覆灭，斩了朝廷押粮最高首领步军校边憝。百万担大米、白面，尽在龙荡营掌控之中，战事已结束。这里有大统领东方瓒的亲笔信，请您过目。”金枪鱼打开牛皮小背包，取出大统领写给廖子章的书信，双手奉上。

廖子章接过书信，拆开油皮纸信封，取出信笺，轻轻抖开：

子章兄钧鉴：

兄台筹粮殚精竭虑耗尽自家廪积瓒安可袖手耶前与兄谋之事已得手矣非知祸福瓒死罪也杀命官灭朝之解员千余劫米面百万担乡民可救焉瓒受兄之恩信忠义龙营之旨死可瞑目此粮可供荡人应馑至明后秋寒之末其间勉民播种自救得以延喘乎粮蔽蓄于七队龙窝堡水寨悉待吾兄处之盖吾荡亦将大祸临首耳朝灭荡之措不久矣今荡人孱弱哀魂遍野恐再遭涂炭极仰兄早作谋定待储粮处妥弟即赴贵处面议！

顶礼聆教！

愚弟五行顿首

即日未时二刻

廖子章看完书信，喜悲交集，浓眉暗锁，脑海中浮现出龙王荡的既往与现实，心潮起伏。眼前劫了粮，荡里平民有救了。接下来，面临的将又是一场新的危机。他担忧，朝廷对内，一贯是一朝吃亏，百倍奉还的主，而造成无数无辜平民，死于剿匪战乱之中。金枪鱼见廖总半晌未出声，打破沉默道：“廖总，您说啊！龙王荡的四转遭，北起鹰游门、云台山，南到天生港、百里滩涂，断断续续，俺们父辈撤军到此几十年，开垦化碱除盐，为啥这地，难得有个好的收成。”廖子章站起来，提茶壶，拿杯，给金枪鱼倒水，说：“小兄弟有所不知，自圣祖康熙年间，大海东移，淤泥渐现，远近高低起伏的原野，圩洼干湿的沟壑，也在悄悄形成，海中的岛屿云台山渐渐浮出，与陆地连成一片。从云台山麓到灌河口之间，原本被海水、河道既隔断，又相互连体的盐田、滩涂、粮田，终以形成大片陆地。这些土地呀！被腥咸苦涩的海水浸泡千年万年，几十年的风化，如何能消除土层的盐碱呢？这就是新垦地难高产的根本原因。龙王荡的好地块，和龙王荡的外缘、三舍、五图、杨家集子、孙港、白蚬、下车、盐河西、板浦、伊芦、张宝山、西陬山、五圩，卤河北东大滩可耕田地中的上中等地块，早被地主占光了。”金枪鱼在仔细聆听。廖子章咂了一口茶水，继续说：“几百年来，龙王荡当地原居民也罢，明清间人口迁徙入境也罢，朝廷裁军驻扎龙王荡开荒屯田也罢，一代一代人，为了生存，祖祖辈辈，经历着是其他地方百倍千倍的磨难、百倍千倍的艰辛，承受着一次次天灾、一次次人祸，人牲几近灭绝。”金枪鱼接话说：“这一次也毫无疑义，又经历了一场生死大劫的关口。”廖子章说：“是啊！俺们正处两难之中。不劫朝粮，荡民必饿死灭绝；劫了朝粮，又面临朝廷剿灭荡民的困境。谁也解不开这个死结，谁想和朝廷作对呢？走投无路啊！人啊！真的到不怕死的时候，就能干出出乎意料的看似糊涂的聪明事情来。”

大舸船楼里，东方瓒在做动员，他说：“各营做好死伤兄弟善后事情之后，迅速休整队伍，凡缺编的营，尽快在荡里物色，招募新员，这事，也别大张旗鼓，得私下动手。告诉手下兄弟，劫粮之事，不得外泄，不得喧嚣，这是规矩，守住喽。黄海风大浪急，龙王荡里不太平。各营补充兵员，抓紧操练，演习，准备枪械箭弩，做足打大仗准备。俺们劫了粮，朝廷能让俺们消停吗？”追风蜈蚣说：“大统领放心，对付朝廷剿匪，俺们有办法，又不是第一次、第二次了，当兵出身，就怕没仗打，打大仗，过瘾，来吧，俺们严阵以待。”虎头鲸说：“从明日起，每个营抽出二十人，守卫舸营粮米，其余人由各营各部首领带回铜钱岛，按演练要目，各自组织苦练杀敌本领，不能懈怠。各分营首领，把补充兵员数字报上来，招募一事，总部协调总乡团，二十队、乡统一安排，避免生乱。”

四爪飞鹰说：“咱俘获的四个兵娃子，武艺高强，独门绝技，请老大决断，咋处置？”东方瓒说：“听说四个小子，非同凡响。是你和刀螂蛇抓的，先交给你和刀螂蛇，教他们知道龙荡营的规矩，给他们洗洗脑，适应俺们的节奏，配合弟兄们一起演练，以后定有重用。”东方瓒好像又想起啥，目光转向一边：“这次战役，乾营、坤营、艮营、巽营没上，下次，你们定是主力，抓紧操练，准备打仗，打大仗，打胜仗，万万不可粗心大意！”四营女首领“唰”地站起来，同声回复：“是！打大仗，打必胜！”四人一排，飒爽英姿，清一色二十岁出头的女将，形象丰满，性格热烈，气质干练而顽强。雪里红，披红色披风，内束蓝花裤衫，手握精致小弩，两腰间各别一弩，弓弩营首领。凌霜菊，披橙色披风，内束黄花裤衫，腰间插两支短柄火器手枪，火枪营首领。萃海罂，披绿色披风，内束白花裤衫，手持百宝金香盒，大医馆、香霰营首领。飞天神姑，披青色披风，黑花裤衫，脚蹬高筒马靴，手持三齿倒刺金刚叉，骁骑营首领。

东方瓒继续命令道：“镖局、供勤、冷器、火器四部执事郎听令。反围剿大战，可能面对万人围追堵截，预计战争状态，至少持续三个月，所有物资，枪械、火炮弹、火箭、水、地雷，尽全力贮备。”四部首领也从椅上起立，齐声回复道：“请大统领放心，保证完成任务。”他们是天生港客栈部执事郎飞镖神手韩鲙；供勤部执事郎奋蹄驐秦驼；冷器部执事郎大匠炉司马淬；火器部执事郎红衣大铳铁蛋。

公孙觋家的白马堂里，老二公孙晷目视各位兄弟，各位兄弟亦似乎有某种默契，暗示老二说话。老二，其实际年龄，比公孙觋大出七八岁。他是公孙觋父亲的二弟之子，按照公孙家族规矩，不管岁数多大，若不是出自长房，只能按父辈排行称谓，长房之子，不管岁数多小，家族平辈必称其大哥，并言听计从，不得含糊。老二齐胸的白胡子，密密匝匝，白眉白髯，手托三尺长玛瑙烟嘴、铜烟锅、细竹管大烟袋，颤颤巍巍，用火绳点燃烟袋锅。在家皆由小孙子帮他点烟，到这边不习惯，伸手半晌，够不到烟锅，“叭咕叭嗒”吸几口，嘴里没冒烟。

公孙觋眼尖，对坐在老二身边的老八说：“老八死眼皮，你不能给老二点一下烟吗？”老八起身抱拳哈腰鞠躬道：“老八该打，老八该打，死眼皮，迟钝了！”说着，快捷蹿到老二身边，接过火绳，帮老二点着大烟锅子。公孙觋说：“俺族里，长工多，有地的人少，记住喽，谁家的长工户，谁家养。都是本家族的人，一个老祖宗的后代，你们不能看着他们饿死。没了长工，你们的地，谁种？你们自己收、割、播、耕、耙、灌、扛、晒，放牛、轧草，喂牲口？你们吃过这个苦？不要不知足！”老四接话：“族长大老爷，其实吧，这也不是什么颜面的事，按理说，俺从来没克扣过长工的工钱，现在他们没的吃了，就该自己想办法，理所当然，凭啥要俺养他们，难道就是因为一个族吗？俺们还是炎黄一个族哩！俺们养得起吗？”老三接话说：“廖子章不是在舍粥吗？俺看让俺们公孙氏的那些长工、短工、穷鬼，捧个瓢，也去一天讨两瓢稠粥。不然的话，穷鬼不知感恩。”老二吸口烟，鼻孔和嘴里蹿出两股浓烟，接着大声咳嗽，咳出一块黄灿灿黑黝黝的浓痰，果断吐进黑陶痰盂，浓痰上冒着烟气，很不情愿地，懒洋洋地沉入盂底。老二抹抹胡子嘴：“俺真心佩服，廖家哪里来的那么多粮，夏季种豆，一次拨出几万斤粮，救济穷鬼，吃饱种地，结果黄豆、秸头没出一颗，山芋秧子栽下一大片，没活一棵。现在南北二十队，二十口大灶，上万人吃喝，哪天不消耗几千斤粮呵！他廖子章能扛，能扛多久呢？”公孙晷没弄清几万斤粮的来源，他认为是廖家库里拨出来的。

总乡团议事厅里，廖子章从火绳架上取火绳，捏住火绳头，“嚯”地吹去绳头上的灰烬，绳头上露出红红的小火球。廖子章把信笺放在火球上，“啪”的一声，信笺上冒出蓝褐火焰，不紧不慢。他心中稍得安慰，粮食到手，十万火急之事，可有缓解，死人的事情，可以止住了。他对金枪鱼说：“一方百姓的死活，总得有人管。没人管了，不就死绝了吗？可是，这三万多人的闲吃闲喝，绝非谁想管，就能管得了的事！”

他把纸灰抛入茶几上陶瓷烟缸里，从山墙壁橱里抽出一张六尺对开半生熟的宣纸，铺展在桌面上，拿起插在笔筒里还没干透的中号獾毫毛笔，在墨池中蘸足黑墨，把笔端放在墨池边沿上，轻轻捋了余墨。

他思潮荡漾，激情燃烧，略作思考，便将一脸的感动，凝聚在笔端上。笔来神韵，强过鬼斧神工，英雄气概，慨然宣发，浓、湿、枯、润、淡五色生辉，漫染纸面，力透纸背，遒勃突起，雄健奇绝地写了一幅狂草：

辛苦遭逢起一经，干戈寥落四周星。
山河破碎风飘絮，身世浮沉雨打萍。
惶恐滩头说惶恐，零丁洋里叹零丁。

人生自古谁无死，留取丹心照汗青。

金枪鱼站在桌边，明显感觉到廖总热血在浑身上下澎湃涌动沸腾的声音。自己心里也涌起无可名状的共鸣音：“原来草书不是写出来的，是大胸怀、大感动、大激情的混合，幻化出来的，难怪海州人都说廖总狂草卓越，一字难求，今日开眼界了，难得呀！”廖子章放下手中笔，久久不能平复内心激动。过了一会，他对金枪鱼说：“东方大统领，真英雄，敢担当，凛凛风骨，浩然正气。虽说环境所迫，不得已上了铜钱岛，可他不是匪，他的行为，是在救苦救难，他是龙王荡贫民的救星。虽然南北大营二十队、乡约保甲，公推俺做总乡团，荡里再无大统领之说。但东方五行，在俺心里，是名副其实的大统领。铜钱岛就是南北大营的缩影，荡里岛上一家亲，打断骨头连着筋，谁也不能拆散俺们。没有东方五行，俺廖某，孤掌难鸣，撑不起龙王荡这片天地。俺代表龙王荡父老乡亲，感谢东方，感谢龙荡营的兄弟们，并为牺牲的兄弟姐妹超度亡灵。请金枪鱼兄弟，把俺的意思，转达给东方。”金枪鱼不无感动，身为军人后代的龙王荡人，能相遇如此品质高贵，为荡人所想，为荡人所急，而不顾自身安危，崇高的仁人志士，一生没白活。他忠实地说：“廖总啊！东方大统领说，您为了荡里人，倾其所有，赈灾济民，率家里上下六十多口人，和灾民一起喝粥，担当巨大灭族风险，丝毫不犹豫。纵然牺牲自家，也要为荡中父老乡亲争取生存机会。大统领说，您才是真正的龙王荡的灵魂和希望。龙王荡南北二十队，任何人都不能替代您！”“俺和东方，祖辈几百年，生在龙王荡，长在龙王荡。东方父辈，走出龙王荡，当了军差，发达了，成了将军，到头来，朝廷不准他解甲归田，而是让他回到龙王荡，做南大营统领。说起来，他家在龙王荡龙王口南头队，算得上名门望族，田产千亩，房屋百间，牛马成群，也该享清福。朝廷不准，最终还是把他逼上绝路。俺们人微身贱，生不能为国分忧，死不能为国捐躯。俺与东方没别的奢望，只想让龙王荡穷乡民，过上有吃有穿有房住，平安健康快乐的日子。为了这个目标，俺们可以放弃自家一切，包括生死。”金枪鱼眼圈一红，两行热泪不由自主地流下，双膝跪地，两手抱拳道：“金枪鱼身为军人之后，定当追随大统领和廖总，为俺父老乡亲过上好日子，愿意像你们一样，肝脑涂地，粉身碎骨，在所不辞。救人一命，胜造七级浮屠，你们救几万人命，该是如何的功德！”廖子章扶起金枪鱼：“龙荡营的兄弟，皆有情有义，大丈夫气概。俺们当然需要像小兄弟这样的青年才俊，前仆后继，敢于赴汤蹈火，马革裹尸的真英雄。”

廖子章拿起写好的条幅，看了看，又放回桌面，从壁橱抽屉里取出印有蓝色龙头花纹的陶瓷印泥盒子，打开盒盖，是朱砂红印泥和两枚篆字方章，一枚是阳文德庆堂，廖氏堂号，一枚是阴文，廖子章。盖好印章之后，他郑重地折叠起来，放入皮纸信袋之中，对金枪鱼说：“金枪鱼小兄弟，这算是俺给你们大统领东方瓒的回信。”“是！廖总！”“你转告东方，接下来，在龙王荡将发生的一切事情，都在预料之中。死不可怕，俺们必须争取活着。既然俺们能救全荡平民，也一定有办法，为龙荡营的兄弟，找到一条活路，活路在哪？在大战中求。龙王荡还有许多事情，需要俺们去做，龙王荡不能没有乡团，也不能没有龙荡营。龙王荡一定有未来，而且很美好！”

太阳就要落山了，船队指挥大厅里，东方瓒最后说：“俺龙荡营的兄弟姐妹们听着，几十年来，俺们经历了风风雨雨、是是非非。俺们上了铜钱岛，被朝廷人、荡外人，称为土匪、强盗、贼。甚至，荡里也有人称俺东方瓒是土匪头目。谁咋说，俺不在乎，俺们从来没有对不起平民百姓。俺们劫富济贫，追求一个公道。当前，朝廷围剿又将开始，大战的脚步临近，俺们必早做准备，苦练杀敌本领，朝兵敢来，俺们就敢揍，谁要灭俺龙王荡，俺就把他灭在龙王荡。敢犯俺者，定叫他有来无回。”

公孙觋家议事厅，还在继续议论荒灾之事。公孙觋自我吹嘘说：“俺开神坛，做法事，夜游天宫，看到廖子章伙同东方瓒打开南北二十队总乡约粮库，动用了朝廷备战库的库粮呢！”公孙老二立马制止说：“族长大老爷，此话不可乱说，你知道，私自动用备战仓的粮食，是啥罪吗？”公孙觋得意回复：“知道，灭九族！”公孙老二面有愠色，戗了一句：“知道，还说，为啥？你首先应当明白，就凭廖子章的人格，他会和东方瓒私吞库粮吗？俺们都应睁开眼睛看看南北二十队里那些难民的状态，如廖子章为了难民，动了国库，也情有可原，俺们公孙氏也别去添乱。大伙相安无事，不好吗？为啥总是挑战人家的底线，能说个理由吗？”公孙觋根本听不进公孙老二的话，反驳说：“龙王口南头队，三家明争暗斗几百年，这就是理由。”公孙老五奉承老大，点头哈腰道：“凭啥？总乡团这位置，就成了廖家世袭了，老子坐完，儿子坐，南北二十队百里范围，没了大统领，东方瓒上岛，做了贼。荡里士农兵学商百业总揽，一手遮天，所有好事，都让他廖氏家族占了。”公孙老四不认同老五说法，用教训口气说：“总乡团是民间自发团练，形成规模，朝廷认可，服从调遣，谁有本事，谁组团呗！你的势力若能压倒他家，你就是龙王荡总乡团，就如此简单。”老四用蔑视的神情，话中带刺，表面上借老五说话，实际是说给老大听的，他借题发挥，继续说：“幼稚，老五你，就是爱瞎琢磨。这种话，得讲究，别乱嚼。南北二十队，连严家、夏侯家、端木家，六大家族，总乡团这个职位，谁能扛得住？你以为有钱有田地，就能扛得起啊！拉倒吧，靠脑子。在座的，谁能扛啊？你老五扛吧？你有那么宽的肩吗？你有那么大的肚量吗？总乡团，无论文武，要让南北二十队的老兵油子、新兵蛋子、普通平民百姓、乡约保甲、大小地主、盐主、财东、店户、乡绅、桓商、商行、钱庄、当铺、名流、地痞流氓，三教九流、七十二行，都心服口服，你中吗？”老二接着说：“俺公孙、东方、廖氏，在这龙王荡龙王口，大几百年，明的争过，暗的斗过，公孙家占过上风吗？没有。史上，东方族和俺公孙族，也曾有过多次的姻亲关系，可是，有史以来，东方氏和廖氏都是一条腿，掰不开的。再说，廖氏家族强大，武功世家，也从来没有仗势讹过人吧！在荡里，廖子章身为总乡团，位高权重，连个小穷鬼，他都当人看，见了面，问寒问暖，问长问短。在座各位，你中吗？这年头啊！不太平，天灾人祸不断，人家整个廖氏一族，都在忙着赈灾济贫舍粥，俺们在这里说三道四，不地道！”

公孙觋对公孙晷的话十分不耐烦，拦住老二的话说：“老二，点到就是，哪来那么多溢美的言辞。搬掉廖子章这块臊阴沟的石头，目前，俺说是目前，不代表今后。目前你不中，俺不中，东方也不中，就是南五队那个万顷大地主严九老爷、端木圩的端木举人都不中，直隶州知州，还得看廖子章眼色，当然也不中。等俺再开神坛，问一问祖师爷，自然会明白。”老二根本不信公孙觋的灵魂能登天，一脸不屑，也不太客气地叨咕道：“族长大老爷，你天真得可笑，灵魂游天宫，祖师爷这门绝技，到底是传给你们长房啦？”公孙觋不容置疑地回答道：“那是，那是。俺灵魂出窍，上天庭，和祖师爷、太上老君见面，俺还看到铜钱岛海峡，连着龙王荡，总有一天，非出大事不可，天机不可泄。今天，俺召集公孙族长老，兄弟们过来，眼睛给俺睁圆喽，有那么一天，俺会让公孙家，在龙王荡里说了算！”公孙觋觉得老二在每次族长议事时，老是阴阳怪气，酸味十足，或干脆驳了自己。今天，公孙觋事先就想明白，你老二再不识抬举，俺可要敲打敲打，别坏了公孙族的规矩。他说：“几百年来，公孙、东方、廖氏三大家族，在百里龙王荡的乡民心中，没有厚此薄彼。也就是说，龙王荡里没有人撼动俺公孙一族的地位。荡里千门万户建房，盖猪圈，搭牛棚、马厩，动土，砌灶，安葬，迁坟，看风水，嫁娶，算命，测字，打卦，问吉凶，驱邪，捉鬼，弄大神，哪一样大事小情，能离得开俺公孙家吗？富人家来请俺们兄弟，一顶小轿；穷人家来请，少不了套一驾马车。至少也有三块大洋、一猪头、两坛酒。你们说，俺公孙氏在龙王荡的人缘，是比不上东方，还是比不上廖氏呀？有些事，得有耐心，时机成熟，水到渠成。”还是白胡子老二有城府，他不服公孙觋，嗤笑说：“别忘了，俺公孙家，是靠看风水起家的，俺们给荡里老百姓的，那只是虚无缥缈的东西。说好听的，帮人家消灾祈福。说不好听的，就是装神弄鬼，坑蒙拐骗。几百年来，灾，消了吗？越消越多。福，祈来了吗？越祈越少。连俺自己都不信，指望别人信？龙脉在哪？太岁在哪？三杀在哪？五行相克，克了人的精神和灵魂。麻衣柳庄相术，有中必无，无中必有，行气带纹，行运带化。说好听的，那叫哲理，辩证，玄学。说难听的，就是诡辩，胡诌八侃。天下没几人能真正参透玄学义理，皆他娘的半瓶醋，夸夸其谈而已！那廖子章、东方瓒，众人有难，关键时挺身而出，救百姓于水深火热之中。挽救性命，实实在在。荡里人，富人也好，穷人也罢，有良心的人，谁个心中没个数呀！有些东西，它不属于俺们的，别妄想，别唯恐天下不乱，冒天下之大不韪。想扳倒廖子章，你们谁来当总乡团？别让人笑掉大牙喽!”

公孙觋怒了，拍打桌面，呵斥道:“老二，你咋能说出这席话?一把年纪了，给自己留点脸面。俺晓得，你书读得比俺多，心思比俺缜密，研透了祖师爷的《推背全图》六十卦象，融汇易学、天文、地理、卜辞、谜玄、预言、图解于一身。论家产、实力，也是公孙族中头一个。可是，你生不遇时，偏偏摊上老二这个号衔，当不了老大，这是天定的，着急也没用。你这番高论，是要砸俺公孙家几百年的招牌吗?你不能倚老卖老，公孙家有家法，你不可以大逆不道!”白胡子老二被惹恼了，较真了，梗住脖子，大烟袋锅子在桌腿上磕得叮当响，大声说:“俺本好言相劝，你族长大老爷，翻脸不认人，对俺用家法?来呀!俺等着。也不撒泡尿照照自己，什么东西。还有脸跟俺说啥家法。哦呸!”其他兄弟，都不敢吱声。白胡子老二家，看家护院，舞刀弄枪高手五六十人，据说还有长短火枪，至少有十几支鸟枪铁铳子。公孙觋家不过二十来人，都是长矛大刀，做做样子，没有实战的本事。他只是说说大话，他不敢真的对老二动手。他动辄拿家法吓唬打压族中人，老二早就看不惯公孙觋那副揸鳞抖腮的德行。公孙觋气得手发抖，嘴唇发紫，脸色铁青，拍了桌子，挥挥手说:“散了散了，拉倒!”众人去了，公孙觋呆若木鸡。

2

龙王荡这场天灾，来自前年。

“睁眼打网瞎种田。”打网追鱼花，没大鱼必有小鱼，追上鱼花，总有收获。种庄稼，就没那么容易或幸运了。庄稼打理成一枝花，眼看穗头欲坠，丰收在望，老天爷一个喷嚏下来，“丰收”没了，农人活路没了。只剩下无助地，眼巴巴地“在望”了。种庄稼难，在龙王荡种庄稼更难，遇上灾年，难上加难。龙王荡的农地，原本是黄海东移留下的足迹，是千年万年，咸涩苦腻的海水浸泡淘沥，沉积的软淤，终被大海遗弃的黑泥。它，不屑于人间陆地，依仗自身的丑陋，自恃强碱重盐，而傲视人类。茅刺不生，青绿不沾，想驾驭它，种庄稼，门都没有。

几百年来，龙王荡人，经历几十代人，不懈接力奋斗，在白茫茫的滩涂上，驱盐化碱，开荒垦田，斗垮荒凉狂野、专横跋扈的坚盐硬碱，治服桀骜不驯的黑泥。渐渐地把零零碎碎，一块一块，一片一片，一截一截，一批一批土地，连接起来。青淤黑泥，盐壑碱坑，在龙王荡人祖祖辈辈辛勤劳作和顽强驯驭中，十分不情愿，而又不得不服软，墒情开始慢慢地温和起来。地暄了。龙王荡的旷野，最初生出青蒿、驴蒿、碱蒿、艾草、小茼、草狼丛之类。有青有绿，就有希望。龙王荡周边，外缘处，渐渐形成较大面积的旱田，在那辽阔的旱田里，荡人种出麦子、秸头、芦黍、黄豆、山芋、瓜果……悬藤穗角根，五谷齐全。

即使如此，一季农作物之后，田地仍然水干肥竭，又恢复贫瘠，又结成浑厚深邃、坚实的老板块子。要想种好下一季，再改良墒情，还有大量艰苦细致的操作流程。稍有不慎，颗粒无收。

荡里坐拥千亩万亩的地主、老财东，想低价收购穷人开荒的小块田地时，有一句压价码的口头禅，叫作："有钱不买荡里田，干了凉犟湿又黏。"一语道破龙王荡农田的重要特征。农田干透了，板结的泥块，挖出来，像猴头石一样坚硬，榔头锤子敲不开。雨水渗透后，泥团子粘黏在一起，粘住犁耙，叮住铁锹、锹叉，撕不开，剥不离。荡里农人戏称为"肉泥"。意思是带水的泥土，就像一块死肉，耕难、耙难，挖也难。荡里农人、长工，耕作荡里农地，比耕荡外地，多使出三倍的功力。土生土长的荡里农人，祖祖辈辈，不厌其烦，和这种肉泥烂酱的土地打交道，他们非常了解、熟悉这里土地的恶习和臭脾气，针对啥季节、啥品种，使啥招数。如深耕、曝晒、风干、耧耙、透水、浸泡、滤碱、沥盐、沤青、冷冻、换茬、混播。青作物管理，啥时浇水、施肥，施啥肥、咋施肥，诸如发酵过的干肥，未发酵的水肥，绿肥、草木灰肥、河塘淤肥、猪臊泥肥、牛马屎、人粪尿……都有讲究。

前年寒里，龙王荡落下一场百年不遇的大瑞雪，从下雪那天，到晴霁那天，足足四十天，阶段性暴雪下了整整三十二天。荡里，家家户户，堂前屋后，背风处，被积雪完全覆盖，屋脊、草垛、牛棚、马厩、大树、圩堆，不见梢，不见顶。荡外边缘，平静的漫坡、圩埂、旱湖底，深翻过的空茬地，万顷积水湖塘涟洼间，芦苇丛；更有越冬前，普遍施了一遍塘淤肥绿油油的麦田，通通盖上一层六七尺深的雪被子。荡内荡外，所有的，一切的农田，都幸福地沉浸在甜美的酣睡之中。

瑞雪兆丰年啊！晴霁的大清早，蓝天，蓝得清新、通透、炫目。阳光明媚，明媚得鲜艳灿烂。尽管凉风飕飕，寒气蚀骨，还是拦不住勤劳的荡里人，开始活跃地劳作起来！家有二亩地小麦的小农也好，拥有千亩万亩的地主也罢，一家之主，迫不及待，扎紧裤脚子，脚蹬高木屐、老毛窝雪鞋，嘴里喷着热气团子，套上手工编织，只露出一双眼的黑色老头帽子，拄着竹杖，带上大黑狗，“啪嗵啪嗵”络绎不绝，去自家田里看麦子。

大雪之前，行动稍微迟疑点的农人，没来得及给麦子布冬令肥，现在追悔莫及。俗话说，季节不等人，一季没赶上，季季赶不上。农作物一茬套一茬，施肥定是一轮接一轮。时节不一样，要求肥料各异。诸如底肥、基肥、芽肥、返青肥、分蘖肥、拔节肥、催穗肥、壮浆肥、催熟肥，如此等等，皆有讲究。

荡里的百村千户，家家户户在铲雪、运雪、堆雪。

廖子章身穿玄色半长棉袍，手持那把能观百里的单筒式望远镜，登上大院东南隅的三层炮楼的瞭望台，朝东南西北望去，荡里的大面积枯黄芦苇，只露出尺把高的毛蔫花。看不到村落和庄户。原野上，有长长的雪岭子，还有随风向而荡起的雪峰、雪峦、雪壑、雪谷、大雪洼、大雪坡，无边无垠。麦田覆盖厚实平稳的雪被，每一株麦苗，胖胖的叶面，青郁郁，绿莹莹，像深受呵护的娃，幸福地酣眠。

荡里农人很开心，仿如头扎蜜罐里，心中美感四溢，不知该如何表达。人们碰面时，无不满面春风，都夸老天知人心，冬有三白是丰年，想唱想跳，释放内心许久没有的一种骚情和冲动。是的，当人们发现美的时候，会奋不顾身地去爱，理性就不那么重要，郁勃的情绪会热烈地喷发而出。

龙王荡的村村寨寨，活跃起来了。

老酒仙兆醪桶和儿子兆棱桶，一前一后，拄竹杖，连滚带爬，深一脚，浅一脚，向荡外旱湖坡走去，看雪里麦苗。那里，有他家五亩半地的天字号上等麦田。那麦田，意味着一家老小五口人的性命。五亩半麦子，是全家的依靠，是生命之源，是兆醪桶的酒坛子。那块麦田，现在在全家人心中，更加神圣庄严。

有史以来，不知哪朝哪代，龙王荡农田，被分为上、上中、中、下中、下五个等级，上等天字号，上中等地字号，中等人字号，下中等鹅字号，下等长字号。每年荡里农人，地主也罢，平民也罢，按田亩等级，交纳皇粮国税。土地买卖、并购，都按等级，明码标价，显示买卖公平，不欺不哄。

拥有千亩土地，其中三百亩地字号麦田的公孙觃，一大早，见天色转晴，心情不淡定，穿上大悠裆黑棉裤，使白布条扎紧裤脚子，黑面白里子绵羊皮长袍，底边垂到脚面子，头戴一顶黑兔皮制的“三块瓦”棉帽。他让下人叫来大儿公孙濑、长工公孙寅和公孙癸，不耐烦地说：“褪天了，知道吗！家里蹲得住？还不赶快到麦地去，看麦苗咋样了。”不容儿子回答，又用不容置疑的口气，继续叨叨：“找两把木锨，跟俺走。去小圩，抄近路，斜插进麦地，不走官道，俺们没有义务替别人铲雪扫路。”两长工，车前边，用木锨向左向右剥雪，剥出一条类似一人深的壕沟。公孙觃跟在后边，喋喋不休地骂道：“都他娘的没吃早饭，是不是？劲都弄哪去了？不要剥到底，照这样剥下去，一天也剥不了五十尺。差不多，就中。”两个老实巴交、言听计从的长工，剥出一条路引子。公孙觃手持竹杖，“啪嗵啪嗵”像黑狗一样，连爬带跳。雪漫过膝盖，走几步，停一停，鼻孔“呼哧呼哧”如老牛拉着破车，很艰难，嘴里吐出白气团子，眼眉毛上凝成两股洁白的水珠子。儿子公孙濑扶住老子，瓮声瓮气地说：“要么，你老，还是回去吧。一把年纪，跟到地里，有意思吗？万一滑跌倒，摔折骨头，不是麻烦吗？”公孙觃连累带气，烦了，口出狂言：“摔折骨头，也麻烦不到你！你怕啥！”公孙濑心中不悦，自觉四十多岁的人了，你还当十岁二十岁的娃娃训，不给一点面子，何苦来哉呢？顶了一句：“不麻烦俺，是的。那罪，还得你自己受哦！年纪越大，脾气越犟。为啥？”这儿子和亲大大，你一句，我一句，不轻不重地杠上了。公孙觋使手中竹杖，在雪上不停地捣，口中骂道："你咋跟老子说话的？书都念到驴肚子里去啦！三纲五常，老少尊卑，都忘嘞！没规矩的倔种！"公孙濑低下头，嘴里嘟哝："老一套，规矩，规矩，纲常伦理，圣贤书，挂在嘴上，能让小麦多结几个穗头子吗？""咋的啦？俺们这样的大户人家，能像那些穷人，不讲规矩，不讲仁义道德、礼义廉耻吗？""讲、讲，你老别生气。俺庄户人家，只知道种田，养家糊口，温饱知礼仪，三天揭不开锅，规矩能当饭吃？""住嘴，越发没大没小了，像俺们这样地主，书香之家，不能丢了规矩，不能没有架子！""你老不是放下架子了吗？这地，你老看与不看，能起啥作用？俺种了二十多年的地，俺知道咋办！你老看了，能多长出二斤吗？""屁话，你不懂！这样的大雪，多年不遇，喜庆！凡是能喘气眨巴眼的人，谁个能待得住？"

龙王荡的农人，习惯在冬至到来前，施完臭烘烘的越冬肥，别看那些不起眼、黑乎乎的臭塘淤，或熏得人喘不过气，又不得不让人面带微笑的猪臊泥，肥力特强，见效特快，肥效特长，运到麦地里，经大冬天严寒冰冻分化，回温后就变得酥松细软，暄活活的。一场透陷雨雪过后，所有养分，一点不浪费，钻进麦苗根底。开春之后，随着气温上升，麦苗一天一个样，三天大变样，愣长。那麦叶子胖得像肥韭菜，碧绿碧绿，苍翠得仿佛可以从叶面上揩下油来。农人睡着也能笑醒。正因为如此，大雪一停，天刚亮，曾误了农时的人家坐不住了，如今，当机立断，不再犹豫，牵牛套车，启动猪圈前大粪堆子，踩着半人深的积雪，往麦地运肥。

南五队的小户斤条庚，浑名斤秃子，原本是五台山和尚还俗，落户龙王荡，娶妻生子，一儿一女。家有十亩四分鹅字号麦田，这块地，原是荆棘丛生、蒺藜遍布、沟坎纵横的无主荒地，老斤对"南无阿弥陀佛，嗡嘛呢叭咪吽"念得顺溜，对农活不是很在行。抓季节，常慢半拍。这十亩四分生地，足足用了五年才盘熟。地里种出庄稼，粜了余粮，零钱聚趸钱，在车轴河大堆上建起高高大大三间柴拍子堂屋，娶当地渔民纽鲅，浑名纽死鱼的女儿，纽大娥为妻。儿子斤三，年二十，是荡里有名的四混子之一，浑名斤三铁铳子。女儿小斤花，芳龄二八，如花似玉，姿容俊秀，如出水芙蓉，雍容鲜丽水灵。大雪封了斤家大门四十天，老斤秃子在屋里，跺了四十天的脚，拍打四十天的大腿。为啥？后悔呀！肠子都悔青了。后悔雪前没抓住时节，给麦地施冬肥。肥是现成的，塘淤肥，门前自家的大柴塘，百年老淤，肥着哩。老两口干了一个月，挖起的老淤块子，堆得像山峦峦。猪臊泥、牛马屎，一垛一垛，码在家后河堆上，大大小小，如坟丘丘，圆圆实实。

雪住天晴。受到季节惩罚，有了深刻教训的老斤秃子，大清早，二话没说，清理积雪，一切为了运肥，不敢怠慢。家里有两架质量不太好的二手车，一驾是牛拉三轮太平架子车，一驾是骡拉两轮辕杆车。老斤非常严肃地向全家发布紧急动员令，必须在十天内，积雪融化前，运完冬令肥。老斤和女儿赶架子车，纽大娥和儿子赶辕杆车，全家出动，掀起雪后运肥高潮。

第一天重活干下来，斤三铁铳子虽说二十岁正年轻，浑身都是劲，还是吃不消。累呀！两腿抽筋。他睡床上想，这么短的时间，把这么多肥，全部运到地里，这样蛮干，非出人命不可。他想起把兄弟，老大章先虎，年二十八，像老虎一样凶猛，劲大，家里人口多，田地少，二亩半鹅字田，不够忙。请老大来帮忙。老二邱二豹，性格泼辣，整天在家坐不住，抓鸟捕鱼逮野货，不安分。干活手脚麻利，多快好省，自家三亩四分地，冬肥早就布完了，这两天，估摸着，八成在荡里抓野货。大雪天，抓野货，最容易得手。请老二带车来帮忙，老二家有驾新的骡拉辕杆车。去年在咸水口拾荒，夜过一地主家的小野场，顺手偷的。老四蔡小诡，动脑筋的事，找他。干苦活吗！他没有力气，网船上闺女，漂艄货——不扎实。算了，不请他了。斤三铁铳子反过来想，兄弟三个，请俩，落下他，省人力气，落人怪，不能。让他和老头搭一车，把妹子替下来做饭。别看斤三铁铳子，在外边是个火暴脾气铁铳子，打架斗殴奸女人，干过很多坏事，正宗的混蛋，在家里，一是一，二是二，一码归一码，尊老爱幼，特别心疼小他四岁的妹子。要不是老头子心急火燎，一般情况下，他绝不让妹妹吃苦干农活。

请兄弟帮忙干重活，一天三餐，保证供给，这活也不轻。烧火、做饭、干的、稀的、炕饼、蒸馍、汪豆腐、炒咸菜、煮辣子，洗洗刷刷。

让兄弟们吃饱喝足，干活才有劲！三辆牛骡车，起早带晚，仅用四天，斤秃子家所有冬肥，全部布完。一家人虽累，却喜形于色。这是关系到明年麦子丰收的大事情。斤秃子千谢万谢儿子的把兄弟、自己的把儿子。斤秃子激动之余，夸儿子斤三交上好兄弟，紧急时能扛大事。

最后一顿饭，斤秃子很大气，慷慨拿出平时舍不得乱花的零钱，亲自去二里外四队小街肉铺，割了三斤猪后座子肉，拖刀肥，半拃厚的老肥肉。又从地摊上，拎了两条尺把长的咸马鲛。家里有当年没打鸣健壮的白毛红冠子大公鸡和鸡蛋，现成的，不用买。顺带二两姜、一小把芫荽。最后，没忘记，提一坛醪烧。

饭桌上，热热烘烘，觥筹交错，爷儿五个，吃得有滋有味，喝得酣畅淋漓。小斤花端菜盛饭，倒茶斟酒，换骨碟，忙得欢天喜地，开开心心。兄弟四个，都喜欢这个乖巧机灵，丰韵纯净，身上散发体香，婀娜多姿的小妹子。邱二豹小脸盘子，红酣酣的，像煮熟的铜蟹壳子。“小妹呀！小妹呀！”叫得比亲妹妹还亲……

这场大雪，在龙王荡，影响最大的，莫过于南五队的严九老爷，这个大地主，在当地拥有万顷耕地、百份盐滩。在沭淮、徐临各地，分别拥有千顷地产。这么大的雪，对他来说，一荣俱荣。他财大气粗，其影响力不仅是车轴河两岸，不仅是直隶海州，还辐射苏北鲁南。无锡、苏州、大上海，有头有脸的纱厂、面粉厂的老板，和他家素有贸易往来。严九有田有粮，有钱有势，那叫一个“牛”啊！大雪如露，滋润严九的心田。有了这场雪，明年他荡里荡外万顷三麦，将平添三成以上的收益，他咋能不舒心畅意呢？

十五年前，刚过二十三岁，就被荡里荡外的平民通称为严九老爷的严九泰，初露锋芒，时遇日落西山，穷途末路，油尽灯干，以至于杀鸡取卵的北大营副统领郭良恭和南大营大统领东方伯。

郭良恭带领将士上铜钱岛之前，把军营开发的万亩粮田中的大部分，以三百担䅟子、芦黍、黑豆的价格，兑换给严九老爷。留下两千亩，按劳口，每户三五亩不等，分给在荡里娶妻安家落户的兄弟和不能上岛的老弱病残者，让他们成为耕者有其田，名副其实的龙王荡农人。南大营大统领东方瓒的父亲东方伯，在军营年头比郭良恭长，官比老郭大，威信高，资格老。当东方伯上铜钱岛时，老郭就把铜钱岛大统领的位置让与东方伯，自己甘做副统领。

南大营情况，不同于北大营。东方伯的老家，就在车轴河南龙王口，也是大户家族，军营在南头队新垦土地两千多亩，东方伯做主，兑给东方家族，用来壮大东方家族在龙王荡的实力。至此，龙王口三大家族，实力相当。

在南北二十队中，南头队地位极为特殊，管辖地域最广阔，南至杨家集、孙小港一线以北，西至西盐河，向北至西卤河南岸。在这个范围，方圆百里，早已形成粮田熟地，没有大面积荒碱地。仅剩下五千亩荒地，被南大营开发了。所以，龙王荡通称的南北二十队，其实只有南头队，没有北头队。南头队和东边南二队有明确界线，而向南、向西、向北没有明确地域界线。也就是说，南北大营触角伸到哪里，哪里就被收归南大营的制下。在南大营中，不愿意跟东方伯上铜钱岛的所有人，都分得一份上好的地字号田产。剩下的千亩，一半兑换给严九,一部分兑换给了端木举人。这样，严九就成了龙王荡最大地主，坐拥万顷粮田。其次是端木圩的端木举人，坐拥杨家集南、东，至端木圩以西的大片田地，号称五千顷。

严九大清早起来时，已见管家率家里百十号家丁、仆人、长工、短佣，把家前屋后、大院内外，清理得干干净净，清清爽爽，心情格外舒畅、快意。他走出大门远眺，冰雪覆盖，银装素裹，茫茫苍苍。他手舞足蹈，拳脚比划，有点像太极动作，但绝对不是太极拳。过会儿哼着小调，回到餐厅。四个婆娘围桌边，陪老爷用餐，喝三米稀粥，吃春油饼，六个小菜，咸鸭蛋，切开摆成花瓣状，油炸虾逛鱼干，香油海蜇头，红辣子拌白虾皮子，猪头糕，小鱼冻子。

大婆娘，胶东大户邱氏，名胤，吃完饭，丢下碗筷，不声不响，做日课去了。佛堂、烧香、念经、祈福、敲木鱼。二婆娘，淮安城里夏氏，名菡，执掌严家内务，为严九生养两男娃，严家的功臣女人。事务繁忙，用完早餐，匆匆离席。三婆娘，昆山千灯甄氏，名雪莹，昆戏当家花旦，是个角。性格开朗，思维伶俐，颖穆聪慧，吟诗绘画，抚琴博弈，样样精通。见景生情，遇啥景，唱啥戏词，那声簧，清脆、缠绵、柔和，细腻婉转，情深意浓，韵味醇厚，悠扬悦耳，声情并茂。春颜秋眉，清雅妩媚，看她的美貌，听她声腔，真让人心融灵化。当初，严九看她的戏，一眼瞅中她的人，一手甩出十万两白银，从此，她的戏和她的人，就由严九独享。四婆娘，海州城尤氏，名姣姣。名声不太好听，是严九从海州杨柳巷青楼桃红阁赎买回来的，当然，荡里没人知道。此女子，娇巧玲珑，善解人意，处处周到，棋书琴画烟酒老海，样样在行，把严九老爷侍候得服服帖帖，心舒神怡。白白净净的小脸蛋，镜子似的，细腻又精致，皎洁灵动，光滑润泽，粉色香腮，樱桃朱唇，重下巴，小蛮腰，浑身灵动，美得像从画中走出来一样。

管家严雨川早摸准老爷婆娘们心思，几天前约了木匠杨，制作五人坐的大雪橇，他断定，雪霁后，老爷太太用得上。

尤氏喝完最后一口羹，在九爷右边，抱着九爷胳膊，娇滴滴，嗲声嗲气，催促九爷说："老爷，快一点嘛！大姐二姐忙去了，三姐和俺想陪老爷赏雪景嘛！"甄氏在左边，抱着九爷左胳膊："九爷呀！俺们先去后花园，赏雪梅，赏完梅花，去野外观雪原。四妹，侬觉得如何呀？"尤氏拍手称好说："好呀！好呀！"严九也是兴奋，顺着二位婆娘话："依，依你们，赏梅，看雪原。"又若有所思地说："赏梅，还行，自家园子里。看雪原吗？只能站家门前眺望了，半人深的雪，出不去呀！"管家见老爷面带为难之色，急忙贴近九爷耳边小声说："五人的大雪橇，早备好，只等老爷一句话，便可出发！"严九得意地说："雨川啊！你都成了婆娘们肚里屎虫了，亏你想得周全。"两婆娘脚蹬黑马靴，身披大红色斗篷，连着白兔毛风雪帽。三婆娘甄雪莹的丫环小鱼花，殷勤地给主人套上一件红缎绵羊毛套袖筒子，对接两个袖口，还再三叮嘱："太太，手别冻坏了！"又递过手壶说："来，把手壶放在袖筒里，刚加的两块木炭，暖和着呢！"四婆娘尤姣姣的丫环小鲤红，不甘落后，早备好一条紫色羊毛线围巾和暖壶，娇声地对尤氏说："太太，别忘记戴上披风帽，大红披风，配这围巾，在雪地里，您就是一朵大大雪梅呀！"严九心情舒畅，用调戏的口气说："小鲤红，想象怪丰富，小嘴越来越会说了，有文化！"

严九身着黑色貂皮大氅，手持短杖。管家陪同，去后花园赏梅。

老圃谷大牙早把园中小路搞得利利索索，篱笆墙遮挡的几十株雪梅、腊梅，形体各异，姿妍妩丽，千娇百媚，流风回雪，银枝柔条，红黄穿插，情朵正浓。腊梅的香，香得冷峻蚀骨；雪梅艳，艳得雅洁沁心。

严九是读过四书五经的人。此刻，有风有花有雪，有美人，平时有点业余的诗词爱好，现在他的内心，开始涌动一股诗潮。但是，好诗好句子，出不来，好像还缺点啥！哦！缺催化剂？导火索？诗情不能燃烧，他把疑惑的脑袋转向管家。严雨川知道九爷缺啥，敏捷地从羊皮短袄的上怀中，取出早就温热的扁形陶瓷蓝花小酒壶，递给九爷说：“老爷，要这个？来，润一润诗路。有花有雪有佳丽，无墨无酒无好诗。来吧！咕一口。”小书童跟在身后，小嫩手冻得通红，一手握着蘸满墨汁的小羊毫毛笔。不料，毛笔已经结冰，硬撅撅的一层冰屑。一手抓一沓麻纸笺，随时准备记录。

严九的小胡子嘴巴，对准扁壶圆口，“咕咚”一口，仰脸朝天，喉节上下滑动两下，一条火串子，咽下去，心热了，诗发了：

百载罕逢飞瑞福，雅梅佳丽雪中娇。
祈来禾覆三重被，千里田原兆富饶。

管家肚里也有半瓶墨水。老爷四句诗刚出炉，他便百般奉承，拍手叫好：“老爷啊！好诗啊！好诗啊！气势磅礴，长思远虑，铿锵丽美。大雪，百年不遇，瑞福临门，飞来的福报呀！娇美妩婉潇洒丽人，和雅洁姿俏的雪梅、腊梅相媲美，又是千载难逢之幸事。更有那绿油油的麦苗，盖上多重棉被，在甜蜜的酣梦中，孕育生机。这棉被，冬保暖、春化润、夏成金，丰收在望，更是百年奇迹。今天，千里雪原，冰封雪舞，美不胜收。待到明年夏收季，千里原野，定是麦浪滚滚，金碧辉煌，囤满廪溢。绝妙好诗，大景致，大胸襟，家国情怀，了不起啊，九爷！”

严九很自信，满心喜欢。发觉严雨川越发可爱，别看他平时憨巴巴，其实是有意卖萌，装憨。关键时，他比猴子还要刁精。赞许道：

“严雨川，你这张嘴皮子，功夫不错，说的，倒也是真话，俺喜欢。”严九转过头，心生怜爱地对尤氏说：“姣姣，给老爷俺和上一首，咋样？”又转头对甄氏说：“雪莹，给俺们谱个小曲儿，使琵琶刮一刮，唱给俺听，岂不惬意？”

甄氏用昆剧念白调：“老爷，您放心，雪莹不会吟诗，唱得可不赖……”

甄雪莹既然是当家花旦，喝念做打，声正腔圆，娇姿妍体，下过苦功的。怀抱琵琶，一亮嗓子，满座失声，桃花香腮，一招一式，一颦一笑，神情韵律，百媚娇生。严九继续对尤氏说：“姣姣，来一首呀！”尤姣姣一进梅园，就已经想好一首绝句，只是老爷没发话，不敢出风头，卖弄风骚，故意做思考的样子，回复老爷说：“俺不借老爷的韵，随便来一首好吗？”周围捧场众人，都活跃地叫：“来一首，来一首！”“好，各位请听。”她慢条斯理，从容不迫地诵道：

姊过重阳霜下馥，妹超寒节嫁春风。
棠樱嫉妒闲吟处，只恨娇踪晚一程。

严九半开嘴巴，聆听小娇娘的朗诵，开心极了，疼爱地说：“哦！哦！姣姣才情，不在老夫之下，可不敢小觑，当刮目相看，刮目相看呀！雨川啊！用你的薄嘴皮子，给小娘子点评一下吧？”严雨川两手抱拳，小心翼翼地说：“岂敢，岂敢！雨川关公帐下舞大刀，鲁班门前斫榫头。一知半解，岂敢在老爷太太面前夸夸其谈，咋咋呼呼！”严九爷调侃道：“叫你品，你就品，给你一缕阳光，还不赶紧灿烂，装腔作势干啥呢？”管家装出无奈样子，对小娘子说：“四太太一首绝句，至少隐含五种花品，其中四品，衬托今天吟咏主题，雪里梅花，十分巧妙。‘姊’是菊花，在重阳节过后的严霜下，展露颜容，散发芳香，临霜绽放，可见品之高贵。‘妹’是迎春花，花中使者，脚步最快，过了大寒节，春风披着寒意，刚刚走出寒门，迎春花毅然攀附上了春风。迎春花在寒冷的深闺中，沉睡一个冬天，孕育金色的芳香，春来时赶紧扑向朝思暮想的春哥哥，情深似海。海棠、樱花是早春花品，对雪梅颇有微辞，嫉妒雪梅腊梅，抢在她们前面绽放，又恨自己，娇俏脚步，总是比梅花慢一程。这种把雪和梅藏起来，不露声色的手法，构思精妙，不落俗套，别具一格，正是这首诗的绝佳之处。”

管家有点拘谨，夸过分，怕老爷听了不舒服；夸不到位，怕小娘子听了不舒坦。既不敢过分地夸，又不敢夸不到位。严九用戴羊毛手套的手，满心欢喜地轻轻鼓掌，嘴中哼哼地说：“哼哼，好啊！恰如其分，拿捏得准啊！你小子虚嘴掠舌，说得怪好听！”严九老爷和两婆娘上了雪橇，套上两头大黑狗般长腿小黑驴，管家驭驴，吆喝一声：“走起来！”抖动一下辔头，黑驴刚吃饱喝足，浑身是劲，黑尾巴兴奋拍打自己的屁股，驴肚上，黑驴朘蹿出半截。黑驴看到俩花枝招展的女人，条件反射，不能怪黑驴要流氓。

他们欣欣然行驶在漫漫茫茫的原野上。

红红的太阳冉冉升起，北风扫尽天空最后一抹残云，湛蓝的天空下，冷得十分寂静，透明。“霜前冷，雪后寒。”被大雪封闭得严丝合缝的原野，正张开臂膀，迎接早晨的客人。天气清冷蚀骨，挡不住农人兴奋的脚步，人们陆陆续续走出家门，来到自家麦地头，掩饰不住内心的那份喜悦。在他们眼前，仿佛浮现五个月之后的情景，拇指粗，一拃长的麦穗，齐刷刷地秀出来，然后，便是一眼望不到边，金黄色的滚滚麦浪。他们神往大刀小镰，在热烈的、金灿灿的阳光照耀下，欢天喜地地收割。黄金铺地，老少弯腰。沉甸甸的麻袋包，沉甸甸的笆斗，圆圆溜溜的柴篾折子茓起的仓囤，盛满粒大饱满的小麦。头枕老糟、透暄、松软、大孔的长龙白面卷子睡觉，那心里多么踏实，那美滋滋的感受，要多么幸福，就多么幸福。虽然，冰冷的天气冻得他们打哆嗦，嘴巴不随和，但嘴角上还是流露出欣慰甜美的笑容。

这年的元旦节，龙王荡里，穷人有穷人的过法，富人有富人的过法。但有一点是相同的，大家都在无忧无虑、愉快、喜庆中度过。多少年来，人们没有像这个元旦节，过得隆重、热闹。出了正月，麦田积雪，渐渐消融。麦田正如农人的想象，绿苗覆盖不见土，墒壤清新、潮湿、暄软，青叶茂盛葱翠，苍苍郁郁。

去年寒里，天气作雪之前，半个月里，气温不降，到了三九，气温依然暖堂堂的。在荡里砍大柴的农人，仅穿短裤头、薄衬衫。古稀老头在户外干活，只穿一件夹袄。这种天气，是农人极不愿意遇到的。这是灾年征兆，农人最怕的是：越冬的麦苗，在冬天疯长，拔了地劲不说，生出麦节，到第二年春，地劲软，生出的枝节，过早成熟，就秀不出大穗头，其结果必定是，可怕的“苍蝇大的穗头，筐篮大的棵”。只收趴在地面上的丛生矮秸子，大部分麦秸不结穗子。大面积减产，甚至颗粒无收，形成“种一收两落烧草”的灾难局面。为控制麦苗冬季妄长，大户地主让长工套上驴骡牛马，拉着青石碌碡，像轧谷场一样，在麦地里反复碾轧。目的是让土壤墒情变得板结，不透气，以阻止麦根子喘气吸氧，强力抑制根系窝须继续发育。小户农人，三亩五亩，亩把二亩，养不起牛，没有石碾子，咋办？使梿枷在麦地拍打，有的人家干脆使锋快的镰刀，像割韭菜一样，割掉疯长的麦苗，拉回家给猪羊做冬天青饲料。或者直接把猪呀羊呀，还有大头鹅，都撵到麦地里去吃、去糟蹋。经农人一番强力干预，冬苗疯长态势被有效扼制。静静趴伏在地面上的麦苗，如今大梦初醒，熟睡一个大冬天，复苏了，蕴足了生机，铆足了劲，伸展双臂，挺起腰杆。春天，成了她们展示婀娜翩翩的舞台，片片绿叶肥嘟嘟地竖起来，娇嫩丰韵的叶面上，露出青丽郁勃的筋脉。在阳光作用下，仿佛能看到碧绿血管中，流动着青青血液。从地底下，被她吸上来的水分、肥料元素，通过光合作用，正在转化成丰富的营养，肥厚的叶，粗壮的茎，没日没夜，向高处生发。

荡里农人服侍庄稼，最讲究的就是前期的苗，“从小看大”，根子实，苗必壮。唯有根实苗壮，才是麦子一生抗旱、抗涝、抗盐碱、抗病毒、抗虫害的本钱。一分汗水，一分功效，一分收获。麦苗也不掩不饰，你对她下几成功夫，她就给你几成美丽和壮实。她最善良的一面，在于不负农人的养育之恩。农时三月初五，谷雨季节到来，一场清澈干净珍贵的雨水，潇潇洒洒，琴丝般从天而降，正好接上麦地的底潮，这是继去年寒里大雪融化过后，第一场如甘露般的雨水。“好雨知时节”，“润物细无声”啊！在丰沛雨水滋润中，毫无悬念，麦苗生长迅速加快节奏，丰收已是板上钉钉子的事，基本是“咸鸭烀在锅里了！”，飞不掉！漫坡、平野、旱湖底，黛绿乌亮，铺陈锦绣。一条一条，一垄一垄，小到一亩二分、三五亩、十几亩；大到几十亩、几百几千几万亩，地地相邻，连接无垠。那漫坡，成了通向远方碧绿的春色壁画；那广袤平野，像被能工巧匠裁缝得方方正正，整齐划一的绿色地毯。繁密茂盛，生机盎然，郁郁青青，苍翠屏展。

过了三月中旬，麦苗五天拔一节，半个月之后，长势过膝。四月上旬，每株麦秆顶端，都在静静毓育孕儿。四月中下旬，经历了抽穗、养花、壮浆，一路平安无事，风调雨顺。时间，到了五月中旬，一场及时的东南风，稳稳如约，吹拂而来，遍地青绿转入杏黄。三天后，粒大饱满的长穗上的麦芒，如带倒刺的细钢针一样，昂立向上。农人们走进麦田，掐一颗穗头，放在手心搓捻搓捻，吹开麦芒和麦皮壳，黄澄澄、金灿灿，散发清新香气的小麦粒子，呈现在眼前。

小麦一生，大约经历二百三十天。农人幸福的时刻，已经到来。农人们情不自禁，把搓揉干净的麦粒子，唵到嘴里，咀嚼起来。喜悦得合不拢的嘴角，流出咀嚼的白浆液。

龙王荡的荡里荡外，洋溢欣喜的气氛。黑森森，乌绿乌绿的芦苇丛外；广阔如云般的湖畔乔林下；漫漫长长卧龙似的河堤灌丛内，行道树间；金浪滚滚，无边无际的麦田里，迎来飞鸟与行兽的春天。处处可闻百鸟唱和，可观走兽的快乐出没。龙王荡的飞禽走兽，仿佛和农人一起，分享即将丰收带来的喜悦。是的，丰收了，不光是农人的幸事，也是禽兽的幸事，它们当然不会沉默。丰收，对它们来说，一样意味着富有，意味着希望，意味着不再为生计担忧，且可以静下来，全心交配，生娃繁衍子孙。接下来，便可快乐唱歌飞舞，这是禽兽的理解。万物皆有灵，难以想象。这年春天，龙王荡成了前所未有的鸟的世界，云集世上差不多所有的，天真烂漫、快乐活泼，和老沉持重、多愁善感的鸟类。

清晨，幽静的苇荡，沉静的原野，和渺渺茫茫的丛林中，传诵着千种万种的鸟鸣声。甚至一只鸟，也能唱出不同节奏的，超高超低的，超长超短的，铿锵有力的，柔美婉转，圆润细软，嘹亮、沙哑，或暧昧靡靡的唱和声。人们第一次发现，阴晴雨雪，月全月缺，鸟语花香，大自然的美妙，原来并不依存亦不在乎人的存在和人的感受。龙王荡的大柴苇里，原住鸟族多为黑眉苇莺、东南大苇莺、绿翅金鸠、画眉、麻雀、喜鹊、乌鸦、山雀、夜鹰、鹧鸪、芦雁、鱼鹰、野凫、竹鸡、燕子……在今年这个春天里，又迎来许多新的鸟族稀客，有董鸡、乌灰鸫、蚁䴕、白胸苦恶鸟、领角鸮、红翅绿鸠、黑啄木鸟、煤山雀、黄雀、白腹蓝姬翁、黄胸鹀……它们一起，组合成规模庞大的合唱团、交响乐团，在大片大片的柴苇中，尽情演奏鸟的世界最完美的旋律，最奇特的天籁之音。

而在麦田里，往年这个季节，最忙碌的鸟，是布谷鸟、百灵、小杜鹃和绿雉。龙王荡里传说的布谷鸟，是上天派往人间的鸟神，它的任务是飞遍人间每一寸麦田，并以它那不紧不慢、不高不低、不卑不亢，始终保持一个调、一个节奏的歌声，在麦田间，唤醒快要沉睡的麦子，让麦子打起精神，走向成熟。

龙王荡人称布谷鸟，叫刮哥（也有人叫它布谷）。刮哥不叫，麦子不熟。这个季节的刮哥，没日没夜，飞遍叫遍每一寸麦田，以至口中带血，疲惫不堪，在所不辞。十分辛勤的刮哥，有一半最终因啼叫过度，殉职于麦田里。今年的麦田里，不仅仅能听到刮哥、小杜鹃、百灵和野雉此起彼伏的高歌声，也许是上天眷顾龙王荡的大丰收，为庆祝农人丰收，又派来大批仙鸟神羽，在龙王荡麦田上空、麦间和地面上，形成立体式共鸣混响大合唱。

有云雀、黄喉鹀、白眉地鸫、蓝喉歌鸲、绣眼鸟、戴胜鸟、珠颈斑鸠、红喉歌鸲、黄眉姬鹟、八色鸫……“哦哦哦”“嚎嚎嚎”“哎哎啨啨”“嗯喳喳”“咕咕呱呱”“唧唧唧”“喳嚯喳喳”“咚咚咚”“呼哇呼哇”“喀喀打”“咯呼咯呼”“喊喊喊”“叽叽叽”“哗哗哗”“咯咯咯”“呱呱啦”“唵嘛嘛唵”“叭咪咪咪吽”“啾啾啾”“嘎嘎嘎咕”……这就是鸟的情歌，能听懂吗？听不懂。好听吗？好听！好听就中，要的，就是这个结果。

丰收，丰收，丰收的前兆，明朗，非常明朗。老天架事，百鸟附和，人们精神爽。就连荡中走兽，也不停为大丰收做出各种兴奋的举动。

田头可见野兔，一群一群，白的，黑的，灰的，米黄的，奔奔跳跳，钻进沟坎的青草丛里，专心快速地咀嚼鲜嫩的青草、胡萝卜缨、野菜叶子。狐、獾、狍子、梅花鹿，穿梭在灌丛和树林之间……还有人不可思议地看到，成千上万只黄鼠狼，后者咬住前者的尾巴，由老祖宗黄大仙领队，列成一条三四里长的黄鼠狼队伍，从南二队的树林里出，经过夏侯家的千亩麦田，浩浩荡荡，向南四队的十里大乱坑转移……夹道两边，站满看热闹的平民，个个屏住呼吸，没人敢呵斥一声。黄大仙得罪不起，宁愿给它们让道，护送过境！据说，这也是大丰年的好兆头。

龙王荡村村寨寨，所有的农人都兴高采烈，心花怒放。唱着悠扬的《嘞嘞歌》，赶着黄牛拉着碌碡碾谷场；在磨刀石上，磨砺割麦子的大刀小镰；摇捻缠线绳索，织结笆斗络；修理牛车马车；织麻袋、扳笆斗、张箩子、扎簸箕；织柴篾囤折子；清扫碾盘、石磨、碓臼、换碓牙……以实际行动，迎接麦子大丰收好年景的到来。

龙王荡三万二千一百八十二口人，男女老少，上自八十三，下至手里搀，无论是带皱褶的“国”字脸、刀条脸、锅盖脸，大饼脸；还是没有皱褶的苹果脸、鸭蛋脸、鸡腰脸，无不飘荡着无法抑制住的甜美、忻悦和兴奋。在那只要能吃上三顿饱饭，连性命都可以不要的岁月里，还有什么能比粮食更可贵的呢？荡里人最经不起的，就是无粮岁月的折磨。世间，只有他们，才能真正晓得“民以食为天”这话，说得有多靠谱。在龙王荡人头顶上那片天，说塌就塌。荡里的哪一代人，都遭遇过塌几回天的经历。现在，有了多年不遇的大丰收年景，幸福指数天天飙升。农人除了确认自家的汗水没白流，和一家之主引以为豪的抓住农时之外，最为感动的是去年的那场大雪和今年春一场贵如油的透墒雨。暖和和的太阳，一刻不停地催促麦粒子干浆。一刻不停的刮哥，在提醒麦子振作精神。荡中的家家户户，所有的强劳力和非强劳力，已经做好抢收前的各项准备。

南头队的小街头，杂货铺前，有几个白发苍苍，胡子拉碴，没牙瘪嘴老汉，走不动，站不稳，蹲在墙根，脚后跟垫腚，借暖和太阳光，无比得意，不厌其烦，在侃他们种麦的成功套路，你一嘴，我一言。

“麦盖三床被，头枕卷子睡。去年大雪，何止三床被！”“正月雷，遍地贼；二月雷，蛇虫探木堆；三月雷，狗嚓白米堆。今年四月才打雷，俺可断定，麦子大丰，板上钉钉。”“胡掐掐，毛酌酌，估摸着今年麦子单产，少不了增三成。”“今年，老天给脸给力，风调雨顺啊！”“好收成，才有好日子。”“今年的麦秸子壮，披墙，好着哩！”“昨天去了麦地，穗头子（竖起拇指）比拇指粗，一拃长呀！真的喜人。”“一亩地，少说也有三百斤。”“你说的是鹅字号吧？”“人字地至少三百五十斤。”“天字地，估计要接近五百斤一亩。”“乖乖！真的达五百斤单产，开天辟地，恐怕没人见过！”

……

天晴气朗，五月底的阳光开始燥热，晒在皮肤上，热烘烘的感觉很明显。农人凭经验，还是让麦穗待地上，再晾两天，水分挤干，上场后便不用再曝晒。碌碡轧不扁麦粒子。打下来，直接进仓。人们在观望，哪家先开镰。这个时候，若有第一家开镰，其他各家就会陆续跟上。也许，就在明天，就会有第一家开镰。

3

深夜，荡里农人在甜蜜酣梦里，吞啖喷香的白面馍、长龙暄卷子，一口咬下，鼻子下巴，都陷入暄软馍馍卷子之中。双面炕的小麦糊饼蘸豆油，拌蒜泥，外焦里嫩，嘎啦嘣脆，香喷喷，辣飕飕，油津津。“呼啦呼啦”地拖食老面条。熟睡的脸盘上，涌动幸福的浪花，“嘎嘎”地笑醒了。鬼神不知，人不觉，坏了良心的老天，完成了对龙王荡所有小麦地块上空的阴谋部署。随着一声霹雳，数道闪电将漆黑夜幕撕碎。荡里人被突如其来的响亮声炸醒了。人们还没反应过来，门外、窗外，“啪啪叭叭”鸡蛋大的冰雹，自天而下，先是稀稀拉拉的拍打声，继而如千军奔驰，万马飞腾，轰轰烈烈的轰鸣声，由远而近。怕啥，来啥！讨厌啥，偏沾啥！躲都躲不掉。在这节骨眼上，人们最担心的冰雹，大的如鸡蛋，小的似鸽蛋，突如其来，集中在龙王荡，荡里荡外，漫坡平野，自由降落，足足两袋烟工夫。谁能知道，这冰雹，只是一场无边无际，无头无绪，旷日持久暴雨的使者，一场大灾难的开路先锋。滂沱大雨，破天倾覆。闪电下，农人们打开荆门、柴门、木板门，一瞅！哎哟！水帘瀑布，九霄直挂；忽而直线穿越，如大河倾覆；忽而飙风扬起，如大海中狂涛巨澜，訇然劈盖。夜空中，闪电下，惊现无数条肆虐暴怒乱窜狂舞的蛟龙。所有这些，无法阻挡人们遥望麦田的视线，虽然是妄想。不下雨，也看不到麦田。这只是无法控制心境的反应。农人无助，仰天叩问，苍天呀！这是在灭人吗？

夏侯廪家，在苇南浦的三千亩天字号小麦，上好的田地，上好的麦，棵棵壮实，粒粒饱满。昨天夏侯廪的大，结结杠杠的夏侯老太爷，让家里的二轮轿子车，拉到田头，老爷子兴奋，眉开眼笑，核桃般小脸壳子，喜得皱巴巴的，开口便说："活了八十三年，第一次见到这么好的麦穗，一辈子没白活……"夏侯老太爷兴冲冲回到家，问儿子："粮仓准备咋样了！"他担心粮仓小了。儿子夏侯廪踌躇满志，信心十足，告诉老爷子："还用你老操心吗？万事皆备，只欠东风！"第一声响雷，夏侯老太爷被惊醒，猛地坐起，还没来得及下床面，大叫一声："造孽呀！"一口气上不来，没牙嘴巴，上唇下唇，像干涸的死鱼嘴，勉强张开，形成一个黑森森的洞口，眼睛一闭，两腿一伸，呜呼哀哉。

斤秃子一家，去年寒里，雪中的那遍肥，布得非常及时，肥效一丁点没浪费，麦穗，个顶个的粗壮，比周边其他人家地里麦穗，长出半截，粗出一圈子。纽大娥看着麦穗一天天秀出来，夸赞秃驴男人，关键时，有男人的范儿，骄傲地认为，自己没嫁错。那段时间，为犒劳斤秃子的创举性措施，好几次夜里，主动给老秃驴扤痒痒，还有……第二天早茶，嘉奖两个鸡蛋鳖，外加一把红糖。老秃驴家庭威望，得以进一步提升和巩固。

一声霹雳，炸毁斤秃子四百斤一亩小麦单产的伟大理想，揉碎纽大娥给儿子定亲事的愿望。男人一急，惊天动地，拍大腿，骂娘，摔东西。女人一急，连哭带号，脚下跳，想上吊。斤秃子翻身滚下床，黑暗中，摸了大裤衩，以为是大汗衫，两膀伸进大裤衩，头从裤腰套进去，出不来，气得拼命挣，还是挣脱不出，嗅到一股臊腥气，才发觉拿大裤衩当汗衫。气急败坏，暴跳如雷，蒲扇大手拍打土筋坑面，灰嘣嘣的，口中骂道："你他娘的，还能睡着？"女人也急了，回道："你他娘的，睡个屁，早醒了，你以为俺不是天下的人吗？"纽大娥擦火刀，"嚓嚓"两声，点亮油灯，乱了方寸，叨咕道："这不倒头鬼吗？昨天还好好的天气，咋的？说吊诡，就吊诡嘞哩？这下咋办？麦子，俺家的麦子。早知道，提前两天收，就没事了！""你他娘别叨叨，叨叨，叨叨，马后炮，屁用！"有男人范的斤秃子，口中骂道。纽大娥不吱声，她多么希望秃驴男人，再有一次男人的范，让自己再骄傲一回。斤秃子端起灯盏，从东头房来到正堂间，拉开门扊扅，"呼啦"一阵狂风，将暴雨掀进门来，泼在秃驴身上，没头没面，倾盆泼来。秃驴一个踉跄，险些倒地，灯盏子撒手了，油洒灯灭。秃驴迅急冲到门口，拽门外卷起的吊搭上的拉绳，厚厚的草帘吊搭"踳"地挂下。

纽大娥见灯被秃驴端走，自个儿找不到衣裳穿，伸长脖子叫："老秃驴，死哪去了？""你他娘的，尿壶拉屎，急了？穷咋呼！"秃驴找到正堂间的油灯，打火点灯。找到两套蓑衣、竹篾子斗笠、柳条安全帽和早就磨得锋快的镰刀，拎起簩篓、篼篮、摝笆，直起嗓门吼道："斤三、斤三嘿，起来。没听到外边的动静吗？还能睡得着吗？"年轻人觉好睡，睡熟了，根本不关心屋里屋外的事。睡梦中，隐约听到秃驴大大叫自己，必有要紧事。坐起，两爪子抹掉眼眵，揉眼，搓脸，伸懒腰。这时候，才听到屋外霹雳轰隆、狂风暴雨声。猛然反应过来，跃下床面，蹬鞋提裤勒腰，接过秃驴递过的行头、镰刀和篼篮。父子俩默契、无语，拉开一扇门，掀起吊搭，消失在狂风骤雨之中。纽大娥看着爷俩背影，点头肯定，真男人。

他们这是冒雨抢割穗头吗？是的，是的，俺必须追上去，告诉他们只要穗头，不要秸。家里的蓑衣，就两件。算了，不用蓑衣，反正天不凉，摸起镰刀，追了出去。外边乌漆墨黑，风大雨大，一雷一闪，根本立不住脚。找路，寻自家麦地方向，抓住闪电瞬间，然后凭感觉。这一家三口，两前一后，艰难地向自家麦田跋涉而去。芦柴丛生，斤家三人出了门，下了坡，洼地小路，沟坎纵横，淤泥窠塘窝坑，非常湿滑，大风吹来，芦柴仆地，撩起地上泥浆，打在头上、脸上、腰上、臂上，浑身泥浆，睁不开眼。左一跌，右一跤，人不是泥人，是泥鬼。

斤家三口连滚带爬到麦地，身上蓑衣，头上斗笠、安全帽，早就不见了。借闪电看满地麦子，被无情风雨糟蹋、蹂躏、摧残所剩寥寥无几，仿佛炸雷劈开自己的脑壳，痛心疾首，欲哭无泪。前期的冰雹，加上暴风雨的袭击，完整的麦穗，所剩无几。顾不得许多，看不清，凭感觉，把还站着的麦秸，拥在怀里，站稳脚跟，“嚓”的一刀，割一把仿佛的麦穗，塞进箩篓……不管咋坚韧，血肉之躯在这种雷电交加环境里，都可能须臾毙命。斤家人拼到天亮，已精疲力竭，三人倒在麦地，有气无力，站不起来。几乎拼上三条人命，弄回两箩篓、一箢篓、两麻袋，连泥带水的麦穗头，其余全被大风刮倒，被冰雹打碎，被大雨损在泥浆里。老斤一家三人，很顽强。

丰乐镇上，有名酒鬼兆醪桶，一家五口，老婆娘，儿子、媳妇、孙娃。他家在镇南豁塘口边上，有一亩二分鹅字地、三亩四分长字地，还有亩把拾边田。靠儿子、媳妇打理地里活。几亩薄田，本来就供不上五张嘴一年的吃食。加上酒鬼时不时偷偷摸摸揿出一碗，换二两醪烧，趴小店柜台边，对着酒端子抿了。兆家的粮食，消耗快，更何况，兆醪桶不但偷着换酒喝，还隔三差五，聚几个铜镚子，去街北“手气斋”里，和一伙老而不死，专坑儿女的老赌棍，摸小牌九，赌手气。他那双臭手，没赢过。自家地里收获的粮，不到半年，花销干干净净。

在这场大灾中，龙王荡里，最幸运、最不后悔的，就是兆家，仅此一家。半月前，麦粒子青胖胖的，刚装满麦浆，没干浆，兆醪桶断喝儿子兆棱桶、媳妇梅兰菊说：“赶紧去地里，割下青麦穗，搓出青麦粒，磨浆粥吃。锅里再不见粮，小孙娃就饿死了。”半个多月，几亩青麦粒子吃光了。昨天早上，儿子乘朋友渔船，冒失风浪的生命危险，帮朋友赶趟深海张网，收获颇丰，分得四只大铜蟹、六条大鲳鱼、四条狗腿鱼、三条鰢鲛、小鱼小虾若干，半渔篓，足足十几斤，沉甸甸拎回家。

媳妇爊大铜蟹和相应一些小鱼小虾，当晚饭吃，其余大部分抹上盐，叠进陶坛里，慢慢吃。

晚餐，桌上原汁原味，爊海鲜。酒鬼兆醪桶，倒是很不开心，一边吃，一边发脾气，骂娘，怪儿子不孝，既然能弄回来这么上乘海鲜品，为啥就不能弄点酒呢！知道老子好这口，弄海鲜勾老子酒瘾。他责怪儿子：“你想害死老子？”一家人，都被指名道姓狠骂一通，个个连屁都不敢放，闷闷不乐吃完晚餐。晚餐没酒，老兆嘴里海鲜味儿压不住，睡不着。他猜想，这个时候，小店里的酒躺在酒瓮里，可能也没睡着。会不会因为有小鱼，在酒瓮里打鱼花呢？小店那个狗日的，卖酒，一辈子也不会亏。前天俺买一端子柜台酒，竟然喝出一条死蚂蟥。他娘的，八成是他晚上鬼鬼祟祟兑水时，不小心，从沟里舀水，舀了一条蚂蟥，兑进酒里了。此物不胜酒量，醉死了。酒鬼想着想着，眼睛眯成一条缝，嘴唇“叭嗒叭嗒”在吮吸。他确认自己没睡意，舌根下边，汩汩如泉，冒出醇厚的酒味，他正得意，享受这绝妙的酒味时，忽然，听到屋外轰雷、狂风、闪电、冰雹、暴雨大作，天崩地裂。无情飙风裹千万股飞流，从天上骤然而降。兆醪桶先是稀里糊涂，有些神情紧张。继而，坐倚在土筋炕头，背抵西山墙。忽而，他仰天长啸。过一会，在啸声里夹杂狂呼：“好啊！好哎！苍天有眼啦！天下大同，无贫无富，无贵无贱，高洼滚平啦！好痛快呀！大痛快呀！哈哈哈……”自家地里没麦了，他咋不高兴呢？这就是兆醪桶。在荡里，有这种病的，绝非兆醪桶一人。

公孙觋听到打雷声，首先感觉到下雷雨了。其实，他不是被雷声惊醒，而是被一股尿憋醒的。他趴在床面，伸手向床下面摸尿壶，提起尿壶，转过身子，将薄被子掀开，侧卧着把鸡头塞进尿壶口，滴滴答答，尿完尿，哆嗦一下，小自在地把尿壶放回去。岁数大了，一觉醒来，再想入睡，就难了。三婆娘武美娘睡在床里侧，正在梦游天姥。

大雨滂沱，水势浩大。公孙觋说了一句：“雷雨不终日。”

这一夜，荡里的大户小家，自被雷声惊醒，再无一家一人入睡，农人们面对这场突如其来的暴风雨，都在想着明天，必须冒雨抢收穗头。明天，将会是啥样的明天呢？风雨会停吗？漆黑的天，大风在咆哮，大雨在倾覆。天可能已经转入白天了，但仍然乌暗，没有任何表情，也没有任何迹象表明风雨会停止。许多风口上的芦苇，大面积被夷平。河堆上，碗口粗的椿树、泡桐树的枝臂被折断。

一个月前，就没有一粒粮，而家里只有二亩多地的章先虎，起了大早，顾不得暴风骤雨，冒死也要跨出门去自家地里收麦子，不在乎收多收少，哪怕捡回一颗麦穗，也不枉一季收成。他披蓑戴笠，光着厚脚板，手提簃篓、篼篮，顶风冒雨，腰间别一把大砍刀上路。大风大雨突然猛袭，他根本无法行走，加上低洼、湿滑、泥泞的小路，跌跌爬爬。隐隐约约，像一只无助无辜的黑熊。走，歪歪�踘；爬，四点着地；跳起，不停飘摇。他摔了一跤，又摔一跤，又摔了……一阵风雨袭来，这个浑身皆是力气，硬汉子长工，仿佛无能为力，索性抱住头，两膝跪地，腚头撅起，他不走了。不是不走，实在走不动，缓一缓劲。他刚撑起准备站立，一阵旋风吹跑了他的斗笠，吹断蓑衣上的绳线，蓑衣成了几把茅草，顷刻不见踪影。章先虎倒伏在田埂上，簃篓、篼篮早被大风刮飞，不知滚到何处。章先虎本是一只虎，虎又咋样？此刻，亦如丧家犬。他咬紧牙关，爬到自家麦地头，看到成熟、浸透他汗水的麦穗被冰雹砸掉，被泥浆淹埋，麦秸倒伏，惨不忍睹。顶天立地的农家汉子，悲伤得差点背过气去。

满眼看去，蒙眬中看自家的麦子，和周边其他人家的麦子一样，没有一棵完整竖起的麦秸，翻开泥浆中的麦穗，麦粒子大多被打出仓壳，穗头皆是空的。麦地普遍积下七八寸深的雨水，满地找不到一颗完整麦穗。绝望的章先虎，一头厄运的黑熊，跌跌爬爬，狼狈地滚到家，浑身上下，泥鬼般邋遢龌龊。悲痛无奈，欲哭无泪。一家六张嘴，就指望这二亩多地活着，现在咋办？他不知道该如何面对大大、妈妈两个活受罪，又死不了的老人，和一男一女，六岁、九岁的两个娃。女人理解男人，心存侥幸商议地问："等天气缓一缓，雨停了，俺俩再去地里，放水，排涝，水干了，还可能找到一星半点的麦穗子。"章先虎隐忍地摆摆手："唉！唉！没用的，没用的，完了！完了！真的完了！白瞎了！"

公孙家族里的长辈们，冒风雨，不由自主，又聚到公孙家议事堂里，自由集会，白胡老二没来。这些分支的族长看风水，闭起眼睛，随嘴嚼，能自圆其说，天上的事，七窍通六窍，一窍不通，只好寄希望于族长大老爷。他神通广大，能预测天象。他的灵魂不是能上天吗？请他去问问老天爷，这雨，下到啥时，是个头呀！“族长大老爷，请你问问老天爷，这雨，为啥下在这个时候？它不是及时雨啊！”老七相信老大的本事，愚蠢地问。“俺觉得这雷暴雨，不会太久，说不定，明个就褪天了。”公孙觋含糊其词地回答。“要是能褪，敢情好，大太阳出来，两天抽干地皮，不碍收割！”老九竟然痴人说梦，他没到地里看，不知情形。还不碍收割，收啥？割啥呢？“下一步种豆，还有好墒情！”老五知道眼前这季麦，没戏了，想抓住下一季，他看好地的墒情了。“那就是老天爷开眼了，一场大雨，不影响麦收，还为种豆留下透彻的水分，老五啊！你在说梦话吧！”老三调侃地说。“族长大老爷，你咋不发话？”老四问。公孙觋满不在乎，满嘴胡话：“雷雨不终日，这还用问吗？各位不必担心，明天，对，就是明天，定会烟消云散，红花大太阳，曝晒两天，两天后，开镰！”……一连五天，风雨未歇，验证公孙觋的胡说八道。荡里荡外，沟漫河平，大信潮汐，坚持五天不退，海水倒灌，漫滩，爬上陆地，河滩外的洼地，破旧的土墙房屋，陆续坍塌，人畜伤亡，情况不详。第六天下午，海潮渐退，大风渐小，而雨势未减，雨点还是那么大，且更加均匀。人们多么希望老天爷发慈悲，停雨。可是“慈悲”的老天爷，丢掉了两颗“心”，“兹非，兹非也”！

又过三天，龙王荡二号地主，几千顷麦田的端木举人，召来管家和账房问：“这场‘及时’雨呀！来得忒突然。穷人是没的活路了。俺家的麦子，还有收吗？”管家丁友和哀叹道：“唉！愁死喽！老爷！恐怕整个龙王荡的麦地里，再也找不到一颗完整的麦穗了。”端木举人不紧不慢，若有所思地问：“意料之中。俺家苇南漫坡的背风坡，还有麦子吗？”管家懊恼地说：“回老爷话，那里的麦子，半倒半伏，已生出整齐的麦芽子，白白、细细、尖尖、嫩嫩、长长的。捋一颗，放嘴里嚼，甜丝丝的。”

账房吴二轨说：“这种灾，选在麦旺季，也许是龙王荡千年不遇的大灾，实属罕见！”端木举人摆摆手说：“非也，非也。远的不说，就拿大清朝来说，圣祖康熙四年，夏季，龙王荡内，狂风恶雨，数月不停，荡内荡外，水深过丈，树梢不见，墙倒屋塌，荡里死人越千。圣祖康熙七年，七月二十五，郯城大地震，龙王荡动静不小，荡里墙倒屋塌，三百二十八幢，砸死人，一千三百口。当年寒里，又遭大雪，二十余日方止，积雪数丈，没过屋顶，天寒地坼，冰冷异常，荡里雪岭如山，冻死荡民无数。清世宗雍正八年，六月二十二，大雨暴至，水深逾丈，荡里死六百多人。乾隆五十年，海州地闹饥荒大疫，物价飞涨，饿死病死人，不计其数。仁宗嘉庆八年，春又蝗灾，蝗虫像低飘云彩，一轮一轮，四面八方，进入龙王荡，啃光庄稼，啃树叶，啃光芦苇叶，最后连青芦柴秆茎都被啃秃。春作物夏季绝收。当年夏，五月初四，大风雷雨冰雹，毁荡里居民千二百余间房屋，夏作物秋季绝收，和今年情形相似。嘉庆十三年，黄河大通口决堤，龙王荡里，泥沙壅积，大片粮田被冲毁……荡里任何一代人，都经历过严重的天灾人祸。活着，真不易啊！”账房先生吴二轨奉承说：“老爷，博古通今，荡里这些大事纪，没几人晓得！”

端木举人否定说：“不、不，荡里至少还有两人，他们懂的不比俺少，经史子集，是精通的。”管家说：“荡里还有人，能入老爷法眼？”

端木不容置疑地说：“龙王荡总乡团廖子章是其一；铜钱岛主东方瓒，是其二。俺们三人同门德庆堂书院的学子。论学问，他们俩不在俺之下，只是他们心事不在科举，而在龙王荡。眼下，这场大灾，荡里平民，不知又要饿死多少？相信廖总、东方岛主，此刻正在评估灾难的严重后果。为荡里人找粮食，这是重中之重。没的吃，就等着抬死人吧！”

麦地的麦芽子，全部出齐。雨的性子温和了，雨点子变得小而稠密，不紧不慢，匀匀称称，在龙王荡里足足下了三十天。时间已进入七月。

农人绝望，崩溃。平民，不知咋活下去。

任何疼痛和任何灾难都莫过于对前途和生存的绝望。在正常年景，荡里农人，春天是最难熬的季节。农人把全部希望，寄托在夏季小麦上，对小麦呵护，一刻不敢怠慢，肥呀、水呀，按时按节，精心侍候。有的农人过了年，直接使两张芦席，圈起一个临时窝棚，头枕麦田，和麦苗同呼吸，才睡得心安。绿油油的麦苗，在农人心里，那幸福、敬畏和神圣感，没有任何东西可以替代。

过了正月十五，荡里小农户、长工户，大多人家只剩下少量的山芋干。多的，半口袋，少的，几把。其他粮食，定是一粒皆无。农人把这些山芋干，磨成面粉，靠草根、芦根，每天煮上半锅草根子望人汤，或许芦根汤，馇一把山芋干面，或稖穰子面，像撒胡椒粉子一样，兑在锅里。一天一天，将就往前熬。出正月，二月初，龙王荡里最早破土生发出来的野菜，是荠菜。寒气还在逼人，许多背阴处，积雪还没完全融化，朝阳的路边、沟坎、草垛根、漫坡的枯草丛里，青绿，又带点雅黄，锯齿状荠菜叶捷足先登，亮相初春，很坚强、敏锐地把倒春寒抛在身后，向人们展示生机的迎春丰姿。挑荠菜的人很多。几乎每家都有人，在野外找这短暂的救命菜。没有人怀疑，每株荠菜都是生命的源泉。这个时候，农人最嫉妒的是，那些地主、财东家的下人、奴婢，她们打扮得花花绿绿，装出高人一等的样子，满地里和贫民抢荠菜。贫民找荠菜救命，他们找荠菜，是为了老爷太太、少爷羔子、千金小姐换口味。他们花天酒地，大鱼大肉吃腻了，图新鲜，挑荠菜包饼包饺子馄饨。

荠菜在二月里，最鲜嫩，用它包糊饼，是荡里平民可望而不可即的美味佳馐。精贵的鲜荠菜，三五株，熬一大锅咸稀汤，一家人喝一天。除了大户外，平民从来没有用荠菜包饼的那份奢侈。平民中的老头老太，从娃时就唱："二月二，挑荠菜，荠菜包饼筋拽拽……"不知多少代人过去了，这歌谣，一茬一茬的娃娃，唱成一茬一茬的老头老太，谁也没尝试过。人们唱着，感受着吃荠菜饼时，油笃笃、鲜沉沉的滋味，眼睛里闪动幸福的泪花，嘴丫里流出亮晶晶的涎液。

一个二月，荡里荡外，春荠菜绝迹。

三月间，河堤马道、田硬路边，行道旁，水岸上，门前屋后，榆树的枝枝节节，生出一串串、一簇簇、一丛丛倒卵形、椭圆卵形，翠绿清新泛黄泛紫的榆树种子，映入人们眼帘。饥饿的人们穷得发疯，眼珠子发绿，见此物欣喜若狂，满眼都是钱串子，竞相采撷。虽然这钱串子，尚不能当钱花，但绝对可以当饭吃。人们捋完榆树钱，接上柳树叶、香椿叶、槐树叶、槐树花、泡桐花……

四月份，田野里到处呈现出各种各样可食的野菜：竹片菜、富秧子、红灰条、白灰条、苋菜、藩国菜、马叶菜、酸溜子、大瓢瓢、海英菜、碱蒿头、七角菜、婆婆丁、蕨菜、枸杞头、田旱头、马兰头、苜蓿草、菊花脑、苦苣菜、地卷皮、鱼腥草、鸭脚板、曲曲芽、雷卷菇、辣辣纲、小蒜、铺地锦、黄菜萱……靠这些野菜，荡里人勉勉强强，将将就就，死撑活挨，挨到四月底。树叶野菜，第一茬吃光了。有的人家实在无法熬下去，忍无可忍，会从麦地里采摘一些青麦穗粒，加水磨成青糊，掺和秸穰面，馇糊粥喝。

到五月中旬，一旦开镰割麦子，就不愁了。人们会在第一时间，用最快速度赶先打下第一场小麦，掺水上磨，磨出小麦糊糊，装入陶盆，搅拌酵头，起孔，接碱，分成拳头大，一坨一坨，拍成碟口圆，锅壁上擦一点食油，把碟口圆放在锅壁上双面炕，炕成表面杏黄，嘣脆，内里酥软娇嫩的“小糊饼”。此饼，最适合干重活时节吃，筋道、压饿。临吃时，用菜刀拍几瓣大蒜，放蒜臼里捣成蒜泥。如果有豆油，加一小勺，油蒜拌匀，小糊饼，蘸豆油蒜泥，辅以稠粥，是荡里农人十分满足的、美妙的幸福生活状态。嘴里咬嚼，心里是没法形容的，那个乐子！咬一口蘸豆油拌蒜泥的小糊饼，慢慢地嚼，香喷喷、油喇喇、辣飕飕，那美醉、舒坦、得意的感觉，非常奇妙。咀嚼中，内腮和舌根下，分泌大量的津液，甜滋滋，直往嗓里滑。咀嚼的人，半闭双眼，吱吱咂咂，吧唧吧唧地享受，心花怒放。荡里人这样吃法，一年中，只有这短暂的、又收又种的半个月二十天，随着农忙结束，吃小糊饼的日子随之结束，毫无疑问。就是这半月二十天吃小糊饼的日子，让荡里农人感觉自己美得高贵、富丽，美得标致俊俏，美到怀疑人生。他们确认，这就是神仙的日子。做神仙，又如何？顶多一年四季，天天吃小糊饼蘸豆油吧！这就是龙王荡人头脑里，神和人的区别！

瘪嘴无牙的老头老太，咬不动带硬壳的小糊饼。可是小糊饼，蘸豆油蒜泥，又是天天期盼、日日追求的理想生活。如今，揪一块铜锄子大的小糊饼，蘸上豆油蒜泥放嘴里，左磨叽，右磨叽，要的就是这个满足的感觉。再硬的小糊饼，在没牙老人的瘪嘴里吮咂磨叽，也最终被磨碎，咽下去。这些老人只要手里抓着小糊饼，儿女子孙，孝不孝顺，无所谓！七八岁的娃，谁给块小糊饼吃，亲大亲妈都不认；纯情的少女，给她两块小糊饼，竟然现实地勾起荡漾的春心，大眼睛，忽闪忽闪地洋溢着深情的秋波。小寡妇拿你一块小糊饼，低头，媚笑，抹下裤裙，来吧，随便！

今年龙王荡的农人，好不容易等到五月初，准备开镰的日子，一场暴风骤雨，彻底摧毁了他们小糊饼蘸豆油蒜泥的渴望，一切化为乌有，农人在伤心欲绝中叩问自己，还有法子活命吗？一季绝收，断了半年粮。荡里平民，没有一粒余粮，人，咋活下去呢？别说麦粒子，就连一把完整的麦秸也找不到了。被冰雹、暴风雨打倒的麦秸，拌着泥浆，如石磙子碾轧、贴紧地面，农人实在无法收割倒伏的麦秸，又舍不得放弃。这成为农人心里的鸡肋，食之无味，弃之可惜。

麦秸在龙王荡的用途：麦秸秆可碾轧成麦穰，和泥浆，缮屋面。荡里荡外，除了可数几家大户外，小户人家，无论堂屋、东屋、西屋、丁头屋，还是牛棚、马厩、猪舍、鸡圈、狗窝，都是泥基、土墙、麦穰盖顶。麦穰可烧锅做饭，麦穰灰，从锅膛里，掏出来，集中灰塘里发酵，草木灰入肥，运到庄稼地里，改良土壤，有利墒情。麦秸秆，原秸不用碾轧，直接用于披墙，防水防冻。荡里农人房屋，大多是土墙，经不起春夏秋冬、雪雨冰霜的侵蚀。农人用麦秸和黏稠麻刀稀泥浆，粘贴在墙面上。麦秆对墙体有保护作用，可持续几年、十几年。

现在，没了麦穗，麦秸麦穰也没了。绝收。

种豆季节，已晚了一个月。季节容不得人们消停割麦秸。不割麦秸，耧耩齿下不见土，没有垄沟子，就没法播种。烧麦秸这种事，在龙王荡，历来被认为伤天害理，谁带头做这种事，必遭天谴。荡里荡外的农人，都在唉声叹气，在观望。天气转晴七八天了，麦秸谷崩焦干，点火就着。农人左顾右盼，如果发现谁顶着天打五雷轰的生死劫于不顾，第一个带头烧荒，其他人就会大大方方，理所当然，放火烧这遍地的麦秸。

南头队，公孙觌家，有上好天字号地三百亩、地字号三百亩、人字号四百亩，其他鹅字号、长字号薄田、边田二三百亩，都种麦。

六十大几岁的公孙觌，梳理整齐，稀溜溜的花白须髯，一身银灰色长马褂，后面有手工丝绣黑白太极阴阳图。走路步子迈开，脚下轻巧，姿势有点前倾，半驼的背，拉开严肃的本族标志的梭形长脸。手握一把玲珑水烟壶，在管家陪同下，在自家麦地里，步来步去，转了几圈。回到家，公孙砚召见两儿，公孙濑、公孙显，坐厅堂。神神道道地伸出右手五指，一边数手指关节，一边口中念念有词，仿佛在预测秋作物的命运："甲乙丙丁戊己庚辛壬癸；子丑寅卯辰巳午未申酉戌亥；震兑离坎艮，金木水火土……"足足一炷香的工夫，公孙砚闭起的眼睛，慢慢睁开，对大儿濑说："濑儿，家里十张犁，十长工，连头连尾，忙活二年，一季绝收。当然，这事，怪不得你。你们两兄弟，召集俺家长工，去麦地烧荒，每块地，东西南北中，点起五堆火，烧麦秸。"

大儿公孙濑，一贯秉持谨而言、多做事的风格，轻声问："大，麦秸不要啦？"公孙砚对大儿谨小慎微的态度不满意，训问道："咋要？收割麦秸的工钱，能买下三倍的麦秸。再说，下一茬，不种啦？种！还能再耽搁？"公孙濑看着大大坚定固执的样子，试探问："种，是，恐怕晚了。这产量——"话没说完，公孙砚截了他的话："晚了，也要种。按说，俺家底，三年五年不收，一样有饭吃，再废一季、两季，还得种。大水淹了俺的麦，烧荒，大火攻之，求得下一季平安无事，能有好收成。"

站在一旁的小儿公孙显，三十岁出头，不务农事，也不知稼穑艰难，一心读书，五年前在院试中考取秀才，这几年乡试不中，心犹不甘。公孙显虽读圣贤书，后脑有反骨，常有叛逆之念，悖罔纲常，不认天命。老爷子话音未落，公孙显抢话说："天不旻焉，地不收与，谁顾天下苍生，吾叹悯荡人，迂生愚死，至终不明其道。今若无战天斗地之志，岂有活路乎！"老大公孙濑向来不屑于这个小弟，年少轻狂，说话戗毛子，性格急躁，激烈、不安分，就责备说："俺是守规矩，诚实厚道，只讲耕读的庄稼人，听不得你的大话流天。就凭你，战天斗地？荡里百姓，都是笨死的？方圆百里的龙王荡，藏龙卧虎，你有几斤几两，说大话，也不怕崴了嘴？天意不能违，纲常不能废，规矩不能破。几千年老祖宗立下的做人信条，你，说不要，就不要啦？读书，学以致用，你倒好，动辄口出狂言。揣着离经叛道的心思，还能考啥功名？"

老大公孙濑一顿数落，公孙显心有不服，但也没有还嘴、理论。

公孙濑悻悻之意未消，他早就想说一说这个被父亲惯坏癖性的弟弟。平时他不爱说话，今日仿佛变了个人似的，喋喋不休："烧荒，就是烧荒。种地，就是种地。不该冒出不切实际、激烈的主张，无济于事。你也老大不小，三十多岁，当大的人了，要给娃们当好表率。没事的时候，常到德庆堂书院去，那里的老先生老学究，是俺们的先生，与他们交流，对你考取功名，有益无害。地里的活，有大哥顶着，包你的一房头，衣食无忧。书读好喽，尽快考个举人，大哥累死在地里，也心甘。”公孙显心中不爽，还是低下点，假装接受教训。其实，烧荒，公孙觋从开始就决定了，根本不需兄弟俩讨论或争执。

公孙觋不急不躁，不忧不恼，他很享受这场面气氛。濑对显的责备，其结果，他们兄友弟恭。说明老大有老大的样子。公孙觋也容忍显儿的狂妄轻浮。对两儿说：“濑儿，召集长工，去烧荒，备种豆。显儿，且去念书，考取功名才是你的终身大事。龙王荡里老百姓，贱命穷鬼，是死是活，与你没一毛的干系，咸吃萝卜淡操心，别管闲事。”

公孙濑和几个衣破纽亏的长工，光着上身，勒紧大裆黑短裤，在麦地里忙活起来！

南头队公孙觋家麦地里，第一把火点燃了，那是一面鲜明的旗帜。所有六十多户公孙氏族人，不用多想，没头没脑，跟着烧荒。公孙家族，大大小小，五六家地主，几千亩地，首先在南头队四周腾起滚滚浓烟，咯啦嘣脆的麦秸起火后，烧出“噼噼叭叭”的声音。

南头队大户东方家族，长辈们集中在东方瓒府上，四何堂的议事厅，酝酿麦秸处置，下一季，种不种？若种，种啥？种多少？咋种？七嘴八舌，你一句，我一言，说个不停。“族长大老爷，你是大统领，是俺东方家族主心骨，烧不烧荒，这事，你拿主意。”“俺东方族，有田产的，四大家，其余皆是穷鬼，他们姓东方，祖祖辈辈当长工，一代一代，穷得‘叮当’响，没有俺们养着，那些穷鬼，早就绝了。”“兄弟，话可不能这么说，没有长工帮衬，你那千把亩地，靠谁呀？靠你家里那些人手？收割播种？不能吧？长工挣血汗钱，他们给你卖苦力，讲好的工钱外，你何曾多给他们三斗两斗？没有吧！咋就是你养活他们的呢？现在遇到灾年了，除非你家的地，不种了，撂荒了。你要种地，还得用长工，还得给人家工钱（粮食）。人家凭一身力气，凭干活实力，挣粮，养家糊口，不在你家干活，到哪个地主家干活，也不会比你家挣得少，你相不相信?”“两百年前，俺们老祖宗立的规矩，老兄弟四个，长房继承四家田产，其余各家，给长房扛活，长房保证下属各家有饭吃，有房住，有衣穿。算起来，长工，都是俺们自亲自戚，血管里流的，皆东方家的血，同一个祖宗传下的，再分出高低贵贱，三六九等，亲疏远近，不合适，可是现在的确在产生两极分化，甚至渐渐形成对立情绪。俺说呀，族长大老爷，这事啊，如不能妥善解决好，迟早要出乱子。”

“田产在俺们手里，俺们仓满囤溢，家家人丁兴旺，六畜昌盛，不管啥时候，断不能让长工没饭吃。东方家长工都有血性，万万不敢让他们缺衣少食。那样下去，久而久之，积怨深，俺担心，万一反了，他们人多，狗急跳墙。穷鬼饿急了，眼红了，啥恶事都能干的!”“哎!就是不造反，东方家长工，跑到廖家、公孙家干活，丢了俺们东方族人的脸不说，俺们的地，谁种?”“俺们今天，和族长大老爷，商议眼下麦秸子咋处置，下一茬种啥?各位兄弟不扯了，跑偏了，听听族长有啥部署!”

东方瓒早就听得不耐烦，虎着脸，他知道他的兄弟同辈们的心思，每个人，都有自家的小九九，心眼小，心胸窄，目光短浅，私欲太重。他口气谦和，又坚决得不容置疑，他说：“长工的事，今天不讨论。但有一句话，说在先，东方族八十三户人家，七十九家，给你们做长工，一季，给几笆斗粮做工钱，你就认为他们就值那个钱，是吧?错。他们没白天没黑夜，起早带晚，披星戴月，顶霜踩露，赤日炎炎，寒冬腊月，从十几岁，干到六七十不能动弹为止，他们的血汗，到底值多少钱，你们自己码量，俺不想多说。凭什么你们有钱买田置产，他们没钱买地，他们不能置产。凭什么你们穿绫罗绸缎，吃山珍海味，而他们穿粗麻，吃粗粮。你们以为他们吃长工这碗饭，吃得安稳?错。他们忠诚得可怜，为遵守祖宗立下的规矩，全心全意，给你们种地，你们有啥理由，动不动吆打二喝，直呼长辈名讳。动不动诬蔑他们是穷鬼。哪天，把他们逼急喽，把你们位置，和他们换一下，看看你们活得咋样。不要张嘴闭嘴，都是老祖宗的规矩，谁说老规矩永世一成不变，有些不合现时的规矩，也是要变的。别拿老规矩，那东西，压人，不可怕。再说，老祖宗让你们捏着地契，仅仅是让你们管理地产，没有说产权归属你们。你们手里的地契，归你们那一脉全体东方族人所有。你们地里，收上来的粮食，属于你们那一支脉全体东方族每个人，你们凭啥独占。

“老祖宗要建立人人有地种，人人劳动，人人平等，公平公正的东方家族。两百多年来，是你们一代一代，自以为是，把路走偏了，看来，是到校正的时候了。同是老祖宗的子孙，老祖宗咋可能厚此薄彼呢？你们对长工，再像铁公鸡一样，一毛不拔，俺支持长工户，把你们仓库给砸了，粮食扒了，看哪个官府大员，敢来护着你们。假如不想和长工们换位置，将心比心，让长工兄弟们家家有饭吃，他们的衣食住行不能比你们差，便一切平安无事，好自为之吧。龙王荡的灾年，已经到来，一季绝收，长工们吃啥，由你们去办，一两也不能克扣。俺的话，各位听明白了吗？凡不明白的，回家翻老祖宗的祖训，一看便知，不要揣着明白，装糊涂。

“至于烧荒的事，各家若不缺柴火，烧就烧了，抓紧种豆、种稖子、秧山芋。不管秋季有无收成，不能撂闲茬。顺便给在座各位兄弟族长，打个招呼，每家还要预备千把斤豆种，或稖种，荡里要统一赈济赤贫农人。这事，不讨论，准备好，送到总乡团仓库，三天为限。你们谁家也不在乎，这点小意思！”

东方瓒最后强调：“抓住季节，农时不等人，误几天，就误一季；误一季，就饿一年。抓紧时间，烧荒、耕种，不要犹豫。各自为政，管好自家事，用好自家的长工。从今个起，俺不想听到东方氏家族，哪个长工户没饭吃。散喽！”

南头队廖氏家族，十长辈，头一庄廖文泰，二庄廖文兵，三庄廖文均，四庄廖文民，五庄廖文德，六庄廖文考，七庄廖文章，八庄廖文焕，九庄廖文翠，十庄四老太爷廖汝余。汝字辈比文字辈长一辈，四老太爷是唯一活着的最高辈分。

四老太爷有田百亩，人字号，一生无儿无女，八十三岁，一个长工，一张犁。素来和长工同吃同住同干活，不攀不比，牛马厩、草堆根、小沟坎、谷场边，闭上眼睛睡觉，睁开眼睛干活。和长工一起，端大吨碗，脚跟垫腚，吃面条“呼啦呼啦！”，喝稀粥“呼呼噜噜！”，啃老咸菜“叽叽叽叽”。乐乐呵呵，无忧无虑。身体结结杠杠，短白胡子，有点弯曲，有点邋遢，走起路来，不咳不喘，两腿轻快，昂首挺胸，不拄杖。每次他都亲自来议事厅议事。

廖族十长辈，代表一百多户人家，各支脉共六百多儿孙子侄，不包括那些同住的，姑亲姨表，舅公外戚。他们在公孙族烧荒的第一时间做出反应，没有跟风，相约集中到总族长府上，他们在西别院议事堂门前，候见族长。

管家邝镛，接待各位入座。转身提起裤裙，一路小跑，到中大院中堂禀报：“老爷，族中九老登门，四老太爷也亲自来了，请示当前大事！”廖子章正在拨算盘珠子，使毛笔在记账。书童在整理桌上资料，分门别类。廖子章边写边对管家说：“俺在稽审龙王荡平民地亩，规划种植品类。你先让他们入座喝茶，俺即就到。”

廖子章从中院正堂，出了大门，到西院议事堂。族中同辈兄弟，老大七十多，最小的老九，接近三十，见族长进门，一起站立，以示敬重。廖子章挨个拜见各位兄弟和四老太爷。廖子章知道各位来意，节省时间，开门见山说：“公孙、东方两族，在烧麦秸，是为了抢种下茬。俺寻思，大涝之后，必有大旱，这是龙王荡百年常理。种豆，没指望。豆，喜水作物，一生不能缺水，无水不长，黄豆开花，豆地摸虾。没有充足的水不中，旱则豆仓瘪。俺们的作物，靠天收，天不悯俺们荡里人，万一再来一场大旱，凭俺们的人力戽水、挑水、抬水，能种豆吗？不能。”四老太爷听此话急了，说：“子章，那咋办？听你的意思，这季就甘心撂空茬啦？”廖子章对四老太爷说：“四老太爷，你老莫急，听子章说。各位的地块，若靠近淡水河、沟边或湖荡洼地，抗旱方便，建议多种夏稖头、夏山芋。在有淡水源，并在过潮时能漫过淡水的，种豆。对不宜种的田地，咬咬牙，撂一茬，养养地，也不失为上策！”座中老九：“俺哥，黄豆真的没指望啦？”“老九呀！按常理，现在已进七月，黄豆没种，等到种完了，到七月中旬。往常，黄豆到这个时候，早已合拢、开花、结角子了。七月半，花角一半；八月半，收割一半。这时候，再种豆，合适吗？不合适。荡里有许多人，和你的想法一样，想种豆。是的，豆比稖子价格高，一粒豆，顶三粒稖。说实话，俺不看好种豆。心情可以理解，但农作物错过季节，白忙活。”座中老大谦和地说："那公孙家，五六个地主，他们着急烧荒，一定是为了种下茬。公孙老仙灵魂出窍，能上天宫问话，看来，并没问到准话，他们要种豆，其实，也在赌。"廖子章继续说："俺们族呀！不同于公孙族、东方族。他们的土地，集中在几家地主手里，地块大，遭遇灾年，回旋空间小。尾巴太大，难调头。而他们本家的兄弟、本族人，给本族地主扛活，当长工，打短工，看家护院，当门丁门客。俺廖族，田地分散。俺们祖上立下的是耕者有田的规矩，叫作多不过五百亩，少不低五十亩。限制大户无限扩张，树大招风；确保小户维持生计，不至于没饭吃。据俺所悉，俺廖氏一族，四五口人的家庭，十几户，每户不少于五六十亩地；十几口、二十几口人家，三十来户，拥二三百亩田地；还有十几户，人口超过三十人的，拥有三四百亩田地。俺们廖族的田地，田契都在各家的户下，所有权，实实在在，归各家所有。多是地字号、人字号，土地分散，船小好调头。差不多都是自己家里人干活，只是农忙时雇几个短工。'守祖宗清白二字，教子孙耕读两行。'人人干活，自食其力，这是俺廖家做人本分，俺们必须坚守住这条规矩，百益无害。"

座中老三好像没听明白族长前述，抱起拳问："族长兄弟，荒，还烧吗？地，还种吗？"廖子章强调说："俺这里，不做强行约束，俺的意见，很明确，想种，烧荒，抢时间。各位，依自家地块特点，有选择地播种秋作物，少种豆，多种稖子、山芋。另外，交代一下，凡田产过百亩的人家，每家捐出二百斤稖子种，廖姓一族，确保凑足五千斤稖种，救济荡里三亩二亩，无籽种的赤贫户。各位兄弟、长辈（抱拳施礼），不许哭穷！俺们老廖家，每家家底，锅大瓢小，几只碗筷，俺清楚。哪一家少不了囤积两三年的粮，是吧！积善成德，神明自得，则圣心备矣！可怜可怜荡里的穷人，他们早就没饭吃了。"老大接过话，表态说："族长兄弟开金口，俺老廖家，兄弟长辈，心齐着呢！请族长放心，兄弟们一切照办。人行好事，不问前程。"

廖子章送走本族各兄弟和四老太爷，让滕大山、阙小海从马厩里牵来三匹马。廖子章上了坐骑枣红马，令两人骑两匹白花青鬃马，马头向南，三人上马扬鞭。一炷香工夫，进了端木圩，这是东西一字横排的大村庄，南边二里是潘家沟，北边二里是黄场，三庄平行。三庄的庄户，都是端木家的长工户。端木家在庄东头，占地五十多亩，分东西南北中，五个独立墅院。廖子章一行到中院门前，端木家门丁上前施礼道："廖总好！"恭敬地接过缰绳，三人下马。廖子章下马，跟在门丁身后，进了端木家四合大院。

门丁先行一步，立门外禀报道："禀报老爷，廖总驾到！""快！请进！"端木渥应声，出门迎接。"端木兄，无事不登三宝殿，子章向端木兄求救来了。"廖子章直性子，快人快语，抱拳施礼。"岂敢。岂敢。廖兄客气。多大的事，劳驾您亲自登门，打发个家童，过来吱一声，端木岂有不遵之礼啊！"端木头脑反应很快，转过话锋说："也好！也好！平时，请也请不来的，欢迎欢迎！"端木抱拳还礼。"家童吱一声，太不讲究了吧。没有大事，不登贵府之门呀！凡是大事，不能将就，得讲究！""廖兄，进屋，坐下喝茶，慢慢聊。来人，看茶！"

端木渥和廖子章年龄相仿，三年前乡试中举，为人干练，豪爽，有几分书生气，又有几分新派时尚的潇洒，手持一把黑纸扇子，对仆人说："让管家过来。"说罢，把自己手里的纸扇，递给廖子章。端木渥廖子章之间有过命的交情。这两人见面，也就没啥更多的寒暄客套。

过命交情，这一说，转眼过去六年了。

端木家几千顷田地，地块之间不搭界，差不多相隔三五十里。咸水口北，端木圩南，盐河西，大伊山东，皆有地产。每块地都有谷场、马厩、牛舍，还有干活的农具、临时的仓库。收完、打尽、晒干、进仓，都在当地。一年到头，除了以粮食顶长工的工钱开销，再留下一家上下几十口人，两三年生活和其他杂项支付，交缴完皇粮国税、地方管费，剩下大部分选择在一年中价钱最好时节全部卖掉，收回现银，存入自家银库。

六年前一个秋季，农田丰收，打下的黄豆粒饱珠圆，金灿灿，亮晶晶，堆在谷场上，如一条条卧龙长岭。端木圩南三千亩黄豆，史上最好的一年收成。

潮河荡的土匪是一股不小的势力，对外乡大地主家，一旦得手，不问青红皂白，烧杀抢掠，手段极其残忍。眼见端木家秋季黄豆喜获大丰收，土匪头子郇鲚蛟犯上心病，睡不着，惦记端木家黄豆。他寻思：端木举人的黄豆，像金豆子一样，真他娘的馋人啊！黄豆在此地，算得上最值钱的农作物，机不可失，时不我待，季节不等人，一等就是一年。郇鲚蛟派出探子，分别对端木家每一块地进行事前踩点。树大必招风、人怕出名猪怕壮的道理，端木渥当然明白，他有防备，对离大本营远的地块，鞭长莫及的田地，把看家护院的百十号人，长矛大刀，加鸟枪，都分派过去，严加防范。特别是咸水口，那里靠潮河荡近，正常年景，常有小股响马骚扰，端木采取抵而不抗的包容策略，多少让小股土匪捞一点，一般三五斗、几麻袋。为图个平安，强龙不压地头蛇，撵跑拉倒，不制造流血事件。这年不同，黄豆高产，土匪红眼，说不定会有大动作。端木渥整合家中护院高手，身怀绝技，以一当十的勇士，派去边远各地块，特别是咸水口，重兵把守。集中使用大刀长矛，火器铁铳、土炮、长梢鸟枪。而自己家门前，不远处的端木圩南、杨集周边地块，集中潘家沟、黄场的长工，武装起来，使杈把扫帚，扬场锨，作为防卫工具，在地块周边，加强防备，轮流看护。自以为家门口，离潮河荡远，土匪没那么笨，不会舍近取远，端木是这样想的，也这样办了。

土匪头子郇鲚蛟听了探子踩点回报，大巴掌拍在桌上道："他奶奶的，端木渥，端木举人，千算万算，还是失算，你能想到俺郇爷，抢你家门口的粮吗？"这一夜，月明星稀，秋空凉爽，郇鲚蛟亲率百十号人马，十辆马驾双辕车，五十辆人推独轮双耳车。大队人马，声势赫赫，大张旗鼓，明目张胆，向端木家门前，圩南地块的打谷场挺进！幸亏端木渥留一心眼，在地块五里外，设快马暗哨。暗哨看清郇鲚蛟的嘴脸，快马直奔端木家报信。端木渥闻报，急了，千算万算，还出错。可恶的土匪，防不胜防。情急之下，让大儿上快马，直奔龙王口南头队，向廖总报信，请求发兵剿匪。大儿子前脚走，郇鲚蛟后脚冲进端木家，绑了端木渥，做了人质。

廖子章率五百精英，火速赶到现场，重重围住郇匪。第一回合，杀得郇匪人仰马翻，死伤过半，生擒郇鲚蛟，救下端木渥。从此，端木家地上作物，平安无事，再无匪扰。

端木渥是不呆的读书人。自那以后，荡里公益，无论大事小情，不等廖总开口，定当提前出手相帮，做得周全。这使得端木渥的威信，在荡中也不断提升。这次大涝灾，端木家损失也很惨重，几千顷的麦子，除了大伊山东、盐河西三四千亩有收成外，其余的五六千亩，大多泡汤。端木知道，荡里受灾严重，要展开赈灾事宜，还要种秋粮。正准备联系廖总主动捐助，没想到，廖总心更急，已经登门了。端木渥的管家进门，先向廖子章抱拳行礼道："见过廖总！"又转身问端木渥："老爷，有何吩咐？"端木对管家说："廖总，廖四太爷，贵客驾到。平时请都请不来，今日下察。中午安排一下。要上好的酒菜，适当铺张一次！"廖子章站起来，连忙推辞致谢说："端木兄，不必，不必，饭免了，好酒留着，有机会喝的。"端木也急了，回复说："廖兄，不给面子？别说您是总乡团，俺们还是同窗好友，您能来端木家，俺端木渥不管用如何上好的接待，都不过分。"廖子章固执地说："谈事！谈事！事情不解决，俺咋能开怀吃酒呢？"端木渥摆出读书人很少有的慷慨激昂的姿态说："廖兄，您的来意，俺明白，您说个数，俺让管家照办就是。自家的兄弟，过命的交情，您来了，不吃一口酒，这算啥嘛？"廖子章推辞道："端木兄啊！俺俩同窗，你了解俺，俺只想给荡里贫民铺一条能活着的路，可是，俺做得不好！"端木自以为很客观地说："不是俺端木渥当面奉承，以您的能力，载泰岳，振江河，做个威震八方的大地主、大富豪，轻松得很。可是，您的心思，却在荡里平民身上。年年倾自家收益，救民于水火。与生俱来的大胸襟，俺学您，也学不周全。"

廖子章面带愧色说："龙王荡人，一代一代，活着就是挣扎，不易啊！眼下，这场灾，断了半年粮。秋季未卜，还得种。撂茬口，农人不甘心。大部分的平民，早已揭不开锅了，野菜挖完了，第二轮的树叶，差不多吃光了。下一步，咋办？"端木渥说："是啊！老兄，为荡人所想所急，相比之下，俺端木汗颜、内愧呀！"廖子章说："端木兄过谦，为荡里平民，你大钱小礼，没少花。这一次灾之后，不知秋季收成如何，若秋季有收，必还捐救籽种。若秋季无收，那么真正饿死人的大灾，在明年。这回，你看，能否捐献五千斤稖种或部分的豆种，需要的数目，不小，不能让你一家出，俺得家家去求。没多有少，救命要紧啊！"端木摆手阻止廖子章说："廖兄，请放心，俺端木家，没到山穷水尽的时候，区区籽种，不成问题。明天，俺让管家，送去五千斤豆、五千斤稖子、五千斤芦黍。以后，再需要，端木理当学您的榜样，尽全力以助！”

廖子章激动之下，抱拳感谢说：“得此言，文焕心安，万谢端木兄，又为荡民慷慨解囊，大仁大义大功之举，日月可鉴，青史铭载呀！子章告辞！”端木站起挽留说：“廖兄，已到午时，正是饭点，走了没道理，打端木渥的脸。用餐再回，不由您定了！”

……

两三天，廖子章马不停蹄，又说服龙王荡最大地主严九爷，捐赈稆种两万斤；北三队地主扈踧、南三队地主夏侯廪，各出五千斤。至此，龙王荡南北二十队、二十乡赤贫散户，秋季籽种备齐，正待开播。

廖子章召集二十队队长，强调说：“籽种来之不易，必须确保籽种如数分到赤贫户手里，任何人不得从中截留。昨天派人去沭阳、宿迁各地购夏山芋秧苗，已传来好消息，正在装船。眼下，前期事皆具备。下一步，实施播种是关键。决不允许杀鸡取卵，籽种到手，让饥民给烀烀吃了。争取抢在七月中间，抢下这轮种植。警告大家，有心理准备，大灾之后，三年不消停，这是龙王荡的基本规律！”

总乡团总协理兼南十队队长蔡先福说：“廖总，豆种、稆种、山芋秧，您给大伙备齐喽！现在，大部分的农人，肚里没食，站都站不稳，谁还有力气播种哦！这可是现实的问题，得解决！”廖子章说：“你们说说，咋办？”南八队队长龚维笙，原是南大营有名气的老兵油子，当年不想上岛，留下当了队长，说话没门槛子，要么不吱声，一开口，总是让人哭笑不得，他接话说：“依俺看，这秋季，就别种了，这么大热天，地气蒸发快，没地潮，种也白种，不如把籽种分了，救急。快饿死的人，哪有心思播种哟！分了，吃了，兴许能多活几日。”丰乐镇镇长时俊杰，半开玩笑半严肃地说：“俺说你龚大嘴（龚维笙浑名），你那脑壳，不是被驴踢了，就是进水了。你以为乡团的籽种，是天上的太阳光，今天照，明天还照。不用花钱，不用收割，是吧？廖总反复交代，不许杀鸡取卵，你听不懂，干脆连鸡带卵都吃了，以后咋办？等死？俺觉得，这地哈，白种也要种，就赌它个万一。种了，可能有收获；不种，绝对无收。道理就这么简单。只要想办法，解决小农户十天八日的口粮问题，播种就没顾虑了！”北六队队长夏秋生说：“荡里的穷人，有一共同特点，就是‘懒’。按理说，每家三亩五亩地，种下去，一家几口人，哪怕挑水、抬水、戽水，也能抗旱、保苗的。倘若一种，一撂，不管了，那么再好的作物，又能好到哪里去呢？”

廖子章说：“你们说的，都是事实，庄稼一枝花，全靠一个‘管’字。浇水、施肥、松土、锄草、治虫害，一个环节也不能少。一种一撂，就瞎了。俺们得把眼光放远点。现在把籽种分了，吃了，多活几天，又咋样？这个法子不好。忙种期间，农人肚皮子的事，俺再想办法吧！”

4

自南头队公孙家麦地里点燃第一把火时，两天里，烟火传遍整个百里龙王荡。荡里人都知道公孙大仙，灵魂出窍四处游走，本事通天，他家放火烧荒，谁敢怠慢，烧吧！鸭子不尿尿——各有各的道。在龙王荡，敢与公孙大仙叫板，唱对台戏的，是一位有名风水半仙，五十多岁，浑名老芦雁。他主张不烧荒，也不用再种，种也白种。半仙理由：你觋大仙灵魂能出壳子，俺灵魂能遨游太空。你说中，俺就说不中；你说不中，俺一定说中。你有你的理，俺有俺的道，都是祖传的，胡诌瞎嚼蛆的歪理，反正也没人听懂。哄口饭吃嘛！就这么回事那么回事，到底哪回事，天下本无事，庸人自扰之，而已而已！饿得半死不活，苦苦挣扎的农人，难以竖着走到自家田地里，点火烧荒。头重脚轻，歪歪斜斜，两腿不平行，不利索，走不动，磕磕碰碰，跌跌撞撞，连滚带爬，到自家麦地里点火烧荒。其实，他们根本没弄明白，烧荒之后干啥？咋干？

七月天气，十分火辣，麦秸焦干，擦火就着。龙王荡烟火四起，东边浓烟，西边乌云，南边黑霾。荡里荡外，仿佛被黑沉沉的黑幕封闭得风丝不透，水泄不通。空气裹着浓烈的麦穗煳焦味，呛得老人娃娃拼命咳嗽，直流眼泪。呛得牲口卧伏不起，呛得空中飞鸟纷纷坠入火海。大灾给荡里人带来巨大恐惧。许多人皆不想活了，想活也活不成。家里没有一粒粮，原本每天将就能喝上一碗野菜，或者树叶熬的望人汤，现在喝不上了。那些老人、娃娃，二目无神，千斤重的眼皮，半掩死灰呆滞、转不动的眼珠子，难得眨一下眼。麻木的神情，瘫软的身躯，难以自由行动。干瘪的血管，几乎耗尽本来就不富足的血液，犹如即将干涸的小溪，说断流，便断流。

龙王荡的饥民，在悲哀和无力骚动的沉静中，等待死神的召唤！

蔡小诡家，两间并列，一个屋脊两边分，矮小无窗，只有两门的丁头屋，猛眼看，像一个大大的鼻梁骨，两个黑洞洞的鼻孔。鼻孔里，一口无烟囱的闷灶锅，四壁熏得漆黑。土筋炕上半卧，齁齁喘喘，两眼不见天日，能坐不能走，半瘫老娘。在乌烟瘴气笼罩的屋里，昼天黑夜，不停咳嗽，上气不接下气。咳出的声音，像吹口哨般让人烦恼。

蔡家是外来户。五年前，十四岁的蔡小诡从马蹄庄，背老娘一路拾荒、讨饭，进了龙王荡。廖子章见这母子实在可怜，派团丁帮他垂两间丁头屋，好歹有个容身处，能遮风挡雨。蔡小诡没有名字，这是荡里人根据他的特长，送给他的绰号。于是，蔡小诡就成了亦名亦号。名副其实，他头脑灵光，小点子多，且实用，平时总有办法给老娘弄到吃的东西。他个头小，身体单轻，没有很大力，最大优点是特别懂得经营自己长项。他天天忙不停，帮有地、缺人手，又雇不起长工人家，打打零工，不谈工钱。诸如放牛、喂草料、扶扶犁梢，赶赶耩子，扬扬场。帮商行、钱庄、财东老板家，挑担水，买买粮，劈劈柴火，送封信，哄娃娃，遛遛小狗……挣来一升半升的芦黍、稻子，一碗两碗的小麦面、稆糈。有时候，也可能是几把山芋干、两个馍、一两个地蛋、三两只胡萝卜，维持娘儿俩的生活。大灾年，饥馑岁月，粮紧张、精贵，短工零活少了。蔡小诡天天为两张填不满的贱嘴奔波劳顿。自己吃与不吃，无所谓，万万不能让老娘挨饿受罪。

正当荡里人被呛得无法忍受，埋怨、诅咒、叱骂公孙大仙带头烧荒，干坏事，带来严重后患的时候，蔡小诡把目光转向烧荒之后，那连天接地，黑乎乎的田野里。他的心灵在颤抖，大地主夏侯廪家千亩天字号的麦地里，应该能找到吃的希望。他研精覃思，得出一个坚信不疑的猜想，千亩天字号麦地里，有几十万斤的小麦粒子被烧熟了，现在就躺在地里，混合在烧过的麦秸灰里。把麦灰扫起来弄回家，放在细丝罗里，使水一淘，一筛一罗，不用回锅，直接嚼咽，实实在在，一定很压饿。即使不能吃饱，打打牙祭，总是可以的。蔡小诡非常得意于自己的发现，趁别人还没反应过来，不犹豫，不声张，秘密私下行动，说干就干。趁浓烟雾霾浑厚，三步之外不辨物体之机，赶紧收拾那条千补万衲的破裤子，扎起两条裤脚子，就是两条大口袋。到地里将口袋装满，再扎紧裤腰，两裤腿骑在脖子上扛回来，大功告成。

一切准备就绪。天色傍晚，野外寂静，蔡小诡溜进地主夏侯廪天字号地块。二更时分，蔡小诡背回满满两裤腿的麦秸灰。他把麦秸灰放入丝罗中淘。蔡小诡满怀希望，信心十足，小心翼翼，坚持把两裤腿麦秸灰淘完，只有几颗并不饱满的麦粒。奇怪，真奇怪，咋会这样呢，他失望了。他百思不得其解，难道有人在自己之前，已经把这块地的麦灰全扒啦？不可能！蔡小诡聪明的脑袋，现在却成了一根筋，他断定自己的想法没毛病。又反复拍了自己脑袋，没进水。回忆有记忆以来，脑袋没被驴踢过。只是有一次，帮东家赶驴车，下坡时，被狂颠了一下，眼前冒过金花，但过一会，就没事了，与驴无关呀。

他百思无解，忍不住去问老娘。老娘哭笑不得地说：“俺的傻儿嘿！咦呀！娘的眼，看不见。娘的心哈，明镜似的。豆三麦六，菜籽一宿。老天下了三十多天的大雨，哪还有麦粒子，等你去淘拣哦！早出芽了，晒干了，烧光了。”蔡小诡恍然大悟，其实，他早知道麦粒六天生芽这事理。还不是饿昏了头，为找吃的心切，忘了这层意思。

所有的籽种，已集中到乡团仓库。从沭阳、宿迁采购的山芋秧，扎成小把，洒上淡水，用帆篷布遮挡在大校场上。

大统领东方瓒，南十队队长、总乡团协理蔡先福，南四队队长乡约戴景程，南五队队长乡约黄九州，丰乐镇镇长时俊杰，北六队队长乡约夏秋生，临时集中在帆布凉篷下面，听廖子章嘱咐。他自信地说：“为什么让你们来，你们不太相信，几天的时间，能备齐籽种和秧苗。现在，你们应该相信自己的眼睛，吃定心丸了吧。下一步需要大伙齐心协力。你们几个队、乡，穷人多，问题多，咋能保证，籽种一定能种到地里，山芋秧苗能及时秧下去，这是要动番脑筋的。忙种期间，救济粮不到位，这籽种不能发，发了，饿极了，眼红了，就吃光了。”蔡先福说：“廖总说得是，饿极了，发下去，必吃光。”廖子章不客气地说：“你们这些队长、乡约，饿不着。两天内，要确保你们管辖地所有平民，做好种植准备事宜。明后天早晨卯时，南北二十队队长、乡约，到各队对应的车轴河码头，领救济粮。提前做好警戒，分粮时，不能出一丁点乱子。”

天色渐黑，管家陪廖子章从校场外乡团总部出来，廖子章对管家说：“邝兄，俺们去西别院。”“是，老爷！”管家知道，老爷每临大事，必去西别院，拜见祖宗灵龛。

西别院在中大院西侧，一个单独四合院，大门东向开，青堂、瓦舍，长檐勾角，红漆圆柱，庑廊四边通。堂屋正厅，东西走向，六间，门朝南，是廖氏宗祠，供奉廖氏世代、祖辈及其分支系统的亡灵牌位。

西屋六间，南北走向，门朝东，是德庆堂族长议事厅。南屋六间，是藏书馆。东边门楼占两间，南北各两间耳房，分别是丁仆宿舍。

这座老宅院，是廖子章爷爷辈修建的。宽阔西院，院井地面上，青石板平铺，中间有高出地面三尺的树台，台边有一口石檐老井。台外，植条状丛生海桐绿化带，剪得整齐，台园里有四棵干径盆口粗，冠幅覆盖整个庭院的玉兰树。管家陪廖子章进入廖氏祠堂大厅，厅内寂静宁谧，烛火通明，香烟缭绕。正堂大厅，沿三面墙，陈列着太玄祖辈、太祖辈、高曾祖辈、高祖辈、曾祖辈、祖辈、父辈七代人的祖先龛子。

正堂龛下有长几案，案上排序点燃的白烛。几案前，有一张紫檀木八仙桌，桌上有鲜果及其他供品。桌下前方，置二尺高香炉，直径二尺六寸，铜质双耳三腿圆香炉。一炉香灰和未燃尽的残香头。

管家从几案的香盒中取出三把紫红色檀香，送到廖子章手中，廖子章从燃烛上点燃三把香，恭敬地插入香炉。身后一中年女仆递过一块圆形黄布棉垫，放在蒲团上。管家和仆人退出门外。廖子章双手合掌，半闭双目，默念之后，长跪蒲团上。在这特别的地方，这个万籁俱静的时刻，廖子章让自己烦恼、忧闷、不平静的内心，得一晌平复。面对错综繁杂事务头绪，思虑、辨析、理清，啥是纲，啥是目，该咋抓纲举目。

透析龙王荡不同阶层、类型人群，在大灾中的角色和表现。

荡里农人，饥饿的不堪局面已经形成。天塌地坍的危机，在加速逼近。廖子章在祖宗面前，发宏愿，救荡民于水火，若行动败露，按大清律，诛九族。风险巨大，以求祖宗护佑。上报直隶州的救灾折子，有去无回。山高皇帝远，等待朝廷赈灾救济，无异于坐以待毙。荡里南北二十队，方圆百里乡，灾民三万之多，真的在劫难逃了吗？直隶衙门让俺抗灾自救，俺求爷拜奶，好不容易，凑齐种籽、秧苗子，自救了。荡里平民，肚里无食，如何忙种？家里的船队给湖州亨得利纱厂送去五船的棉花，已出发半个月，没见消息，关键是不能出啥差池。卖掉棉纱，再从当地购回粮食，至少还需一个月。看来，指不上这批粮济民了，农时不等人呀！

唯一办法，动用朝廷设在龙王荡的备战库了。这个库，编入朝廷备战粮系列。多年来，海州治下，包括龙王荡人，除了应交缴皇粮国税外，额外按田亩交备战粮，入总乡团备战库。此库，由总乡团代为看守管护，没有擅用的权力。朝廷应急时，可随时调拨。这库里，皆是海州地农人生产的粗粮，稖子、黑豆、芦黍、山芋干子。世上没有不透风的墙，要想人不知，除非己莫为。倘若，万一有好事者，通风报信，廖家几百年基业没了，整个族人，几百上千口人，也就没了。大清廷，对洋人，千依百顺；对自家人，不手软，斩尽杀绝，窝里横，是他们的惯用手段。

倘若，秋季黄豆、稖子、芦黍、山芋有了收成，补充库存，倒也不难。这需要三四个月的时差，此间，朝廷若征用备战粮，行迹败露，其罪名，监守自盗，纸包不住火，必治罪惩罚。倘若，秋季再绝收，廖氏一族，和龙王荡的平民一样，再无生路可言，那也罢了。想到此，廖子章脑门上涌出豆粒大汗珠，身上不禁打了个寒战。男子大丈夫，俺救不了天下苍生，连龙王荡一方平民，俺也救不了，活着，尚有何用？

门外，打更的老头敲更鼓："二更末，三更启。天干物燥，小心火烛……"廖子章睁开眼，看那香炉里的三把香早已燃尽。大厅里萦绕着幽幽檀香味，他似乎拿定主意。千思万虑，不再优柔寡断。

他挺起跪着的身体，又伏地连叩四个头，缓缓站起，退出祠堂。

公孙砚家餐厅，公孙砚和两婆娘在吃晚饭，餐桌上荤素搭配，大盘小碟，六个菜。公孙砚持白瓷牛眼杯，左手兰花指，理着稀疏的花白胡子，踌躇满志，“吱溜”喝小酒。公孙砚娶过三房婆娘，眼下剩下俩，现在正围着公孙大仙身边倒酒捶背。家宽出少年。二婆娘近四十，乍看不过三十，看上去比濑儿还要年轻得多，正在给公孙砚捶肩。三婆娘满打满算，二十六岁，虽有几分俗，但也俗得花枝招展，俗而不陋，俗而不粗，俗得贵气。她正给老爷斟酒哩！三人在桌旁，有说有笑，嘻嘻哈哈。二婆娘说：“老爷，这背呀、肩呀！硬了，累吧？”

公孙砚听二婆娘的话里，似乎酸里带刺，不爱搭理地回答说：“还好！还好！”他抬了抬胳膊，耸了耸肩。三婆娘妩媚地说：“老爷，俺家这鹿鞭酒配伍三十一味中药，炮制很讲究的哟！每晚喝上两盅，包老爷宝刀不老，金枪不倒。”

三婆娘，武姓名美娘，出生在凤凰城二道街，一个中医世家。几年前，她父亲给镇上一大户人家公子瞧病，错把梅毒花柳病当成天花治，加上用药不大周全，人死了。于是，被这家告发，弄得焦头烂额，倾家荡产。砚大仙得此消息，趁虚而入，花了银子，得了医家二八娉婷的武美娘。武美娘嫁给公孙砚那天，她大大知道公孙砚岁数比闺女大好几轮，估摸着面对娇女儿，力不从心，委屈了亲闺女。于是乎，在闺女出嫁的箱底里，压上一张滋阴壮阳、十全大补的方子。

小美娘从开蒙念书起，聪明伶俐，中医世家，耳濡目染，又跟大大学习过望闻问切，对处方、炮制、熬煎，多少也通晓一些，当然也就熟知大大的良苦用心。满眼欲火带色的老鬼公孙砚，讪皮讪脸，用拇指和食指嬉戏地在三婆娘的香腮上轻轻揪了一下，道：“俺的亲乖哎！数你骚情，你若能说出三十一味药名来，老爷俺，今晚再奖你三枪！”三姨娘从嫁过来起，这么多年，每回和老鬼交媾，老鬼刚开始都是雄心勃勃的，一到实战，一二三、爽干，那半截子咸萝卜干子有筋无骨，萎靡地倒在大腿丫，累得口吐白沫，呼呼大睡。春意盎然的三婆娘，几乎是回回扫兴，没有饱和过一回。老鬼今晚能发三枪，俺干吗不说，又不是不懂。“老爷不许赖。”“老爷俺赖过吗？”“赖过！”“那也是心有余，力不足的时候！”三婆娘暗想，不能惹这老鬼生气。老鬼脾气反复无常，撩他高兴地说："老爷，俺说啦？""说，说不出，罚你十天空床！"三婆娘说："这可难不倒俺，鹿鞭、鹿茸、海狗油。人参、虫草、淫羊藿。山药、茯苓、葫芦巴。泽泻、黄芪、牡丹皮。川芎、牛膝、熟地黄。萹蓄、瞿麦、补骨脂。虎杖、远志、生龙骨。炙甘草、蛇床子、菟丝子、车前子、五味子、覆盆子、枸杞子……三十一味，老爷，咋样？"武美娘薄薄嘴唇，一口气数完三十一味壮阳药。公孙觋满心欢喜，调戏、打情骂俏地说："小心肝，你这只小机灵的嘴巴，说话像喝小曲，俺欢喜。"二婆娘面带醋意，口中唠叨："老爷偏心眼。老牛啃嫩草，俺理解。妹妹，你也够贪心，半个月，老爷在你床上睡十天。还不知足，你喜欢老汉推车，俺懂！"三婆娘连忙乖巧地对二婆娘说："二姐息怒，二姐，今晚让老爷睡你屋，二姐喜欢凤在上摇摆式。呵呵！"美娘觉得自己说得浪了，故意岔开话题说："老爷，听说荡里的穷人，吃野菜树叶子，还有人吃树皮、草根芦根。北九队那边，饿死人了，真的假的？"

公孙觋毫无同情和怜惜之情，用轻蔑的口气说："穷鬼，活着和死掉，有啥两样。荡里没了底层穷鬼，倒显得清静。可是，那些穷鬼，越穷越能养，生娃就像小鸡下蛋，轻快利索。赖活着，真不如死了省事。"

二婆娘大门不出，二门不过，听说饿死人，一脸的疑惑，傻傻地不可思议地问道："饿，真的能饿死人？俺天天晚不吃饭，想减肥，可是小肚腩还是坠坠的。要能饿死，俺早死八回了。"公孙觋嗤笑说："痴屄，连着十天不吃，你试试，早已饿得你嘴淌屎水，不死才怪哩！"二婆娘犟嘴说："为啥，十天不让吃饭，凭啥不吃呀！减肥也不能连着十天不吃呀！"公孙觋直截了当地说："娘的，说你痴，你屈得慌，没粮，吃个屁！"三婆娘还犟嘴说："说啥？没粮？吃肉丸子呀！也不至于饿死呀！"

公孙觋怀疑眼前两女人，仿佛天外来客，真他娘的好日子过多了，过傻了，嘻嘻地说："嘿嘿嘿，两张傻屄，你以为，他们在减肥，想苗条，想年轻啊！他们和你们一样子？山珍海味，嫌腥；人参燕窝，怕上火……"

公孙觋到目前为止，娶三房婆娘，现剩下两房。大婆娘生大儿公孙濑时难产，浆泡破了，羊水流了，娃赖在他娘肚里，不出来。公孙大仙掐着指头，算定母子平安，无凶险。一天过去，眼看女人疼得要命，他还在不紧不慢，不急不躁，掐指头，念念有词。女人的姐，公孙觋大姨子，不答应，吵吵嚷嚷叫道："换接生婆子，换接生婆子，再耽误，就出人命啦！"

公孙家一连串换了六个接生婆，个个都是吓跑的。荡里就这么多，没有第七个。接生婆子看着血溻溻的情形，女人汪在血水之中，都吓得面如土色，黔驴技穷，既不愿担风险，又怕坏了名声。大婆娘的姐，无奈之下，骂道："这帮蠢猪，老娼狗，没一中用的东西！"

正巧公孙家，老猪下崽。两炷香工夫，一顺头，产下十六崽。猪崽顺溜产下，得益于南二队蒲场，老光棍，蒲大齁子。蒲家几代人，和各类牲畜的生、老、病、死打交道。对付难产牲畜，只需用一小歪歪壳子的黑药面，搅上半瓢水，在牛、驴、骡、马，猪、狗、羊、兔临产时灌下，不管腿先出，还是屁股先出，伸手一拽，"呼噜"一声，就出了洞门，母、崽（犊、驹）两安无事。眼见公孙觋大婆娘气息渐渐虚弱，公孙觋还在掐指头，结论还是母子两安。大婆娘的姐怒撑公孙大仙，吼道："掐掐掐，装神弄鬼，数指头，你骗骗外人也就罢了，还在骗自家人。你哪一回对了？掐准了？俺看你就没安好心，婆娘都临盆了，家里连一药儆子都没准备，这叫啥事？"大婆娘的姐喋喋不休，口舌如簧。奇妙的公孙大仙对门外喊道："来人！"管家进门，站老爷身边等吩咐。公孙大仙示意管家，附耳过来。公孙大仙对着管家耳边，"叽里咕噜"一会儿。管家先是震惊，神色怪诞，倏忽镇定，怀疑自己听错了，低声重复一句，不敢提蒲大齁子的名，仅重复问"黑药面？"三字。公孙大仙眼冒凶光，不容置疑，点头，咬了咬后槽牙，表示肯定。

公孙觋亲自给婆娘灌下黑药汤。半昏迷中的婆娘，也品不出酸甜苦辣臭的怪味，紧闭眼睛，抿起嘴，摇了摇头，"咕咚咕咚"饮牛一样喝下去。劈开双腿，门洞大开。只见她，瞪圆双目，头发乱如鹊巢，上牙咬住下嘴唇，用力，儿子公孙濑"呼噜"一声蹿了出来，"呱呱"叫喊，活的。婆娘的姐托起娃娃，操起剪刀，"咔嚓"一声，剪断脐带，周围女仆人，一片喜乐。有下人老姆子掀起房门帘，跑出房间内室，到外堂叫道："恭喜老爷，贺喜老爷，是个大少爷！"

真是小娃养下来，不管他娘的屄了。没等周围的人反应过来，婆娘那洞门并没有消停，又听得“呼噜”一声，洞里强烈地崩出一股腥臭红黑血团子，大婆娘没命了。

公孙大仙接着续二弦、三弦。两条弦子，琴瑟昼夜和鸣，奏得巫山云雨潇潇，忙活几年，二弦产下二子，名公孙显。三弦娇媚、娇柔、娇巧、娇宠、娇肚皮。娶回快十年了，肚皮上汗毛磨光了。荒芜的沟边磨出几层老膙子，鲜丽微凸的小肚腩，增白增美增暄肉，就是肥美不变形。公孙大仙早掐指测算过，他命中五子，他不甘心……

三婆娘又问：“老爷，几天前，那个廖总来俺家，求你帮忙，捐粮。俺看你先是哭穷捣鬼，不想捐，后来，答应捐出两千斤，把那个廖总打发走了，你没捐哎！”公孙觋立马翻眼，一副尖嘴怪兽的面孔，狰狞可恶，声音提高五度说：“幼稚，愚蠢、傻屄！俺哪有粮捐给他，让他在农人穷鬼面前露脸，装大善人，俺们地主出粮，给他脸上贴金，凭啥？他家的库里，有的是粮食、棉花、食盐、丝绸、茶叶，他自己出几斗粮、几文银呀！”公孙觋忽而觉得自己昧了良心说话了，他知道廖子章为灾民倾其所有，立马改换口气说：“反过来说，他是龙王荡的总乡团、总乡约，管着南北二十个队、二十乡，三万多口人哩！他出得再多的粮钱，都是应该的。三万多张口，本来就应该向他要饭吃。穷鬼的死活，关俺屁事。廖子章，他了解俺，也知道俺会哄他，他来求俺，这叫啥？这叫给俺的面子。俺要这面子，干啥？当饭吃？”他端起小酒杯，“吱溜”一口干了。将杯子往桌面上，重重地蹾了一下：“你俩给俺听着，最神圣的事，只有一件，就是给老爷俺多养娃。你们要是没本事，别怪俺再续新。老爷俺长子长房，人丁要旺！要旺！知道吗！”二婆娘被骂，心中不服。实践证明，她是可以继续生养出娃的。关键那几天，老鬼陪那不下蛋的鸡。她低头嘀咕：“续一头老母猪，一窝能养出十几个。”

公孙觋装耳背，听到二婆娘嘟囔，知道不是啥好话，也没追问。

邝镛陪廖子章走出西别院。“管家，派个腿脚利索的，快马去铜钱岛，请东方大统领来俺书房议事。”廖子章小声对邝镛说。管家有点惊异地问：“今晚？”“现在，事不宜迟，越快越好！”廖子章口气很坚定地说。管家会意，快步离开西别院。

夫人的丫环彩莲，长裙小碎步，过来对廖子章说：“老爷，夫人催您餐厅吃饭。”廖子章谦和回复：“你们都吃过晚饭啦？”彩莲带着主人式的口气说：“这都三更了，给您切的一碗面，热三遍了，快成糊糊了。”廖子章不在乎地说：“糊糊好啊！就吃糊糊。荡里平民，连一碗糊糊也吃不上。走吧，吃糊糊去。”廖子章挥挥手，彩莲一路小跑，带老爷从大院西门进餐厅。廖子章在餐桌旁木椅上坐下，才觉得膝盖酸酸的。彩莲给脸盆架上脸盆加一瓢水，从架上取下毛巾放盆里，端到老爷面前。廖子章简单抹了脸和手，把毛巾放回脸盆，彩莲把脸盆端回盆架上，拧干毛巾放回原处，把脸盆里的水倒在门外石榴树根下面，回到餐厅，拿蒲扇在老爷背后扇凉。

夫人从蒸笼中端出一碗刀切面，对老爷说：“你看看，还能吃吗？要么，俺揉面，给你重切一碗？不费事的！”廖子章脸色凝重地摆手说：“能吃，能吃。别浪费粮食了。这年头，有啥讲究，荡里平民，野菜、树叶也吃不上了。俺还有糊糊吃，知足吧！”夫人从菜橱里端出一只瓷碟，拼了几片酱黄瓜，两块豆腐乳，半个咸鸭蛋，几瓣大蒜，关切地说：“这些天，又忙上大事了！总是忘记吃饭，一宿一宿地不睡觉，荡里上上下下，里里外外，一沓沓的事，够你操心的了。有些事，能不能让下边的人，分担做，事无巨细，亲力亲为，铁打的身体，又能维持多久啊！”廖子章喝糊糊面，听夫人关切地唠叨，苦笑回应：“哎、哎！俺廖氏一族，来龙王荡的龙王口也有几百年了，十几代人担任荡中主事、执掌乡团，秉持和继承‘为天地立心，为生民立命，造福为民，不求功名利禄、富贵荣华。利为一荡乡亲，禄为一荡父老，求担当，不改志’之祖训。今年大灾，荡里农人想恢复耕种，穿衣、吃饭，这些最起码的基本需求，非常艰难，处处都是棘手的事！”

面对负压沉重，有人选择逃避，品头论足；有人选择不屑和放弃；有人二话不说，选择去扛。或许，这就是修为和品质上的差异吧！廖子章心中装着太多的事，三言两语，真的说不清楚。夫人继续关切地说：“家里的事，俺尽量照应，不用你操心，出头露面的事，放手让儿子们去做。老四生来身单体弱，就让他照应书院，书院那边，吃喝拉撒，细碎事不少。一百多学子，四位先生，人手不充裕，如果家里没人盯住，也不适合。再有，让他抽出时间，多读点书，不是坏事，历练几年，将来做点啥事，到时再说！”廖子章边吃边说：“老四要好好念书，下一次院试，考个秀才，回到德庆堂书院，专门照应小馆里的娃娃，俺家不求功名。”

夫人说：“眼下，三百多亩的麦子地，烧荒后，培忠（长子）带两长工，抢种湖荡里一百多亩的夏茬稖头，其余的二百多亩，深翻养地，撂一茬。四把耩子，四张犁，昼夜连轴转，换人换牛，不歇工，不消几天，地里农活，差不多能盘出来。”廖子章说：“稖头要赶紧种，再晚，就瞎了。撂茬的地，不着急，种完夏茬后，消停耕。”

夫人说：“培明（次子）那边，一百多艘的渔船，从东陬山向北，到鹰游门，连岛外。向南到天生港、咸水口、陈家港。雨后这段日子，捕了不少狗腿鱼、青虾、青铜蟹。灾年，卖不出好价。天气热，不能久放。鱼卸下，码在盐垛里。青虾青蟹贮入冰窖了。去年寒里，几个大冰窖，存下厚冰块，虾蟹入窖保鲜，等势头好些，再拿出来卖吧。明天开始，张网，推虾皮，今年的虾皮特多。”廖子章说：“虾皮，在哪片海域张网，就在哪个海岸上晒，晒干，再集中。虾皮晒干，使蒲包装，能保湿、透气、不霉变。晒虾皮，不能耽搁，耽搁一天，就臭了。”

夫人说：培伦（三子）打理商行，灾年的生意，不好做，荡里几个集市的十几个铺子，都关张了。选择做外地长途交易，运往上海的几船棉花，昨天培伦来信说，到苏州，有合适价钱，就地卖了。江南稻米质量好，俺让他带三成香米、七成稻子回来。俺知道，眼下，你需要粮食。估摸着，带回的粮食，远远不够荡里的需求。俺家上下六十多口人，天天也要消耗百把斤粮。书院那边，一百多口人，四个先生，指望薪粮养家糊口，假如停学停粮，不是把他们往绝路上逼吗？”

廖子章说：“不到万不得已，德庆堂书院不能停学。”夫人说：“俺家的书院，经过几代人的努力，才有今天的规模，决不能轻言停学。要让龙王荡子孙有文化，懂礼义，知廉耻，办学，是最重要的途径。穷，不可怕，不知道为啥穷，很可怕。”廖子章说：“读书，识文开智，明白做人道理，人性中的原始劣根才有可能受到抑制或渐渐地拔除。越是没文化，越容易放大人的恶性。人不为己，天诛地灭，就是这个理。生于贫穷落后，死于愚昧无知，这是荡人现状，也是国人现状。东洋人不待见，西洋人也不待见。唉！事情得一件一件做，着急也没用。当前要设法，让平民有口饭吃。”

夫人说：“今年北方茶叶行情好，过去北方人认酵茶，今年认青茶。商行的颜掌柜从燕京打信回来，价格看涨，需量大。燕京两茶庄严重缺货。好在培伦把云台山上散户茶农的青茶，都签了约。”廖子章说：“茶叶周转回来的钱，让颜掌柜从东北吃进大量芦黍、稖子。荡里人快饿死了，等粮下锅。”

廖子章知道夫人对家中事务的安排，处置很妥当，满意且歉疚地说：“辛苦你了。俺们几个儿，老大培忠，有脾气，没坏心，年轻气盛。告诉他，不要动不动发脾气。俺家的长工、伙计，没严格的主仆关系。长工、伙计，不管他们自己咋想、咋看，俺们要平等待人。这年头，活着，谁都不容易。反过来说，培忠今年二十多岁了，娃都三岁，早就应该独当一面了，老大不小，没点城府，咋行呢！”夫人说：“这年把，脾气好多了。和长工一起轧草料、耕种、锄耙，做的都是扎实的活。”

廖子章说：“培明管的百十艘渔船，精打细算，也没错。但是，跟渔人别抠得太紧。算大账，不拘小节。要让渔人有饭吃，能吃饱、穿暖，感觉日子有奔头。干得多，多得，超产，要多多奖赏。活是大伙干的，凭啥利益不能共享，俺们是渔船主，不是渔霸。”夫人说：“渔人有饭吃，有衣穿，有渔船使用。娃娃都免费在德庆堂书院念书。老爷放心，这些关系，俺理得清，亏不了他们！”

廖子章说：“培伦的生意，做得精明，不是坏事。生意要想长久，讲究一个‘信’字。要有一批稳定的、信得过的合作伙伴。上半夜，想自己赚钱；下半夜，要想想人家赚不赚钱。利，你都吃了，谁还和你做生意。切忌唯利是图。有的生意，赚大钱做；有的生意，赚小钱做；有的生意不赚钱也要做；必要时，亏本的买卖，也得做。做生意，不单纯赚多少钱，要体现价值。俺说的价值，是一个观念、意义，不是用价格来衡量。”夫人说：“俺晓得你的意思。亏了，是俺主动认亏，不是糊里糊涂，把生意做砸了，是吧！”

廖夫人，董氏，不是大户人家出身，称不上大家闺秀。父母的独生女，小时念书，四书五经抱本。知书达礼，贤惠仁义，思维敏捷，干练精明，虑事缜密周全，勤俭持家，处变不惊。二十岁嫁廖府四少爷子章，一年一胎，四年诞下四男儿，培忠、培明、培伦、培仁，相夫教子。如今，四个儿都能当家主事，独当一面，夫人是功臣。

廖子章吃完面条，放下碗筷。彩莲端来一碗漱口水。廖子章漱完口，接过彩莲递过的毛巾，揩了揩嘴，深情地看着夫人，似乎还有难言之隐。知夫莫如妇，夫人看出端倪，问道："老爷，有啥心事，能否告之一二，俺俩共同面对吧！"廖子章若有所思说："不是俺俩共同面对，是俺廖族千口人，共同面对！"夫人眉头一皱，已猜出十之八九，小声道：俺的老爷哎，这事不能赌，这是步险棋！"廖子章果断、坚定地说："无险不成，亦无成不险，决不优柔寡断！"夫人说："这要是做砸了，再无回旋余地，你动用的，是皇帝的命根子，可不可再斟酌？""人命关天。荡里农人没的吃，稆子、黄豆，咋种？山芋秧，咋栽？不种不栽，秋后的日子，咋过活？到寒里，冰霜腊水，到哪找吃的？明年春的日子，过不过？咋过？荡里小户穷人太多，都指望吃大户，啥样的大户，经得起几万张嘴，不停地吃？自救，不是一朝一夕的事，实在太难！"

上报海州直隶衙门的三份救灾加急文书，皆没回音。昨天，海州知州、州同、州判三大员，同来龙王荡巡察，看那些饿得半死不活的农人，男男女女，老老少少，站不起来的场景，惺惺作态，一阵装腔作势地唏嘘之后，面面相觑，唉声叹气之余，撂下让人哭笑不得的一句话："廖总啊！抓紧减灾自救吧！不能再迟疑了，真的要死人啦，那样的话，对俺们模范直隶州的声誉，影响不好啊！"廖子章一肚子苦水无处倾诉，要说自救，他早已行动了。可是，凭一己之力，就是倾家荡产，又能如何？那些昏庸狗官，除了说说套话，毫无作为。夫人说："嘁！站着说话不腰疼。仿佛俺们到今天，面对大灾，无动于衷似的。这些天，老爷为荡民能有口饭吃，心力交瘁，身上流汗，心里流血，全心全意，茶饭不思，跑断腿，累折腰。在他们眼里，老爷迟钝，没自救，成了袖手旁观的看客了？还影响模范州的声誉？俺家可没拿朝廷一文钱的俸禄，俺为啥呀？是为了做官？还是为了发财呀？俺家的家底，都快贴光了！这些朝廷命官，咋能这般说话？唉！苍天无眼也流泪呀！太冤人了！"廖子章苦笑地说："哎！别跟他们一般见识！仁不做官，义不经商。小官小奸，大官大奸，天下做官的政客，哪有不奸之理。反过来说，不奸者，岂能为官！这么多年来，龙王荡里的大灾小灾，官员嘴上说得好听，救大清子民于水火，还不是走走场子，摆摆姿势，作如是观，作秀而已。大灾饥馑之年，俺们这些贱民，活不如猪狗，无官顾念死活，可那也是一条条鲜活的性命啊！"

夫人心疼地看着丈夫，心情不能平静，往事不堪回首，口中唠叨："老爷，自你接任龙王荡总乡团以来，捧着良心，在为荡里人做事。俺们上对得起老天，下对得起平民。奔波劳顿，领兵剿匪，灭海盗，平内乱，除民害。为一方平安，说你殚精竭虑，披肝沥胆，一点也不过分。人家问俺，图个啥？俺说，啥也不图，人家不信。"廖子章不无感慨地说："从俺祖上进了龙王荡，就撑起龙王荡这片天，俺守祖训，不求功名利禄，不求朝廷、官府垂青。俺就觉得，有责任保护包括廖氏一族在内的一荡平民。谁再问，你就告诉他，俺图的是一方平安。信不信，由他去。"

夫人内心充满焦虑与不安。她担心，为荡中乡亲父老，倾家荡产，在所不辞，如果再被加上灭九族的罪名，可就太惨了，所以她内心想阻止老爷的下一步行动。她奉劝说："老爷，五百年前，大明皇帝杀了俺们先祖，后代多蒙冤被害，仅存一脉，辗转天南地北，逃避在这一片汪洋、百里芦苇的龙王荡里，传下这兴旺一族。如今，真的要毁在你手里？你活着，走进宗祠，如何面对一排排祖宗龛位？死了，又如何向祖宗交代？"廖子章用温和而严肃的目光，凝重地看着夫人说："不动战备库，还有别的办法吗？"他无助地摇了摇头。夫人示意彩莲，把旱烟匾子递过来。烟匾碟口大，是精细杞柳去皮，精工编织而成，又涂了多层的桐油，晾干，白里藏红，晶亮透明。匾里装有黄澄澄的烟丝，这烟丝，是杨集全泰仁卷烟坊东家，全泰仁差人送来的。廖子章和全泰仁东家，是故交。当初，卷烟在国内兴起不久，势头看好，利润高，全泰仁卷烟办得红红火火。那年正月初二，潮河荡土匪夜袭全泰仁烟坊，廖子章率轻骑五十人，灭土匪三十人，救下烟坊，从此，两家关系更加密切。多年来，两家常有走动。彩莲将烟匾放在老爷面前，从案几上端起水烟壶放在夫人面前，夫人接过水烟壶，左手执壶，右手三个指头，撮起一小团烟丝，摁在水烟壶的烟锅里，递给廖子章。彩莲又从火绳架上取下火绳，轻轻一吹，探出蓝色火舌，廖子章接过火绳，点燃烟丝，深深吸了一口，说："眼下，若有粮食，哪怕一家分上半斤，也能熬几天。"

他咬了咬后槽牙，两腮暴出坚硬的肉疙瘩，说："可恨那些地主老财，到关键时刻，一个个哭丧着老脸，让他们再捐助一些粮食，比死了亲大亲妈，还要伤心悲痛。小气得令人作呕。哪一天，平民穷人急了，有人一声吼起，砸他们的锅，分他们的地。到那时，是要粮还是要命！"廖子章气愤地说出了他近年来的思考。夫人说："灾年，灾年，无底的洞，地主老财一样遭灾，虽说他们有储备，却也难挡左募右捐。前些日子，不是刚捐过籽种嘛！俺家的粮也不多了。捐籽种时，家里捐出黄豆、稆子、芦黍，加上送给鳏寡孤独的赤贫家庭，出仓两万多斤。家里过日子，紧紧巴巴，将就够个把月的稀饭汤。实在不中的话，把俺家仅有的两千斤粮再拿出来吧，挡一阵子。不久，在俺家做事的那些人就要流落街头，书院里一百多个学子，咋办？"廖子章非常揪心地看着夫人说："杯水车薪，放在整个龙王荡，一户连二两也摊不上。接下来，咋办？你和俺带娃们，讨荒要饭去？"夫人无助地说："难道真的只有那个下下策了？"廖子章毅然决然地说："下下策，也许就是上上策。俺意已决，开备战库，那也是俺海州地和龙王荡千门万户筹集的粮食，放给每户十天粮，让农人吃饱肚皮子，种豆、种稆、秧山芋。此事必烂在肚里，不可授人以柄。先容俺渡过眼前难关。库缺慢慢再作筹谋。"外边传出鸡叫声，敲梆报更老汉声音又起："夜进亥时，天干物燥，小心火烛，平安无事喽！"报更声过后，远处隐约传来奔跑的马蹄声。廖子章起身，向外边唤一声："管家，开大门，迎东方大统领，到后院书房。泡壶好茶……"管家引东方瓒进大门，从内院庑廊，直达三进院。廖子章立于书房门前等候。东方瓒玄色单衫，马裤、马靴。二人见面，没啥客套寒暄，双方抱拳、施礼。廖子章伸出右手示意："请！兄弟，辛苦！"东方瓒回复："老哥，请！"二人进书房。这是一间宽大的廊房，四壁矗立的书架存满书籍。房间中，有一张花梨木写字桌，两米多长，一米多的高、宽。桌左侧有八烛灯架，新烛绚烂，光焰明丽，光线充足，映照室内，开阔爽朗。

桌面右边，有一个白瓷毛笔筒，紧挨一方歙砚，两个蓝瓷花瓶，两块紫檀木镇纸，镇面浮雕二龙戏珠，还有一把二十五档黑亮的算盘。桌面右侧外，有一平台，置丈五沙盘，是龙王荡地势模型图标。

主客也没讲究首席下位，在桌案两边空椅上，面对面坐下来。书童兰馨用托盘给二位送来不凉不热的茶水。二人密谈，随之开始。二人对话，把声音压得很低。廖子章歉意地说："兄弟呀！半夜请你来，当然有要事相商！"东方瓒也直截了当，快人快语："老哥，请吩咐，老弟俺又不是外人，不用拐弯抹角。""俺要动备战库，给灾民放十日粮，如何？"廖子章也不兜圈子。"明白，这一动作，祸及九族！"东方瓒表明利害关系。"俺晓得，迫于无奈，没有别的法子了。好在龙王荡的平民，在俺九族之外。"廖子章敞开心怀，表明担灭九族风险，保荡中平民的性命。东方瓒说："老哥，这事你别管了，缺多少粮，由俺亲率几个心腹，从库中弄出便是。你晓得，俺不怕，俺是土匪，是贼、强盗，朝廷知道，又能咋样？"东方瓒想承揽责任。廖子章说："这事，俺担全责，万一东窗事发，绝不连累东方兄，绝不。只求东方兄，帮个忙。"

东方瓒是刚正的汉子，担责不担责，对他来说，本就无所谓，上了铜钱岛的人，还怕担责吗？更何况，他和廖子章，本就是磕过头的八拜兄弟，自己还是个单身汉，即使犯了事，也没有更多的牵挂，他想把这个风险承担下来，他用不必商议的口吻说："老哥啊！打脸嘛！俺们兄弟，多少年来，扛过多少生死，桩桩件件，还在乎多一件吗？你心怀坦荡，光明磊落，何曾为自己家谋过私利？何曾干过对不起天地良心的事？老哥呀！你动动脑子，动动嘴皮，事情，俺去办，你还不放心吗？""为掩人耳目，不授人以柄，开备战仓放粮，绝对保密，万万不能大张旗鼓。神不知，鬼不觉，干净、利索、速速办妥，不留痕迹。时间紧迫，不能耽搁。"廖子章说出自己想法。"俺知道你的意图，想让荡里农人吃几天饱饭，抢季节，忙种稆头、黄豆，栽山芋。不用饶舌，你说吧，俺咋干！"东方瓒急切地说。"明天，俺借故撤下粮仓守备的团丁和两条黑狼犬。你回大营，准备十艘快船，每船能载二百担粮。仓库在河堆上，堆下是码头。明晚亥时，你叫上几个过硬兄弟，在天亮之前，确保粮食上船，送到二十个队的分码头，把粮食送到各队长、乡约手中，让他们签字画押，分发记账，以待日后稽查。严守秘密，粮食来源，绝不可泄漏一字。”廖子章对东方瓒作了具体叮嘱。

“老哥呀！这出瞒天过海的大戏，俺帮你完美无缺地唱周全。在二十个队队长面前，明确地说，这是俺东方瓒从铜钱岛运来济贫的。谁能不信呢？”东方瓒很兴奋。“兄弟，如此甚好！俺把钥匙交给你，前边大门钥匙，围墙里仓门钥匙。办完事，不动声色，把门锁好，不留一丝痕迹。但愿老天开眼，熬过这夏天，到了秋季，俺一定想办法把仓库补齐。万一，在这期间，事情败露，只要能证明俺没监守自盗，化公为私，俺定有千条理由，开脱罪责。顶多判俺一个渎职之罪，也不至于灭九族。”廖子章已准备好多套可以免责脱罪方案，一旦东窗事发，有许多有效的应对策略！“老哥，你放心。你和俺都是为了一方百姓，有福同享，有罪孽，俺东方瓒帮你扛。在朝廷眼里，俺早就是土匪。土匪抢了储备粮，而你是总乡团，赶跑了土匪，损失一点粮食，便可以忽略不计。这就是最坏的结局。”东方瓒还是把最终可能的罪责揽了过去。廖子章果断摆手说：“兄弟，俺绝无此意。万万不可。由俺一人扛，说好了，不改口。万一事发，你在外边，多少也有个接应。俺俩都进去，俺们祖祖辈辈守下的这龙王荡，就真的无出头日子了。俺的意思，你懂的。俺反复强调你万万不可意气用事。这点，你必须答应俺。”

廖子章说完，从抽屉里拿出早准备好的两串钥匙，递给东方瓒：“这是大门三把钥匙，这是仓库五把钥匙。上面都有编号。一是要河里来，从河里撤，不易被人发现，也能避开荡里荡外、村头巷尾的狗叫！”廖子章再作叮嘱。“老哥，放心吧！东方记住了！”廖子章端起茶杯说：“兄弟，以茶代酒，预祝成功。等到今年秋季丰收日，俺请你岛上八营四部的兄弟，来荡里吃全猪宴！”东方瓒为子章担忧说：“老哥大度开朗。但愿如此，若真得丰收，俺请你三纵五部小弟兄上天生港，吃海鲜，喝老烧！”廖子章说：“兄弟，时辰不早，你还有许多事情要准备。俺送你一程！”

二人从大院第三进院东侧门，出了院子，到北门外马厩前，管家已带两个团丁，将槽头上吃饱喝足的马牵过来。东方瓒、廖子章翻身上马，两匹快马瞬间消失在茫茫沉静的夜色中。

第二天夜，东方瓒亲率十艘货船，趁夜色从铜钱岛出发，向北航驶一个多时辰拐进车轴河，入芦苇，行至储备库码头。

一切按计划，顺利实施到位。两顿饱饭吃下肚，荡里农人死灰色的脸上很快活泛起来，满脸膛的红润，浑身带劲，力量倍增，活得有奔头。广阔田野、漫坡、圩埂、堆边，农人、牛、驴、骡、马、耧耩，行动起来。贫困的农人，竟然和地主家一样，热火朝天地种豆、种稖、种芦黍、秧山芋。平民们暂时从饥饿困惑中解脱出来。再一次把希望寄托在命根子的土地上。

但愿秋季丰收。荡里农人拼命奋战十多个昼夜，各队各乡，播种、植秧，圆满结束。别看饿得半死的农人，吃上两顿饱饭之后，到干活的时候，那拼命的劲头十足，绝不含糊。

人们如愿以偿。按照以往经验，这地潮、这湿度、水分、阳光，这墒情，种豆、种稖、秧山芋，没问题，很快就会出苗。山芋丘格子筑起时，潮湿度适中，栽秧时，点浇淡水，接上潮，生根发须，也是可以的。除了季节稍晚些，再无别的问题。荡里所有人，包括公孙大仙、芦半仙，都没能预测到，过了芒种两个多月，真实的天气趋势。

从种完豆、稖、山芋、芦黍那天起，老天仿佛开始忏悔以往不讲人性的洪水致灾，一刻不停地向龙王荡及其周边，播撒天火。空气好像在熊烈燃烧，毒辣的太阳火，对荡里荡外，实行无缝曝烤。不消五日，就把地面向下，一两尺深泥土中的水分，拧尽、挤干。初期，靠近湖荡、河坡、洼地，有淡水源的地方，人们使水桶，抬水、挑水、提水，使戽斗戽水，企图用顽强的意志力抵抗天火。又过五六天，淡水沟干涸了，车轴河上游断流，唯一淡水源断了，人们的生活水也成了问题。许多人家尝试在田间、地头打井，找地下淡水。可是挖下几十尺，找不到淡水，龙王荡的凉翚地凝成钢板，一两尺厚。又过三四天，钢板裂出手指宽的缝隙，缝隙连通，形成不规则的地网。网络从地面，向车轴河底铺层，河淤底下的鳗鱼、泥鳅，忍受不了日光高温蒸煮，错误地从地底下钻出缝隙，觅水源，刚露出地面，身体即被烤熟，再无力钻回去。半个时辰后，腐烂，发臭，招苍蝇，蛆化。

七月中下旬，又赶上二十年不遇的大信潮，苦涩齁咸的海水倒灌，车轴河漫了，四通八达，干涸的河流、沟渠、小溪，漫了。广阔的田野，湖底漫坡，也漫了。雪上加霜，大旱，又遇上浓盐厚碱的海水浸泡，所有晒死或没晒死的植物，全部被海水腌死。海潮退去之后，在阳光作用下，龙王荡里处处蒸发出一层层白色的晶盐。河边、路旁、沟坎、田间，所有的绿植、青物、荆棘、茅刺，以及芦苇丛，由青郁变蔫萎，笔直变佝偻；再由青变黄，由黄变白。仅仅十几天，各种植物就变成擦火就着的干柴、枯草了。别提刚种下的稻头、豆子、芦黍、山芋，刚刚接上两天地潮，籽种泡胖，吐芽，即将生须发苗，地潮陡升高温，烫手的热地气，硬把胖芽子蒸熟、烤干、钙化，酥脆了。那娇嫩的山芋秧，已从末节处生出细细白白嫩须，地气把嫩须烫死，不消三日，满地干秧。

龙王荡的农田，无论天字号，还是长字号，不分等级，暴出一层层如白霜般盐屑、白碱，寸草不生。实指望秋后有收的廖子章，歇菜了。他焦急地在远方的田野中，走走停停，低头察看，蹲下身子，从腰间取出随身的匕首，在硬如铁板的地上，刨呀！刮呀！抠呀！试图抠出点潮气。他，不甘心！前边所有的心血，白费。他把抠出的土，紧紧勒在手心，然后松开，烫手的泥土，在手心散开。他又抓起地上几颗豆，放在手心，豆瓣结成的皱皮，死死裹着内核，他两掌合起，用力一搓，皱皮脱落，干瘪豆瓣子遂成豆面。他紧蹙眉头，蹲在地头，长吁一口气，自语："苍天不仁啊！"廖子章的脑海中，涌起即将席卷而来的惨景，龙王荡将尸横遍野。秋季完了，无话可说。

公孙觋、东方瓒两家地边搭界，两人同时出现在自家的地里，刨土看墒情。公孙觋捡起豆种子，放手里，搓一搓，揉一揉，噘起花白胡子，上下唇匀成鸡屁眼状，轻轻一吹，豆面子随风而散。公孙大仙无奈，坐在地上，放开腰带，从后腰处拽出小布袋，取那套吃饭的工具，标有阴阳八卦、太极图案、天干地支、六十四卦象的金黄罗盘，放地上，把腰带系好，整理衣领，郑重地吸一口气，轻轻吐出。这只花狐大仙，又想干啥呢？他从布兜里摸出三枚专用铜锄子，放在手心，两手合拢，手心拱起，激烈摇晃，铜镚子在手心发出“当啷当啷”激烈碰撞声。他半开半闭眼睛，口中念念有词，紧接着把手里铜钱抛向头顶上空，铜钱自由落地。他将三枚铜钱正反面、落地的方位坐标，一一记在心头。他伸出左手，拇指尖向其他四指关节，掐点数字，按天干地支，交错搭配，问卦预测，自夏至秋，天气还会发生何种变化。秋后，越冬小麦，还能不能种……

东方瓒蹲在自家田里，一脸愁绪，自言道：“睁眼撒网瞎种田。啥时，人能掌控天道，农人则无忧了。”说完，下意识拍去手心干土，站起身，沿田间小路上了地头的官道，准备上马，正巧看到公孙觋。

龙王口，三家村，廖氏、东方和公孙。荡里最早的原居民，几百年前，到现在，祖祖辈辈，在这里衍生，老亲四邻，都能扯上横七竖八的亲戚关系。别看公孙觋比东方瓒、廖子章的岁数大出两轮多，从庄亲论，他们之间，都是平辈关系。公孙大仙人老眼不花，远远看到东方瓒，就放声喊道：“哎！那不是东方兄弟吗？”东方瓒牵马，迎面走过来：“噢！公孙兄呀！久违、久违，你老，看地呢？”“这秋季恐怕又绝收了！天命不可违，枉费了廖大乡团一片善心。求捐大小地主，奉献籽种。这番折腾，何苦来哉？”公孙觋阴阳怪气，冷嘲热讽地说。“你老，也捐啦？捐了，就是积德积功，大仁大义啊！不管眼前起不起作用，老天的功德簿记着哩！”东方瓒有意揭穿他的假象。“捐了，捐了！捐点小粮，也无所谓积德积功，更扯不上啥‘仁义’二字！”公孙觋既模棱两可，又带讥刺的意味。“捐交的名单上，没看到你老的名字，是不是搞错啦？”东方瓒也不客气，一语戳穿公孙觋的假象。“非也，非也，俺的意思，无须邀功，无须邀功啊！”公孙大仙觉得这张老脸，火辣辣的，故意岔开话题，“东方兄，你有大几百亩天字号、人字号的上好田产，又是大统领，十年八年不收，也不愁吃喝的，俺就不同了，地少人多，一年不收，就接不上了！”“公孙兄的话，咋能这样说呢？荡里万户人家，三万多人口哩！要是五年不收，龙王荡定遭灭种。再说，像子章兄家，人口比你家多出三倍以上，田产比你家少。他把自家的粮悉数捐了，分给荡里农人了。别看俺三家大姓族，有几百年基业，其实基础很脆弱，大灾之年，谁也不能置身事外，同在一条船上，同舟共济，是上策呀！”

言外之意，很明白，以公孙觋的智商，当然能嗅出东方瓒的话味。

公孙觋闪烁其词，曲里拐弯地说："东方兄，这次发给小农穷人的救济粮，听说是你们铜钱岛捐出的。你铜钱岛上，两千多人吃饭，这年头，还有不少的余粮啊，佩服呀！"公孙觋仿佛知道某种秘密，话中带刺，隐而不发。东方瓒若无其事，爱搭不理地说："是呀！公孙兄，要么，卜一卦？俺统领的大营，有的是粮。俺两千多人，没粮？咋过日子！"

公孙觋阴险的黄眼珠在眶里旋转几圈，说："俺早就卜过了，俺看不像你说的，那粮的来路，你知俺知，还有廖大乡团也知，便没有第四人知了！"东方瓒不想和这个爱嚼舌根的老男巫废话，用奉劝的口气说："牙都掉得差不多了，舌头还灵，无话说三句，无事生非。万一舌头被拔了，就再不能捕风捉影，信口雌黄了，俺的老哥哎！省省吧！告辞！"

东方瓒左脚蹬上马镫，飞身跨上骏马，扬起马鞭，"驾"的一声，向铜钱岛方向奔去。

公孙觋梗着脖子，歪着脑袋，用轻蔑眼神盯住东方瓒背影，莫名其妙地放句狠话："龙王荡人眼里的大统领，朝廷眼里的土匪头子，跟在廖子章屁股后，看你能嚣张蹦跶几时！早晚让你们晓得，俺公孙觋，非同寻常。龙王荡的龙王口三大姓，几百年来，就没消停过。大灾来临，龙王荡的好戏，就要开锣喽。"最后一个"喽"字，音压得很低，拖得很长，一边拖音，一边轻轻点头，用右手的兰花指，理着稀疏的花白胡子，俨然主宰龙王荡人命运的人，历史性地将轮到他公孙觋了。

时光到了七月底，黄豆秸头山芋秧，入土二十多天了，再无形影。喷火的七月，未见一滴雨。天上没有一丝云影，不知是谁惹怒了太阳，他把一生中所有的爱恨情仇，一股脑地撒向龙王荡。中午，室外尿泡尿，一尿完，地面上，便不见潮印，尿在地上"吱溜吱溜"像烧红的锅底滴上几滴水一样，冒一冒热气，就不见了。

一望无垠的芦外田野，找不到任何青绿作物。二十多天过去，乡团下发的半袋口粮，早已见底了。饿疯了的农人，尝试任何可以充饥的东西。荡里荡外，沟里河里，塘里洼里，水中不见鱼虾、螃蟹、青蛙、癞蛄子……地上不见蛇、鼠、狐、兔、豺、狗、狼、獾……空中不见麻雀、莺、鹭、鸥、雁、凫、雉……家中不见鸡、鸭、鹅、猪、牛、羊，驴、骡、马……野菜绝了，树叶树皮绝了，草根子绝了……

农人，饥饿的大军，开始向深荡芦丛进军，大面积挖芦根。芦根藏在几尺深淤泥里，也挡不住人们掘地三尺。人们把挖来的芦根弄到家，洗净。还没来得及下锅煮，就被大人小娃干嚼了。大人们一边嚼，一边对娃说：“别光顾咂它的甜汁，连渣子一起咽下去，经住饿！”娃们无知的眼神，看大人伸脖子，咽渣子，表示理解地说：“是哩！是哩！”就学大人样子，伸脖子，咽渣子。

南四队章先虎一家，六口人，两娃，一男一女，男娃九岁，女娃六岁。爷爷奶奶六十出头，章先虎两夫妻二十八九岁。章先虎八尺汉子，脸方头圆，大身板，有力气。在家排行老大，虎年出生，得名先虎。家有二亩地，不够他忙的，平时，给地主夏侯廪当长工，原以为凭一身力气，养活一家人，没啥问题。他拼命干活，拼命输出自己的勤劳、汗水，就是供不上六张嘴的咀嚼。章先虎进了柴荡深处。荡里，没几人敢去的地方，连挖七天芦根，天天颇丰，挖一趟，够六张嘴吃上一天。头两天，章先虎女人是把挖来的芦根放在碓臼里，加清水舂，舂下奶白浆汁，和捣碎的芦根渣子放在一起，投入锅里，煮开食用。一天喝上两顿。可是，这种稠厚一点的浓汤，还是压不住饿，两泡尿就尿完了。第三天，章先虎女人回顾前两天的教训，在归纳、概括、分析和判断的基础上，改革创新芦根新餐法。食材还是芦根，变变花样，增加老人和娃娃的食欲。她把芦根切成二寸长的段子，加水，放锅里熬，熬两轮后，按自家就餐习惯和规矩，给爷、奶、丈夫、自己、两娃，从长到幼，每人每碗，先捞几根段子，分摊完，再加汤。汤不限量，喝了可以再添。芦根段子是限量的。想吃淡口味，即原汁原味，不改变。想吃咸鲜口味，加一小撮盐巴。荡里人把这样吃法，叫作连汤带水，连吃带餐，过瘾！荡里最不稀缺的，就是盐。也不用花钱买。荡区周围，板浦、中正、猴嘴、台南、灌东、灌西、咸水口子都产盐，四大盐场，八十一分场，五千份滩。车轴河南北二十队、乡的码头货栈，都是食盐的集散地。盐不是粮，不能当饭吃！

章先虎连吃六天的芦根，觉得这东西，度饥荒，靠得住。如果今年寒里，不结冰，越冬不用太愁。第七天，章先虎进入二十里的深芦区，找到最好芦源，挖回最优质的芦根，满满的一大篓子，又美白，又肥厚，又鲜嫩，汁水丰富，指甲掐一下，冒出的汁浓浓、滑滑，像奶乳一样，纯厚洁白甘甜。趁大人不在家，两娃饿了，实在经不起诱惑，抓过鲜嫩的芦根，美美地生嚼起来，不到半个时辰，两娃把一篓子肥厚的芦根嚼掉一半。娃娃们满足了，吃饱了，嚼累了。根本不用连汤带水，嚼得如此痛快，如此幸福，嘴里还生着甜津，打起饱嗝。

这是多么快乐的晚餐。

嚼得太累的两娃，倒在锅门口茅草上睡着了。晚上，大人们回到家，发现芦根少一半，两娃睡着了。当然知道这是咋回事。女人拾掇拾掇做晚饭，不用多思，还是连汤带水，连吃带餐的芦根汤。吃完晚饭，为节约油料，也不用点灯。四个大人，各回各房，各上各床。章先虎两夫妻，一人抱一个娃，放土筋炕上，让他们安静睡觉。

日子再苦，身心再疲累，上了炕床，年轻的男人女人，最不易忘记的就是炕上那点事。一阵激烈的云雨之后，二人很默契，喘着粗气，不再遐思。天气燥热，乱哄哄的蚊子，蹦跳的虼蚤，墙缝、炕床缝里，到处乱钻的臭虫，从空中、炕上、地上，立体式向炕床上熟睡的人围过来。两夫妻在拍拍打打中，进入深度睡梦之中。

熟睡的两娃，先是男娃，小腿抽搐两下，接着，女娃也翻了个身。又过一会，男娃坐起来，揉了揉眼，撇了撇嘴，欲哭的样子。一双小手，抓住妈妈的胳膊猛推：“妈妈、妈妈，俺肚子疼。”

妈妈从天亮忙到天黑，直到晚间上床，还要加班加点忙上两茬那种事情。这阵子，是真累了，正在酣睡中恢复体力。娃没推醒他的妈，忍不住“哇哇哇……”放声号啕，哭喊不止，隔壁房间的爷爷奶奶，上了年纪的人，睡不踏实，听孙子哭闹，爷爷坐起来对老伴说：“娃哭闹呢！喊肚子疼，快去瞅瞅。”奶奶抖抖瑟瑟，摸摸索索，坐起披衣，对老头子说：“你把灯弄亮，俺端灯过去。”老头这才吹着火绳子，点亮灯盏里的油灯。奶连忙提起破裤，靸没后跟、半截帮子的鞋，粽子大的小脚，磕磕绊绊，掀起儿子媳妇这边的破门帘。男娃见奶过来，号得更激烈：“肚子疼，肚子疼，疼死俺了！”哭着闹着，就在床上打滚。

睡梦中的女人猛然醒来，闷蒙得不知所措，抱起狼嚎似的男娃，男娃指着肚脐眼，挣扎着号叫。女人摸男娃肚皮，肚皮薄得像一层皮纸，她摸到皮纸里面，裹着几个圆滚滚的硬块。女人吓傻了，急忙把昨晚图省事没系的裤衩带子系起来。用五指拢一下头发，带哭腔叫男人："他大，他大，快起来，快起来，快快！快呀！"章先虎醒来，看母亲一手提破裤子，一手端灯盏，又听到男娃止不住拼命号叫，再瞅蓬首垢面的女人，一副惊慌忙乱的样子，明白了。他提起短裤衩，胡乱系上腰带，光上身，抱起男娃说："走，俺们去南宫大医堂。"

刚迈出第一步，床上的女娃也号叫起来："妈妈，俺肚痛！"话音未落，就在床上打起滚来。章先虎对女人说："抱娃，一起走，南宫大医堂，快！"又转身问老妈："妈，有钱吗？"妈连忙说："哪有？哪有啊！一个铜子也没有呀！"无奈的章先虎说了句："算了！走吧！"夫妻俩抱自家娃，胆战心惊，一路狂奔，直达南宫大医堂。

第二天，天还没亮，两夫妻抱着不哭、不叫、不喊、不闹，无声无息，沉睡般两娃，回到家里。女人坐地上，倚墙根，一边一个，搂着两娃。哭得无声无泪，呆滞的两眼珠，一动不动，面色煞白，不见一丝血色……突然间，女人感到头昏，恍惚，眼前模糊，脖子发硬，身体僵直，两眼发黑，脑里"轰"的一声，天坍地塌，晕厥过去，和两娃一起躺在地上。不管章先虎咋掐人中，掐虎口，掐百会，掐太阳穴，章先虎的女人终究没有返阳过来。章先虎痛失三亲，这个坚如磐石的硬汉无法接受这一现实，发出狮子般的干吼，释放被挤压得快要爆炸的内心。

昨夜南宫先生接诊时，两娃已经没了气息，诊断皆胃肠穿孔。南宫先生本不想再做无效施救，出于人道和义气，象征性地中西结合，给娃打了一针强心剂，灌了一碗药汤。南宫先生说："晚了，再无回天之术！"女人不允，一边哭，一边拽住南宫先生衣角说："南宫老太爷，您中的，您是神医，妙手回春，您说，您有办法，您一定能救回俺苦命娃。"南宫先生板着脸，却用同情目光，轻声柔和地说："回吧！让娃安安静静地走吧！"女人不自主，不愿意，不甘心，也不知咋表达是好，连哭带号地说："南宫老太爷，不中，不中，不能放弃。娃还小，娃会迷路的。"南宫耐心地劝道："黄泉路上无老少，你让娃安心上路吧！"南宫先生收起药箱和抢救工具，板着脸，不冷不热，不温不火，对章先虎说："先虎啊！乡里乡亲的，但凡有一丁点的办法，不用你们说，俺会尽全力救的。带你媳妇和娃娃回去吧！"

章先虎家因食芦根痛失三命，这一消息很快在荡里传开。有人说，章先虎凭胆大，膂力过人，跑到荡里，最深处的芦丛中，挖芦根，冲撞龙王，龙王显灵，灭了他家三条命。也有人说，龙王荡最深处，是龙王老爷的潜身地，自古以来，没人敢摸进去，你章先虎，丁头瓮子，傻里巴叽，把那里芦根挖了，芦苇没了，龙王老爷咋隐身呀！恐怕那里的芦根，真的挖不得……所有这些说法，作为和龙王老爷同住一处的荡里人，当然接受。可是，并没有人止住大伙继续不断挖芦根，救命糊口。既然龙王不救俺，俺挖点芦根，算个啥嘛！吃芦根子胀死，不吃芦根子，饿死，同样的死，干吗要做饿死鬼嘛？人们顾不上龙王的态度，也不看龙王的脸色，继续挖芦根。

章先虎在崩溃中卸下家中唯一可以利用的两扇门板，刨掉门前原为父母准备的一棵大槐树，拼成一口特大的薄皮棺椁，女人躺在棺椁中间，右手抱女娃，左手牵男娃。章先虎找来把兄弟三人，邱二豹、斤三铁铳子和蔡小诡。四人抬棺椁，到四队乱葬岗，埋了……

半月以后，还是这把兄弟四人，刨了章先虎屋后唯一一棵臭椿树，打一口薄皮棺材，埋了章先虎的老妈！老妈头七刚过，章先虎的大大，用自己干枯的鸡爪子，摸着前心贴后心的肚皮子，咽气了。又是这把兄弟四人，用三张芦席卷起干瘪的尸首，抬了，埋了。

一个月里，章先虎埋了家中五口人。先虎内心发生了重大变化。他，不问苍天，不叫大地。他知道，问也白问，叫也没用。他长跪地上，仰天长啸一声，口中"哇哇"地吐出两口鲜血，倒地睡了两天两夜。之后，拿起平日砍柴用的大砍刀，别在腰间。从此，他就是一只再无牵挂，再不用为五张嘴拼命，混迹龙王荡里的饿虎了。

南宫大医堂，是龙王荡唯一的中医堂。南宫济是中医世家的第五代传人，三十八岁。他十五岁跟随祖父，跑遍云台山、孔望山、大伊山、伊芦山的每个角落，手不离《本草纲目》，遍尝百草千味，通晓四季药性。他先从药学入手，再入经络学，精研五脏六腑，十二经脉，气血运行，阴阳表里。后随父亲坐堂问诊，针灸刮痧，开腔取蛊，炮制成丸，样样精通，医术精湛，远超父兄，荡里人习惯称他南宫小神仙。

南宫先生二十岁那年，两江总督陶大人来海州地各大盐场视察票盐改制成果，在鹰游门吃一顿原味海鲜，不料，一向清廉的肚腹，经不住高汤鲜味、浓稠的油水，半夜里腹痛难忍，上吐下泻，两头不闲。上了年纪的陶大人，经不起来如猛虎的急症袭击，拉得提不起裤子，吐得直不起腰。两个时辰后，脸如黄蜡，指甲瘪了，四肢僵直，两腿发软，站不起来。吓得海州知州京元浦六神无主，两腿比陶大人的腿还软。他集中海州城里三家名医会诊，汤药喝下几瓦罐，上边喝进，下边泻出，裤子已经换了好多条，眼看老命不保。知州京元浦想，现在进京上报朝廷，来不及了。急得他拍桌子，打板凳，冲郎中吹胡子瞪眼，发火骂娘，吼道："万一总督大人有啥闪失，你们一个个也别想活命，一班子蠢货庸医、骗子！"

此间，有人自然想到，龙王荡里有个百里闻名的南宫小神医，有妙手回春、起死回生之术。京元浦连夜派马车轿子，速速请来南宫先生。先生剥开总督大人紧闭的眼皮子，看大人面如土色，听大人喘气微弱，身体挺得像一条死鱼，命悬一线。他扒开总督大人上衣，侧耳靠近大人心窝，听了一会，切了大人的三关脉。大人奄奄一息，危在旦夕。若不能立即对症施救，必呜呼哀哉！最佳的救治时间被耽搁了。情急之下，南宫先生没开处方。他打开药箱，取出一个卷起的白色布包，放开，抽出一拃长的六根银针，白酒燃烧消毒后，分别在陶大人的梁门、天枢、大横、尺泽、内关、地机六穴，扎下去，又从药箱中拿出两支自制纯艾条，点火，持艾条在大人肚脐眼子周围，反复熏烤，辅以理气血，逐寒湿，温经络，祛疼痛。药之不及处，扎针；针之不到处，艾灸。一袋烟工夫之后，南宫先生又从药箱里，取出两颗鸽蛋大，祖传秘制的止泻回命丹，研碎兑热水，撬开陶大人嘴巴，灌了进去。奇迹出现了，吐泻双止。半个时辰过去，陶大人居然恢复知觉，神志清楚。过一会，精神抖擞，站起来，头不晕，眼不花，耳不鸣，手不抖，腿不软。京元浦忙不迭给大人介绍："此乃海州辖地，龙王荡神医，南宫济先生，名医世家，第五代传人。"陶大人看眼前的年轻后生，竟是自己救命恩人，一时不知如何感激，他只说了两句话：“鹰游门的海鲜，老朽永不再沾，病从口入啊！我今天记住你了，南宫济的名字。”

南宫济先生谦逊地回复道：“大人的病消除了，俺现在给您开个方子，只消巩固三日，包您终生不发，放心享用海鲜，不用忌口。”三天后，京元浦继续在海鲜馆招待陶大人。青虾、铜蟹、八带鱼……应有尽有。陶大人真心相信这年轻的南宫先生。半年后，朝廷派出一批去英国学习西医的留学生，陶大人得悉，上一道折子，幸运的南宫济优先去了英国留学。

五年学成归来，南宫济成为最早身兼中西两医的先生之一。回国后，南宫先生依据中西医实践，以及西方临床经验，对中医理论又有更新的认识和理解。著有《黄帝内经·新解》《伤寒杂病之三关脉法》《药典考据》《新针疗法》《刮痧艾灸》多部著作。

南宫先生兄弟六人，全部在南宫大医堂坐诊。南宫济排行老四，在大医堂中，学术成就最高，医术最精湛，是南宫大医堂当之无愧的首席先生。十八岁结婚，三十八岁子孙满堂，龙王荡人敬称他南宫四太爷。这几日，同处一个队的章先虎，家遭不幸，两娃胃肠穿孔死亡，就像一块沉重石头，压在南宫济的心头。当时，太突然，医疗条件限制，他没办法替两娃开膛剖腹，挽救生命。这是他行医以来，最痛心，最隐忍、无助的医疗事件。

5

永远年轻，不饥不饿，不渴不累的岁月，迈开它那不紧不慢，不慌不忙，方正而矫健的步伐，进入寒冬季节，眼看冰封大地，龙王荡里无尽的芦根被冻结，龙王荡人依靠采芦根生存，这一线希望，已被决绝。

一年一度的元旦大年，就要到来，老天还是没下一滴雨。龙王荡平民的日子，似乎已到了尽头。总乡团廖子章已觉火烧眉毛，刻不容缓，准备下一道强制命令，要每一个队长家，支出十担粮；所有荡里大小地主、财东、当铺、钱庄、集镇商号，每户出二十担粮，或者二十两银，用于扶持特困赤贫户，越冬过元旦大年。不是募捐，不是自愿，是强制执行。总乡团派马车、牛车，由武装团丁列出名单，上门强征，保特困户赤贫户性命。这是一次总乡团强制的，以富济贫，缩小差别行为，是行政约束，也是总乡团在龙王荡生死存亡的紧要关头的势力约束和干预。就目前龙王荡的富人而言，在可接受的范围内，确信无人敢公开违拗……

暗室逢灯，绝波有舟，真的天无绝人之路。就在荡人艰难绝命、困苦危急之时，就在廖总痛下决心，以富济贫举措即将动手之际，三爷廖培伦江南卖棉花的船队先期归来，带回八千担稻头和两千担的糙米。德庆堂商行掌柜颜铎按夫人吩咐，把在北京的两茶庄和两爿绸庄近几年的营利，八万两银票，拿到辽西、胶东，收购了六十车、一万两千担的稻子和芦黍，从陆路赶回龙王口。

这两支队伍在归途中，虽遭遇过几股土匪拦劫，好在有龙荡营的镖局护卫随行，经历几次激烈打斗，没造成大的损失，几经周折和磨难，终得凯旋。

多日来，总乡团廖子章的焦虑、心理重压，稍稍缓解，低眉愁面开始舒展。这两重大喜事，来得太突然，竟使他高兴得奢侈起来，当天晚上，一狠心喝下三碗稀饭。几个月以来，他的肚子，得到第一次满足。夫人也调侃地说："粮食回来，稀饭管饱！"

在廖子章的心里，有了这批粮，荡里三万多平民的餐桌上，可以见到久违的粮食，安逸地度过一个舒心的元旦大年。更重要的是，如果每家每户能精打细算，细水长流，克勤克俭，厉行节约，反对无节制的大吃大喝，这批粮足以让荡民，平平安安，过到明年六七月份。如此这般，又可接上明年春天的野菜、树叶子，就有可能熬到夏季，这是令人愉快的事。

从总乡团廖子章的角度看，又能多出几个月的时间，让他踏踏实实，去寻找龙王荡平民几个月之后的活路了，这让廖子章觉得从容得多，至少龙王荡里，不会很快出现因饿而死人的状况。

廖子章知道自己不能掌握天的行动轨迹，无法让天下雨，也无法让天不下雨。求天，人家并不领情。在这场人与天、与洪水和干旱的较劲中，人虽然被动抵抗，甚至几达消亡边缘，但可以深信，今天人的劣势或者失败，不代表明天人的劣势或失败。最终认输的，不应该是人，而是天。今天俺不知道天的生命在哪里，也不知道天的思维是啥样子，不代表明天的人也不知。如果天也会苍老的话，那么在天死亡之前，人定能找到天的生存活动和死亡规律的密码，只是时间问题。

人定胜天！廖子章在内心，发出对天的愤懑和怒吼，看得出，他不认命。

……

去年一夏一秋一冬，龙王荡未见一滴雨水，淡水断流，沟河干涸，只有时不时的海水倒灌，人们靠半碱半咸的井水过活。春天来了，阳光还是十分奢侈，湛蓝的天底涂上一层薄薄轻纱雾，挡不住浓烈的穿透力极强的七色热光。野外，凭肉眼都可以看到春天热气流的滚动，飘飘荡荡，抖抖瑟瑟。原野、漫坡上的农田，白碱晶盐遍地，有增无减。不见野菜，不见青绿，榆树没发芽，柳树没吐翠，槐树无叶无花，就连一望无际的柴荡地，也不见葭苇的尖尖头角。这使总乡团廖子章悲从中来，蓄于怀中的忧愤，汇成无可断绝的江河。廖子章明白，这意味着平民手中的粮，万一接不上夏季的野蔬和乔灌叶子，日子更难熬活。

这对于眼下口中有粮吃的荡人，丝毫不用介意。他们从廖总家里分得粮食之后，不焦不愁，一天三顿，大口大口地咀嚼秸头和芦黍做成的馍头和干饭。没有人把野菜不野菜、树叶不树叶挂在心上。

这几天的茶余饭后，荡里人三五成群，津津乐道，传播得十分自豪，仿佛是自己家里发生的喜讯一样，眉飞色舞，言辞溢美的消息，是南宫先生被邀请，进京诊病。

被誉为救时宰相，清正廉明的大清重臣，总理各国事务衙门大臣，协办大学士，东阁大学士衍子民衍大人家，八十多岁老父，身患顽疾。初期，两腿自脚面向上，膝盖向下，皮肤颜色发暗，层层起皮，掉屑子，渐出奇痒之症。半月后，痒加重，钻心蚀骨，难以忍受，老爷子不由自主两手抓挠，血痕渗出，流出黄澄澄的稠水，比尿液暗，像没兑过糖色的浆油。直到两小腿被挠得血肉糊涂。瞅遍京城名医，眼看着衍老太爷两条腿，天天流脓淌血，小腿肚上的腐肉，一块一块烂掉，腿胫骨白生生露出来。衍大人身为朝廷重臣、大清栋梁，日理万机。知儿莫如父，病到这种程度，老爷子让家人守口如瓶，不让儿知道，只让管家、仆人，张罗医生治病。

一天，衍大学士退朝回府，见其父两腿瘫了，不能立起，忙问及原因，父亲轻描淡写回道："腿上出了点症状。"知父莫如儿，衍学士蹲下身子，掀起挡在父亲两膝上的毯子一看，孝子衍子民咋能受得住，"扑通！"双膝跪地，在父亲面前，猛抽自己的耳光，"唰啪"三声，带着哭腔说："不孝儿有眼无珠，老父病若此，竟一字不知！"年近六十的衍大学士后悔不已，两行泪串如泉喷涌，道："你让儿心如刀绞，肉如钩搭，戳心疼痛啊！"父亲慈祥又和蔼，忽而，又威严不苟，面孔严厉地训斥道："起来，成何体统，朝廷大臣当处事不惊，区区两条腿就让你如此失态不堪。我就是死了，也不抵朝廷的一只蚂蚁。自古以来，忠孝不两全，你办你朝中的差，我有我的命数。若大命做主，必能逃过此劫；若是大命不做主，神仙也不能妙手回春。我就认这死理，再说，我已八十有余的人，人生七十古来稀，死亦不足惜矣！"衍大人揩拭泪水，未及脱下官服，转头去太医院。

在太医院，他和七八个曾问诊父亲病症的太医一起交流，让他们会诊，如何对症医治，也没找出啥有效的办法。太医院院使兼首席御医官罗太医对衍大人说："禀告大人，令尊病症，疑难杂病，并非太医不努力，我自己也多次登门诊断，尽了最大诚意，又查阅大量典籍，未得其解，恕吾辈无能，真的，对不起大人。"衍大学士内心很愤怒，还是用平静口气说："这么说，我的老父没治了？等着办后事啦？"罗太医自谴地说："吾辈尽力了。不过？"他说出"不过"，突然停下思考，该不该往下说，说出来，会有啥后果，他要思考。衍大人不愿意等他思考，逼问："不过啥呀？思考啥呀？吞吞吐吐干啥啦？快说！"罗太医不敢隐瞒说："吾有一友，姓南宫，名济，直隶海州龙王荡人，名医之后，擅长疑难杂病，内外兼科，中西兼备。对疔、疖、疮、疣、疥、疽、瘤、毒，更有药到病除之术。若能请得此人，老太爷或许有救。他若来此，哪怕不肯下药，也让大人您，有一明白因果，不至遗憾。恕吾辈无能，无计可施。”

衍子民不再勉强，心里气恼，没骂出口：“朝廷豢养这帮腐庸的太医狗，都是些横七竖八狗连裆的关系户，连个腿疾都治不了，可悲呀！”

听了院使罗太医恬不知耻的一句“无技可施”求原谅的话，衍大人二话没说，回到家中，给直隶海州知州鲍育西写了一封信，派八百里加急快马，嘱咐驿站换马、歇马、不歇人，日夜兼程，须两天到达海州衙门……

衍大人信使到达海州，把衍大人的信直接交给知州鲍育西，鲍育西看完信，一刻没敢耽搁，从笔筒里取出毛笔，在麻笺上“唰唰唰”添写几行小字，吹干折叠，连同衍大人的信塞进信封，差本州衙役送到龙王荡，交给廖子章。廖子章拆信一看，人命关天，不可误了时辰。骑上枣红马，和州差衙役，两匹快马，一前一后，直奔南四队南宫大医堂。在马背上，廖子章心里寻思，南宫先生进京，给衍大人父亲疗病，这便是天赐良机，上奏十道求赈灾的折子，不及南宫先生进京一趟。只要南宫先生能治愈衍老爷子的病，让南宫先生实打实地向衍大人禀报灾情，定能求得衍大人的同情，从而获得赈灾救济。机不可失，时不再来，良机稍纵即逝，必须抓住，若能接上朝廷的赈灾粮，就能度过夏秋二季，不信老天持住两年不下雨。只要老天下雨，就能化碱溶盐，恢复墒情，种庄稼……

南宫先生在医诊室接待来客，知道意图，还是秉承他一贯行医风格，不紧不慢，不急不躁，不温不火，脸上始终保持，没有微笑，也没有忧伤的面容。他对廖子章说：“老哥，你俺多年的故交，出诊瞧病之事，你让手下人知会一声，和你亲自来，是一样的效果，何需让你鞍马劳顿。”“唉！沾上朝廷，无小事啊！再说，还有更大的事，和你议哩！兄弟，借一步说话！”二人进入门诊室的内室，廖子章靠近南宫先生的耳边，小声地“叽咕”一会儿。南宫先生点头，小声说：“抓住良机，见缝插针，好主意。老哥放心，济当不辱使命。”南宫先生转身走出内室，大声地说：“俺是医者，出诊治疗，救死扶伤，悬壶济世，无论朝野，只对生命负责。医者眼里，无贵无贱，无长无少，无主无仆，皆是病人，生命是第一位的。京城出诊，路远些。医者仁心，降魔除病恶，医家本分，容俺稍作准备，明天动身！”海州衙役急切地对南宫先生说：“先生，知州已备好车马，辛苦先生，尽快出诊！”南宫先生还是不急不躁地说：“无妨，无妨，慢性病，不急在一时。再说，容俺依信上病情，备些特效良方。京城名医云集，皆束手无策，太医院院使首席御医，无计可施，俺既去了，不能无功而返，丢了龙王荡人的脸面。”

……

衍老爷子喝南宫先生亲手煎熬的汤药，敷南宫先生的黑药面子，七天之后，白生生的腿胫骨上，长出细腻鲜嫩的皮肉。十天之后，小腿肚上的烂窟窿，不流脓，不滴血，连黄水也没了，干燥了。三十天后，脚面上老疮口结起黑色的痂盖子，脱落之后，现出洁白晶亮透红的嫩皮，不疼不痒。又过半个月，南宫先生开了一服新药，他把处方交给衍大人说：“禀大人，令尊病症，十日内，必痊愈，放心勿念。这几服新药，太医院可以配齐，再巩固两个疗程，可保令尊腿疾，永不复发。”

衍大人完完全全地放下大学士架子，俨然一普通老者，双手抱拳，感激涕零地说：“先生之恩，衍某没齿难忘。先生回府，将来于公于私，若有需用衍某之处，何时何地何种情况下，随便开口，衍某定当报答。衍某食朝廷俸禄，身无长物，家中仅有蓄银百余两，悉数赠与先生，虽此银不抵先生之恩，聊表衍某一片赤诚！望先生给衍某薄面收下！”衍大人边说，边将备好的银票从袖口袋里拿出来，捧到南宫先生面前。南宫先生还是那副悲喜不形于色的样子，双手推辞说：“请大人收起，南宫来府上，快两个月了，吃住于大人府中，受之以热情款待，南宫济深表谢意！俺的药费，值纹银二十两，老少不欺，富贵不诓。令尊病症痊愈，是他老人家的造化，俺只是用心辅助治疗，见效而已，不可贪功邀贵。南宫明日，起程回龙王荡。”“先生自进京数日，昼夜操劳于家父病症，未得片刻休息，现老父病无大碍。我倾心留先生多住几日，让衍某报答一二。”“大人国之栋梁，朝中重臣，案牍劳形，日无暇晷，旰食宵衣。在下岂敢逍遥于京城，而耽搁大人理政持务。”“先生执意要回，衍某不敢强留，待我明日奏请皇上，乞御笔题一牌匾，赐先生之‘杏林春辉’，嘱海州衙门，替先生在龙王荡立一牌坊，光扬先生医术，以励先生，悬壶济世，普救天下苍生。”“在下何德何能，蒙承大人如此错爱，诚惶诚恐。大人真有慈悲之念，南宫济有一事相求，不知该不该向大人开口，思虑多日，未敢启齿，不能因为俺替令尊医病，而提出非分要求。”“先生但说无妨，但说无妨！”“俺龙王荡，方圆百里，僻野之地，三万平民遭受百年不遇大涝，又大旱之灾……当地乡团廖子章倾尽自家钱粮，苦撑自救两年有余，再无办法。乡团上了不下十道折子，求朝廷赈灾，救乡民于水火，杳无音信，俺求大人日理万机之余，垂目哀哀生民，俺南宫济替荡中灾民，致谢感恩。”说罢，趴下叩头。衍大人连忙站起，扶住南宫先生说：“先生免礼！你让衍某感动，医者仁心，你不仅仅是一个优秀的医者，你的殷殷之情，拳拳之心，不为私利不为己，胸怀父老乡亲，难能可贵，衍某十分理解，你放心吧，我一定会过问此事，一切都会好起来！”

……

太医院院使罗大程得知衍老爷子病症痊愈，老朋友明日将离京回府，便在京城八大楼之一的泰丰楼大酒店，为南宫先生摆酒饯行。罗太医觉得，在京城里，和十几年没见的老友重逢，实属不易之幸事，一来交流感情，再叙离别情怀；二来，他不甘心，他的处方和南宫济的处方，只有一两味无关紧要的草药出入，为什么南宫能治好的病，自己却束手无策？难道这里还有所谓“术”吗？他想解开这个谜团。

泰丰楼的主打硬菜，是鲁菜。海州，古属古琅琊郡辖地，南宫先生来自海州龙王荡，当然在泰丰楼摆酒最合适。鲁菜讲究汤头，每道菜必用鲜嫩活鸡、肘子吊汤。爆、炸、扒、蒸，重视清鲜脆嫩。罗太医点八菜一汤：葱段烧海参、糟馏青鱼片、德州脱骨扒鸡、原壳扒鲍鱼、九转大肥肠、油爆大蛤、糖醋黄河大鲤、姜汁蒜泥青虾仁、烩乌鱼蛋汤。罗太医约了关系不错的三个太医、两个朝中地位相当的老乡，七人坐一张八仙桌，留出一个空位，方便跑菜侍菜。罗太医自带三瓶上好的高粱烧。

酒过三巡，菜过五味。席间气氛，热烈、宽松、和谐、愉快。罗太医好像有点醉意蒙眬，其实不然，醉翁之意不在酒，在乎借酒发挥。他似乎开玩笑说：“南宫兄，你给衍老爷子的治病处方，和我的处方几乎没太大出入，效果截然不同。望南宫兄不要忘了兄弟，能否指点迷津，让老弟我，开开窍！”

南宫和罗太医，的确是好朋友，他们也不用藏着掖着。二人皆中医世家，又同年被朝廷派往英国学西医，两人关系十分密切，学成回国，罗太医留在太医院供差，南宫济有诸多原因，决意回龙王荡，按祖训，继续以行中医为主，兼施西医。遇到外科，动刀动锯，动斧头，开颅、折肢、剖腹、挖剐之类，多用西医手法，算是中西结合吧！

俩老兄弟、老朋友，多年未见，其间常有书信往来，交流一些疑难杂病施救案例，取长补短，相互之间从无太多的保留。罗大程深知南宫济为人光明正直，所以也不用兜圈子，直截了当。

中医从古到今，总体上是以“传”为主。家传、祖传、师父传，“传”占主导。特别在医与术之间，不是同出一个师门，或不是同一家族，诊断、处方、医治，决不外泄，许多中医世家，把处方上的草药名称、病历，都使自家发明、自家通用的符号或暗语代替，外人无法解码。

“医无可隐，术有可藏。”意思是，什么病用什么药，医典药典，明明白白，清清楚楚，大家尽知，没隐瞒必要。但是，针对不同性别、年龄、体质，脏腑各器官的表征，心理卫生程度，生活习惯，营养状况，病害程度，和其他的个体因素，如何因人而异，施以辩证手法和技术处理，才是中医之间互相保密的根本所在。

罗太医谦虚诚恳，南宫先生亦早有心理准备。罗太医这场酒局，有几层意思，而指点迷津，才是核心要素。南宫先生本来就赞成不同中医之间，应进行技术交流，加强合作，以推动中医学的发展，光大中医的世界影响。而现实恰恰相反，中医各扫自家门前雪，闭关自守，妄自尊大，裹足不前。谁家有一技之长，害怕别人学去，抢了饭碗。南宫先生对眼下的中医悲哀状态，看得明白，仿佛几千年的中医，已走到了尽头，他曾不止一次想，谁能打破现行中医难堪局面，让中医文明不再沉沦。可是他自己觉得，不管咋想，凭一己之力，真是徒劳，枉费心思。

罗太医见南宫济若有所思的样子，他了解南宫济，不是那种狂妄自负之辈。也许，南宫济害怕我罗大程难堪，故不好意思直言不讳。罗太医灵机一动，端起酒杯，欲化解尴尬，说：“来来来！老朋友，南宫兄，干一杯！”南宫先生端起酒杯，站起来说：“罗兄，请勿误会。你和俺，都是出自中医之门，都不相信所谓迷津。中医秉持辩证之道。辩证之道，在于悟。而悟，极少数医者能做到，或者坚持。悟，又不是空悟，不是臆想、臆断，更不是胡思乱猜。这里学问太深，时至今日，俺悟不透。俺只想说，用‘仁心’治病，和用‘职业’治病，一定是两种不同结果。”南宫先生停下自己的话，观察在座人的反应。南宫先生的“仁心”和“职业”这四字，戳中罗太医内心，这大概就是迷津。罗太医很谦虚地说：“南宫兄，说得好，继续，继续！”

“罗兄，你开出的处方，是内服药。对衍老爷子病情，内服药不是重点，重点是外敷，外敷完全对症，病愈就有希望。衍老爷子腿病，不是疔疮痈疽疥疖之湿毒病症，是经络坏死病。俺用家传五毒十全散外敷。主要成分，是鸡血藤、钩藤、穿山甲、地龙、白花蛇、乌梢蛇、全蝎、蜈蚣、蟾酥、牛黄、明矾、乳香、没药等配伍，化解瘀郁壅滞诸疾，攻毒拔毒，祛湿、祛风、祛痹，以利除消死皮烂肉，长出新皮肉。当然，这在量的把握和配伍上必严格，否则，适得其反。第一疗程十二天，一天一夜十二个时辰中，每两个时辰，喝一剂汤药，换一次外敷，错过这时辰，药效不保。辅之以相关穴位扎针、艾灸、刮痧，使其上行下通，经血疏活，循环流畅。七天见效，即可肯定此病可愈。接下来，就是稳病情、巩固和提高疗效。”罗太医钦佩不已，觉得南宫确比自己高明得多，又端起酒杯说：“南宫兄，高明呀！来！兄弟再敬你一杯。今天，就请南宫兄，就衍老爷子病症个案，毫无保留，给咱们好好说道说道！”南宫先生继续说：“衍老爷子年逾八旬，龉齿咀嚼，不细碎，影响营养吸收。早上，俺以山参汤吊之。晚上，睡前以黄芪香米汤，温煨补食。这样，凉血、温血、活血、化痰、运气、行气，能互为表里，相得益彰，不会失之偏颇，顾此失彼。而当身体上行下通，脏腑强功，肢体健劲时，药性作用会更加有效发挥，促其祛腐生新。这，就是俺理解的中医辩证法。”罗太医向南宫先生合掌作揖，抱拳致敬行礼，又竖起拇指说：“你们听听，这才是南宫济兄，这才是标本兼治。你继续，继续！”

南宫先生继续说：“衍老爷子年岁高，睡眠不踏实，痰热内扰，阳虚阴也虚，阴阳两衰。首先要考虑补气血，平脏腑，调节心脑。生理环境好了，才可施治。若一见病症，立马汤药灌之，欲用猛药攻克，则适得其反。罗兄谦虚，抬举俺，俺实在是班门弄斧。治病用‘心法’治，和用‘手法’治，结果咋会一样呢？”罗太医的脸红得像猴屁股，也许因为酒精，也许因为惭愧，愈加谦虚地说：“医易，术难。南宫兄仁心，相比之下，吾等汗颜。来，咱们在京的全体兄弟，集体敬南宫兄，来！干！”……

五月初，南宫先生回到龙王荡，走进自家中医堂，被眼前一幕惊呆了。

同时开诊的五个门诊室，每个门前都排成死蛇般逶迤曲折的长队，大多是半死不活的老人和娃，一个个衣衫褴褛，衣不遮体，黄皮烂冬瓜的模样，惨不忍睹。年前，总乡团廖子章分给荡民的粮食，早已吃完了。南宫先生到各个门诊室，询问情况。初以为是啥新一轮的霍乱瘟疫，后来才弄清楚。他立于中医堂门诊大院前，高声喊道：“各位父老乡亲，你们来南宫大医堂看病，有没有现钱，不打紧。可是，你们没病，是缺营养，就是肚里没饭。请回吧，汤药治不了饿病。请回吧！”

南宫先生是荡里人通称的“南宫小神仙”。那是因为，他从死亡线上、阎王爷手里，拽回不少人的性命。不光荡里方圆百里，苏鲁皖千里之内，也享有盛名。这下好了，京城大学士、正一品大员，请他到家里，给他父亲治病，居然治愈荣归。乡亲们亲耳听到，南宫先生说自己没病，那肯定没病，确信无疑。院中长队，渐渐散去。

又是半年过去了，人们望眼欲穿，祈盼老天发发慈悲，下点救命的雨水，可是老天不买账，田里生白不生绿。这时候，人们才发现，田里既无荠菜，也无野菜；既无榆树叶，也无柳树翠，更无槐树花。只有深荡区域，地形极其复杂，沼泽遍生，鬼魅出没的龙潭渊，和老龙王附体的龙洞堡，还有大面积的芦苇。可是，到那里挖芦根的人，只见进去，不见出来，多被沼泽吞没，无人再敢造访。

这日午后，太阳火在继续燃烧。廖子章登上大院西北隅的炮楼，一个人默默坐在三楼顶层凉棚下，他已经看到龙王荡的巨大灾难，也仿佛看到灭绝荡人的妖魔鬼怪在蠢蠢欲动，它们比洪水猛兽，更阴毒、更残暴、更凶恶。它们会让荡里平民，在漫长的饥饿折磨中，渐渐耗尽人性中最后一点理智、尊严和坚强。然后，悄悄走进“白骨露于野”“生民百遗一”“衢州人食人”的祸乱时代。

天擦黑，廖子章走出炮楼，管家在楼洞口，迎上问：“老爷，有何吩咐？”“你派两人，快马传俺口信，知会二十队队长、乡约保，今晚一个时辰后，在乡团议事厅紧急议事，不许缺席，不告假。”“是，老爷。”……

乡团总部议事厅，里外壁灯通明。南北二十队队长、乡约会议，正在进行。廖子章面色凝重，神情严冷地说：“今日，深更半夜，召集议事，只有一条，现在，新一轮的饥饿，已经到来。现在，俺要让各队长、乡约出粮，解救特困户，维持一个月的生计。一月后，或许能接上朝廷救济。俺上报十道折子，估摸朝廷也早收到。若能得朝廷赈灾粮，度过一夏一秋，灾情可得缓解。”

廖子章并无商量口气，开门见山，开宗明义，聪明的队长、乡约们，都能听出意味！又是那个南八队队长，龚维笙龚大嘴说：“僧多粥少，无济于事。就凭俺这二十多个队长、乡约，出点粮，能救得了那些穷人？不是异想天开吧？依俺看，不如在穷人中，找几个有头脑的明白人，带穷人，分批到荡外，去淮安、盐城、扬州那边，乞讨、要饭，总比在家饿死强。”龚大嘴想啥说啥，不计后果。丰乐镇镇长时俊杰听了，很反感，堵了他的话：“俺说龚大嘴，你用心何其毒耶，把穷人撵出去，一推了之，一了百了，外死外葬？不是俺老时戗你，你能不能说点人话。荡里数你是个人物，最有心眼的人，俺推荐你，带荡里穷人去南方行乞、要饭，行吗？请廖总点头批准，你明天就可动身了。”

龚大嘴装着很委屈地说：“俺说你时老杰，你冤枉俺，俺也是为廖总着想。荡里万户穷鬼，三万多张嘴，一天要吃多少粮？哪来那么多的粮。都出去了，也省得廖总再操心。”龚大嘴以为这样说，既不用自己拿粮食出来，也能博得廖总的高兴。“你不了解荡里人吗？宁愿饿死、渴死、累死、病死、老死在荡里，也不想出去客死他乡，成孤魂野鬼。要能撵出去，廖总还用拿出自家几万担粮救济吗？俺看你啊，就是搅屎棍，成事不足，败事有余。”时俊杰紧逼地说。

时俊杰在队长、乡约中，颇有几分真真假假的威信，他会揣摩廖总心思，许多时候，似乎有某种默契，往往能代表廖总意思，先说一通，压住其他不同意见。老时态度表明，其他人不好再说长道短。

龚大嘴也不是等闲之辈，既被称作大嘴，必有独特之处。他委屈解释说：“你们真的不了解荡里那些穷人吗？没文化，无教养，缺礼义。最容易放大自身的劣根和缺陷，为事鲁莽冲动，自私贪婪，懒散不自信，自暴自弃。吃上饱饭，搂婆娘，牵着娃，趴在炕上，装爷。日子稍微宽松，大手大脚，任性挥霍，恣意妄行，吃喝嫖赌，抽老海。一旦没的吃，就诅天咒地，詈鸡骂狗，天下不公。遇到灾荒，有的人干脆地上一躺等死，死猪不怕开水烫。有的人，想着偷、抢、绑架、敲竹杠、抬财神，甚至杀人掠货……”南二队队长兼乡约乔保禄，顺着龚大嘴的话说：“他们祖辈一代一代穷，穷有穷的原因，脚蹲锅门，瓢卡脸，两脚不出三门四户，鼠目寸光，再说，都是行武出身，你让他们很有文化，现实吗？”时俊杰说：“你们都盯住负面的，俺看荡里的穷人，也不是像你们说的那样不堪……”

廖子章本打算让各队队长、乡约，自觉自愿每家筹出十担八担，凑一凑，先解决特困户问题，没想到这些家伙不围绕正题，尽是胡扯。

别看这些队长、乡约，不是吃皇粮的主，他们自家都有百把二百亩的田地，加上正常年景，按农人田亩数，征收田亩管费，每年他们也有十担二十担的粮食酬劳。现在，到动真格时，让每人松松腰囊，个个装憨搭痴，面带难色，王顾左右而言他。廖子章看在眼里，心想，关键时跟俺玩虚的，好啊，不换脑子，就换人，当了队长，神气活现的，当不了队长，俺看你神气啥，真以为自己命比穷人好吗？他不客气地说：“各位，不要一脸哭丧的晦气样子。你们各家的锅大瓢小，几双筷子，囤积多少粮，摆在俺肚子里，俺不为难你们，你们也别打俺的脸，驳俺的颜面。明天，每家送十担粮过来，稆头、芦黍、荞麦、黑豆、山芋干随便！今年最后一次向你们筹粮。你们也算一方父母官，踊跃些。否则，那些特困人家，不出半月，接二连三抬死人。忍心吗？将心比心，你们看着办吧！要争取主动，不要等乡团的粮车上门催。真到那个时候，按乡团约法章程论处。照样让你们小康殷实之家，一夜之间，看齐特困户，这不是威胁，也不是啥危言耸听。穷人的穷，和富人的富，皆是动态的，绝不是一成不变。生在龙王荡，不为龙王荡着想，就不配当地主，做队长、乡约。”

廖子章两眉间蹙起一个泛红的疙瘩。南十队队长蔡先福是乡团协理，关键时坚持原则不含糊，绝对紧跟，行动快，第一个站起来说：“廖总，请放心，咱们跟随你多年，只要你咳嗽一声，没人敢违拗，俺蔡先福，自愿捐出十五担，秸头十担，芦黍五担。”说完，瞟上桌面上登记簿，径直过去，拿起毛笔，在砚台里转动着蘸墨，在砚台边上轻刮两下，在登记簿上工整写下：蔡先福，秸头十担，芦黍五担。

时俊杰岁数稍大些，四十七八岁，瘦长脸，有几颗稀稀拉拉酱油麻子，穿灰色短袖对襟粗布衫，留一小撮乱糟糟的黑胡子，仿佛很诚恳地说：“廖总啊！俺时俊杰自愿奉献十五担，十担秸头，五担芦黍。”他离开座位，上前拿起毛笔，填写完，回座。龚维笙，重复老时的话和老时的动作，回座。

看到老蔡率先捐粮之后，时俊杰、龚维笙的想法，神奇般一致起来。一来惧于乡团约法，上纲上线；二来廖总轻易不发火，今天的言辞，有生气成分。他讲原则，说到做到。在座每个人，心知肚明，自己裤裆里，是屎还是黄泥巴，自己最清楚。一旦被盯上，到底是屎，还是黄泥巴，自己也分不清楚。到那时，经营多年的家财，说败就败，眨眼之间，一切田产、幸福的小康日子，就会风水轮流转，一切归零，那可就惨了。识时务者为俊杰，区区十几担粗粮，伤不到皮毛，何必搭上一家人幸福的风险。再说，挤到最后，没有回旋余地，与其被动勉强，不如尽快决断，争取主动，也让廖总心中有数。在廖总面前，做得体面，在二十队队长面前，起了带头作用，廖总自然欢喜，将来自己遇到啥麻烦事，求助廖总，也会一定给力。

二十队队长、乡约都表示，明天酉时前，把粮食送到乡团总部。

铜钱岛义字厅，大统领东方瓒，副统领虎头鲸，军师追风蜈蚣，天象师白蝙蝠，妙书手青铜蟹，传令官金枪鱼，分别就座。东方瓒语言低沉，神情忧郁地说：“荡里父老乡亲，大部分与俺们龙荡营的弟兄，有千丝万缕的联系。现在，他们没的吃，不少家庭面临饿死人的境况。兄弟们，在岛上，不安心呀！”虎头鲸说：“大统领说得是，兄弟们的父母、师父、亲戚、朋友，老弱病残，上不了岛，岛上也无法容纳，现在荡里大灾，俺们不能不管不问，得想个办法救他们！”追风蜈蚣说：“俺们有饭吃，不能忘记他们。俺们龙荡营的宗旨，就是心存善念，锄强扶弱，仗义疏财，扶贫济困。俺们多受点苦，生活标准降低一档，平时吃稀，战时吃干，省出粮食送到荡里，救苦救难。据说，廖总家上下，六十多口人，一天只喝两顿能照见人的稀饭汤。几万多担粮，悉数分给平民。俺们岛上，早晚馍，中午干饭，吃在嘴里，还能咽得下去吗？”

东方瓒内心情绪激动，手有些发抖，尽量控制自己说：“俺那廖老哥，一般人无法理解，他看不得荡里人受苦受罪，他把家里的钱、粮都分给荡里的穷人，宁愿自己家人受苦受罪。俺们不能不管！”白蝙蝠不温不火插一句：“唉！明知一场大劫，不救，又咋办呢！”东方瓒问青铜蟹：“你是俺岛上的账房先生，查一下，俺们库里，还有多少钱粮，俺要具体精确数！”

青铜蟹对所管事务烂熟于心，直接回答：“禀报大统领，一、二、三号库，现粮库存，三万三千四百二十三担；四、五号库，储粮五万担；六号库存银二十万两。”东方瓒说：“岛上两千多人吃饭，不能无粮。虎头鲸、追风蜈蚣，你二人，明日取纹银五万两到信字营，挑三十镖局兄弟，带上大虾逛、四爪飞鹰、刀螂蛇、八爪鱼，率船队，沿盐河、运河南下，去苏、嘉、杭各地购粮，速去速回，争取一月内完成。手中有粮，心中不慌。以备不时之需。”“是！”几人齐声回应。东方瓒继续说：“白蝙蝠、青铜蟹、金枪鱼，你三人率众兄弟，启封四号库，装船两万担储粮，运往总乡团车轴河码头。告诉廖总，此粮是龙荡营兄弟一点心意，以缓解燃眉之急。”三人齐声回复：“是！”

二十队队长、乡约，如数把粮食运到乡团校场。龙荡营的运粮船队同期到达。团总部按各队既有平民人口，每口人按五升一小合分账，一天，这救济粮就分发到平民手中。哎哟！全荡人，欢天喜地！

南四队的章先虎，家里死去五口人，章先虎承受不了这一重击，他不知道，应把一腔愁怨，悲哀和痛苦，不幸和灾难，撒向何处。他想让这个龙王荡，和龙王荡之外的整个世界，陪同他五个亲人，一同死去。他拿起大砍刀，想在路上拦劫。在荡里通向荡外的官道上，一连三天蹲守，未见一个可以劫到食物的机会。这次得五升一合救济粮，也许英雄气短，想起五口人临走时，肚里尽是芦根，未见一粒粮，如此大汉，如此激动，流出浑浊的屈泪，放声号啕大哭。哭完，寻思，有粮食啦！犒劳一下自己，必须，现在。多少天来，没见粮，穷将就，实在对不起自己的肚皮子。五升一小合稆子，满满一口袋，提到家，放在炕上，先掠出两瓢，倒在黑陶盆里，放水浸泡，大约一个时辰。他操起一年来没有转动过的小磨盘，从黑陶盆里捞起一把稆头，带水丢进磨嘴，转动磨把，不足一炷香工夫，磨出半盆金灿灿、黏黏的稆糊糊。

舀水下锅，点火烧水。水沸，他的大手操起一把稆糊，围绕已经生锈的铁锅内壁贴上去。生锈了，是的，厚厚的一层。他顾不上生锈不生锈，把一盆稆糊糊贴完，盖上棒棒梃子锅盖，再压上半盆水的乌盆。这样，锅里的蒸汽就不易冒掉，缩短烧熟的时间。一袋烟的工夫，锅边口与锅盖之间，向外蒸腾出丝丝缕缕的白雾，雾气在锅灶上空浮荡，久违的稆饼香味，任何坚强的饿汉也绝对无法抵御。食、色，人之性也。章先虎按捺不住内心冲动和欲望。他扑熄灶膛里正在燃烧的火头，匆匆端掉压在锅盖上的水盆，揭下锅盖，黄澄澄、金灿灿、亮晶晶，带着水珠的锅贴稆糊饼跃入眼帘，香味扑面。“唰唰唰”，章先虎嘴里口水从舌根、牙龈下、内腮壁，泉涌出来。他摸起菜刀，“嚓嚓嚓”几声，把稆糊锅贴饼从锅沿内壁，连铲带拖拽出来。没等稆子饼稍微冷却，一边忍着烫手，抓起吹气，散热降温，一边“嘶哈嘶哈”地嚼了起来。

章先虎的嚼饼下咽姿势，和一般人不一样。一般人，为尽快消除饿瘾，狂咬大嚼，下咽时，脖子向前伸。章先虎不是，他的吞咽，头和脖子，向左边伸，这样，似乎比向前伸，更有助用力。章先虎如一只饿极了的下山虎。一锅稆糊饼，母鸡下个蛋的工夫，嚼完了。嚼完之后，章先虎才觉吞嗓眼里，火辣辣的，又干燥，又焦渴。他操起破水瓢，从水缸里舀了瓢水，“咕咚咕咚”饮牛似的，灌下去。章先虎这样如狼似虎，如饥饿的野狗，大嚼狂饮，这种感觉，记不起哪年哪月曾经有过。他摸了摸凸起的肚皮，满足地连放两屁，又连打两个饱嗝，上下行气通畅，口中泛起甜丝丝的唾液和沉甸甸的饼香气。他十分满足，神仙般倒在土筋炕上忘我地睡着了。鼾声，如震天动地的闷雷，蹿出无棂的窗口，消散在皎洁的月光之中。

丰乐镇上，酒鬼兆醪桶五口人之家，分得二十五升五合稻子。当晚弄出五升，到街边那家小酒店，换回两坛醪烧芦黍大曲，藏在床肚下。如癞狗护馊食一样，怕被别人发现，其实，家里头他说了算，没人敢违拗。儿子有规矩，不会喝他的酒，可是，他还是偷偷地藏起来。嗜酒如命。两坛老酒在床肚下，已安静进入梦乡。而有心事的酒鬼，却睡不踏实。过一会，爬起，山羊胡子嘴对坛嘴，咕两口；睡下，过一会，又爬起，再咕两口……就这样，折腾到东方发白，晨曦未临，肚里空荡荡，没菜没饭，没意味。他起个大早，折腾完自己，折腾儿媳妇，翻身下床，腿下轻飘飘，搬起大乌陶盆，装上满满一盆稻头，放了水，泡稻头……

稻头泡上了，天色蒙蒙亮，他在院子里，直起长脖子，驴喊马叫："天色大亮啦，赶快起来，收拾弄早饭。他娘的，一个比一个懒，懒屁眼里掏蛆了。"乍听起来，搞不清，骂婆娘还是骂儿媳的。其实，他是骂儿媳的。婆娘老了，基本不理家务。媳妇当然知道。长辈嘛！骂习惯了！媳妇对自己男人兆棱桶说："天才麻麻亮，你大大催俺弄早饭，太激情了吧！指桑骂槐，指狗骂鸡，好家也会被他骂败的！"兆棱桶无可奈何，用埋怨口吻说："人家廖四太爷发了救济粮，他咋能让那粮安稳呢！昨晚黑，粮食刚到家，他就扛了一口袋，换酒了。估摸着，让你早起，磨糊糊，弄饼吃呗！"媳妇不理解。她在想，这粮比自家地里一季收的粮还多，可是，又能如何呢！如果细水长流，节约一点，手丫拢得紧些，足够一家人过活半年。手里有两担粮，忘记自己姓啥。这些粮食，几天挥霍完了，以后日子，咋过呀！人家廖四太爷，怕俺们饿死，千方百计，给俺们这些穷鬼弄粮食，凭啥？图啥？女人埋怨地对男人说："好日子，一定放在一天过吗？粮食作蹋完了，之后咋办？旁人家能精打细算，他老人家，咋就不知道一点好歹呢？"男人听了婆娘的话，心里不舒畅。儿子嘛！总是无理由护着亲大大的，他冷脸对婆娘说："不许你这么说他，好歹，他是俺大大，娃的爷，你的公公。要吃、要喝，由他去。吃完喝完，再想法子。熬日子，熬日子，慢慢熬呗。遇到这种脾性的大，也是无奈呀！”儿媳刚起身，裤子还没勒妥实，酒鬼已搬来一大盆泡好的稖子，等儿媳拗磨，儿子拐磨，磨糊糊做稖饼……

吃完早饭，日上三竿，酒鬼吃完稖糊饼，提起早上就装好的口袋，内盛二升多稖子，到海腰湾咸湖口。

从车轴河入海处，伸出一条弯弯曲曲的深海沟，在丰乐镇街外，深沟汇集，形成泱泱海湖，大海不干，这条咸大沟就不干，海湖就永远粼波荡漾。老渔翁单爷爷，七十大几岁，比兆醪桶大一轮多，一脸的风雨沧桑，他坐在麻绳缠制的马扎交椅上扳大罾。兆醪桶凑上前，嬉皮笑脸，从大罾旁水里提起渔篓，大声叫：“单大爷，你老，扳罾啦？”单爷爷抬头，瞅一眼，不紧不慢回他一句：“知道扳罾，还问！”

单爷爷，荡里名望很高的老渔翁。早年，深海捕捞，战妖斗魔，他的身上，有许多传奇故事。如今，接近八旬，身体结结杠杠，撒旋网、拖平网、探网、抬网、挂帆网、张小罾、挑小罾、扳大罾、绞盘辘轳过河罾……样样玩得顺溜。大灾年岁，老渔翁始终保持那份勤劳，那份辛苦。有粮吃粮，没粮吃鱼。灾年里，全家人但凭他的捕鱼技术和坚守，能将就过活，实属不易。单爷爷老不欺，少不哄，不卑不亢地说：“老酒仙，想吃鱼？”兆醪桶知道单爷爷耳背，听不明白，提高嗓门叫道：“你老，扳到鱼啦！扳多少呀？”

单爷爷放下手中罾纲，瞅鱼篓：“估摸着，你那半口袋稖子，是不够的。一升稖子，换俺一斤鱼，俺渔篓里，足有六七斤，你那二升稖子，顶多换俺二斤鱼。”

兆醪桶假装不愿意，歪头琢磨，想讨价还价。单爷爷见酒鬼不愿意的样子，把篓子放回水里说：“嫌贵？”他向左侧处，努了努嘴说：“啰，啰，那边也有扳罾的，二升稖子，换他一斤鱼，去吧，去吧。俺这又不愁换哩！”兆醪桶假装成全单爷爷的样子说：“单大爷，这把年纪不容易，好吧！吃亏讨巧，俺也不在乎。一升换一斤，成。你老，小戥杆子，给俺的鱼，得高高尥蹶子哦！”单爷爷藐视地瞥了他一眼说：“俺单老头子，咋做人，一辈子在龙王荡，啥名声，你不晓得？经俺的戥子，你可到任何戥上校称，只有出秤，不会平秤，更不可能缺秤。买卖公平，荡里渔人、农人的老规矩，咋能破呢？包你校称，多一两，不用退；少你一两，罚俺一斤。”

章先虎的鼾声，震醒了熟睡中的太阳。太阳气得满脸通红，把一腔愤怒的大火洒泼在龙王荡，钻进裂缝的土地。章先虎从炕上爬起，跑到屋后，茅粪坑边，尻腚眼下，垒起高高的屎丘。然后，撅起屁股，抓起粪坑旁一根枯朽的小棍橛子，刮了尻腚眼子，提起裤衩走出茅粪坑。抬头向村庄望去，家家户户，房顶的烟囱里，冒出许久不见的、祥和袅袅的白色炊烟，稖糊饼和芦黍汤圆的混合香气，在村庄中弥漫。草垛下，小路边，又传出女人们“嘎嘎”的笑声。章先虎回到屋里，继续浸稖，继续磨糊糊，继续蒸锅贴饼，继续大嚼、狂饮、睡觉、垒屎丘……总而言之，五升一合的稖头，让他顺利快活地度过半个月。

兆醪桶一路欢喜，哼着小调，手提二斤鱼虾，离家门口五十步，仰脖子喊：“儿子、孙子，中午爊鱼吃……”儿子听了，心中不爽，感觉这老子，日子快要过到头了，吃吃好死吗？一两粮食，一两金啊！咋这么不在乎呢？又不敢气恼，表现出某种善意地埋怨说：“大，你要是想吃鱼，俺给你下海里去摸、抓、逮，你何苦拿粮去换。粮食是命啊！你咋连命都不要啦？这点粮，糟蹋完了，一家人喝西北风去？”兆醪桶听了儿子的埋怨，“噌”地心火就蹿了起来，口中骂道：“不孝的东西，亏你说得出口，老子天天想吃鱼，咋不见你抓呀逮呀！等你抓鱼爊，老子早馋死了！”

自这批粮食到家起，兆醪桶一刻也没闲着，比过元旦大年还过大年，又吃又喝，又爊鱼，又煮虾，杀鸡宰鹅。又掷骰子，又推小牌九，还偷偷躺了两回老海馆，逛了一次窑子。兆家二十五升五合稖头，不到二十天，闹腾得干干净净，不剩一粒。兆醪桶的肚皮又饿了，倚街边墙脚下，有几个朽老汉，听他胡侃：“你廖总啊！俺们这些穷鬼，感谢你。可是，你也不能这样子折磨人哈！忙种时，你弄几升粮，吊俺味口，粮吃了，地种了，粮断了。黄豆、稖头、芦黍、山芋秧，死光光。现在，俺快饿死了，又弄几升粮吊俺味口，你就不能一次性把粮给俺，俺也能一次性过得快活。你们说，是不是这个理！”“兆酒鬼，你现在死，也值，吃喝嫖赌抽，五毒俱全。活着，丢人现眼，儿孙后代，都不受人待见。”有一老者，锥指直指兆酒鬼的鼻子损道。“兆酒鬼，也许龙王荡里，像你这类人，不少见，数你最他娘的拉稀，良心给狗吃了。人家廖总，不少你的，不欠你的，煞费苦心，绞尽脑汁，弄点粮，不容易。你以为，龙王荡就你一家子穷吗？上万户，几万人口呢！人家廖总自己一天只喝两顿望人汤，把粮省出来，分给荡里穷人。凭啥？为啥？你他娘的吃香喝辣的，嘴一抹，无端抱怨。执迷不悟的狗日东西，阎王咋不收你！”另一老者，也喋喋不休，骂得兆酒鬼低下头，不吱声。

“廖总家上下几十口人，还有书院里的先生、娃，一天仅喝两碗稀饭。你兆酒鬼，还想咋样？”“你不是嚼稖饼吗？爊鱼虾？喝老酒？掷骰玩牌、吸大烟、睡窑子吗？噢！分你粮，吃完、喝完，又叫唤，没粮了。你他娘的，饿死，活该，本来就不该活在这世上，糟蹋人？”“严家、夏侯廪家，粮库有的是粮，还有香米、白面、鸡鱼肉蛋，人家吃香喝辣，妻妾成群，你有本事，去要啊！去抢啊，你歪怪人家廖总，天理何在？”

……

按廖子章最初设想，贫困户每口人五升一合粮食，磨成面，每顿饭，一口人一把稖子面，或者芦黍面淆粥，一天两顿，能撑下几个月。可是，平民中，大部分人和章先虎、兆醪桶如出一辙，廖总分给的粮，没经过自己出力流汗，得来全不费工夫。吃的不是自家的粮，吃完了，自然会有人继续送过来。在他们的脑子里，只有愚蠢、痴种人，才会精打细算，自讨苦，喝稀粥。今朝有酒今朝醉，明日无酒山沟睡。应了龙王荡里流传了几个世纪的老话。不知龙王荡哪代哪位先贤，把罗隐《自遣》诗中“今朝有酒今朝醉，明日愁来明日愁”窜改了。话糙理不糙。说的皆一个意思。吃得痛痛快快，愁得真真切切。走路时，两眼只看自己的脚面子，还能走得远、走得踏实吗？有吃时，是爷，雄；没吃时，是孙子，㞞。

现在，许多人家吃完救济粮，索性撂张席在当门地，躺上去等。等啥呢？等廖总上门体察，然后，再分粮，再吃饼……廖子章反思，这次放粮，量大，本可以坚持半年，可是一个多月，吃光光，仅仅满足平民一时快感，真是遭罪，失败了！

大劫，真的来了！

6

南头队的马场有一棵老槐树，树下平躺一块大约两丈宽长、无棱无角、乌光发亮的卧石。传说是千年前从天上蹿来的。那是一个夏日深夜，纳凉的人们看到天空一颗拖带长尾巴的大火球落地爆炸，魔化而成。后来，有神仙在这石旁，栽下如今这棵千年老神树。树下，可供全村人纳凉；树上，可容几百人避洪躲灾。近日，不知来自哪山哪院的两个癞头长者，一个瘸腿，一个佝偻。头顶中间，皆无毛发，仿佛是疮痍留下的亮晶晶疤痕，三边头发披肩，脑门浑圆，赤脚敞屣，眉连须髯，脖颈挂有鸽子蛋大的小叶紫檀串珠和碧玉璎珞，手脖脚脖套有多层金光闪闪的钏环，耳朵垂子坠紫蓝二色耳饰，厚厚的嘴唇泛起一层浓浓的朱砂红。手持金黄灿烂的葫芦瓢。二人在马场老槐树下歇脚，瘸腿四腿拉叉，仰面朝天躺在石面上。佝偻倚石半坐。瘸腿长者闭起双眼，金色葫芦瓢盖在脸上，心如明镜，神有定力，心平气和，自言自语说："可怜之人，必有可恨之处。破罐子破摔。死猪不怕开水烫。好吃死懒怕见动。过多倚赖同情。麻木不仁，妄图坐享其成。堂而皇之接受施舍。人心贪念和欲望是无法斩断的沟壑，无底的洞。悲哀的源头……"佝偻长者长叹一声，接着瘸腿的话道："有限粮食，无限需求。再多的食物也填不满无思无虑的黄牙恶垢、臭烘烘的窟窿。有粮时，他们干饭就饼，憨笑吞咽，石头往山上背。没粮时，稀饭兑冷水喝。可怜兮兮，盼救济，获得救济，天经地义，不知粒粒辛苦。谁不懂细水长流的道理呀？"瘸腿说："廖子章凭一己之力，想扛起三万人口吃饭的重担，很难！"

佝偻说："五百年前，他祖辈吃了大明的千辛万苦，没享大明一天的清福，积下一世阴德，保廖家五百年的平安昌隆。从廖子章这辈起，要扛起廖氏后五百年之运势，德庆堂门楣，正是多风多雨季。"瘸腿说："大清的运势已去，倒是给廖子章一次崇德扬善、拯救哀民的际遇！"佝偻说："是机会，也是劫呀！"

荡里野菜绝迹，树叶绝迹，芦根基本绝迹，一切可食的东西，绝了。人命关天，咋办？再也无粮可分了，就是有粮，也不能再分了。廖子章认定，只有建灶舍粥一条道。是的，开灶舍粥。粮食哪里来？募也募过，捐也捐过，行政命令也下过。咋办？办法只有一个，借，以自己的名誉，向地主借粮，向严九爷借，向夏侯廪借，向端木渥借，向扈跋借。另外向商号、财东、钱庄、当铺借钱去荡外买粮……廖子章还没有到山穷水尽、断港绝潢的穷途末路。

廖子章不用衡量自己的面子到底能值多少粮、多少钱。他自信，没多有少，不会空手而归。在全荡万民遭难之际，那些不受饥饿困惑的人们，还在吃着山珍海味的富贵豪绅们，到底还有几分怜悯、同情轸恤之心。向他们借粮借钱，也是考察人心的关键途径。反过来说，别看那些地主、盐主、老财东，耀武扬威，财大气粗，恃才傲物，目空一切的样子，其实谁家都有难念的经、难剃的头，他们的利益安全，是离不开乡团全力相助的。再说，南宫先生已经把龙王荡灾情如实向朝廷衍大人面报了，于公于私，衍大人都不会放任不管的，只是时间问题。现在建灶放粥，就是为了连接朝廷赈灾救济的空白期。对！建灶。河南十个队，在总乡团大校场，建十口二十四印大灶；河北十个队，在北二队乡团小校场，建十口二十四印大灶。廖子章雷厉风行，开始实施自己的构想……

章先虎食肠大，吞完五升一合救济粮，饥忍三天，眼花脑鸣，抓耳挠腮，腹中拉大车，呼啦作响，一个屁接一个屁，真他娘冷尿饿屁穷侃空。他摸过那片掉了胳膊的破水瓢，伸到缸底，舀一瓢浑浊的半咸半碱的井水，"咕咚咕咚"灌下去。水撑起的肚皮像刚出锅的豌豆粉，晃晃荡荡，沃水疑似稠粥，压住章先虎一时之饥。他迈出家门，浑身轻飘飘，头脑昏沉沉，两脚不平衡，正一脚，歪一脚，高一脚，矮一脚，不由自主，想起自家的黄豆地。记得，廖总分给自己的黄豆籽种，自己一粒未留，悉数耩到自己心爱的地里。可惜了，一粒未留。可惜了，俺挑两百多担的水，想挽救干渴的豆，直到河塘里没了淡水。可惜了，几十斤鲜黄白亮的黄豆。苗，没出，说不定，豆还在，找不回几十斤，若能找回几斤，也能吃上香喷喷的豆。天气热，他光着上身，没穿上衣，也没有上衣可穿。提起老娘和婆娘两代故人千补万衲的大裤衩，用一根手指粗的苘绳做简易腰带，胡乱扎在腰间，那把短柄大砍刀插在后背上，沿荡区通向外边小路，目标自家黄豆地。七弯八绕，走过竖溪横塘，绕过池口坑边，眼睛盯着溪水塘底，竟是海水倒灌的溪水，心里多么想意外发现一条几斤重的海鲈、海鲫，或是虾逛子也中。实在不行，能奔出几只虾子，也是可以的。或许，天上栽倒一只饿死的芦雁，脚边出现一只瘦死的狍……总之，只要能有点吃的，就中。

章先虎心心念念，多么希望眼前出现奇迹。小路走完了，走进自家水边那块啥庄稼也没长的空茬地。一路没有奇迹，梦想很丰满，现实很骨感。肚脐下面，小肚子里，有点胀。哦！尿作怪。他从大裤衩的裤口边的毛草荒里，抓住因饥饿而萎缩、不务正业的小鸟，被人们认为最丑陋，又最宝贵的个人资产，这东西懵懵懂懂，一脸惺忪。没来得及理顺，“哗啦哗啦”，一泓温泉注，喷洒而下，倜傥飘逸，被西去的日光斜照，折射出一道鲜明的七色彩虹。红的，热烈吉祥；橙的，积极飘扬；黄的，高尚尊贵；绿的，怡神舒爽；青的，清脆充畅；蓝的，碧丽悠扬；紫的，深沉荡漾。稍纵即逝的彩虹，给饥饿的章先虎的内心，抚慰一丝柔情。一瓢浑浊的稠水，经胃肠、膀胱转运，化作一泡臊汁。章先虎捏住肉嘟嘟没有骨头的小鸟，尽管饥饿，章先虎尿出的，仍然是一条清澈晶亮，不弯的直线。他对准黄豆地枯草下的裂缝，心生遐思，如果这泡尿尿满缝隙，刺激缝间蹿出一只田鼠，或者一条赤链蛇，该多好啊！二年未见荤腥的锅铛，就可以开荤了。章先虎的臆想，只是在缝檐口留下一摊泡沫尿印子。他瞪大两眼，盯住枯草下的缝隙，没有田鼠或蛇，连一只蜘蛛也没有。他，腌臜的思绪里，陡出了一串龌龊的邪念……

又是一天未见食物了。当前，最重要的是寻找食物。他站在豆地中间，转头向四周看去，地上一层层白茬茬的盐碱。阳光蒸发泥土中的水分，盐碱是海水和高温阳光留给龙王荡人最悲壮的礼物。章先虎塘边一亩二分地，茅刺不生，更无豆苗。在章先虎看来，没有苗，一定有豆。有豆，就有吃的。他蹲下身子，眼珠子早已钻进泥土。他从腰间抽出大砍刀，沿着耩垄沟子，丝毫不敢疏忽大意，双手使刀，向前挖、刨、抠。不到半个时辰，的确，寻到一把没有完全钙化的黄豆粒子。放嘴里，嚼起来，咯嚓嘣脆，格外酥香。

他想起五年前，板浦街亲戚来家里看父亲带来的小麻饼，就是这个味，芝麻香，甘蔗甜，油晶晶，脆生生，酥酪酪，满嘴生津，感觉特享受。

蹲的时间太长，膝盖难受，站起来，直直腰，松松腿。远远向南望去，南边白花花一片汪洋，那是一份份炫白覆盖的盐滩。远远的滩埂上，有一个二十五六岁模样的少妇，向荡区走来。一路小跑的妇人，沿着火刀宽的盐埂子，晃晃悠悠，仿佛在腾云驾雾，手舞足蹈，歪歪跩跩。妇人虽然疲惫，但她好像很兴奋，充满喜悦感，至少是当前，就是现在这个时候，是的，她很愉快！她小跑地踉踉跄跄，而姿势很优美，也许是饿得慌，走不稳；也许是累得疲软，站不住；也许是路太窄，不平衡；也许是近家情更怯，不淡定……也许都不是，只是她手中提着半袋香米，一路担惊受怕，马上就到家了，安全了，心里那块石头落地了。

两天没吃东西的娃，很快就能喝上香喷喷的大米粥了。娃，有救了！女人，越过漫长的盐埂小埝，踏上荡区庄稼地的田埂。这年月，人在路上，最引人注目的，必是手里提的或者肩上扛的布袋子。女人渐渐走近。章先虎炯炯二目，定格在女人右手提的那只沉甸甸的布袋上。目测，她手提的重量，不是盐，不是碱，不是泥土，不是金银铜铁锡……一定是粮，必是粮。袋是半截满，半截空。章先虎转眼看女人的体态、脸面、神情，认出来了。这女人，不是别人，是表嫂，自己的亲表嫂。他记得，表哥大自己两岁，表嫂小自己四岁。她是表哥的婆娘，再小，也是嫂子。八年前，表哥成亲那天，自己和表哥半夜起身，牵两头黑毛驴，出荡外百里，去表嫂家迎亲。表嫂那双不大不小，未经缠裹的香脚，那圆臀、硕乳、杨柳腰，美妙得让章先虎作迷多年。表嫂家和章先虎家，同在一村，同吃一沟水，隔三户人家。表哥患肺痨，齁齁喘喘三年多，为给男人抓药治病，家里能值二毛钱的东西，都卖光了。多亏了这个温柔善良、体贴贤惠、知书达理的女人精心服侍，肺痨男人勉强支撑三年，半月前刚过世。家里一个六七岁男娃，男人的香火，女人的命根子。娃聪明过人，刚到开蒙入学年龄，就已熟背《百家姓》《千字文》《三字经》《幼学琼林》，对文中涉及的著名人物、天文地理、典章制度、风俗礼仪、生老病死，婚丧嫁娶、鸟兽花林、朝廷文武、饮食器用、宫室珍宝、文事科第、释道鬼神，讲得头头是道。娃的灵敏、伶俐、聪颖、明慧，绝对遗传自母亲的睿智和精明基因。

为给男人抓药治病，乡团分发十五升三合稭头和芦黍，十二升卖钱买药。三口人，连三升三合也没吃到肚里，好不容易又将就两月，男人还是死了。娃饿得两腿如细茼秸，撑不起皮包骨头的身子。大眼睛半开半闭，不眨不闪。有气无力，倒在炕上，每天喝两瓢水，静静地躺着、等着。女人走投无路，欲诉无处，一筹莫展，计无所出。把一丝希望寄托在百里外，沭阳颜集的娘家。她昨天晚黑上路，今天晚黑之前赶回。一夜一天，往返将近两百里，现在进入荡区，再走四五里，就到家。

儿子有救了，想到这，女人心里有点舒畅、愉快。她加快脚步，疲惫的身躯，突然变得轻松起来。几年不曾笑过，几乎忘记笑是啥模样的脸上，挂上一丝喜悦。心里有阳光，脸上出灿烂，美感油然而生。娃呀！妈来了！娘家的日子，也不宽裕，但没遭灾，算得上风调雨顺。三家近亲，凑了半布袋子大米。这珍贵的半袋米，它将撑起郎家的一片天，它将是女人后半生的依托、仰赖和指望。一顿饭，一把米，炖稠粥，足够娘儿俩过活两个月。

章先虎两眼死死盯住女人手里的口袋，他冲动歹毒的心理，在不停否定自己，俺不是章先虎，俺是张三、李四、王五、刘六，俺是野狗，俺是恶狼，俺不是人。俺就是一条恶棍，龙王荡的魔王，是痞子流氓，总之俺不是章先虎，俺也不认识眼前的女人。豺狼的两眼布满血丝，冒着绿色狰狞凶光，令人畏怯、惊惧、恐怖、战栗，毛发竖起，毛骨悚然，心惊肉跳，脊梁骨透凉。章先虎两颗眼珠子，早钻到女人手中粮袋里了。他又一次站起来，下意识地，右手在背后，抓住腰间大砍刀的刀把子。他不躲不闪，装起坦率，举止自然，态度从容的样子，迎面向女人走去。女人当然认识章先虎，相隔一百多步远，就朗声喊道：“先虎呀，天快晚黑了，这个时候出荡，有急事吗？”章先虎不回应。心想，不能过早暴露意图，否则，满地追呀！赶呀！跑呀！夺呀！抢呀！万一被人发现，岂不狼狈、难堪？他加快脚步，朝女人走过去。

女人怀疑，这章先虎是不是饿傻了。平时涎皮赖脸，今天咋的啦？是不是死了爹娘、婆娘娃，头脑出了问题。是呀！再硬的汉子，也吃不住这般刺激。她继续喊话：“章先虎，咋不说话了呢？俺是你表嫂呀！”

章先虎还是不吱声，装聋作哑，装疯卖傻，对女人的喊话，充耳不闻。瘪起嘴，嘴唇上翘，嘴角下压，构成突出的抛物线。他板起棺材脸，凶神恶煞，魔鬼面颜，右手始终没离开身后的刀把子。他三步并作两步，大步流星，追风逐电，冲到女人面前，直接去扯女人手里的米袋。

原来，不是章先虎饿傻，是女人傻了。啊！傻女人，防人之心不可无呀！表嫂大意了！在这当口，女人突然反应过来，完全明白了。呆了、傻了、蒙了、哭了。两手死命抓住口袋，泪流满脸地央求：“先虎呀！表弟呀！娃的叔呀！你不能，不能，不能呀！俺娃快饿死啦！你不能伤天害理，惨无人道，泯灭良心呀！”章先虎操起口袋下半截子，二人在田埂上扭起来，双方都揪住口袋不放手。走了一天一夜路的女人，温良的女人，纤柔荏弱的女人，哪是二十八九岁，五大三粗，驴高马大的章先虎对手。女人两条细胳膊，坚韧地、牢牢地、紧紧地抱住口袋。横下一条心，要命一条，要粮不中。她拼命揽住口袋，哪怕赴死，绝不松手，绝不。

章先虎终于开口：“不存在啥表嫂不表嫂。亲大大，也没用。不要怨俺，给俺碰上了，这是天意，痛快点，松手，省得俺动粗！”再聪明的女人，突如其来遇上这种事，也自恨无技。当然，也无所畏惧，头可断，血可流，命可丢，这二升大米不可丢。这二升大米的意义，对她来说，太重要。女人真急了，连哭带号，前不着村，后不着店，再号再叫，空气明白，大地明白，就是无人接应，老天也帮不了这个可怜的女人。

她不停叫骂。她不该叫骂。叫骂，更深程度激起这个已经毫无理性可言，愚妄顽固，昏庸愚钝者的愤怒。“章先虎，你这个畜生，你亲表侄在家里快饿死了，就等这米下锅，救命！你咋这样狼心狗肺。俺走了一天一夜，从娘家七拼八凑，弄来这二升大米。你若还有一丁点人性，就不该硬劫，不该呀！”叫骂！情急所至，情不自禁，她无助。女人看章先虎铁青的脸，肌肉在抽搐。她意料到他显然动了杀心，她知道接下来，将会发生啥！她无奈地屈服，服软了，跪下央求，欲以柔情打动：“章先虎，表弟呀！你的心没有那么歹毒，发发慈悲吧！可怜可怜你的表侄，俺的娃！”章先虎是死过娃的人，知道死娃的滋味，现在，他麻木了。他丝毫不在乎她在说啥。显然，他没耐性了，他用力拽过口袋，两人跌倒在地上，他牢牢把女人揽在怀中，右胳膊肘，使劲扣住女人下巴下边的气管子说：“你再不松手，就没命了。”章先虎死死扣住女人的脖子，腾出左手，摸了几次刀把子。女人温热柔软的身体，他觉得有一股无可名状，妙不可言的蚀骨体味，让他最终没有动刀子。显然，女人无法呼吸，脸憋红了，只见她不停张嘴、流泪、扭曲、蹬脚，哭不出，号不出，叫不出，骂不出，声音不出，气也不出了。她虚弱的身体，仍在坚持着，这时章先虎说：“表嫂，别怪俺！你若松手，还来得及。”她眼睛向上翻了翻，坚定地摇头，没松手。

章先虎再一次用力，她再一次蹬了几下脚，身体渐渐瘫了，腿软了，脖子歪了，气息没了。腿脚不蹬，也不跺。眼眶里，黑眼珠子钻进上眼皮里，白眼珠子瞪得好大。脸色发青泛紫。一切仿佛神不知，鬼不觉。而她的心，还在微弱地跳动，她不屈的灵魂还在挣扎，还在轻轻敲击神经组织。两个眼角，滚下两颗青涩哀怨凄迷晶莹的泪珠。

章先虎这头驴，他浑然不知女人细微处的气息，他确信，她被自己弄死了。他似乎有点遗憾，这女人的命，咋这般不经死哩！俺，并未使全力哎！他缓缓地把女人放在地上：“嫂子，别怪俺。要怪，就怪老天吧！你若是陌路人，留下粮，俺便放你走。可惜，你不是，你不会饶过俺。你放心走吧，娃，俺帮你养着！”他急切，按捺不住，解开扎口袋的细麻绳，右手伸进口袋，操起一看，哇！真是雪白的大米。他没含糊，抓起一把，唵在嘴里，狂嚼起来，嘣脆香甜，感觉真好！口中念叨：“真他娘的日鬼，这狗日的荡地，咸茬子，就种不出这等香米来。”一边说，一边使脚猛踢两下地皮，地皮委屈地扬起一抹齑尘。章先虎得意地放下口袋，坐回埂上。他的头脑里，隐隐出现刚刚搂住表嫂那种软柔的感觉，重温她身上特有的，无法抗拒，不言而喻的体味，他说不明白，好比公狗闻到母狗的味道，公驴闻到母驴的味道，绝对不是雪花膏的香气。一闻不忘，无法控制，无法割舍。

公狗闻到母狗体味，就会觉得母狗的双眼箍很可爱。从而，导致街巷、村庄流浪狗四处寻寻觅觅，侦查母狗的尿迹。公驴闻到母驴体味，所见母驴皆是长脸尖下巴，温柔体贴，丰满可爱。以致一头小母驴，惹得一群大叫驴满庄跑。章先虎闻到表嫂体味，现在他想入非非了，若和表嫂的硕乳、圆臀、小蛮腰亲密交媾一回，销魂蚀骨一番，定然快活胜过神仙。章先虎和公狗公驴一样，心生激荡，精神恍惚，神思不定，灵魂生动激活，身上燥热，心潮流漾，没有丝毫饥饿感，心里“轰嗵轰嗵”猛跳起来。他像只泼猴，像匹野马，像头公驴或者野狗，无法控制。

食、色，人之本性。毫无拘束的章先虎，知道自己内心的渴求，不光是食，还有色。章先虎坐地上，搂起表嫂，情不自禁，身不由己，鬼使神差，人本的原始畜性，控制了他的大脑，他在猛烈亲她的唇，舔她的眼，假咬她的耳垂子。眼前，浮现八年前，第一眼见到她的神情，肥乳、丰臀、小蛮腰，走路如同风摆柳，娇巧伶俐鲜纯的神态、身姿，和两潭含情如秋水般清澈纯洁的眼波。这一朝到手，再无顾忌。

生活的磨难，让这女人，多了几分清丽，又多了几分冷雅。比起自己过世的女人，章先虎确有无法说得明白，讲得清楚的内心感受。章先虎抱住表嫂边亲边说：“表嫂，怪不得俺，俺无法抗拒的两样东西，都在你这里，是你勾惑了俺。”他似乎很委屈，尽力在为自己洗白。他在埋怨，歪怪不喘气的表嫂，勾引了他。美色，足以使利令智昏、色迷心窍者，坠入罪孽深渊，这岂是美色之过？章先虎心跳加快，热血沸腾，眼睛布满血丝，手臂青筋鼓胀，神阙奇热无比，气海、关元、中极、会阴之穴，促迫跳动。他坐地上，紧搂表嫂，两目喷射出火辣的邪恶淫焔，他向左向右瞥了瞥，确认四周除了夕阳的回光返照，再无动静。空气如一团寂寞的死灰，弥漫着傍晚的田野，正是淫兽作恶最佳时机。章先虎不再孤独，零落，内心有一串滚烫火焔涌向遍身，渗透脚底，冲向天灵盖。在这晦暝枯竭的空茬地里，昏黑沉沉的旷野之中，章先虎觉得自己在燃烧。坏人做坏事，绝无一丝廉耻感。他把怀中表嫂平放仰躺在田埂上，扒下表嫂破旧的单裤和上衣，扔在田埂旁边，赤裸的表嫂，一丝不挂的胴体，呈现在天地之间，山鬼般散乱着长发。

这个曾经有过婚姻和两个娃的章先虎，见过女人的一切，经历过进入女人体内的滋味，这一刻，他猛然发现女人与女人，原来是不一样的。他呆了，莫名惊诧，不禁“哎呀！”一声。表嫂身材，妖腰细。表嫂皮肤，净白嫩，如剥了壳的蛋白。他嗓里蹿火，口中干裂，脐下肿胀。那根烧红了的，万恶之源的生铁橛子，直竖起来。他，持不住了。

他没有犹豫，两条胳膊夹起表嫂两条细腿，像公狗……

他在表嫂身上，折腾抽风痉挛三个回合。两膝跪在表嫂两腿间，歪着脑袋，用腮帮子在表嫂脸上、嘴上、乳上，肚皮上，磨蹭，搓揉。

多好的表嫂，不想离开表嫂的身体。他在表嫂身体上不停地冲撞，表嫂并无任何回应。凶狠残忍的豺狼、魔鬼，似乎也有后悔之心，此刻，章先虎萌生出家狗般的温和怜悯。俺咋就下得了毒手呢？咋就如此黑心呢？他捧起两巴掌，重重掀在自己的腮帮上，麻煞煞的。干吗呢？一定要掐死俺好端端的表嫂，掐死俺好端端的女人。她若不死，也许就成了俺的亲女人，现在，她已经是俺章先虎的亲女人了。难道不是吗？她没有男人，俺没有婆娘。多稳实的事，给俺弄砸了。好事，美事，给俺自己糟蹋了。后悔吗？真后悔。后悔什么呢？后悔再无下回了，再无在表嫂身上反复、恣意、放肆、狂欢、发泄的机会了。他提起破裤衩。

夜幕降临，天空黑沉沉地暗下来，星星不管人间悲欢事，眨巴着眼睛，没有灿烂的喜笑，也没有凄厉的悲伤。章先虎念念不忘，拎起表嫂的米口袋，抻了一下，沉闷地自语道：“都是他娘的狗日大米作的孽！”遂扬长而去。

田埂上，留下手指还在动的，女人那悲哀、孤凄的躯体。

章先虎做好半锅大米干饭。怕招摇，惹出麻烦，没敢点灯。可是，无论如何，也拦不住锅沿上，冒出的大米饭的香气。香气弥漫满屋，从没有门板，没有窗棂的缺口蹿出，在村庄上飘散。正在章先虎准备享用大米饭时，门前闪过一个人影，人影晃动一下，直接进了没门板、门帘的门口，没办法藏起这半锅的米饭了。那人进门便叫：“老大，弄啥好吃的呀！咿呀！这香味，要人命咧！”噢！听出来了。章先虎提到嗓门的心，放下了。“哦！吓死俺了，二豹兄弟。来来来！误打不如误撞，赶早不如赶巧。正好，今天，劫得二升大米，做了米饭，有福同享。俺哥几个，关二爷面前，发过誓。来！吃米干饭。”“老大，你屋里，乌漆墨黑，咋不点个灯？”“火刀丢了，又没火石，火纸煤用完了，没女人，没娃，点那玩意干啥？”

邱二豹从自己身上摸出火刀火石、火纸煤，“叮叮”两声，打着火，吹出蓝火苗，章先虎这才慢吞吞端来油灯，不太情愿地点亮灯。

邱二豹在把兄弟四人中，排行老二。荡里砍过大柴，海里捞过鱼虾，田里种过庄稼，野外打过狼，抓过兔子，捉过獾。偷过粮食，强奸过女人，抬过财神，绑架过有钱的主，抢过商船，劫过货车……他腰细、臂宽、肩厚，有力气，个头不高，腿脚快，脑子灵，身手敏捷，荡里人送他邱二豹的绰号。

章先虎摸出两只黑窑碗，一把没柄子，不规则，不知是大唐还是大宋时出品，差不多类似文物的破锅铲，在锅里铲米饭。盛米的口袋里，剩下的米随意放在炕沿上。旁边的灯光，照得清楚明白。邱二豹瞥一眼，心里“咯噔”一阵乱跳。这只口袋似曾相识，这是俺家女人，昨天借给虞墨兰，去娘家借粮的那只口袋呀！没错，就是。莫非劫了他表嫂的粮！唉！这年头，只有这样了，都是老天逼的。俺随老大的叫法，也叫虞墨兰表嫂。刚死了男人不久，家里揭不开锅。老大劫了她的米，那她人呢？

章先虎把满满两碗白米饭端过来。邱二豹见到白米饭，实在无心遐思啥事，双手接过碗，啖起来。豹吞虎咽，两人伸直脖子，一大碗米干饭，连饭带锅巴，眨眼之间，风卷残云，荡然无存。两人吃了米饭，放下黑窑碗。邱二豹对章先虎诡秘地、压低声音说：“老大，有件好事，俺们一起做吧？”“何等好事？”章先虎摸着肚皮说，“只要能填饱这玩意，啥事都干。砍下头，碗大疤，横竖一条贱命，没啥可虑。”邱二豹在章先虎耳边嘀咕一会。二人相视，诡秘一笑。邱二豹细眉虾米眼，蟹壳脸，堆满怪异和奸笑。章先虎驴脸，死羊眼，涂抹一层得意和兴奋。

章先虎从土筋炕靠墙边的炕沿上，取出抓小虾皮的密网小舀子。舀口，茶盅口大小，舀身长二尺多，细竹竿舀柄，长六尺。又找出两条千补万衲，麻布混织的破麻袋。邱二豹肩挎拇指粗麻绳圈和铁爪锚。临出门时，章先虎想起一件东西，撤回头，从床上柴席下摸起那把大砍刀，插在后腰带里，以备不时之急。

屋外一片漆黑，两人眼睛仿佛蒙上一层黑布，凭自己对荡间小路的熟悉，一前一后，偷偷摸摸，鬼鬼祟祟，蹑手蹑脚，神秘上路。由西向东，坑坑洼洼，弯弯曲曲，走过坡道，进入二塘口，绕过三浦堰上扁担宽的小路，进入逶迤阴森可怖的芦苇深处。此刻，章先虎、邱二豹几乎同时发现，大约二十步的前方，有一团盆口粗细的火球在前方滚动，人走球也走，人停球也停。章先虎说：“二弟，原听说，三浦堰厉鬼出没，今天俺哥俩碰上了，算它晦气、倒运。俺哥俩是恶魔，还怕它厉鬼不成？”“大哥，小声点，过三浦堰，就是芦席营小市。白天俺踩点发现，芦席营里还有三家外地临住户在撕柴、轧篾、织席，别惊动他们。”邱二豹解释说。章先虎问：“有狗吗？”“没。”“这阵子，差不多三更时辰，早他娘的在梦乡里。老实睡觉，平安无事。招惹老子，大砍刀不长眼睛。”章先虎说。“鬼火咋办？”邱二豹问。章先虎答道：“别理它！不相信，俺两兄弟的火性，还压不住几个阴司小鬼。”邱二豹说：“不是，它在俺们前边走，过芦席营，上东高地，就进入严九家的库区了。俺估摸，这东西，要坏俺们的事。”“别急，二弟，现在就把它解决喽。你把火刀火纸煤拿出来，把火打着，鬼火见不得真火，真火一照，四处躲散。”章先虎听他大大讲过从容应对鬼火的经历，他心中有数，毫不害怕。邱二豹没见到鬼的时候，胆很大。见到鬼时，胆变小了，抖抖瑟瑟，跟在章先虎身后。“没事，二弟别怕。万一鬼火不散，俺大砍刀，砍它狗日的！”“当心啊！大哥，别让鬼给砍了。”邱二豹显得很谨慎。“二弟！心里有鬼，便怕鬼，心中无鬼，怕个屎！你在俺身后，别上前，提防别让刀伤着。俺头脑清得很，鬼迷不了俺。放心吧，二弟。把火点着喽！”章先虎是真大胆。邱二豹从怀中掏出打火石，“嚓嚓”两声，准确无误，火纸煤点着了。邱二豹把火纸煤递给章先虎。章先虎举起火纸，大步向火球走去。火球没跑，没散，返过头来，迎着章先虎滚过来。邱二豹感觉瘆得慌，身上暴起一层鸡皮疙瘩，汗毛竖起来，脊梁沟里生起一串凉气，不由自主地打了个寒战，气咕唠叨地说：“嗨！真他娘的奇怪，俺捉雁抓獾，夜里来，黑里去，见过狐狸，见过狼，从没见过鬼，今天开眼了。”章先虎说：“二弟，把网舀递过来，俺逮鬼给你瞧瞧。”邱二豹把长柄小网舀递给章先虎。章先虎左手举火苗，右手握网舀柄，向迎来的火球伸过去，等火球靠近。差不多网舀柄够到火球时，章先虎吹灭火纸，伸出网舀，自上向下迅速网下去，顺势转动舀柄，把网舀折叠起来。

章先虎有点激动说：“二弟，抓住了，在网兜里奔跳哩。龟孙，老子逮到鬼了，谁能相信。”“老大，别让它跑喽。”“没全抓住，跑了一些小鬼。咋的？你怕它们去勾兵，对付俺们？俺不跟它们纠缠，俺还得办正事哩！”“老大，让俺瞅瞅，鬼究竟是啥样子。”“点火来。”章先虎抓住折叠的网舀，邱二豹点火照过来，提起网舀仔细看，不屑地说：“老大，你看，是他娘的一窝虫精。”“二弟，别大惊小怪，啥虫精，就是他娘的一团火虫子，凑在一起，晚上出来吓唬人。就算它是鬼，是精怪，又能咋样！放心吧！办正事要紧。”

他们进了芦席营。往常，一年四季，春夏秋冬，芦席营小市有上百家临时住户。荡里荡外，砍大柴，割芦苇的农人，做芦苇生意的人，他们拖家带眷，集中在这里，收购原柴，扒篓、织席、编篮、撕芦、轧篾、做囤折子……然后从车轴河或官陆路，运出荡外，集中在西盐河东岸上的大柴市、小柴市，批发零售，出海州，转由大运河，远销江南、塞北。龙王荡大芦柴和芦柴制品，名噪天下。大灾之年，芦席营萧条冷落，又有贼寇出没。俗话说“龙王荡贼，脚赶脚”，说明贼寇活动极为频繁。大多荡外人不知究竟，怕丢命，不敢像常年一样进荡。现在只有三家外来的临时户舍，黑灯瞎火，无声无息。外来户也是穷鬼，是不是贼，谁也说不清。

两人轻手轻脚，穿过芦席营，上了荡里的东高地。东高地五十多亩，北倚车轴河大堆，向南延伸，四方四正。这里正是大地主严九家的荡区粮库。十里严家村，跨境南五、六两个队，住严门一族。村西头是仓库，村东头岭地上，住严九一家。村中间漫坡处、洼处、平缓处，住严九家的长工，三百多户；牲口场、圈厩、驴骡牛马、猪羊千头匹；大小磨坊百间、碾磨百盘、石碓臼百座；油坊、酒坊、棉花坊、烤烟坊、谷场、草料场……

章先虎、邱二豹来到库区外，黑暗中模糊仰望库区围墙，两丈二尺六寸高，墙体宽六尺六寸，里外墙皆有青砖护面，上有女儿墙堞口。围墙内有十三栋圆形锥顶库，十六栋长方形平房库，没有空库。圆库是储备库，储备上乘精粮，用于外销赚银子。方形平房库是周转房，用于严家村人口粮、磨面、饲料、榨油、酿酒等日常开销。

圆形库，库墙厚，砖石墙，沙浆扣缝，坚不可摧，密不透风。沿围墙内设库卫，在流动哨眼皮下，四处灯笼火把，壁灯通明，墙角旮旯，透亮无死角，无从得手。

有四座长方形平房库，东西走势，南北朝向。周转库，有门有窗，通风透气，防霉变。窗上镶有拳头粗木桩柱子，桩柱之间有间隔，只为狸猫和黄鼬而设，给猫鼬自由出入抓老鼠提供方便。再小的人也是钻不进的，有效防止偷盗。库内不是散仓，是由若干个仓囤，分别独立盛粮。有小麦、黄豆、稖子、黑豆、荞麦、芦黍、山芋干……章先虎、邱二豹选择僻静背阴的平房库下手。

围墙上，白天独立岗，十尺一处，按时交换。晚上，五人一组流动哨，一袋烟工夫，循环一次。内墙壁每两三丈，挂一盏防风防雨，固定的白蜡灯笼。说不上火树银花，却也灯火辉煌，流光照映，夜夜通明。邱二豹对章先虎说："老大，俺是偷，不是抢，不能弄出动静。强上围墙，死路一条。而防备相对松弛的，倒是大门口。俺俩，应该从大门口进。"章先虎说："大门口有两条恶狗，二寸长的尖牙利齿，锋快无比，一口下去，啄起两块肉，留下两个血窝子。红舌头伸出半尺长，怪瘆人。去年一逃荒人路过，那天看门人遛狗，没来得及拴，恶狗一口，咬断人家没肉的小细腿。那恶狗咬合力，比他娘的鳄鱼还厉害。再说，门岗亭里有哨兵，咋办？"邱二豹从怀间掏出几个鸽蛋大，类似小肉丸的东西说："对付两条狼狗，这玩意好使，特效。"

邱二豹祖传制售老鼠药。大灾之年，老鼠被逮尽吃光。邱二豹"一步倒"毒鼠药，没人买。此药毒性了得，别说老鼠，人也罢，狗也罢，驴骡牛马也罢，只要沾上一点，当场毙命，没任何回旋余地。此物，香味扑鼻，入口即化。老鼠闻一闻，死一次，狼狗吃一颗，足够死八次。

岗亭里哨兵，一时辰换一次。平房库最东头那间，后檐背亮，算是光照背影处，溜过去就可动手。

邱二豹说："去年，俺给严九家交地租，乘机在这库院里，溜达过一回，瞅得清楚哩！"章先虎眼珠子瞪得像卵蛋，对邱二豹说："老二，你负责抛出你那糖肉丸，轻一点，别弄出动静。"邱二豹说："然后，爬上大门，弄出点小动静，把哨兵引出岗位，不惊动围墙上的流动哨。"

章先虎说："对了！俺从哨兵背后，蹿上大门，来个饿虎下山，拧断他的脖子。"邱二豹说："俺俩一起，把死狗和死人拖到背亮处。一切妥了，俺俩转到后檐窗下，放心装粮。"

鸡叫三遍，头顶上的天空焦黑无比，有一颗亮星散落一串火花，拖着长长的尾巴，向另一颗亮星方向飞去，很光亮，很突然。邱二豹说："狗日的星，半夜三更，鬼鬼祟祟，非奸即盗，腿脚够快。""呜呜呜"一阵东南风吹过，风头打在墙上，"噗通噗通"。院内出动几个人，沿着内墙壁，灭了移动火把和移动的灯笼。过一阵子，又回到室内去了。围墙上，只剩下墙洞里暗淡灯光。风不停，不是呼啸，也不是"飕飕"，是慢慢悠悠，不大不小，一阵紧、一阵松、一阵有、一阵无的样子。大门里趴着的两条狼狗，警觉地昂首挺胸，不失高贵的上流贵族气质，真乃狗中豪杰。竖起两只耳朵，屏住呼吸，以其特别敏锐的嗅觉感观，注视黑夜中，院内的风、空气、三维空间的动态。可谓敬业爱岗，忠于职守。是狗，也是战士。邱二豹借阵风刮来机会，赤脚轻溜到门外墙脚下，瞄准狗卧的位置，从门缝间轻轻掷出两颗宝贝香丸。香丸释放出熟肉带蜜又香又甜的扑鼻香波，一下子勾起狼狗灵敏的嗅觉。两狗不争不抢，不谦让，不呜不吠，友好地一狗一颗，舌头一伸，卷入嘴里，入口即化，化出金津玉液，唇齿留香，回味无穷。两狗正在体味小糖肉丸子绝妙滋味，相互对视一眼，没来得交流，四腿交叉摇晃两下，原地卧倒，闭起眼睛，一动不动。

二人攀上大门，邱二豹使夜间打雁办法，对付哨兵。

大雁从北方飞向南方越冬，路过龙王荡上空时，鸟瞰宽阔的车轴河横贯龙王荡，河床平坦，芦苇丛生，有水有滩，有沼泽、藻萍；有虾有鱼有鳖蟹；有潮汐，有青丛。环境，最适合途中憩息、觅食，补充给养。南下鸿雁，一批一批，前羽过，后羽落。雁群迁徙，组织非常严密。头雁、副雁、哨雁、殿后雁，分工明确、具体，各尽职守，尽职尽责。哨雁最辛苦，白天随队飞行，不能掉队。晚上担任站岗放哨任务，一刻不敢松懈。在它身上，维系南下队员鲜活的生命，责任重大，必须保持高度警惕，稍微打个盹，就可能遭受全军覆灭的危险。

狡猾的打雁人白天在荡里转悠，根据既往大雁落地频率，选择晚黑雁群可能栖息的雁场，选择靠近雁场附近最有利地形方位扎下两棵桩，在桩上架一根长长的横木。在横木上置若干支土鸟枪，一般会有多个猎人参与。枪筒里装大量铁砂子，然后连接火信子。

深秋之夜，月黑风高。在点燃火信子之前，猎人点燃火纸煤，黑夜里，突然划绕一下，随即收起火光。哨雁发现火光，警觉地惊叫，放出危险信号。雁群立即沸腾，群雁观察周围并无动静，怒责哨雁，失职误报，妨碍大伙休息，齐鸽哨雁。可怜哨雁遭到群殴，只能乖乖认错，群雁才罢休。雁群渐渐安静，继续休息。猎人，又一次划亮火光，又绕两下。哨雁职责所在，岂敢不报，又一次发出危险鸣叫。群雁继续沸腾，继续没危险，继续齐鸽哨雁。如此，重复三次。有的雁群里的哨雁，坚信自己没错，毅然决然飞走了。生命只有一次，不被猎雁人打死，也会被鸽死，单飞一样可以到达目的地。有的哨雁怀疑自己的眼神不济，再发现火光不敢再叫。猎人知道时机成熟，点燃柁枪火信子，随“吱吱吱”燃烧的火信子，十几支鸟枪一齐开火，一群大雁，一般五六十只，多的上百只，一次被获。

今晚的邱二豹躲在背亮黑暗处，对着大门口哨亭，用火纸煤绕一下。刚绕完就引起哨兵的警觉，打开哨亭门，端起手中鸟枪，猫腰弓臂，仿佛脚下找雷，小心谨慎，一丝不苟，探头探脑，左顾顾，右盼盼，不敢大声吸气，走不过五步，立脚观察。章先虎从岗亭后转过来，一个箭步飞身冲过去，握住哨兵脖子，捂住他的嘴，没等哨兵反应过来，听得“咯吱”一声，脖子拧断了。黑暗中，两人合力把哨兵和两狗尸体拖到墙拐角，顺手拖一张草帘子盖起来。取哨兵帽子顶在枪口上，放在哨亭里。远观哨亭里，隐约有人。

按预定方案，他们迅速蹿到平房东边库，背亮窗口下，邱二豹熟练地撑起麻袋口，章先虎干净利落抽出竹竿网舀子，不慌不忙，不迟不疾，成竹在胸，从容不迫，处之泰然。从窗口木档空隙处把舀子伸到囤子口，满满一囤子小麦。见到粮食，太兴奋。章先虎用力把舀子插下去，拖出满满一舀子小麦。两袋烟工夫，装满两麻袋。邱二豹拽拽章先虎裤腰，小声地说："老大，中啦！再多，弄不出去哟！"章先虎这才反应过来，进来容易出去难。驮着两麻袋小麦，大门锁死，围墙上流动哨按时按点，过来过去，想安全撤出必须在岗亭换哨前，否则被发现，关门打狗，就死得惨了。

章先虎看着满满两麻袋，扎口也扎不起来。示意邱二豹把长裤解下。邱二豹长裤补丁摞补丁，缝补得很结实。邱二豹没有短裤衩，脱了长裤，就精屁浪嘀当了。他还是没含糊，脱下补丁长裤，从上身汗褟兜里，摸出几根细麻绳，先扎死两裤脚口。章先虎掀起麻袋，放满两裤腿，拎起。邱二豹使麻绳扎紧裤腰口，让两条装满小麦的裤腿骑在自己脖子上。章先虎身大力不亏，只要吃饱肚皮子，有的是力气。往常一肩扛两麻袋粮食，步履稳健，行如平常。现在，他把两个麻袋重新分匀，扎紧袋口，两腋窝一边掖一袋。

邱二豹使绳锚掷在大门上方，锚齿抓住缝隙，驮一裤子粮食，"噔、噔、噔……"上了墙。章先虎个头大，无法挟两袋小麦一起上墙，只好先将麻袋吊上去……两人在墙外背起粮食，趁黑夜，溜出严九库区。借芦苇屏障，仗着路熟，紧跑慢跑，跑到章先虎家，放下肩上粮袋子。

大汗淋漓。章先虎摸破水瓢，从缸里舀一瓢水，"咕咚咕咚"饮牛般灌下去。把瓢递给邱二豹。两人喝完水，瘫坐在当门地。章先虎说："老二，这粮，随你拿，你家嘴多，多拿些！俺光棍一条。"邱二豹说："老大，不用讲究，咋的多呀少呀？俺先拿走这裤袋子，吃完再说！"章先虎说："兄弟，千万收好了！记住，俺杀了人哩！这事，廖总要是知道的话，定把俺俩大剁八块的。他不剁俺们，严九也饶不了俺们。"邱二豹说："明天严九家的狗腿子，肯定挨家挨户搜，千万别让他们翻出来。"邱二豹扛起裤袋子，回家去了。

章先虎觉得饿了，忽而想起那米袋子。不敢点灯照亮，记得米袋子，就是放在炕上的。他在炕上，摸来摸去，什么也没摸到。他急了，咋的了？咋没了呢？招贼啦？黑灯瞎火，谁会来俺家，偷了俺的大米呢？难不成是东西哪个邻居，干的好事？章先虎既不敢声张，又不肯罢休。那米，还担着一条性命哩！表嫂死在那块地！章先虎不得不吃下这个哑巴亏。

章先虎在荡南自家田埂上，掐死表嫂，又睡了表嫂，劫了表嫂半袋大米离开后，仰卧在田埂上的表嫂虞墨兰昏迷中，隐隐觉得下体里面有一股黏滑热烫液体向外汩汩流淌，散发出鲜虾活鱼的腥味，又似尿垢的臊气。这是啥情况，自己男人，三年前，得了肺痨后，就不曾有过那种事情。她在用心想，到底发生了啥事。她记得，原是心憋闷，好像有什么东西，堵住喉咙管子，一口气上不来，身体不能动弹。模糊的脑瓜子，漫漫清晰起来，呈现出章先虎穷凶极恶，丧心病狂，豺狼狠毒的嘴脸。章先虎夺了俺娃的救命粮。俺死了男人，娃娃维系俺的命。在家从父，嫁人从夫，夫死从儿。女人三从四德，娃是俺的命根子呀！章先虎呀，章先虎，你夺了俺的命，断了俺的命根子，你还在俺身上，糟蹋蹂躏，凌辱了俺。你这条疯狗，狗杂种，俺做鬼也不会饶过你。

虞墨兰嗓子里咕噜咕噜，有一股气流直冲上腭头，她仰面朝天，脚在抽搐，膀臂在痉挛，身体在抖动。嘴里有气流吹出，有点像北风吹墙根的尿壶口，发出的是哨声。她猛然一阵干咳，又一阵干咳，忽而眼斜唇动，“啊啾！”一个喷嚏，非常坚决、果断、响亮、清脆。

苍天有眼，苦心人，天不负。虞墨兰从昏迷中渐渐清醒，到直接苏醒。她猛地睁开眼，干涩眼眶里没有泪，眼皮皱巴巴的，眼睛睁得很圆。她使劲地摇了摇头，她完全明白刚刚发生的一切。她从地上坐起来，迷迷盹盹，好一会，神志慢慢恢复，记忆更加清晰起来。她两手不自觉地，十分羞怯地捂住那个已不是秘密的私处。她向四转遭瞅了瞅，跪地上，爬着寻找那一身虽破，却代表尊严的裤衫。穿了这裤衫，她就是龙王荡正经平民虞墨兰，死了男人的可怜寡妇，娃娃的正常妈。没了这身破裤衫，裸着身子，她便什么都不是，顶多算是一个千人指，万人唾骂的畜生、痴子、神经病。

天色幽黑，月亮牙子如半块破白瓷碗边子，孤零零地吊在西天边上，晃了两下，就沉下幽黑的谷底。她在田埂下边，摸到自己的破裤衫，套上裤衫，重新系上裤带，站起，稳了稳神，上路，腿裆私处有点疼痛。顾不上那么多，回家，看娃！虞墨兰明白，刚刚自己死过一次，生命好像没那么重要，关键是为谁活，七岁的娃，男人家的香火，自己的命根子，自己不能没有责任感。人难道是为了活而活吗？不是！想到这，她坚定了自己脚步。不管今天，还是今后，无论日子多么难熬，必须咬紧牙关，坚持熬下去。

虞墨兰沿田埂小路，向荡里走去。她觉得自己的命，比老姑祖奶奶的命要好得多，起码自己并没亲身经历战争的颠沛流离，马背上的流宕；没经历过血腥残酷、惨烈、灭绝人性的厮杀，和转战突围的惊惧与恐怖。虞墨兰娘家，是千年前虞姬的娘家。这样算下来，虞姬是虞墨兰的老姑奶奶。没错，虞家出美人，千古不变的基因。斗转星移，沧海桑田。时过千年，血脉源远流传，虞家有史以来，就出性格坚毅的美人坯子。可以想象，当年项王大势已去，虞姬若落入汉军之手，一定比今晚虞墨兰，要惨得多吧！虞姬美貌，艳色惊仙，出水芙蓉，国色天香，仪态万方。舞歌辞曲，称绝当世，艺盖朝野，姿韵婀娜，婉丽夺人。

到虞墨兰父亲这辈，这个贵族起起落落，终于走到尽头。家中仅有田地三十亩，穷日子，捉襟见肘，扶弄熬日月，若没天灾人祸，青黄也能将就接上。家族分出许多支系，虞墨兰父亲虞崇略，是长子长孙一脉，少时学文习武，有报国之志，十八岁院试得秀才，后从军行武。虞崇略和虞墨兰男人的父亲郎耀祝，原本同在朝廷军营里。战场上，结下生死之交，后随营驻扎龙王荡右大营。郎耀祝盱眙老家，已没了双亲，又是孤门独户，就在荡里建了两间土坯草屋，娶荡里半农半渔人家的女儿为妻，安家落户。

虞崇略妻子诞下一女，起名墨兰，这是虞姓为纪念虞姬一生爱兰性格，一代一代，延了一个不成文的规矩，凡生女，名字中，必带一个“兰”字。墨兰自小天资聪慧，天生丽质，乖巧伶俐，读经阅典，写文作诗，样样超过同年男儿。年交二八，受父母之命，嫁与短命郎君郎雪舟。

虞墨兰走着想着，眼下最最重要的事，无论使何种手段，必须从章先虎手里要回救娃的粮。俺完全了解章先虎这畜生的畜性。俺要自信，娃的命，比俺的耻辱更重要。已经死过一回，俺生死不惧，还怕啥耻辱吗？俺不能像之前那样硬碰硬，和没了人性的人硬碰硬，吃亏的一定是自己。常言道：哄死人，不抵命。为要回粮，救娃，俺暂时藏起仇恨。虞墨兰接上荡里小路，七弯八绕，沿漫坡，上村前路。她估摸，差不多是半夜了，她径直去章先虎家。章先虎两间土墙茅屋，连锅带灶，有窗有门，没门板没窗棂。门板窗棂，拆掉打了棺椁。虞墨兰进入章先虎的屋，屋内漆黑一团。她明确闻到米饭香味。让人丢魂失魄，甘愿赴死的香味。她摸了摸锅，是热的，还摸到几颗米饭粒子。

可以断定，章先虎一顿饭，绝对吃不完那半袋子的大米。她声音不大，却十分果敢："章先虎，俺是虞墨兰，亏你留俺一命，没让俺死透，俺还阳了。你不要动粗，俺俩好好谈谈。"屋内没动静。虞墨兰怀疑章先虎就藏在屋里，她不敢激怒他，口气理智温和说："章先虎，你放心，俺不想把事情做得很糟很绝。你把吃剩下的米还俺，俺要救娃！"

虞墨兰边说，边在屋里摸，摸到床边，本以为章先虎躲在床下，仔细一想，章先虎他不可能惧俺、躲俺，他本是直肠的驴，也不用绕弯子。

虞墨兰认定章先虎根本不在家，她在床上，很快摸到炕沿上的半袋米。她没丝毫犹豫，提起口袋，回自己家去了。

她推开自家半掩的门，熟练地从锅门洞中取出火刀火石火纸煤，打着火，点上灯，端灯照床，唤娃："郎娃子，妈妈回来啦！妈这就煮米饭，给你吃。"灯盏放床头墙洞里，娃呢？咋不见了？虞墨兰的心"怦"地忐忑了，接着不自主地"怦嗵怦嗵……"急速狂跳，手脚发抖。

虞墨兰的命根子没了，郎家的天，塌了！她再次端起灯，她已感到灯盏子无比沉重，快压断手脖子，压断了腰。室内空气沉重了，凝固了，她觉得呼吸困难，她觉得头昏目眩，她觉得天交地合，这个世界没了，她的一生完结了。她张开嘴巴，飘惑迷糊的眼神，随灯的光影，在床上、拐角、旮旯、锅门口反复观照，空荡荡的两屋，没桌、没凳、没橱、没柜。她确信，娃不在室内。虞墨兰泪流满面，心烦意乱，心灰意冷，百思无解。俺娃饿得站立不起，不可能自己离开。若离家，也是被动离开。一可能被人带走，做了人家的娃，还活着。这不可能呀！方圆百里龙王荡，在这大灾年景，谁肯如此担当。二是被黑心人强行带走，煮了，吃了，没命了。三是荡里常有野兽出没，野狗或者野狼叼走啦？不可能，荡里哪里还有野兽，早被猎光了，连只鸟都不见，哪来的兽。

虞墨兰的许多假想，都被自己一一推翻。俺就在荡里，村村寨寨，挨家挨户，滴水不漏，展开地毯式搜索，不信没有结果。她还是把希望寄托在章先虎身上，会不会是章先虎良心发现，有意赎救自己在田里的罪孽，做了米饭，带娃吃完，溜达去了。这是多么美好的遐思。她心里竟然好受一点。她咬咬牙，估摸已是后半夜了。一不做，二不休，索性转回章先虎家。不管几时几更，等章先虎回家。

整个龙王荡已沉浸在无言的黑夜之中，不闻鸡叫，不闻犬吠，只有夜风吹拂芦苇，“沙沙”作响。又到章先虎家门前，她脚步迟疑，停顿下来，侧耳倾听，似乎听到屋里有动静。章先虎刚送走邱二豹，回到屋里，在土筋炕下用铁镐凿地。他企图在床肚里，凿个地窖子，把偷来的粮，装进去，藏起来。虞墨兰十分警觉，以为章先虎杀死自己娃，在挖坑埋娃。情急之下，猛喝一声：“章先虎，你干啥？”章先虎借微弱油灯光亮，专心刨地掏洞，被突如其来的吼声吓蒙了。坏了，偷粮，败露了。他手握铁镐壮胆子，他娘的，光脚不怕穿鞋的，杀人不怕掠货的。俺拼了，他喝声道：“谁？拿命来！”说着，举起铁镐，欲向人影砸来。虞墨兰身体一闪，立刻阻止道：“先虎，别动粗，别紧张，你嫂子，虞墨兰！”章先虎目瞪口呆，呆若木鸡，张口结舌，半晌才反应过来，迟钝地问：“啊！哈！哦！虞墨兰？表嫂？”又停顿一下，握住铁镐柄，不怕鬼的章先虎有点蒙，说：“嫂子？是人是鬼？”虞墨兰寻思，当前必须稳住这只毒虎，绝不能用语言激怒他。否则，吃亏的定是自己。她哄他说：“先虎呀！俺理解你。俺是你嫂子，是人，没错，俺不是鬼。你不必动粗，俺是找你商量事情的。”她的口气，极为缓和、温良。章先虎骨子里多少还有些人性：“嫂子，对不住哈，俺就是个畜生，你大人不计小人过。”虞墨兰最急切地想从章先虎口中，得知娃的下落，她问他：“先虎，你给俺说句实话，不要诓嫂子，你见到俺郎娃子了吗？”

章先虎心里想的，和虞墨兰心里想的，不是一码事。他也是个会来事的主，心怀鬼胎，“啪嗵”一声，沉重跪地，击起一股灰尘，后悔地说："嫂子，章先虎眼瞎，不该对你动粗。"章先虎的话，包含几层意思：一是不该硬抢嫂子的粮。二是抢了粮，不该掐死嫂子。三是掐死嫂子，不该奸淫。四是奸淫了，不该扬长而去……总之，章先虎自己也说不清楚几层意思。虞墨兰急了，带哭腔说："你把俺娃咋的啦！"

两人弹的不在一调子上，章先虎似乎听懂了，不太明白地说："不是，不是，嫂子别急，俺说的是那个，在地里，那个……"他两手比划着，不好明说。虞墨兰不绕弯："俺问你，见到娃没有？"章先虎回答干脆："没，俺提回米袋，想一想，心中有愧。做了米饭，去你家，找娃过来吃饭，可是，娃不在家啊！""你说的是真话？"虞墨兰赶了一句。"真话，嫂子，章先虎畜生，没撒过谎！俺若撒谎，天打五雷轰！"章先虎说的是真话。"那你在床肚刨坑干啥嘛？"虞墨兰追问道。"嫂子，不瞒你，这年头，咋活？俺偷了严九家粮库，弄来两麻袋小麦。俺们以后不愁没吃的，等一会，俺送你一麻袋。"章先虎讨好地说。"粮食固然珍贵。可是，志士不饮盗泉之水，廉者不受嗟来之食。你还是自己留着享用吧！"虞墨兰坚定地回答。"饿得嘴里淌屎水，气节有个屁用！真愚！"章先虎也不客气……

第二天，章先虎以亲表叔身份，和虞墨兰一个向东，一个向西，在龙王荡车轴河两岸，南北二十队，走村串户，展开寻找郎娃的全面行动。

虞墨兰无限后悔、自责，锥心刺骨，撕心裂肺之痛，难以言表。多日来，她寻寻觅觅，凄凄惨惨戚戚。活不见人，死不见尸。她没了主张，凄凉心伤，她心犹不甘。

龙王荡三个集市，丰乐镇、南头队、南四队。章先虎在大街小巷，港湾码头，大商场，小猪行，烟馆赌坊……细心搜寻，连茅屎缸里也使小棍搅了底朝天。没有。

这日，章先虎又到丰乐镇，看街市上萧条冷落，大街上撂棍也砸不到一个人。忽见西街一条小巷里蹿出一老一少，老的六十多，少的三十左右。老的手握锨柄粗的擀面杖，追着少的满街跑。一边追，一边口中骂道："狗日的，不孝的东西，偷俺酒喝。俺一把老骨头，说死就断气的年纪，喝一顿，少一顿。你个龟儿子，小年轻，喝酒日子长着哩！俺叨你两句，还敢顶嘴，老子今个教你，啥叫孝顺！"

少的本是孝顺儿，老子打儿子，儿子跑了，老子应该识趣，消消气算了。儿子若不跑，老子更生气，这是常理。可是，这个老子不依不饶，拼命追。儿子回头一望，老子跑得上气不接下气，真可怜，万一真的接不上气，就一命呜呼！儿子就承担一辈子不孝之子的骂名，到那时，后悔也来不及。算了，俺给你打两杖吧，只要不打头，儿子吃得住。

跑到十字街口，儿子立住脚，不跑了。老子追上来，举起手中的擀面杖，本不想打儿的头，只是为了教训一下，让儿子长长记性。冲到儿子身边，老子想，这一杖下去，不管打在儿子哪个部位，都受不了的。

儿子说："咋能让你消气？打了能消气，你打吧！""还敢嘴硬，打死你这个狗日东西。"话音未落，竖在半空的擀面杖，重重打下了。本以为儿子本能地躲闪，可儿子不孬种，偏偏没躲，也没闪。无情落木不偏不倚，打中儿的头顶，血从上流下，满脸皆是血。老子后悔，心里疼痛。虎毒不食子。自己亲儿子，咋下得了手。可是，嘴里还喋喋不休，又抡起棍子。这时，大街上很快聚起看热闹的人群。

儿子吃了一棍，头嗡嗡响，眼前冒金花。顺势跪在老子面前，咬牙坚持，等待老子第二杖落下。儿子闭起眼睛，心里念想：君叫臣死，父叫子亡，不能违拗，命呀！这一杖再落下，今后，恐再无人如儿一样侍奉二老了，自己年幼的儿没长大，咋办？半新的年轻媳妇，要守寡了……这时人群中冲出一后生，跨步立于老子、儿子之间，夺下老子举起的擀面杖，顺势一掌，老子一个踉跄后退几步，扎扎实实跌个屁坐子。后生毫不客气地说："老而不死的棺材瓤子，有你这般打儿子的吗？滚——"摔了手中擀面杖。老子不愿意道："俺教训自家儿，关你屁事，哪来的杂碎！"儿子也不悦，说："斤三铁铳子，你凭啥打俺大大，大打儿，和你没有一毛的关系，狗拿耗子，多管闲事！"

斤三是荡里有名的混混，号称斤三铁铳子，是章先虎把兄弟四人中的老三，咋能吃得下这等窝囊气，明明是自己路见不平一声吼，救下可怜的儿子，却遭到父子两人的还击。斤三发怒了，对那个儿子大声吼道："狗日的，你有种。好心当驴肝肺。狗咬吕洞宾——不识好人心。俺救了你，你他娘的，还拿乔。"说完，把擀面杖扔给那老子说："打吧！不孬种的话，就打死他！"说完，斤三铁铳子拨开人群，走了。

斤三火药脾气，一点即爆。自以为重情感，讲义气，路见不平，拔刀相助。在荡里，常因横冲直撞，打架斗殴，不干人事，惹出大麻烦。过去，曾被乡团关过两次禁闭，也曾在廖总面前自己剁下左手小指头，痛下决心，再不冲动，发誓重新做人。

没用的，江山易改，禀性难移。斤三走出人群后，场内的老子儿子，返过愣来，跟着斤三屁股，追过去。纵上纵下，要跟斤三动手。

斤三和章先虎，在关二爷庙里磕头拜的把兄弟，发过誓言，有难同当。章先虎看此情形，觉得不妙，三弟可能吃亏。光着上身的章先虎，下边还是那条大裤衩，腰上勒一条宽布带子，身后插一把大砍刀，他仿佛随时准备着不期而遇的恶战。章先虎推开挡在面前的人群，一个跨步冲上去，隔在老子、儿子和斤三中间。抽出大砍刀，喝声："三弟，你闪开！老大在此，谁他娘的活腻了，敢动你！"斤三铁铳子听到大哥声音，心中仗义，转过头说："没事，大哥，这俩老小子，加起来也不是俺的对手。"他对老子、儿子说："谁他娘的要干俺，你们爷儿俩，想干俺吗？来呀！俺斤三铁铳子，泥捏的吗？来呀！干呀！"斤三铁铳子脱下对襟灰色汗褟，悠了悠甩在街边，身上现出块块肌肉，立在一块旷地上，故作轻松，膀臂伸开，手心向上，掀了掀："干俺！来呀！不干，是屄包！"

那老子、儿子见荡里有名气的愣头青，大混子章先虎，加上这个撞上南墙不回头的铁铳子，怕动起手来，凶多吉少，算了。爷儿俩自认今日是黑道日子，倒霉，认栽，装屄而归。

老子为啥打儿子呢？昨天上午，老子兆醪桶的妻弟从淮安到龙王荡里走亲戚，看老姐，知道龙王荡遭百年不遇水旱大灾，生活十分艰窘，给老姐买了几包点心茶食，知道姐夫好一口老烧，也给姐夫捎带两坛当地酒坊酿的芦黍大曲。

过来之前，只知道姐家穷，到了姐家，才知道啥叫穷。不敢相信，竟然如此之穷，帽子没顶，褂子没领，裤子没裆，鞋子没帮。穷得连一顿稠粥也喝不上。天快黑了还不知道他们家咋吃晚饭，锅没动，瓢没响，烟囱不冒烟。军人出身的兆醪桶，一生秉持宁倒酱缸，不倒酱架子。再穷，也腰板挺直，装出一副人穷志不短的样子。对内弟登门，显得十分客气、殷勤、忻悦、兴奋，表示热烈欢迎，并宣布晚上吃老酒。

早年在军营，每一次开战前，要大喝三天壮行酒。一仗打下来，只要活着，胜也罢，败也罢，喝吧！那叫痛快！军队到龙王荡开荒垦田，娶妻生子，本以为日子会好过起来。可是，几年、十几年、几十年过去，他觉得自己日暮途穷，日薄西山，朝不虑夕。胃肠似乎越来越空，肚皮子越来越薄，酒嘴越来越馋。许多年没吃过一次痛快的酒席，要么无酒有菜，要么有酒无菜，要么无酒无菜干咬牙！平时手里有几个铜镚子，只能偷偷溜到街边那家小酒馆，买下一小端子散醪，趴在柜台前，提着端子，仰起脖子，一口咽下去，两唇合拢抿紧，屏住呼吸，两手紧紧捂住嘴巴、鼻子，生怕酒气挥发了。过年过节，偶尔放松一回，也不敢挥霍、大手大脚。他有意培养儿子酒量。他以为，男人不能不喝酒，女人不能不会哭。男人喜怒哀乐，不喝酒，过不了坎！女人喜怒哀乐，不会哭，必憋出毛病。

有一次和儿子一起喝酒，老兆让婆娘炒几粒黄豆，喷了一些盐水，咸豆的香味，是常人无法抗拒的。他教导儿子，抿一口酒，可以舔一次豆，感受豆的香味，儿子照办了。爷儿俩半斤酒喝完了，小碟里黄豆一粒不少。儿子喝完最后一口酒，忍不住捏一粒豆嚼了，脑门上立马卷起许多条皱纹，深深吸了气，那次是他有生以来第一次吃咸豆，口中馋涎欲滴地说："哎呀！真香呀！"老兆以为儿子吃相不好，其实是怕儿子被咸豆诱惑了，这几粒豆命途不保，自己再喝酒，无豆可舔。不悦地骂道："败家的东西，抿一口酒，吃一粒豆，那是馋酒人所为，真正喝酒高手，是不吃菜的。家有千担，不拿黄豆就饭。为什么？豆炒熟，吃起来，太香，谁都无法抗拒。再多的黄豆也很快就会被吃完的。喝一口酒，吃一粒豆，太过分，太奢侈，太浪费，此风不可长。黄豆粒就酒，象征性的，知道吗？不可以真吃它。当然这是指在家里，在外边，别人请客，可以放开吃。"儿子低头回答："是哩，是哩，记住哩！"

昨天晚黑，兆醪桶宣布喝酒之后，家里并无任何动向。穷不瞒人，丑不背人。老兆当然不怕脚大脸丑。一张三条腿的破桌，膝盖高，断了一条腿的地方抵上一根小木棍，四条桌边下摞了几块土筋子，替代板凳功能。老兆和内弟，东西向，面对面，儿子坐北横头，下席位置，专职司酒。儿子向老子申请点灯，老子不允："喝酒，又不是吃菜，点灯干啥？不点灯，能喝到鼻眼里去吗？败家的东西。”意思是点灯白费油。儿子心中明白，这顿酒，可能需要很长时间。

桌上除了两只黑窑陶瓷酒杯外，无菜无饭，更无其他有吃头的东西。在老兆的理念里，酒是粮食精华，压馋压饿压渴。酒是可以代替饭食的。三杯酒下肚，老兆嫌儿倒酒动作太过拘谨，不是他想象中的洒脱、利索。干脆把儿撵走：“你去吧。倒个酒，慢条斯理，还文绉绉的。”

这两人，算是天造地设的一对酒徒。一边吃酒，一边胡吹八侃。上自天文，下至地理，兼带家事国事天下事，吵仗磨牙，鸡毛蒜皮。凡是自己曾经遇过的奇闻趣事，加上自己不知对错的理解，全摆到桌面上，大话流天，说着笑着，流着热泪，快乐地沉浸在吃酒的幸福之中。屋外，天塌下他们也不会问，这个世界只属于他们。精神大餐，胜过满汉全席。二人你来我往，酒杯碰得“叮咚”响，喝得心潮澎湃，热血沸腾，慷慨激昂，豪情万丈，天空燃烧，大地流火。一仰脖子，一杯下肚，吞嗓眼子向下，一串熊焰热烈，热热烘烘，身上发烫，汗水直挂，二人甩掉上衣。越喝越有味，越喝情越深。喝得舌下生津，口吐兰芷，齿留余香。是的，酒让懂她爱她珍惜她的人喝，才能实现酒生的伟大真谛。

何需啥六食、六饮、六膳、百馐、百酱，又何需啥参翅八珍、山林八珍、湖河八珍、海味八珍、飞禽八珍。只有老酒，胜过天下美味。只有这老酒，是天上琼浆，地上甘露，人间玉液。她滋养胃肠，津心润肺，益肝强肾，健脾温胆。滋阴壮阳，上下通气，放屁不臭，养颜美容，消除疲劳，驱风祛痹，气血双补。一坛老酒差不多三斤三两，喝下一半已是三更子时，老兆仿佛想起啥。他伸出右手，暗中顺着桌肚下边，一腌咸菜的坛子口摸进去。手在半坛盐卤里，捞来捞去。他记得，卤坛里还有半截咸菜根子。摸呀摸呀！摸到了！他低下头，放嘴边，伸舌头舔了舔，咂了咂，又放回去，没点灯的好处显现了。他继续客气地向内弟敬酒。内弟眼力好，室内黑暗，看不清，但他心里明白，凭感觉，知道姐夫的动作，有点神秘。老兆第二次摸咸菜根，内弟使脚，轻轻触碰才晓得，桌肚有坛。心想，好你个大姐夫，原以为你兵营出身，脾气直爽，没想到，一肚子弯弯绕，跟俺玩阴的。桌肚坛子里，藏菜馐，光顾自己咂来咂去。你这家伙，不厚道，这是啥待客之道？被窝放屁——吃独食。

兆家舅老爷，也不是省油灯。等老兆把那菜馐放回坛子后，他也偷偷把手伸进坛子里摸，他摸到那半截菜根子，也放嘴里咂两下，放回坛子。姐夫也发现了，假装没看见。俩家伙很默契，一来二去，你咂一口，我咂一口。心中有数，心照不宣。一直喝到天大亮，咂到天大亮。一坛酒，喝完了。半截咸菜根子，又回到盐卤坛里。这才是真正的高手对觥，喝酒就是喝酒，菜不菜，无所谓。

兆醪桶装出光明磊落、干脆爽性、直率坦荡的样子，天色大亮，再不用藏着掖着，既然坛里还有咸菜，就应该大大方方拿出来，放锅里炒炒，有油没油，不计较，大大方方端上桌子，吃菜喝酒，图个豪爽慷慨，省得内弟瞧不起俺！老兆伸手从坛子里摸出被咂了一夜的半截咸菜根放在桌子中间，两人心领神会，凝神一看，哇！哪是啥咸菜根子呀！不是的！是条被腌死的壁虎。一条壁虎进了卤坛，不知是饿极了自杀；还是狗管闲事，他杀。哪有狗呀！

可怜的壁虎，尸体僵直，灰色身躯，被两酒鬼咂得发白。两人相视，笑得很难看，眼角流泪。哭也不是，笑也不是。脸面别扭得有点变形。该如何是好！内弟狼狈不堪，尴尬地捂着肚子，瘆得食指插到嗓眼子里，抠了半天。嗓眼抠破了，干恶心，吐不出。起身告辞，打道回府。

舅老爷走后，兆醪桶的儿子听说俩酒鬼咂了一夜的壁虎，觉得父亲可怜也可恶。就把另外一坛酒，悄悄藏起来。意图让他节制一点。天天见他醉生梦死，心里很难受。

舅老爷刚走不到一个时辰，兆醪桶酒瘾泛滥，又想漱两口。满屋子翻腾，找不到。听婆娘说，被儿藏了。他向儿要酒，儿说不知道，三言两语，戗起来。兆醪桶岂能容忍老实巴交、逆来顺受、隐忍不发的儿子戗他。顺手抓起戗在墙边，三尺多长的擀面杖子，儿子本能地撒腿便跑……

儿子回到家，头顶还流着血，默默地从板门后猫洞里，把那坛酒提出来放在小桌上，扭头出去了。老兆无趣，望着儿子背影，骂了句："孽子，看你那副屃样子，出息！"

车轴河南岸，廖家砖窑场，几十号乡勇从砖窑场向乡团大校场运砖头。抬的抬，挑的挑，小车堆，大车拉……

乡团大校场北侧，一条由东向西，一千五百多尺长边线上，正对校场阅台，启建十口二十四印罗汉锅风火大灶台，有的在挖基垫土，有的在砌锅台，有的砌烟囱。北二队乡团小校场，同时开工建灶。

乡团总部议事厅，廖子章召集二十队队长、龙王荡乡约、镇长议事，报灾情。他说："……之前，俺千方百计，筹集救济，按困难人口，分配到户，本以为能过上几个月，结果事与愿违，没出一个月，粮食吃光了。要改变一曝十寒恶习。眼下，最重要的是，舍粥放饭，维持生命，减少死亡。俺以乡团名义，在车轴河南北两校场，各建十口大灶。乡团将派出乡勇，理灶施粥。各队各乡各镇，队长、乡约、镇长，率甲、保，到施粥现场一线，维持秩序，不得生乱……"时俊杰抬起头，观看每个与会者，挂着哭丧的脸。他低眉地说："这场大灾，绝了生路，本镇特困户，不下百户千人，实在找不到可食之物，眼看着就要饿死。"蔡先福接着说："先前发的救济粮，恨不能一顿吃完。唉！真的可恨又可怜。没的吃的人家太多，俺队里、乡里老弱病残、鳏寡孤独，陆续饿死，每天都有几口棺材抬出村。这样下去，情况会非常糟糕。"龚大嘴说："赈灾舍粥，还得加快，说白了，一天一人能喝上一碗稠粥，便饿不死了。"北八队队长胡大捏说："龚大嘴说得没错，一人一天一碗，能维持一口气，南北二十队，加上龙王荡的乡、保，难民远超两万人，一天要喝掉多少粮，喝到何年何月是个头哦！"

南五队队长兼乡约辛三福说："前天晚黑，严九仓库被盗，现场细察，是个小蟊贼，故没敢惊动廖总。偷两麻袋小麦不打紧，问题是，毒死严九的两条狼狗，还杀死一个放哨的狗腿子，硬生生把脖子拧断了，手劲够大。严九不依不饶，一大早派人传话，要俺三天内抓住凶手。现场没留下一丝痕迹，俺到哪里去抓呀！"

南四队队长、乡约戴景耕说："这两天，荡里怪事多，死鬼郎雪舟的寡媳，带七岁男娃，实在活不下去，把娃放家里，自己去颜集娘家借粮，走了一夜一天，赶到家，娃不见了。活不见人，死不见尸，奇怪吧！"

龙王荡这场灾，粮食绝了，野菜绝了，树叶绝了，树皮绝了，草根绝了，浅水地芦根绝了，牲口绝代，鸟禽绝羽，野兽绝迹。沟坎洼地里的小鱼小虾、青蛙癞蛄、蝌蚪小乌贼；漫坡上的蚂蚱、蝗虫、土狗子、蜈蚣、蛇、蝎、黄蜂、蚂蚁、臭虫、洋辣子；豆丹、土鳖子、蚯蚓、放屁虫、蛐蛐、蚂蟥……凡是能吃的，不能吃的，似乎可以吃的东西，其实不能吃的东西，都吃光了，即使如此，还是没挡住饥荒。饥饿才是真正的洪水猛兽、狼豺虎豹、妖魔鬼怪。没有饥饿，就没有死亡。

北六队队长夏秋生说他们庄上的事：俺队庄二苟一家七口人，几天未见食物汤点，老的老，小的小。老的饿得无病呻吟，小的饿得嗷嗷待哺。老小躺在地铺上，再无一丝生机，有气有力，动弹不得。一家之主庄二苟实在无计可施，看地铺上的一家人在等死。心中悲哀，绝望叹息。他已经赶了两个潮汐，没捡到可以救活家人性命的海货。既然老天不给活路，受罪世上挨，不如土里埋，一了百了。

那天，大清早起来，继续赶海。他饥饿蹒跚的步履，仿佛在丈量海滩的面积。他的注意力，已不是小鱼小虾、小螺小蟹。他在寻找一种浮囊体，样子有点像僧侣帽，中间有一个隆起的峰位，颜色蓝蓝的。这东西常在落潮时，躲进沙滩的水洼里寻食。他想找到这东西，带回家煮了，一家人吃下去，可彻底消除饥饿的折磨。从此，享受天堂的快乐幸福。功夫不负有心人，庄二苟走遍耗了潮的海滩，在一片沙窝里找到了这堆“水漂漂”。有学问的渔民，叫它“僧侣母”。它是一种剧毒物，谁沾一点，必死无疑。庄二苟使细竹竿子挑入渔箩里，回到家。一家人用期待目光看一家之主，带回沉甸甸一箩子希望。几个娃眼巴巴，看着亲大大提沉重渔箩子，已经感觉到吃上新鲜海味，心中充满喜悦的滋味，为这样有能力的大大，深深感到幸福和骄傲。

庄二苟走过娃身边说：“大大给你们抓鲜海蜇哩！下锅煮煮，就能饱餐一顿了。”庄二苟亲自把水母放入锅里，放水、盖锅、烧煮……一家七口人，平均分配，吃了睡觉。

庄二苟关上门窗，他把这两间草屋，当作一家七口人葬身的坟墓。这一觉，七口人再无一人醒来。正是高温天气，尸体一天过后便开始膨胀起来，淌水、腐烂、发臭。柴门紧闭，窗户严实，臭气从门缝、窗缝散发出来，村上几十户人家，闻到臭气冲天，也没啥反响。烂臭的腐水，从门缝中流出来。门前屋后，红头蝇、绿头蝇，像云彩一样，一阵一阵地飞过去，聚集在门缝上，分期分批地涌进屋去。

又过几天，肥硕的拖着长尾巴的大白蛆，像撒落的米饭团一样，一股一股，从室内沿着猫洞、门缝、窗台、向屋外，排成长队，像几条亮丽的白练，随着烂臭的腐水流淌、蠕动、徐行。可能是因为室内太暗，爬出来，为了寻找光明。它们也可能怀有远大抱负，在阳光下，实现重生、轮回，从而壮大蛆的队伍，千倍万倍，繁衍孳生更加强悍、任意妄为、毫不顾忌红头蝇、绿头蝇的军团。

它们想占领龙王荡，称霸世界。仅十多天，庄二苟家敞开的院子，白花花的蛆虫，如刚刚落下的一层雪。世道，如此不堪、荒唐、谬妄、乖张！面对灾难、饥饿和死亡，坚强而脆弱的生命，就是这样凄惨、悲凉。

人间地狱，是苍蝇恣意狂欢，挥霍奢侈，纸醉金迷，无限快乐的天堂。蛆们在人的肌体里，过着花天酒地、坐享其成的幸福日子。钻进人的骨髓，吞噬人的膏腴，吸取肥美营养。它们不可一世，得意忘形，盛气凌人，肆无忌惮，摇晃流油的脑袋，挺着圆滚滚的肚皮，显现肌肤的细腻、滋润和鲜亮。它们从室内中来，大模大样，趾高气扬，威风凛凛，向世界宣泄嚣张狂放，展示慷慨豪迈、气宇轩昂。

这精粹华彩、璀璨绚烂的世界，竟是荒唐凄怆、悲惨萧索的坟场。

7

廖子章的建灶舍粥方案，在紧锣密鼓实施中。

南头队、北二队，乡团的两个宽阔平坦的校场上，分别一字儿排开十口二十四印大灶，庄严静肃，挺拔伫立，等待点火烧灶。荡里各队各乡的陈年大柴，陆续分别运至校场，高高的大柴垛，码在校场外东西两侧。不见昔日嬉闹玩耍的娃，不见蹦跳喳喳的鹊，不闻欢快的柴莺那清脆流畅婉转的歌喉。

廖家磨坊，廖夫人轻装上阵，率廖家大院里的家丁女眷，忙里忙外。驴忙推碾，人忙拐磨，磨糈、输粮、出面、装袋、扎口、卸车、装车……这场面，却有几分生动。这是廖家大院的三爷培伦前次和商行掌柜颜铎运回的粮食，分配给灾民之后，剩下仅有的三十担人口粮，现在全部拿出磨面，准备开灶。

廖子章让夫人代表自己，向全家动员，自大灶开灶之日起，全家上下六十多口人，男女老少，不在家里喝稀粥，到校场去和灾民一起，喝大灶稀粥。看得出，廖子章誓与灾民共存亡的决心。

南五队严家村大地主严九家大厅里，廖子章和严九商谈借粮的事。廖子章用商议的口吻对严九爷说："……九爷呀！明人不说暗话，为荡里灾民渡过眼前大灾荒，俺已无计可施了。今日来求您，给廖某出出主意！"这年头，借粮这种事，天大的事，不开玩笑，不能唐突。廖子章先试探发声，看严九爷有啥反应。

严九爷财大气粗闻名苏北鲁南。他平常敬重廖子章的人格，在廖子章面前从来不摆架子，这是严九过人之处。看廖子章没把话挑明，他心中已有几分明白，笑笑说："哈哈，四太爷呀，有话直说，都是荡里人，知根知底。俺严某有今日一点亮色，多年来，您也没少帮俺，别兜圈子，说吧，要俺咋做？"严九爷，四太爷，这两种称谓，都是荡中百姓习惯叫法，不代表他们之间的辈分，但至少可以分出轻重。

对于地主而言，想借他的粮，必定应该给个说法，这是规矩。廖子章来严九家，是为开灶借粮，廖子章心中有所打算，他说："九爷，俺向您借粮来的。""借多少？"严九未加思考，爽快回问。"暂借五百担，等俺家商行粮船归来，借麦还麦，借稻还稻，外带两成利。"廖子章说两成利，看严九的反应。"据说，您在车轴河两岸，建二十口大灶锅，舍粥啦？""是的，别无他法。荡里灾民，您了解。俺好不容易筹来的救济粮，发下去，很快就糟践光了。哪有更多的粮食分发哟！"廖子章实话实说。"舍粥，五百担，也挡不了半个月呀！杯水车薪。两三万张嘴，一天喝一顿粥，没有三四十担粮，也打不住啊！"严九若有所思地说。"是啊！不能眼见灾民，成批成批饿死啊！得想法子救啊！"廖子章接严九的话说。"眼不见，心不烦。眼见了，不救不合适。俺知道你，心思重，见灾民现状，不能释怀！”严九心想，你家粮船，充其量，航载两三千担粮，还不抵俺一个圆仓的粮，还俺五百担，外带两成利。粮船跑一趟，剩下的粮，不出两个月，就喝完了。你继续来，俺继续借，再借，拿啥还？罢了罢了！这种事，不能有第二回。龙王荡灾民的嘴，无底的洞，惹不起！

可是，俺是一方的大地主，田地和收成，一方独大。身在荡里，若不及时松松腰上袋子，说不过去。反过来看，即使拿出五百担，白送，也不能太爽快。俺家粮多，也不能太大方。这年头，粮食堪比黄金。

廖子章见严九爷在思忖，没干脆答应，估摸严九对还粮没兴趣，他又不缺粮。

廖子章准备几手方案，他抛出第二套方案，对严九说：“九爷，俺们都是一口唾沫一颗钉，吐在地上砸个窝子的人。要么，俺德庆堂在荡里三个集市，还有杨集、板浦、海州共十八爿店，归您了！咋样？”

廖子章如此一激，严九忙开口：“四太爷啊！您的面子，也不能只值五百担粮呀？”说到这，严九爷突然感觉冒失了，不可继续说下去。廖家的店铺，俺都见过，规模大，规格高，房屋、货场、仓储，那是有模有样。粮油棉麻，果药瓷茶，丝绸、食盐库存，都有讲究。俺家手中有粮有棉，俺家商贸，除了粮棉，没别的。若得廖家十八爿门店，别说五百担粮，三千担俺也愿意，一年的贸易额就赚回来了。不过，反过来想，俺这样做，是不是有点缺德？老廖出面借粮，不是他私人借粮，干吗要他家店铺抵押呀！不可不可！

廖子章了解严九，为人精明，脑子特灵，长于算计，他不会轻易借，也不会把事情做绝了，不借。不外乎三种可能：一是借粮还粮，利息照收，店铺抵押，期限两年。二是借粮不还粮，还钱。俺借他粮，归还时，按时价，结成现银，还他银两。三是借粮不还粮，不还钱，还他的两倍，甚至多倍的人情。

严九心里谋算：本该敲他老廖一把。可是若敲了他，两人心里的结就系上了，久了，这结变成死结，就是仇。和他总乡团结仇，不应该是俺严九的本意。再说，他是高看俺严九，他若真想拿十八爿店抵押借粮，他去端木圩，找端木举人，别说五百担粮，两千担粮端木举人也不敢说个“不”字。罢了！罢了！俺在乎这五百担粮，更在乎比五百担粮更重要的人情。哪天，俺要是走背了，让他还俺千担粮的人情，以他脾气，定慷慨出手的。

严九不再多想，爽快地说：“四太爷呀！俺严九又不是没粮。明天，俺派大车队，装上五百担粮，给您送过去。别的话，不用多说。在龙王荡里，您四太爷瞧得起俺严九，到俺家借粮，严九若说个‘不’字，那不丑死俺了！俺还能在道上混吗？”

廖子章寻思：这个结果，和自己预想的，差不多。严九最后一句话，把五百担的人情，砸实了。和他严九处事，要较真，又不能太较真。较真，是因为严九是个翻眼不认朋友的主，前提是“翻眼”。不能太较真，是因为他又是个认了朋友不要命的主。前提是朋友得替他两肋插刀。

总之，朋友也罢，兄弟也罢，亲戚老子娘也罢，谁对谁，都不能白吃白喝。俗话说：吃邻居的，碗卡碗；吃亲戚的，周流转；只进不出不长远。这是荡里的规矩。廖子章说：“九爷，亲兄弟，明算账，不管咋说，俺得写个借条，您捏着。借您的粮，不留一点痕迹，不在理！”“四太爷哎！您怕俺严九放高利贷不成？写啥条哈！光绪元年，那个时候，俺没啥实力，倭寇海盗船进荡，三十多人，抢俺仓库，烧俺牛棚马厩，多亏您率乡勇及时赶到，灭了倭贼，救了俺。您用性命救俺，也没让俺给您打条子呀！还有那年……”严九话没说完，廖子章摆手示意说：“哎——九爷，陈年芝麻谷子小事，廖某职责所在，不值一提，不值一提呀！”……有了严九五百担粮，二十口大灶便可以如期点火启动。

当饥饿死亡，如豺狼猛兽向每个灾民家庭袭来时，活人不知所措，天天向外抬死人。饿死的爷娘，饿死的丈夫，饿死的媳妇、娃……黄泉路上无老少。开灶之前，荡里惨景让廖子章痛心疾首。最初，哪家饿死人，邻居、亲戚、朋友，多多少少，有些惊异，还会主动地相互走动、安慰，出个份子，送点礼物，搭把手，帮个忙。到后来，许多人逃脱不了这场噩运的纠缠，一个队，一个乡，十几个村，每天都会抬出十具八具尸体。

北六队、北七队，龙王荡最深处，灾民最集中地带，灾难最严重，十家有六家，人口死亡过半。早期饿死的人，待遇优厚，房前屋后，有几棵树，找个木匠，好歹做口薄皮棺材。后来饿死的人，待遇大不如前，日衰一日，三张芦席，上身一张裹住头，下身一张裹住腿脚，中间一张裹住身段，再扎一条草绳，拖出去，埋了。再后来，荡里芦席用完了。后死的人，不讲究，也无人讲究，不用抬去乱葬岗，家前屋后，随意挖个坑，草草了事。为啥？一来活人没力气，拖抬不动死人。二来不忍心家里亲人在乱葬岗，被他人刨起，煮煮吃了。埋在眼前，白天、晚上，有个照应。再后来，一家人，死到最后一人，没得商量，直接关门关窗，就地倒下，房子自然成了高规格的坟墓。一家坟墓，十家坟墓，一个百把户的大庄子，形成多座墓群。

接下来，尸体腐烂。接下来，招惹苍蝇。接下来，军团般白花花的蛆虫诞生。再接下来，蛆虫大军成团成团，占取死人躯体的各个区域，头脑、臂膀、口中、鼻孔里、耳眼中。从口腔钻进腹腔，还有如鬣狗掏肛……

重灾区，躺在家中的死人，占总户五成以上。水里游的是蛆，地上爬的是蛆，树上遛的是蛆，天上飞的是红头蝇绿头蝇。室内，蛆虫在床上酣眠，在床下嬉逐，在堂间交际，在墙角拥抱亲吻。蛆虫大模大样，旁若无人，神气活现，趾高气扬。凳子上，蛆虫油头粉面，跷起二郎腿，吃饱喝足，抖动脚尖子，津津乐道，谈笑风生。门缝里，窗棂上，蛆虫飞檐走壁。恶臭流液中，潇洒漂亮的肥蛆，如刚出浴的美人般白净细腻，裸露洁白的肚皮，凌波微步，移形换影。如贵妃醉酒般推杯换盏，载歌载舞，尽情享受快活。蛆虫占领村庄，占领死亡绝户之家。它们成了新主人，俘虏、惩罚、咬死茅屎坑的原住蛆，或罚它们为奴，让它们搓澡、舔腚，抠脚丫子。

大批大批的苍蝇拉开嗡嗡的引擎，如彩云般，从外村外庄飞过来，如入无人之境。坟墓村处处可见母蛆蝇的肥腴，公蛆蝇的矫健，年轻蛆蝇的彪悍，老蛆蝇的矍铄，和娃蛆蝇的天真快乐。水、陆、空，已被蛆蝇立体控制，封锁得严严实实，连一只蚊子也飞不进来。

蛆的皇上，蛆的老佛爷，蛆的大臣，蛆的军队，蛆的平民。蛆的世界，蛆的统治，蛆说了算，蛆当家做主，当之无愧。

北七队，有个龙洼子村。村上有一最经住死的鳏居老汉，他的姓字有点冷，一般人不认识这字——爨（cuàn）。因为个头高，身形圆，村里村外的人，官称爨老橛子。今年八十出头，人生七十古来稀，活到八十出头，就成了人中精怪。看上去，虽不那么仙风道骨，倒有几分神气活现的异士奇人的模样。老橛子所在村庄，大多是赤贫户，一个庄上七十一户人家，四十三家房屋，成了落寞、凋敝、破败、肃穆的坟墓。墓前墓后，白蛆覆盖，皑皑如白雪，亦如羊毛织成的鲜亮地毯，华奢而富丽。老橛子是一个落魄的军中秀才。所谓军中秀才，象征性识几个大字，相对目不识丁的大兵而言，不是真正的院试秀才。当初，他不愿随副统领上铜钱岛，而是向副统领伸手，要了薄田三十亩，自以为自供自给没啥问题。他自个不会种地，人不勤勉，地长蓬蒿，荒了。他在半人深的黑驴蒿、毛狗草面前，干吼几声："仰天大笑出门去，吾辈岂是蓬蒿人！"毅然捡起讨饭瓢，提起打狗棍，从此，成了荡里丐帮中的老者。

没有啥学问的"秀才"老丐，很快成了丐中的腕儿。荡里乞丐们不妒忌严九爷、端木渥这类有钱有势的大地主，却十分讨厌和忌恨这位被人同情和怜悯的橛子老丐。老橛子的嗅觉，如同红头蝇绿头蝇，如同大白蛆一样灵敏机警。脑瓜子聪明、活络。他高举蛆蝇的大旗，紧跟蛆蝇的足迹，做蛆蝇的忠实追随者和坚定的捍卫者。他认定蛆蝇给了他新的信心、新的认知、新的生命，如同再造之父母。对蛆蝇，他千般致谢，万般感恩。他在居住的破丁头屋里，供苍蝇的神龛，立蛆的牌位，每天给蛆烧香、上供、磕头、祈祷。那虔敬、诚恳、忠诚之心，让人无解。有奶便是娘，难道不是？至于是猪娘、狗娘、草驴娘，不重要。老橛子他不恨谁，也不恨这个世道，他觉得自己活得自在，活得有滋有味。没顾虑，没忧愁。

有时候，他的心中有排斥，排斥那些掘坟盗尸煮食的家伙。他骂那些人是畜生，毫无人性，竟然敢吃人。是不齿于人类的狗屎堆。是人渣，是垃圾。这当然出于他内心里的利益倾向。盗尸煮食者，有多残忍，俺不说。他们把鲜人吃了，那么，苍蝇咋办？蛆咋办？没有苍蝇，哪来的蛆？没了蛆，哪来俺？所以，吃人的人，就等于间接杀害苍蝇，杀害蛆，也杀了俺。那些吃人的人，是最可恨的，是老橛子的生死对头，如同杀父之仇，夺妻之恨。老橛子不轻易恨谁，一旦恨起来，就有水火不容、誓不两立、不共戴天的决意。

癞狗护馊食。其实，老橛子家里储存了两口袋烘焙的蛆干，足够他吃一冬天的。他贪得无厌，恨不能天下的蛆都归他所有。这几个月来，爨老橛子随身带一只稠密的网兜子，白天在腐尸上捉苍蝇，在腥屎烂臭的黑乌血水的浓液中抓大白蛆。晚上，在柴地水面上捕蚊子、卤虫、水蟑螂，每天收获丰厚。回到家中，生起草锅，拉动风箱，苍蝇蚊子大白蛆，贴着锅壁，烘焙。一刻工夫，浓香扑鼻。他扒锅沿上，伸手捏一个尝尝，嗯，还是那个味，就是那个味，酥脆松软，油笃笃，鲜沉沉，肉着着。盛上两大碗，不用刀叉，不用勺子，不用筷。三个指头捏撮，送进嘴里，细嚼慢咽，津津有味。

邻居蔡小诡每天晚上二更左右，总是闻到上风头刮过来仿佛干炸肉香味，原本以为饿过了头产生的嗅幻觉。几次自嘲："想肉吃，想疯了。这年头，家家户户，没一粒粮，哪来的油滋味。"说着，两行不明的眼泪流了下来，确定地说："真他娘的，不是幻觉。"又一股甘冽的甜津如清泉般，从舌根下面涌出来！这味儿，简直就是索俺的命呀！香得令人坐不住了，香得令人无法抗拒了。忍不住寻死觅活，大呼小叫。这晚，蔡小诡又闻到香味。决意逆风寻味，上风头四五家，挨家逐户，不信找不到。第一家，就是老橛子家。过了他家，再无香味，无疑就他家。这老家伙，看不出，老鬼不寻常，不可小觑，不愧为秀才老丐。不能放过这机会，俺要问他哪来的肉，说不定还能尝上两口。

蔡小诡走近丁头屋，在窗下听，听到锅里发出"吱溜吱溜"的声音，一串串香气冲上屋顶，钻出窗口。蔡小诡馋狗般条件反射，舌头一伸，口水滴滴答答落下一地。他实在憋不住了，对窗户里，喊道："爨大爷，你老，吃啥玩意呀？半截庄子，都闻到味，哎——呀！吱溜吱溜，香气逼人啦！"老橛子不惊慌，也不失措，慢条斯理，文绉绉，还带点傲慢语调说："哎哈，蔡小爷啊！说了，你也不信。这年头，也没啥丢人不丢人的事，苍蝇蚊子都是肉，大白蛆强过米饭团。俺的东西，能救命，不用吃饱，还经住饿。"

蔡小诡莫名其妙。这老鬼饿疯了不成，听说过吃死人肉的，没听说过吃苍蝇、蚊子、大白蛆的。说一千，道一万，死人肉总归是肉，闭上眼，能咽下去。苍蝇和大白蛆，搁嘴里嚼，瘆人，作呕，咋能咽下去？心生抗拒，吞嗓眼子里，开始发干、恶心，想吐。可是，空皮囊的肚里，实在没可呕吐的物质。

先不研究生理反应，能吃，能救命，比啥都强。蔡小诡从窗下绕过墙角，到门口推开柴笆子门，见老橛子正按自己一套成熟的技艺，烘焙搜集来的优良食材。哇！蔡小诡恍然大悟。端详，这老鬼几个月不见，毛茸茸的驴脸马面，养得白里透红，八十多岁还细皮嫩肉的，身板尤其笔直，不胖不瘦，不虚不弱，不缺营养。在锅台边上，老橛子捏一撮放嘴里嚼。示范之后，示意蔡小诡说："这玩意，名声是臭的，闻起来是香的，嚼起来是酥的。小兄弟，来，尝尝。"

蔡小诡也不客气，捏一撮放嘴里嚼，果真如此，喷香扑鼻，酥脆可口。早忘记嚼蛆的感觉。嚼着嚼着，又捏一撮……又捏一撮……

老橛子长者自居，当仁不让，以传道、授业、解惑的口吻说："过去有人说，跟着苍蝇找厕所，错！你若发现许多苍蝇一顺头，朝某一方向飞，你的鸿运就到了。别犹豫，跟上去。苍蝇这伟大的人间精灵，会引领你走进一个比天堂更有意义、更适用、更有价值的美妙地方。为此，你必须改变传统的认知习惯，改变传统的味觉定式和美丑的定位标准，要颠覆世俗陋习，你会觉得有惊人收获，足以让你生活得很快乐。或者说，世上根本就没有美丑之说，也没有香臭之分，都是所谓先知先觉者，先圣先贤者，人为地把自然味道分类，然后赞美某一类，而藐视或排斥另一类。好了，不说这个，说了，你也不懂。"老橛子拿出自制的箩衣小网舀，在蔡小诡面前晃了晃，说："就它，见蝇逮蝇，见蛆捕蛆，你肯出力，干一天，吃三天，没问题。眼下多些储备，就不怕漫长的秋冬季。现在荡里的死人，最大价值，在于直接救活无数苍蝇，救活无数的大白蛆，间接救活了敢为人先的神仙爨老秀才。今天俺爨大爷，把这秘密传授予你，无疑定能救活你，和你那齁齁喘喘的瞎眼老娘。"蔡小诡看了老橛子手里的捕捉工具，二话没说，转头回家。

蔡小诡是孝子，自己是狗咬骨头，光棍一条，自己咋亏，都中，不能亏了半瘫子齁喘盲目的老母。不管荡里饿死多少人，只要自己还活着，决不能让自己老母饿死，这是必须做到的，这是天条，是底线，不容触犯。万一自己饿死，也要把自己的肉，给老娘炖了吃！

老橛子的捕捉工具，在蔡小诡眼里，很简陋，一看便知，不复杂。以他的聪明、机智、精明，一个晚上，便制成更有效的布兜袋、捕蝇灯、抓蛆漏勺，只抓大蝇大肥蛆，留下小的继续成长，有助于生态平衡。

蔡小诡劳作一天，成果比老橛子多上几倍。这使老橛子自叹不如地说："自惭形秽，后生可畏！"蔡小诡把捉来的活物，使清水淘洗一遍，放进锅里，盖上锅盖，拉起风箱，大火热锅，小火烘焙。这一切，不能跟母亲说实话。母亲嗓眼子浅，万一知道，饿死她也不会吃的。吃了，也会吐出来的。

锅里开始"吱溜吱溜"了，锅烫了，水分炕干，香味随热气挤出锅沿，顿时在室内弥漫。母亲眼睛看不见，嗅觉也不太灵敏，问："儿呀！做啥好吃的呀！俺闻到'吱溜'味了。""妈呀！说了，你别不信。今个，俺去了一趟板浦，人家镇上没遭灾，大街小巷怪热闹，街上卖肉的肉铺下，剩下许多边边角角的肉筋、碎屑没人要，俺看能吃，就收拾回来。这肉，时间稍微长了一些，天热，味道不太正，还是能将就吃的。"这年头，哪里有卖肉的，哄哄瞎妈，善意谎言，用心良苦，不遭天谴。

瞎妈半瘫在炕，嘴里吹口哨般喘着粗气说："这荒景，没啥讲究。不是毒药，吃下了，毒不死，就吃，不用管它能不能吃！"话虽这样说，假如告诉她是蛆，肯定拒绝！

蔡小诡娘儿俩两年多没闻过肉味，差不多早忘记是啥味，今天又吃上肉，重温、复习"肉味"，还真的，就把原来的肉味彻底忘却了。半月过去了，母亲原来黄皮烂冬瓜的脸色渐渐红润、活泛起来，说话有劲，咳嗽也好多了，喘也不吹口哨了。

荡里的死人一天多似一天，老橛子、蔡小诡坚守着共同秘密，优良食材取之不尽，用之不竭。因而，他们对食材有了更多的挑剔，专拣娃娃尸体上生出的大白蛆和年轻未婚女子尸体上的大白蛆。按照他们的经验，此类蛆，鲜嫩肥美，皮肤细腻光泽，没皱褶子。

饥饿让人失去了人的本性，丢弃了人的理智和道德标准。灵魂深处的动物本能，漓淋尽致地释放出来。饥饿者的恶性，在特定的时空里，被神奇地放大、裂变，达到或超越某些吃人动物的血腥和残忍。

北十队响洄村禚大歪、阙二猴子两家，是隔壁邻居，各有一男娃，禚家的十三岁，阙家的十一岁，不知上天何意，让两家娃同在一天饿死。禚大歪厚着脸皮子找到阙二猴子，心照不宣，表达一种没明说的意思说："眼看都得饿死，还有法子吗？"阙二猴子可怜巴巴，叹息道："唉！阎王收人，没法子。娃死了，女人也快了，早晚的事！"禚大歪神经兮兮，小声说："俺有一法，说不出口哩！"他的眼睛盯住阙二猴子眼睛，然后将眼神转移到躺在地上那娃的尸体上，继续说："俺的娃，也死了，女人也快了，估摸维持不了两天。"禚大歪支支吾吾，欲言又止。阙二猴子心知肚明，自己不想先开口，逼禚大歪说："你有法子，你说呀！俺听你的就是！"禚大歪鼓足勇气说："娃，死了，死了死了。"他把"了"字说得很重，意思是一了百了，又不能"白了"。接着说："几十斤重的娃，不能便宜外边的野狗啥！"阙二猴子瞪圆眼睛，看着禚大歪，半晌道："俺知道你的话味，就遂你的意吧！"禚大歪再也不说啥，起身，低头，出了阙二猴子家门。从自家抱起自家娃的尸体，放在阙二猴子屋外后檐墙脚下。过一会，阙二猴子也抱起自家娃的尸体，放在禚家屋外后檐墙脚下。两家不声不响，堂而皇之，把别人家的娃清洗下锅，煮着吃。

可怜的两家女人端起汤碗，泪眼啪嗒啪嗒滴落在汤碗里。然后闭起眼睛，开始风卷残云，"呼噜呼噜"的喝汤声，"叭叽叭叽"的咀嚼声，清脆悦耳，娓娓动听！这是公开的秘密。活着的人都知道，也都知道咋做最适合。不张扬，不外传，不露声色。荡外原野、路边、坎下、丘旁，裸露的白骨，一天多似一天。

人吃人，在大清朝廷太后老佛爷、皇帝眼里，那就是谣。既是谣，必定有污蔑朝廷，给老佛爷脸上抹黑的嫌隙，有不轨叛逆之心，当绳之以法，严惩不贷。荡里人，当然知道利害关系。所以他们不造谣，不信谣，不传谣。坚定不移地三呼"吾皇万岁、万岁、万万岁"！

有人开始打活人的主意了。南七队龙鳞村，六十岁老头杠运仓和老媪杠全氏，晚黑坐炕上合计，老头说："天命不由人，六口人死仨，老天爷灭俺枉家，俺也无奈。庄西头郇其宗老家伙，一家五口人死光了，一顺头，五具尸。郇其宗死人肚子胀得像鼓似的，‘嘣’的一声响炸开了，满屋淌黑水。那臭味，比茅坑里的屎还要难闻。苍蝇绕着屋子，里三层，外三层，蛆团子，‘咯哟咯哟’地乱钻！”有点阴险的瘪嘴刷腮，三角眼，巫婆脸的老太，枉全氏对老头示意，朝那个刚死男人的小儿媳住的房间，努了努嘴巴说：“晚死早死，总得死，儿子没了，活着还有啥意味？”小儿媳听了，以为这翁媪俩想自杀。也罢，他俩自杀，俺也不拦，由他去。再仔细听听，才晓得，自己理解错了。

枉全氏提高嗓门说：“东大村侏大头家，儿媳饿得撑不住，孝心不改，嘱咐两老人，等她死了，就把她炖了，换二老多活一阵子。说过，晚上上吊死了。侏大头公婆俩，连汤带水，吃喝半个月。好福气哟！”老头老妇动起小儿媳的心思。

小儿媳束小萍，在屋里听得真真切切，吓得哆嗦，连夜跑回娘家。如此这般，把情形告诉亲大亲妈。虚弱的父亲唉声叹气，一边骂亲家佬“都是他娘的畜生，野狗”，一边又说：“也都是无奈啊！”

母亲倒是很直爽：“嘁！美了他们，老而不死的东西。与其让他们吃了俺闺女，还不如自家吃哩。俺十月怀胎养下的闺女，吃俺的奶水，俺花钱费禄，一把尿一把屎拉扯大的，俺不吃，还便宜他家的老公狗、老母驴，妄想！”父亲听了，咬牙切齿，骂道：“你个狗日的，俺把你炖了，给闺女吃。气死俺了。”母亲不服：“俺就这么一说，又不是真的，打个比方，看你尥蹶子的驴脾气。”

束小萍忧虑了，真的没活路了。死也不能安身。当天晚，她不言不语，悄无声息，乔装打扮一番，自言道：“俺刚满十八，才开过苞，吃两顿饱饭，水灵着哩！”她做出大胆决定，走出龙王荡，去海州城，把自己卖给杨柳巷的青楼烟雨坊，契约条款，是一天管三顿饱饭，剩下的事，由老鸨做主……

南头队大校场，北二队小校场，大灶建起，二十口二十四印罗汉锅全部到位。大锅口径五尺六寸。大清制锅，最大锅就是二十四印罗汉锅，戳有二十四个印章。一道工序，验收合格，戳一个印章。二十四道工序二十四个印章。最小锅，戳一个印章，叫一印锅。从大到小，摞起来，便于清点、存放、标价、运输。

青砖灶墙和烟囱，每口大锅灶旁，卧一大风箱，随“呼哧呼哧”的声音，灶膛里，烈火熊熊，蹿出红蓝色火焰。锅里金灿灿的稖糈稠粥，冒着“咕噜咕噜”的气泡，升腾白色雾气，香喷喷的粥味，随着北风飘向校场的每个角落。啊！这香味，这久违了的香味，甜甜、酥酥、绵绵、丝丝、滑滑。香味搏动人们的心绪，撩起人们每个毛孔。倒下的汗毛一根根舒展开了，每根竖起的汗毛都在贪婪地吮吸这香气。香气在人们的鼻腔、大脑、胃肠，五脏六腑中蔓延，干涸的喉咙管子里渗出丝丝清冽的甜水，顺着两个嘴角丫子，不自主地滑出来，很美妙！

人们眼睛里，顿时闪耀着光芒。校场上的人群开始骚动，卧着、躺着、趴着、跪着的人们，使劲撑细细的竹竿、木棍，站起来。他们紧紧握着手中豁口的黑窑碗，或没有胳膊的葫芦瓢、旧马勺子、土瓦罐、青陶盆……伸长脖子，面向大灶锅飘香的方向，盯住那袅袅萦萦、蒸腾飘逸、香郁的气浪。

廖子章指挥河南十个队的队长、乡约，按十口大锅编号，站到喝粥队伍前列；指派一百多个乡勇，协助每个队长、乡约，维持排队次序。每个队长手握铁皮或木板制成的一头大、一头小的喊话筒子，呼叫本队的乡民排队打饭。第一天，几千人的大校场，有条不紊，秩序井然，无论少壮、妇幼、老弱病残，都能不重复地分得一勺稀罕的稖子芦黍黑豆面子混合稠粥。

校场外，各条通向校场的官道，乡间小路，盐格上、田埂上，人群如潮如水，朝着校场涌来。路上那些可怜的娃，差不多一样的体貌，一丝不挂，个个面黄肌瘦，没精打采，肚皮像没装谷物的瘪皮口袋，前胸贴着后心，肋巴骨上像裹着的一张皮纸，条条骨感凸显出来。脚面如鸭蹼般铺展地上。手指鸡爪一样枯黑干瘦。嘴巴尖尖前突。大大的脑袋，囟门凹陷，毛发自动脱落掉，恰如骷髅上蒙一层猪尿脬，黑不溜秋。

老头们灰头土脸，面容污秽，有的佝偻腰臂，弯曲如弓，有的踟蹰迟疑，足底不稳，摇头晃脑，趔趔趄趄，颤颤巍巍；有的几乎在吃力爬行，还不停喘粗气，大多光着上身，下身丝丝络络的几根破布条，遮挡被永远视为不够文明的部位。其实，他们根本顾不上啥文明，也无人在乎所谓羞耻。腿裆间，长长的卵皮吊着两个没壳的软蛋，随着迈步，晃晃悠悠。所有人都十分放心，那被视为罪恶之源的阳具，此时此刻，绝无任何作祟的能力。

女人们穿着似裙不是裙、是裤不似裤的邋遢破布服装，遮掩腰部向下、膝盖向上的身段，掉灰缕的破布衫，烂布条，丝丝缕缕，经纬如渔网般，挂在肩上。奶子干瘦得如同两条失水的吊瓜，上头细，下头粗，坠在胸下，奶头如黑色的扁豆粒。人人脸上，布满悲伤、凄凉、忧怨和惆怅。也许，羞耻永远只属于女人，每每有男人从身边过，她们都会有意无意地用胳膊肘子挡住两条失水的吊瓜，或者理一理似裙非裤子的破布。

……

半月过去了，从严九家借来的五百担粮眼看就要见底，而河南河北校场上喝粥的人有增无减，每个校场的人已过万。为确保每人每天喝上两勺粥，二十四印大锅昼夜不停煮粥。所有的驴碾人磨，歇人歇驴，不歇碾磨，日夜不停，换班轮流转。碾磨出的糈面，快速装袋，送往校场大灶。僧多粥少，供不应求。舍粥一旦开始，必不能中断。否则前功尽弃，好不容易扼制住的饿死人的势头，又会半途而废，卷土重来，白瞎了五百担粮。

这天晚上，天气还是那样地燥热，校场上熬粥分粥喝粥还在进行之中，灯笼、火把相继亮起来。廖子章在书房里，几盏油灯静静闪耀，照映他踱步移动的身影。仍然沉重的心情，让他彻夜难眠。五百担粮，眼看就要完了。这几天，他还在忙借粮、筹钱买粮，没睡一个囫囵觉。他在写字台前，抽出几张麻笺。兰馨机灵，给砚台注水研墨。廖子章好像是对兰馨，又好像自言自语："俺得继续上报灾情，朝廷再不赈灾救济，恐怕真的要生乱。龙王荡里，上数两代，下数一代，平头百姓八成是军营退转的大兵，以及大兵们的后代子孙。更何况，龙王荡东方瓒那边两三千人，虎视多日，跃跃欲试，一旦揭竿而起，苏北鲁南皖东，就别想安稳了。而最终生灵涂炭的还是平民。'伤心秦汉经行处，宫阙万间都做了土。兴，百姓苦；亡，百姓苦。'国家不幸，悲剧的代价，终究还是由平头百姓承担。这，大概就是规律。”

他提笔蘸墨，笔在砚边轻探几下，毛笔尖上有一根脱毛。他对着灯光，左手拇、食指尖轻轻捏掉脱毛，正准备下笔，门口有人叩门，他放下笔：“进来。”门哨丞三喷进门，行半跪礼抱拳道：“禀报老爷，龙荡营统领东方瓒求见。”“快！有请！”东方瓒进书房，廖子章站起，至门口迎接，东方瓒尊重地抱拳施礼：“见过老哥！”廖子章还礼道：“你和俺兄弟见面，无须繁节缛礼！”示意丞三喷退下。

“今天仓促求见老哥，有大事相商！”东方瓒说明来意。“请讲！”

“俺龙荡营匪名在外，但是俺们皆是南北大营的兵员，及其后代子孙。俺们多数家眷老小住在荡里，龙王荡本来也是俺们的营身地。眼下，大灾之中，荡里饿死的人成百成千。老哥您绞尽脑汁，举全家之力，挽救荡民于苦难之中。眼看您的全家老少将被拖进水坑火坑，沦为乞丐。您和俺是兄弟，八拜之交，俺见您的状况，心急如焚。时势把您放在火上烤，俺的心也在油中煎。您踩刀口走，俺脚在枪尖上行。俺不忍心看您一家，过着难民的日月。”东方瓒本有大事相商，无意中说偏了。

两人多日没见，见面便有许多话要说，接上东方瓒的话题，廖子章说：“兄弟呀！巢覆岂有完卵，灾民都饿死，俺一家也没脸苟活。俺向海州衙门上报十几份折子，奏明荡里灾民饿死的现状，件件情切，份份加急。泥牛入海，鱼沉雁杳。俺使出浑身解数，充其量举一家之力，倾其积蓄，现快油尽灯灭。”“老哥啊！对朝廷，您就死心了吧！那帮狗东西，不干人事。可是，对洋人竭尽谄媚讨好，谁关心百姓死活存亡？皇帝腿裆的卵蛋攥在洋人手里，不听话就抓一把，他便乖乖低头议和，自道光二十二年，大清国和大英帝国签订的第一份不平等条约《万年和约》之后，道光二十四年和法兰西签订了《黄埔条约》；咸丰八年，与英格兰、法兰西、俄罗斯、美利坚签订《天津条约》，与俄罗斯签订了《瑷珲条约》；咸丰十年，又和英格兰、法兰西、俄罗斯签订了《北京条约》。所有这些条约，他们把大清给卖了，把民众利益转让了。外夷贪得无厌，欲壑难填，动辄坚船利炮，拳脚交错。腐败政府大气不敢喘，屁都不敢放。割地、赔款、划租界，开埠通商，协定关税……再无主权可言。”东方瓒满怀愤恨，一口气数出大清对外丧权辱国的不平等条约，意在说明这个大清国没有指望了。“西方已进入全新时代，生产力得到前所未有的大解放，工业品极其丰富，带来贸易的繁荣昌盛。洋人需要大市场，做大贸易。他们坚船利炮打开大清国门，从倾销鸦片，到倾销廉价工业品。大清朝的皇帝、老佛爷，还愚昧无知地自我陶醉在刀耕火种的小农时代。说简单的话，大清国完了。”廖子章用犀利的语言点到大清国的死穴。“政治腐败，经济凋敝，气数已尽。谁还考虑天灾，谁还管你饿死人，人吃人。”东方瓒说。“您俺，身份卑微，空有一腔热血，连小小的龙王荡灾难都无法克服，有何资格讨论挽救江山社稷啊！”廖子章不想高谈阔论，发宏愿，只是一心想给乡亲们弄点吃的，救命！“自朝廷放弃龙王荡的军营，车轴河南北二十队、二十乡，军营不像军营，地方建制不像地方建制。苏鲁两省交界，百里丛苇河荡，是朝廷不管、地方不管、军队不管的三不管地域。南北两大营和南北东西乡社，早已兵民混合，队中有乡，乡中有队，无法分出彼此。加之南北大营，两大统领相继过世，俺作为总乡团，收拾这南北大营的混乱残局，实属无奈之举。这么多年过来，空有一腔宏愿，丝毫没能改变龙王荡的穷困局面。俺不是朝廷命官，不拿朝廷俸禄，没有对得起对不起朝廷一说。俺廖氏一族是地方百姓推举的乡团世家，俺愧对荡中百姓呀！对不起自家的先辈啊！”廖子章深深感觉力不从心，郁结难解！

兰馨过来续水，又递过两把水烟壶。廖子章东方瓒接过烟壶。两人“呼噜呼噜”地吸起水烟。廖子章说：“兄弟，俺俩是不是说跑题啦！你说有要事商量。商量要事吧！”

东方瓒仿佛意犹未尽的样子说：“心有块垒，无处吐呀！也就是俺兄弟，能说说心里的话。现在，民间暗流汹涌，大清分崩离析不会遥远！灾民饥饿死亡，人吃人，就在眼前。指望海州衙门，指望朝廷施舍，指望不上了。俺岛上兄弟姐妹，眼看亲眷饿死、抛尸、腐烂、生蛆，早就忍不住了，宁愿金戈铁马，杀向京城，闹他个天翻地覆，绝不愿坐以待毙。”廖子章打断东方瓒的话说：“就凭你那两三千人，凭你们长矛大刀，一个‘义’字，一个‘勇’字，就想改天换地，哪有那么容易的事啊！别看朝廷昏庸腐败，对付你们那点队伍，有的是办法。你们若离开龙王荡，就没了天时、地利、人和，孤军深入，前途堪忧。你们不具备打大战、运动战的能力。现在起事，你和俺，两支队伍，合在一起，也构不成威胁。前些年，太平天国，轰轰烈烈，占据半个大清国，闹腾一阵子，到头来，还是没有动摇大清朝的根基。虽说今日不同往日，今日又能如何？”东方瓒说：“老哥说的在理。可是，从现在起，到明年五月份，接上夏收，还有九个月，你哪里弄来几十万担粮，救活荡里两三万人口？你把自己家业全贴了，还是填不满几万灾民的嘴呀！当下，有一靠谱事，不知该不该说，该不该动手？”东方瓒边说，眼睛边盯住廖子章的脸。

廖子章睁圆眼睛，板起脸说：“哪有麦子可收哦！现在已到八月底，按正常年景，小麦种得差不多了。如今，没见苍天一滴雨，地上茅刺不生，今年不能按时下种，注定明年无收。你和俺两人之间，无秘密，想说就说，该出手时，就出手。天大的事，也抵不上灾民的性命要紧。谁有办法助俺救活荡里灾民，让俺廖子章砍头、坐牢，俺不在乎。朝廷在龙王荡的备战粮库俺都敢动，冒灭族之大罪，俺惧啥呢？”

东方瓒小声说：“朝廷从太仓库，向京城启运一批粳米、白面粉，皆宫中贡品。六十多艘大舸，百万担精品米、面，太诱惑。此次漕运，未走运河航线，而是通过江海联运，直接沿海北上。此乃天赐良机啊！”

廖子章心跳加快，掩饰内心激动，压低声音问：“消息来源？”“绝对可靠！”“押解武装？”“四艘护卫艇，每艘二十多人，组成弓弩营、火枪营、刀剑营、潜水营、机动营。有前锋、左右卫、后卫。”

廖子章怀疑地问：“六十多艘大舸联运，百万担精米精面，仅八十多人押运？咋可分出如此多的营？又何来如此多的具体分工呢？不对，不对。既是大舸，每舸至少五帆，不走安全可靠的运河，而选择风险很大的海运。这说明内河容易搁浅，船大泊水深，如果航运不通畅，就停摆了。海运，不得已而为之。既走海运，这支庞大的运输队伍，至少十艘护卫艇，三百人以上的卫士。不弄清楚押运武装力量，就不要轻易动手。否则，与虎谋皮，打草惊蛇，黄狼没逮到，惹了一身的臊。你也白顶了龙王荡土匪这顶帽子。要么不动手，一旦动手，以雷霆万钧之势，一鼓作气，灭了他们所有的活口。之后，让兄弟们吃饱喝足厉兵秣马，枕戈待旦，再应付朝廷大军前来龙王荡剿匪！”

廖子章猛吸一口水烟壶，吹掉烟末。站起来，拿过烟匾子，撮一小团烟丝摁在烟锅里，拿起火绳刚准备点烟，忽然放下：“兄弟呀！再派快马，前去打探，把武装押运的人数，摸准喽！每艘大舸上的用工人数，从大副到水手，各种兵器、装备，按实了，越具体越好。还有，指挥官是谁，武官几等职位，精通何种阵法打法，打过啥战役，搞搞清楚，知己知彼，百战不殆，谋定而后发。他们在明处，俺们在暗处，主动权在俺们手中。从容开战，注重细节，别看你身经多战，若弄不清敌情，盲目冲动，必定后悔莫及。全面侦察，把情况摸透，俺们再做具体作战方案。”“是！老哥教诲，俺铭记。”“弄到粮食，救命要紧，不论是非。你就放手一搏吧！你拦下这百万担精粮，就算你替朝廷赈济灾民了。朝廷没这批粮，绝对不会影响皇亲国戚、文武大臣、王爷贝勒、公主格格阿哥们花天酒地，吃满汉全席。”廖子章的意见，增强了东方瓒的信心。

深夜丑时，东方瓒离开廖家大院，快马回铜钱岛去了。是夜，他派出六匹快马，沿海堤迎着朝廷船队方向，急速飞奔而去。

廖子章没放弃继续向海州衙门上报灾情，坚持希望朝廷赈灾，哪怕只有一百担粮，也可供大灶几天用量。这日，他又带上折子，和三卫士骑快马去海州衙门。他没找知州大人，而是去老朋友州判丁诺家，先打探消息。

州判丁诺家客厅里，廖总受到热情接待。三年前，丁诺曾在丰乐镇褚三财的钱庄，拆借过五万两白银，去京城办事，其实就是贿官。此款到期还不上，是廖子章出手摆平此事，从此，丁诺视廖子章为至交。今日，为弄清楚知州鲍育西对赈灾的态度，找丁诺私下里打探情况。丁诺故作神秘地说：“老兄呀！丁诺真的钦佩您，锲而不舍呀！半月前，朝廷赈灾诏书已达直隶州，拨粮文书亦已收到。知州说，要重新调查灾情，重新登记受灾人口，还要按壮年、老年、女人和娃的不同年龄结构，分配赈灾救济粮。咱觉得，他好像有意识地在拖延拨粮时间。”

廖子章急切地说：“灾情如此严重，饿死的人天天在增加。唉！俺说知州大人，也真够矫情，他咋就能坐得住呢？莫非还要让俺乞求不成？行啊！要银子，俺没有。要乞求，俺廉价的膝盖，去跪，去磕头，没问题。又不是跪一次了。”丁诺说：“老兄啊！您又不是好激动的人，今天咋的啦?”廖子章说:“兄弟呀!您没看到荡里的情形,说句知州大人不爱听的话,人吃人,已成惯常啦!路边到处可见白骨呀!他的治下,白骨露于野,百里无鸡鸣啦!他还想咋样?这些实话,俺在报灾情时,都不敢实打实地说呀!怕辱没了他的政绩。其实,俺也明白,朝廷赈灾粮,就是撒撒胡椒面子;畚箕子等牛尿,挡挡人眼罢了。解决不了实际问题,可是有一点,总比没有强吧!”丁诺说:“诏书大意是,海州龙王荡,连遭天灾击袭,田无收成,饥民恐慌,遮门闭户。皇上念民之艰难,拨玉米、高粱百担,荡地自行碎亩,开灶施粥,以解燃眉。直隶州衙门,会当地乡贤,筹粮自救,以慰皇恩……”

知州,胶东人氏,刚从莒州知州任上,调任海州知州,对海州乡情民情,不甚熟识。领受赈灾诏书之后,和州同、州判,杂七杂八一干人等,验粮备拨。不幸的是,库粮除了几十担苦荞麦和几十担黑豆外,仓库里,没有诏书上所说的玉米高粱。知州蒙了。这是诏书出错了呢,还是海州官库本来就没有粮呢?他觉得事态复杂了。不能胡猜乱想,怀疑诏书出错,本身就是大错特错。诏书万万不会错,错了也没错。狐疑、妄猜、嚼舌根,为官之大忌耳!

知州不甘心,命海州仓官握大把钥匙,一个仓一个仓挨个查验,查得明明白白,验得真真切切,终究没找到更多的粮。知州不死心,问仓官:“海州别处还有官库吗?”仓官应道:“没有。”又问:“有地库暗仓否?”回答:“此地无地库暗仓也!”

知州在想,这状况,是绝对不能张扬出去的。封锁消息。不然的话,犯欺君之罪,按大清律法,轻者砍头,重则灭三族。谁欺君了?俺没欺君。可是仓里无粮,这是事实,你是州官呀,州官管的仓库,害得皇帝开空头支票,不追究你,还能追究谁呢?假如,自己以不知情为由,把空仓情况上奏皇帝,为自己辩解,这种折子,别说到不了皇帝的手,就是到了皇帝的手,皇帝会相信你六品知州吗?没把握。要么,是前任欺君,谎报数据。前任已不是州官,他咋欺君呢?要么前任作祟,变卖了库粮。前任在京里有靠山,据说还是手握重权的王爷。人家已经擢拔了,高就京官四品大员。人家根基深,既然敢动库粮,必事先早有对策。自己在京城里、朝廷上下,没有保护伞,遇事罩不住。若把这事捅出去，那就是惹火烧身，永无宁日，无异于飞蛾扑火，找死必死。

难道是执掌大清全国粮库的户部大员欺君？若无户部关于海州仓粮食数据上奏，皇帝又怎么下这道诏书呢？唉！罢了罢了！聪明人别猪八戒照镜子——里外不是人。既然不能上奏澄清事实，空仓这罪过，就要自己顶下了。自己顶，若上边有人领情，顶了没白顶，还能上位晋升。若上边没人领情，顶了，那就是罪。不是吗？这种事，瞒、盖也不能长久，今天能下诏赈灾，明天就可能再下诏调拨。谁能知道空库，到底空多大的差额呢！堵住这次赈灾的缺，还是个小缺。今后咋办？

赈灾火烧屁股了，一刻不能再耽搁，只要一人一天喝上一勺稀粥，便能保住性命。堂堂的龙王荡总乡团廖子章，在龙王荡主事多年，难道给一方百姓一天一勺稀饭汤的办法也没有吗？俺到哪里去筹粮，俺没办法，掩吧！在俺眼里，乡民苦一点，大不了每天多添几具尸体而已，那也不一定是饿死的，没啥大惊小怪。眼下最急，最要紧，最不容耽搁的，是钦差大人等着拿回扣，银子还没着落。就是把赈灾诏书上的百担粗粮全卖了，也卖不出几千两银子，更何况库里无粮可卖。三万五万不暖心，揸手要十万两白银。好吧！你敢要，俺就榨！俺吃朝廷俸禄，掏不出多余的银两。好歹辖下有地主、盐主、桓商，还有商行、钱庄、票号、商贩、小业主。你逼俺十万，俺得逼他们二十万、三十万。嘿嘿，你不逼俺，说真话，俺还没个理由、没个机会！再说，俺送你十万，也算在朝廷里栽下一棵大树人情，以后送银子，算是找到门路了。靠山，不管大山小山，总比没山强。

钦差要亲自去龙王荡救灾舍粥现场，视察实况，体恤民情，向百姓传递皇恩。既是龙王荡的事，当然还得龙王荡人办。知州鲍育西差人去龙王荡，请廖子章到直隶州议事。

廖子章到海州衙门，知州把皇帝赈灾诏书、海州仓空库，以及心急如焚，如此这般，故弄玄虚，向廖子章渲染一番。之后，用半商量半哀求的口气说："廖总啊！俺的老兄哎！天降大任也罢，天降大灾也罢，事到如今，俺携身家性命，拜托您替老弟俺想想法子，建灶施粥吧！"

"禀告大人，巧妇难为无米之饮。俺但凡有一点办法，何须向您上报不下十份的折子呢！"廖子章以坚决口气，没有商量余地地回复知州大人。

“呵呵！原来如此。朝廷下诏，要求自救，俺想听听你的意见！”知州还是想踢皮球。“大人呀！你让俺咋说呢？大灾之前，荡里正常年景，春天就绝粮了，野菜、树叶、树皮、草根、芦根，都被吃绝迹。两年多，俺一边给你递折子，报灾情，一边到处借呀，募呀，能救一时，可俺的能量就那么大，大家都受灾，粮食都有限，俺连自己家人吃的口粮，全拿出来分给平民了。”廖子章说。“地主家还有粮吗？严九家、夏侯家、端木家，享誉半边天的大地主，有粮吗？”知州问。“有！”廖子章不想和这位庸官废话。“把他们给俺抓了，让他们尝尝饥饿的滋味！”知州有点病急乱投医的思维方式。“大人，使不得。他们违了大清律哪条哪款？他们谁家身后没有靠山呀！哪座山也不比您知州小呀！您抓了他们容易，咋放呀？建议您呀，别惹那些是非。这两年，这几家地主该捐的，该募的，捐了募了。就是地主家粮食都拿出来，吃光了，又能咋样？”

“这也使不得，那也使不得，你让俺咋办？”知州想撂挑子了，言下之意，俺也没办法。“您是知州呀，管着一个直隶州哩！从哪里捣腾捣腾，调点粮，还不是做做样子？您海州库还有几十担苦荞麦和黑豆嘛！拉过去，草草碾一碾，抵挡一阵子，应应钦差，钦差又不会住在龙王荡。等钦差返京，俺们再坐下来，慢慢酌议，您看如何？”廖子章觉得，和这个知州也说不出理章脑来，不如先把直隶州仓库翻个底朝上，全部拉走，更实惠。“哎，说得在理，你提醒俺了。你今天回去，立马发几辆牛马车来，连夜把荞麦、黑豆子通通拉过去，就算是朝廷赈灾粮，全部到位啦！连夜磨面，先干起来！”“遵命！大人！龙王荡灾民遇上您这样开明大人、父母官，有救了！”廖子章起身，抱拳施礼。这事要速办，唯恐生变。今晚连夜拉回去。必须，不得有误。转身欲走，知州又忽然叫住。

“廖总且慢，不急在一时。坐下，等俺把话说完。你廖总威名在外，直隶州人人传扬称赞。州里人可能不知道知州是谁，但都知道你廖子章的名号。你救乡民于水火，耗尽自家资财，吾辈自愧弗如，你大功大德，定当报请朝廷予以嘉奖啊！”“俺是粗人，说话不好听，您别不爱听。龙王荡大灾，朝廷赈灾，雷声大，雨点小，诏书下达，在您这里又捂了半月。荡里天天忙着抬死人，埋死人，现在忙着人吃人。这人吃人，您听说过，您一定没见过吧！荡里现在，有的人家，一家七八口人，死亡绝户。说饿殍遍野，白骨成堆，一点不过分。龙王荡祖祖辈辈，能自己扛的事，一定是自己扛，扛不下来，自生自灭。现在好了，有您爱民如子的好官，也许荡民有救。奉承的话，俺就不说了。”“廖总呵！舍粥，不光是粮食，还有锅灶，还有柴火，上万人喝粥，还有许多具体事情，就拜托您了。钦差说不定明天就能过去，来得及吗？”知州担心明天钦差过去，看不到热热闹闹的舍粥喝粥的场面会不高兴。

廖子章心想，等你这几十担荞麦黑豆，荡里的灾民早死光了。明确地说：“实话禀告大人，两个多月前，俺龙王荡南北二十队、二十乡，在乡团两个校场上，已开起二十口二十四印大灶舍粥了。用的是俺自家的粮和借来募来捐来的粮。俺自家已倾其所有，俺家上下六十多口人，和乡民一起喝大灶上的粥，老老少少，大大小小，男男女女，无一特殊。这是真实的，俺不是作秀，俺更不需要向谁作秀。说句粗糙的话，朝廷赈灾粮，真的发下来，到了龙王荡，又能剩下几斤几两，您心知肚明。”“唉！这世道，俺咋跟你说呢？不说也罢！”知州心有抱怨，又不敢多说，装腔作势，叹口气，摆摆手。

“俺是龙王荡的总乡团没错，俺家五百多亩田地，俺要养活三千乡勇，和书院里一百多名学子和先生。一家几十张嘴，也要糊口自保。几十年来，官府朝廷，何曾问过俺的死活！大灾来临，就想起龙王荡还有个廖子章，凭啥？俺图啥？您想知道吗？俺就是个傻瓜，俺愚蠢地坚守的就是祖宗留下的宏愿，让和俺们生活在一起的父老乡亲安居乐业，一起过上好日月。指望谁，都是假，自己动手，自力更生，跌倒喽！自己爬起！”

廖子章从海州回到荡里，已是下午未时，速派管家带十二个团丁，套三驾马车，去海州衙门粮库提粮，另派三十丁勇押运。

校场舍粥正在忙碌之中，各队队长、乡丁，盯着自己管制的队列。有的粗鲁地吆喝：“排队、排队！”有的喊道：“别挤，别挤……”一乡丁指着一壮年训斥道：“叫你排队，没听到？咋的？”那人嬉皮笑脸地站进队列。又对着有意拥挤的人，骂骂咧咧地喝道：“挤、挤、挤，挤你大的大头魂啦！”一边说，一边把站在队外边拥挤的人，一个个拽上队。

一个七十多岁，光上身，淌虚汗，涎皮赖脸的老汉插队，被乡丁一把扯住骂道：“死老鬼，你不是刚刚喝过一碗了吗？竟敢插队，当心俺罚你明天连一碗也喝不到。后边人还没捞到喝一口呢！出去出去！”把老汉拉出队列，推到后边去了！

廖子章站在阅台上向校场外边望去，人们从四面八方的盐滩、田埂、沟坎、圩堆、岔道、歧路、官道上，陆陆续续地向校场这边会合。

有的一瘸一拐，有的踉踉跄跄，有的歪歪斜斜，还有的依靠一根细竹竿支撑身体重心，有的饿得站不起来，就艰难地匍匐爬行。看上去，爬比走更加吃力。在那连绵的人流中，有一个三十上下，顶着短发的妇女，头发也许是好久没洗，也许是自然鬈，总之显出并不窝囊、难看。细长眉眼圆圆的脸，脸色有点像黄菜叶子。清瘦的骨架，保留几分欣秀、柔婉和大方。大热天，还穿齐膝的左开襟、双布扣子厚夹衫，虚汗洇透后背前胸。饥饿让瓷瓢般下垂的两乳峰顶部，仍坚强努力地向上翘起。有些干裂的圆唇，苍凉而冷丽地露出洁白的牙齿。两腿仿如装满铅锡一样沉重，每挪一步，都显得十分艰难。右手牵一个七八岁，光腚的男娃。娃走不动了，站住，两腿不停地颤抖，带着不屈的哭腔说：“妈妈，俺真的走不动了，可以再歇一会吗？”妇人十分耐心地哄道：“乖娃娃，妈也背不动哈，俺们不是刚刚歇过吗？再坚持一下，你看——”她指着不远处的校场说：“那里，人多的地方，廖总在舍粥，俺已闻到饭的香味啦！俺们很快会吃上稠粥。”“是吗？妈妈，廖总？不是俺舅吗？”“是你舅，妈的亲哥。更是荡里人心目中的大神，是灾民的救星。”“那他咋不来救俺们呀！”“他要救的人，成千上万，俺是他妹，你是他外甥，俺们不能让舅舅为自家人操心，俺理解你舅，你也应该理解！”“妈妈，俺真的站不住。娃不骗妈妈，俺快要饿死了！”“乖娃，妈知道你饿，俺们只要还有一口气，就不说‘死’字，爷爷奶奶死了，大大也死了，妈妈害怕这个字眼。”娃的眼泪在眼眶里转。女人坚定地说：“娃，不许哭，不许流泪。男儿流血不流泪，扛不住一点苦难的人，活着，注定是悲哀的！”娃有气无力，却很坚定地把眼泪憋在眼里说：

“妈妈，娃知道，男儿有泪不轻弹。”看着含泪的娃，女人用坚忍的眼神鼓励娃，自己眼眶里却湿润了。女人终究没让泪珠子在娃面前掉下来。

女人的脑门上，不停流淌虚汗，她沉吟一会，对娃说：“娃，妈妈有办法了，你配合妈妈，好吗？”“妈妈，娃一直挺配合的。”女人从腰间解下箍在身上好几圈的单绳，布条混合苘皮搓成的，一头箍在娃的腰上，一头箍在自己腰上，对娃说：“娃，你只需挪动脚步，跟着妈妈，妈妈拽你走，好吧！”母子两人，一前一后，如纤夫般，一步一叩首，咬紧牙关前行。女人坚强，坚决不让自己和娃倒下。她明白，倒下，母子俩就再也站不起来了，真的会死。一路上见到的死人，都是倒下再也起不来的人。她牵引娃，娃跟在身后，两手紧紧攥住腰间的绳。娃的眼睛一直望着妈妈指引的地方，娃知道，知道那里是希望，那里是妈妈出生的地方，那里只有生，没有死。“妈妈，舅舅家有饭吃吗？”“舅舅家和俺们一样，舅舅一天只喝一勺子稀饭。舅舅和俺们龙王荡万民一起，在挺，在坚持。”

海州知州、州同、州判，分别骑高头大马，前边是衙门差役，排成两列纵队，高举写着“肃静”“回避”的木板牌子，鸣锣开道，后面紧跟钦差坐的三驾轿车，沿着官道浩浩荡荡进入龙王荡北大营，视察龙王荡舍粥现场。

不知廖子章出于何种想法，他没有把这班视察人等，引入龙王口南头队总乡团大校场，而是选择北大营，北二队的乡团小校场。廖子章于巳时正，在车轴河北岸，三汊河道的高堆上，和三个随从，四人各骑一匹枣红白额马，头戴窄边斗笠，面西等候。远远看到知州、钦差一行，相向而来。

这二十几个人的队伍，昨天下午从海州南下，至板浦下榻。今天上午走一个多时辰路程，过伊芦山、罘山，直达龙王口车轴河北。

廖子章一行下马，行跪迎礼，礼毕，翻身上马，引领前呼后拥的钦差大人到校场阅台后边，议事厅里小坐一会。钦差要求廖子章简单报告一下灾情和赈灾舍粥经过。

钦差来北大营视察灾情，河北十个队的队长，头一天晚上就聚集在校场议事厅，商议第二天的两件大事。一是前台舍粥，按部就班，秩序井然，表现荡里人遵纪守法、乡风淳朴、礼仪之邦的温和善良，承受皇恩的喜悦和幸福。二是做好对钦差一行的接待事宜。事先，廖总曾撂下一句不咸不淡的话："不要做作，不搞表面假象，一切视作平常。"这一原则，让十个队长不好把握。他们理解：钦差的平常，不是吾辈之平常。议到最后，十个队长意见一致，没有向廖总禀报，斗胆开始他们简单平常的准备。他们认为钦差大驾光临，知州、州同、州判，总乡团陪同，此乃龙王荡自古以来，绝无仅有，空前绝后，别开生面的盛大幸事。虽说大灾之年，不适于隆重欢迎仪式，不宜胡吃海喝，但这种情形，人的一生，也不容易遇到一次。他们在揣摸廖总的意图和心理，最后还是偏了。他们认为，廖总不好出面，也不可能出面，制定接待规格。此时此刻，通机变者为英豪。一定、必须、绝对不能奢侈，荡里的四荤四素八大碗，应该凑齐。鸡、鱼、肉、蛋，这是碗头的菜，必须有。不然的话，廖总在钦差、知州面前，大面子也过不去的。

然而，廖子章的脾气，十个队长、乡约，不是不知。平常廉俭、朴实，个性刚直。他是用自己家里的口粮在救济灾民。接待的事，若做得过分，一来对不起廖总，二来若是廖总反对，定然不会轻饶。十个队长、乡约再三再四酌议，最后统一意见，若是廖总怪罪下来，这顿接待的花费，由十个队长、乡约平均承担。虽说内心诸多不情愿，也只能如此。

无论从哪个角度看，中午这顿饭，应该有点讲究，不能马虎，弄上几道像模像样的可口菜肴，以显皇恩浩荡，也算是俺荡人盛情感谢圣主隆恩。再说，再穷再苦，不能让京官对龙王荡留下不好印象，也不能让他们瞧不起遐迩闻名的廖总。十个队长、乡约，进一步自作主张，私下里从舍粥粮中弄出两笆斗粮，到荡外的板浦街上换三只鸡、十斤鱼、三十个鸡蛋、六斤肉，外加萝卜、白菜、胡瓜、粉丝、葱姜蒜、花椒大料。还有二斤豆油、五斤老烧。他们在校场议事厅套房内，秘密摆了三张八仙桌子，四荤四素。菜已备好，酒也倒入杯中。碗筷盏碟，摆放整齐。就等视察仪式结束，便可关起门来，秘密享用了。

钦差、知州、州同、州判一干人等，在廖子章陪同下登上阅台。

阅台前，一条边排十口大锅灶，热气升腾，飘散着喷香扑鼻的粥味。

十口大锅一齐开灶舍粥，场上近万人，秩序井然，有条不紊。队长乡约，乡丁团丁，都在自己管理区域站位。每条长龙般队伍，整整齐齐，鸦雀无声。虽是破烂穷人，看上去倒很庄严、郑重。

这些穷花子，经过队长的一番动员之后，稀里糊涂，觉得自己又回到三四十年前出征守边前，接受检阅的状态。见到朝廷大员，仿佛自己的身份，又珍贵了许多。龟腰弓背，还坚持抬头挺胸，屏住喘气，参差形象，庄严中透出几分滑稽，威武中又有几分可怜，咋看咋别扭。女人、娃娃们，受军人般气质感染和熏陶，个个也学着抬头挺胸，活脱脱一群站不直的袋鼠，越看越倒胃口。

身穿华丽的八蟒五爪蟒袍，补服是远飞大雁，顶戴青金石顶朝冠，看上去是四品大员的钦差大人，兴致勃勃登上阅台中央，身后知州、州同、州判三人陪同伫立。钦差想用自己那浑厚响亮的京腔，做一番训话式演讲，可是当他看到广场上，黑压压的人群，衣衫褴褛，歪脖子，斜脑袋，披头散发，辫子不编，灰头土脸，肮脏龌龊，萎靡颓废，木讷而愚钝的样子，不是他心目中的大清子民。他陡生厌恶，这就是大清国的子民？这就是大清国的缩影？不是！吾大清欣欣向荣，蒸蒸日上，繁荣昌盛，大好河山，花团锦簇，怎么可能会有这样子的难民呢！太煞风景！他看在眼里，心里瘆得慌，吞嗓眼里作漾，嘴里生甜水，受堵欲吐。他从袖筒里摸出丝巾，捂住嘴巴，胸中翻吐滋味，不由自主，一浪高过一浪。本来，钦差大人，作为赈灾高官，想在这样千人万人场合，高谈“皇恩浩荡，老佛爷体恤吾大清子民”之类的官方行话，看了这些只比死人多口气，死人比他们强几分的穷魔恶鬼，觉得讲也白讲。

他在台上，致哀似的低头，勉强站一会，颓然败兴，情绪烦躁，扭头走下阅台。他自认为，看到皇上赈灾粮食磨成面粉，做成稠粥，装到愚民的碗里了。该拿的和不该拿的贿银，知州也没吝啬，慷慨大方，已经超出伸手要的数字，塞到自己的袖筒里，可以心安理得，踏踏实实，舒畅愉快，回京复命了。

钦差下阅台，夸赞知州雷厉风行，不折不扣，办事果断，堪称大清之栋梁，国家之贤臣，当之无愧的造福一方、合格的百姓父母官。直隶州的官员，是皇上放心的好官。接下来，他夸张说：“廖总，有很强的感召力，组织力和凝聚力。大清国不能没有像廖总这样的民间开明贤士，文武全才，军政通才。一次性南北二十队，几天时间同时开启二十口二十四印大灶，成千上万人在校场上同时放饭舍粥，这样壮观场面，实属罕见。组织得如此严谨，没有拥挤，没有争抢，没有混乱，没有抱怨，秩序井然。不愧为能指挥千军万马的好乡团，此乃吾大清之幸啊！”

廖子章听了这番言不由衷的空话，咋就觉得不自在，身上起了好几层鸡皮疙瘩。钦差的嘴皮子功夫，才是真正的大清国之幸。钦差表演之后，有人声音不大不小地叫道：“午餐已备好，请各位大人，议事厅的内厅套房就餐。”廖子章引领钦差、州官、衙役，进入内堂。众人先没在桌边入座，而是在靠墙边一排木椅上坐下，这大概是等廖总安排席位座次的。这时，廖子章才发现桌上的摆设，和他想象的差距太大，心里“咯噔”一声，脸色“唰”地骤变。他忍住了，没很快发火。他压住内心的愤怒，让身边随从叫来几位平时好拿主意的队长。当众人的面，他毫不客气地问：“邱队长，胡乡约，你们哪来的钱，备下这顿佳肴呀？”廖子章心里十分明白，他们除了私下动用那一粒一合、一升一斗，比性命还要珍贵的救济粮，去兑换桌上物品外，他们不会，也不可能有任何办法，张罗这三桌酒席。他横下心，咬了咬后槽牙，暗地里和自己较劲：此头不能开，此风不可长。俺呕心沥血，绞尽脑汁弄来一些粮，家里家外，仓库翻个底朝上，七拼八凑，才让乡民一天将就喝上一勺粥。荡里饿死的人，无法统计。许多人家死亡绝户，鳏寡孤独。你们倒好，没心肝的东西，在这里花天酒地，还有良心吗？还有人性吗？不中。今日就是皇帝老子来，也不能开这个头。龙王荡，今天，俺在，俺说了算！

他心平气和，当钦差、知州的面说：“龙王荡饿死多少人，他们的尸首还在腐烂、生蛆，舍粥之前，每天抬出多少具尸体，你们不是不知道，这一顿饭的钱粮，能救活多少人，你们不是不知道，俺如何低三下四，苦口婆心，求爷拜奶，煞费苦心，千方百计弄来的救命粮，你们不是不知道，俺一家六十多口人，书院里学子先生一百多口人，全部和乡民一起，一天只喝一勺粥，你们不是不知道。你们只会作秀，你们还能做一点有益于难民的事吗？今天来四品，明天来二品、一品。大人们肚里，不缺这些东西！这些东西在他们眼里，只不过是平平常常的家常便饭。俺理解你们的心情，你们呀！除了穷嘚瑟，能不能做点人事啊！”

队长邱景水、乡约胡大捏，吊起霜打茄子的脸，一副委屈悔悟的样子说：“廖总，俺们知错了！”“你们没错，这三桌佳肴美味，你们两人享用吧。对，还有酒！”廖子章转身对钦差和知州抱拳行礼道：“各位大人，请恕草民廖子章无礼之罪。想想那些饿死的乡亲、老人、娃娃，还有青壮，他们饿死前，多么期待喝上一碗稀粥，哪怕是一口。面对着美酒佳肴，吃了，俺咽不下呀！草民廖子章斗胆提议，俺们每个人拿一只碗到外边大灶旁，和俺们的父老乡亲一起，每人喝一勺粥，尝尝稖糈粥的味道。不知各位大人，意下如何？”

知州的脸，红一阵，白一阵，显得十分紧张，窘迫，难为情。眼睛盯住廖子章，转脸又望钦差，不敢多说一句话。关键时，不乱说，为官诀窍。一句得生，光宗耀祖；一句得死，无葬身之地。这就是政治。他心里在责备：廖总呀！廖总，你咋就不讲政治哩！万一得罪钦差，你做得再多再好，又有啥用？

廖子章不用猜测在场人的心思，继续说：“这样吧，谁愿意在这桌上吃喝，俺绝无二话，俺和乡亲们一起喝粥去。”从桌上拿一只空碗、一双筷，面向钦差说：“大人，恕草民失陪，得罪了！”钦差不愧为京官，不愧为皇帝信任的贤臣，也不愧为官场高手。人家见多识广，头脑绝对灵光、好使，立马站起来说：“廖总且慢！”转身面对在场的人，意气激昂，慷慨陈词：“余完全赞同廖总之提议。廖总，堪称吾辈之楷模。廖总对乡亲们浓情厚意，溢于言，而赴之于行（停顿一下）。百姓之苦，吾等百感交集，感同身受。这饭菜，已备好，倒掉了，更是罪过。余提议，把这三桌子佳肴，分别投入十口大灶锅中，让吾等与百姓同食一锅饭。然，此事必成佳话，让龙王荡人代代流传，如何？”知州首先鼓掌接话：“大人英明，大人英明！英明啊——”

如此结局，当然也是廖子章认为比较合适的结局。他对站在一旁发愣的邱景水、胡大捏说：“还愣着干啥？还不赶快动手。”大家一起动手，把三桌子佳肴投到十口大灶锅里，随后，钦差主动拿起一空碗、一双筷，大家纷纷效仿，跟在钦差身后喝粥去了。

下午申时，钦差一行离开龙王荡。

铜钱岛龙荡营夺取粮食，通过各队长、乡约，秘密分到各家各户。这些米面，足够每家每户，放开肚皮，吃上一两年。

秋后的一场大雨，给温热的龙王荡带来了生机，之前干旱枯死的绿植，出现秋后返阳。溪水来了，潮平河满，小沟小洼，小鱼小虾，小螃蟹，奔奔跳跳，多了起来。草青，树绿，苍苍郁郁，葱葱茏茏，繁复成荫。枯干的芦苇，复活。柴莺、芦雁、鹳雀、画眉、白鹭、仙鹤、老鸨、鸠、鸦、喜鹊……又回来了，闹腾了。河岸、沟边、路旁、圩下的灌丛，从枯枝的底部，重新发芽，吐枝生叶。桂花开了，菊花也开了。

荡里人从悲凉、哀痛中走出来，恢复日常的农渔贸易生活。龙王口、四队、丰乐镇，各集市，繁荣起来。商店、粮店、食油店、饭店、布庄、茶庄、杂货铺、咸鱼摊……家家如过大年一样，贴红对联，放鞭炸炮，意在驱除往日晦气，开张迎新。街巷里，卖鱼卖虾卖肉，打大饼，炸油条，卖豆腐、麻花、小脆饼，挑葱的、卖菜的、卖乌盆搭尿壶的；牛行、羊行、小猪行，外带卖小狗，卖小鸡、小鸭、小鹅的；说古书，唱小戏，剃头的、泡脚的、劁猪割卵的……一切恢复常态。昔日的热闹，回来了。麻将馆、骰子场、牌九坊，花柳街，大烟馆……偷偷摸摸，私底下干起来！人们的脸上，换上不愁吃喝，喜悦的面孔，兆醪桶腰间又挂起酒葫芦，提半袋大米到单大爷大扳罾旁换鱼。

田野里，许多农人平整田地，疏通沟渠道路，以备晚秋播种越冬三麦。有的在深翻秋地，以备越冬分化，迎接明年春播。荡民不记前苦，尽情享受当前太平日子。平民不用思考好日子是哪来的，又能维持多久。在安逸幸福的环境里，更无平民思考危难和祸害。

第三章

剿 匪

1

仲夏之月，斗指正南，天地纯阳，火势正盛。

这日清晨，京城里非常难得一次飘逸的夏雾，在晨风中，洋溢着袅袅姿势。或明或暗，或清晰透明，或模糊隐约。晨雾给干裂的空间，带来一丝温湿的水汽。一会儿，金灿火辣的阳光射线，透过薄如蝉翼的轻云，驱散了没有站稳的雾脚，把熠熠鲜亮的红霞洒向红墙金瓦，沉睡的紫禁城在朝霞掩映和呼唤中苏醒。

京城护军统领，老将军阿穆鲁·边塞，一如往常，穿一身羽白色晨练绸服，在自家后花园里晨练，舞剑。他手握青龙剑，身体有些僵硬。绸服抖动，意趣超脱。后头顶上坠一条细细长长、黑少白多的标志性三花辫子。自感上了年纪，身子骨大不如从前，手中宝剑，穿、刺、劈、挡，金鸡独立，白鹤亮翅，一招一式，已不是当年那样干净利落，腿脚明显不够灵活自如，反应也不够敏捷了，稍微多走两圈，头脑发昏，心跳加快，他觉得自己真的老了。将就舞完一套剑法，气喘吁吁，身上沁出许多汗，抽剑收势。家奴托盘，送来一杯茶水：“老爷，请用茶！”

老将军端过茶杯，不冷不热。饮一口，仰起脖子，“呵嘞嘞”漱口，吐出。又喝一口，咽下。将杯子放回托盘，说：“好了，回吧。”

转脸，下意识看到鸽笼台上两只很突出的白翅银羽的鸽子，有意识地发出召唤般有节奏的叫声，“咕噜噜噜，咕噜噜噜”，声音似乎低沉浑厚，有几分沉重，几分哀伤。老将军未加思索，心头如被无形拳头猛击一下，眼前一过性漆黑，后退两步。儿子边懿押运官粮有些日子了，按常理，该回京了。这鸽子何时归来，怎无人发现呢？未见儿子身影，鸽子先回，大事不好。老边塞轻手轻脚走近鸽台，一把抓起一只，从其绯红脚脖上取出精细小竹管子，拔下塞子，抽出防水纸卷，打开纸条，定睛一瞅，没错，儿子字迹。赫然两行蝇头小字：“父亲，儿适直隶海州，铜钱岛海峡，遭遇龙王荡匪徒。匪众，云压海面，志高技绝，吾辈非敌。疾战，况惨，吾寡不敌众，朝廷物资危矣。鏖战两时辰，吾军死伤过半，命途堪忧，若无后音，盼父率部剿匪。”老边塞心犹不甘，抓起第二只白鸽时，眼前隐隐约约浮现儿子边懿那张绝望、悲怯和灰心的面容。打开纸条，内容基本一致，只是多一句：“……不孝儿再拜，恕儿弗能赡养之过，痛心疾首。”

龙王荡匪徒如此猖獗，难道像常在岭、萧立峰，身经百战、以一当百、身怀绝技、战无不胜的将军，也不能全身而退吗？边塞无语，站在原地打转转。这悲痛消息，堵住了他的喉咙管，令他窒息。龙王荡土匪，这块臭水沟的石头压在他的心头，悲伤的血液在周身翻涌，疼痛无比。他仿佛看到儿子披挂不整，战袍破损，满脸血污，手握宝剑，遍体鳞伤。用忽而失望、绝望，忽而期待的眼神，看着自己。忽而又以殒身不恤、万死不辞、斧钺不避的大义凛然，杀向敌群之中。

边塞原地立着，思绪紊乱，腿下摇晃，不由自主，冷汗从胸口窝涌起，头皮一阵麻木，两行老泪从两道浓浓白眉覆盖下的眼缝里，如同浑浊的小溪，潺潺流下。亲儿子，阿穆鲁八代单传，命悬一线。儿子性命若有闪失，他功勋卓著一辈子，最终一场烟云一场空，以不圆满句号告终。

家里女人多，容易引起混乱。遇到生死攸关的事情，那些平日里和儿子相敬如宾、息息相关、同心合意的女人，如何不号啕？如何不混乱？封锁消息，搞清来龙去脉，至关重要。做好一切相关准备之后，再向家人宣告不幸。今日，正是皇帝御驾太和殿受朝日子，若吾儿真出意外，内务府必有奏报，到时候一切皆会明白。若内务府没上奏，退朝后，再绕道内务府，询问广储司漕运官粮消息。

儿子押解内务府的精米、白面，沿途消息，内务府应该最早知悉。

老边塞回屋，匆匆换上朝服，饮半盅茶水，顾不得用早餐，也无心、没口味吃东西，急匆匆准备上朝。老夫人看着奇怪，问："老爷的脸色，如此难看，莫非身体有所不适？不用早餐，急着上朝，有急事？有军情？"老边塞若无其事："没事，没事，如今朝廷改制，逢五逢十上早朝。岁数大了，腿脚不利索，不能落在后面，让人家笑话。"

太和殿前，急迫的老边塞，轿夫刚停脚，他自己掀起轿帘，跳下轿，匆忙上台阶。此刻，有文武大员，陆续登殿，入大堂。往昔，老边塞见人打招呼，热情和谐愉快，今日不同往昔，顾不上与周围人招呼，别人向他打招呼，他充耳不闻。他提起腿胯外侧官服长袍，一路小跑进太和殿。文武官员按顺序排列，整齐跪伏，三呼万岁，起立。皇帝端坐龙椅上，不紧不慢："众爱卿平身。"小太监腿脚麻利，动作爽快，摇一下拂尘立皇帝左前侧，例行用京腔调门呼唤："今日早朝，有事上奏，无事退朝——"内务府总管李大人应声出列："吾皇万岁，万万岁。在下有本启奏！"皇帝挥手："李爱卿请讲。""回禀皇上，内务府太仓运粮船队，回京途中，至直隶海州铜钱岛海峡，为龙王荡匪徒所劫。押运官，步军校阿穆鲁·边懿率众将士，奋力死战，无一人生还，飞鸽传书，此信核准，消息无误。六十五艘五帆大舸，于黄海海面蒸发消失，无影无踪。损失精米、白面百万担之多，现追查无果。"

皇帝清瘦面庞，郁郁寡欢，忧怨沉默一会，眼睛瞥了帘子后的老佛爷。然后，龙颜大变，十分震怒，声色俱厉，两手猛然拍打龙椅把手："龙王荡匪徒，不是早就剿灭了吗？今年剿，明年剿，剿来剿去，越剿越嚣张，越剿越跋扈，朕就不明白，朕白花花剿匪银子，用哪里去了，在座的各位臣工，摸摸自己良心，再摸摸自己袖袋子。这几年，地方官奏折不断，龙王荡匪徒搅得苏北鲁南各地官府、民间大户，不得安宁。现在，胆子越玩越大，对抗朝廷。是可忍，孰不可忍！"皇帝一口气数落，发泄对过去剿匪的不满情绪。当然，过去的剿匪大员，都是幕后那个人的亲信心腹，皇帝借此发通牢骚，不管太后听得，听不得，敲打一下那些借剿匪之名，行贪污腐败之实的官员、王爷，也提醒一下雁过拔毛，贪得无厌的老佛爷。

皇帝十分明白，自己根基不稳，小命还拿捏在别人手里，不能说得过分。再说，那些贪腐的老家伙、小家伙、官二代、官三代；红帽子、铁帽子、后代子孙、牛鬼蛇神、老虎苍蝇，条条线，都牵在幕后那个心狠手辣，妄自独尊，扳不倒，弄不动的人的手里。点到为止，不能深究。

当下，国内外大事不少，多事之秋。英、美、法、俄，诸多帝国，步步逼近，割地、赔款，开埠通商，扩大租界，关税管制，焦头烂额，无所措手足了。内部，各地劫匪逞强，多股思潮泛滥。正在动摇我大清国基。朝廷里，老家伙、老滑头、老油条，老于世故，整日如公狗般盯着老佛爷，迎合阿谀，讨好卖乖，不图国运之忧；小家伙、小滑头、小油条，刁钻奸佞，投机钻营，攀官结贵。为国为民者，为大清前途者，稀罕啦！皇帝摇摇头，想远了。眼下，得回答他们，龙王荡匪徒怎么办？既然匪患如此，一定惩办！今日再剿匪，一定派一个资历深，刚正廉洁，自己信得过的老将军出征，一劳永逸，永绝后患，彻底解决龙王荡匪患问题。

皇帝换了语气："龙王荡匪徒势力大，盘根错节，根深蒂固，社会关系千丝万缕，多是退役官兵和他们的子孙后代。他们精通战术，武艺高强，其势不可小觑。朕决心已定，宁可从版图上抠下这片荡地，也绝不让他们继续肆无忌惮，搅得民无宁心，国无宁日。诸位爱卿，可有良策？"皇帝话音刚落，护军统领阿穆鲁·边塞，情绪非常急切，趺趺撞撞，移步列外："启禀吾皇。""老爱卿，请讲。"皇帝立即挥手说。

"此次押粮官，乃吾儿边懿。丢了朝廷物资，人虽战死，亦罪不容赦。其辜负朝廷重托、吾皇厚爱。吾虽独子，死非足矣。老臣愿率部亲剿荡匪，替不仁不义不忠不孝逆子赎罪。吾若不能扫平龙王荡，愿自刎于圣殿之外，以报答天朝对吾阿穆鲁家族之世代隆恩。万望吾皇恩准！"边塞带着坚定、刚毅的哭腔请战。说完，跪伏于大堂之下。

老边塞七十有五，年事已高。过去多年，长期戍守边关，风侵雨袭，寒冰冷雪，浸染一身慢性疾病。这阵子，情绪激动，跪伏在地，一动不动。皇帝贵为天子，也食人间烟火，也是血肉心肠，当然理解老将的心情。暗想，阿穆鲁一脉，自太祖努尔哈赤东北起兵，太宗皇太极南下，世祖福临入关进京，圣祖玄烨大统……黄旗嫡系，祖祖辈辈，历尽艰险，冲坚毁锐，马革裹尸，世代武功，为大清流汗流血，忠心耿耿，如此忠烈世家，为数不多。其儿边憨，阿穆鲁氏血脉，忠臣之后，勇敢地与朝廷物资共存亡，也算是为国捐躯，何罪之有，当法外开恩。

大殿内噤若寒蝉，鸦雀无声。文武左右伫立，一时无人上奏。

皇上发话：“老爱卿边塞平身。”见老边塞毫无反应，又补了一句：“老爱卿请起来说话！”皇帝话音刚落，又一老臣——东阁大学士衍子民，出列上奏：“吾皇万岁，万万岁，衍子民有本启奏！”“哦，衍爱卿，平身，请讲！”“老统领年事已高。古人云，七十不留宿，八十不留饭。老统领七十有五，虽念皇恩，不宜领兵，长途跋涉，与匪周旋。在座列位，心知肚明，以老将军之龄出征剿匪，何能鞍马劳顿。再说，南方当前气候，炎热温湿难耐，皇上可另派大臣出征剿匪。”皇上深知衍子民为人，心中无数时不开口，一旦开口，必是成竹在胸。皇上抬手应允：“衍爱卿，请继续！”衍子民不失谦逊：“吾乃东阁大学士，兼理军机处、户部，剿匪之事，不容推脱，请吾皇示下，交于老臣，率部前往，取匪首之首归。”

皇帝寻思：像衍子民这样清正廉洁、光明磊落的好官，当朝实在太少。他浩气凛然，嫉恶如仇，痛恨贪腐，刚正不阿，铁面无私。老爱卿阿穆鲁不宜出征，老衍也六十多了，经历了四朝的老臣，任过盐运使、巡抚、军机大臣、总理事务衙门大臣、大学士、户部尚书，还赐过黄马褂，如此高贵地位、身价，能让他去剿匪吗？不合适。可是，谁合适呢？此人，当然是最好人选，堪当此任，不必多虑，但是还得绕个弯子，不可明说。过了一会，皇帝开口：“朕以为，区区匪贼，何劳朕的东阁大学士，何况爱卿也年过六旬了。在庙堂之上的青壮文武，谁可替衍爱卿，完成此愿呢？”衍子民斩钉截铁地回复：“无妨，无妨。皇上，恕老臣斗胆直言，这些年剿匪军费，大把大把银子，如泥土一样撒出，每次剿匪，捷报频传，龙王荡海匪荡匪，早就灭干净了，奇怪的是，越剿越猖狂。这几年向南大闹淮安、维扬，向北冲击临沂州、胶东，抢劫官府粮仓税银、地方大户，到处苦不堪言，闻风丧胆。龙王荡匪患积重难返，到彻底解决的时候了。”皇帝欣慰地说：“既然老爱卿仗义执言，老马奋蹄，朕，准了！”小太监宣布退朝。趴伏于地面上的老边塞没有丝毫反应。这时候，在殿文武才醒悟，乱哄哄的人群中，有人上前仔细查看，慌了，连呼：“传太医，传太医。”

老边塞人缘好，大家很关心，一起动手把他弄到太医院。罗太医让抬边塞的小太监们，把他放平、躺正，掰开老边塞眼皮，仔细一瞧，又捏住三关脉象。罗太医咂咂嘴巴，不紧不慢说：“老将军走了，已有半炷香的时辰，通知家人，办后事吧！”世代忠良，阿穆鲁一脉就此终结。衍子民得皇帝恩准，着手筹备剿匪之事。在他记忆中，几次围剿荡匪，每次兵马，少则五千人，多则万人，次次打得胜鼓，唱得胜歌凯旋。然后，上折子，讨封要赏，糊弄皇帝，愚弄朝臣，浪费许多不该花的冤枉银子。军中大小官员无一不贪，骗取军费，克扣军饷，中饱私囊。别看老夫年过六旬，朝中那伙贪魔腐鬼，有衍某一天在朝为官，你们也别想明目张胆，为非作歹。当前大清国策，应该内惩贪腐，灭国贼，外强国力杀狼治夷。朝廷烂事多，痼疾深重，举步维艰。龙王荡剿匪，不可轻视。大风大浪，蹚过大半生，龙王荡铜钱岛海峡的风浪不小。他仔细揣摸皇帝那句“宁可从版图上抠下这片荡地……”言下之意，无论平头百姓，还是富贵达人，连同荡匪，通通斩尽杀绝，夷平龙王荡，永绝后患。是因为龙王荡匪徒劫的是皇粮，他才如此愤怒。全国何止龙王荡的匪，还有诸如虎王荡、狼王荡……剿得尽吗？龙王荡匪徒，不是人们想象中单纯一帮土匪，在丛苇中兴风作浪。龙王荡就是一个小社会，是大清国社稷缩影。农业、渔业、盐业、小手工业、乡团兵勇、学堂书院、地主、乡绅、桓商、财东、商行、贸易、钱庄、医堂、集市、街井……样样齐全。剿匪，不可不问青红皂白，生灵涂炭，不能把剿匪的刀枪剑戟伸向无辜，否则就是犯罪。关于这一点，衍子民在往昔山东剿匪中，曾犯过错误，事后好不容易逃过一劫，躲过一关，但是衍子民内心一直内疚至今，自谴自责许多年。每每想起，自感羞愧难当。唉！今日的年轻皇帝和往日的自己有相同之处，情绪化，一时气话，不可当真。

衍子民关起门，查阅所有关于龙王荡资料和历次围剿龙王荡匪徒档案。悉心研究，荡匪栖身地，既不是山寨，也不是平原，而是海岛和芦苇荡。地理、气候、环境、优厚自然条件，为他们创造极为有利的空间。要想彻底消灭匪患，必须周密筹谋。

龙王荡早在两千年前就有了。广袤浩瀚的黄海，浑浊而苍黯。像一位耋耄老人，挪着沉重步履，蹒跚后退，留下弯弯曲曲、蜿蜒连绵的足迹。平缓舒展，辽远广阔，看不到尽头的海岸线上，一片空白、寂寞、荒凉。潮汐来时，无堤无坝，无遮无挡，缓坡平滩，浅水没过，卷起层层波涛，大面积断断续续，似连非连的滩涂、陆地，连成一片，满目汪洋，浑黄掩映。潮汐退去，又现出一段一段，方不方，圆不圆，长不长，短不短，歪歪扭扭，横七竖八，逶迤不规则的海湖、海坑、海洼、海塘和海湾……晴好天气，强烈日光照耀，水陆相间中，那宁静的滩涂就会现出冷落荒凉和萧索凋敝的苦脸，皑皑莽莽、苍苍茫茫的盐碱。纵横的沟壑、海池中，浓稠的海水，在无风无浪中沉积，漫漫凝固成坚硬卤膏，散发出浓郁而强烈的咸腥、苦涩的海体味。

潮起潮落，浪卷浪舒，淘尽千年的沉淤，浮现深褐浑黄，如波纹般层层叠叠，仿佛画家用画笔描绘出来，天工用雕刀特意雕镂修饰过的，一缕一缕细溜溜，淡淡稀薄的海淤线条。海淤躺在海岸的漫坡上，无力追随黄海远去的身影，开始它无限期的沉睡。沉睡的淤滩躯体上，嵌入鲨、鲸、鳖、巨蟹的残骸，和蚌、蛤、蚬、蛏、螺类五颜六色，鲜艳明丽的贝壳。

不知哪朝哪代，何年何月，脾气暴躁，气情狷急的黄河，倚仗西高东低的优势，不可抗拒的威武，汹涌愤怒的阵容，疯狂湍急的势态，排山倒海的膂力，一路咆哮，一路奔放，摧枯拉朽，势如破竹，无数次地把陆地硬生生地冲破，切割成数条倾泻黄沙水患的洪道。这些洪道，便是后来海州地上烧香河、古泊东西卤河、车轴河的前身。千百年间，黄河泛滥，数条洪道由西向东，飞流直下，在西至大伊山、伊芦山、罘山，北至云台山、鹰游门，南至天生港响水口广大地域，黄河洪水冲击平坦宽广、水浅淤深的黄海滩涂，形式巨型喇叭状黄河古道入海口——埒子口。时光的千年旅程，给埒子口上游留下大面积低湿洼地和不完整的小块平原。

西高东低的地形大势，注定长江、黄淮的干支流淡水向东流入大海，使黄海滩涂上大量东西走向的河道、湖塘、沟壑，涌积许多常年不见底的淡水。有时海水倒灌，也很快被淡水冲击占领。

这里的气候，冬冷夏热，春暖秋凉，四季分明。日照强烈，温差适中，无霜期长，降水充沛。由于淡水的作用，严穆、冷寂、荒凉的盐碱滩，渐渐演变，性情从严苛、古板变得温柔、和顺、斯文起来。昔日茅刺不生的塘口、溪边、滩缘、缓坡，渐而现出一丛一丛碧绿的碱蒿。贫乏的滩面和瘠薄的漫坡，蔓延起晴翠的海英菜。一小簇、一小簇精细的芦苇，从岸边蹚到浅洼的淡水湿地，东拉西扯，三三两两，疏疏朗朗，摇摇晃晃，快乐无忧地成长。淡水洪流带来了上游珍奇植物，有葳蕤的浮萍，有新的水藻。蕨蘋也在浅水中伸出又柔又软又细的青茎，娇嫩的叶柄子上生出刚刚睡醒的雅稚而细腻的四片清新羞怯的叶片。落地生根的荇草，荡里人敬称为荇菜，平时喂牲口，饥馑年入食。藤如细绳，挪延百尺，锯齿状薄薄青叶，飘逸于水面，鲜丽、新颖，油光发亮。浮萍、蕨蘋、荇菜，在柴葭丛中游移，在芦苇间穿插。

芦苇，没错，就是芦苇，在短短十几年、几十年里，因为时断时续的淡水，因为阳光温暖，降水湿润，气候适宜，芦苇以强大而坚忍的生命力、生存力，凭着天时地利，在这片海陆交汇，尚无人烟的两合水之间，一代一代，一茬一茬，生生不息，生根散叶，碧绿、葱郁、茫漫无际地疯长起来。芦苇成了这片低水洼坡平滩上，当之无愧，日臻成熟，名下无虚的主宰者，是垺子口流域的灵魂。在芦苇纵深处，有一百里宽长的水洼，水洼中心有一条横贯东西的洼底洪道，洪道两侧有无数支流平交水汊、溪流、河道。这些水汊，河、溪，又外连无数纵横交错水系网络、塘口、池沟。

夏季，上游洪水通过洼地洪道汹涌而下，流入烟波渺茫的大海。海潮上涨时，亦从这片洼地洪道回访。奇妙的洪道，海来潮时，深丈许，可行千担大舸。冬春季，低洼湿地，宽阔洼底洪道，水干见底，无淤无泥，只有黄沙，车马穿行，不坑不陷。金莲绣鞋，不沾泥星。

唐初，百万亩茂密旺盛，黑森森的芦苇荡，愈加深沉广博，厚重神秘。千年洪水作用，在荡里荡外形成无数的土丘平岗和岭脊圩堆。饥荒年月，荡外灾民，远游来的渔民，为讨生计，把目光转移到这有鱼有虾，有葭苇，有芦花，资源丰富的荡区。起初，为数不多的农人、渔人，在荡中圩丘上，零零散散搭起茅舍，以芦苇结庐栖息。六腊月，不宜河海捕捞，他们用芦柴制成的柴篾子，织席、箩、篮、匾、囤折子、篱笆墙、柴门和吊搭子。家用之余，还把原柴和一摞一摞席、箩、篮子、折子，经芦荡中主洪道，运到荡外偏僻，资源匮乏的玉蟾、西临、新坝、穆圩、板浦，德芳、峙云、大伊山等地，交换其他用品，或销售换铜钱，一秋一冬，收获可观。芦苇，正因为强大的生命力，不挑剔生存环境的优秀品质，给人们取之不尽、用之不竭的财源。正因为它朴实淳厚、质朴无华的坚韧秉性，才会无私敞开它博大襟怀，慷慨面向贫困勤苦的穷人。

有芦苇的海淡水里，有十分丰富的海淡水产品，浅水深洼，大沟小溪，河流湖塘，虾、鱼、鳖、蟹、蚌、蚬、蛏、螺、牡蛎、花蛤……满眼皆是，唾手可得。谁肯出力气，谁家的小日子，一定红火。不愁穿衣，不愁吃喝。大芦柴，铺天盖地，想咋割，就咋割；想咋卖，就咋卖；想咋用，就咋用。地方州府不管；山高水远，皇帝管不到。你要咋作踢，就咋作踢，没人阻止，没人问这档闲事。

天地悠悠，红尘滚滚，潮起潮落，过客匆匆。不管外边世界发生什么变化，埒子口流域芦苇，任凭人们采伐、砍剁、收割、烧荒、碾轧、刨根取食。蹂躏吧！凌虐吧！糟蹋吧！摧毁吧！没事。这片芦苇，遵守神秘莫测的魔法，年年旺盛，青碧焕发，翠颜丰华，生生不息，朝气蓬勃。只要还有春天，芦苇就会胜过雨后春笋，密密匝匝，整整齐齐，无可阻挡，一夜之间蹿出一两尺高。一个夏季过后，笔直秆茎，一丈多高，高节虚心，节上吐芽，两列叶片互生，坚固叶鞘，呈圆筒状，紧紧裹着秆茎上坚挺的芦叶。扁平绿叶，如毛驴耳朵，厚实实，毛茸茸，尖锐直竖。秋天蒹葭萋萋，白露未晞。如美人般纤细苗条的芦苇，头顶梢上秀出青紫相间的芦蓬蘽，穗状花序排列成圆锥花伞从顶上生出，微微向下弯曲，梗叶之间，有绒绒柔柔软软的细毛。花序质地细腻，晶莹、轻逸、冲淡，青气幽幽，香味缕缕。霜降后，青郁的芦苇，停止葱翠，茎叶转黄、脱落。毛绒白花，绽放、风干，一团团洁白如绒球棉絮，柔韧绵软。秋落冬临，人们贮存芦花，织毛窝，制芦花屐，越冬暖脚，价廉物美，胜过羊毛的柔韧暖和。

广博芦苇荡，给海滩注入生机，带来生意盎然和无限隽永的生物、羽禽和走兽，它们比人的脚步更先捷。率先进入这片广阔迷漫芦苇地的是芦雁、野鸭、野雉、芦莺、布谷，仙鹤、鹳雀、白鹭、鹌鹑、画眉、野鸽、老鸨、鹰隼、乌鸦、喜鹊、鹁鸽、麻雀……一群群，一批批，一片片，在芦苇地里，觅食栖息，寻偶、恋爱、交配、筑巢，繁殖孵衍后代。谁也不知道，何时，从何地来的，大青虾、拖腿虾、白米虾、大龙虾、虾婆婆；小参鱼、小银鱼、小虾逛、鳑鲏鱼、沙光鱼、花鲈鱼、鳜鱼、黑鱼、鲢鱼、白条、海鳗、泥鳅、黄鳝；黄颜蟹、石斑蟹、青铜蟹、梭子蟹；甲鱼、乌龟……它们海淡水兼容，在草根水底逍遥。偶尔相遇，也仇视，也怒掙，甚至弱肉强食，杀戮或吞并，常常轮番扮演水族区域性的统治者。看似水族大融合，其实是虚假、伪善的太平盛世的水下世界。

芦苇青纱障下，渐而出没暴戾、狞恶、狂野、残忍的野狗、野猪、恶狼、凶豹和猛虎；讳莫如深的鬼怪，诡异离奇的妖魔。还有狰狞凶险的土蝮蛇，华丽优雅的竹叶青，娇娆美艳的棕榈蝮。更可怕的是有大到比笆斗还粗，十几丈长，能在芦苇梢尖上穿行，能腾云驾雾的龙蛇；能隐身变色，细溜溜的尖头长嘴小蝮蛇。金环蛇、银环蛇、白花蛇、乌梢蛇、菜花蛇、青草蛇、火链蛇、四脚刀螂蛇……

当然，苇荡里不乏性情温和，可以和平共处的，温和不伤害人的野兔、狍子、麋鹿、田鼠、狗獾、豪猪、花狸、红狐、旱獭、水貂、穿山甲……一年又一年，一世又一世，伟大的时间巨人，紧攥住烟波渺茫，空旷辽阔，迷离恍惚，焦虑迟疑，神志委顿的黄色老海，拉扯着它疲惫怠倦的身躯，迈着沉重维艰的步履，缓缓向太阳升起的地方退却。芦苇不依不饶，得寸进尺，贪猥无厌，漫无止境，紧跟其后，步步逼近。依仗咸淡两合水独特优势，肆无忌惮，层出叠见，遍地放花。

据说，大唐武曌垂拱二年七月，埒子口骄阳胜火，海域滩涂地面上，滚烫的地表能煎蛋饼。原本这带海域，到七月中旬，进入“小秋”季节，中午热烈，早晚凉爽。这年不同，立秋后，天气持续高烧不退。秋老虎，热死人。白天，骄阳盛火，烤乳猪般，晒得人们浑身柿红，无处躲藏。晚上，河水烫人，屋内闷湿，空气像棉花团一样，塞在心口，喘不上气。让人无法入睡，无处遁形，无可奈何。七月十二日清早，浓烈的朝霞刚从东方海面上喷出娇红的光彩，太阳还没登场，一晌间，鲜丽朝霞的表面，陡生几股乌黑的浓云。浓云仿佛被巨大无形的杠杆，撬起一个个方方矮矮、圆圆秃秃的山头。多日不见云雨，人们被烤焦的脑壳，多么渴望老天下一场透陷雨，挽救干涸的河流、干枯的庄稼，缓解人们崩溃了的情绪。

云的山峦，从海平面缓慢向空中升腾。空中、海面、芦苇荡、埒子口，很安静。没风没雨，没雷没闪，苇梢树杪，纹丝不动。芦苇之间，树树之间，安静得仿佛能听到对方的呼吸和心跳。天空被乌云吞噬，暗下来，暗下来。一个时辰后，人们眼前好像是挂起被黑漆刷过的大幕，遮挡得严严实实，伸手不见五指。城府很深的大海，在悄无声息中，像发酵的糟面从海底膨胀起来，海面在无风无浪中轻轻晃悠。水涨速度之快，令人心生恐惧，不敢眨眼，又不敢正视。

也许是淡水的长期骚扰，也许是芦苇紧追不放，激怒了古而不朽、老而不屈、阴险狡诈的黄老海。小小淡水，咋咋呼呼，微不足道的芦苇，不给你们点厉害看，不知道马王爷三只眼。黄老海是这样想的。黄老海不动声色，不给淡水喘息工夫，秘密集结，汇合上涨，覆盖整个埒子口，且向内陆漫延。海水漫过芦苇，四合无光，天海一体。百折不挠的淡水岂能坐以待毙，以上游纵横无数的沟壑河流、明渠暗涵的优势，向下游压过来，欲顶住海水倒灌。黄老川和黄老海较劲，苦了荡中为数不多的居民。凭经验，居民大多逃向靠近的东陬山、西陬山、罘山、伊芦山。渔人停泊靠港，抛锚挽缆，做好防洪准备。这样恐怖状态，持续三天。七月十五中元节这天，阴曹地府按律开大门释放鬼魂返程，到自己家里接受亲人后辈酒肉款待和金钱银两。

人们逃遁山中，条件简陋。祭奠先人，环节程序，一点不敢怠慢，不敢省略。这个七月十五，比往年更加庄重、虔诚，以求祖宗先人保佑活人平安无事。乞老天赐福怜悯，保下界避灾免难。然而，先人无能为力，老天不领人情。人们在恐惧中等待，等待乌云散去，重见天日。

上天的安排，从来不看人的眼色，顾不上人的死活存亡。也许一切皆有命数。

躲灾的人们，有的如笼中困兽，在震怒躁动；有的像头死猪，不怕开水烫，倒地不动，认栽；有的像被捆在审判台上，屈打成招，心犹不甘的罪犯，注视着判官手里的斩首令牌，等待刽子手大刀落下。午时刚过，空中一道白炽闪电突然撕开漆黑大幕，紧接数声连动，震耳欲聋、拔地摇山的霹雳响雷，轰破天地交合的黑色沉默，摧毁烦闷难耐、凝固闭塞的天体。俄而，滂沱大雨从天空冲向地面、海面。

立于山巅俯瞰，三百六十万亩的埒子口地域，仅见到一簇一簇蔫头耷脑、萎靡不振、怏怏不乐的芦梢，在一波一波浪涛中摇荡。大水之中，依稀可见伊芦山、罘山、东陬山、云台山的脊梁。埒子口外的西部高地上的村庄，渐渐下沉入水，继而露出屋脊和大树梢。村庄上的人们像落水狗，狼狈不堪，哭爹叫娘，四处逃散。有的攀上树梢，抓住树枝；有的趴门板上、桁条上；有的跪在漂浮的牛车、草垛之上，随波逐流。那些来不及，或者根本就没预料到如此险恶情境的人们，无法抗拒，亦无法逃脱这场灾难，无辜无助地葬身大水之中。水面上漂着屋梁、门窗、木床、桌凳、草垛，还有猪、牛、驴、羊、骡、马、狗、男人、女人、老人、娃娃的尸体。

老天啊！丧尽天良。黄老海啊！为何助纣为虐，乘人之危，趁火打劫。黄老川啊！为何这般暴戾咆哮，为虎作伥，借势作恶，雪上加霜。

昏老天啊，无一丝怜意，持续疯狂，更加凶猛。风婆婆、雷公公、雨大仙，张牙舞爪，咬牙切齿，一个比一个冷酷、残忍。一闪一雷一阵风，如千军攻城，万马掠阵，轰鸣炸响。竖雨直挂，斜雨如瀑，横雨如流，势不可当。

黄老海不甘落后，呼风唤雨，掀起黑潮，立起峻峰巨浪，劈天盖地激水漩涡，磅礴夺势，像没有阻挡的猛兽，不断将漂浮的房屋、马厩、牛圈、猪舍，卷入海底。黄老川的骄横跋扈，狂妄自恣，猖獗嚣张，推波助澜，搅得昏波恶浪，泥沙俱下，纵流横淌，人或为鱼鳖。谁知道，这仅仅是埒子口流域将要发生的重大事件的序幕、前奏，真正的残酷还未开始。

在风雨如磐，万炮齐鸣，狂轰滥炸中，东南海域天空，现出一个旋转的，透着金红的，正在燃烧的巨大黑洞。风在旋转，云在旋转，雨在旋转，燃烧的黑洞，越转转大，越转越快，天底被钻通。从黑洞中射出巨型的强烈刺眼的光柱，光柱向黑洞的反方向旋转、移动。旋转的光柱转移到埒子口流域的中心地带，芦苇荡中空，直射芦苇中央那条黄川洪道，旋转燃烧的黑洞和光柱顿然停止旋转和移动。威风凛凛，傲然挺立的光柱，任凭飙风吹打，暴雨袭击，岿然不动，照耀着三水交合，白汪汪的一片。狂风猛雨，愤怒暴躁，肆虐荼毒，继续下坠的天体，如一口巨大黑锅，卡在人们头顶之上，还不停向下挤压。山上的人，伸手便可触摸天底。大雨倾注不停，黄老川继续东灌，黄老海恶势继续西涨。巨型刺眼夺目的白炽光柱如定海神针，顶天立地，巍然屹立，撑在黑锅底与白色汪洋之间。天底不再下沉，天地不会叠合，人有救了。就在人们千般致谢，万般感恩之际，奇迹真的出现了。

随着那强烈刺眼的光柱蓦然抖动，一条金黄色的巨龙围着光柱，喷放着火花，龙头向下，转动下滑。龙头黄绿色，形如驼头尖长，眼睛凸出，若兔眼鲜红，如铜铃闪亮，射出青紫色的光芒。头两侧伸出驯鹿般五枝八杈，毛茸茸，圆滚滚的龙角。灰褐色长长鼻梁如大黄狗的鼻头，圆润前开，极为敏锐。鼻孔向上，黯黑深幽，伸出两股长长的，黑白相间的鼻毛。嘴巴张开，如簸箕扁阔。通红的舌头伸卷之间，流出黏稠的龙涎。嘴角两边上方，分别拖着一丈多长如钢鞭般灵动的触须。神龟颈项，伸缩自如。脊梁上，长满如雄狮脖上坚硬的鬃毛。身躯如巨蟒，比巨蟒更粗更长。锅盖大，金黄色的龙鳞，貌似鱼鳞形状，整齐排列，晶莹剔透，色泽光鲜。尾巴如燕尾剪形铺展。爪如鹰爪，掌如虎掌，腹如蜃。

巨龙围着强烈透明的金色光柱，上下游动，纵身跃出光柱，空中水中，上下翻腾、舞动，搅得天地混沌，宇宙模糊，乾坤颠倒，山河震颤，九州摇荡。骤雨急电，愈加剧烈。巨龙在风雨云雾间，见首不见尾，见尾不见首，首尾都不见，现出长身段，时隐时现，亦幻亦真。或龙头向上，龙尾向下，吸起百丈水柱，把海水吸向天空。或跳入大海，掀起千尺巨澜，乘巨澜，蹿入云霄，龙头平伸向下，张开簸箕大嘴，吞云吐雨。随着狂风舞动，无所不能的巨龙陡生两翼，如大鹏金翅，搏击翱翔。

巨龙第一次向人间展示独立于天地之间的威严；力挽乾坤的自信；

搅动江湖河海的意志与力量；坚韧不拔，机动灵活，老而弥坚，战无不胜的本领；朝气蓬勃，积极向上，勤劳勇敢的品质；善良忠诚，勇于挑战，聪明睿智，善于谋算的城府；英武顽强，不屈不挠，勇往直前的斗志；防卫戒备，防范危机的警觉；利用条件，把握和实现自我目标的机敏。这就是龙，这就是龙的真理、龙的文化、龙的文明、龙的精神和龙的意识。更是龙的民族、龙的传人必须具备的龙的品格和龙的精髓。

仰望空中巨龙，人们恍然大悟。原本祖祖辈辈，口口相传，华夏民族，是龙的传人。如今，才真正明白，自己的骨子里原已渗透了龙的血脉。仰望空中巨龙，人们兴奋、崇敬，又有些胆怯、害怕，不知道龙祖的显现，意味着什么。人们跪伏于山脊，顶礼膜拜。空中巨龙竟然张开大嘴，发出轰隆、浑厚，略带沙哑的声音。啊！巨龙居然说话了。人们惧悚不堪。巨龙的声音，震拆大地，响彻云霄，回荡在山谷之中。

“吾乃万兽之首，万能之神，九九至阳之物，天下之祖太敖。言传伏羲、女娲，以至华夏众生。千万年来，吾掌四海，降天伏地，控御阴府，击灭人间魑魅魍魉、牛鬼蛇神。今身疲矣，此黄川洪道至瀚海，得此阴阳二活水沐之，获芦苇青纱掩蔽，意辟谷修身，此处百里，自今立名‘龙王荡’。受天下苍生，燃香膜拜。”说毕，一道闪电，一声巨响，一头扎进芦苇丛的中心洪道里，激起万丈高的波澜水花。天空顿时云开日出，碧天湛蓝，三水皆清。芦苇青青，海面平坦。第二年春季，有人在洪道里发现许多龙鳞，敲击有磬声。

千百年来，龙王荡人一代又一代，一世又一世，传颂太敖龙祖的故事。

大唐年间，古海州在淮安府制下。龙王荡在古海州制下。唐时古海州的经济，出现前所未有的繁荣。当时龙王荡的芦柴业，占取海州经济重要地位。经济发展，迫切要求有外运交通销售渠道。广阔海州地域，还没有一条航道可畅通外地。境内河流大多是东西走向，断断续续的季节性冲击河流，根本谈不上规模运输。交通运输落后，成了制约海州经济发展的瓶颈。海盐、芦柴外运十分困难。为官者头痛，多次上奏朝廷，没人理会。

武则天垂拱四年（688），开明武皇御批，从泗州涟水，开凿一条通往海州的官河。官河进海州境内，大伊山北边的磨盘口，主河道向西北，于新坝与涟河汇合。另拐道向北，经海州通淮门临洪河入海。官河在新坝转涟河、桑墟湖、沭河达沂州，密州。官河南端在涟水县境，入淮河，进邗沟，达江南各地。

官河的开凿，让海州拓开同江南、北鲁的物资流通，推动古海州经济发展。历史车轮，滚滚向前。越过五代十国、大宋、大元、大明，进入大清时代。圣祖康熙五十年（1711），黄老海继续东退。海中岛屿云台山与陆地连片。云台山至潮灌河，南北渐连陆地。清世宗雍正二年（1724），海州改为直隶州。乾隆年间，埒子口外围，西陬山、云台山、伊芦山、罘山周围，开始大面积开荒垦种农作物，以旱田小麦、大麦、稖子、芦黍、黄豆、山芋、棉花为主打农产品。

黄老川继续将大量大范围的泥沙推向海州境内，龙王荡通向磨盘口洪道断流，淤塞。龙王荡外围百里，荡里的高堆、土丘、圩岭子，原住民和外地迁荡的人口快速增长，荡里荡外多个村庄形成。

龙王荡里，大产业，柴、渔、农、盐，迅速崛起。特别是每年几千万担大芦柴想运出荡区，唯一道路就是这条淤塞干涸的洪道。千年前太敖龙祖卧伏的这条洪道，而今已经淤塞。人们就在这条淤塞的洪道上，用平板车、驴车、牛车，昼夜不停，把大芦柴运往磨盘口。可是出了荡区，就有一条南北走向，宽阔的潮平浪急的牛墩河，挡住车马行人。此处，无桥无闸，只有一个渡口。柴车到渡口，把芦柴一捆一捆卸下，车、马、人、柴，一趟一趟乘渡船过河。过了河，上车西行，到磨盘口东附近的胡圩子一带，把芦柴卸下车。一年十年百年，一以贯之，千万人千万张嘴相传，说上车了，表明芦柴车出荡过河；说下车了，就知道芦柴车到了胡圩子。久而久之，“上车”“下车”就成了地名。

磨盘口东岸，十里范围，货场、运栈、河堤、马道、路边、码头、港湾、河汊、圩下、堆上、田埂，到处堆积无尽的芦柴垛子，像山峦连绵，一个接一个。凡是有空隙处，就挤进成捆成捆的芦柴。陆路、水路，车船交错，车水马龙，百舸争流，络绎不绝。形成古今闻名的磨盘口大柴市。

乾隆七年（1742）夏，苏北地区，连降暴雨，水浸泗州。海州亦不能幸免，境内洪水暴涨。泄洪主道，仅有南北六塘河、中河等大小河流。官盐河也漫入大水之中，盐河东岸至黄海边，有几个不相连接的大盐滩，是海州产盐重地。盐商曾集资在官盐河东岸，筑起坚固的泥草坝，欲保住东边盐田不被暴雨和上游大潮水冲入大海。而盐河西岸，平地水深近丈，民房被冲垮倒塌。庄稼有的被连根拔起，漂浮水上。河西农人走投无路，聚集在海州衙门口，呼天抢地，痛不欲生，强烈要求海州知州开盐河东侧大坝放水入海，救民于水灾之中。

知州卫哲治，外地调来海州衙门，上任不久，不悉海州水情，又是第一次遇到如此大洪灾难，不淡定了。眼见农人群情激愤，唯恐生变，心里没底，又不能简单粗暴处置。他站于海州衙门广场前，向众人喊话："农人兄弟们，我和你们一样，心急如焚。我，十分理解你们，此时此刻的心情……"卫哲治讲完话之后，在几个农人带领下，爬上小船，沿官盐河南下，勘察洪情。放眼望去，大水淹没民宅、民田。农人四散，水上漂着许多死尸，百里洪水，汪洋茫茫，一片萧然哀寂景象，惨不忍睹。这个富有同情心的卫哲治，不再犹疑，立刻请示江南河道总督完颜伟，请求下令开坝泄洪。

完颜伟狐疑踌躇起来，盐业是海州第一大产业，也是大清国重要经济支柱产业，一旦开坝放水，冲了盐田，必遭盐主指责，万一引起圣怒，后果不堪设想。不管卫哲治怎么坚持说服，完颜伟徘徊犹疑，举棋不定，百姓性命固然重要，但与大清经济支柱相比，便不值一提。在卫哲治长跪哭谏的陈情之下，完颜伟心中不悦，最终勉勉强强同意有条件开坝放水。

洪水过后，卫哲治再次沿官盐河向南巡察，其凄怆惨景，极其伤心惨目。饿殍遍野，溺尸纵横，民宅坍塌，农作物夷为平地，淤入泥浆，颗粒不收。这一悲剧，让这位知州痛心疾首，捶胸顿足，咬牙切齿，下定决心哪怕丢了这顶红帽子，也要以悲愤之心死谏皇帝，恩准开凿疏理海州境内大小河流，让乡民免受洪患之冤。做官不为民做主，不如回家卖豆腐。卫哲治一月之内，三次递折上奏，一悲三叹，情真意切，为民所想所急，至纤至细，无微不至，溢于言表，大有不治水，死不休之势。卫哲治举措打动皇帝，恩准拨款，钦点卫哲治亲率民工，开凿疏理六塘河、六里河、车轴河、莞渎河等海州境内河流。

他们要疏理一条由磨盘口向东，横跨龙王荡黄老川主洪道，至埒子口入海的大河。此河被海州衙门认为是所有河道中的重中之重。一来作为海州腹地，泄洪主道，具有无可替代的重要地位；二来作为输运龙王荡大柴出荡的主航道，更具无可比拟的重要的经济意义。

卫哲治率州治大小官员、桓商盐主、地主豪绅、社会名流，沿途考察。预算废除多少农田、盐田，搬迁多少村庄、坟墓，附建多少涵洞桥闸，上中下游多宽多深为宜。考虑这条河的航运与泄洪的双重用途，朝廷下拨的银两远远不够。既然这条河对经济发展大有裨益，桓商、盐主、地主、财东松松腰包，出点血，纯属理所当然。

如此，龙王荡里，取之不尽、用之不竭的芦柴源，便能经航运，直接到达磨盘口的大柴市交易，也可沿官盐河下江南，入巢、芜、鄱阳，进两湖，涉两广；北上淮、彭、豫、鲁。荡民再不受“上车”“下车”之苦累了。卫哲治心中愈想愈激动，情不自禁：“开凿此河，乃吾辈一生之大幸啊！”

就在卫知州阐明开凿此河重大意义时，参与议事的龙王荡龙王口老乡团廖有顺老先生插话：“……企望知州大人，先给这条大河，命名吧！各位乡贤，意下如何呀？”桓商乔雨林附和说：“廖兄说得是，师出有名啊！”卫哲治略作思考，微笑：“各位，各位，少安毋躁！你们先想想，是否记得，去年寒里，山东沂州张三张四兄弟俩，在龙王荡砍半个月大柴，装满满一大车，走出荡区，车轴压断，压死黄牛，砸死张三，伤了张四的事件？荡里太平架子车，车轴非常结实，又能如何？经常压断不说，就是一条牛墩河，阻挡所有牛车马车平板车鸡公车。芦柴车子‘上车’‘下车’，百姓累了几百年，苦了多少代。开凿这条大河，一定是连接海州经济的两个轮子：一是龙王荡取之不尽的芦柴；二是各大盐场用之不竭的官盐。这步棋走活了，接下来，就步步都活了。荡民只凭一条船，就能把大芦柴的原柴和那些柴席、柴折子、柴筐、柴篮、柴箩、柴篓子等柴产品，走官盐河直达江南，走西涟河转道山东、河南。然后，再把当地土特优产品，带回海州，这天下物资，在海州流通了，这可是利在当代、功在千秋的大好事呀！别说龙王荡，整个海州，乃至苏北，岂不是生意兴隆通四海，财源茂盛达三江吗？”

龙王荡大地主严大佬有点奉承的样子说：“卫大人啊，俺等您起河名字哩！”卫哲治不无自豪地说：“噢、噢，对！说具体，说河名。其实这河名，吾大致已经说了，现在吾诌一首小诗，大家猜猜。”众口：“说来，猜猜！”卫哲治很兴奋，很享受，情绪喜乐地道：“海州资富两跨骓，芦酷盐肥二物魁。车轴连河沨万里，货通天下锦旗挥。”各位正在思考中，龙王荡龙王口廖老先生深深吸了口旱烟袋，猛然反应过来，道：“俺知道了，大人说的是车轴河。嗡，好，不雅不俗，形象有趣，有意味。俺不会抬轿子，吹喇叭，俺说的是真话。”在场各位，无不拍手叫好。

“有创意！”“很形象！”“荡民之声，车轴河，很贴切！”“卫大人，为民做主，好官啊！”

车轴河竣工了。车轴河在连接龙王荡处进入下游。为消除上游黄患之忧，解百川汇合之困，下游在荡里老黄河冲创的古洪道基础上，最大限度拓宽加深，形成真正意义千尺宽、百里长的龙王化身河！

当年龙祖太敖，降龙身于荡里时，龙头向西，龙尾朝东。龙身伏着黄河古道，延伸至大海。

龙头处，龙王张开大嘴，使河道在此处，形成三汊河。北边是龙王鼻梁处，向西直通百里外的磨盘口。西南是龙王的下巴处，河流通过，被称作龙王口，龙王下巴外，有三个村庄，西庄、东庄和南庄。这里，也是后来朝兵垦田的南大营处所，南北二十队的南头队。

为保荡外盐田和荡里荡外的大片农田免遭洪患，龙王荡人借朝廷衙门开凿车轴河契机，廖氏、东方氏两族全力主导、动员、推动，在龙王荡内自发实施封堵、疏浚结合，展开荡内水利设施建设。强行控制荡里咸水，使上游淡水通过车轴河两岸水网进荡区。把盐田和农田分开，咸水进盐池晒盐；淡水入湖塘，灌溉农田……

随着车轴河两岸，雄伟河坝、平坦马道的建成，荡人在歪七扭八不规则，低平海滩和缓坡外的海塘、海洼、海湾、海池、海沟、横溪竖流上，造圩筑堆，建涵支闸，荡内的明水暗流，上接淡河，下入大海。海欲倒灌被节制，无沟无壑，无渠无道；淡水可收可放，可节可制。碱地淡化，盐分流失，生态平衡，尽在荡人掌控之中。

清宣宗道光八年（1828），龙王荡柴业更加欣欣向荣，兴旺发达。原柴和芦柴制品，经车轴河，运往磨盘口大柴市，转销江南、鲁北……声名鹊起。海州知州进京述职，在大肆宣讲盐业辉煌成就之余，重点叙述地方支柱产业——龙王荡芦柴这一自然资源的兴盛昌隆。把磨盘口大柴市集散市场，鼓吹得像赶庙会一样，比京城大街还要热闹非凡。极尽铺陈叙述之能事，大胆的夸张，神奇的比喻，夹带赞颂般的诗词歌赋，绘声绘色，表演着、朗诵着——大柴市，人山人海。官道上，马如游龙，熙熙攘攘，肩摩毂击。官河面，百舸争流，帆桅林立，川流不息。年年如此，日日如此。南来北往的人群，东聚西集的车马，百里的船，千里的船，万里的雄艅伟舸。卖柴买柴，卖席买席，卖折子买折子的……装船卸船，船上船下，艞上艞下，比肩接踵，十几里长的官河码头，人声鼎沸，拥挤得插不进脚。大柴市不光只有大柴和柴制品的贸易，还有粜粮籴粮的，卖肉的，扯花布的，耍猴的，说书的，唱小戏、吞剑吐火耍大刀的，卖大饼、油条炒菜的，开大排档，卖豆腐的，劁猪割卵蛋的……

龙头产业带动海州的交通、运输、物流、客栈、货场、旅游、服务、餐饮……百业兴旺，枝繁叶茂。一片国泰民安，百姓安居乐业的祥和景象。知州薄薄嘴皮子，说得比唱的还好听。逗得皇帝眉毛上挑，杏眼大开。当即下一道圣旨，画一个圈，把百里龙王荡芦柴地，收归国家重点产业基地。荡民柴户，原品及制品营销，按量课税，所收银两，皆入国库。

清宣宗道光十三年（1833），云台山、伊芦山至潮河堤，面积大大小小，互不相干地块，与西边陆地相连，这些地块，经长期淡水浸淫、分化、曝晒，当地居民已种出产量可观的农旱作物，单产几十斤至百斤不等，大麦、小麦、秸子、芦黍、瘪粒子黄豆、青瓣子棉花，还有黄皮蔫耷的青菜、糠心萝卜、歪瓜裂枣。不易啊，原是一片盐碱地。有收获，就有希望。一年两季，土地贫瘠，产量不高，品种还算不少。海州粮油棉、蔬果苘麻，自供自给外，剩余物品可随商船外销。

自古以来，华夏三山六水一分田，田少地薄产量低。人多能吃、肚皮子大，是平民特点。一部厚实生动丰富饱满的历史，说到底，就是一部吃史，历朝历代皇帝，惧怕的是他的任期里人吃人。有脊梁骨的史官，不用添油加醋，实打实记录在案，任凭你文治武功，纵有无限彪炳千秋的荣耀，终逃脱不了饿死人的局面。所以，清君昏君，都把吃饭放在第一位。朝廷看到农产品的价值，对龙王荡实行“减柴增农”政策，在三百六十万亩埒子口海域的龙王荡，沿车轴河下游两岸高阔地带，划出东西长五十里，南北宽十八里，以车轴河中心洪道线为起点线，向南九里，向北九里，为第一批垦田地带。

皇帝借机，把边缘化的部分军队，进行大改革，大调整，大换血，大裁员。第一批裁五万人，进驻龙王荡，安营扎寨，解甲归农，垦田种地。自产自销，自供自给，以至于自生自灭，大清国永不叙用。五万人分两大营，车轴河下游两岸，北岸，叫北大营，也叫左大营；南岸，即南大营，也叫右大营。每个大营，分十个队，每队占东西五里、南北九里范围。自龙王口西缘，即南头队，以此类推，至龙王尾入海处，划出南北二十个队。

南北大营二十个队，仅占龙王荡区域一小部分。大营外当地原住民的管制机制，是不受朝廷俸银的地方自发机构，保持千年不变的保、甲老机制。军民各耕其田，互不相扰，互通有无，当然可以通婚互融。从此，这片原始荒野，荒秽幽邃、隐匿神秘的龙王荡，森森的芦苇中，黛碧的青纱障里，因为军民融合变得丰裕烂漫，喧腾热闹起来。

五万人，左右大营，各两万五千人，每队平均分配两千五百人。年龄最大的七十有六，二十岁参军，戎马生涯五十年，身经百战，九死一生，遍体伤痕累累；最小的仅十八，是近年刚补充兵员入伍的娃娃。老老小小，祖孙三代，比比皆是。

两大营最高统帅，叫大统领。此大统领，不是朝廷武职京官一品二品将军大统领。仅相当于朝廷武职外官卫千总，或者安抚使司副使类的从六品。相当于，不等于。朝廷借他们威望，安抚兵心，不指望他们有什么作为，再说他们还能有什么作为呢？时间是磨平一切锐器的法宝，何况人呢！两代之后，便是地道的农民。大统领，只不过是一个空衔，安抚将领，鼓励其乖乖听话，忠诚老实，不忘军人本色，顺顺溜溜地率部垦田。朝廷也不用掏银子，发关饷。皇帝仍然不放心，这些南来蛮、北来侉的兵痞子，桀骜不驯，最容易犯上作乱。皇帝让直隶海州衙门，在龙王荡当地举荐德高望众，或者地主，或者乡绅，或者财东，或者社会名士两人，分别出任南北大营的乡团，再由乡团选拔任命一名执事。

每个大营，三个主官，大统领象征性抓全面，乡团负责生产经营、收割播种、耕织储酿、吃喝拉撒等具体事务。执事是乡团协办助理。大统领成了精神统帅的摆设，有地位有名分，没有权力。其实权，集中在地方乡团手中，这样子，大统领若还想吊诡，很难。每个队的队长，大多由地方乡约，少数由兵营下等小吏担任，按二比一“掺沙子”，相互监督，相互掣肘，以保安定。

其实这只是皇帝一厢情愿，结果并非如此。咸丰六年（1856），龙王荡夏秋大旱，天地如焚，沟塘涸裂，飞蝗蔽天遮日，低飞如云层覆盖。所经之处，草木不剩。龙王荡芦叶光秃，连芦茎也啃光了。左右大营所垦农田，颗粒无收，万人饥馑。是年，北大营统领邱大同病故，副统领郭良恭弃耕从匪。乡团方有圆不辞而别，执事鲍以雨随副统领上了铜钱岛。年末，南大营统领东方伯率部众千人上岛，充实了以“行天道，济众生，救民水火”为宗旨的龙荡营。龙王荡里左右大营余部，公推右大营乡团廖汝有任南北二十队两大营总乡团，总揽左右大营一切事务。

咸丰七年（1857），龙荡营首领东方伯率百人于邗沟劫朝廷官银船，夺纹银十万两，购苏中大米二十万担。加固铜钱岛防卫。这年，老乡团廖汝有整饬龙王荡，统管南北二十队，扩建乡团地方武装，维稳地方安危，平息聚众打架斗殴，消灭强盗帮匪，打击民间抬财神、敲竹杠，驱除海盗倭寇。农忙务农，农闲练兵，兵政合制。龙王荡二十队、二十乡统一管制。

咸丰九年（1859），龙荡营首领东方伯率百人，沿车轴河，过磨盘口，经西涟河北上，在临州劫官府库粮千担、库棉百担。当年，朝廷发兵剿匪，无果而还。

清穆宗同治元年（1862）五月，太平军遵王赖文光部刘天福与清将丁凤林部，在伊山展开巷战。朝廷速征龙王荡乡团助援，廖汝有老乡团亲率三千人迎战，获胜而归。同治六年（1867）八月，赖文光率部与捻军合并，在大伊山与清军会战，朝廷第二次速征龙王荡乡团担负一线阻击，激战五天五夜，逼赖文光捻军陷入三面环海、一面临河的绝境，最终如赶鸭般将赖部赶进波涛汹涌的六塘河。后一直追歼至山东寿光弥河，赖部全军覆没，赖文光被捕。乡团回荡前，死亡过半。

清德宗光绪元年（1875），龙王荡雹灾，大雨倾盆，雹大如卵，荡内荡外，农作物无收。荡人流离失所，多人饿死，龙荡营首领东方伯开仓放粮，赈济荡中灾民。这一年，老乡团廖汝有病逝，享年六十八岁。龙王荡两大营南北二十队，百里龙王荡乡、保、甲，公推两次在同太平军激战中，战功显赫，平时行义举善，公允持重的老乡团第四子，时年三十二岁的廖子章，出任龙王荡总乡团。这年，朝廷龙王荡剿匪，龙荡营受重创，首领东方伯在海州太白酒楼被捕，次日于海州菜市口被斩首示众。其子东方瓒继任龙荡营首领。

光绪二年（1876），东方瓒将从淮安和海州两次赎身的两百多无辜青楼女，与其部下二百余人配偶，并送回荡里落户。

……

内阁大学士衍子民查阅完所有关于龙王荡车轴河、南北大营相关的历史资料，和历次围剿龙王荡匪徒的案例卷宗，头脑里渐渐勾勒出围剿荡匪的行动轮廓。

亲选八千精兵悍将，五千围荡，三千攻岛，各个击破，分而灭之。他寻思依圣主之意，剿灭荡中一切人牲，一把大火烧尽，世上再无龙王荡地名，可保苏鲁永安。其策绝不可取。龙王荡，大清社稷的一个缩影。荡里有三个集镇，龙王口南头队、四队、丰乐镇。有农、渔、柴、盐。地主、盐主、渔主、柴商、桓商……三家像模像样的大地主，严九、端木渥、夏侯廪，每家的长工、短工、家丁、婢仆千人之多。乡团廖子章一族近千人口，为朝廷作过重大贡献的家族。还有名医世家，南宫大医堂，几代人悬壶济世。南宫先生是救父亲性命的恩人。这些都说成是土匪？剿灭吗？哦，剿了，对皇帝好交代。可对人心，对历史，就是千古罪人。这种错，一生犯一次，足够了。咱剿灭山东白崖寨万人，多属无辜平民，致吾一生良心不安，后悔不已，可不能再造孽了。

衍子民眼前，模糊出现辛劳的渔人，在奋力撒网捕捞；勤苦的农人，在汗流浃背地耕作；街市上门店、摊位，大小商贩愉快地经营的场景。官兵进荡，朝着手无寸铁的人们赶尽杀绝，再造一期莫须有的，惨绝人寰的血案。不可！不可！

这绝对不是剿匪的初衷。衍子民心跳加快，“怦嗵怦嗵”，长脸连着脖子，涨得通红，连连摇头，自言：“不可不可！”剿灭龙王荡，绝对是错误方案。剿了无辜荡民，却没剿到匪，这算咋回事。吾衍某，一代贤臣，虽不能救世，也不能在“老了”“老了”的时候，头脑一浑，自毁一生。吾，可以做皇帝忠实的狗，决不做坑害黎民的豺狼。想个变通的办法。

反过来想，万一匪徒就隐在渔人、农人、商贩中，咋办呢？再进一步说，万一那些看上去无辜的人，其实就是匪徒，不加剿杀，岂不是又让他们大摇大摆地逃过一劫吗？假如让海州知州，暗地捎信给廖乡团，私下里组织大户和无辜平民撤离，是不是可行呢？假如那个廖乡团与荡匪之间，有某种默契，又怎办呢？荡中百姓一旦撤离，成千上万人，与那些荡匪，都有千丝万缕的联系，又如何保证不走漏消息呢？万一透露风声，剿匪岂不又是一场空？

八千大军，一旦出征，军费也是一笔可观的支出，耗得起银子，丢不起人。经过几天再三再四缜密斟酌，衍子民还是决定使用最初方案。给朝廷上下，显示泰山压顶的衍氏做派。剿匪必严，惩恶务尽。

对内部，下令军营全体官兵，剿匪期间，对地主、盐主、渔主、财主、商行、贸易、货栈各类大户及其家族，秋毫不犯。对荡里黎民百姓中的成年男人，凡抵抗者，格杀勿论。凡不抵抗者，全部收容，逐一甄别，排查，通匪必斩。积极稳妥的方案确定之后，衍子民选定三军先锋，整肃军风，严明纪律，约法三章，月内择吉日，鸣炮出征。

2

就在衍子民为剿匪冥思苦索，费尽心思，绞尽脑汁时，耳目闭塞的海州知州才得知朝廷运粮官船在铜钱岛海峡遭劫的噩耗。知州心中嘀咕，提心吊胆，心魂不定，寝食不安，害怕这事连累自己，性命不保。朝廷重要物资在直隶州辖下海域被劫了，天大的动静，知州竟然不知。事后半个月，没得到详细消息，模棱两可，似是而非。如此之迟钝、愚拙、迂讷，怎配治理一个州呢?

在朝廷，自己没有稳当、妥帖的靠山，自己这点芝麻绿豆的小官，皇帝笃定拿自己出气。知州半夜想起这事，身上直冒冷汗。思前想后，他觉得在龙王荡赈灾的那位钦差大人，对自己颇有好感，若能攀上这位大员，定可化险为夷，说不定，将来还有晋升机会。关键看运作。

知州觉得，机不可失，时不再来，莫等朝廷找茬子，争取主动，防患未然。为官，思维和行动，不能迟疑。迟疑必被动，被动就再无翻身上位的机会了。必须排除一切障碍，搜刮一点盘缠，进京拜访钦差，越快越好。

知州不知疲倦，废寝忘食，五天走遍当地富户豪门、名流贵胄。从中正，到板浦，经青口，过临兴。仰瞻壮丽的四大盐场，观览辉煌的八十一个小盐场，视察白皑皑的五千份盐滩。知州所到处，皆有掌声、鲜花、美酒、美女、佳肴。他拜桓商、会掌管、谒地主、约财东、见名流。又加码征收商管费，着人沿着海州城大街小巷挨门逐户，敲开店主、摊位的门板，千方百计，千言万语，千谋万算，处心积虑，筹措银子，为进京做准备。

思路决定出路，力度决定速度，效率决定效益。短短五天，聪明、敏锐、机智的知州搂足他的心理价位，把小额的散金碎银兑成整数十万两，分开两张银票，心中稍得安慰，有点踌躇满志的样子，当天晚睡了一个踏实觉。

本来，海州地域，大小桓商、盐主，属海州盐运司衙门管辖，与海州知州并无直接干系。但盐场都在海州地盘上，春夏秋冬，用的是海州的海水，海州的阳光，海州的盐池、盐卤、盐滩、盐工。最头疼的是夏秋季，年年发洪涝，盐河滚石坝、草泥坝节制闸，开与不开，开大开小，推迟开，还是提前开，哪段先开，哪段后开，全凭知州一句话。河道总督住省城，山高水远，管不了那么具体。洪灾来临，开坝知州说了算，对不同地域盐主桓商，损失程度大不一样。所以，桓商、盐主，一个个哭丧着内心，还要带着微笑英俊的面容，踊跃而含蓄，积极而内敛，吝啬又不失大方，给知州袖口里塞银票。一边塞，一边装作谦虚谨慎地说："大人请多关照，这点小意思，意思意思。"假笑堆满一脸。知州是一边笑纳，一边很客气，推三阻四地说："兄弟，啥意思，这样做没意思。""嘿嘿嘿"，笑得可怕。"没啥意思，就是那个意思。""哈哈哈"，笑不由心。"好好好，行行行，你有意思，我也有意思。呵呵呵！"皮笑肉不笑。

知州得十万两银票，捎上两个带刀护卫，骑上六百里快马，从海州登程，千把里路，第三天下午进了京城，到钦差府巷，知州下马，一路小跑，脚底抹油，两腿生风，径直到钦差门前。知州恭敬地向门卫施礼，自报家门："二位军爷，请报传大人，海州知州求见。"知州也算是正六品官员，虽说在京不算大，可是出京不算小。给两守军一人塞二两银钱，二位欣然受理，不失礼仪地回复："请知州大人稍候！"腿脚利索，向四合院二进堂奔去。

钦差仰在摇椅上，手握拳头大小的紫砂壶，吱咂品着茶水。门卫报："禀大人，海州知州求见！"钦差立即坐起来，放下手中茶壶。面带笑意，真邪门，想到他，他便来了。这家伙，本官还真的没看错人，正想敲敲他，不料上门来了，算你聪明。本官就知道，你在朝廷无甚靠山，求我是必然。这一条财路，岂能轻易放过，自有办法，让你四时八节，乖乖进贡。

钦差眼神移到门卫脸上，道："传。"门卫转头，回到门前，对知州："大人在候你，赶快去吧！"两随从将马匹牵出百丈之外巷头街边，坐地休息。知州右手提起和身体不太协调的便服长衫，左手整一下领、冠。为避嫌，知州不敢穿官服。再说，他那官服，在海州街上踱踱，摆摆谱，造造型，还凑合，进京，就不稀罕了。知州匆匆进了四合院，头不敢乱晃，眼不敢乱望，小肚子下面胀乎乎的，有点想尿尿。钦差大人，都察院左副都御史龙王荡赈灾有功，回朝即擢拔正三品大员。大院子，豪奢壮美。不是海州小城的犄角旮旯，随便掏出来，不看人，就能尿出来。老实夹住吧，一时半会，不碍事。吞嗓门子，又有点干燥，咋的啦？哦，见大官，难免有点紧张。到二进堂，一脚门里，一脚门外，就慌忙跪地高呼：“海州知州鲍育西，叩见大人。”“鲍大人，请起，请起，在家里，不必如此大礼。你倒是大大方方，也不知避一避。朝廷大员与地方官私下往来，有结党勾盟之嫌，这与朝廷官制，多有悖逆！亏你懂得，穿便衣来见。该避的，还得避一避，多加小心！”顺手挥势：“起来，坐下说话。”转脸说：“给鲍大人上茶。”一年轻女仆脚尖点地，不声不响，宽松长单裙，一阵轻风摆柳，端来一杯茶水。知州偷偷瞄一眼，啊！大官人家的用人，就是不一样，这婆娑的仙姿，袅娜、秀逸、精致，超好看。不能走神，淫思邪念，没出息。

钦差居高临下，又不失关怀：“坐下，坐下，到家里来，又不是上朝，不用拘谨。放松、放松！”知州一边应声“不敢不敢！”，一边受宠若惊，轻轻落座。不经意瞧一眼几案上放的两个唐三彩的瓶子，桌上日用的，尽是宋辽时的物件，心中崇拜油然而生。钦差漫不经心地说：“鲍大人，本官在海州赈灾数日，谢鲍大人热情款待。晚上，本官设家宴，一来答谢鲍大人，二来算为鲍大人接风洗尘。鲍大人，意下如何？”知州还是拘谨，不像是装的，后音很重地说：“岂敢叨扰大人！”“鲍大人此来京城，有何贵干？是面朝？还是面圣？”钦差试探发问。知州脑门上渗出亮晶晶的细汗，觉得京城天气比海州热，试探地说：“龙王荡摊上大事了。”说完，两眼紧紧盯着钦差五官的变化，特别是那双鹰眼神情细微的反应，眼为心扉。

钦差脸色陡然阴沉下来，不见先前笑意，知州的心“咯噔”一声，沉下去了。半晌，钦差似乎很为难地说：“这事不小，几次朝会有人参你，龙王荡是你的辖地，捅破天的大娄子，你说，皇上会怎么看？”

钦差不急不缓，停顿一会，又继续说：“本官于海州赈灾数日，念你为人忠厚，处事周全，有分寸，识时务，几次朝堂力辩，本官觉得此事与你无关。唉！可是，前朝有先例，龙王荡匪徒作案，连累地方官员受过的事。仅本官一人之力，势单力薄。啊！再说，本官刚从海州赈灾回来不久，不可争得过分，以免授人以柄，必私下联合有威望的同僚，共同力挺。这年头，空嘴说白话，谁肯帮忙呀！”知州点头哈腰，心中害怕，说话就有点哆嗦结巴：“在下下、无论怎么愚钝，懂、懂、懂这道理，我懂的。”钦差不慌不忙，沉着冷静，装着有主见、有办法、有把握的样子说：“本官会保你。为官，眼观六路，耳听八方。鸿雁凌空，遇响箭射来，知道该如何侧身躲避；行船，遇到顶风逆潮，要知道怎样扯帆航行。朝廷是很复杂的地方，京城不是地方，朝堂不是地方衙门。一句话得生，一句话得死；一句能让你平步青云，升官发财，仙及鸡犬；一句削职为民，充军发配，死无葬身之地。说简单，也简单，关键看运作。”

钦差说完，眼皮垂下。寻思不会空着手来的吧！该兑现了，不然，本官哪有时间陪你枯坐。还犹豫啥呢？沉默一会，知州感觉空气凝重，郁闷，内衣湿透了。知州站起来，抖抖瑟瑟，从袖筒里抽出两张银票，每张五万两，送到钦差面前，跪下说：“大人，不成敬意，这张给大人喝茶，这张给大人打通关节时，买壶小酒。只要在下渡过此劫，大人的再造之恩，鲍某当永世不得忘怀！”钦差上眼皮仍挂着。心想，这事本来就没事，是你庸人自扰之，本官只做一个顺手人情，给你借坡下驴。

既然揽下这人情，应把人情做足，钦差用安慰口吻说：“这银子，虽不算多，本官也知道，来得也不容易，不能让你白花。你的事，往小里说，皇上不追究，也就算了；往大里说，皇帝咳嗽一声，你这辈子，就完了，还连累家人性命，影响娃的前程。做官入仕，是读书人梦寐以求的目标，可是能有几人悟明白，能看透为官之道哦！”知州大气不敢出，蝼屈鼠伏，佞词泉涌：“烦请大人多多教诲，下官尽心竭力，追随大人，唯大人马首是瞻，永无二意。”

拿到银子的钦差和颜悦色道：“不必信誓旦旦，言之凿凿，一副山盟海誓、海枯石烂的样子。说正题，剿匪是必需的，皇帝龙颜大怒。此次剿匪不同往昔，这次是那个油盐不进、自命不凡的衍子民率部前往。简单说，就是对龙王荡实行前所未有的，最凶残、最狠毒、最严酷的烧杀抢掠，是匪不是匪，来个一祸端。衍子民是个狠角儿，早年在白崖寨剿匪，连当地官员的家属女眷、无辜妇孺都灭杀干净，无一幸免。”

知州惊异地说：“大人，龙王荡还有近三万大清子民，您让本官咋做？”

钦差说：“鲍大人，你在那里为官，不为龙王荡百姓考虑，也得为亲朋好友作想。你若这点都罩不住，不是枉为父母官了吗？再说，龙王荡里那个廖乡团算是一个难得的人才，能帮你料理许多头疼的事。你以为本官不知道，你海州粮库是空库的事实。本官只是息事宁人，糊弄一阵子，不想节外生枝罢了。严九、端木渥、夏侯廪，皆是苏北颇有影响的大地主，剿了他们，你吃什么？吃你那点俸银？你玩什么？就玩你手里那点权术？”知州奴颜媚骨，摧眉折腰，卑躬屈节，点头如同鸡啄米：“大人说得是，大人说得是，是！”钦差俨然部署的样子，居高临下的口吻：“剿匪一事，你要不动声色办好，就是让衍老贼剿不成，让匪患再猛烈些。注意保密，万一你泄露结果，你是知道的。别惹火烧身，本官就是看不惯，衍子民老而不死家伙行事作风，满朝文武在他眼里没有好人，不是贪污腐败，就是结党营私。但愿他马到成功，剿匪凯旋。否则，回朝之日，便是他被弹劾之时。鲍大人，闻出本官的话味吗？”知州头脑很清晰，一点即破，知道钦差大人没拿他当外人，得到大人明确指示，胆子大了起来，跪倒伏地，话从地下冒出来：“下官是大人的奴才，大人忠实走狗，咋能嗅不出大人的话味？”钦差加重语气：“记住喽！弄权的最高境界，是大风大浪不沉船，刀山火海不翻车，玩水不湿鞋，玩火不自焚；搬起石头，砸别人的脚；自作而不自受。”知州明白，朝廷内斗，皆老谋深算、老奸巨猾、诡计多端的大鳄。尔虞我诈，针锋相对，你死我活，心狠手辣，杀人刀口不见血。自己目的已达到，此地不宜久留，赶紧打道回府，免招是非。鲍育西站起身，双手抱拳说：“请大人放心，下官非常明白大人的教诲，知道该怎么做。在下没来过府上，大人也没见过下官。今后，奴才我仰仗大人，多多提点！大人，告辞！”“记住，今后，若有要紧事禀告，不要亲自来京，豢养个心腹，干练能办事的，传递信息。将来，若形势有变，也有个退路。京城若有大事，本官会派人告知。”

……

知州回到直隶州衙门，当天晚疲惫劳顿，无心歇息，心脑有点混乱，在床上翻来覆去，辗转不寐。是的，自己脑袋灵活，好使，但是，没有朝堂为官经历，遇事决断欠火候。靠金钱维系靠山，既是无底洞，也是双刃剑。现在才明白，官场就是墨场、杂技场。走钢丝、咽铁球、吞宝剑，脚底踩刀口，枪尖戳喉咙，高危线路，高危区域，玩的是实功。不走也得走，不踩也得踩。这就是为官的风险。无论这靠山，是冰山、火山、铁山，一旦靠上去，从此，自己便不是自己，小命就和钦差绑在一起，一荣俱荣，一损俱损。时刻准备着，替别人背锅、剥皮、割头、灭九族。也许，这就是走狗的终极结局。反过来说，不想替别人挡刺刀，人家凭什么扶持你，凭银子？你看人家室内那些器物，哪件不值上百万两银子。唉！银子，银子在俺手里，那就是一块敲门砖，买不了官运，也买不到命运的。当然，也不必太悲观，若顺风顺水，三五年内，晋升个五品、四品是有希望的，甚至擢拔个三品，也不是不可能。一个人掉进墨池，还想保持一身清白，扯淡。阎王没鸡巴，鬼都不信。乌鸦蹲在白布上，它还是黑的。眼下最重要的，必须不折不扣，按钦差大人提点，暗地里，神不知鬼不觉，为衍子民剿匪挖个坑，让龙王荡人、龙荡营人逼他跳下去。衍子民倒台，衍的那条线上，三品四品，肯定树倒猢狲散，本官这六品直隶州知州上位，指日可待。

鲍育西想到这，心里热乎乎，美滋滋，笑容可掬，脸上浪褶子一下子放开了，“呼哧呼哧”发出均匀的鼾声。

第二天，密传龙王荡廖子章，并亲自在衙门口迎接，廖总刚下马，正要行跪拜礼，知州快步上前，很亲热地挽起廖子章的胳膊，从衙门正堂左侧走廊里，绕道进了后院。后院左侧，青砖小瓦盖面的围墙，墙上有一木质紫色圆门，知州推开一扇门，宾主进门。知州顺手插上门闩。这是一个独栋精致的小墅院，绿植葱郁，花草幽香。知州带廖总进书房，二人落座，茶水早准备好。“廖总，请用茶！”知州客气地说。

“大人折杀草民。草民一介乡民武夫，何劳大人奉茶！”廖子章谦逊地说。“你与本官乃真兄弟，在家不行礼。拉拉家常，不需俗套。”知州进一步拉近二人关系。“大人必有大事要事吩咐在下。”廖子章不喜欢拐弯抹角。“廖总啊！与本官之间，千万别客气，自家兄弟，随便些，更显亲切。”知州假意地说。“哪能！大人朝廷命官，敬俺一介草民，俺不能不知纲常礼仪，盲目尊大，尾大不掉，乱了章法！”廖子章知道，官无大小，虚情时，多是为了利用你。“廖兄乃鲍育西之大贵人啊！龙王荡赈灾，解本州燃眉危窘之急。仁人之履，践维艰之时局，念平民存亡之大义；志士之行，守报国志向，怀天下安危之雄心。仁光为国为民，大德大仁大善，此心、此志、此情、此义，天可证，地可明，日月可鉴啊！”知州言不由衷，但足以让人心潮荡漾。“啊哟啊哟！子章诚惶诚恐，大人谬赞。子章感谢皇恩雨露。感谢大人您从善如流，体恤民情，怜悯俺荡中万民。仁爱之心，宽宥之恕，古今贤能而未有及也！子章谨承祖训，济平民于苦难之中，不忘报国于困窘之时，本乃大丈夫分内之事，不足挂齿。只求俺荡民渡过苦难，安居乐业。”廖子章顺着知州的话，故意而发。

在知州眼里，世上有一种人不可思议：生来就是为别人活着的，从不计较个人得失安危，对自己要求近乎苛刻。拿出自家所有粮食去舍粥，让自己家六十多口人和难民一起喝粥。拓展自家产业，一家一族拼命种的粮、挣的钱，仅仅为了荡里那些根本不值一救的无以回报的穷鬼难民。让人无法猜测和估量。这就是廖子章，龙王荡人心中的主子、大神、统帅。这样的人，若能被捏住，使之言听计从，为我所用，本官在海州定能立于不败之地。龙王荡地大物博，藏龙卧虎，钟灵毓秀，鸾翔凤集，这潭水不能太清。要让眼前这位能人，这个龙王荡人的领袖，有点危机感。知州从写字案的抽屉里取出一个信封，递给廖子章，亲密地说：“廖兄，今天请你来，有两件大事。第一件，你先看这个。”廖子章接过信封，打开一看，是一封举报信，举报他动用备战粮一事。最后落款处，确是实名举报人公孙砚。

廖子章粗略看了一遍，浅浅地冷笑一声。心想，现在举报，晚啦！没错，俺是用了库粮，俺家船队归来，粮食早已补齐，账实相符，不差分毫。俺能那么傻吗？想治俺的罪，嫩了嫩了。拿出证据，俺认。就凭公孙砚一封信，狗屁，俺经得起吓唬，俺的内心有那么脆弱吗？

鲍育西在等待，等待廖子章被吓得一脸惊愕，高声辱骂，强词夺理。他认为这才是一介武夫被人揭发或者诬告时，惊慌失措，战战兢兢，手忙脚乱，举止失常所暴露的特有表象。

鲍育西等到的是，廖总特别平静，而且带着微笑地说：“噢！多谢大人相信俺。公孙砚，这老哥呀！龙王荡的名流，总是担心别人犯错，这心情，可褒可赏。荡里不能没有这样的人。今日，请大人随子章一道，去趟龙王荡，检查备战库，查验库粮。若是短一斤，少一两，子章罪愆，当不可饶恕。再说，朝廷赈灾粮品种，龙王荡未见一两、一粒。海州直隶衙门，几担苦荞麦、黑豆充个数，俺理解大人苦衷，硬是帮大人扛下了。当初动用备战库粮，大人也有此意，子章也曾动过库粮的心思，可子章不糊涂，分得清轻重，擅自动用备战粮，后果轻则砍头，重则灭族，情况再怎么危急，廖某也不能拿自家、本族千口人性命开玩笑。大人，你说，是不是这个理？”

知州暗想，若有此事，你廖子章则授予本官把柄，本官定当死死咬住不放，你必成本官一条狗。若无此事，顺手人情，做得大大方方。从此，你廖总就和公孙老儿结下梁子了。

廖子章在思忖，不用说，俺已补齐库粮，就是没补，还怕你鲍某抓俺尾巴吗？休想，你知州违抗圣旨在先，朝廷赈灾粮龙王荡未得一粒，这条罪状，除了皇帝亲自为你开脱罪责外，恐怕谁也扛不住，谁也救不了你。嗯！谁抓谁的尾巴，不好说。

知州认为与其拿捏不住，不如拉近一步，他顺手拿过信笺，连同信封一起，当场点火烧了。“廖兄啊！龙王荡其他任何人，本官不足信，唯信你。公孙砚什么东西，微不足道，风水巫师而已。这个成事不足，败事有余的东西，何能与廖兄大仁大义，胸怀坦荡之君子，相提并论！他若再不老实，早晚得给点颜色，让他瞅瞅！”知州惺惺作态地说。

“大人勿怒，天道人心，公孙砚的一封诬告信损不了俺，也伤不了俺，俺不在意。龙王荡的人，世世代代，在大海里泡大的，啥时惧过风浪。”廖子章没有丝毫畏惧地说。

知州端起茶杯，不自然地喝一口，面带难色地说：“龙王荡啊！多灾多难。据说，前年冬天那场大雪，至今回想，还令人胆寒。平地积雪数尺，村庄、街道、雪深过丈。河堤漫坡，积雪没树梢。乡民房屋被大雪掩埋，人们被困室内，挖雪窖洞往外爬，严寒异常。本来第二年夏季麦子应该大丰收，又来了三十天大雨封门，丰产的麦子却颗粒无收。兄弟呀，你说，本官这父母官，还怎么做呀？”知州诉苦道。

廖子章当然很明白，知州为人，心底不干净，不敞亮，甚至阴暗。他自以为装得很像，演得逼真，说事情拐弯抹角。今天说两件大事，公孙觋实名举报是一件，第二件是什么呢？如果没猜错，可能与铜钱岛劫粮事件有关。

仆人换过三次茶水，顺过六壶水烟。时辰快到午时，知州面孔变得更加神经兮兮。他在想，铜钱岛海峡劫粮，这事已传遍海州，若廖子章说自己不知道，那么，这事必定与他有某种联系；若他说知道，则细细听他如何辩解。按常理，以廖某为人处世谨慎严密的风格，和多年乡团与匪徒的矛盾，他不会通匪。匪徒干这种大逆不道之事，也绝不会向总乡团这半官半民的首领，漏一丝机密的。

知州突然发问："廖兄，朝廷运粮船铜钱岛海峡被劫之事，你可知道？"廖总若无其事地随口应道："大人，铜钱岛海峡，毕竟也算是龙王荡外缘，发生这桩大案，俺说不知道，大人会怀疑俺有意搪塞；俺说知道，大人一定追问俺是咋知道的，什么时间知道的，什么方式知道的，事前事后，有没有什么勾连。""哎！廖兄，我信你跟我说实话，不管这事与你有何干系，我都会帮你。"知州急切地补充解释。

廖子章想，你能帮我啥，处理劫粮之事，早已超出你知州职权范围，再说，在海州治下，皇粮被劫，你知州还能逍遥？胸有成竹？他说："最近，龙王荡里传遍了这件事，人人都知道这事，这事已不再是秘密。俺说不知道，不是掩耳盗铃、自欺欺人吗？这两个多月，俺到处求爷拜奶，借粮、买粮、募粮、舍粥。荡里每天饿死几十人，尸体抛在田野、路坡，有的全家死亡绝户，房屋都成坟墓了。前几个月，俺忙收尸，埋骨。据说劫粮那天下大雨，铜钱岛至龙王口南头队有几十里路程，土匪得手后封锁消息，估计现在，早到公海里逍遥快活去了。"

知州瞪大眼睛，等廖子章说漏嘴，以便追问一二。廖子章觉得说多了，说着说着，就不说了。知州装着不解问："廖兄，你看，噢，朝廷运粮船队，有强兵护卫，千人呵！都百里挑一，精选出来的，都是身经百战、武技精湛的高手，到铜钱岛海峡，说没就没了？荡里的匪徒，究竟多大本事，能灭这些人，吞下那么多的粮？根据你的经验，帮本官理拨理拨？""许多年，这帮匪徒，生在军营，高手如林，他们家眷、亲友都在荡里，联系千丝万缕。他们也知道，自俺任总乡团，全心为民。他们对龙王荡秋毫不犯，与俺们乡团、乡丁素无冲突，俺乡团也没有剿匪职责，故井水不犯河水，多年相安无事。”廖子章这种回答，算是圆满了。知州不甘心：“近来，龙王荡情况好吗，安定吗？”“俺家船队又从南方运回三趟粮分给灾民，让他们回家。眼看着晚上凉，不宜集中露营。继续舍粥有难度。”“廖兄你啊！想得周全啊！”“近日，倭寇海盗活动猖獗，常沿车轴河入荡中骚扰，俺乡团几次与海盗交手，海盗有火炮、火轮船，很厉害，进得猛，打得准，撤得快。现在，俺们船队封锁埒子口，倭寇进荡容易，出荡就难了。”

鲍育西如警犬一样，好像嗅出啥味，脸色陡然有一丝阴沉滑过。他隐隐觉得廖子章仿佛有意在诱导自己的思路，把荡匪劫粮说成倭寇海盗所为，有为荡匪狡辩之嫌。岂不知，朝廷的飞鸽传书，铜钱岛海峡劫粮，就是荡匪作案，千真万确，无可辩驳、抵赖。廖子章看到知州面孔的细微变化。

知州也知道廖总心思缜密，抓不到什么实质性的把柄，口气很舒缓地说：“海盗也罢，荡匪也罢，不用俺们讨论。重要的是，朝廷认定是荡匪作案。皇上龙颜大怒，要从直隶州将龙王荡抹掉。这对龙王荡来说，莫过于塌天大祸啊！”知州以为，他这么一说，廖乡团必会立马下跪叩头求他，想办法保护乡民的平安。

廖总认为，你皇帝要灭龙王荡人，俺绝不会坐视不管，俺有俺的管法，可是嘴上的话得反说：“吾皇万岁、万万岁！皇帝英明决策，朝廷真的剿灭龙王荡所有人，苏北、鲁南，乃至大清半边天，从此安定。没了龙王荡，皇上也能睡得踏实些。”“廖兄，你就愿意、甘心放弃你的信念？放弃你心心念念拯救的灾民？情愿毁掉还算繁荣的荡中乡镇集市吗？”“天灾，俺尚有办法抵抗。皇命，俺不敢违啊！”“廖兄，你是真迂腐，还是假迂腐？没听懂俺的话吗？”廖子章十分好奇，龙王荡饿死那么多的人，未见你如此激动，今天为啥？此中必有隐情，他问道：“不管真迂腐，假迂腐，大人，明说吧，要俺咋办？”廖子章洞悉了知州心事，你找俺来，神神秘秘把俺带到你家里，还不是为了透露朝廷剿匪消息。这还用你透露吗？劫粮前，俺就料到的事，你向俺透这消息，必有阴谋，俺不能进你的套，跳你的坑。和你这类政治流氓、小人政客、地道伪君子打交道，必眼观六路，耳听八方，守住自己底线，你说得天花乱坠，俺须冷眼观照。“知州大人，这阵子，朝廷要抹掉龙王荡，俺是没法子了，由他去吧！”“廖兄啊，你就不能率众人，躲上一躲？”

“大人，躲？往哪躲？躲多久？老老小小，几万人，拖家带眷，吃喝拉撒，锅碗瓢盆，行囊被褥，哪有那么容易。再说，皇上要剿灭龙王荡人，俺带人躲起来，这宗忤逆欺君大罪，俺堂堂正正的总乡团，不是背上匪首的骂名了吗？大人，你说这事能做吗？不妥不妥啊！”

这个廖子章，真是难缠。衍子民大军压境，若扫平龙王荡，灭几万平民，再加上一把火，燎原的龙王荡，很快就会成为一摊灰烬。哪怕衍子民没找到一个真匪徒，一样大功告成凯旋。到那时，钦差怪下来，本官上蹿下跳，最终必是赔了夫人又折兵，定无善终。一不做，二不休！无毒不丈夫也罢，无度不丈夫也罢，上了船，要么摇橹，要么下水，摇橹还有希望，下水必死无疑。升官，不是踩着别人的肩，就是踩着别人的血，否则，必被别人踩。一将功成万骨枯，古来如此。哪有什么正大光明。必要时，舍得一身剐，上刀山，下火海，无限风光在险峰，没有一点可怕的行动，何时到达那光辉的顶点。审时度势，该出手，就出手，机会稍纵即逝。

知州沉吟道：“廖兄啊！你再推三阻四，难不成让本官代替你，去龙王荡率众避难吗？”知州如此爱民，情真意切，若真如此，此乃俺荡民之福。若是伪君子，为实现某种阴谋，也会如此之表演。那么，这阴谋，一定是连着朝廷的大阴谋，而俺龙王荡只是朝廷官场上黑心官僚相互倾轧争斗的战场而已。而围剿和破坏围剿，又是他们在皇帝面前邀功讨好，求得名利的手段。廖总很冷静地说：“大人多虑了。荡中区区贱民，怎敢劳驾知州大人，岂不是玷污了大人的靴履。只要大人你直隶州衙门肯下道文书，廖某岂敢推三阻四。”公事公办，当仁不让，廖子章直言不讳。“廖兄，你不信本官？这种事，下文书？老兄莫非想让本官自毁前程？”知州以为廖子章推托，故道出心里话。“大人，这是哪里的话，你若没点霸气担当，子章怎敢追随你？日后，又如何为你擂鼓助阵，鸣锣开道呢？民众避难，定是秘密进行，一纸文书，只不过为了防止像公孙觋之流，造谣惑众，蛊乱人心罢了。若真有其他意外不测，子章定是自毁文书，一肩承担，怎敢连累大人。大人若信不过草民，龙王荡能担当总乡团大任之人，多的是。”这样的激励语言，真的激发了鲍育西。“啊哟哟哟，廖兄，言重了，话说到这份上。本官一心为民，不怕承担什么责任，再说，本州心中，若没一点数，背后若无可倚的大树，岂敢在直隶州为官。本官即刻以海州衙门名义，给你文书。荡里的事，就全权仰仗廖兄张罗。”鲍育西被逼之下，同意出一纸文书。

廖子章明知，朝野勾结，朋党营私，按大清律，杀头的罪。这帮利令智昏的家伙，敢以身试法。廖子章似乎真诚地微笑道：“多谢大人给力。大人意图俺懂，不就是让朝廷剿匪扑空，无功而返吗？匪在哪，俺不知。荡里灾民，俺一定安排得妥妥帖帖。”知州有些得意，唤仆人：“柳妈，传后厨，中午本州与廖兄小酌。”廖子章哪有心思小斟，火烧眉了，赶快拿到文书，时间不等人。说不准，衍子民大军早晚抵达境内，倘若没有万全的准备，必手足无措。抱拳婉拒：“大人，小酒免了。来日方长，待龙王荡渡过剿灭大劫，草民邀请大人，荡里海鲜大宴伺候。”

……

廖子章和两名随从，上马直奔龙王口而去。知州无趣地坐在木椅上，没有从廖某口中得知匪徒信息，心里不自在。但可以确信，自己先前判断，廖乡团与东方瓒之间，好像没啥联系。因此，要单独与东方瓒私下见面。

其实，知州对东方瓒父子并不陌生，他们之间有一段让知州无法释怀的往事。东方瓒祖籍苏州阊门，明万历初年，东方瓒先祖率家人迁徙到龙王口。东方家迁入龙王口之前，龙王口有几十家孤门散户，柴、渔、农，兼扫毛盐为生。当地的大户，只有廖姓一族，四十多口人，三十多间房屋，靠砍柴织席、耕作农田，烧灶盐，扫毛盐，和几艘黄花鱼船近海捕捞，维持生计。

东方氏、公孙氏先后迁入龙王口，几百年的繁衍，龙王口三大姓兴起三个村庄。

东方家与凤凰城弁家，表亲关系，弁家乃习武世家，东方伯自幼在弁家学武。东方家产业连年递增，东方老太爷想让自己孙子练一身武艺，家业大了，由自己家里人看家护院，晚上才能伸腿闭眼。不料东方伯十八岁，自作主张，进了绿营。又因武艺高强，为人直爽、率真，大战小斗一马当先，连立战功，连年晋升，几年工夫，升为正六品营千总。之后，出生入死，半辈子窝在营千总位置上，再无擢拔。本想请求解甲归田，回龙王口老家享清福。孰料皇上不准，任他为垦荒南大营大统领，驻扎龙王荡，开荒垦田。阴差阳错，他带着老婆儿子回到龙王荡。命运不济，进了龙王荡，好日子没过几年。天灾人祸，接连不断，军营里死的死，亡的亡，许多可怜的年轻人没娶上媳妇，饿死了、病死了。东方伯戎马大半生，脾气非常倔强。家里田产千亩，房屋百间，牛马成群。兄弟中排行老大，当时完全可以和老婆儿子一起回龙王口老家，过太平日子。可他咽不下一口气，他绝不愿意抛下一起出生入死的兄弟、哥们，独自享福。硬是咬着牙，走上一条对抗朝廷的不归路，搅得苏北、鲁南如翻江倒海，不得安宁。

这日，天色已晚，东方伯率龙荡营二十几个勇士，在临州劫了官银。回营过境一小山包搭帐露营，这里有坐落得香炉腿般的三户人家。大约亥时三更，刚刚迷糊入睡，忽听得近营这家两间破屋里，发出驴叫般号啕大哭。军人警觉，东方伯手持宝剑，几大步跨到门前敲门，见一个十七八岁，骨瘦如柴的男儿，紧紧搂着躺在地上一张破芦席上，披头散发，衣衫褴褛，皮包骨头的老妇人，拼命叫喊："娘啊——娘，你不能走啊！留下儿一人，让儿咋办呀——"东方伯见状，突发恻隐之心，问："娃！这是咋回事？"此人带哭腔回复："父亲英年早逝，母亲拼命耕植劳作门前二亩山地薄田，辛辛苦苦拉扯俺，让俺读书识字，有朝一日，出人头地。今天，俺参加院试，得廪膳生员，兴冲冲回家报喜，让娘高兴，可是，娘没了。""娃，年纪轻轻，考取秀才，还是廪膳生员，不容易，不容易。"东方伯夸说。这后生顾不上东方伯的夸赞，继续他的号啕大哭："老天呀！咋就不开眼，将来，有朝一日俺向谁尽孝啊！"

这娃呼天号地，念母感恩，发于内心，震得破屋草舍，沙沙掉土末子。

"娃，莫要难过，生老病死，谁也拦不住。俺丢下些银两，明天，你找几个乡亲，把你娘善后了。好在考取廪膳生员，衙门可供一些生活上的贴补。别忘了，三年后八月秋闱。有志男儿，考取功名，也算是正道。别哭了，你等一下子。"东方伯匆匆进了宿营的帐篷，打开一个箱篋，取出十个拳头大小的银元宝装进布袋，又抓了一把散碎银两，出了帐篷，回到破屋，对娃说：“娃，这银子，省着点花，足够你三年乡试秋闱、三年会试春闱的开支。好好读书，千万不可靡费。你若考取贡士，就算功成名就了。本朝殿试，皆入进士，便可光宗耀祖。万一考中进士三甲，前程未可限量。”穷秀才“扑通”跪地，磕头如同捣大蒜，千谢万谢地说：“先生大恩，后生鲍育西，何以为报？”慷慨的东方伯说：“俺不图回报，俺在你东南方向百里外龙王荡，乃南大营统领东方伯是也。此银取之于官，用之于民，算是正当用项。”说罢，退出破屋，吆喝马队、随从，收拾上马，消失在茫茫夜色之中。

穷秀才不负厚望，三年秋闱中解元，三年春闱中会元，殿试得进士……

冥冥之中，鲍育西调任海州直隶的正六品知州，刚上任不久，第一桩大事就是迎接朝廷第三次发兵龙王荡剿匪。此时，才得知南大营大统领做了匪首的来龙去脉。当时，单凭他的资历和初涉仕途，根本无法施救。眼睁睁看着恩人被绑去海州菜市口，斩首示众。

此后，鲍育西曾在大伊山、伊芦山，两次密会东方伯之子东方瓒，也知道龙荡营为何对抗朝廷，又为何赈济贫苦百姓。他曾欲说服东方瓒，放下武器，解甲归田，皆遭拒绝。对东方瓒他一直心存报答，要是没有东方伯老前辈恩举义行，鲍氏凭二亩长满茅草的薄田，如何能走进殿试考场，考取进士呢？又怎么可能上任直隶州呢？东方老前辈，恩比天高，情比海深。今后，不管东方家遭受何种灾难，凡自己手臂够到的地方，一定全力搭救。这次密会，鲍育西目的只有一个，让衍子民无功而返，最好大败而归，再好不过的是杀了衍子民，为京城钦差大人上位扫除障碍，也为东方家出口恶气。可谓一箭双雕，自以为很得意。东方瓒脾气随其父，说不定，自己还能额外捞一把。

廖子章离开知州家半个多时辰，东方瓒的轿车停在衙署后院外门口，下轿车，衙役门丁迎上前，见来者不凡，一身富态商贾打扮，客气询问：“请问，有何贵干？”“请通报知州大人，老朋友求见。”“先生，请稍候！”鲍育西亲自到门口，迎东方瓒进院，嘱咐门丁：“不允许任何人打扰。”东方瓒手提沉甸甸精致浮雕红木匣，随知州进院。直进知州书房，二人简单施礼、客套、落座。鲍育西开门见山："朝廷派八千大军，发龙王荡剿匪，东方兄可知道？""俺劫了他的船，抢了他的粮，杀了他一千多号人，他如何能善罢甘休？""这么说，你早有准备？"

"大人，草民说不上什么准备，他来剿俺，俺有兴致逗他玩玩。若没兴致，几十艘大舸联结起来，俺去大海深处逍遥快活，让朝廷大军连个影子也找不到。他驻一天，俺玩一天，他驻一年，俺玩一年。俺有的是粮食，有的是酒肉，在深海游上一年半载，悠然自得，优哉游哉。苍茫大海，浩瀚无际，俺连一只脚印子也不留，他有兴趣，就慢慢找呗！"

"东方兄呀，你说得轻巧，朝廷这次不同往昔，要彻底灭掉龙王荡的平民，再加上一把火，烧掉百里芦苇，永绝后患，懂吗？你忍心龙王荡毁灭在你手中，你忍心看着龙王荡几万人，血流成河吗？你还能逍遥吗？""大人，龙王荡不是有你们的廖乡团吗？龙王荡的事，归他管，关俺屁事。""东方兄弟，说句你不爱听的话，你在龙王荡里作下的孽，你不想承担，这不像你的风格。""俺是匪徒的头目，俺还讲究啥风格。"东伯瓒装疯卖傻地说。"廖乡团说，乡团和龙荡营，井水不犯河水。朝廷剿不了匪，却要灭掉手无寸铁的荡民，一把火烧了龙王荡，他也没办法，不管了。""龙王荡平民，不是乱民、叛民、反民，他朝廷凭什么丧心病狂，灭绝人性到如此地步。这样的鸟皇帝，还值得老百姓拥戴吗？俺是劫了他粮船，俺为啥劫他的粮船，难道他皇帝就不能摸自己的心窝子想想吗？你们这些当官的，睁开眼睛看看，朝廷是咋对英吉利、法兰西、美利坚、俄罗斯帝国的，又是咋对付自己子民的。好啦！和你说不上这些，没用。你朝廷有本事，就来剿灭俺。龙王荡老百姓和俺龙荡营匪徒，没有半毛的关系。如此卑劣手段对待百姓，足以说明，大清已穷途末路。"东方瓒很愤怒地说。"东方兄，你和咱说这些，也没用。咱是有正义感的父母官，咱爱莫能助。现在你告诉咱，你到底打算咋办的？"鲍育西问。"看来，俺必须迎战了？"东方瓒说。"对呀！这才是英雄的选择！"鲍育西说。"你就不怕我被朝廷大军剿灭？"东方瓒回应道。"进了龙王荡，那就是你的天下，天时、地利、人和，你都占了，我对你有信心。"鲍育西鼓动说。"你挑唆俺抓烧红的火叉。大人，你够精明，够狡猾。不过，我无所谓，至少俺在朝廷命官的眼里，不可小觑。"东方瓒没当回事地说。

鲍育西从东方瓒脸上又一次看到当年东方伯宅心仁厚、不失坚毅、果敢睿智的样子。“东方兄，朝兵出动，统帅是大清资深重臣，老谋深算、阴险狡诈、心狠手辣的老家伙衍子民。”“知道此人，他能绕着弯子叫板太后，当然，一定有两把刷子吧！”东方瓒回复说。“提醒东方兄，衍子民八千大军，事先一定会派兵侦探，找寻龙荡营人的下落，一旦找到踪迹，按衍子民用兵思路，是在龙王口和天生港两处安营，两处围剿，相互驰援。”鲍方西把军情告诉东方瓒。“大人，非也。俺有办法，让衍子民像只落汤鸡，不，像条落水狗一样，溃败而返。”“溃败？”“是的！”“如果全军覆灭，朝廷恐怕再无心剿匪了。”“全军覆灭？只要俺愿意，这个结果不难做到。”“那衍子民会死吗？”“留着他，回到皇帝面前，吐血去吧！这比杀死他，更难受些，一生功名良臣啊！”“你就不想把他的头，挂在龙王口示众，报杀父之仇？”

东方瓒听着听着，觉得不对劲。鲍育西如此痛恨衍子民，绝不是为报俺父之恩那么简单。这家伙，一定通上朝廷哪条线，趁衍子民剿匪之机，借俺的手干掉衍子民，如此迫不及待。这种伎俩，都是奸臣、恶毒的小人所为。俺今天帮他们杀了政敌，俺是匪，明天他们照样替代衍子民，再来剿匪。衍子民该不该杀，就交给皇帝处置吧！

俺的御敌主张，不能说出去，天下乌鸦一般黑，做官哪有不黑心的善茬子。当然目前也不必得罪鲍育西，对于龙荡营迎战，他有用。赶紧回去，与廖兄商议对策，说不定衍子民的先头侦探队已经到达。刻不容缓。东方瓒起身告辞说：“感谢大人暗助，东方瓒心中有数。”顺手打开匣子，露出金灿灿的金元宝：“这点小意思，孝敬大人，小意思，别见外。”东方想拉拢知州做内应。知州两眼放光，直了。见过金元宝，没见过这么多围在一起的金元宝。嘴上却说：“东方老前辈的大恩未报，哪敢再受东方兄弟如此厚礼呀！不敢！不敢！”“大人，一码归一码。收下吧，比起俺龙王荡几万平民性命，这点东西算不得什么。”

鲍育西真的没见过这么多在眼前放光的金子，假惺惺推辞：“不收，不收，太贵重，太贵重，东方兄弟，坚决不能收。”边说边抓住匣把子，不撒手。“大人，告辞！”东方瓒抱拳告别，退出门外。“若有危急消息，咱一定派人，向东方兄弟通报！”鲍育西跟在东方瓒身后，大声说。

廖总与两个随从，从海州赶回龙王口南头队，到廖家大院门前已是下午未时。廖家大院前边千步之外，是南北二十队总乡团大校场。校场外是一片平实坦荡、开阔空旷、支沟毛渠纵横参差交错的农田。整个地形北高南低。平面大致轮廓如不规则的不等腰梯形。西庄人将这片地叫东大尖，东庄人叫西大尖。

道光年间，老乡团廖汝有想在这块地上，建三进式四合院。请来龙王荡两个风水世家，两个著名的代表人物，公孙阙，公孙觐的爷爷，外号公孙老怪；另一个是芦旺达，外号芦大鹏，老芦雁的亲爹。老怪认为，这块地风水宝地，处龙王荡龙首位置，虽说是龙下巴外，也沾上龙脉主穴，此地可保子孙大旺，丰衣足食，万福荫祐，家业兴旺，生意昌隆。芦大鹏竭力反对在这片地上建家院。理由是：虽是龙王外脉，但地势不正，易入邪气斜风，注定家道中落，人丁祸损，家业破，财源竭。不妥，不当，应另择地址。

老乡团武功世家，看事物直截了当。他相信风水，不相信阴阳先生满嘴胡话，说有利，利上天，说有害，害入地，玄乎得让人生厌。

家里上下几十口人，建四合大院，百年基业，不找个明白人瞅瞅，心里不踏实。两个风水先生意见不一，南辕北辙，弄得老乡团戴盆望天，不尴不尬，再三斟酌，心里还是不踏实。

老乡团当年二十多岁，血气方刚，送走两个冤家，不犹豫：“俺意已决，明天备料，放线，动工。”元旦后，过十五元宵节，正月十六，两挂千头鞭炮“噼噼啪啪”之后，启动自家明窑，歇人不熄火，一窑接着一窑，烧制青砖、黑瓦；大伊山木材场，笆斗粗圆木，一船一船发过来。泥工、瓦工、木工、技工、勤杂工，二百多人，在这块地上，热热烘烘，如火如荼地干起来。十个月，“目”字形三进式四合院竣工。紧接着，第二年春天，在大院东西两侧，各建一座单立式四合院——东西墅院。一晃几十年过去。家业没啥大盛，生意没啥大隆，人丁也无大福大祸，平稳渐进。廖家同荡里几万平民，祸福相依，进退共存。廖子章立于大院门前，仰望岁月沉积、沧桑磨砺的廖家大院，青砖、白墙、红柱子、黑瓦面。长角檐脊上，见证龙王荡旅程变迁，形姿各异的九龙，正注视着廖子章对它们的景仰。

大院的东南角和西北角，两座三层外包砖墙炮楼，巍然屹立，高峻雄伟，坚定稳固，卓立挺拔，守护着龙王荡的一草一木，警惕着荡中的一举一动。严穆庄重的门楼，沉淀时境沧桑，回应神古的厚重。门楣上，红底黑字的金丝楠木大匾，年年油漆维护，还是烙下岁月斑驳的疏影，折射出光阴模糊而难以分辨的幽痕。匾间，清晰可见镌刻镂纹细腻的阳文老款味楷书“德门集庆”四个大字。这温存稳重，博大精深，承载廖氏一脉代代厚德仁义的四个大字，饱经几百年霜刀雪剑、血雨腥风的演绎，已凝聚成坚如磐石，无可泯灭的精神、意志和财富，融进廖家人的血液和骨髓。门楼下方，两边合抱红木柱上，刻下黄色阴文“功超群将，智迈雄师”的行书对联。这匾这楹联，随着廖家人的脚步，紧跟历史的车轮，起承转合几百年。大明皇帝朱元璋亲笔御赐，遂成龙王口廖氏一脉，忠君为民、爱众亲仁、重信厚义的灵魂主宰和历史见证。每临大事，廖子章总是恭恭敬敬，诚诚恳恳，肃穆仰望这庄严匾额和楹联。

他转过身，踏上通向校场的沙石路，向校场走去。登上校场阅兵台，凝视这三十亩地的校场。场面凸出地面一尺多高，用黏土混合细麻苘筋，加糯米汁，用木夯，分九层结构，一层一层，夯实碾轧而成，平整光滑，有弹性，方便摔打，经久耐用。雨天，场面不湿不滑，不积水；严冬酷暑，无裂无纹，无尘土。校场中心处，用打磨的青石砌成上圆下方、外圆内方的十级旗台。台中间，笔立一根龙王荡的标志物，坚实超然、刚劲峻拔、直插云霄的旗杆。这旗杆，是老乡团花千两纹银，托诸多关系，在云南深山老林中调选的百年杉木，随木筏队行走大半年，几经周折才运回的。四个木工，三个漆工，足足花一年多工夫，去皮、烘干，用小斧刃在杉木表面，轻轻剁，轻轻凿，形成细细密密竖状小豁口，再使桐油刷数十遍。每一遍刷完、干透，细砂纸打磨，磨过再刷油，不敢省工减料，反反复复，最终使旗杆表层，结上桐油皮茧子，比原来的树皮更皮实、坚固、有弹力、有韧性。雨雪不沾，冰霜不侵，日月不蚀。旗杆顶端，飘着龙王荡乡团绿底白色飞龙北斗七星旗。绿色，意味生生不息生命本源，代表苍茫葱茏、生机盎然的芦苇青纱障。龙，龙王荡人的图腾、信仰，北斗七星，正是荡里平民和其他万事万物。这面旗帜，是龙旗，也是乡团团旗。象征源远流长的血脉，绵绵不绝的生命，凝神聚气的灵魂，善谋远虑的韬略，顽强不屈的斗志，顶天立地的气概，特立独行的智慧和敢于担当的精神。

太阳渐西，天气闷热，令人烦躁、沉闷。廖子章漫步一圈，又折回大门口、进院。前后院，有四棵合抱的梧桐树，臂膀旁逸斜出，枝干交错，绿叶繁复，掩阳遮阴，叶大如莲，晶亮油然，绿汁欲滴。他从树荫下通过，到后院正堂踱了两圈，进了书房。

他消瘦许多，天灾刚刚消停几日。腮上髯楂子还没来得及刮，又要迎来新一轮的人祸。他笔直的身板，直面泰山压顶；宽阔的双肩，勇挑救民大义；劲挺的胸膛，揣装荡人危艰；凸出青筋的臂膀，力挽万民于苦海。

身着鱼肚白无袖对襟布短衫，银灰粗麻裤，黑布带束紧裤脚口，白布纳底筒袜，黑帮白底窄口布鞋。他立于桌案边，紧锁双眉，详察案上那张老得泛黄的双层皮纸裱成的，标注各种标识的地形图。两只大手按着地图两侧，手背上暴出仿佛可听到血液汩汩流动的青筋。膀臂上硬邦邦的肌肉，随着动脉咚咚跳动。额上分布的汗珠摇晃欲坠，他不时用毛巾擦拭脸上的汗。室内空气和这时的心情一样凝重。他的内心正在窝着一股焦灼而忧虑的闷火，这闷火，比屋外的赤日还要炽烈，酷热。他不时用指头点画标识连线。又专注于某一标识，重重敲击几下。一不小心，一串汗珠掉落在地图中间，很快洇成一个湿窝印子，他没理会，很平静地在图上做战前推演。

天时、天利、人和，是战争胜负的重要元素。七八月，台风高发，狂潮频袭。茂密的芦苇障，青隐的车轴河，神秘的龙王荡，是可怕的战场，也是无情的坟场。衍子民，衍大人，你真的不该来呀！

战前战中，有无数突发事件的可能，有备无患。若衍军压境，久控而不战。龙荡营的兄弟，可乘大舸，游走海洋，性命无忧，不用担心。可是转移云台山两万荡民，时间久了，带上山的粮撑不起一个月。粮食吃完，内部必炸窝。再说世上没有不透风的墙，若衍军探得百姓转移的地方，率兵攻山，乡团丁勇、平民百姓，哪是虎狼朝兵的对手。

若此，设法变被动为主动，声东击西，让龙荡营在沿海城市，选官府仓廪狠狠干一票，把声势搞大，逼衍子民撤出龙王荡。当然，最好的战场，莫过于龙王荡。不管衍兵如何强大，进了荡，如老虎关进笼，转上几圈，不知东西南北，注定无法施展招数，最终，逃不出覆灭下场。总之，这一切，尽在设想之中，形势多变幻，多不测。每个设想，诸多细节，应有一套完善、精准、决胜的思路。否则，一招不慎，全盘皆输。衍子民这只老虎，不是吃素的。

心潮难平。廖子章总觉得书房湿热难挨。他走出书房，到前院东南角炮楼下，两卫兵利索地抬来木梯。炮楼内墙，皆由万斤重方块石，一块一块，垒砌而成，外墙青砖饰面，一楼无窗无门，从外部进入炮楼唯一途径，是靠移动外梯，上二楼进石门登三楼。当年建大院，筑炮楼，完全是为了备战，备战倭寇海盗。两团丁放稳外梯，其中一丁“噌噌噌”先爬上楼，廖总跟在后边上楼，从内楼梯登上三楼外顶。岗亭哨兵见廖总，迅速出亭外，行单膝跪礼：“见过廖总。”“起来吧！荡里情况如何？”“回禀廖总，一切正常，平安无事！”“这天气没雾，能看到五里哨吧？”哨兵把手里单筒望远镜递给廖总说：“您看，很清楚，五里哨卡，两个轮值。他们每一刻发一次旗语，报告情况。”哨兵随手拿起观哨记录簿：“这是今天的日志。”廖子章接过记录簿，详细看了近期的日志后，交给哨兵：“日志要具体详细，马虎不得。”哨兵干练地回复：“是，廖总，请放心。”

廖子章拉开望远镜，将镜头转向东庄，庄上无人走动，镜头掠过田野，灰黑的地面上升腾浮悬着滚滚热流。田野无人劳作。镜头向远处瞭望，平静的龙王荡，高远飘扬着苍郁茫漫，似乎随水浮移的芦苇青纱障，重重叠叠，层层簇簇，从车轴河两岸蔓延压向河心。由西向东，横看车轴河，弯弯曲曲，如一条青白的练带，飘忽不定，摇摇晃晃，向海边游去。

河两岸的大坝上，塘沟壑洼圩堆丘峦上，绿茵茵、翠碧碧、乌油油、黑森森屏幕，覆盖着所有的村庄、营房。除了突出可见的五里哨卡外，谁也无法从荡外看清荡内的情形。就像平静的海面，谁也看不到水下隐藏着怎样的汹涌洪流，和恐惧的暗礁险滩一样，神秘莫测。

廖子章在即将到来的大战前，又一次从外围对龙王荡详细观测。他将望远镜交给哨兵。走近楼顶日晷台，看日晷指影，已进半个申时。他手掌打着眼罩，蔑视地看一眼燃烧的太阳，阳光失去中午的狂热火辣。到处都很平静，炮楼上也没一息风丝。

校场旗台上空，悬挂的乡团大旗，无精打采地耷拉在旗杆梢上，一动不动。那十口大灶，寂寞、沉稳地卧排在校场阅台前。十口二十四印大罗汉锅自停止舍粥那天起，已被统一洗刷涂油收管了，留下肃静而并不残破的庄重的锅灶和烟囱。

远处，西沉的阳光，渐渐模糊、浑浊。天空如撒满搅碎了的棉絮粉末，层层弥漫，茫茫渺渺地融在空气中。浓厚的空气被沉重无形的压缩器，挤压成一块凝固的锡坨，堆在人们的心口上，堵得喘不过气来。廖子章深吸一口酸腥烘热齁咸浑浊的空气，很厌恶地吐出来。想起大院门楣上"德门集庆"，那块历尽风云沧桑的金丝楠木匾，口中喃喃自语"壮义扶众，德厚传家"的祖训。先祖遗传给自己宽阔铮铮的肩骨，是用来挑道义的。仁人济世，不计个人得失，损名毁誉，为之道也；壮士覆尸时，心念国之存亡，怀顾民之安危，为之义也。可是，做到真正的肩道履义，又是多么不易哦！一不小心，别说自己被压垮，无辜平民遭殃，整个家族也将栽进万劫不复的深渊邃壑。

泰山压顶，撑得住吗？南北二十队，几千户人家，两万多口人，很可能转眼间尸横遍野，血流成河；万顷芦苇，俄尔化为灰烬。如是乎，当俺去阴曹地府时，俺真的要用火纸蒙住脸，愧见祖宗了。几百年来，廖氏族人自从进了龙王荡，一代一代，承前启后，守土保荡，除流寇，灭海盗，攻打太平军，维稳治安，仲裁诉讼，劝阻打架，平息斗殴，公平田基争界，调治邻里口角，化解乡间冲突。秉公正直，厚道诚实，仁义守信，以仁爱之心、待人之忠、宽宥原谅之恕，以德治荡执事。

俺廖氏祖祖辈辈，秉持一条规则：地主豪绅，盐主桓商，渔主财东，与平民百姓，孤门小户，贫富贵贱，一视同仁。老吾老以及人之老，幼吾幼以及人之幼，尽力而为之。

树大分枝，俺兄弟五人，各自经营自家的农、渔、茶、棉，童叟不欺，荡里荡外，有口皆碑。俺受前人错爱，推为总乡团，承继父业，必不敢背离祖德祖训。俺达不到尽善尽美境界，至少俺能弘扬光明正直的品性德行。俺修身、齐家，无力治国平天下，不能为往圣继绝学，不能为万世开太平，至少能在乱世中，为天地立心，让父老乡亲安身立命吧！这次龙王荡危在旦夕，俺必须得维护平民平安渡劫，决不让剿匪战火殃及无辜。

面对危局，越是时间紧急，越要从容不迫。越是形势严峻，越要处之泰然。越是生死关头，越要沉着冷静。不可烦躁焦虑，脑忧心乱。镇定稳重，才能思虑周详。廖子章走出炮楼，低头思考。两臂交叉，放胸前，不由自主安步于西墅院门前，注目门楣上的“德庆堂”镀金框底蓝字牌匾。管家迎面走过，见老爷，观其面孔，自知老爷又遇上大事了。这是老爷的习惯，一年中，除清明、中元、除夕，全家全族规模祭祖和族长会议外，平时老爷来祠堂进香，必有大事发生。先前，老爷开乡团备战库，动用库粮，来过一次。邝镛心想，龙王荡才消停几日，怎么又有大事临头吗？这是什么世道。邝管家疑惑，恭敬地问：“老爷，敬香？”廖子章没有在意邝管家的问话，随意应了声：“嗯。”进了香堂，管家快步上前，从香案上取三根大香，在燃烧的白蜡上点起来，送到老爷面前。廖子章接过大香，闭目低头，四拜之后，插入大香炉。双膝跪蒲团上，双手合掌，抬头睁眼，凝视一排排一列列牌龛上方，先祖永忠公那威武而不失慈祥敦厚的肖像。历史的浮沉，隐掩一桩桩惊险曲折、忠肝义胆、隐忍冤屈，流淌着血泪的廖氏壮履史迹。重忆世祖、曾祖、祖辈，一代代，一世世的功勋、事迹，以及云烟悠悠、风雨飘飘的龙王荡的故事。

先祖永忠公，明朝开国将领，为大明开国，百战沙场，历死而生。起兵初追随朱元璋，攻打陈友谅，著名的鄱阳湖大战，昏天黑地，悲壮惨烈，残酷凶险，冲锋陷阵，智勇无比，七战七捷，建奇功，立殊勋。朱元璋大赞：“智勇双全，乃奇男子。”鄱阳湖大战后，再同徐达东征，攻城略地，所向披靡，围攻张士诚隆平府，打得张士诚粮草尽绝，罗掘俱穷，至一只老鼠可售百文之地步。先祖一马当先，身先士卒，从葑门、阊门突入城中，活捉张士诚。又率部攻福建、克两广。班师时，朱元璋大喜，亲率文武百官，出城三十里迎接先祖凯旋大军。其后，亲笔题写一匾一联。就是现在大门楣上方的“德门集庆”，和两边圆柱上的

“功超群将，智迈雄师”。

天下大势已定，朱元璋为称帝扫清障碍，这年（1366）六月，朱元璋派先祖永忠公前去滁州，迎小明王韩林儿进应天。六月天气，正是长江中下游雨水潮涌之季。三天一小雨，七天一大雨，长江滚滚洪流，汹涌澎湃，昼夜奔腾。永忠公如期达滁，接韩林儿如期登船，船队如期驶向应天，如期行至瓜步江面。孰料骤风疾雨，江水暴跌，江心悬激，漩涡巨卷，浪击舟船，洪波汹涌，势不可当，舵杆折断，船体失控，情况危急。船队于江心团团打转。先祖永忠公与小明王韩林儿共乘主船，为护小明王，先祖从船头扑向船楼，谁知船底洞开，江水涌入，船体下沉，倾斜。千钧一发，楼船周围四艘护卫船，铁包船首，一齐从一侧向楼船撞击，楼船散板沉没。

当年所谓弥勒降生，明王出世，率天下人“驱逐胡虏，恢复中华”的韩山童，怎么也没料到，儿子小明王，就这样落入激湍漩涡之中，再没有浮出水面。落魄伤魂的永忠公，使浑身解数，泅渡上岸。本来他认为，罪身严重，不可苟活。死了，死了，一了百了。省得坑害家人，伤及无辜。转脸一想，必须让主子知道真相，小明王之死，不是人祸，是天灾，让朱元璋在天下人面前，有一个合理的交代。不是自己怕死，而是自己根本就没有权利不顾主子的名声而自戕。赶紧回应天，禀报之后，任凭主子发落。

永忠公跌跌爬爬赶到应天。害怕主子发怒，伤了身子骨。于是，永忠公小心谨慎，走路如踩薄冰，戒意慎心，悔恨交加，自责辜负主子信任，办砸了差事。抖抖瑟瑟地把事件原委，来龙去脉，一五一十，完完整整，滴水不漏，向朱元璋忏悔禀报。

溺死小明王，罪莫大焉！追责是必需的。朱元璋早就想除掉这碍眼的韩林儿。自己打下的江山，当真让给别人坐？笑死，天下哪有此等美事。朱元璋之前已做了周密安排，韩林儿溺死，是必然的，不是偶然的，是不为人知的人祸，不是天灾。永忠公没有溺水而亡，逃过一劫，这才是朱元璋周密安排方案中的百密一疏，细节上的不完善而留下的小缺憾，是偶然的，不是必然的。这对朱元璋来说，无关大局，弥补这个小缺憾，有的是机会。

先祖永忠公毅然承担这一政治责任，只求一死，替朱元璋背下这口黑锅。朱元璋私下里和心腹吹了风。因而朝会上，有人启奏揭露永忠公失职罪行。因为永忠公战功卓著，为人仁义忠厚，与同僚间素来交好，于是乎，满朝文武跪地求情。朱元璋观势，眼前正是用人的时候，为笼络人心，不如借坡下驴，罚永忠公俸禄半年，回府面壁思过数月。这笔糊涂账，暂时在面子上一笔勾销了。

韩林儿死了，朱元璋称帝道路抹平了。幸好这事件，未露蛛丝马迹，天衣无缝，无懈可击，天下人浑然不觉。一箭双雕，除了小明王，又捏住廖永忠的政治把柄。朱元璋心中大悦，可是非常讨厌这个廖永忠，这人太忠诚太厚道，以至满朝有胡子的、没胡子的臣工，赞不绝口，无不信服。就连徐达、刘伯温这样高人，也对他称赞有加，这使朱元璋非常不快活，暗下决心，迟早除掉这心腹之患，转而一想，让他多活一阵子，称帝前不杀功臣。朱元璋知道，捏住廖永忠的把柄，这把柄是双刃剑，一旦他哪天不如意，散布不利言论，岂不让自己失掉天下人心？我能相信廖永忠不知道韩林儿的事件本来就是一场阴谋吗？朱元璋后悔，留下廖永忠，这事很严重。

杀韩林儿的事，若被廖永忠揭穿，生前身后，吴王、大明皇帝的形象，就会在辉煌中沾上污点；其垂名光彩，也会因此而黯然失色，千古荣耀，可能会遗下小小臭名；精美碧玉，就会烙下重重斑点。更让天下有识之士，耻笑嘲弄。朱元璋思来想去，暂时按下。北方大敌当前，尚有反扑之势，还指望廖永忠一马当先哩。于是，朱元璋派徐达，会同永忠公北伐。洪武三年（1370），永忠公克察罕脑儿，大胜归朝。

在册封大会上，朱元璋环顾左右之后，不经意地说，永忠本应封公，因为册封前，私下打听册封消息，有邀功挟主之嫌，故而降级封“侯”。这是朱元璋的说辞，以掩天下人耳目。其实，君君臣臣，父父子子，君臣父子之间，没有任何取舍余地。朱元璋之意，天知道。然而，先祖永忠公已隐约感觉情况不妙，前途未卜，难道这个“死”字来得如此之快吗？无可奈何，忍气吞声，虔诚接受朱元璋封给的“德庆侯”。感恩戴德，伏地高呼，铿锵有力：“谢主隆恩！吾皇万岁万万岁！”感激涕零，唏嘘再三，作揖稽首，叩头谢恩。

洪武八年（1375）三月，朱元璋觉着时机成熟，抛出“僭用龙凤”之事，将永忠公处死。事件经过：朱元璋事先派人笼络廖府家仆，在马桶、蚊帐的不起眼处，粘龙凤图案；将缝制好的龙袍凤冠，藏于廖府后花园。朝会有人揭发，德庆侯廖永忠私制龙袍凤冠，意在谋逆篡位，家中用具，越制使用龙凤图案，按律当斩。这是死罪，满朝文武，无人再敢说情。朱元璋欲借此多杀几个功臣，不料堂下鸦雀无声。

为把廖永忠案做成铁案，堵住天下人口舌，朱元璋亲自当朝审问：“汝知罪乎？”“已知矣！”“汝知何罪？”“天下已定，臣岂无罪乎？”……满朝官宦，大惊失色。永忠公被关入天牢，八月天气，牢内湿热难耐，狱吏上奏：“永忠热甚。”朱元璋下令，每天用数十桶凉水浇淋，永忠公瘫痪了。朱元璋再下令，打四十御杖，送他回家享清福吧。到家几日而卒。

朱元璋宣布，廖永忠病死家中，念其为大明开国立下汗马功劳，战功显赫，法外开恩，留下全尸，不连坐族人，其长子可承袭爵位。满朝臣工，见皇上如此大度开恩，三呼万岁。

永忠长子，嗣祖廖权，洪武十三年（1380）袭爵，随傅友德征云南，远留毕节、泸州守备。后又莫名奉诏还京，于洪武十七年，在应天遇害而卒。袭爵此止。

为保廖氏后嗣香火延续，廖家人议定，除了将成年子嗣留京城掩人耳目外，其余诸未成年子嗣，分批秘密朝不同方向撤逃。若能活命，不择境之优劣，选幽偏僻静艰辛地处为佳。北逃一脉，在途中混入隆平阊门人口大迁徙人群。从此，廖氏这脉，就成来自隆平阊门的迁移户，在苏北人烟稀少的龙王荡安家落户，以农、盐、苇、渔业为生，代代繁衍，辈辈相传。

多年后才得知，嗣祖权公之子，血性仁义德厚之士廖镛，因替被灭十族的大学问家方孝孺收尸行为暴露，触怒皇帝朱棣，被处极刑，遭灭门，家属女眷皆发浣衣局为奴。……

廖子章凝视先祖的画像，心潮起伏，百感交集。多少年来，龙王荡风雨击袭，乱局动荡，聊以卒岁，啼饥号寒，艰难苦恨，悲壮逆行。现在又面临危如累卵、惶惶不可终日的险势。俺廖氏家族，谨承祖训，远离虚名伪爵，自食其力，精勤务业，保乡亲父老一方平安，不敢荒嬉。今天，龙王荡南头队，俺廖姓族，繁衍近千口人，祖训犹在，不惟君，不惟上，不与朝廷瓜葛折腾……

三枝大香燃尽，他跪伏在蒲团上，恭敬叩了四个头。龙王荡礼节，与荡外不同，敬祖敬死者，叩四头；敬活人，请安、祝寿叩三个头，千年不变。管家扶起主人。廖子章对管家轻声说："让芦飞速来本院西屋议事厅。另差快马，鸡毛传信，令南北二十队队长，龙王荡各乡约，明日卯时，校场议事厅密会。""是。老爷！"管家预感到，近期龙王荡必有大事。鸡毛传信，绝密程度，他能掂出分量。

西屋议事厅，孙嬷嬷端来茶杯："老爷，用茶！"廖子章接过茶杯放桌上。这时芦飞迅速进了德庆堂西墅院，径直进西屋议事厅，单膝跪报："芦飞见过老爷。""起来说话。"芦飞端正站起，廖子章开宗明义说："捎口信给东方大统领，今晚戌时三刻前，在俺书房约见，有要事酌议，现在出发。慢！一定要亲见他！""得令！"

芦飞快马放开四腿，若跑若飞，沿车轴河南坝马路穿过龙王荡，转道海堤，向天生港奔去。一路尘土飞扬，十步之外，不辨人马。

不消半个时辰，飞马上了天生港鸡心滩，滩上长满芦苇，芦苇边上有一条东西走向的圩子，圩上圩下，堆满高高矮矮、大大小小的芦柴垛子，垛外有茅草搭建的，数十间整整齐齐的茅舍，茅舍前有一根两丈多高的旗杆，挂浅青色酒旆，写有"茅店问酒"四个字。旗杆外，正对酒屋迎壁上，有两行米体行书："村桥酒旆月明楼，偶逐渔舟系叶舟。"这茅店从外部看，是一家海陆兼备的客栈，实际上这里是龙荡营的秘密联络站，也是二百里海岸通向铜钱岛的唯一港口，离铜钱岛十五里，进岛必在这里登船。

芦飞翻身下马，马缰套在拴马桩上。正巧迎面碰上店主韩鲙。韩鲙先招呼"哎！芦兄"，抱拳施礼。芦飞抱拳还礼："韩店主，韩兄，好！"韩鲙："来人哪！给芦爷饮马添料！"屋里有人回应："来啦！"一店仆牵马去了。韩鲙心领神会："芦兄，屋里说话？"芦飞不绕弯子："韩兄，带俺速见大统领。""哦！不巧，大统领清早出港，没回来啊！""麻烦了！"

“有要事？”韩鲙向西望去说，“这阵子，太阳下山了，估计今晚不会回岛上了。一定寄宿龙王口了。”“若大统领回来，不管今晚何时，请他速去总乡团府。”“好！”“俺得回去复命！”“兄弟，天色已晚，吃饭再走吧？”“谢啦！兄弟！”说完抱拳作别。

天黑之后，东方瓒回到龙王口南庄家中，简单用了晚餐，跨上快马向廖府奔去。二里路，一袋烟工夫，到廖家大院门口。门楼上，六盏浅黄色灯笼已点亮。守门两丁迎上，牵住马，另一丁引大统领进院。两条狼犬见是熟人，上前亲热，扭着肉嘟嘟的屁股，摇摆着肥大象征狗旗子的尾巴，伸舌头舔大统领手背，欣欣然前面带路。院里路灯、壁灯皆亮，算不上金碧辉煌，也算昭明光灿。廖子章出书房迎接：“东方兄弟，来得好快。芦飞去请你，还不到一个时辰，你飞过来的？”“芦飞？到哪请俺？”“铜钱岛呀？”“两岔了，俺从南庄家里过来的！”“去见知州大老爷啦？”

两人进书房。廖子章唤书童：“兰馨，沏两杯雨前云雾茶。”然后，指着案边椅子：“兄弟，坐下说！”兰馨用茶盘端两杯茶水，轻放桌上。

东方瓒感叹地说：“这个鲍育西，俺老父当年救下的这一条落难的狗，好狗不侍二主，他仿佛是一条饥饿的流浪狗，谁给他好处，他就摇尾舔腚。”“兄弟呀！要当心他，这条狗一旦咬上你，就不会轻易撒嘴。从眼前他的表现看，他已经拜上朝廷里的主子了。”廖子章提醒道。“老兄，就是那个赈济龙王荡的钦差吗？”东方瓒问。“是的，就是那钦差，还应该是衍子民朝中政敌，他们想借此剿匪机会，扳倒衍子民。”廖子章说。“你咋知道的？”东方瓒问。“兄弟呀，若没有钦差撑他后腰，鲍育西给他十个胆，也不敢透露朝廷剿匪消息，你以为他告诉的消息，是感谢你老父之恩吗？错！这种没廉耻的人，哪知道感恩。若不受朝中人指使，再借他十个胆，他也绝对不敢把剿匪的统帅、将领、三军人马绝密信息，直接转达给匪首的。”廖子章说。“老哥啊！你真的神了，他告诉俺的话，你咋知道得这么具体呢？”东方瓒问。廖总说：“你说，是，还是不是？”“是、是、是。哎呀！老兄，这世上，谁要是和你撵上了，认栽吧！”东方瓒说。“也没那么玄。今天鲍育西把俺叫了去，试探俺和你这个匪首有甚干系，想抓俺的把柄，俺没理他。俺们俩的关系，可不能让他晓得，这是原则。”廖子章说。“老兄，俺明白。俺俩不能被一锅端。”东方瓒说。“看来，皇帝被激怒了，他们想彻底解决龙王荡的问题，一了百了，一劳永逸。衍子民在朝堂上自告奋勇，率部剿匪。老弟呀！这个马蜂窝，被你捅了。皇帝龙颜大怒，老佛爷霜打瓠子的长脸，气得像生锈铜瓢，青一块，紫一块。”廖子章说。“老兄呀，鲍育西希望衍子民全军覆灭，最好是杀了衍子民，你觉得如何？”东方瓒说。“那个鲍育西，就是个流氓，小人，伪君子，俺不能听他的。他和那个钦差，想借俺们手杀衍子民，再借朝廷手来杀俺们！如意算盘，打得精准，俺们必处处设防，不可大意！”廖子章说。

东方瓒想起今天鲍育西眼睛看金子时，瞬间情绪飞扬，心神舒爽。表里不一的贪婪，无羞耻的索取和贪得无厌的渴求，简直表现得淋漓尽致。十分鄙夷厌恶地说：“官场上，只有两种人，一种是在青楼里完事，把那东西伸进茶杯里，用茶水洗后，把水倒了，让别人继续用那茶杯喝茶，此乃流氓小人也。另一种是在青楼里完事，把那东西伸进茶杯里，用茶水洗后，把杯里的水端给不明真相的人喝了。然后再恬不知耻地揭露并咒骂‘小人’的行为，此乃政客伪君子也。伪君子比真小人恶毒。鲍育西、钦差之流，是伪君子。”东方瓒形象地说。廖子章说：“你呀！亏你说得出口。”“老兄呀，衍子民，你了解吗？”东方瓒问。廖子章说：“兰馨呀，给俺们装两锅子水烟来。”“是，老爷。”兰馨应声，送来两把水烟壶，和精细的盒装烟丝。

廖子章满吸一口水烟：“兄弟呀，衍子民不是善茬子，别的不说，就说同治年间，他任山东巡抚，以万人进剿白崖寨土匪，杀了土匪渠窝操一家上上下下二百多人，白崖寨附近万人无辜山民，通通被杀戮，老人娃娃，都不放过。白崖寨，人间地狱，万户萧疏，悲凉鬼歌。”“是啊，包括不少地方官员的女眷，十六岁以上的女人，都被扒光衣服，让士兵任意强奸糟蹋。那白崖县令痛恨无奈，愤而扔掉红顶帽子，回家卖豆腐去了。”东方瓒说。“衍子民是个狠角。那次剿匪，山上寨里寨外两万三千多平民，几乎无一幸免，最后那些娃娃和被强奸过的妇女，被他手下掳到山下，转卖了。传言是这样传的，不知真假！”廖子章说。“山寨千间房屋，一把火烧得干干净净，血流成河，数日未干。”东方瓒说。

“说那个寨主匪首渠窝操谋反忤逆，是捻军。挖地三尺，也没弄出确凿证据，可怜的渠窝操被砍下脑袋，铁钩从嘴里进去，钩住下箍壳子，金钩倒挂在山门口，三个月后，成了白生生的骷髅。”廖子章说。“衍子民没找到证据，也担心事弄大了，遭人弹劾，不好向朝廷交代，于是乎，私下里派人找来七八个裁缝，连夜赶制太平天国的号衣旗帜龙袍。造成铁证如山，无可争辩的真相，糊弄皇帝。”东方瓒说。

“是啊！竟然逗得皇帝兴奋，龙颜大开，论功行赏，大小官员，擢拔一级。老弟，这次衍子民亲率大军，有备而来，万万不能大意，不能让俺们千年的龙王荡，成了衍子民手中第二个白崖寨，化作一股青烟，悠悠而散。俺俩真的要好生动动脑子，顾虑周全，把坑挖好了，等他们进荡来。大战在即，细节最重要。龙王荡是龙王荡人的龙王荡，绝不容许外人撒野。”廖子章说着，一口吹掉水烟壶锅子里的烟烬。

“老兄，可有良策？”东方瓒问。“原来最担心的是，朝廷剿匪大军搞突然袭击。这次有了鲍育西这个朝廷叛徒给了俺的时间表，事情好办多了。”廖子章从抽屉里拿出竹筒，拨开竹筒一端木塞子，倒出那张手工绘制的龙王荡地形图铺展在桌面上，顺手拿起两块青铜镇纸压住图纸两侧，他指着图：“荡中居民，大多集中在河两岸坝上，有一部分散户，分散在深荡的海塘、海沟圩上，堆丘上。明天，俺召集二十队队长，荡中乡约密会，把乡团所有团丁，分配到各个队、乡里去，组织荡中平民转移到云台山上。俺已安排家里百艘渔船到东卤河集结，争取用三天时间，荡里人全部撤出。每户带一个月口粮到山上，按队、乡，分部管理，开大灶做饭。用乡团野营帐篷宿营，若不够，再增补些。现在八九月份，早晚上，天气不冷不热，不用担心老人娃娃受凉。这样的大挪移，过去经历过，队长、乡约、团丁们，都有经验，这点不用担心。”

东方瓒说：“只要乡民安全撤出，一切可放心摆布，你是知道的，俺那些兵，老婆娃、老爹老娘，都在荡里，他们没了后顾之忧，要起来，就不用提心吊胆了。”廖子章慎重地说：“老弟，这次不能按常规打法，你想好没有？”“俺想过。衍子民还以为俺是白崖寨的渠窝操呢？这老儿，来吧！打起灯笼拾粪——照（找）屎（死）。”“说说你的打法吧！”廖总问东方瓒。

东方瓒饮一口茶水，又装起一锅水烟：“俺倾巢出动，两千多人，朝兵八千人，有备而来，俺不同他硬碰硬。只要他衍大学士，肯进龙王荡，就由俺说了算。衍子民可能会把大军主力放在埒子口，堵住俺们撤入大海退路。俺们正是要将他们分割开，机动灵活，各个击破。他有火枪队，俺有土手雷；他有冷兵器，俺有八卦营。如果遇上初三潮十八水，再加上青纱障、车轴河，圩、堆、土丘，地形俺们熟，那真的有好戏看。俺把埒子口留给他们，俺不撤不退。若离开龙王荡，俺的仗咋打呀？”廖子章补充说：“老弟，你说得对，朝兵不管多少，只要进荡，不用动刀动枪，俺们已有半胜把握。打得赢，就打；打不赢，就跑。荡里空间大，游刃有余。外人在荡里，芦苇丛，野蒿、菖蒲、茭白叶、茅毛，齐腰深，加上河塘、沼泽地，别说打仗，进了沼泽地，还能出得来吗？”

东方瓒起身，指地形图标识：“老兄，你看，哈！百里宽长龙王荡，这空间够大吧，这里地形地物，有多复杂，俺们了如指掌，外人浑然不知。海湖、海塘、河堤、马道、水湾、港汊、深水、浅水、明波、暗流、沼泽、淤滩、沙丘、乱葬岗、灌木丛、荆棘地、芦苇青纱障、野蒿丛生屏……俺们熟，能充分利用。”

廖子章接着说：“哪里设伏，哪里阻击，哪里设防，哪里进攻，哪里营造假象。在哪守，在哪撤……兵力部署，首尾如何相顾，邻营如何兼济互救。如何在短时间，集合优势兵力，又如何分散隐蔽，如何消灭对方有生力量，必须尽快实地考察，抓紧落实。落到实处，落到人头。今天八月一十，朝兵行军大约十天半月，这仗估计在八月中下旬。乡民八月二十前全部撤出，你们在八月二十前部署到位，时间绰绰有余。另外箭弩、火枪、手雷、水雷、地雷要安排到位，多多益善。”

时辰到子夜，两人又详细作了推演，具体分工。东方瓒最后很关切地说：“老兄啊！最难把握的，就是你的角色了，半官半民，到时候，衍子民一定会要你集结乡团丁勇，给他们带路，没有你参战，你以为他敢贸然进荡吗？”廖子章说：“这一点，俺早就想到，衍子民还会担心俺把他们带到坑里，所以，他一定会让俺随他一起进荡，并且和他一起指挥这场战役。俺两次参与剿灭太平军，他也不是不知道。到时候，在荡里，朝营一旦乱了阵脚，混乱厮杀，你龙荡营的将士，和俺乡团勇士相遇，一定要真打，但相互不要伤着。这一点，要告知明白，不含糊。”东方瓒问：“你俺士兵相识，按老办法，你的乡团勇，每人配上白色袖套。另外，就是你如何给俺传递消息呢？”廖子章说：“朝兵部署信息，俺会在炮楼上，用旗语向外发布，你须派人和荡里的五里哨卡联系，接递信息。”

……

两人把能想到的环节，通通复述、交流一遍。东方瓒摸了摸肚皮，“叭唧叭唧”嘴巴。廖子章会意：“俺也没吃晚饭。”“俺吃了，心中有事，没滋味，喝半碗稀饭，早饿了。”两人都觉得轻松许多。廖子章招呼管家：“邝兄弟——”邝管家进屋：“老爷，请吩咐！”“烦你老兄，告诉下面，给俺们弄两碗面条充饥。”东方瓒补充一句：“兄弟，别忘了，加两块大肉，外带俩荷包蛋，俺今天肚里没油水。”……

第二天，总乡团校场阅台后议事厅里，密会如期召开。东方瓒回铜钱岛，召集八卦营首领，动员部署。准备打仗。

3

夜，在太阳下山之后，不声不响，走出深谷，蹚过小溪，穿过树林，没留下一丝痕迹。寂静落满河面，反射出黑色幽光，有一两条饿得睡不着的没娘小鱼儿浮上水面寻觅食物，偶尔啄起一朵悠扬的小涟漪。黑暗钻进芦苇、草窝、灌丛，给黄鼬、田鼠、青蛙、蝮蛇……披上隐蔽的外衣。一只嗅觉灵敏，行动快捷的黄鼬，凶猛蹿进草窝，残忍地咬住一只硕大公鼠的喉管，硕鼠挣扎，拼命蹬脚，还发出极其凄厉，悲惨惊惧而失望的“吱吱吱”的哀呼声。风，白天活跃在树梢、芦苇和乡团的飞龙北斗七星旗上，舞动长袖，展示袅袅娜娜、娉娉婷婷的苗条身姿，扭捏着肥乳腴臀，叫嚣喧哗，酣醉狂歌，此刻，疲惫地赤裸入梦。

嫦娥不知又受哪位元帅、将军的亵扰，几天来，羞怯地关闭宫门。

空中，漆黑的大幕上，只留下仙女妙手彩绘的白莲花，也许是白云。星辰微笑，闪烁着。

廖府大院，东西墅院，门外院内，前檐后壁，三百六十盏灯笼全亮。大院西北角，东南角，两炮楼，像两个无言的巨人身影，高高耸立。炮楼三楼外顶，哨亭、旗台，大小灯笼、马头灯、船头灯、罩子灯、阁灯，通明透亮。不是白昼，胜似白昼。廖总和两卫兵登上东南角炮楼三层外顶，卫兵取下挎身上三尺多长，碗口粗的竹筒，取出一根三尺长的单筒高倍速可调节望远镜放在事先安装好的支架上。这望远镜，夜视六十里，昼视一百里。

十五年前，廖总随老乡团支援清军，与赖文光太平军激战，廖子章担任阻击先锋。赖军溃败，残部被赶入六塘河，他早就瞄上赖文光身边卫兵背上挎的那根竹筒。廖子章当年二十岁出头，出于好奇心，想缴下那东西带回龙王荡。当时河水滔滔，潮头汹涌。住大海边，在惊涛骇浪中成长的廖子章，何惧区区河流。第一个冲到河里，抓住赖的卫兵，取下大竹筒，将他摁在水下，仅打两喷嚏的工夫，那卫兵就沉入水底，被滚滚急流裹走了。廖子章把竹筒挎在腰间，带回龙王荡。平时珍藏起来，只有荡里摊上大事，需要观察百里荡区才拿出来。

龙王荡三更时的情景，沸腾在廖子章的镜头里。百里的青纱障，车轴河两岸坝上，深荡的池圩、塘堆、高丘带，凡有村庄、居户的地方，皆燃起熊熊火把，光焰冲天，层层簇簇。有的已经排成长长的火龙。菜籽油浸泡的火把，金红色的火头，昂首挺胸，跳跃上蹿。火头上方旋起一股股青黑色，香喷喷的浓烟，不停喷出“吱溜溜”“噼里啪啦”的强烈的燃烧声。执掌火把的，多是随队乡团丁勇，他们骑高头大马，脚踩金刚镫，一手攥缰绳，一手举火把。开路的，护卫的，断后的，恪尽职守，护卫转移队伍前进。牛拉太平车、架子车，骡驾的辕杆车，人力平板车、小推车、鸡公车……载满粮食、芦席、行囊被褥、帆布、帐篷、锅碗瓢盆、尿壶子、小马桶，还有行走不便的老汉和娃……长长的车队后，连着长长的人群队伍。每家在出发前，除了狗以外，解开所有家禽和猪羊牲畜的缰绳，放它们自由。

数条火龙按约定渐渐会合，聚拢成四条巨龙，从不同方向朝同一方向进发。

东卤河不同于车轴河，河岸边基本没有很茂盛的绿植。特别是这三里长的大滨港码头，一片萧瑟，这里原本就是附近各大盐场运盐的重要港口，夏天雨水多，也不是销盐季节，安闲的码头、货场，没有人烟。岸边是人工打下的木桩护坡，到处都铺着一层厚厚的盐屑碱粒。宽阔的河面，温柔如闺中处子，恬静闲雅、羞涩随和。鱼虾潜底，鳖蟹沉没，不吐气泡。夜晚里，眼神不济的鹳雀、红嘴鱼鹰，早在太阳下山前，归林睡觉去了。

最不自觉的，就数那些浅薄、愚妄、无知的水族中的活跃分子，浮夸虚伪，自我表白，鼓噪嘈杂，喧嚣喋喋，嬉逐追哄，“咕咕呱呱”，它们是无穷的，气腹如鼓的小胀崴子。叫得最辛苦，每叫一声，下巴下面鼓出鸽蛋大的气泡。还有麻头癞脸，反应有点迟钝，肚大头小没有脖子，四肢细的癞蛄子，浑厚的中低音，不紧不慢，“咕——咕——”，音质还有点磁性，特别。还有就是那些好穿迷彩服，最擅长在荷叶上跳广场舞的母蛙，伸舌头眨巴眼，骚情满怀，臊气十足，声嘶力竭，搅得十里之外，不得安宁。

漆黑的东卤河，稠密的星星沉落在河底，闪动微弱的星光。五更时分，天河一体，在空色朦胧之中，河南岸的水边透出一抹红影，红影渐渐闪动，红光愈来愈浑厚，打碎了点缀在水底的星光。水下出现第一个火头，接着一晃一晃地出现两个火头，三个、四个……一串串的火头。不似火头，似火龙下凡，缓慢弯曲地向前游行移动。是的，火头正向河谷深处游去。火龙周围，还有黑压压的车马人流。

到了大滨港，水里的火龙断开了，有秩序地分散，向四个码头聚拢。此刻，港外泊区停靠的一百多艘黄花渔船，也有条理地向码头划动，船多不碍港，分泊到四码头，渔船划动，搅乱河里比肩接踵的人群和飘荡的火龙。

千百支火把，照得河岸一片光明。渔船靠港了，每艘船的船楼前，都镶着两盏固定明亮的淡黄灯笼。船头船尾，四角边挂着火团般的船灯。船上的光亮，照射着船上船下的边边角角。

四个支队的队长，焦急地等待后续人马。按廖总密会上的要求，队伍在过河前、过河后，必仔细清点车马人群，各队各保各甲，一人不能落下。蔡先福在码头前的货场高堆上，手操铁皮卷起的喊话筒子，竭尽全力，驴喊马叫。大意：让先到的车马人流安静下来，原地休息，各队、乡约、保、甲，清点辖下人数、车马。上船不能挤，服从各队长乡约的指挥，听从安排。

第三支队的人群里，活跃着章先虎、邱二豹、斤三铁铳子、蔡小诡。这阵子，兄弟四人凑在货场边上的一个土圩坡下，连卧带倚的样子。四人中，除邱二豹有自家的女人，其他人是一双筷子夹骨头，三条光棍。章先虎保持不变的自我设计的形象，头发长且乱，说是辫子，不像辫子，说它不是辫子也冤枉，那就是辫子。结饼成块，理由是没时间洗，懒得洗，还沾几根鸡毛草。连他自己也记不清何年何月洗过的脸，黑灰分布在脑门上，眼窝里，脸颊上。形成一块不完整的地形坐标图，干手搓一搓，土坯子般一块一块跌落下来。穿的，还是那件从来没下过水的油光发亮，对襟无袖的夹衫；大悠裆裤衩子，腰上勒的还是那条经久不断的黑布宽腰带，后背插那把从不离身的大砍刀。虎头贼眉鼠眼，胡子拉碴，高颧、阔嘴，虎背、熊腰、猪肚子、猿臂。章先虎觉得赶了一个多时辰的路，实在无聊，想找个乐事，嘴上快活快活。他对着邱二豹："二豹兄弟，你别跟俺们光棍一起混，你自个有女人，趁天没亮，还能干一火。"邱二豹，奸滑的柴狗，"嘿嘿嘿"假笑几声说："老大，不缺女人吧！这都啥时辰啦！还想那种事？""你女人俊，莫弄丢了，不开玩笑！"这四个，算是有话题了。邱二豹嬉皮笑脸，吊儿郎当地说："啥俊呀丑呀，肥呀瘦呀，挤进肉里，都他娘的一个滋味。"

章先虎蔑视的口气："二豹，你才睡过几个女人，口气不小哈！"邱二豹有点不服气："男人不日几张 ×，不如一只大公鸡。俺邱二豹不敢吹牛 ×，家里外头，俺啥时缺过女人呀！"邱二豹大有公狗尿尿占地盘的意味，继续吹："不信？你问问五队六队的大闺女、小娘们，只要俺邱二豹看上的，捉一只兔子，或者一斤小虾，稳稳地睡。"章先虎不屑说："拉倒吧，你！二豹子，你懂个屁，你睡再多的女人，等于白睡，女人和女人，那距离，大的去呢！嘴大阴门开，干皮糙纳。樱桃八面紧，玉泉充盈……咋一样呢？"

斤三铁铳子没结过婚，但绝对不是童子身，听章先虎和邱二豹侃女人，也不甘沉默，跃跃欲试，得意忘形地说：“女人，丑和俊，不一样。”邱二豹瞧不起斤三铁铳子，鄙夷道：“去，去去，生瓜蛋子，你懂啥，睡女人，日她×，又不是日她的脸。吹熄灯，扒开衣，都她娘的一样哼，一样叫，一样跷腿，一样扭，你说吧，哪里不一样？”说完很得意，又补一句：“不懂吧！不懂吧！”

斤三小时候读过三年私塾，书读得不怎样，学了不少先生身上那股子酸劲和说话的语气，他说：“二兄长所言，差矣！予二兄之一母豕，能媾乎？”邱二豹呆了，半晌没反应，气恼地说：“老夫子鸡巴，文（纹）诌诌（绉绉）的。听不懂。”

蔡小诡受老娘全心理佛的影响，比较反感兄弟之间胡吹这等羞耻、不堪入耳的言词。又不好意思翻脸，有意阻止这三个促寿鬼的下流，道：“照见五蕴皆空，度一切苦厄，善哉善哉！”

斤三铁铳子的大大和尚还俗，其实没完全割舍佛缘，平时家供佛像，初一、十五，没忘记烧香换供品，农闲时，跪伏佛像前，诵诵经敲敲木鱼，一弹指两弹指地数佛珠。为了让不省心的儿子心向善缘，常教斤三念佛经。蔡小诡还没及解语，斤三铁铳子接着抢白：“色不异空。空不异色。色即是空。空即是色。受想行识。亦复如是。”

蔡小诡也不争辩，不经意地说：“三哥，小和尚念经，有口无心。你错解了‘色’字。”

话音刚落，一女人身影从他们面前过，紧接着，后边大量人群拥过来。四人知道，马上就要过河了。章先虎没迟钝，反应敏锐，看到了想见的女人。黑夜有些模糊，他还是确定就是她，非常不一样的女人，表嫂虞墨兰。忆起两月前，那个永远不会忘记的傍晚，在田埂上，他的局部进入表嫂体内，那种蚀骨抽筋般发泄的情景。

虞墨兰自被章先虎劫了半袋大米，被他糟蹋之后，才真正明白，人性的险恶，比野兽、毒虎、恶狼、凶狮子还要残忍百倍。人的狰狞，比野兽的狰狞更可怕。她恨得咬牙切齿，几次拿起菜刀，想剁了他。一个本性善良的女人，杀人的勇气始终无法超越仇恨，不是恨不深，是杀性不深。在举起刀的那一刻，眼前一个活生生的人，顿时倒在血泊之中，生命终结。想到这些，心软了，腿软了，手软了，刀丢了。她恨自己没出息。仇恨，常在夜深之静时，折磨她的心灵，揩不掉，抹不掉。痛，铸成了她内心的磐石，不可摧，不可毁，打不垮她的意志。耻辱也不能凌虐她的坚强。蹂躏、蹧蹋，侵害，又能如何？

她曾经想过，俺一个民女，俺知书识理，俺做女人，应该严谨，不可让人戳脊梁骨，也不能对不起已故的男人，严守三从四德，是俺的本分。可是，父亲死了，丈夫死了，儿子没了，俺从谁去。妇德、妇言、妇容、妇功，俺立德、修为、净身、养性，又有啥用？守节，又有啥盼头？不如让这不干不净的身子，早点了结，不必妄念没有意义的苟活。她曾昼夜无眠，委屈无助。心身在炼狱中，遭受烈火的熔炼，受沸油的煎炸，心血在一点一滴地熬损。就是这熔炼、煎炸、熬损，练就了她的坚忍，让阴柔性格渐渐刚劲起来。思前虑后，她不甘心。不甘心的人，咋能轻易死去呢？娃死不见尸，活不见人。俺不信，娃没了。俺也不信俺的命，比老姑奶奶虞姬的命还苦。老姑奶奶，无女无儿无牵挂，她的死，多半是为了殉情，还有就是如果落在汉军手，难以洁身。今天，俺为了啥？难道只是因为被那泼皮章先虎的一回蹧蹋吗？不！坚决不，不死。

章先虎拨开人群追过去，连声喊："表嫂，表嫂。"虞墨兰从他身边走过，就瞥见荡里四条混子。不是冤家不聚头，离他们远些。现在章先虎尾随后边，路人不知，虞墨兰当然很清楚。看来，躲是躲不掉的，今天这场合，谅他不敢胡作非为。虞墨兰转身直面章先虎，声音不大，很坚定果决："哦！章先虎，你不是死了吗？怎么阴魂不散？"乱昏昏的人群里，别人也辨不出她在说啥。唯有章先虎听得真真切切，明明白白，死皮赖脸地说："嫂子，正找你呢！"虞墨兰怒目圆睁说："滚开。章先虎，俺告诉你，离俺远点，识相点。俺绝不是你狗眼中看到的那样软弱可欺。俺一不惹事，二不怕事，你若想再挑事，俺一定让你，死得很难看。不信，你试试看！"

前边乡团蔡协理，高举喇叭筒喊："三支队的老少爷们听着，带好家眷，排上队，紧挨着，准备上船。注意脚下，上船时踩踏实了，当心别掉下水。"

有几个抬着粮食和行囊的团丁，累累巴巴，准备上船。副支队长龚维笙分管三支队的粮食、行囊被褥、车马牛驴。他对抬粮团丁吆喝：“粮食上那边船，人上这边船。别搞乱了。”又跑到蔡先福身边：“老蔡，应该把空车，小车摞大车，固定起来，拖下水，用绢连接船后，车马跟着行李船一起走！”蔡先福说：“好啊！你看着办吧！所有的牲口管理责任分到人头，牵缰绳，让牲口在船边游。若一趟不行，就多放几趟，安全第一。俺再给你几个人挽车。”蔡先福说完，转身对话筒喊：“章先虎，你过来！”

章先虎跑到蔡先福身边问：“蔡协理大人，老虎在哩，啥事？吩咐吧！”“你膂力大，叫上邱二豹、斤三铁铳子、蔡小诡，那边的架子大木车、辕杆子车、平板车、小车、鸡公车、耳车，还有牛、马、骡、驴的过河，全交给你兄弟四人。不得出一丁点差池，不然，俺拿你是问。”章先虎只要有饭吃，别说干人活，就是干牛马活也成。四肢块块肌肉，牛腱子一样结实。章先虎是干苦活、重活的能手，有一身横劲，就是头脑子一根筋，放纵任性，不受拘束。他回复说：“蔡大人放心，小菜一碟。敢问大人，有没有女人需要背过河去？俺膂力大！”蔡先福连真带假，举起铁皮话筒，不轻不重地敲了章先虎的脑袋说：“章先虎，别嬉皮笑脸。俺警告你，这次转移，不是闹着玩的。这里不是龙王荡，不能由着性子胡闹。当心，俺把你当成荡匪绑了，送给朝廷大军凌迟。凌迟，知道吗？别仗着你肉多结实，就是用尖刀，一块一块剐下肉来，只留下一副骨架子。”章先虎脸色不好看，有些恐惧。蔡协理，龙王荡一人之下，万人之上，说话那就是真的。活剐了，太可怕。哆嗦地说：“大人！您放心，俺兄弟大事面前，不敢违拗。您别说朝廷活剐，就是廖总那里，俺也扛不下四十军棍。俺一定不出差错，放心，放心吧！大人！”

章先虎、邱二豹、斤三铁铳子、蔡小诡四人，在大车队旁，比比划划，又在前杆上系了好几根粗苘绳。章先虎说：“牛马是绝对不能套在车上过河的，那样的话，四肢被控住，最容易窝死在水里的。”

邱二豹又找来几个年轻人说：“来！兄弟们，搭搭手，把后边的空车，全都架到大车上。用绳子捆妥实了，不能到了河心，漂走了喽！”

蔡小诡灰黑的小刀条子长脸，短短稀稀的眉毛下，一双永远睁不大的虾皮眼，绿豆粒大的眼珠子，透过虾皮的缝隙，碌碡一样不停地转动，开口就说："俺想啊！大哥二哥，你们把百十辆小车，都摞在这几辆架子车上，咋下水呀？恐怕拖不动。你们看，哎！架子车自重，就像一间敞头的房子，再加上这么多的负载，太重了。牛马不好使，全靠人工拖、拽，三五人拖不动，人多了，往哪站？咋使劲呀？窝工！"斤三铁铳子挑眉毛，斜眯着眼，触触肩膀，扭扭屁股，摇头晃脑袋，一副不在乎的样子说："四弟，勿虑！不用担心。大哥是虎，不是吃素的，在他面前，不怕重，就怕轻。"

七八辆的大架子车，装满了，摞如小山峰。前面五六人拽绳索，后面能插进脚的地方都站上人，两手推，每个人都如发情的母马，高高地掀起屁盘子，四蹄用力。邱二豹瞪眼鼓腮咬牙齿，拼命用力，根本弄不动。心里骂道：狗日的，用力不齐。

邱二豹索性站到一边，高声喊道："各位，各位，看俺手势。"又仰起头，往左边叫道："那边那边，来几支火把，狗日的黑灯瞎火，看不清。来！听俺口令，哎！看俺手势，预备，一二三使劲，一二三使劲……"邱二豹喊十几个来回，尿快喊下来，腚头快喊掉了，第一辆大车，稳如泰山，纹丝不动。直戆头子章先虎，憨声瓮气，不知从哪里弄来一根木棍，碗口粗，一丈五尺长，一头伸进大车轱辘大轴下，一头扛在自己肩拐上，脚踏实地，说："俺喊一二，你们前拉后推，不松手，听到了吧！"章先虎口喊："一、二，使劲！"喊声未落，肩头用力，一咬牙，两个车轱辘离开地面一拃高了。前后人手猛用力，第一辆架子车，轻松游进河里。后面几辆车同一办法先后下水，使绳索牵引，跟在船后过河。使杠子，是章先虎的骄傲，过去农忙季节，每一次给地主家拉陷车，都是这样干的。在龙王荡里，挪动大石块，搬运大草垛，车船装卸大物件，都是这样干的。

这是龙王荡撬杠子原理，延续几百年。合格的长工，都会这套本事。简单、方便、易操作。只要固定相应三个点，下面的事，一挥而就。龙王荡人，特别是章先虎，当然不知道，这本是两千年前，先哲阿基米德发现的杠杆原理，龙王荡人压根就不懂什么动力点、支力点和阻力点。更不晓得，就用这杠杆子，如果找到支力点，能撬动整个地球。

龙王荡人不知道阿基米德，阿基米德也不知道龙王荡人，他们在行为上取得如此高度一致，实属难得！

第四支队的第一批人马，已经到了对岸，第二批人马也陆续离开码头。不得不佩服时俊杰的吆喝力，关键时有办法。不服气他的人，常口头打击说人家时俊杰有意识“哦啊哦啊”的，人面前假表现。服气的人说，人家时俊杰布局、调度、召唤，还真的有一套超乎寻常的本事。你看他，学着廖总战时指挥若定，千般不乱的样子。他穿鱼白对襟束袖口单衫，银灰大悠裆束脚口长裤，辫子盘在脖项上，不长的胡子有点乱，手握铁皮筒子喊不停：“每船一组，每组四十人，组长最后上船，检查报告人数，互相挽扶着，安全第一。”

源源不断的队伍，分向四个码头货场聚集。几百团丁，分别在每个队伍中间。有的骑马，有的骑骡。高举火把，在队伍两边，往返戒备，照亮道路，防止意外。负责殿后的团丁，骑的是踏踏实实、走得慢些、有持久耐力的黑毛驴。有的吆喝：“前边慢一点，后边的，快一点，跟上，莫落下。”有的高声喊：“小心脚底下，不要跌倒，互相照应着走。”……

队伍里，一个有点邋遢，不太体面的年轻妇人，头上顶一条不太合时宜的蓝色三角头巾，背着一个三四岁的男娃，不安分的娃骑在母亲背上，又摇又晃，又尖叫：“妈，俺要尿尿。”妇人从纵队里横挤出来。

一个骑马，手举火把的乡丁过来问：“那位嫂子。”妇人有点迷糊地抬头傻望。乡丁询问：“别望了，说你哩！干吗出列啊？”妇人怯了，怕队伍走远了，自个落在后边，又怕娃尿在她身上，用惭愧的样子说：“俺娃要尿尿。”乡丁明白，同情地回复：“噢！赶快尿，赶快跟上，莫要掉队哦！”妇人也怕掉队，惶恐道：“是哩，是哩，军爷。”

队列里，又出来一个六十多岁的老媪，是年轻妇人的婆婆，惺惺相惜地赶过来，意图也许是想给尿尿的娘们壮壮胆子，做个伴。三人在路边，驴蒿草丛里，心照不宣，不约而同，解下裤带，三股暖流，“吱溜吱溜”尿了一会，三人共同提裤，也没说话，追赶自己的队伍。还好队伍没走远。

……

廖子章和俩卫士在炮楼顶上，一直不停地移动望远镜。南北二十队，整个荡区，第一批转移的队伍全部出荡，向北挺进，跨过车轴河、东卤河，渐渐消失。直到寅时，天色微明，院里院外，灯火阑珊，廖子章拾掇下楼……

廖家大院管家邝镛率二百团勇，在头一天先期到达云台山花果岭的上云场，搭篷建灶。

上云场，山势平缓，土厚地平，场面开阔。三面环峰，一面平旷朝南。峰下密林丛簇，花果遍布。在这片开阔地带，邝镛率人采集大批毛竹，修筑坚固的栅栏篱笆墙和简易大寨营门。又以指挥大帐为中心，向东、西、南三边，借地势扇形扩展，各建五十个大帐篷、四十口大灶，准备了千担米面。

东边地平线上透出一片金红色的霞光，蔚蓝碧空，高远明亮。青山幽静，秀丽雅致。绿竹如海，芳菲争艳，清妍婉约。沁人心脾的甜馨气息从微风中飘出，令人心旷神怡，豁然舒爽。不远处，那蓊郁葱茏、翠柏丰茸、苍劲芃芃、绵延起伏的绿色云涛，和那艳逸多丽、丰姿绰约、瑰丽绚烂、娇艳俊洁、风情万种的花果坡，在熹微中敞开广博宏厚、浩瀚壮丽、温暖而柔和的胸膛。

上云场以崭新姿态，迎接龙王荡的客人到来。

那日夜里，东方瓒离开廖府，快马回到铜钱岛，时值五更。铜钱岛营房后坡校场，火把棋布星陈，灯火通明。八大营的将士，集中校场各分营区域，全力操练。

自劫粮两个多月来，东方瓒强力部署，推进训练。三更灯火五更鸡。虎头鲸亲自挂帅，跟营督导，盯得紧紧的，一刻不敢消停。东方瓒看到眼前情景，心里感激，抑不住眼眶湿润，自语："多好的兄弟姐妹啊！"

四大部的将士也不甘落后，不敢怠慢，恪尽职守。客栈部全力侦探，搜集信息、情报，密切注视朝廷围剿动向。供给部调集必备物资，打饼、风干馍、烤肉脯，以备不测之需。枪械部除了添置储备必需枪戟剑矛外，紧紧忙忙地缝铠甲、制弩箭、造盾卤、修战船。火器部与时俱进，昼夜赶造短火枪、长火枪、火药、手雷、地雷、水雷、红衣大炮弹……

东方瓒走进仁字厅，厅里壁灯明亮，虎头鲸、追风蜈蚣、白蝙蝠、青铜蟹、金枪鱼，都在铜钱岛连着龙王荡的大块模型图前，继续昨晚未完的作战推演。虎头鲸、白蝙蝠代表龙荡营做攻方，追风蜈蚣和金枪鱼代表朝营做守方。青铜蟹做推演笔录。经推演之后，有三套方案和三种情况对应的解决方案。东方瓒进门，感动地说："兄弟们，辛苦辛苦哈！"追风蜈蚣道："大统领辛苦，想必是和四太爷见面了？现在赶着回来，定是战况紧急，还没合眼吧？"东方瓒说："哎！形势危急，哪敢睡觉啊！"虎头鲸插话："要么，你先躺会吧！俺们很快结束，等你醒了，再细细禀报商议，如何？"

东方瓒扬扬手，表示无妨，说："大战在即，等待两个多月了，这一天，终于来了。朝廷以八千精锐，从京城开拔，直奔龙王荡，长则十天，短则三五天，围剿和反围剿大战就要打响。此战，将是最坚决、最残酷、最灭绝人性的一次生灵荼毒。主战统帅是那个老谋深算、诡计多端、心狠手辣的衍子民，他带着皇帝小儿抹掉龙王荡的旨意而来。不光要剿灭俺龙荡营，毁灭俺赖以生存的龙王荡，还要屠杀无辜平民百姓，对俺们实行最惨烈的斩草除根。没了龙王荡，没了俺的家属亲眷，就没了俺们的命根子。千年龙王荡湮隳在俺们手里，还有啥脸面苟活于人世间。廖总说了，粉碎朝廷这次围剿阴谋，龙王荡可得百年安逸。"

虎头鲸板起脸，咬紧耳朵根前两块肌肉，浓眉立起道："龙王荡的平民咋办呢？"东方瓒冷静回复："这点，廖总早想到，不用俺们担心。俺们只顾全力打仗，乡团也会全力配合俺！"虎头鲸率真憨实可爱地说："动员全体将士、兄弟们，誓死保卫龙王荡，与荡共存亡，人在荡在，人不在荡也得在。不能因为俺们，毁了龙王荡的千年传承。他娘的，两个月没打仗，心怪痒痒，再杀他个人仰马翻，片甲不留，来吧！龟儿子，有来无回。"

追风蜈蚣不紧不慢，声音不大不小，怀抱金丝拂尘，捋了一下花白山羊胡子："八千之勇，四倍于俺，不能被他围了。哪怕俺是老虎，若被一窝群狮子围了，想脱身，也难！"虎头鲸谨慎地道："他娘的，俺真的还不能大意，八千多对两千多，那就是饺皮子对饺馅子。按常理，俺们的战术是各个击破，分兵突袭，打击他有生力量，俺方能以少胜多。”

东方瓒机智地说：“这一点，衍子民也会想到，他一定会想出破俺的招数。所以俺们一定不用‘各个击破’这个劳而无功的战术，而是研究他破除‘各个击破’战术的招数，他会用什么招数呢?”追风蜈蚣说：“各位知道，想避开对方的‘各个击破’的唯一办法，大军抱成一个整体，不能分散。这一点衍子民很清楚明白，铜钱岛有丛林险峰，龙王荡有芦苇青纱障，黄海有浩瀚广阔的海面，车轴河有隐蔽神秘的河水。谅他衍老鬼也不敢分散兵力。”东方瓒警觉地道：“衍子民藏着下山虎的心态，以大军集团压倒之势攻击俺们，更何况以多对少，他觉得胜券在握，十拿九稳。”追风蜈蚣肯定地点头说：“好，既然衍子民大军抱成一体不分开，俺们就以口袋阵对付他，把他的大军引进俺们两千人的小包围圈，只要他肯进来，消灭他，亦如探囊取物。”

虎头鲸瞪圆眼珠子，说：“以衍子民的强大和傲慢脾气，他大军占据绝对优势，只要不分散，俺送给他一些破绽，也许他明知是陷阱，他也绝对不害怕，他的虎狼之师八千人，咋能怕两千人的陷阱呢！岂不知，就是一头大象，被一条蟒蛇缠住了，想逃脱，也没门！”东方瓒忽然想起一句话，豪迈旷达地说出来：“某何足道哉，吾弟张翼德于百万军中取上将之头，如探囊取物耳！”在场各位，开怀仰面大笑：“哈哈哈！”

笑声停下，追风蜈蚣继续说：“俺们绝不能让他老衍摸到俺们主力的踪迹。目前，俺们的侦探设置到海州城外，随时动态掌握衍军迹象。严防衍子民先军侦探，是重中之重。来者必杀，不留活口。剿灭他两次侦探，衍子民必以排山倒海之势，分两部围剿铜钱岛和龙王荡。如果是这样，他的死期，便捏在俺们手里。”东方瓒肯定追风蜈蚣的预测道：“军师说得是，廖总也明确告诉俺，不能让衍军发现俺们的影子。大战之前，俺们要让岛上和荡里，进入休眠状态，安静、宁谧得可怕。先让衍子民派出小股队伍试探，试一下，灭一下，灭到他不敢试探为止。请各位记住廖总给俺们的十六个字，诱敌深入，敌进俺隐，敌疲俺打，一举歼灭。”

白蝙蝠语气有些沉重，手捧金刚罗盘：“余夜观天象，八月中，火星半隐，雾礚裹伏，海天相吸，海体转动，乾坤挪移，必有洪发，一股百年不遇之回温气流，盘旋黄海之末、东海之首。初三潮，十八水，十九、二十诡一诡。若此战在八月二十之前开战，俺军必有胜算。若在二十之后开战，胜负各占五成。”追风蜈蚣对白蝙蝠用尊重的口气说：“地利、人和都在俺方，请大师再开香坛，再观天象，若得天助，何愁朝兵不灭！”

白蝙蝠手托罗盘，伸开手脚，舒展一下白色蝙蝠服：“请列位随俺来！上天坛。”大五更，天没亮，半月衰西，浑浊的天底，隐约可见稀疏的星，洞外石头上落下一层露水。空气里充斥着菜籽油燃烧的香丝丝，辣飕飕的味儿，是火把和壁灯呼吸的气味。营房后边的大校场、小校场，不停传出练兵的口令声。几人单行，沿林间小路上天坛。铜钱岛山峰林立，犬牙交错，峰回路转。有一居中的峰顶，平实得仿佛被人工打磨过一样细腻平滑。鬼斧神工，自然天成，五丈见方的平台，名曰五丈峰。崎岖羊肠小道，盘旋绕峰而上。平台上有一绛紫色、外圆内方的八角亭式的天象坛，这就是白蝙蝠的神坛。坛中石板上，刻画黑白太极八卦图，坛内壁周边，燃着白蜡香烛，内设八个香案，每香案边，有一石凳，可以燃香，也可坐下歇息。坛外风平浪静，海面昏黯，群峰怪异，乍看有些吓人。白蝙蝠让各位按座次落座，自己在坛中央的八卦图上，盘腿合掌，身背桃木剑，闭目端坐，口中念念有词。众人亦合掌，半闭眼皮，用上下眼皮缝隙盯着束发垂髯的白蝙蝠，看他的灵魂出窍，遨游太空。

白蝙蝠宽大连体的白褂白裤的蝙蝠服慢慢鼓起来，闪念之间，只见室内灯火一阵晃动，白蝙蝠之灵如影子一样，展开宽敞蝙蝠服，飞出天坛窗户，向东南方飘然而去，渐渐消失在星辰之中。八卦图上只留下他的躯壳，纹丝不动。在座各位屏住呼吸，不敢惊动白蝙蝠的躯壳子。半炷香的工夫，黑暗的东南方海面上空隐隐出现一颗亮星，半空滚动。先向北，又回向南，再向东，又向西。然后慢慢悠悠向八角天象坛这边飞来，距八角坛二十几丈远，亮星摸摸索索变幻成一只白色蝙蝠，飘飘摇摇，影影绰绰，回到躯壳上。白蝙蝠身体晃动一下，眼皮子忽闪忽闪，然后十分疲倦地张开嘴巴，深深地吸口粗气，又丝丝吐出来。睁开眼睛，把合起的两掌放在大腿上，抬起右手握成兰花指状，对装满黄色蜡纸的陶盒用力一弹，蜡纸起火，熊熊燃烧。在座列位再看白蝙蝠脸上，大汗淋漓，气喘吁吁，蝙蝠衫的袖口、裤脚子，汗水浸透。是啊！只用半炷香的工夫，到天庭打一个来回，真心话，不容易。就是能翻筋斗云的孙悟空，也很难做到，俺们的天象师能做到，更何况是晚上，太伟大了。白蝙蝠立起身，双手合掌道："禀大统领，太敖老祖很不高兴，他老人家说，本来精心选择阴阳二水之地，芦苇丛生之隐，好好休养一番，前八百年还算安静，最近几十年，车轴河洪道常常血雨腥风，血流成河，小朝廷不孝子孙，以剿匪之名多次惊扰，搅得他不得安眠，可恶，可恶至极！让俺回来告诉荡里子孙，好好教训朝兵，求百年安宁。衍子民气数不长，大运近尾，不出十年，油尽灯灭。龙荡营的子孙，此役将遭生死一劫，折四将。"东方瓒内心大惊，急忙诘问："可有指向，俺八大营四大部的首领，个个身经百战，岂可一役折俺四员？"白蝙蝠玄乎道："天机也！岂可明乎！"东方瓒眉宇微皱，心有不甘，他说："也罢，既不能明，当不必追究。望天师与军师共商对策，今日观天之说，不可走漏风声。大战在即，要士气、勇气，更需谨慎。"天色大亮，几个人继续回仁字厅，心情都有些沉重。沉重归沉重，作战方案还要继续商议。

最后，东方瓒觉得，在每个环节、细节上，还须再细细地梳理一遍，他对着地理模型说："各位兄弟，集中大家意见，俺们再来一次最后推演。军师，你和副统领，代表敌俺两方，俺和天师、金枪鱼、青铜蟹观战，请妙书手再做一次记录，形成最终方案，俺必须向廖总禀报，时间不等人啊！"追风蜈蚣补充说："说实话，在龙王荡里，摆战场，俺们离不开总乡团统一指挥和调度。朝廷的三次围剿，俺们三次反围剿，反复证明了这一点。这也是老统领当年失误，留下的唯一的、最惨痛的教训。"

自海上劫粮战役中，四爪飞鹰和刀螂蛇活捉獠牙、矮个、豁嘴、赤裸后，四小子对四爪飞鹰和刀螂蛇，佩服得五体投地，内心里生发出一种亲近感和依赖感。简单说，就是家庭中长兄长姐和弟弟妹妹之间的那种亲情依赖，不需血缘维系，胜过血缘维系的尊重和爱护，忠诚和保护。他们朝夕相处，形影相随。日日操练，寸步不离。切磋武艺，取长补短，交流感情，增进友谊。亲密无间，亲如一家。现在，他们六人，成了“八拜”之交的异姓兄姐弟，义结金兰之后，这六人除了吃饭睡觉外，天天、时时、刻刻，都在校场上操练。

这日，趁武练休息空闲，四小子在校场东南角一块招头石上，围着四爪飞鹰坐下。使杨家将梨花枪的矮子，无邪地问飞鹰：“鹰姐姐，你两手两脚，为啥叫四爪子飞鹰啊？不是很奇怪吗？”飞鹰微笑地抹了脸上的汗，短衫的鸡心领子两边，无意识地露出鲜明的神秘的五分之一。白皙细腻，紧绷绷地晃动。这些孩子眼神很清晰，心里很朦胧。飞鹰对矮子说：“你这小鬼猴，想知道？”矮子天真地说：“飞鹰姐姐，你仅比我大两岁吧。说我小鬼猴，我不服！”飞鹰拿出老姐的神态：“不叫你小鬼猴，还能叫你大马猴不成？”矮子竟然拍手叫好：“大马猴，好呀！我就叫大马猴。”飞鹰连忙说：“大马猴，不完整。不如送你一个名号吧，你就叫腾岩兽——大马猴。”

四小子很捧场，七嘴八舌，都叫好。矮子憨憨笑道：“就依姐姐了，从今往后，我在铜钱岛上有名号了。你们叫我腾岩兽也好，大马猴也罢，都合我意。”獠牙小子撇了撇嘴，显出亮晶晶尖利的獠牙，狰狞得很可爱。他说：“鹰姐姐，你们说话，为啥都说‘俺’，不说‘我’呀？”飞鹰说：“龙王荡人讲‘俺’‘俺们’，外人才会讲‘我’‘我们’。这是龙王荡人传下来的规矩，我就是俺，俺就是我，没啥原因，这是规定的。你们也要入乡随俗，以后也把‘我’改说‘俺’，懂吗？”四小子异口同声：“懂，俺们！”一阵子哈哈大笑。獠牙继续说：“飞鹰姐，俺们至今没有名号，你给俺每个人送个名号吧！”

飞鹰恍然大悟，是该有个名号，不然，正规场合，点名说话，也很尴尬。“獠牙小弟，你力大胳膊粗，又有一副獠牙，特征鲜明，你使的透甲枪，能刺透金刚铠甲。你应该叫：金枪不倒——震山象。豁子小弟，叫揽月大仙——枪伯。”豁子不满意说：“飞鹰姐姐，这名字雅了，俺受不了。俺这上唇厚，豁得深，你叫俺夹山大王吧！”飞鹰摇头摆手说：“非也非也！龙荡营有规矩，任何人不得称王，若称王，就真的成霸山为王的土匪了。俺们不是匪，知道吗？好吧！你听着，你的名号叫夹山大虫。虫，虎也，大虫，大虎也。完整名号叫：清月白——夹山大虫！”

各人拍手叫好。最后一个赤裸小子急了：“姐姐，还有俺哩！别忘了！”飞鹰故意将他留在最后。对他说：“你啊！好样的，打仗时，不穿铠甲，还喜欢脱上衣。勇敢、特别、有意思！人小力气大，崩枪撼山震岳，臂枪塌天坼地，你的名号叫惩恶夺命枪——赤臂罗汉。”

几人说得正热闹时，八爪鱼卸下练武服，双锏入库，换了一身轻便单衫，休闲地走过来叫道：“好热闹啊！今个，歇息日，集中晨练结束，可自由散练啦！秋月，俺找你有事。”飞鹰为人直爽，说话处事，小巷里扛木头——直来直去，仰脖子应道：“八爪鱼，啥事呀？”没容八爪鱼回话，腾岩兽大马猴说：“飞鹰姐姐，你还没告诉俺为啥叫四爪飞鹰呢！”八爪鱼有点揶揄的意味说：“俺告诉你吧，她打仗时，喜欢脱掉鞋子，手脚并用，脚比手厉害，如鹰隼般抓住猎物，就别想活命。故称她四爪飞鹰，懂了吧！”飞鹰有点脸红地说：“就你嘴快！你还是一条八爪子鱼呢！”转身对四小子说：“他爪子厉害，带吸盘子。”

四小子目瞪口呆，面面相觑，齐声：“哇——厉害！”

龙荡营兑营首领八爪鱼和坎营首领四爪飞鹰，恋上了，而且是前辈做的主，这在龙荡营里，不是什么秘密。龙荡营的光棍们早就当面奚落过八爪鱼，说他不是童子身，特别是那条刀螂蛇，常常用无恶意的尖酸刻薄语言，无凭无据栽赃揭露八爪鱼和飞鹰早就搞过了，就是没腾出手来办结婚仪式，当然都是玩笑。其实，这还真的冤枉他们，至少在今天之前，他们真的没搞过男女之事，老天作证，大地检验。今天会咋样，不知道。一条鱼，一只鹰，一是水中游物，一是天上飞物，肩并肩，爪挽爪，亲昵地朝后山枫树坞那边走去。

早在八爪鱼参军那年，朝廷军营那个头领，用八个彪形大汉测试二大爷双锏功力时，军营成百上千人，加上一条岭村上的百姓，黑压压人群围观，里三层，外三层，像鸭子一样，伸长脖子，两眼瞪得像卵子，紧紧盯着二大爷和八大汉比武。四爪飞鹰和她的师父云游到此，见到这场景，挤在人群中看热闹。

师父家住运河边上的姚湾子，十六岁那年，父母双亡。师父长得十分俊俏，小脸小腰大圆臀，绝非一般二般的美女，那可是千里挑一。在普通人的眼里，那是红颜祸水，定无善终。在有钱有势大家贵族、豪门大户爷们眼中，那就是含苞待放、风情万种的娇朵，撩心挠肺的嫩雏，营养丰富、色鲜味美的香饽饽，滋养心田、浇淋心火的甘露。

那年秋在棉花地里摘棉花，她被地主摁在棉花地里扒了裤子，见了红。师父无地自容，愧汗怍人，提起裤子捂起脸，一头扎进波涛汹涌的大运河。师父在运河边长大，岂能不会游水，天公作美，投河自杀没得成功。在大运河洗尽污浊，没洗尽羞愧和耻辱。巧遇师太相救，上了少室山的冠青崖，跟着师太习武，学得嫡传流星锤武艺，几年后下山，溜进地主家大院，杀了让她见红的地主，仇恨平复。路边捡了四爪飞鹰这婴儿，视如己出，精心抚养，悉心照料。

师父姓华，是在秋天的一个月明星稀之夜捡到这婴儿，随师父姓华，取名秋月。师父觉得自己被罪恶的淫棍戳了身子，身子玷污了，脏了，不配再用脏身子去玷污别的干净的男人。但愿自己捡的娃，一生如秋月般净洁，明亮无尘。师父对自己，绝望了。

直到观战二大爷操锏战八魁，耍得八条大汉像八条热狗，只有张大嘴、伸舌头、喘粗气的份。师父叹息，原来这世上还有这般盖世武功高手。一打听，此人三十多岁，还是个童子之身。师父一颗没有落尘的心灵，竟然神使鬼差，魂不守舍，“怦嗵怦嗵”激烈跳动，心神恍惚，六神无主，脸上潮红，血液涌起，那两只被严实封闭多年的白鸽子“啪腾啪腾”地蹦跳起来，神厥下边的关元、中极部位，暖暖洋洋，热热乎乎。头脑迷迷糊糊，回到十五年前那段记忆中，可怕可恨可憎可恶的肉棍橛子、钻头子进入体内，让师父第一次见红时，体内有许多条小鱼儿在游动，丝丝疼痛，酥酥麻爽。那种感觉又出现了，抑制不住，小下衣在舔舐着小溪中流溢的黏稠液体。师父心中忐忑，双手捂住滚烫的脸颊，心中默念：“罪过，罪过。唵嘛呢叭咪吽。”

后来，二大爷随军营开拔，从徐州到西安，从武威到迪化、黑水、张掖，直至阳关。云游的师父，始终和二大爷所在军营保持不远不近的距离。师父的魂跟在二大爷身边，不离不弃。这一切，二大爷一无所知。二大爷过了五十，师父也过了四十，飞鹰和师父目睹二大爷随军营转移到龙王荡垦荒种地。才晓得，当年让二大爷和军中八大汉拼斗的那位将军头领，就是南大营大统领，东方瓒父亲东方伯。

到了龙王荡，师父已明显觉得自己心气大不如十几年前，若再错过，就错过一生了，定然死不瞑目。柳眉梅额倩装新，笑脱袈裟得旧身。师父是美人坯子，丰韵犹存。带着四爪飞鹰，进入二大爷和八爪鱼的生活。师父和二大爷喜结连理，花好月圆，新婚燕尔，初尝人生幸福美满的滋味。好景不长，仅仅三个月，那日上午，师父她一口鲜血喷出后，不舍地拉着八爪鱼和秋月的手，她把两人的手，紧紧贴在一起，未得一言半语，只见师父鼻孔气息慢慢流出，没有再进去。师父带着万千的遗憾、心愿和不甘，走了。二大爷悲痛欲绝，梗住脖子，大喊一声："苍天为何终负善心人。"遂不吃不喝，半个月后追她而去。两人合墓，归葬龙王荡四队大乱葬岗里。八爪鱼和四爪飞鹰以儿女名义，称二大爷和师父为父母，叩立石碑。

八爪鱼和飞鹰进了枫树坞。初秋天气，枫树坞遍野红绿相间，丛林幽深，他们越过潺潺细流汇集的涧中小溪，沿着涧边通向深幽的羊肠小路，猫腰在枫树枝下，向枫树坞更深处走去。八爪鱼用带吸盘的爪子，磁铁一样吸附着飞鹰两翅间的小腰处，深情地说："秋月，俺们结婚吧！俺不想再拖了。"四爪飞鹰侧过头，回答："俺也想呀！不为了结婚，俺随师父不声不响，不言不语，不吭不气，尾你和二大爷十几年，为什么呀？"八爪鱼有些难处的样子说："俺们现在这状况，不稳定，结了婚，成家生娃。在这铜钱岛上漂泊着，不是长远之计呀！"

飞鹰不含糊地说："结了，俺就退出龙荡营，回龙王荡置几亩地，不当坎营首领了。女人嘛！打打杀杀一辈子不行。结婚，有了归宿，相夫教子，才是正道。"八爪鱼对大统领龙荡营忠心耿耿，很为难的样子说："坎营首领不做了，你这不是为难大统领嘛！"飞鹰说："说实话，俺也不想为难大统领，可是俺总不能在马背奶娃吧！俺早想周全了，俺结婚了，俺把坎营首领位置让给大马猴子，你看咋样？"八爪鱼不同意说："喜欢是一码事，做坎营首领是另一码事。那小子太嫩了点，武功还欠一点，在坎营，恐怕不能服众。俺倒觉得赤裸小子，被你封为惩恶夺命枪——赤臂罗汉那个，武功了得，和俺交手时，那崩枪和臂枪非常厉害，谁撞上了都是一个死。问题在于他枪枪绝杀，欲速不达，缺乏实战磨炼，心气沉不下来，技艺中就容易混杂情绪化。”飞鹰当然知道八爪鱼心里不服，当时被四小子围得团团转，累得脑门子上直冒虚汗。有点想戳穿他说：“武功中的情绪化，人人都有，随年龄增长，就漫漫沉淀了。少年血气方刚，你在他这个年龄时，比他们的情绪化多了去哩。再说，你对他们有成见，不服气，心里不痛快，你以为俺不知道？”四爪飞鹰故意撇了撇嘴，扮出一个俏丽的鬼脸，右食指推了一下八爪鱼的额头：“脑瓜里想啥呢？”八爪鱼心事被揭穿，有点不舒服地说：“你就是个鬼机灵，你咋知道的？”飞鹰笑嘻嘻，又庄又谐地说：“师父跟着你二大爷，俺没闲着，也在关注你呀！当时俺想，师父碍着面子，跟二大爷后边十几年，就是不敢直截了当说出心里话，耽搁青春不说，那心里煎熬，谁也受不了。既来了龙王荡，俺一定不能失去人生最好的时光。你看不出吗？二大爷和俺师父，也正有意成全俺俩。就你装傻！”两人说话之间穿过枫树坞，攀上一段无路的嶙峋怪石丛，越过乱石丛，进入半山腰的竹海，竹海深处有一山洞，洞外不远处，有一块高出的青石台。这里距离龙荡营的营地，有好几里山路。

这条八爪鱼，似鱼不是鱼，非鱼还叫鱼。和这只似鹰不是鹰，非鹰又叫鹰的四爪飞鹰，听上去，风马牛不相及的雌雄二物，选择这既无水，又不是天空的青石台上，进行鱼生和鹰生第一次无约束的体贴和相拥。八爪鱼的吸盘和鹰的利爪劲翅，紧紧地咬合在一起。

双方第一次感受到被另类的吸附，原来竟如此奇妙得难于名状，吸收对方的温热，还可消除烘热空气带来的干燥和闷湿。紧些，收拢些，再紧再收拢些。鱼想拽住鹰，沉入水底，做如咬住另一条鱼的嘴巴嬉戏的事。鹰欲叼起这条怪鱼，飞向天空，做那种如交另一只鹰的翅膀孕卵的事。

鱼和鹰都明白，此时此刻，已经进入无言语的状态，只有心领神会的肢体语言。鱼和鹰都在聆听对方的心跳。“怦嗵怦嗵。”鹰仿佛在酝酿着什么，静静地仰起俊俏的脸，半闭着鹰眼，半开着彤红的，厚厚的香唇。鱼和鹰不一样，从鱼眼上看不出任何状态，兴奋、悲哀，是生是死。无论死鱼活鱼，眼睛都会睁得圆圆的。可是，此时此刻，这条八爪鱼圆圆的眼睛，如触电般射出强烈的火焰，布满殷红的血丝，炽情在燃烧。俄尔，又变得温柔和顺，仿佛细雨飘飘，情意绵绵。

八爪鱼有点干燥的鱼唇，纠成鸡屁眼的形状，深深烙在鹰的额上，留下温湿鸡屁眼印子。鱼用舌尖轻舔鹰的眼睫、眼珠子、鼻子。用尖尖的鱼牙齿，假假地、轻轻地咬鹰的两耳垂子。鹰的心理，有点细微的变化，丝丝痒痒，不太容易掌控，张开两翅膀，推而不拒的样子。当鱼嘴唇滑落在鹰唇上，在鱼嘴啃鹰嘴，二嘴咬合唇间，飞鹰将红红尖尖的舌尖，大胆伸进八爪鱼的嘴里，不怕八爪鱼把它当成鱼饵给嚼嚼咽下去。八爪鱼衔着鹰的舌头，沿着舌尖向下深度吮吸，贪婪地将鹰嘴里，下颌腺、腮腺和舌下腺中分泌出来的，甜甜黏黏，高浓度酶糖粉的汁液吸出，咽下。雨露滋润禾苗壮。八爪鱼身上有一个部位在茁壮成长，也叫作“未知牝牡之合而朘作”。八爪鱼还感觉到自己胸脯上，有两团绵绵软软的温热，正在浸润他的身体。这条鱼，伸出一只爪子，搂着飞鹰的背，另一只爪子操起飞鹰腿弯，一个鱼式公主抱把飞鹰横跨式抱起，轻轻放在青石台上，飞鹰顺势仰卧青石台。哎哟，圆圆的鱼眼盯住鹰的面颊，看鹰眼如凤眼迷离，眉若描墨，面如红桃，目似秋波，脉脉承欢，情义深切，正用祈盼、期待的神情，传递某种信息。这条刁钻的鱼，弄得飞鹰心房里面好热烈，控制燃烧的情绪。她心跳在不断加快，有点像出征前的那种兴奋，好像又不是那种兴奋；有点像在偷别人的东西，害怕被人家抓到那样的紧张，好像又不是那种紧张；好像有一种特别无法抑制的激动，甚至心灵在颤抖。

到底咋了呢？飞鹰觉得自己在做一件特别熟悉又特别陌生、非常神圣又像偷偷摸摸的非常好的坏事情。这心啊！就是一只受惊的小鹿，在乱撞、乱蹦、乱碰、乱跳，令她无法从容、镇定、平静和安宁。也许，此时此刻的飞鹰，只需一种抚慰，对，是抚慰，是行动，不是语言。哪怕是最完美的花言巧语、豪言壮语、甜言蜜语、轻言细语，哪怕是鱼的乾坤、鹰的世界最打动心灵的华丽的词藻，也通通是画蛇添足，弄巧成拙，适得其反。通通是多此一举，节外生枝，徒劳无益，干脆说，就是灾难。爱到浓时，就是干柴遇到烈火，点不点呢？点吗？点？暂时不点。忍住吗？忍不住，暂时忍吧！为什么？

八爪鱼的灵魂似乎干涸，头脑也被烈火烧晕了，烤煳了。否则，他为啥既无语言表达，也无行为的抚慰？还在等待，还在犹豫，他到底想干啥？难道这条鱼，不是雄性？不是公的？关键时刻，为什么嫌疑象类，似是而非，把人家弄得神魂颠倒，自己像是无事大闲人，可恨！简直就是被生炝过的八爪鱼。

不用着急，鱼有鱼的思维，岂能按人或者鹰的逻辑行事呢？八爪鱼像扒着船舷一样伏在飞鹰的胸上，让飞鹰聆听鱼体内，热血汩汩涌动的声音。都说鱼是冷血的，其实理解上有偏差，作为冷血动物的鱼，只要它遇到特定的温度，一样会变温，也有生动活跃的情感世界。

飞鹰明显感觉到，搂着一块正在燃烧的生铁，熔化她周身的羽毛。鹰觉得自己可能很快变成一只烤熟了的火鸡，或者乳猪，成了八爪鱼眼里秀色可餐，却不餐的废品、垃圾。八爪鱼，你这坨狗屎，难道你真的不知道享用吗？八爪鱼像一个内向，专心使坏点子、做坏事的娃，不声不响，不张不扬，低头板脸，连他自己也不知道是在兴奋，还是在难受，从头到脚，从里到外，有无数火苗，舔他的心，燎他的身。火苗上蹿下跳，身体被填满燃料，剧烈地喷着火焰。鱼身上在发光，白光、蓝光，升腾着热气。热流从体内，如火山爆发前岩浆在内核中的涌动。像封着顶盖子的钢铁熔炉，铁流翻腾震荡。岩浆和铁流在寻找可以外泄的突破口。八爪鱼知道自己身子卧伏在烧红的铁板上，甚至觉得听到自己皮肤烧焦时，发出的“吱溜吱溜”的声音，鱼皮一块一块粘在铁板上，闻到铁板烧八爪鱼的香味。八爪鱼大张鱼嘴，想让岩浆和铁流从烤裂了的吞嗓里涌出来。鱼眼瞪得圆圆的，看着身下白皙的两峦间，流动清澈而晶亮的，淡淡体香，丝丝咸味的细流。鱼眼被燃烧得有些模糊，却能清晰看明白两峦，就是两团雪白雪白的白面蒸熟了的暄馍馍。这鱼见过暄馍馍，没见过如此被吹了气的，夸张膨胀，手指轻轻一戳就可能爆炸了的暄馍馍。暄馍馍挣脱出拢不住自己的罩子，两颗被染过的熟透了的红葡萄沾着晶亮露珠徜徉在馍馍顶上，八爪鱼的唾涎滴在飞鹰的脸膛里。

鱼儿离不开水，八爪鱼在干渴中，发觉生命的源泉，鱼看到两峦间的小溪，看到小溪里的流水，还看到峦上如梅子般的红葡萄，鱼自知自己有救了。俺是鱼，本就是水中物，有水，还怕他烈火不成？水克火，火克金，金克木，木克土，土克水。这套经，不光在人类适用，鱼类也适用。有水的地方，就不怕干死草木，鱼儿也一样。腋窝有水，毛草旺盛，鱼儿可寄水草里做鱼窝子。裆里有流水，便有了沼泽，芳草萋萋，小鱼儿就是在那里孕育的。这条没被烧死的鱼，脑袋好像被烧坏了。八爪鱼浑身颤抖，盯上挣脱出来的暄馍馍和即将流出汁液的湿润的红葡萄。鱼呼吸有些困难。鱼似乎想从鹰体的小溪里钻进去，在那里潜水，在水里深呼吸。鱼解开鹰的羽衣轻衫上最后两个布扣子，扯下羽衣轻衫，铺在青石上，两只有力的吸盘爪子抓住两只硕大雪白的暄馍，鹰没拒绝，也绝对不会拒绝，只恨他抓得迟了。鹰示意地向上挺了挺，欲告诉鱼，如果你饥渴，这是最好的香饵，压渴压饿，这可比曲线子强百倍哟！龙王荡人称蚯蚓是曲线子。

八爪鱼张开方形嘴，深深地吞下一只白馍的一半，用力吮，又吮，还轻轻搓揉着另外一只馍。呵，这馍，到嘴不到肚。这条不食曲线的鱼，得陇望蜀，贪得无厌，眼馋肚不饱的样子，又换了另一只暄馍，继续他的深吞。吞累了，就轻轻地咬着红葡萄，不停地“吱咂吱咂”吮吸。

折腾了好一阵子，这鱼才知道，原来这馍里，看似藏着满满汁水，什么也没吸出来，没有想象中的同族被开水煮熟时身上流出的浓稠的白汁。这条鱼，愣头青，真的不晓得这暄馍里应该啥时候能吸出白色香甜的浓汁。眼下，若真的吸出来，你该早就戴上绿色的鱼帽子了。

不怪八爪鱼愚，他二大爷也只是朦胧过，当然也没来得及向他揭开这其中奥秘。几十年间，除了残存的小时候吃奶的那点记忆外，又没其他人告诉他如此常理。只是他自己在荡里看过人家小媳妇抱娃，娃双手抱娘的白馍，吃得有滋有味，便以为只要有馍，就有汁水。是，鱼的理解，也没错。是时间的错。鱼的口水和鹰两峦间的汗水汇合成溪流，汹涌澎湃。八爪鱼感到两馍的温热，通过鱼嘴向自己周身扩散。这种温热，阴柔得像一盆清澄的温水，八爪鱼想把自己熊熊燃烧的烈火之身，浸在这溪清澄的温水之中。奇怪的是，八爪鱼越是想把身子浸在这清澄的温水中，鱼腔里的熊熊燃烧的烈火就愈加凶猛。

烈火在不停地撞击鱼的躯壳，鱼的躯壳岩石般严实地裹着岩浆。岩浆通过神厥，呈圆扇状向四周流动。向上直入鱼的颅内，在天灵盖内翻涌，却被天灵盖死死封住。岩浆挤进骨缝，骨缝里痒痒，酥麻，抓不到，扤不着，骨骼承受着被熔断的极限。

到这份上了。鱼守不住了。鱼在鹰体上寻找阴柔清澄温水的源头。然后钻进去，以便止住痒痒和酥麻。鹰此刻亦如八爪鱼一样，抓耳挠腮，忍不住喉咙里的呢喃，忍不住口腔的呻吟。这呢喃，这呻吟，如歌如鸣，如泣如诉，如鸣如啼。鹰儿张开下肢，铺张两只翅膀，渴求着做好迎接暴风雨的准备。配合鹰那不成节奏的呻吟、鸣叫，八爪鱼张开爪子，在抹去羽衣霓裳的鹰体上，胡乱摸着、搓着、亲着、咬着。舌头从两片红樱桃处，舔舐着下滑到两峦沟溪中，又游到脐盘营，历经关元、中极二站，进入那并不萋密的芳草湿润的沼泽地。蛇芯般的舌尖尖探得那片阴湿地带，撩开两瓣肥厚玫瑰花瓣，温泉正渗出清香、蛋清般的液流。

八爪鱼不自觉地像剥葱皮一样，抹掉鹰的小下衣，顺手塞在鹰臀下，三下五除二脱下自己的鱼皮扔在一边。世间最神秘，又最不神秘；最美妙，最富艺美；又最丑陋，最肮脏龌龊；最能成就鱼类、鹰类或人类繁殖衍生的伟大事业，又最容易毁灭人间正道的两个裸体孽物，在万物都不存在、忘我忘他的、虚无梦幻的、灵魂湮灭的境界里交媾。

鱼在紧张忙乱中，抖抖瑟瑟，将自己那被烧红了的，又粗又硬又烫手的，雄起而丑陋的，凶神恶煞的，又憨态可掬傻傻萌萌又可爱的东西，猛烈地抵进鹰那温润的，不停渗出清香澄液的深潭之中。让鱼万分惊异，这潭竟是有边无底涌泉深潭。鱼腺进入深潭隐膣中，只听得八爪鱼仿佛掉进万丈深渊般惊恐惨叫一声：“啊——！”

鱼在鹰身上，犹如触了天火闪电，瞬间以每秒十几次的速度痉挛、撞击、抽风、抖动。八爪鱼的火山爆发了。鹰的隐膣里，随一丝撕裂感出现，酥麻消失了，继而是一种难于名状疼痛的快感。浑身的热流，汇集在体内的一个点上，正待向外涌射时，却迎来了几股冲击波式的岩浆，蹿进宫底。三万六千个汗毛孔刚刚舒展开，随着岩浆火枪般射入而收紧，在迷迷糊糊的浑沌中，奇妙的感觉还没来得及理清，就看到这条鱼，像一条死鱼软不拉儿，一动不动，伏在鹰的胸上，张开大嘴巴喘粗气。

此刻的鹰和鱼，以迷茫的眼神，意犹未尽地看着对方。鹰，本来就不太了解雌雄之事，在鹰的世界里，藏匿二十多年那两片闭合的玫瑰花瓣，被第一次开苞，就经受暴风骤雨的袭击。鹰以为这种说不清楚的事，也许就是这样意犹未尽的结果。三下五去二，“叽里哇啦”，一二三，快餐。其实还可以延续一炷香的时辰。唉！意犹未尽，只是自己没出息，淫荡，重口味。人家八爪鱼，尽力了，怪不得！

这条鱼明显意识到鹰的不满足，不得意，不称心，不够味。绝不是贪婪、淫荡的那种。的确是自个差劲，纵不到底，横不到边，总体不到位。不酣畅，不淋漓，让鹰不尽兴，甚至不悦、不屑。鱼怀疑自己，是不是条真公鱼，雄起的朘竟然是一火不支的镴枪头子。

八爪鱼从鹰身上滑落下来。鱼和鹰，谁也没吱声，就这样平静地躺着。两袋烟的工夫过去了，鹰始终觉得膣里底处，有千万条小蝌蚪在游动，小泥鳅在乱钻。现在的酥麻和痒痒，不是先前的那样静止。现在是游动的，蝌蚪在啃鹰的潭壁，泥鳅在咬玫瑰瓣儿，叮沼泽的岸边，从里到外。这让鹰的心尖子快被揉碎。这只丰满、丰润、丰盈、丰腴的母鹰，无法抗拒心潮的膨胀和浸袭，无法制止快要决堤的洪水猛兽，无法招架肌体里的情翻血涌。

被滋润过的飞鹰容光焕发，如秋日光照下的菊花；体态丰茂，如春风沐浴中的青兰；明洁，像朝霞中升起的旭日；鲜丽，像绿波荡漾中绽放的莲花。她，喜欢那天火闪电时的痉挛，喜欢火山爆发时的抖动，喜欢震天拆地时的撞击，喜欢岩浆射入时的抽风。她，多么渴望，再来一次惊涛骇浪，地动山摇。

经历第一次大胆尝禁，禁果，原不是传说中的苦涩。咬一口，甘甜脆酥，滋肝润心，终生难忘。这样的禁果，应当有多少收多少。制造爱，原是这样的死去活来的自在、痛快、怡神、悦性，美妙极了。鹰爪子骚动了。鹰向鱼的脐下摸了摸，鱼那不中用的命根子，成了腊月的沙光鱼，头大身瘦尾部弱；十月的豆丹，软里咣当；腌过的萝卜干子，死皮赖脸。

鹰把那黏叽叽湿糊糊，有点腥，又有点臊气的鱼朖子捡起来，捏了捏，又捏捏，再捏捏，没反应。放在鱼腿上搓了搓，没啥反应。咋的啦？可怜的朖子，累啦？睡着啦？死啦？刚才还像滚烫的铁杵子，怎么说凉就凉了，说软就软了呢？莫名其妙！这是好东西，可不能出问题。

正在飞鹰狐疑乱猜时，似乎有魔性的诡朖子睡醒了，如同一只象皮蚌，一脸惺忪，从壳子里猛然地站起来，一柱擎天。鹰是第一次真真切切看清这家伙善于伪装的罪恶面目。这哪里如象皮蚌，简直就是大叫驴肚皮上那朘子，比大叫驴的要白一些。鹰很奇怪，刚才还细软，俺以为它病了呢！转眼间，就成拴马的桩了。这东西原来是活物。没等八爪鱼反应过来，飞鹰像出征时的英姿飒爽，翻身上马，飞鹰骑着仰面朝天的鱼，将那硬若金刚锏的驴朘子，塞进自己特别需要疼痛快感的潭膣里。飞鹰飘忽摇曳的身影，仿佛江边上被惊起的鸿雁；轻盈宛转的体态，犹如大河波浪里蜿蜒的蛟龙。大有金翅大鹏纵徙南冥，击水三千，腾云驾雾，扶摇直上九万里之势，上下翻覆，左右震荡。仰面向上，抽插摆动，醉眼迷离。长长秀发，披肩掩面，疯狂乱飘，时隐时现，如轻云笼月；浮动飘忽，似回风旋雪。呼天钥地，抖山颤岩，疯癫狂簸，震得枫树叶纷纷落红。鹰爪子紧紧抓住脱缰骏马的鬃毛，把鱼的胸毛薅下一大把。鹰臀上下左右，弹跳、挤压、坠落，不规则、无节奏，紧急摇晃摩擦，浑身力量，集中在一个点上，凶狠抽插旋转，发出没有节拍的“唰里啪啦，叭嗒叭嗒”的击打声。鹰眼半闭，胸前两只肉嘟嘟鲜活美丽的大白鹅拍打双羽，振翅欲飞，鼓胀的两颗红葡萄色泽鲜嫩，润亮欲滴。鱼朖在温湿润滑的鹰膣内耸立，若一根青枝，撑起那绽放灿烂的鲜花异朵的绿冠翠幅，飞鹰正用自己肥沃清纯的潭水，一次又一次，阵雨般沐浴浇淋、维护那根极富生命美感的青枝。雨露汇成涓涓细流，在鱼的小腹沟里流动。流迹，犹如几条朝不同方向蠕动的曲线子。

八爪鱼恍然大悟，觉醒了。不甘心落后，被动受鹰纵横无忌的蹂躏和践踏。趁飞鹰有点软劲之时，一个仰卧起坐，也就是鱼跃式半滚翻，紧紧地把飞鹰箍在自己胸间，紧接着一个前倾，把鹰反压身下。

这条并不鲁钝、愚蠢的鱼，好像吸取第一次的深刻教训。不再慌张忙乱，鼓起诡异的鱼腮，变手忙脚乱为从容不迫，鱼咬紧后槽牙，酝酿强力，扎扎实实，一下是一下子，中速节奏，如在碓中舂米，如在臼中捣蒜。在玩味一种浸润心肺，陶冶心灵，荡涤污浊的审美感受。鱼，已觉自己身体完全潜入温暖舒适的恩池爱河之中。掉进清漾温柔，深不可测的潭渊，灵与肉无缝隙地融成一体，融成你中有我，我中有你，血肉相连，灵体化一的鱼鹰共同体。事情做到这种地步，八爪鱼才真正领略到山花烂漫玄奥景致，实现了鱼的世界观的转变，哇！鱼生的价值和意义，竟然包含如此欲仙欲死的绝妙稀奇的崇高境界。

为了某种非常模糊，说不清，道不明的目的，这条鱼好像得了癫痫病一样，猛烈抽风手脚痉挛，口眼歪斜，惊厥半醒，不由自主。而鹰的潭底温泉一遍又一遍喷射黏稠湿滑的琼浆玉液，鹰体千万个毛孔舒展紧缩，又舒展又紧缩，每一遍舒展与紧缩，就有一遍不言而喻的冲击波，带着无限的酥酥靡靡、丝丝滑滑的快感，波及五脏六腑。上自脊梁颈椎、大脑中枢，下至两脚十趾，无处不舒服，无处不畅快。潮起潮落，循环往复，激励飞鹰不死不休的斗志。然而，斗志越是高昂，越是欲仙欲死；越是上气不接下气，越是快乐无垠；越是在挣扎，越是兴奋欢喜。这条鱼，这只鹰，不惜在这样酣畅痛快中死去。

贪婪的鱼为钻进鹰的深潭里，求索那潭水深处的奥秘，跪伏着用两肩扛起鹰的双腿，把所有的衣服垫在鹰尻蛋蛋下边，身体与身体的交错，尽可能不露一丝的缝隙，用尽全身之力，欲洞穿鹰的潭底，探求那能烧热一潭温水的燃冰。鱼一阵强过一阵，紧急抽插和撞击。鹰也心领神会，毫无保留地打开门户，向这条鱼魔开放。鱼在飞鹰不停娇唤呼鸣的声浪中拼命，鱼拿出一百二十八路舞锏的功力，用尽娃时吃奶的元气，咬牙切齿，像撑船一样，船篙贴住船边，插进潭底，有限力量，无限想象，憋住一口气。鱼，仿佛听到脑门里，发出“轰”的一声，浑身的神经像张开的渔网陡然收紧，把这条八尺的公鱼，收拢挤压成拳头的意念，贮藏在鱼的小腹里的后腰下，这意念如幽灵般，在腰下猛然地摇晃一下，鱼那滚烫的金刚杵里，刹那冲出一股仿佛能击穿钢板般的火串激液，充盈地一次激出去。这条鱼，把三十年间积蓄在骨骼里的精髓，从大椎处，通过后背、脊梁，迅速、全部、彻底、干净地射向飞鹰潭底，袭击在娇嫩的宫壁上。鹰在无数次泄潭之后，接受外部潮流射进，两只鹰翅紧紧扣住鱼的后臀，不让这条诡异的黏鱼朘子，再有任何回旋。来吧！让暴风雨来得更猛烈些吧！这条鱼，这只鹰，在灵与肉、血与火的相克相融中，达到鱼鹰交媾的最完美、最圆满的境界。

这是鱼和鹰有生以来，第一次的第二轮洪潮。这次交合的潮起潮落，将在八爪鱼和四爪飞鹰的记忆里，烙下永不磨灭的烙印。这条鱼，使这只鹰，成了真正意义上的母鹰。这只鹰，也用自己光鲜亮丽、圣洁纯净的鹰躯，充分证实这条鱼，是纯正地道，没掺假，完整无缺的真正意义上的公鱼。

原来做母鹰，或做公鱼，比做神仙还要快活，有趣味。鹰时至今日，才真正明白，师父放弃修行，放弃得道的机会，义无反顾，踏破红尘，追随二大爷脚印子的真正原因。是啊！每一天，若能过上如此幸福美妙的好日子，谁还在乎做神仙。飞鹰夹紧两条鹰腿，沉浸在无比幸福、甜蜜、愉快的遐思之中。一生有这样一次轰轰烈烈、如火如荼、你死我死、你活我活的战天斗地式的欢爱，值了，死可瞑目。鹰生有许多事情，重复百次以后，随着记忆疲劳，就忘记第一次的感受。唯独这天崩地坼，天旋地转，天塌地陷，开辟鹰生新旅程的，刻骨铭心的，第一次性爱的感觉，是鹰生的里程碑。今日之行为，定可重复千回万回，但是，今天之感受，将永远永远无法重复。

鱼和鹰，就这天，在这块青石板上磨砺了七轮。第七轮，是在鱼和鹰即将瘫痪之际结束的。腰里干，指甲瘪，身心里，严重脱水，虚得站不稳。太阳下山前，鱼和鹰没忘记穿上衣服，整理领子袖子和头发，尽可能掩饰丢盔掉甲、落花流水、残兵败将、土崩瓦解、狼狈不堪的形象，在相互搀扶中离开青石台。体力的消耗，比在战场大战三天三夜还要厉害。想一想，这场无胜无负的战役，真是不够本。飞鹰迈步很艰难，走路变形了。这时候才注意到，雪白衬衫上印下几朵碗口大小，红白相映的莲花。

4

东方瓒，金枪鱼，大统领两卫士窦埠、介绅，廖总战时特使芦飞，五人在廖子章家里吃了中午饭之后，四匹快马，带着议定的作战方案，头顶烈日，单衣小帽，行色匆匆，回到铜钱岛，入山洞，进仁字厅。台上，东方瓒居台正中大木椅上，两边分“八”字形排开，各三张木椅。左边，副统领虎头鲸，军师追风蜈蚣，芦飞。右边，天象师白蝙蝠，妙书手青铜蟹，大统领特使金枪鱼。台下，左右两边，分列八张木椅，右边依次排列：大虾逛，四爪飞鹰，刀螂蛇，八爪鱼。金枪不倒震山象，惩恶夺命枪赤臂罗汉，清月白夹山大虫，腾岩兽大马猴。左边依次排列：雪里红，凌霜菊，萃海罂，飞天神姑，天生港客栈部执事郎飞镖神手韩鲙，供勤部执事郎奋蹄骧秦驼，冷器部执事郎大匠炉司马淬，火器部执事郎红衣大铳铁蛋。

龙荡营，精英中的精英，荟萃中的荟萃，一个不少，披铠戴甲，装备整齐，聆听大统领战前部署。厅里，灯光透明。台上，大幕拉开，山墙上大大的“仁”字，庄重、肃穆、矜持而凝重。气氛严肃、平静。一个人，就是一尊战神雕像。端坐椅上，稳如泰山。

大统领身束皮甲短铠，头戴金刚尖顶胄，肩披外黑内红大风衣，顶天立地，八面威风。端坐其位，双腿拉开，两手掌平放大腿上，目视前方。席间各位，身板挺直，颈项侧转，一动不动。东方瓒拉开墙上作战图上纱幕，对众人说：“……朝廷马上对俺龙荡营实行第四次围剿。俺们伤了朝廷的筋骨，他们痛了。这次围剿，将是一次空前疯狂、残酷、凶险的围剿。老话说得好啊！兵来将挡，水来土掩。坚决打掉朝廷丧心病狂的来犯之敌。像劫粮一样，朝兵来多少，灭多少。消灭他们，俺们才能得一息安稳。想过上好日子，靠谁？靠俺们自己。下面俺宣布这次反围剿的部署和作战令。”

东方瓒扫视面前茶几上的文字道：“虎头鲸！”虎头鲸从座上，起身立正。如一棵劲松，黑色战袍过膝，尖顶金刚盔胄，浓眉阔脸，虎背熊腰。右手握笔直的天命戟，如一尊战神，威风凛凛，正气浩然：“属下在！”

大统领见虎头鲸威仪非凡，雄姿勃勃的样子，很豪迈地说：“命你为龙荡营第四次反围剿战时一线总指挥，统帅、指挥、调度龙荡营八营四部，执行作战部署，坚决彻底干净地消灭犯吾之敌。”

大统领的命令坚定了虎头鲸好战、必胜的钢铁意志。他英勇、果敢，不容置疑地回复：“是！大统领。虎头鲸已为朝兵选好葬身之地，不获完胜，虎头鲸提头来见！”大统领：“好样的，副统领，俺信你，请坐下！”紧接着，他抬头巡视台下左边第一把椅上的战将道：“离营首领大虾逛！”大虾逛迅速起身，笔立，右手抓住九节钢鞭，腰上插一把短鞭，五大三粗，杀气腾腾，横眉怒目，一副黑煞神的模样回复：“属下在！”

大统领看着大虾逛无畏无惧、赴汤蹈火、威武不屈、战无不胜的英雄气概，为他自豪，为他骄傲地说：“俺们横刀立马的黑煞神大虾逛将军，俺命你率离营兄弟，在北七队的龙潭口设伏。龙潭口乃龙王荡之纵深处，水恶浪险，地形水势复杂多变，毒蛇猛兽出没无常，那里是俺们埋葬朝兵主战场之一，也是朝兵重点进攻方位，记住，凡入境之敌，必须通通灭之，决不放走任何一个活口。战时，执行副统领统一指挥。”

大虾逛非常镇定地回复：“请大统领放心，大虾逛坚决执行！消灭朝兵，大虾逛保证张网以待，鱼虾不漏。”

大统领接着说：“金枪不倒震山象。”震山象连忙站起回复：“末将在！”大统领说：“命你任离营副首领，协同大虾逛作战，听命大虾逛指挥，不得有误！”震山象回道：“末将坚决执行！献出投名状，决不辜负大统领厚爱！”大统领挥手，欣慰地说：“二位，请坐下！”

大统领一个一个指名道姓，将作战方案落实到位。

“坎营四爪飞鹰，于南七队龙窝堡设伏，惩恶夺命枪赤臂罗汉为副首领。震营刀螂蛇在南八队龙爪湾设伏。清月白夹山大虫为副首领。兑营八爪鱼在北八队龙宫崖设伏，腾岩兽大马猴为副首领。乾营雪里红率弓弩手在六道水设伏；坤营凌霜菊率火枪手在七星塘设伏；艮营萃海罂率消魂香霰姐妹，在八段河口顺风坡设伏；巽营飞天神姑率骁骑营在九回洲设伏。天生港客栈部执事郎韩鲙，派员分别在南二队、三队、四队、五队、六队的五里哨卡之间，协助旗号部联络信号，一旦天气变化，有雾霾云雨，旗语传不出，你要确保以最快速度，把南头队总乡团炮楼上发布的消息信号传出去，力保信息畅通无误。另由你部，编制三五人一组，共十组，在车轴河南北各队区域里，隐蔽在芦苇青纱障中，穿插迂回前进，以轻便舢板小舟为主，诱引朝兵，进入七队以东的包围圈。主要任务是佯打，真逃。打一打，停一停，躲一躲，再打一打，别被识破意图。能不能消灭朝兵，就看你们能不能把朝兵引入伏击圈。一句话，把战场压缩在车轴河两岸的七、八队，东西十里，南北十八里区域内。那里是实战场，其他处都是虚战诱敌。本次围剿，俺们设的是口袋阵，将朝兵装进袋子里，关门打狗。另外，你部还有一个特别任务，就是消灭朝营来岛侦探的先骑营，这一点，会后俺们面议细谈。”

室内非常安静，大统领不紧不慢、浑厚的声音，在厅内回荡。有几个士兵提着油桶，在给壁灯和架子灯锅里添油。一个士兵给大统领大茶碗续茶。洞外，龙荡营的大小校场，八营将士身着战服，头顶强烈日光，面迎呼啸的海风，战鼓如雷，杀声如潮，分列苦练。

大统领喝了两口茶，放下大碗，右手掌揩了一下短胡须上的残水。精细分析：“乾坤艮巽四营，皆女中豪杰，巾帼不让须眉。你们四营，会最早遭遇朝廷水兵营和水兵陆战营。他们原本三千人，百艘战船，若不出意外，能逃出水雷阵的，不过三十艘船，一千五百人。这些船和人，交给你们四个营处置。你们的任务，是死死卡住车轴河入海口。朝兵在铜钱岛扑空后，定然乘船北上，从海口进车轴河，闯龙王荡，意图与西边龙王口头队东进朝兵会合，对俺龙荡营形成夹击之势，造成俺们腹背受敌的被动态势。只要朝兵大船进不了海口，他们水兵和水兵陆战队，下了船，进了荡，他们的优势就没有了。你四个营，由副统领统一指挥协调，众志成城，勠力同心，把朝兵消灭在南北九队的东界线的海口里，决不允许朝兵一兵一卒踏入九队东界线。做到这一点，大决战有七成胜算。”

龙荡营全体将士用了两个多月的精心谋划，未雨绸缪，筹备良久。战前万事皆备，万无一失。即使如此，大统领还是谨慎遵从廖子章的再三叮嘱，唯恐挂一漏万。针对战时武器装备，枪戟弓箭，战船弩盾，火枪钢炮，手雷炸药，水雷安放，毒香迷霰，骠骑飞马，战时医馆，以及岛上的粮库、钱库、武器库、弹药库、装配处的隐蔽，安全防范，再具体，再落实。又反复强调，充分利用天气、环境条件。强调诱敌深入，围而歼灭的方针，敌进俺隐、敌疲俺扰、敌困俺打的机动战术。战时的吃喝拉撒，后勤供应，至纤至细，一一安排妥当。要求各营、部，分头进入阵地后，再细细过滤一遍，分序列做好战前最后检验。

最后，东方瓒宣布：“明日巳时，大校场举行开战誓师大会。”

天还没亮，龙荡营的八营四部，四更起身，起火生灶，用餐，五更寅时校场列队。

铜钱岛上，大堂小厅，洞里洞外，营房校场，上上下下，千支火把，架子灯，壁灯，地摊篝火，星罗棋布，火光冲天。大小校场，路旁、码头，港湾、岸边，彩旗招展、锦帆飘扬。各营部方阵，黑压压一片，列装整齐，庄严挺拔。将士们披铠戴甲，英姿焕发，生机盎然，斗志铿锵。

第四次反围剿，打仗，打大仗，打前所未有艰苦卓绝恶劣大仗，消灭来犯之敌。这让全体将士们感到承载历史责任的庄严和神圣。随时准备着，为保卫家乡，保卫龙王荡父老乡亲，牺牲自己，奉献生命。将士们都为参与这场伟大的反暴力、反镇压、反围剿战争，而感到无上荣光，无比自豪、骄傲。人人兴奋、激动，个个情绪高昂，精神抖擞。

星月褪去银白的亮光。铜钱岛的早晨，显得格外活跃、生气勃勃。刚刚从睡梦中醒来的天空，换上湛蓝净洁的，清新爽朗，靓妆炫服，深情款款地迎接金碧辉煌，光彩绚烂的朝阳。纯净透明的东南风从东南的海面上飘然而来，朝霞映红的海面推起一层一层不大不小的波浪。波浪追逐着向岛礁崖岸扑来，在青白岩石边绽放出朵朵皎洁绚丽的浪花，洁白无瑕，稍纵即逝。浪花的花瓣儿，垒起一堆堆晶莹的白雪。

后山上的参差峻峰，犬牙相制，错影而映，青峰矗立，巍然雄伟，像一列列巨人，坚定屹立在海岛的背后，注目马上出征的将士，默默地向朝夕相依的亲人们行庄严肃穆的赞礼！山间的竹海松坡，林波飘荡，涛声浑厚，高亢嘹亮，为英雄上阵吹响号角，吼起壮怀激烈的壮行歌。

一群白鹭像一片飘移舞动的白云，不断变换姿势，扶摇在山涧上空，飘落在山腰的枫树林杪。红如火，白若云，绿似翡翠。三彩相嵌辉映，明媚多丽，和空中殷红霞蔚的日光一起，倒映在波涌的海面上。景色旖旎，风物柔美。婀娜多姿的铜钱岛初秋，仍如春天一样姹紫嫣红，生动娇艳，还多出几分丰腴、美满和韵致。

铜钱岛的情韵，似娇媚妩丽，雍容尔雅的少妇，张开她温柔体贴优雅的双臂，拥抱即将出征的英雄。而矫健勇猛的英雄，温顺不失风度地偎依在少妇香温的情怀之中。这雄阔劲悍，壮观秀美，奇丽祥瑞，婉约俊逸，风流倜傥，峻迈奇绝的场景，构成了铜钱岛上亘古未见的和谐壮丽的画面。

小校场上，一溜边二十一门铁铳礼炮，排列得整齐划一，各种名目的烟花爆竹，摆放到位。四十九只四人同捶擂的牛皮大鼓，八十一只羊皮鼙鼓，四十九面大铜锣，四十九面大钹，四十九支五尺长大号。执乐人个个白衫白裤红腰带，头裹白巾，各就各位。

水面上停泊二十三艘炮艇，每艇一门红衣大炮。艇小，量身定制，灵活，方便，易隐蔽。射程五里至十里之间，重两千斤左右，筒子长一丈多，口径五六寸。其中三门炮是原军营中带过来的，后来二十门是龙荡营枪械师和大匠炉借鉴、效仿后，捣鼓出来的。今日披红挂彩，准备随军进入龙王荡腹地，参与反围剿大战。港湾里整齐泊着十艘弓箭船，十艘盾卤船，十艘送餐给养船，十艘医备船……待命开拔。

日晷直指巳时，天象师白蝙蝠主持大军开拔祭龙仪式。他白发白胡白衫白裤白袜白鞋，怀抱五尺桃木剑，仙风道骨，空灵清幽，若梦若幻。一阵浓浓的白雾在台上滚动，白蝙蝠飘然登上校场检阅台。

台前大幕，徐徐拉开，检阅台白雾萦绕，随着四十九支长号“呜——呜——呜——”鸣起，后台上空，腾起一尊八丈长，笆斗粗的神龙。口中衔珠，双目凸现，光芒四射，神气活现，张鳞舞爪，摇头摆尾，既威武神勇，又谐和庄重。

供桌中间，趴一头三百多斤的去毛膘猪。左边一只剃毛公羊和九只公鸡，右边一只剃毛母羊和九只母鸡。猪羊身上，都披上大红绸带绾结的大红朵儿光荣花。鸡背上贴着喜庆的红蜡纸。还有昨天刚从山里采下的黄桃、青枣、红苹果。

猪，今日五更刚屠的，皮新肉鲜，身上还冒着热气，劁过的膘猪，也不分公母，关键是心宽体胖，肚大腰圆。于猪而言，是死后才用开水烫的，所以，既不可怕，也无痛苦。双眼瞪箍的大眼睛，笑得眯成一条缝。猪，为什么膘肥，就是心宽呗。知道自己的结局，并不害怕，视死如归。猪，明事理，天生吾辈，固需汝辈食也。无论上谁的桌，供桌也罢，餐桌也好，总归被吃，龙吃它的元神灵魂，人吃它的肉体，无价钱可讲。这头膘猪趴在供桌中间，始终保持无忧无虑、不卑不亢、安详的微笑状况。

按祭龙的严格要求，公鸡母鸡，应该都是童子鸡。但从眼前案子上鸡的个头，身上挂下带疙瘩的鸡皮、赘肉和母鸡屁眼子来分析，不像童子鸡，估计早就行过公母之实了。反正，鸡是小物件，龙祖也不会太计较。

唯有两只羊，心情复杂，死不瞑目，睁大一双骇人的死羊眼，瞳仁里充满郁闷、忧怨、愁绪和愤懑。不屑地梗着脖子。可惜了，那只公羊，白长了两个足有二斤重，饱满、滚圆、结实、棒棒、萌萌的卵蛋，和那条坚挺、崭新、没一点锈迹、平常不舍得示人的，藏在皮毛里面的，从未实战过的羊朘子。光荣当选供品，遗憾正宗的童子身，没开过色戒，没得一公半母的子嗣。看上去，公羊的面容、表情，认栽，不认命。人怕出名，猪怕壮。俺公羊，咋就受了这连带责任了呢！

还有那只花季母羊，头上的长绒毛被掰成两股，编成两条三花小辫子，辫梢上扎两股红绸绳，绳头子拖着细长的流苏似的黄穗子。一身洁白如雪的绒毛外衣被硬生生地扒了，这少年花季母羊，活活羞死了，死后，还赤裸白玉般细腻光滑的身子，让那些不知廉耻的活羊，一边欣赏，一边窃窃私语，津津乐道，指指戳戳，满脸诡异地讥笑俺光腚披上大红花，真滑稽。冤呀！屈呀！作孽呀！

供桌前有三口并排的铁鼎，各插三根未点燃的红蜡高烛，三顶陶瓷大香炉各插三支一庹多长的紫色檀香。烛鼎香炉前，是一排统一的黑色陶盆，盆里盛黄色的蜡纸。

白蝙蝠在台中央，两手合掌、低头、垂目，对着台下兵营方阵，口中念念有词。早餐吃的韭菜饼，大蒜头，加上白蝙蝠不刷牙，不漱口，周边三尺，环绕蝙蝠特有的臊腥烂臭的气味。只见他嘴唇快速开合，也许包括他自己，谁也不知他在说些什么。其实也不需要知道，只需这个神秘的过程。可能也就是“嘛呢嘛呢吽”这类吧！

在龙荡营，白蝙蝠号称儒、道、释三教皆通之士，是龙荡营的至圣天师，精通奇门遁甲，上天入地，呼风唤雨，星相历法、天文地理、八门九星、阴阳五行、三奇六仪，无所不知，无所不能，必要时能制造迷雾，让敌部迷失方向。只见他，口念停止，四肢伸展，做出胸怀大海，拥抱蓝天之势，深深吸纳一口气，然后马步半蹲，静静吐气。收起四肢，仿佛神灵附体，转身使桃木剑在空中乱划几圈，剑指盛黄蜡纸的黑乌盆。纸盆里发出轻微的“扑扑扑……”着火声，一排黑陶盆中的黄蜡纸点燃了。蝙蝠翩然起舞，在台上飘了几个来回，落在台中间。再按易经八卦图上所标的八个方向，行八拜大礼，八八六十四拜，回到台中间，面向神龙，五体投地，立身转体，向台外呼道：“请龙荡营大统领，祭龙祖！”

东方瓒披挂整齐，长筒马靴，“噔、噔、噔……”踏台阶，上检阅台。太阳冉冉升起，阳光明净，朝霞温煦，海天和畅。海风停息，海面平静，大海格外温存、和善、柔顺。清透俊秀的山林，静穆无声，注视着祭龙仪式。东方瓒站立台子中央，面朝台下校场上的全体将士，双手抱拳，行注目礼。礼毕转身，仰视神龙。台下两千多人，鸦雀无声。

白蝙蝠放声而呼：“祭典大礼开始！请大统领上香烛。”东方瓒上前几步，白蝙蝠先点燃蜡烛，再点燃大香，分别一支一支交到东方瓒手里。东方瓒一一插进铁鼎香炉。

白蝙蝠尽量伸长脖子，尽量张大蝙蝠嘴，尽量鼓粗吞嗓子，高声呼：“跪——”东方瓒恭恭敬敬，认真严肃，虔诚敬畏，端庄有礼，笔直跪在蒲团上，面向神龙，十指合掌，闭目默念：“龙祖在上，俺龙荡营，替天行道，上刀山，下火海，只为平民饱暖平安。愿龙祖佑俺龙荡营兄弟反围剿大捷。”顺便又补了一念：“万望龙祖佑俺八营四部首领战时性命。必要时，可取俺东方性命，换取俺兄弟姐妹们的平安！”

白蝙蝠生怕大统领愿望太多，惹恼龙祖，带来不祥，高呼：“拜——”东方攒身体前倾，两臂平伸，脑额着地。“起——”东方瓒身体立起。“再拜——”四拜之后，白蝙蝠道：“礼成——请大统领训话、宣誓！”

东方瓒面向全体将士，冷静、豪迈的样子，高声说：“龙荡营的兄弟姐妹们，朝廷发兵，大战在即。朝廷借剿匪之名，要对俺们龙王荡的父老乡亲，大开杀戒。消灭俺们龙荡营的全体将士。摧毁千年龙王荡，踏平壮丽的铜钱岛。兄弟姐妹们，拿起你手中武器，保卫龙王荡，保卫铜钱岛，保卫父老乡亲。行天道，杀鞑子。上刀山，下火海，除贼平天下。”

“杀鞑子”，这是妙书手青铜蟹编制龙荡营行动宗旨时，借用民间“八月十五杀鞑子”故事，把清廷统治者比成元人鞑子。方阵将士群情如潮，激愤如火，振臂高呼：“行天道，杀鞑子。行天道……”宣誓声震耳欲聋，响彻铜钱岛。岩崖抖动，山峰震颤，大海摇晃，波涛共鸣。

高呼声中，东方瓒接住白蝙蝠递过的龙王荡绿底黄色飞龙下的北斗七星大旗，在台中向两边大幅摇摆、飘荡之后，立战旗之下。白蝙蝠呼道：“请副统领，战前一线总指挥接旗。”虎头鲸全副武装，三步并作两步，跨上台阶，面向大统领，右臂平伸，收回，手掌放在左胸心口位，弯腰行龙荡营军礼。从大统领手中接过大旗。两人同立旗下。白蝙蝠呼道：“鸣礼炮二十一响，燃放礼花爆竹——”

小校场东边，面朝东方二十一门铁铳礼炮，依次响起。爆竹、烟花齐鸣，海岛上空，火炮炸响雷鸣，硝雾弥漫，尘霾遮天蔽日，篝火熊燃，烽烟滚滚。浓烈的战争气氛，混合浓烈的火药味，拨动了将士们的心弦，点燃了将士们的战斗炽情。

白蝙蝠竭尽全身之力高呼：“请大统领宣战！”虎头鲸攥紧大旗杆，直立台前，东方瓒上前两步，举目展视各大阵营，心如浪潮翻涌。想到这场大战的残酷性、恶劣性、艰苦性，给龙荡营将造成的损害，心情十分复杂，不容多虑，他向全体将士挥手宣布：“现在，俺宣布，龙荡营第四次反围剿大军开拔。”话音刚落，小校场上的大鼓、鼙鼓、大锣、大钹，按统一节律，各自打法，轰响起来。地动山摇。四十九支六尺长号，“呜——呜——呜——”仰天长鸣，声音响亮，穿过云层，直达九霄。八营四部方阵，分别登上一百多艘大战船。立桅扬帆，乘风破浪，奔向各自战斗阵地。

衍子民成竹在胸，率八千子弟兵，一千骑兵，三千水兵，四千步兵。左先锋霄寒，右先锋海猎，旅程十多天，一路颠簸，一路劳累，风餐露宿，日夜兼程。进入海州地域，节奏慢下来。

这日，天色已晚，队伍行至龙王荡外围三十里，板浦西卤河南岸，盐河东岸，伊芦山西麓的空旷原野上，衍子民令大轿车停下。他身穿一品大员战袍，左手持剑鞘，走出车帐帘，立车前辕板上，大有烈士暮年，壮心不已的架势。看上去，形体单轻，有点伛偻曲背，他还是尽量挺直身板，尽量掩饰衰老，尽量让自己顶天立地，大气磅礴，傲然挺拔，从容淡定。侍卫从车后搬过车梯，堵在轿车边上，亲自试走一个来回。衍子民镇定、稳重，尽可能让脚底踩实走下车。仰观东边伊芦山，环顾周围的地势水面，轻松地对身边左右先锋说："二位将军，这里到龙王荡龙王口的南头队，直线距离三十里，距离天生港直线距离大约六十里。命三军在此安营扎寨，生灶做饭。大军须恢复体能，休整两日，消除长途跋涉之疲惫。"左先锋霄寒不解地问："大人，何不趁士气旺盛，一鼓作气，先拿下龙王荡？"衍子民微笑道："长途劳师，疲乏时深入神秘荡里，定然凶多吉少。不必仓促进攻。再说今日已是八月十四，明天中秋佳节，咱要犒劳三军，大碗喝酒，大块吃肉，吃饱喝足，美美睡足两天，恢复虎狼野性，再去剿灭那帮子乌合之众不迟。"衍子民故意说得超有把握，让下属不必过分担忧顾虑。以指挥若定，十拿九稳，决胜千里的姿态，来增强属下决心和信心，从而收到谈笑间，樯橹灰飞烟灭的奇迹。其实，衍子民何尝不知，这帮出身军营的匪徒，个个武艺高强，身怀绝技，前三次围剿，只杀了一个大统领东方伯，还是因为他的过分大意，侥幸得手。其他两次，未伤毫毛。这次剿匪，也是尽人事，谁胜谁负，一时不能下结论。不过，有一点可以肯定，让那些指望剿匪发横财的军中腐败分子，无机可乘。此乃本次剿匪的重大意义。可是，这话不能明说！这帮悍匪，绝非乌合之众、等闲之辈。统领、副统领、军师、天师，并非凡夫俗子，八营四部首领、部属，也不是碌碌无为，蜂营蚁群。其组织严密，纪律严明，武器装备，堪称一流，对老百姓秋毫无犯。战略战术短平快，机智灵活。一呼百应，个个如狼似虎，人人英勇顽强，视死如归。加上自然条件优越，海岛上崇山峻岭，峰险岩拔，悬崖峭壁。茂林修竹，腾挪跌宕，顿挫迂回。周边明屿暗礁，形势极其复杂多变，易守难攻。

龙王荡百里芦苇，层层叠叠，荡中鸿沟纵横，海塘、海洼、海湖、港汊，交错相映。圩坝丘壑，潭渊沟谷，伏于纵深之处。沼泽湿地，或隐或现，深浅不测，险象环生。菖蒲、茅草、茭白丛、驴蒿、枸骨、荆棘、灌丛、草狼子、小茴、生麻、槐椿榆柳遍生无垠，构成龙王荡深藏不露的青纱障。

此仗须速战速决，否则难以取胜。长期持久，正中匪徒集中力量，各个击破，打歼灭战之诡计。不用两个月，我军便消耗殆尽。所以，想完全剿灭匪徒，并非易事。情况就是如此，秃头的虱蚤，明摆的。所有这些，绝不能让属下太明白。属下只需绝对听从指挥，就足够了。

朝营帐篷，白皑皑的一片，如霜如雪的覆盖。营地周围点燃许多堆篝火，红红的火焰旋转飘动，照亮大营四周。兵营巡逻队沿着大营里外，流动巡逻，警戒严密，如临大敌，不敢马虎。三步一哨，五步一岗。战车围着大营，千匹战马在简厩中吃饱喝足，闭目养神，不时打着响鼻。行营时刻保持战斗状态。

这几天，为迎接京城贵客，海州天气显得过分矫揉造作，异常夸张地热情，与中秋天气大相径庭，大幅回温，特别是中午心，仿佛又回到流火般的炎热。衍子民在温湿的大帐里憋闷难受，不停地流汗。睡不着，有些烦躁。平时，睡不着，烦的是前列腺毛病，睡一阵子，尿憋醒，“滴答、滴答……”，还常常淋湿裤衩子。这几日，出汗多，尿少不频，可是裤衩子也没干过。潮湿闷热，裤衩衬衫潮漉漉的，穿着不舒服，脱掉更不舒服。睡不着！衍子民想出帐走走，凉快凉快，以驱心头的烦闷。从床上坐起喊道：“来人！”一卫士匆匆过来：“大人！请吩咐！”“让霄寒海猎过来！”“是！”

霄寒、海猎在衍子民两边，三人便服，单衫小帽，一边说话，一边纳凉散步。身后跟着六个全副武装的卫士，沿西卤河南岸通向伊芦山那条斜路，向西山头慢步走去。月光如水，照得路引子清晰明亮。饱读经史子集的衍子民，两个多月来，对龙王荡、铜钱岛，以及周边的地理地形、风物民情资料，研究得很通透。早知道伊芦山，历史悠久，最高处海拔六百六十多尺，面积六千亩。晚上观察难窥全貌，心中难免有点缺憾。对身边小他近三十岁的两位将军说：“别看这伊芦山，名不见经传，却有许多故事。山上有钟庵、六神台、奇泉、石门、铁篙子撑船，薛仁贵拴马松……”霄寒十分崇拜地问：“大人，难得雅兴，夜游伊芦山，百年以后，也是一段绝妙佳话。”

衍子民摆手。他心里有许多想法，无可奈何。外国列强，欺压朝廷，光一个所谓《万年和约》，五口通商、割让香港、勒索赔款两千一百万两白银，协定关税，废除公行制度，英商自由贸易。耻辱呀！令人痛心疾首。国力孱弱，前途未卜，将来不知道还会有多少这类的协约。国内更是暗流汹涌，山雨欲来，形势岌岌可危。谁能有回天之术，扭转大清乾坤哦！但他嘴上却说：“非也，非也，老夫不稀罕啥佳话！这南方天气，不比北方，闷热难耐，山上会有些冷风。这山不高、坡缓，咱们去六神台走走，访访神仙，观观天象，测测未来几天的云雨。若雨，要知对流雨，或是峰面雨。对流雨，不终日。峰面雨就不好说了。”海猎俨然徒弟问师父的口气：“大人，对流雨是何雨？峰面雨，又是何雨？”

衍子民平易近人，和颜悦色地说：“简单说，对流雨就是雷阵雨，来得快，去得也快。峰面雨，雨不急，范围大，时间长。雨天，烂泥滑塌的，打起仗来，于我军极为不利。龙王荡烂泥，属于海淤，雨天里，叉开一步，陷到腿肚子，要么崴了脚，要么跐一跌，马都跑不起来，进不了荡，咋打仗呀！”

霄寒说：“大人可知六神台在何处？”衍子民手指前方隐约山坡说：“唉！唉！伊芦山不大，上了山，半个时辰，跑交圈。这么好的月光，如棉如帛，如水如霜，浪费太可惜，上去转转就知道了。”衍子民文人情怀，往往有诗一样的意境。身边的将军似懂非懂，疑惑地想，月光不浪费，啥意思？

到六神台，仰望天空，天空无一丝云彩。夜幕上，大东南方向斜挂一轮圆月，夜星稀疏，却十分明亮。衍子民指点西北方的北斗星说：

"你们看，那就是北斗星，也叫杓星，如今，斗柄指南，天下皆秋。北斗星是七颗星组成，其中天枢、天璇、天玑、天权做斗身，古人曰魁。玉衡、开阳、摇光做斗柄，古人曰杓。观北斗不仅可以识季节，夜识方向，还能预知十日内的天气变化。所以，天枢星，《黄老经》说它是阳明星之魂神，天璇星是阴精星之魂神，天玑星是真人星之魄精，天权星是玄冥星之魄精，玉衡星是丹元星之魄灵，开阳星是北极星之魄灵，摇光星是天关星之魂明。就是那颗摇光星，被道教称为摇光宫破军星。每颗星和周围环境组成天象，反映天气变化。"霄寒很惊讶！海猎懵懵懂懂，不停地抓头。霄寒感叹地说："大人，如何得知天机？"

衍子民轻轻地摇摇头说："二位将军，这不是什么天机，是常识。能说成天机的，应该是紫微一百零八颗星，这与咱们行军打仗，有重要联系。其中最重要的是十四颗主星：紫微、天机、太阳、武曲、天同、廉员、天府、太阴、贪狼、巨门、天权、天梁、七煞、破军。七煞是一颗坚毅勇敢的星曜，化气为将星，主肃杀，有运筹帷幄，理智独立，冲锋陷阵，冒险犯难之性。言必信，行必果。果敢、坚决、大无畏，不犹豫。二位将军，此次剿匪，都在七煞星的命盘之中。"

衍子民阐述七煞星的优势和长项，而对七煞星的犯难征兆，未作细解。也就是说，七煞星命象的人，命运多舛，恶战中，可能伤命的晦气命象。这些，他隐瞒在肚里，不肯说，为的是鼓他们的斗志，不敢泄其气势。海猎是比较有理性的将军，他知道衍阁老深不可测，遭遇对手，从来都是心到手到，不留后患。和同僚共事，是在非常热情的友好之中，顺我者昌，逆我者亡。刀在袖筒里，从来不示人，从来不喜形于色，是在微笑中杀人的那类型。自己是阁老属下，深受大人恩露，所以为大人赴死，在所不辞。对大人而言，自己不应该妄想揣测，即使揣测，也只是以蠡测海。听大人说七煞，也知道这里有些暗示，决不可追问，唯命是从，是唯一选择。阁老不明示，必有他的理。

在霄寒眼里，阁老就是一本永远读不懂的书，书里有很多谜。阁老就是一座山，不畏风雨雷电。山上有宝藏，有险峰，有无限风光，自己只不过是这山下的一只蝼蚁。高山仰止，景行行止，跟着阁老这样千年寥寥的仁人名哲，是自己一生的荣耀。知足！

衍子民一直以为，这次剿匪，朝兵以压倒姿态出现，企望他俩能破敌渡劫，化险为夷。虽有忧心，大战在即，必不可过多挂怀。再说，打仗咋能不死人呢！就是挨到自己断头，亦义不容辞，天意难违。今夜来这里，就是为了再观天象，推理演算，证明一下这两位心腹爱将的命途。海猎试探地问："大人，明天可有雨？""没雨，没雨，这几天大晴，恐怕有些炎热难耐。速战速决，不宜逗留太久。海猎啊！明天，你派十人火枪手，便衣着装，先到杨集驻脚，打听近日土匪活动情况，杨集到天生港三十多里。然后，伺机去天生港弄两艘渔船，扮成渔民，趁夜潜入铜钱岛，侦察岛上兵力和布防情况。不悉匪情，不可轻易发兵。你们行动轨迹，必须绝秘，若有可疑跟踪者，格杀勿论。"

海猎十分警觉地说："是，大人，一定办妥，您在大帐中静候侦情。"

衍子民对霄寒说："霄寒，你派十个火枪手去龙王口南头队，找龙王荡总乡团廖子章，带上我的文书，侦探龙王荡匪徒老巢迹象。记住，别轻易进荡。不管如何打扮，咱们是外乡人，荡里人一眼识破，若打草惊蛇，围剿必落空。咱们要剿的匪徒巢穴在铜钱岛，其老巢在龙王荡，绝不能轻易放过龙王荡。毁灭铜钱岛，也要清洗龙王荡。这原则不变，只是着力点放在铜钱岛，懂吗？铜钱岛全封闭在黄海之中，当前他们不会发现咱们已进入海州地带，而且就在龙王荡外围扎营。时间久了，保不了会走漏风声。明天晚上探回消息，后天五更开拔。"

霄寒果断地回答："是！大人！"说话间，猛拍一下肩脖："蚊子。"

衍子民知道，铜钱岛是孤岛，四面环水，三面是悬崖陡峭，猿骇鹰愁，仅一面正对西海峡，进岛狭路，一夫当关，万夫莫开。岛上会有三股之一的兵力守护，意图和咱们打消耗战。其结果必久攻不下。若以我百艘大战船，五千士兵，蜂拥而上，一鼓作气，拼杀攻关，守兵也恐难应付，咱们定可险中取胜。他对海猎说："我战舸四面合围，摧毁土匪工事，震慑土匪。集中兵力，攻其一路。从西面险狭处破入，虎狼将士，对他千人，胜算在握。灭岛上匪徒，放火烧山焚岛，寸草不留。集合战船，沿海北上，由车轴河入海口，闯龙王荡，和霄寒部形成东西夹击之势，地毯式大搜捕，匪徒定然插翅难飞。"

霄寒在六神台前踱了一圈，好像发现什么秘密："大人，你看，这神台旁，好像是棋格子哎！”在两先锋眼里，衍子民就是大神，无所不知，无所不晓。衍子民看了一眼说：“是棋格子，这是围棋的前身，名字叫六路舟。攻、防、守、围、解、堵，都在那纵横的六个格子里。”海猎：“大人，您就是神仙！”衍子民眼角跳动一下，稀疏的眉毛梢子扬了扬说：“神仙，就是被美化了的人。交口赞誉，口碑载道，众口说他是神，就是神；众口铄金，积毁销骨，众口说他是匪，他便是匪。好了！还是山上凉快，就是蚊子多。回吧！”这就是衍子民的风格，在谈笑中，轻松愉快下达第一步作战部署。

军中报更兵士刚敲过五更鼓，朝兵大营里二十匹战马，分两支小队。第一支，队长马疌，率队朝东南方向，目的地杨集。第二支，队长牛闯，率队向正东方向，目的地龙王口南头队乡团总部。

天色大亮，转眼间，一轮大如磨盘的红日跳出东方地平线，霞出天门，红了海面，红了半个天空。辉煌回映乾坤，灿烂洒满人间。仲秋的早晨，演绎夏天的热烈。龙王口南头队总乡团大校场，团旗招展，迎风猎猎。千人团丁正在校场上分营训练，不时爆出阵阵“杀、杀、杀”的呐喊声。廖总在阅台上检阅团丁的操练，身边跟三位手握青龙长剑精悍的卫兵，滕大山、阙小海、辛驰。

两炮楼上的哨兵从望远镜里发现五里外一支十人马队，便装打扮，行色匆匆，正快速向廖府这边移动。哨兵迅速下楼，一路奔跑，上校场阅台：“报——禀报廖总，五里外一支马队，便装，形色可疑，径直朝乡团这边奔来。”廖总心中暗想，该来的，一定会来。自家大院后，是西向通往荡里唯一马道。这一定是朝营先遣队，或是侦探。果断地对着哨兵说：“命西大沟闸口哨卡截住他们，若敢胡来，不管他们是谁，先灭了他们。他们若有礼貌下马问路，把他们带来校场见俺！”“是！”

哨兵用旗语向闸口哨卡转达廖总命令，在楼顶继续观察，马队愈来愈近，战马四蹄蹬开，尘土飞扬，奔跑保持间距，训练有素，非同凡响。骑马的人个个精神焕发，英姿飒爽。哨兵明白，这是一支战斗力极强的小分队。细致观察，他们手中无武器。哨兵明白，这些人使用短火枪。

队伍接近西大沟前速度减缓，到闸口，哨兵竖红旗示意下马。前边领头的勒住缰绳，下马动作干净利索，前跨式潇洒下马。哨兵上前，有礼貌地行一个龙王荡乡团军前礼："此乃龙王荡乡团重地，请问来者是谁，进荡何事，请一一报来！"来者领头的回礼："咱名牛闯，来自山东临沭，是福隆柴庄买办，欲进荡订购今年大柴和柴制品，先来拜见龙王荡总乡团廖四太爷，请兄弟行个方便。"哨兵非常客气地说："请各位贵客按荡中规矩将坐骑拴于闸门外树荫下，俺们有专人上草料，饮水。放下你们身藏的器械，随俺徒步而入。廖总已在校场等候你们。"

来者你看我，我看你，龙王荡不可小觑，咱们如此神秘而来，廖某早已知道。要咱们放下武器，牛闯本不乐意，稍作思考，还是冷静下来，不要节外生枝，别出事端，转头对随从者说："兄弟们，入乡随俗。"带头从腰间拔出火器短枪放桌上，又从马靴里抽出匕首放下。其余队员皆效仿，放下武器。随着一哨兵，向大校场走去。

大校场离西大沟哨卡，千步之遥，无遮无挡，一目了然。校场上黑糊糊一片，人影摆动，可清晰听到练兵场上喊杀声。

议事厅里，廖总身着鱼白麻布束口裤衫单衣，端坐木椅，身后立三位佩剑侍卫，彪悍如虎，全副武装。哨兵领十人宾客进屋，十人在廖总前一字横排，队长牛闯，上前一步，双手抱拳行礼："在下牛闯，奉衍阁老之命，前来拜见廖总。"廖子章有礼有节，不矜不伐地说："既是衍阁老使者，便是朋友，请坐下说话。衍阁老昨日大兵驻扎伊芦山西麓，今早就派员来访，行动快，佩服，佩服啊！"面向门外叫道："请给朋友看茶。"

四个勤务乡丁使茶盘，送茶水。牛闯从座椅上起立，从怀中掏出一个皮纸信封："这是阁老亲笔信，交给廖总，请过目。"牛闯呈上信封。廖总接过，拆开信封，抽出一张淡黄色麻笺纸，蝇头小楷，笔墨清丽，端庄秀仪，线条遒劲，笔艺精湛，风格特立老辣，略带几分沧桑、镇定。

廖总乡团台鉴

见字如面吾乃朝廷内阁衍子民是也不久前官粮役于龙王荡遇劫血案惨烈惊动朝野其行径恶劣之极匪本屯营垦荒者皆悉武技盘荡踞岛匿迹隐身久剿不灭祸国而殃民耶损朝纲抗民心圣震

怒剿匪在即吾今派员寻贵处以探匪况欲闻其详君贵为荡之总乡团或知匪之长器阵法部署谒荐剿匪之计吾必言听计从焉探员至贵处秘不可宣免行露而惊蛇本应邀君进营共商剿匪大计奈何时情紧迫恐生多节剿匪贵神速灭其于措手不及望君之不吝衍某初涉贵地不悉形势风水恐枉排兵部阵多有存惑故愿得君之助耶

衍子民

即日于伊芦山行营

廖子章看完书信，按原缝叠起，放回信封，对着牛闯说："各位兄弟辛苦，天气怪热，请用茶。欲知龙王荡匪情，俺知无不言，言无不尽。百里龙王荡，连接陆地、苇荡和海口，荡里沟、河、塘、池、洼、潭、溪遍布；湿地、沼泽诡异隐蔽；圩、堆、丘、墼多变。芦苇纵深，青纱障目，浩如绿海，大小港湾，河汊，立交、平交水口，三千三百二十九处，港湾相联，沟河相通，情势古怪离奇，暗藏杀机，可攻、可进、可防、可退、可守。地表怪僻诡谲，水势旋转流动，流向或东或西，或南或北，皆随地形而变，往往浅水漫脚面，深则无底，绿障青掩，神秘难测……"

牛闯率领的第二支小分队，得悉龙王荡匪情，火速赶回盐河东岸大营，天黑前，向衍大人禀报完毕。

牛闯马队前脚离开，廖子章派芦飞去龙荡营前敌指挥所东陬山黑熊洞，向东方瓒转达廖总的战情判断，叮嘱龙荡营的兄弟们坚持住，坚守住，大战就在这两日。

铜钱岛反围剿作战部署后，东方瓒和追风蜈蚣又向韩鲙当面授意：把侦探哨站，分出三个层次，第一层海州城外，第二层板浦城外，第三层从十里外的五图，再向西延伸至三十里外的杨集。对朝营先遣队进岛侦探的线路、方式和行为特征，做了充分预测、分析估算，部署了详细应对措施。

龙荡营大军开拔祭祀结束，一线各路大军奔赴指定地点，岛上一切迎敌的后续事务亦全部到位。韩鲙回到客栈，召集客栈部二百多兄弟周密布置，各就各位。大部分进荡去了，留下五十多个精锐，分工明确。

这日，韩鲙与往日一样，穿对襟汗褟子，衣破纽亏。细长的脖子撮着不太大的尖尖的脑袋，套上大清子民特征的髦髦辫子。龙荡营的兄弟不留辫子，只是在需要时，伪装一下。大悠裆的裤衩，一把掩过，勒一条茼绳子腰带，把那本来就很小的屁盘子，裹得严严实实，身材就像一根竹竿子，上中下一样粗。流油的西瓜皮式单帽，特制的，装出不管天冷天热，一种遮风挡雨的习惯，使一张黄纸，叠成帽檐子，塞在额头上方的帽口里。挑一副菜担子，前边是杞柳筐，盛满白帮绿叶包裹紧紧的矮脚菜，几把萝卜缨子；后边蜡柳筐里，几条青黑色圈起的倭瓜，两条驴屌瓠子。扁担细软，担子不重，一路小跑，一跳一跳，弹上弹下，让灵活的韩鲙，又多出几分菜农式的潇洒飘逸。

顾三个头不高，敦实，圆圆脑袋，顿在双肩中间。左脑门太阳穴下到腮盘，有一条细细长长温柔的疤痕，是上次劫粮战役中被朝兵剑划的，伤口痊愈之后留下的纪念符。他披着茅草蓑衣，左肩挎旋网，右手提渔篓子，里面有几条鲜活的海鲫，干涸嘴唇，微微动，脱水的身体，很沉重。大头白鲢鱼，张开四方大嘴，不停努力地翘尾巴，挣扎。还有青头混子，这家伙经住死，要求获得水源，不招待见，愤怒得又蹦又跳，表示强烈抗议。

颜四脱掉袜子，光着脚板，后驮一方形镑篓，下底小，上口大，绵槐柳编织的。篓里有白白胖胖，长长的黄豆芽，几斤小紫乌干，两条劈开的季勾鱼干，几条腌制的鞋底鱼。还有一个不大的鸽笼子。

韩鲙带着顾三、颜四，装成菜农、渔夫的样子，三人把担中物、篓中品，摆在通向杨集中心大街口西边官道旁。选这里，可全面观察大街小巷，街里街外，大小马路，田野上的纵横阡陌的动静。可捕捉到陌生外乡人的身影。今日逢集，街口车马行人，络绎不绝。做生意的，行买卖的，赶集逛街的，耍猴、演戏、唱鼓书的，都趁早凉在大街两边，占取有利位置，摆架势，拉场子……

三人站大街口，眼观四通八达的来路。向路过的人们有一搭，没一搭，心不在焉地不停叫卖。如苍鹰般精明的六只眼睛，正盯着各处有可能出现的猎物。

太阳的性情还是那样活跃，热烈，显赫地凌驾在云头之上。时间已过辰时，三双猎眼几乎同时发现，西北方官道上，五里外隐约地出现一支马队。原野间，宽敞的一条马路，没有遮蔽没有阻挡，一览而尽收眼底，正朝着杨集风驰而来。韩鲙激动得仿佛公狗闻到发情母狗的尿臊味，非常灵敏的嗅觉告诉他，来了，不是发情的母狗，而是带着血腥的十条公狼。他的心里，在酝酿盘算对付他们的举措和手段。他的眼珠子好像飞出眼眶，嵌入马背上十条公狼前倾颠簸的身影之中。他对顾三颜四说："熬两天两夜，俺们等待的贵客，终于出现了。"

顾三机警老练，沉着地问："头，在哪动手？"韩鲙不由自主地摸了摸腰间锋利的藏在镖套里的五支毒镖，问："带镖了吗？"两人齐声："带了。""全镖吗？""是的！"韩鲙有点犹豫地说："俺们十五支镖，若不能在短距离一次性击中目标，后果一定非常糟糕。为了安全起见，颜四，先把信鸽放了，告诉客栈兄弟，早做准备。""好嘞！"颜四不慌不忙，从篣篓里取出两只备好的鸽子，在鸽头上顺毛轻轻抹了两下，亲了鸽子的小脸，这是对鸽子飞前的安慰和鼓励。鸽子习惯受恩，心领意会，两只同款银羽白翅花鸽子，羽毛晶莹剔透，粉爪碧嘴红眼睛，血统高贵，神采飞扬。受宠后"咕咕咕"地回应几声。刚放手，闪电般冲向蓝天，并排着如雄鹰般向客栈方向翱翔。

颜四放飞鸽子之后，低头寻思，心中有点不踏实。这支马队，信他是衍子民的侦探队，万一不在杨集下马，直接越过，或者不去天生港，而是从别处上岛，该咋办？他担忧地问："头，马队到街口，若不进街，咋办？或者，他们根本不从天生港上岛，咋办？"顾三自作聪明地插话："颜四兄弟，三十年的饭菜小酒，吃了，喝了，白瞎了！这里是杨集西街头磨盘口，多条路，但不通天生港，唯独俺们守住的这街口，可进入中心大街，穿过杨集中心街去天生港，你还愁他不来吗？"

韩鲙是龙荡营侦探和反侦探的行家，老成持重，实战经验丰富，他很有把握地说："顾三，你别小看颜四，他想的不是没道理。他的顾虑，大统领和军师早已经析透，断定这些愚妄的蠢货，不会按颜四的想法去做的，他们认为天生港是灯下黑，更容易动手，所以他们的目标是天生港。俺可以断定，他们一定在这街口下马，一定向俺们三人问路，顺便询问土匪对街市商家危害。俺们得想个法子，骑他们的马，和他们一起回天生港，然后在客栈里动手。让他们在兴奋、幸福和快乐之中，光荣地为大清朝廷献出宝贵生命。”顾三颜四平时就很佩服韩鲙，主意多，点子管用。二人齐声道：“头，有办法啦？”

韩鲙神秘一笑：“办法当然有，不然，俺在八营四部中，何以立足呀？眼下，俺们遭遇的，只是衍老儿的第一批侦探，必用万全之策，让他有来无回。衍子民急着要军情，第一批今天晚些时候回不去，明天会再派二批侦探，第二批还是回不去，衍子民必断定，俺们龙荡营的主力就在岛上。所以消灭两批侦探，是反围剿的首战，是决定第四次反围剿胜负的关键节点。当衍子民大兵压境铜钱岛拍空，转攻龙王荡时，荡里俺们龙荡营埋伏的口袋阵，早已就绪。这就是大统领的意图。”顾三听得入神，崇拜大统领用兵如神：“俺们大统领用兵如神啊！头，关键是你有办法诱他们去天生港吗？”韩鲙颧骨上的肌肉兴奋地隆起：“在龙王荡里开战，天下还真的没有人，能打赢廖总和大统领的联手。放心吧！不用引诱，他们目标就是在天生港找船，过海峡，上铜钱岛，侦察俺们龙荡营的布防。”颜四指着西边，对韩鲙说：“头，你看，他们来了！”韩鲙压低声音：“叫卖，叫卖，沉着、冷静，看俺的，见机行事。”

尘烟滚滚，马队离街口几千尺处降速，距街口百步处就听得“嘟、嘟、嘟——”，立定下马，十个人牵马，款款往街口这边过来。韩鲙装憨，大声叫卖：“卖菜，卖菜，新鲜的矮脚菜，新鲜的倭瓜，新鲜的瓠子。卖菜……”

马恚牵着马走在前边，到韩鲙面前很礼貌地问：“老乡兄弟，卖菜呀？”韩鲙装着老实巴交，没见过世面，乍见骑马的老总、官爷，低三下四，弯腰讨好，看着比自己还年轻的人，回应：“是呢！爷，你买菜？便宜着哩！”“几钱一斤哈？”“两个铜子，您买吗？给您抬头戥子，包您满意，只多不少，只多不少！”马恚转头又看颜四篣篓里腌制的鞋底鱼说：“哇！还有咸鱼！”颜四装着愚昧，迂讷，板脸低头，瓮声瓮气说：“嘻！嘻！咸鱼便宜，一条五个铜子。您买吧，一斤多啦！”马恚耍滑头，不说买，也不说不买。其实到底是真卖、真买，还是假卖、假买，他们各自知道，还有天知道，边上其他人都是看热闹。

马恚岔开话题，对韩鲙说：“这街上，够热闹！不少人，都在赶集吗？”

韩鲙心想，到现在说的，都是他娘的废话。又装出有点荣幸，阿谀地说：“赶集。周边方圆百里，龙王荡外围，就数杨集最大，最热烘！”马同拐弯抹角，渐渐说上正题：“你们在这大街口卖菜，就不怕坏人抢吗？”韩鲙故意仰起脖子，看看天空，摇头说：“不怕，哪有坏人！俺们杨集向来安稳，没啥坏人。”马同接着说：“噢，那些地痞、流氓、土匪，也不向你们要钱，敲诈，抢夺？”韩鲙说：“俺们小本交易，人家看不上的。土匪，本事大着哩！他们敢抢官银官粮，对俺穷百姓没兴趣，秋毫不犯。再说，这杨集是廖总乡团管地，谁敢在大街上，明目张胆，瞎胡闹，除非他不想活了。地痞、流氓、小蟊贼流寇、青皮二混子、弯狗日撩的坏蛋，哪一个敢在廖总管地上撒野，真的没有，不敢。”马同抓到主题，顺着韩鲙的话：“谁敢抢官粮啊，胆子不小哎！”韩鲙直接回答：“铜钱岛的土匪呀！”马同带着半真半假半开玩笑的样子说：“你咋知道铜钱岛土匪抢官银官粮的呢？廖总为啥不管铜钱岛上的土匪呀！”韩鲙心中十分明白，这帮人确定无疑是衍军侦探了，稍露破绽，马上感兴趣。那就迎合他往下侃吧：“好事不出门，坏事传千里。龙王荡土匪厉害，他的老窝就在铜钱岛上，专抢官银，专夺官粮，这里方圆千里，苏北，鲁南，谁人不知，谁人不晓哈！再说，土匪不归廖总管，归朝廷管。”

马同警惕地说：“你上过铜钱岛吗？”韩鲙不在乎，歪着脑袋，有点得意地说：“俺家就住天生港附近，俺们捞鱼摸虾，撒网收线，常常路过铜钱岛。以前哪，岛上没人住，俺们渔船经常停靠岛港里，躲风避浪。现岛上住土匪，虽然土匪对俺们没咋样，俺们一般人怕惹事，不上岛。”

马同觉得，还可以再聊聊，又问：“你们三人，是一起的？”韩鲙说：“俺们一个小渔村的，几辈人，靠打鱼卖菜维持生计哩！”马同爽快，大方地说：“和你们聊天，耽误你们的生意了，你们菜和鱼，咱买下了，另外给你们每人纹银一两，请你们帮咱们做向导，怎么样啊？”韩鲙故作多疑：“向导？啥意思？”马同连忙解释：“别误会，向导，就是带路，带路，懂吗？你们不是要回天生港吗？顺便！顺便！骑咱们的马！可以吗？”马同怕说不明白，不停打着手势。

韩鲙装得天上掉馅饼一样愉快，欢喜地回应道：“哪有这等好事，钱，这么容易挣？俺们遇到贵人啦？（停顿、摆手）不敢！不敢！”马走欲打消韩鲙疑虑说：“老乡兄弟，是咱们遇上贵人了。只需你们带咱们到天生港，帮咱们找两艘能捕鱼的船，告诉咱们铜钱岛的方向，不要你们带咱们上岛，行吗？”韩鲙解释说：“铜钱岛土匪不犯渔民，如果俺犯他们，俺几家老小的命就没了。”

马走狡诈地拍拍韩鲙肩膀说：“兄弟呀！咱们是海州有钱的大户人家，想上岛请龙荡营的镖局押趟镖，这是好事哎。”韩鲙也狡诈装愣地拍拍马走的屁股：“真的？”“当然。”“那——成！”韩鲙认真地说，“爷，丑话说在前边，弄渔船是要银子的，不然，谁家敢把船借给你们使，万一……”

没等韩鲙的话说完，马走说：“中、中，按你说的办！”……

大马猴四兄弟隐在客栈，第一时间发现鸽子回来，大马猴看见，一个空跃轻翻，猿攀高枝，轻轻挽住鸽子，一手一只。四兄弟取出纸条看罢，知道朝营侦探，十人马队已到杨集，马队顶多一个时辰到此地。四兄弟按事先达成的默契，做好准备，藏好长枪、弓箭和土手雷，又检查一遍隐蔽着的舢板压舱舟。万事皆备，只欠东风。

八营四部离岛前，东方瓒接受追风蜈蚣的建议，特意安排大马猴、震山象、夹山大虫、赤臂罗汉配合客栈部，迎战朝营侦探。出于三种考虑。一来，客栈部的弟兄大多是镖局成员，擅长雁翎刀和飞镖，其器只适应短距离小规模作战。留下这四兄弟在客栈，朝营侦探来了，哪怕多上五七十人，有他们在，不用担心。二来，四兄弟到龙荡营转变很快。和龙荡营的兄弟姊妹在一起，大家庭平等友好互助，宗旨是为穷人过好日子，没有森严的等级，没有打骂和欺压。出身贫穷的兄弟四人，发誓在岛上和兄弟们同甘共苦。必要时，献出生命，在所不辞。既然留在龙荡营，就该有个投名状。再说，大统领对四兄弟赋予重任，可是他们手上还没沾过朝兵的血。龙荡营的兄弟们还没看到，四兄弟的意志如何化为行动。说实在话，大战在即，对他们再进行一次考验，也是十分必要。不是对他们四人不信任，而是他们位置显赫，维系着龙荡营全体将士的生命和龙王荡的安危，不敢马虎。

四兄弟很年轻，每个人所使枪法，登峰造极，万里挑一。上岛两个多月，按大统领思路，对他们进行火器短枪、弓箭鸣镝掷雷轰炸的训练。这四兄弟真刻苦，夜以继日，晚餐过二更，睡不过五鼓。其毅力，常人不具。两个多月，不负众望，立生奇效。火枪百发百中；射箭，百步穿杨，无一虚发；掷雷过百米，精准命中。大统领心中欢喜，赞叹不已。有如此年轻后生，俺龙荡营之大幸。时代造就了他们，他们将成为不可多得的一代名将。大统领有心让他们在首战中杀敌建功，树威信，赢得更多尊重。敌人来了，四兄弟当然明白，大统领器重他们，把他们放在重要的第一次战斗中，其目的是首战速胜，鼓舞士气。他们多么想在这场反围剿的第一次战斗中，大显身手，杀死朝兵，为龙荡营增光添彩，让八营四部的将士们刮目相看。

韩鲙、顾三、颜四，分乘在前三匹马背上。前三匹马，两人共乘一马，韩鲙上马疌的马，假装从未骑过马，吐一口唾沫在手心，搓了搓，两手抓住马鞍，霸王硬上弓，脚踩马镫，第一次踩滑了摔在地上，爬起拍拍屁股，又上。死死抓住马鞍，结果人还没上马，马鞍被扳歪，挂在马肚子上。最后一次，三人硬抬，将他抬上马，引得朝兵捧腹大笑。韩鲙为自己表演成功、精彩，内心很得意。顾三也装得动作十分笨拙、驽钝，怯生生，还怕马踢，连拉带扯，好不容易，弄上马。颜四站马边，假装急得拖鼻涕，淌眼泪，右手拇食指，捏住鼻头，擤了一大泡鼻涕，朝路边甩去，顺便用手掌，将鼻孔残留鼻涕抹干净，手放在破裤衩上揩了揩。把簩篓翻卡在地面，站在簩篓底上，猛地一跃，没踩马镫，蹿上马背。装出自鸣得意，又幼稚可笑的憨愣的样子。

到天生港，已过中午心。眼前就是天生港客栈，进了客栈院子，马疌后跨式跳下马，然后又把韩鲙扛下马。韩鲙装着好心好意，考虑周全的样子说："爷（用右手打眼罩，仰望太阳），眼见已过午时，你们到铜钱岛，至少也是申时，早就过了饭点，不如你们在这客栈打个行尖。俺们三人替你们找船，船来了，你们正好吃完午饭，两不耽搁，你看如何？"马疌感觉一路奔波，早饭早颠到九霄云外了，肚子饿得厉害，吃个便饭再走，也是可以的，再说大白天，大摇大摆上岛，不是找死吗？信任地对韩鲙说："好吧，兄弟，就依你。酒馆，你熟悉吗？"

韩鲙连忙回答："熟识，熟识，俺们常给他们送菜，送鱼送虾过来，掌柜的、店小二、后大厨子，都熟着哩！”马疌也很果断地说：“好吧！兄弟，烦你帮咱们安排一下，分成两桌，每桌三斤牛肉，两只鸡，两条鱼，再加一盆猪头肉，一坛醪烧。今个过节，有菜无酒，心里憋屈。只一坛，喝多误事。”马疌心想，吃这顿，下一顿还不知何时，能不能吃到下一顿，说不准。

韩鲙装出为他人着想的样子说：“顾三、颜四，到门口等俺，俺到后厨给爷们安排妥了，马上和你们去弄船。（对马疌）爷，你放心，现在就能上菜，开吃，不耽误，不耽误！”韩鲙腿脚麻利，一路小跑入后间，招来大厨、酒保、跑堂小二，一圈五六人，低声对他们“叽里咕噜”，做了详细交代。韩鲙出了内室，到大堂对马疌说：“爷，安排妥当，现在上菜开吃，俺们三兄弟出去找船，即刻就回，稍候！即刻就回。”

正说时，俩跑堂店小二，端长方形黄檀捧盘，到俩空桌边，吆喝唱喏：“三斤肥牛肉，两只烧鸡公，两条狗腿鱼，一盆猪头肉，醪烧一坛。另因熟人的关系，掌柜奉送贵客板浦黄四麻香肠一碟，沂县捆蹄一碟，沛县狗肉一碟，请品尝。各位爷，菜齐活，请慢用。”

这班朝兵，二十来岁青壮，胃如鸡膞，沙砾也能消化，饥饿难忍，捧起坛底，扯掉蒙口大红布，抓起坛口，每人倒一碗，坛底朝上。马疌站起，端起黑窑碗，用仗义的样子说：“各位兄弟，跟咱马疌风里来，雨里去，辛苦了。今日中秋，吾等亦不能与家人团圆，对不住，咱敬各兄弟，来，喝！”“喝。”“喝。”“喝。”……

十个朝兵如饿虎下山扑食，歪头撕咬，狂饮大嚼，风卷残云，汤泼瑞雪，一扫而光。一阵狼吞虎咽，真是过瘾。吃饱没喝足，一边打着饱嗝，一边犯着迷糊，没等反应过来，个个在桌边上倒头便睡，打起呼噜，鼾声如雷，此起彼伏。起了大早，缺觉呀！这一睡，何时醒，天知道！韩鲙奸笑着从内室走出来，呼一声：“人呢？来喜——”一跑堂应声：“来喜在！”“俺说你，手也忒狠了吧，放多少呀？”“对不住，掌柜，不敢少放，一包，就一包，都放进去啦！”韩鲙满意地说：“放就放了，这年头，淘来啥宝贝，都是假的，唯独他娘的蒙汗药，是真货！”（转过头）顾三颜四，过来！”顾三颜四手里提着磨得寒光贼亮，剁骨如切泥的大骨刀：“兄弟在！”韩鲙果决下令说：“兄弟们，动手，别误了时辰！”说着，自己先挥起手中菜刀，对准马恚的脖子说：“兄弟，对不住！其实，你这个人，不坏，够朋友！可是，俺还是不能留你，你别怪俺，要怪，就怪你那不睁眼不争气的朝廷。如果冤枉，今夜你去衍老儿枕头边诉苦吧。兄弟，一路走好！”只听得“咔嚓”一声清脆，马恚头颅落地。紧接着在场几人挥舞菜刀，“咔嚓、咔嚓、咔嚓……”十颗脑袋纷然落地，那一个个碗大的疤上，顿时鲜血暴发，四处喷溅，如铁打花的火焰，血光冲天，铁花纷飞，玫瑰红朵，奇葩绽放，喜庆吉祥。胜利是快乐的，这场面真壮观。

大堂的天花板上，溅满玫瑰的红花瓣！铁花打完了，韩鲙像接生婆一样，浑身上下，都是血。吆喝道：“兄弟们，清理现场！”后厨间过来四条大汉，提着两只深口大柳筐。韩鲙说：“先把人头捡起，扔进大海。翻一翻那个领头的褡裢，那里面有银子，不能白吃哦！要付钱的哟！落下十匹战马，好马呀！驮两人，轻巧的快步如飞。那身材，那架势，那脖子，那毛花，那尾巴，真的好啊！这生意稳赚不赔！”顾三有意调侃地对韩鲙说：“头，俺别杀错了，人家上岛，找大统领谈生意，岂不冤了？”韩鲙不屑地说：“他娘的，和俺打哑谜，也不看看俺是谁！俺早发现每个人外套衣内，都藏着短枪火器，有谁藏着火器枪和人谈生意的？个个横眉竖眼，眉宇间杀气腾腾，还装着笑眯眯的。那上马、下马的动作，骑马的姿势状态，都是以一当十的精锐汉子，真动起手来，那可不是吃素的货。跟俺装，装不像。俺早想好了，若和他们硬拼，俺们难免也有伤亡。还是这招省事。兄弟们，给俺仔细搜身，他们每人身上都有短枪火器，连同子弹，一并收下。俺们的下一战，用得着。”

十支火器短枪，十盒子弹，十把七首，整齐摆上桌面。颜四一本正经地说：“头，他们身上也没啥值钱的货，俺就舍不得这十双马靴，好东西，扔掉可惜了。再说，这东西给鱼吃了，也不消化呀！不如让俺们穿上，骑马好威风。”韩鲙慷慨地说：“准了。”室内的大厨、跑堂、伙计，一起动手，三花两绕，乌黑铮亮的马靴脱下了。

韩鲙得意洋洋地说：“顾三哎！大马猴四兄弟还隐蔽在圩堆后边，等俺发信号，肯定急了，告诉他们，战斗结束，过来分享胜利的快乐吧！”顾三兴奋地说：“得嘞！”顾三转身走后，韩鲙向后厨间吹了响亮的口哨喊道：“兄弟们，初战告捷，开锅生灶，爊鱼炖肉炒鸡蛋，上好酒。今天八月半，中秋佳节，庆祝这个日子。（转头找颜四）颜四哎！给大统领放只信鸽，把消息传过去，让大统领放心。”

顾三领大马猴四兄弟进门，门内的人正向外拖抬尸体。四兄弟十分惊诧，大马猴惊喜地拍韩鲶屁股，赧颜满面，既高兴，又心有不爽地说：“韩掌柜，韩执事郎，韩老兄啊，这叫啥事吗？说好的，朝兵一到，给俺发信号，俺还在痴猫等瞎窟子。你闷声大发财，这仗就算打完啦？你啊！你！瞧不起俺兄弟？”韩鲶搓了搓手，满头满脸都是血，抱拳解释：“兄弟言重，兄弟言重。四兄弟大名，在俺龙荡营，如雷贯耳，能敌千军万马，威武神勇，韩鲶岂敢小瞧。谁知这十人，真是他娘的稻草人，芦秸个子，瓷瓦坯子，不经碰，就死了。俺还没来得及给兄弟们发信号，脑袋就被伙计们给卸下了。四兄弟莫怪，莫怪，俺们都是自家兄弟，不分彼此，不分彼此，明天一仗，再劳驾四兄弟动手，如何？”

大马猴抱拳回应：“木已成舟，恭喜！恭喜！”韩鲶知道，这种事情，省人家的力气，落人家的怪。说实在的，俺韩鲶并无贪功之想，不必多虑了。他说：“来来来，兄弟们同喜！同喜！俺们好好喝两盅，俺给四兄弟赔不是，好吧！”两袋烟工夫，十个朝兵侦探全部归葬大海，他们的灵魂以另一种形式，继续进行他们的旅程。

客栈大堂里，在痛快的畅饮中，传出了阵阵声浪。

5

朝兵大营，在夜色笼罩之中。无声的月光，洒在白色大帐上，皎洁明亮。帐外原野遍布矮草青丛，幽绿碧黛，如诗一般含蓄朦胧。清闲的战马在草地上把马蹄和马嘴巴埋没在草丛里，用心地收割萋密芳草美味。马无夜草不肥，军营马倌都知道这条硬道理。

营帐篱笆墙外点燃许多篝火，红蓝的火头跟随一股青黑烟尘，飞向无形天空，留下一堆堆支离破碎，骨感灰烬。两支流动的巡逻队，七八人，手提红缨长矛，在宁静中，一支从左向右，一支从右向左，交叉流动。大营门内，也有三三两两的不断移动脚步的哨兵，个别的原地稍息，蔫蔫地打起哈欠，困倦了。衍子民大帐，雄踞大营中间，威严气派，令人敬畏，帐外三步一岗，五步一哨，皆持火器长枪。帐门前，四兵把守。火把喷着熊熊燃烧火焰，火头猛烈跳动，充分展示深夜的辉煌。衍子民帐内，蜡台参差错落，数支白烛，梨花带雨，热泪滚滚，凄惶地叹息自己，已走完烛生的一半历程。白烛捻子体衰神弱，撑不住弱臂，半卧在燃烧的烛肩上。黄红的火舌吐出弯曲的紫烟，舔舐黑暗的空气，陪伴衍大人的脉搏，一跳一跳，"扑棱、扑棱"有节奏地，进行着无精打彩的舒张和收缩的运动。大案上，铺展铜钱岛地形图。衍大人手持一盏油灯，操纵骑兵、水兵、步兵营，推演铜钱岛围剿战役。过了一会，他静静地坐下，打量圆帐内壁，觉着无聊，起身踱步。细溜溜的长辫子，白多黑少，黑白相间，像一条疲惫的白花蛇垂挂在后心。情绪烦躁，焦虑和不安，让他坐也不是，睡也不是。脑门上几条平行弯曲的小溪，泉涌般渗出的清流，在小溪中流淌。过会儿，他梗着脖子，眼睛眯成两条缝隙，露出黄豆粒般的眼仁子，盯住那条半卧的，正在燃烧的烛捻子。不知哪根神经搭错了或短路了，他突然有失自控，手脚抖动一下，自言自语："马疌啊！坏我大事也。十个人，过子夜了，一个没回头，覆灭了？不会吧？个个身手了得，久经考验，绝非平庸之辈，怎么？一个也不能逃脱吗？"这一夜，在衍阁老漫长的苦心等待中，迎来五鼓报更。他不太明亮的眼神转移到剑架上，他似乎听到剑匣里传出宝剑的"叮当"碰撞，恶斗拼杀，混合着战马嘶鸣的声音。他从椅上弹跳起来："来人！"帐外一卫兵揭帘进入："大人，请吩咐！""传牛闯来见！"

牛闯铠甲未解，手持青龙剑，精神抖擞，进帐单膝跪拜："大人，牛闯到！"衍子民保持衍派风格，面带微笑，不急不躁，成败不形于色，向牛闯招招手说："牛闯，你过来，坐下说话。"两人面对面，牛闯不敢坐下。衍子民慈祥地打量牛闯，私语般口吻："昨早上，马疌一行与你同时出发，侦探铜钱岛，至今未归，凶多吉少，回来无望！再派你率部十人，马上出发。（指着地形图上的标记）改道从龙王荡外，这条官道斜插向东，抵黄海外滩，转向南进天生港，找艘小渔船，隐蔽过海峡。

上岛，探得土匪主力分布。若遇恶战，立即撤出，决不恋战。万分危急时，必保一人突围，明日未时前，回营复命。咱朝营攻岛大舸，明日傍晚天生港集结，明夜奇袭铜钱岛。等你消息。”

衍子民心意已决，土匪主力必在铜钱岛。若二批探员不回，可知主力分布。若二批探员不回，证明自己判断无误，立即发动攻岛战役。牛闯抱拳回应：“大人放心，牛闯谨记！”

韩鲙指挥店员，干净利索地收拾了马疌一干人等。按大统领周密部署，事不宜迟，尽快备战第二拨侦探。

中午庆祝首战告捷，韩鲙真的没敢喝酒，私下弄了两碗白水，敬了在场的兄弟，搳拳行令，气氛热闹，情绪激动，人人兴奋，高潮迭起。老酒也未让兄弟们敞开狂饮。酒多误事，这是常理，不敢贪杯而招损。热闹、快活、酒肉盈肠。午餐过后，韩鲙紧急召集兄弟们，交代下一战打法：“……各位兄弟，第二轮战斗，绝非如这轮顺利、侥幸。衍老儿见十人未回，今夜定无眠，俺们也只能陪他无眠了。为防万一，俺在三个方位设防哨。弁大弁二，沿正西这条通杨集的路，在两里外栾树林间隐身，设防哨。禚三禚四，乘舢板舟，沿正北通往龙王荡的海堤滩内两里外，三道湾的牛头礁后隐身，设防哨。辛五辛六，驾飞鱼舟，带两张弩，百支箭，三十支毒镖，在海峡巡逻，设流动防哨，有备无患。三组带上蹿天猴，发现敌情，发三声信号。其他兄弟随俺在客栈蹲守，天黑前各自就位，各尽其责……”

牛闯马队路况不熟，紧赶慢赶，拂晓前接近天生港。

乌云遮蔽西去的月亮，道路也隐约模糊，牛闯刚想勒着快马，辨一下路径。眼前百步处，突然爆出“嗖、嗖、嗖”三声尖厉的响声，三条带着火星的电光，直插天空，顿时天空霞光万道，紧接“叭、叭、叭”三声，震裂天空的炸响，天被击碎，地被洞穿。云端间，飘摇的飞天仙女手提花篮，英姿娴雅，天花万朵，鲜艳撒落，纷纷扬扬。突如其来的爆炸声和空中奇景，惊动了专心飞奔的战马和马背上的牛闯。

牛闯冷不防，如踩上悬崖般紧张，猛地勒住战马，战马一样受惊，突然前腿凌空狂抓，后腿立起，垂直站立起来。牛闯身后战马纷纷立起，霎时，地面上悬起浓浓的尘埃。霞光散去，天花坠落，很快恢复平静。黎明前，温湿的空气中，弥漫着硝烟的味道。警觉的牛闯侧身下马，仰望沉沉天空，早已不见仙女的身影。俯视蒙蒙海面，正在升起没有规则的，流动的雾霭，也没发现任何固定的或者移动的物体。海滩一马平川，原野黑糊糊一片，处处都有可疑迹象，处处又未现任何异常。牛闯脸上流淌着汗和灰尘的混合物，他提着马鞭上的绳扣子，摸一把沉重厚实的脸膛子，似乎抓了一把糖稀，或者糨糊，“唏里哗啦”。滑腻腻，黏糊糊。眼看东方发白，心如火燎，急得他满脸像猴腚一样通红。赌气的样子，歪脖子，噘嘴。真他娘的怪了，一阵折腾之后，变得如此幽静，连昆虫都噤口了，瘆人。此处凶多吉少。战前，最讨厌的就是这种幽冥，难以捉摸。咱在明处，敌在暗处，到了天大亮，咱们十人无处藏身，就是活靶子。刚才的火光炸响，分明是民间发信号的钻天猴。

牛闯不敢轻易前行，招呼兄弟们蹲下，调整上岛计划，他说：“曾尖、穆芒、阎二扣、魏大锍、邹圈，你五人，趁天未亮从这里越过前面那片盐田，朝西南方行至五里，那里有一幽僻树林，树林南边有一条平坦的东西路，沿路向东两里处，就是天生港………”

天生港几百年前，就是一个天然小港湾，在这条官道尽头，南来北往的渔船，偶遇风浪，在这里避风歇脚。这里和铜钱岛直线距离最近，海面风浪小，水流平缓。大小船只从这边进海，可驭风浪。海上航行，最讲究安全。再说，天生港是到杨集最近的小渔港，卖鱼卖菜，挺方便。如今，港湾圩堆下有几户渔民，搭建草舍，捕捞之余，在舍外，栽植些青菜萝卜葱姜蒜。这几户渔民家，锅大瓢小，几双筷子，几个碗，几张脸，天生港客栈的掌柜、伙计们，一清二楚。任何一个陌生人，踏入港湾一步，都会引起警觉。天生港客栈，明里经营客栈和镖局。暗里是龙荡营的前哨，侦探队，秘密联络所。

正北海湾牛头礁前哨，发出三声钻天猴火炮，客栈里留守的韩鲙一干人等，听得清楚明白。客栈门店里，大马猴正在郑重告诉大家：“各位兄弟，俺曾任过朝营探员，最悉朝廷侦探套路。提醒各位兄弟请注意，按朝营侦察习惯，第二轮的人，决不会全体进栈。他们会在港外丢下马匹，乔装打扮，分散步行进港，集中过海，但人数不超十人。”大马猴话音刚落，正西方前哨传来三声钻天猴炸响。韩鲙竖起拇指说：“兄弟呀！

料事如神。信号来了。的确，朝兵分两路进港。”

现在最不安的是牛闯。当他听到西南方的钻天猴响起，知道想上岛，比登天难。天生港的外围，十面埋伏。他的内心，更是风声鹤唳，草木皆兵。默念：吾等踏进土匪伏圈，欲脱身，不易喽！明知山有虎，偏向虎山行，乃侦察人员基本素质。龙潭虎穴，刀山火海，硬着头皮上。前进和后退，无非一个“死”字，当前，必须选择前进，无路可退。牛闯从马背上，解下一条绳索，串联五马缰绳，系在路边大石块上。以图老天保佑，撤退时，能快速上马。四个人在牛闯的前后左右，摸向天生港找渔船。

天亮了。韩鲙小眼珠子转了一夜，没敢停歇。上唇八字须梢子，没有昨天那样翘，脑门上横浪纹的两头，明显下垂，瘦薄的两腮，紧贴着后牙槽子。他使手指抹了眼眵，两掌捂脸，搓了搓有点发皱的脸膛。两个方向钻天猴声促使韩鲙调整部署，他耸耸肩，抖抖精神，大声道：“兄弟们，立马分散，隐港湾圩外和柴垛后，堵住两个进港路口，听俺枪响为令，凡陌生人近港，不管三七二十一，先杀了，宁可错杀，绝不放行。解散，就位。”

西边官道边上，是栾树和桤树混合林。林中爆发三声钻天猴，曾尖、穆芒知道林中有埋伏，绝不敢贸然进入树林，自投罗网。再说，他们目标是天生港，找渔船越峡上岛，林中情况不必理会。曾尖五人按约定在两里外拴马，徒步而进。

牛闯五人离开拴马石之后，直奔天生港而去。一舢板从牛头礁后显身，小船迅速靠岸，禚三禚四两人上岸，骑两马，牵三马，快速赶往小树林，和林中哨兵不谋而合，正赶上林中弁大弁二俩人，悄悄地将路边五马牵入林中。朝营侦察兵撤退的后路，断了。

牛闯五人到客栈外。停下犹疑脚步，四处观察，进院，牛闯向其他四人挥了手势，几人分散，立于院边。牛闯在客栈院子里逗留一圈，没有直接去港湾。他看了看客栈院里，货积如山，朴实清新的茅舍，像刚洗刷过一样明净。檐上挂着大红条幅，上面一排金色醒目的大字：“热诚欢迎，宾至如归。”敞开式院子，彩旗招展，酒旆飘扬。门前一排大红灯笼，红烛未灭，环境喜乐，一片欢庆。初升的太阳在海面上刚露出半边脸，就映红了整个海面。天生港的早晨，格外悠闲、安静、祥和，毫无战前肃杀冷寞之气，也非恐惧不安之象。眼前一切，看不出伪装嫌疑。这场景，弄得牛闯心中，十五个吊桶打水——七上八下。心中暗忖，大战前，如此客栈，照常开张纳客。院里，有车、有马、有货物，大红灯笼高高挂，酒旗飘飘。算不上热闹繁华，尚有几分生机盎然。这里的人压根不知道，要打仗了。牛闯摸了摸腰间火枪，壮壮胆子，对左右小声命令：“你三人，院边上警戒，密切注视周围动静。（又指着身边一人）你和我进店，瞅瞅。你立在门外，警惕门口行人，我进门里问个话，若有动静，你立马撤出去。”“是。”

门店大门敞开，牛闯收起内心的忐忑，大摇大摆进店：“店家，早上可有吃食？”牛闯一脚门里，一脚门外，欲进又止，向店内张望，见一伙计在拾掇桌凳，手里拿一块抹布，肩上搭一条栗色粗布毛巾，白色高帽下，拖一条兔尾巴辫子。眼皮子灵活的伙计，应声回答：“大清早，淡、甜、咸，三味二米粥（大米小米），大饼、油条、鸡蛋、麻团、坨笼卷子、牛肉包。小葱拌豆腐，干切香肠，老卤牛肚。（转脸向内室吆喝）贵客临门，想吃啥，请坐！请坐！”牛闯进门没坐下，只是一条腿跷在凳子上，向四周观望。这个时候，韩鲙早在他侧后，窗帘缝隙间瞄准他，没等他继续问话，只听得“嗖”的一声，牛闯应声顺势仆地，意识中还想撑腿爬起，想掏枪，可怜的手臂抬不起来了。韩鲙如狸猫般敏捷，扯掉窗帘，跳出窗口，取出毒镖，朝牛闯心口窝子，补上一镖。牛闯身体挣扎地扭动几下，气绝身亡！门外一人见状不妙，只恨两腿不够用，拼命回撤至院中，无目标地放了一枪，草垛旁三个朝兵听到枪声，匆忙中从腰间抽出火枪，对准店门胡乱射击。

大马猴四兄弟听到枪声，机警灵活，拐出柴垛两角，跃到四人背后。无论如何，不能失掉这次机会。兄弟四人相互递了眼神，意思是每人对付一个，分工明确，四支火枪同时射击，只听“砰”一声，四枪齐鸣，短距离几步地，子弹威力猛，实实在在，不偏不倚，穿过四朝兵后心，四兄弟相视下，如猛狮扑羔羊冲过去，从马靴间抽出匕首，动作一致，干净利索，在每个倒下人的胸窝上补了一刀。

韩鲙撂倒牛闯，躲过一阵乱枪扫射，走出店门：“顾三、颜四，赶快！清理现场。其他兄弟回到各隐蔽点，密切关注西路口。还有后边五人，顷刻便到。”顾三颜四召集内堂后厨几条大汉，把尸体装入麻袋，扔到海里。打水冲地。再盖上马路上扫来的灰土。一切如故。继续开门，打理酒店，做生意。

西边官道直通杨集镇，宽敞马道，一览无遗。从东头向西看去，如一条呈波浪状的布带。韩鲶高举起单筒望远镜，镜底呈现布带上，有几只如蝼蛄的阴影，正向着客栈港口这边挪移。曾尖、穆芒见天色大亮，心中着急，一路小跑赶去天生港与牛闯会合。阎二扣说话，有点结巴，和身旁魏大艳说："我说，伙计，天大亮，咱们，没一点伪装，在人家眼皮下忽闪，就是，一个，找找、呃找、找死！"魏大艳不悦说："说不周全，就少说两句，你有好法子？你说呀？"阎二扣不吱声。

这五人只顾赶路，客栈里发生的一切不得而知。一向耍小聪明，自以为是，瞧不起他人，内心有些阴暗，性格要强，骨子里奸恶，没有啥本事的曾尖，今天当上去天生港分组小头目，癞狗乍得一身毛，狂妄得不知如何是好，尽量掩饰内心激动，不想让别人看出。

曾尖很得意，牛闯啊！你何德何能，当我的头。只要老子我先找到渔船，率先过海峡，在最险处攀峰上岛，多少掌握些军情，便可无限放大回复衍阁老。你牛闯能不能上岛，那是你牛闯的运气，别指望我。愚妄的曾尖，岂知前头一张无形大网，正等着他这条无知鱼往里钻哩！到天生港附近，曾尖急功近利，抢先越过港湾外土圩子，在两个路口外向其他四人做一手势，几人分散，避过路口，越过小溪，绕开路障，向港湾里一艘渔船围拢过去。按当初约定，两支小队谁先到，谁找船，找到船稍作等待，集中过海上岛。曾尖顾不了当初约定，看到港湾渔船，两只虾皮眼透出两束幽幽绿光。一时兴奋，自语："天助我也，牛闯，去死吧！待我绕道铜钱岛北岸，利用万丈悬崖峭壁下，千年植物树干古藤和自带的绳索，分段攀爬上岛……"

曾尖看到了。看到自己前途，锦绣、光明。他深信，此地并无伏兵，疑神疑鬼，自寻烦恼。虽然这样想，还是弯腰猫步，向小渔船靠近。犹如装上轴承的脖子，三百六十度向周遭转了两圈，到处静悄悄，没有一个人。岸边，一块小艞板连着渔船帮子。他蹑手蹑脚，害怕弄出动静，试着踏上艞板，在板上，轻轻蹬两下。小渔船跟着摇晃起来，港湾平静的水面，涌起层层清波。

多么安详的天生港。曾尖上了船头，进了舱，弯腰掀起船舱板，审视之后覆起，又钻进篷盖下。盖下只有一张矮腿四方小桌，很稳实。船尾两边，交叉两支桨橹，大头拖在水下。曾尖自以为是，细查一遍，确认未发现任何异常。他走向船头，向港湾外使劲招手。隐蔽在柴垛间的大马猴四兄弟早急了，想动手，没听到韩鲙的发令枪声，急得手心直冒汗。大马猴暗言：韩鲙呀，韩店主，韩掌柜，韩执事郎，你是不是睡着了。若等他把船划出港湾。如何控制呀？不是说好的嘛，发现陌生人，格杀勿论，宁可错杀！

穆芒、阎二扣、魏大笸、邹圈，从圩外不同方向，看到曾尖手势，迅急从圩外翻滚而下，快步如飞，准备上船。穆芒跑在最前边，本来他就没有准备踏着艞板上船，三丈之外纵身一跃，飞身上船。关键时刻，韩鲙从路口掩体间轻步绕道圩下，相隔不到十步，向排在最后的邹圈扣动扳机，一枪磕死。急不可待的大马猴四兄弟听到枪声，急中生智，从柴垛间冲下，瞄准阎二扣、魏大笸，一起射击，弹无虚发。曾尖、穆芒借助渔船杞柳篷子，隐蔽还击。曾尖对穆芒喊：“你掩护，我摇橹。”穆芒拔出火枪还击。四兄弟不得不重新寻找掩体。曾尖熟练地划动橹杆，小船顺着风浪射向大海。瞬间，渔船冲下百尺，海面风力渐大，火枪和弓箭难以发挥作用。大马猴不无懊悔地对韩鲙说：“韩兄呀，为何迟迟不发枪令呀？急死俺们了。这下子，麻烦了，让他们逃了。一旦破了水雷阵，必惹下天大的麻烦。”韩鲙沉着地说：“本以为可集中消灭，没想到这俩家伙很狡猾。不用担心，再狡猾，顶多算是小狐狸吧！”

曾尖、穆芒知道安全了。穆芒对曾尖说：“兄弟，是不是再等等牛闯他们。”“兄弟，你觉得这样想，不是很愚蠢吗？再等，黄花菜早凉了。赶快溜之大吉！等他们追来了，你我就玩完了。现在看来，天生港并无重兵埋伏，或者说，土匪压根就不知围剿信息。若是这样，我们上岛，就容易多了。”

辛五、辛六在海峡里，水雷阵外，漂了一夜，此刻天大亮，日上三竿，按约定午时上岸。辛五使望远镜四处观察，镜底出现三里外有一小渔船，向自己的飞鱼舟驶来。辛五是海上侦察高手，一眼看出端倪，警惕地对划桨的辛六说："兄弟停下，前面有渔船过来，船上两人不是本地渔户，更无撒网，亦无收网，形迹可疑。准备弩箭，准备毒镖，抓稳盾卤，当心火器枪。咱们别动，以逸待劳。兄弟小心谨慎，争取一箭毙命，不必跟他们废话。""是，五哥，看小弟的。""你打那个摇橹的，另一个留给俺！"

韩鲙不急不躁，也不追不赶。集合十几个兄弟，在岸边一字排开，向远去的渔船齐声高呼："衍佬大兵黄河水，奔流到海不复回……"穆芒换曾尖摇橹，曾尖立船头，狂妄得两腿不合拢，八字形叉开，反向对岸边，放开天生不大的嗓门："荡匪再狡猾，奈我何？"喊得吞嗓子麻卤卤的，还咳嗽几声，太兴奋了。曾尖咳嗽声未落，船身子抖动一下，仿佛有一根细丝线被挣断的感觉，没等二人反应过来，"砰、砰、砰"，海面震坼，水柱擎天。三声爆炸响起。渔船分崩离析，体无完肤。船板像一块块腐朽的破布被撕成碎片，飞向天空，几十丈高的水柱，裹着滚滚浓烟。破布、水柱、浓烟，还有死者的肢体，混合成一群黑压压的海鸥，从空中五彩缤纷地坠落海面。

韩鲙关键时刻，一着不让，活见人，死见尸，不得有漏网之鱼。大声喊："顾三颜四，刀切面、刁功曲，羊肉、半内，你六人，两人一组，乘三艘飞鱼舟，到事发地海面上，仔细查看碎末，辨认尸首。至少要看到三条腿，或者两个脑袋。"三艘飞鱼舟擦着海面，冲起几尺高的水花，向爆炸点竞发。他们同时发现，辛五辛六飞鱼舟也从东边包抄过来。

事发海面，漂着船板碎片，死者残腿断臂，还有一条断开的大肠子，激绷绷的尿脬，似漂欲沉，非漂非沉，随风荡漾。这些零部件离开主人，在海水中兜游得很悠闲。鲨鱼来了。风向，由西风转向东南风的间隙中，浪平静了，海水像一块无际平铺的蓝布，涌动着摇晃的长波。颜四直观感觉，这周围一片，只是一个人的尸迹。他睁圆二目，向四周扩大搜索范围。从东边海面上赶来的辛五、辛六小飞舟，靠上颜四飞鱼舟。辛五说："颜四兄弟，俺绕了一圈，这海面上，仅漂一人尸首。"辛六眼尖，一眼扫视下风头，只见距爆破点几百尺远，西北海面上，漂一块没有炸碎的长条形船板，借东南风快速向西北海岸漂去。辛六猛拍大腿外侧，对辛五说：“五哥，你看，那块船板，漂得那么快，上边有人。”顾三、颜四、辛五看着辛六手指方向，顾三停下手中橹，抬头定睛确认，果敢判定：“是的，颜四吆喝大伙，追！”顾三划起飞鱼舟，颜四大声喊：“刀切面，刁功曲，羊肉，半内，快！看西北那黑影子，包抄过去，别让他跑了。”

海面上笼罩薄雾，那块船板漂着漂着，消失在众人视野之外。

四艘飞鱼舟顺着东南风和摇晃的大波势，穿过时隐时现，飘忽不定的雾体，猛追过去。

原来，这艘被炸的渔船，是韩鲙事先准备的，是为了防止深更半夜，万一防守失误，万一让敌人摸上船，万一进海峡破了水雷阵，而采取的三重防备。事先，把自制水雷，用钉子、网兜，固定在船底水下，将水雷引线串联起来，再用一条长长的总引线接在橹板下方，橹板每摇动一次，总引线随之绕一圈。这引线如马尾巴一样，精细柔韧，沉在水下，肉眼很难发觉。当水底总引线被绕到最后一圈时，带动水雷引线，引爆水雷。这是龙荡营经过上百次应用，上百次成功的，非常成熟的技术。

每一个人的活法，一般情况下，受控于自我；而每一个人的死法，对于每一个逆死者而言，是自我绝对无法控制的。逆死者，当死亡来临时，若有一线生存机会，都会百倍争取。但，死不由己。

曾尖这个投机分子，当时得意地喊出：“荡匪再狡猾，奈我何？”立船头，身体前倾，水雷爆炸时，一股气浪将他推向天空，跌落海面，他意识到发生的一切，他庆幸自己命大福大造化大，不该如此死法。他翻身伏上船板，紧紧抓住并拥抱这块比生命还重要的长方形船板，又惊又喜，又吻又亲，害怕与兴奋交集。若能挣脱此难，定为这块神板建庙立牌位，日日供奉香火鲜果。天气正暖，海水不凉，他张开两臂像落水狗一样拼命刨水，拼命随风逐浪，挥动双臂朝西北海岸漂去。这阵子，在他印象里，牛闯他们五匹马，就在前边海滩上。万一得以上岸，快马加鞭，逃出去有希望。估计牛闯五人早已遇难，按正常速度，牛闯五人应该比自己早一步进港……总之，荡匪反围剿大网已张开，就等朝营大军往里钻，一边想着，一边挣扎划水。划着划着，隐约听到有人喊：“前面的家伙，停下，束手就擒，大爷饶你不死！”转头一看，四艘飞鱼舟紧围过来。曾尖没有放弃希望，咬紧牙关，鼓足勇气，他已看到岸边还有几十步距离。曾尖是朝营大军中体力不错的侦察员，他的信念、意志、肢体敦促他向岸上冲去。他连滚带爬，踩着没膝的淤泥上了岸，撒腿向西北边海滩冲刺过去。他记忆中，马五匹就在前边，没错。怎么不见了呢？顾三、颜四、辛五、辛六等八人，紧追其后，很快围住曾尖。好汉敌不过双拳，何况八人，每个人真功实招，都是高手，谁也不㞞。八对一，小菜一碟。

一顿拳打脚踢之后，曾尖不大的脑袋，不大的蟹壳子脸上，鼻破脸肿，嘴角流血，还丢了两颗门齿，分不清五官准确位置。曾尖趴在地上无力对抗，被顾三提着辫子拉起来，羊肉拿来一根缰绳，半内把曾尖两手反别在背后，五花大绑，捆得结结实实。顾三牵牲口一样牵着曾尖，曾尖一瘸一拐，内心祈祷，上苍保佑，只要留条活路，让我调转枪口也成。悲惨的曾尖，显得无比狼狈。顾三以胜者姿态，骂骂咧咧：“刚才，还跑得快，咋的啦？现在走不动啦？成一坨㞞啦！”颜四摸了摸曾尖的头，有意揶揄地戏弄说：“这辫子，不丑。你是不是想找马呀？你们的十匹马，早在俺们马厩里上料子呢！它们活得比你们明白、快活！”

刀切面笑嘻嘻，带着地痞流氓的口气说：“就这点本事，还跑来侦察。朝廷兵，都他娘的没有蛋，还充大卵子。八千人剿俺们，俺们是谁，俺们是你们祖宗，俺们当兵那会儿，你们这些狗日的，还是抓屎吃的娃。”曾尖感到无名的恐惧。低头想避开一个个凶神恶煞，杀气腾腾，妖魔鬼怪，歪瓜裂枣的面孔。心中不服，有意摇晃被捆得紧紧的双臂，但他底气明显不足。被称为冷血的好事者半内，觉得这小头小脸小聪明的曾尖很好玩。他用五根凉丝丝、手心手背都是老膙子的鸡爪五指，掀起曾尖的小褂子，轻轻摸着曾尖细溜溜的后背，坚硬的指甲，划着他肿胀的血管子，凉飕的感觉好像是无数条冰凉的曲线子，或者土蝼蛄往腰下乱钻，让他感到心跳快要停止。噬心的痒痒，不是疼痛，不是死亡，不是舒服，也不是很难受，而是一种心灰、懊恼和精神沮丧。曾尖一时失控，不自主地发出一连串号叫，号叫声中，含着悲凉、颓伤、悔恨和绝望。狡黠的曾尖，两目余光斜视周围众人，暗处盘算，这时辰，越是装孬种，越不受人待见，这帮土匪，也曾是兵，最看不起软骨头。㞞了，死得更难看。装作硬汉子，壮怀激烈，指不定保下一条命。眼下，保命最要紧。没了命，一切归零。

曾尖壮壮胆子，装出面无惧色，一脸不服，昂首挺胸，口出豪言壮语："老子也不是面捏泥塑布捻的娃。胜者王，败者寇，不慎落入你们之手，要杀要剐，任由便，砍下人头，碗大疤，皱皱眉，是孬种。来吧，给爷痛快的，二十年后，又是一条好汉，死！有何惧哉！"曾尖鼓足勇气说完后，低贱的头颅垂在清透的阳光里，重沉沉，萎靡不振。在他的眼里，周围都是轻飘飘的大影子，只有自己身上的那根缰绳是真实的，是威严的，恪尽职守的，一丝不苟的。

几天几夜没睡一个囫囵觉的顾三，此刻才感疲乏，一脸的蒙眬，左脑门下几条接力赛的"曲线子"刀疤痕，饥饿得不再劲爆舒展。胸中不快，心口受阻，手里牵着曾尖，脚下不停赶路，嘴里骂个不停。曾尖听顾三竭尽蔑视、挖苦、嘲笑、戏弄和侮辱，声声敲击他的耳鼓，仿佛有野兽的利爪抠他的脑髓，他头顶涨痛欲裂。这骂声，又像一池臊臭无比的大粪尿，而他的头就被摁在粪尿里。顾三喋喋不休："算了吧，肏你妈的，你就是只风干的咸鸭子，烀了千遍，嘴还硬。还胜者王，你们就是胜了，你也只是胜者的一条狗，兔死狗烹，你知道的！老子也当过兵，给他们卖过命，那日落西山，腐败可耻的朝廷，用人时，把你往死里用，不用时，就拿你当一张揩屁纸，随手丢掉，一脚撩开。今天，你若死了，二十年后转世，是驴，是公狗，是鼠，还是黄鼬子，说不准，就别指望什么好汉了！"……

韩鲙见顾三等人押回一活物，看上去还一脸不服和轻蔑。心情不恼，有克制不住的愉快，很急切地说："顾三，这猪不服，是吧？先挂起来。颜四哎，放鸽子，报告大统领，朝兵第二批十口肥猪，灭九口，还捉了一口生猪，是宰是留，请大统领指令。"

韩鲙一身轻松，举头望天空，蔚蓝炫目，阳光热烈。再看海面，晨雾退尽，一片令人舒爽的幽青。几夜没合眼，没觉疲倦，精气神十足。差不多近巳时。阳光爽朗，热热辣辣。中午的海风在烈日火光里，像蘸了火的钢鞭子，抽打在脸上，那是阵阵的刺痛。

吊着的曾尖，正享受阳光洗浴。为了求生，他又生一计，口中喊道：“好兄弟，大家都是当兵的。当兵的，不为难当兵的。都是自家兄弟，本是同根，相煎何急。放下我，我愿意为龙荡营效犬马之劳。我知道衍子民的兵力部署。”刁功曲心思缜密，自抓了曾尖，一路上到现在，一直留意观察这家伙的变化。他走近吊着的曾尖，拍了拍他红肿的小脸，对他说：“衍子民的兵力部署，俺们都知道，你就别废话了。俺知道，你娘的就是一条变色虫，奸诈阴险的投机小人。先说大话，后说硬话，现在说软话，还想变节，背叛你那个岌岌可危的衍老儿，打着帮俺们的幌子，然后再伺机逃命，你滑头，你完了。”

半内个头不高。为什么叫他半内，个头是常人一半，长得像妇人。在人群中显不出他的优势，常被人忽略，他心里不痛快。他爱动脑子，爱琢磨，有机会就刷存在感，小点子出奇地多。常人站得高，看得远，忽略近处。他个头小，站得矮，看近不看远。说话声音比常人高出几度。大家在一起，常听到他声音，找不见人。他的体温比常人低得许多，是龙荡营有名的奇人。大冬天钻到海底，就像一条狗腿鱼，不怕冷，欢着呢！半内跳跳蹦蹦，跑到曾尖面前，用杀猪刀比划着，想割去曾尖衣襟上的布扣。个头太矮，够不到。转过头跑到堂内，累累巴巴搬来一条板凳站上去，假装善良地说：“穿衣太热，俺好心，可怜你，大侦探。”说完，用杀猪刀挑断上衣布扣、袖子、裤带。顺手一拽一扯，曾尖就赤条条挂在单杠上，沐浴在如开水遍体浇淋的、毒辣的烈日之中。半内跳下凳子，用刀片子轻轻拍打曾尖腿裆快要缩到肚子里的小乌雀说：“大侦探，痛痛快快地享受吧！（侧身指太阳）这是上天赐给你的福祉，感恩上苍吧！”曾尖鄙视着他，又不敢大声，喉中嘟哝：“狗屎，你娘的臭侏儒，小矮鬼。”

午饭过后，韩鲙吩咐伙计们封锅堵灶，关门闭窗，取旗收旆。信鸽落地，韩鲙捉鸽看信：“两战告捷，祝贺嘉奖。凡捉物，不留活口，暴尸诱敌，务必不赘。”韩鲙领会其意，招来顾三，对顾三低声耳语。顾三点头会意，转身进屋。顾三从大堂出来，端出一只黑窑碗，盛满醪烧，走近吊着的曾尖对他说：“兄弟呀，想必是天气太热，阳光太烈，不要晒坏身子，俺店主赏你一碗老酒解解渴，喝了它，别糟蹋了。”

曾尖还没反应过来，顾三的大手掌托住曾尖的下巴颏子，手指捏着他的两腮，曾尖不自觉地张开嘴巴，顾三把碗边抵住曾尖下唇，只听得“咕咚咕咚”几声，曾尖的喉节上下滑动几次，一碗醪烧灌入曾尖肚里，一滴没浪费。曾尖突然觉得心如刀绞，肝肠寸断，脑若斧劈，此刻才反应过来，这是他的死法。身体没让他有更多投机求存想法，悬空的两腿乱蹬一番，脖子上仰，张开大嘴，干呕两下子，“呼噜——”蹿出一道鲜黑乌亮的污血，悬起的身体摇晃两下，静止了。

曾尖如吊着正待扒皮的死狗，伸出紫黑的长舌。韩鲙亲自上前查验一番，确认曾尖气绝。挥挥手，几十个客栈兄弟加上大马猴四兄弟，翻身上马，向龙王荡奔去。

韩鲙的队伍走后，天生港客栈院里，更加热闹起来。二里外的栾树林梢上，升起一片乌云，神速东飘；林里又穿出几条黄串子，几乎和乌云一起出发，方向天生港客栈。时过正午，空中流火，空气滚烫，天地白亮，没有人敢直视燃烧白炽的太阳。单杠上吊着的曾尖，不大的头渐渐大起来，皮肚杂碎，大肠瓤子，迅即发酵。曾尖成吹了气的死猪，鼓胀的大气球。白亮的皮表发紫了，又过了一会儿，气球炸了，“嘭”的一声，声音并不是想象中的响亮，溅了一地的黑水残渣。

炽烈的阳光硬是把曾尖煮得破皮烂肉，流淌黑水污血。蒸腾的臭气悠悠上升，顺风远行，客栈茅子里的大军向曾尖身上集结。死后走红运的曾尖，享受苍蝇三军司令的待遇。满头满脑，满手满脚丫子，叮满高富帅的红头蝇绿头蝇。阳光催化发酵。曾尖发臭的气味，愈加浓郁。臭气顺着东南风，成了无形无声的召唤令，吹进西北那片树林，诱发不同类，却有共同嗜好，嗅觉灵敏的圆毛畜生和扁毛畜生。凶猛的，无法无天的乌鸦；疯狂的，横冲直撞的野狗；还有冷静孤高，傲慢的鹰隼。腐尸臭气深深进入它们的鼻孔，搅动它们的肠胃，诱发它们的饥饿感，激起内心到口腔里的食欲。它们岂能按捺得住！

天上的白云奔跑得像失败者的逃亡，树木的梢头舞动着狂热者的形象。疾风没有阻止苍鹰、乌鸦的逆风行驶。顶着风波的野狗，追赶乌鸦的行踪。鹰和鸦，抢先在客栈院落上空盘旋。狡猾的乌鸦睁圆黯黄黛绿的小眼圈，在空中鸟瞰。很快发现，单杠上挂着如人模样的死猪，也许是一只肥羊，绝对不是狗。经验丰富的头鸦老祖宗，竟然想起了那位识鸟语的公冶长。祖孙八代的乌鸦，铺展着能遮住太阳的翅膀，上下翻飞，盘旋聒噪，杂乱喧嚣，叽里呱啦，硬是不敢轻易落下。

往常，曾经在这里上过人的当，受过人的骗，遭过火喷、枪打、鞭笞。阴恶奸诈的乌鸦开始向院里发动攻势，撒下一沓一沓的稀屎和破烂腥臭的羽毛。屋里屋外，没有人影。乌鸦的孝子贤孙，看着老祖宗眼神，抖瑟翅膀，壮壮胆子，伸出肮脏的爪子，张开龌龊尖细的黑嘴，发出“叽呱、叽呱……”丑陋的威胁和大言不惭的警告，确认院中无人，兴奋地挤成一团，吆喝鼓噪，嘈吵喧嚷，在一片混乱之中，俯冲而下，抢占有利位置。死猪的头顶上，几只鸦还没站稳，就“咚咚咚”地如啄木鸟一样，啄着头盖骨。

死猪不怕开水烫。曾尖的肩、胸、肚皮、后背，凡能插进爪子的地方，都挤满了啄食的乌鸦。没寻到落脚处的乌鸦，挤不进，啄不到肉吃，干脆举起双翅，奓开脖子的黑羽，露出紫黑皮肤，飞扬跋扈，霸气抢夺。曾尖身上，乱作一团。

老鹰孤傲、贵族姿态，冷静、理智，阅历丰富。在乌鸦群里，地位绝对至高无上。在抢食物时，乌鸦一向不看鹰的脸色，争抢没商量。以老大自居的苍鹰，岂能容得乌鸦肆无忌惮，目无尊长。本不屑乌鸦的憨皮厚脸，绝不能眼看这群无知、无耻、白痴的东西，消受本不属于它们的盛宴。苍鹰张开钢铁般坚硬的翅膀，有序排列的丰羽，像刚刚沐浴过一样，亮晶晶，冒着油花子，闪烁湛蓝色火焰般的光芒，神采奕奕。一只苍鹰落在曾尖头顶，吓得几只乌鸦魂飞魄散，四处逃窜。鹰用钢钳般带钩子的尖嘴，直取曾尖两颗肥硕的眼珠，脖子一伸吞下了。毫不留恋，展翅飞向天空。剩下几只晚辈鹰隼，啄开头骨，享用新鲜美味的脑渣，味道好极了。有一只乌鸦试图抢食鹰嘴里的美味。处事果断的鹰隼，绝不简单敷衍，伸出锋利尖爪，抓小鸡般缠住乌鸦的嘴，将其踩在脚底，老鹰脖子一梗，一口啄住乌鸦的头，使劲一抻，硬生生地把乌鸦脖子连根拔出来，抛掷一边，懒得吃！臭骨头的乌鸦酸肉，比起鲜美的人脑，相差甚远。

一群野狗闪电般蹿过来，闪烁着金黄的鬃毛，伸出鲜红舌头，“哈哧哈哧”，一口紧似一口喘粗气。野狗视为本属自己的食物，被乌鸦抢食，狗脾气如何能忍得住呢！猖狂扑上去，纵上纵下，食物是吊起的，野狗两腿站立，也只能够到大腿小腿。野狗残忍杀伐本性，驱使它们毫不迟疑，展开暴虐式的撕咬。有的乌鸦不顾野狗感受，和野狗争抢大腿上暄肉。野狗顾不上眼前撕咬的对象，人肉鸦肉，兼收并蓄，不嫌弃，不放弃，狂啖大嚼。不得不佩服，野狗面对美食时的疯狂状态和嚼食乌鸦的技术，一口一只乌鸦，使劲一咬，从牙缝里喷出血液，乌鸦的身子还在扑棱，爪子还在狂蹬，竟被褪掉翅上大羽，生吞活咽。野狗的感觉，真爽！

几只老鹰绅士般不紧不慢，你一嘴，我一嘴，在享用脑颅中的鲜物。

乌鸦还断断续续地从树林中飞过来，在曾尖身上此起彼伏地拥挤，“叽叽呱呱，吱吱嘎嘎”，乱叫乱嚷，扑棱扑棱，抢食、撕打、互殴、搏斗，很凶猛，很兴奋，很解馋，很过瘾，也很肮脏丑恶。

一只乌鸦得了一截小肠子，拖着满院子跑，想找个安全地方吞下去，拖到柴垛背面确认安全，全神贯注正准备独吞。谁知一只矫健的黑狸猫，为捉一只老鼠在这里秘密设伏大半天了。黑狸猫见乌鸦鬼鬼祟祟，拖一串肠子，溜过来，惊跑了老鼠，坏了自己好事，心中愤怒。狸猫对肠子不感兴趣，但它很快恢复了理智，捉虾得鱼，没抓住老鼠，得一鸦，塞翁失马，是好事。欣喜的狸猫不慌不忙，二目圆睁，盯住乌鸦动向。乌鸦正待吞肠时，突然发现狸猫这天敌，惊慌失色，放弃食物，展翅起飞。晚了，黑狸猫以冲刺神速一跃而起，在一丈多高的低空，一双灵活的利爪抓住惊恐万分、魂不守舍的乌鸦。“嘎嘎嘎”，乌鸦在极其悲惨凄厉的叫声中，拼命挣扎，无济于事……

野狗为多食一口，狗狗之间，仇视互掙，强狗龇牙咧嘴，露出恐怖的上下牙花子，鼻子两侧皱起数条竖纹，睁圆血红的狗眼，看着对方，尾巴高高翘起，像扛起战无不胜的大旗。弱狗被吓得夹住尾巴，黄尿失禁，趴地上，鬃毛竖起，露出两颗尖硬的犬齿，却不敢再轻率、鲁莽……

魔鬼世界，畜生盛宴。

日光下，盐河水漂荡层层闪动的粼光。天蓝、水清，白浪舔舐着泥滩。疑虑焦急的衍子民走出营中大账，太阳过午，衍子民身子和影子分离开来，矮小的影子，紧跟他的脚后跟子，一晃一晃，向河边走去。这一天一夜，衍子民在熬心煎神中等待，瘦削的长脸，尖尖的下巴上，一撮弯曲的山羊胡子，乱糟糟的。他的脸在变，一会儿像山羊的脸，一会儿像麋鹿的脸，一会儿像狮子的脸。他抬起头，狮子脸上那凶恶的眼神搜索着前方。白茫茫的原野，白茫茫的河水。他收回无聊的目光，阴沉地垂视自己的脚尖。奇怪，又是十人出侦，死不见尸，活不见人，泥牛入海，人间蒸发。事实证明，荡匪在铜钱岛老巢。他们已经被惊动了，再不发动围剿，一旦他们分散到海面上，浩瀚的大海，到哪找？事先约好的战船，申时在天生港集合，情况紧急，留给自己时间不多。戌时一到，必向铜钱岛发起总攻。

霄寒、海猎，理解衍阁老的内心，闻出空气紧张的味道。两天，两批侦探，人未归，马未回，杳无音信，形势严峻。年轻气盛的霄寒，精力过剩，容易冲动，不想沉默，对海猎说："兄弟，咱不知阁老在想啥。咱们大军拉过去，直接夷平铜钱岛。八千钢铁汉子，烽火锻造出来的，又不是纸糊泥塑，巴掌大的岛，一泡尿，箍上好几圈，能有多大的潜能，根本不需要再侦探。"

海猎不这样想，他说："荡匪两千多人，绝不是孤立的，和荡里几万人，都有千丝万缕联系。祖孙三代，都是练家高手，身怀绝技。这些年，捣鼓的火器、短枪、长炮、水雷、土雷、红衣大炮，杀伤力不比咱们弱。再说，面对面，近距离的冷兵器，更是了得，马上马下，刀、枪、剑、戟、锏、钺、镋、锤、钩、叉、弩、鞭，十八般武艺，登峰造极。个个精悍英武，人人威震八方，以一当百，有的是战神级人物，千人难敌。咱不是灭自己威风，长他人志气。这方面情况，阁老比咱们俩兄弟，了解得具体深入。咱们真的不能轻视这区区两千多荡匪，他们的杀伤力，远远超出咱们八千人。阁老为何只带八千人，这是阁老的策略！""你说咱俩咋办？"霄寒自觉见识不如海猎。"咱俩等阁老的命令，做好随时开拔，冲杀的准备。"海猎的脾性，唯命是从，坚守本分，只操自家的心，不管其他事。"哥！咱听你的。"霄寒小声回复。"不，听阁老的。阁老在当今朝堂之上，算得上大神一尊。皇上、老佛爷，都十分倚重，咱们只有唯命是从。”海猎知道霄寒忠勇可嘉，并无外心，只是年轻自己十多岁，还需历练。

这两个忠勇的追随者，主子在其心中地位，犹如泰山。两人默默来到阁老身边，衍子民狮子般阴沉恶面突然变得和蔼，俨然慈祥的长者模样，说：“咱们两支利剑，就要刺向荡匪的心脏，让他们闻风丧胆，望风披靡吧！（转向霄寒）霄将军，你率骑兵一千、步兵两千，用咱们的铁蹄，踏平百里龙王荡，清洗荡中顽匪。今晚，你随咱在龙王荡南头队，乡团大校场安营。”霄寒卷起脑门，亮出数道不深的浪纹，两腮肌肉咬得绷绷紧，左手紧握青龙剑鞘，挺直脖子，热血沸腾。眼前，已烽火燎原，硝烟滚滚，混战中杀声四起，尘土飞扬，战马嘶鸣，纵横跌宕，飞鞚斗撞。朝兵骁勇善战，以压倒之势杀得荡匪人马跌翻，狼狈不堪，惨败逃亡。荡中尸骸蔽野，血流漂杵。

大战序幕即将拉开，对于一个好战的勇士来说，无异于水中鱼、林中鸟，兴奋无比，畅快不已。霄寒听了衍子民的宣战，感动得发愣、发傻的样子。俄尔恢复镇静，不慌不忙，脸上挂着严肃、郑重和敦厚的憨颜，微笑地说：“是，阁老，末将乃阁老手中利剑，指处无敌。”

衍子民向霄寒点头示意。转而，用手掌拍了拍海猎肩膀说：“这次围剿，策略是围岛防荡。你率一千骑兵，两千步兵，两千水兵，今晚酉时前达天生港，摆兵布阵，戌时一到，发动围岛总攻。军前事，视情决断，杀伐独裁，无须再报，荡匪诡诈，万事谨慎，切勿上当受骗。”

海猎熟悉阁老用兵路数。小心谨慎，动不失时，细致入微，神鬼俱骇。运筹帷幄，决胜千里，绝不侥幸。战时，不图杀敌多少，不图痛快淋漓，只图出手致命，一招制胜。一口咬住七寸，一剑封喉，一刀扎进软肋，一着确保全胜……直至对方气绝身亡，无任何回旋余地。

海猎理智，有衍阁老的风范，果敢、坚定地回复：“是，阁老，末将不负使命，今夜铜钱岛，将成为鸟飞人散，海上火海。”一向不苟言笑的衍子民，咧嘴露齿而笑，一嘴灰黄牙齿排列整齐，牙缝有点疏松。翘起山羊胡子，张开和善的麋鹿脸，微笑地看着两位将军，很平静，一字一字，说得清楚明白：“不犹豫，胜负在此一举，出发！”

……

南头队乡团大校场，朝兵忙着支营帐。阅兵台前，衍、廖第一次相遇。衍阁老儒雅、谦和，十步之外，抱拳示意。廖总不惊不失，不卑不亢，单膝跪地："草民廖子章叩见阁老，不知大人驾到，有失远迎，罪过罪过！"衍阁老快步上前扶起道："廖兄言重，不必行此大礼。老朽今日借宝地暂营，给贵主添加不便，有喧宾夺主之嫌，望廖兄莫要见外哟！""阁老年长子章二十有余，子章应像尊敬长辈一样敬阁老，咋能与阁老您称兄道弟，坏了规矩，不敢，不敢，定然不敢！再说，阁老率大军剿匪，威震三山，力撼五岳。吾辈应齐心协力，同仇敌忾，集乡亲父老，夹道迎接大军入荡才是呀！阁老为民除害，仗义安民，此乃国之运，民之福！再说，普天之下，莫非王土，率土之滨，莫非王臣。阁老心系江山社稷，代圣人剿匪，踏上南头队这片荒土，是龙王荡人之荣耀，更是土匪之末日。子章本该协助于万一啊！阁老旅途劳顿，请议事厅用茶歇息。"衍子民努力地有意注意听廖子章说话，眼珠子盯住廖子章表情，大脑不停运转，评估廖子章说话动机。

老到的衍子民，并没有轻易相信廖子章的言表。一时也看不出，这位把内心封锁得如铁桶一样，滴水不漏的龙王荡总乡团的心机动向。

议事厅主宾落座，勤务人员捧上茶水。廖子章干练、直接，指着茶杯说："阁老，请用茶。茶不好，请原谅！"衍子民端起茶，提起茶盖，轻轻撇两下，闻了闻，尝一口，点点头说："不错，好茶呀！（停顿一会，很平静地）要走山中路，先问砍柴人！荡里剿匪，没有廖兄您指点迷津，咱们还真的不敢轻举妄动哈！"廖子章立即站起："子章一介草民、武夫，占乡团虚名，平日维护荡中一方治安，制止乡民打架斗殴，聚众械拼。解决诉讼纠纷、邻里口舌长短。消除流犯，抗击倭寇海盗，小打小敲，尚能勉强应付。面对阵容强大，朝营转业的兵将，面对武技高强，冷热兵器俱全，装备精良，组制健全完善的匪帮，说实在话，俺们力不从心呀！只要他们不扰平民百姓，不在荡中惹是生非，俺便息事宁人，互不诟病，井不犯河，相安无事。凭实力，俺们身兼农务、渔务、商务的乡团丁员，着实不是职业匪徒的对手。俺又何苦，劳民苦民，伤心伤财，惹火烧身呢！无奈呀！无奈之举！"

衍子民感觉，难得廖子章不绕弯子，不卸责任，敢说真话。这是一条刚强正直，不刻意阿谀奉迎，有浩然正气，无偏无党的汉子。不像朝中那些小丑、无良之才，专说恭维话、违心话，曲意溜须拍马，迎合讨好，攀龙附凤，卑躬屈膝的马屁精；不像各机构中，那些捧臭脚、溜沟子，以图升迁，丑态百出的东西。所以此人，能镇得住牛鬼兴风，蛇神作孽，妖魔作怪的百里龙王荡。当年消灭东路太平军，二十出头的英俊少年打头阵，六塘河战役立下赫赫战功，声名鹊起，朝野尽知，享誉极高，今日得见，名不虚传。

面对直爽、话语相投的人，不必兜圈子，绕弯子，以心换心。衍子民稳了稳神，说："敢问廖兄，团练多少人马？""禀阁老，乡团上下三千人马！""可否编入朝营，助咱一战？""兵马整齐，粮草充裕，听从大人调遣！随时待命，投入剿匪大战！""好啊！（抱拳示谢）有劳有劳。""必须！必须！养兵千日，朝廷调用，乡团荣幸之至！""廖兄可知，这帮匪徒是否用上火器？""冷热兵器混用，火枪、火炮、手雷、水雷、土雷，还有红衣大炮。""他们怎么会有红衣大炮！他们哪来的红衣大炮呢？有多少门？""据说，二十多门，威力很大，装在独立专用船上，一船一炮，航行快，调头灵活，能打出好几里哩！""匪徒的巢穴，到底在何处？按你的经验、判断，说说看法。""阁老，这个，俺说不好。这帮匪徒诡异得很，俺说错了，怕影响阁老您的战略决策！"衍子民轻松微笑，摆摆手说："言者无罪，闻者足戒，但说无妨！""依俺看，龙王荡、铜钱岛、蝮岛，如果没被打草惊蛇，在铜钱岛的可能性最大。""为什么呢？""他们在那里苦心孤诣经营几十年，定是明堡暗道，机关遍及，不可能轻易放弃。（说着抱拳，表示单方面分析预测）仅供参考！仅供参考！""廖兄！咱一直怀疑，匪徒会不会藏身龙王荡里？""按常理，他们不会离开铜钱岛。自从劫粮之后，可想而知，他们一定百倍警惕，如果他们发现围剿大军压境，一定分散隐藏，试图销声匿迹。因为保命是第一位的。凭他们实力，岂敢和朝廷大军正面对决？一旦有了风吹草动，最大可能，分散躲避，各自为政。""此话怎讲？""他们很可能分成几个部分，化整为零，乔装隐蔽。一部分留在铜钱岛上，一部分上蝮岛，一部分漂游海上，一部分隐匿龙王荡。过去十多年，朝廷剿匪，所遇情况，大同小异。”“蝮岛，是传说中奇异的毒蛇岛吗？”“蝮岛，处处皆毒蛇，风雨不畏，水火不惧，讳莫如深的巨蝮，怪异阴毒的响尾蝮，凶狠惨烈的矛头蝮，明丽斯文的竹叶蝮，娇艳诱惑的棕榈蝮，雕饰华贵的铠甲蝮，袅娜妩媚的尖嘴蝮，玲珑剔透的金钱蝮……千百种毒蛇，绝妙的天然屏障。”“匪徒不怕毒蛇？”“他们八营中，有一个营，三百多女眷，叫香霰营，皆制毒研香的高手。据说，她们发明一种香料，专克毒蛇，精巧别致的小布袋，类似荷包，清香芬芳，随身带，蛇虫不近。”衔子民细听，肯定廖总分析，和自己判断伯仲之间，相差无几。原先并未注意蝮岛，他认为，既是蝮岛，蛇做主。人，岂可入侵。没想到荡匪里，还有香霰营，很讨厌。廖总分析透彻，鞭辟入里，切中要害。看不出他与匪徒之间有何联系。此人，可当重任。衔子民和廖子章刚见面，也不可能一下子推心置腹。他在设法子，再试探廖子章的心底防线。咱将朝军部署，告诉眼前的廖总，看他的反应，衔问：“廖总，咱想应该把八千大军中的大部分，放在铜钱岛，留下小部分，与贵团练混合围剿荡中匪徒余部，你意下如何？”“悉听阁老指派，子章一定身先士卒，一马当先。”廖子章应对自如，襟怀坦荡地说。衔子民连忙摆手，表示否定道：“哎！哎！非也，非也。杀鸡，焉用牛刀。打仗，是将士们的事，你和我，弄艘船，漂在清涟荡漾的车轴河上，边赏景观战，边手谈品茗，岂不惬意。真到你我动手时，麻烦就大了。”廖子章明知衔子民故作轻松，意在麻痹自己，看自己是否上杆子。若是上杆子，跟着他试探的思路走，他可能会改变既定战略战术。或者被他认为自己轻浮、佻薄、不厚道。

廖子章故作紧张，紧锁眉头，俄尔，坚决不苟同，慌忙起立道：“大人，大人，万万不可！这帮匪徒，决不会让俺们谈笑间，樯橹灰飞烟灭。他们皆行伍出身，嗅觉比狗鼻子还要灵。原来右大营东方大统领的遗风，对后代人影响颇深，机智、敏捷、警惕、勇敢……”

衔子民的山羊脸、驴脸、麋鹿脸、狮子脸，瞬间，脸色多变，颇有意味地说：“还有，行天道，济众生。上刀山，下火海，均贫富，除不平，杀鞑子，灭清廷……建立一个，可望不可即，人人平等的虚无世道。幼稚！幼稚之至！他们看不明白自己。大清国，不是秦二世，他们也不是陈胜、吴广，更不是项羽、刘邦，自不量力。难道他们比太平军、捻子军还厉害吗？闹腾到最后，还是死路一条！”廖子章有意附和地说：“是呀，虚幻的理想王国，毁了无数代人的美梦。人不绝，梦就在。心不死，行不止呀！割头如割韭，一茬一茬生。”衍子民仿佛没听出廖子章的话味，放慢语气，没有咬牙切齿，吐出的每个字，足以在地上砸一个窝子：“那就让他们去死吧！”

衍子民非常认同廖子章打草惊蛇的说法，两支侦察队无异于给东方瓒送了信。衍子民曾分析过东方瓒性格，认为他骄横狂妄，自恃霸道，独断猖獗，有勇无谋，不孬种。他，一定会正面公开挑战。衍子民没看错，但这只是东方瓒的表象，其骨子里的沉着冷静，谦和缜密，坚忍镇定，敢于担当和攻坚克难的心志，衍子民真的不知道，他也不想知道。他坚信，和一个土匪头子较量，他只需一根小指头的智慧，足以让他死无葬身之地。他还坚信，和东方瓒必有公开正面一战。战场不在铜钱岛，应在龙王荡。现在得到廖子章相助，就得了地利人和。接下来就看老天给不给力，老天给力，此战可胜，老天不给力，胜负各半。

总乡团炮楼顶上，旗语清晰，语意明确，干净利索，正向荡里五里哨卡，发布最新消息。龙王荡深处，副统领虎头鲸调兵遣将。各河道、港湾、平交河口、植丛中、芦苇地、湿地，小战船、给养船，频繁穿梭、巡弋、调兵、设伏。龙窝堡、龙爪湾、龙宫崖、六道水、七星塘、九回洲……各营首领，都在指挥调度忙碌中。

巽营飞天神姑部，设伏九回洲，这里是车轴河入海口。海口中间有块陆地，地上有九条互通循绕环流的沟壑，因此而得名。车轴河入海口，如同喇叭形大嘴巴，九回洲是大嘴巴里伸出的大舌头。九回洲两边，是河海相通的洪道，每洪道宽足二里，深约丈许，是来往河海大船的要道。在九回洲设伏，正好扼住河海交口的咽喉。

巽营女将士们皆巾帼豪杰，大丈夫气概。她们使大船，从东陬山取大石块向洪道倾倒，其工程已近尾声。目的是阻止朝廷大战船出入车轴河。大石倾积，河水表面看不出深浅，龙荡营小型战艇、渔船、舢板来往，不受影响，畅通无阻。大战船到此必搁浅。就是为了逼迫从铜钱岛扑空，赶来龙王荡驰援的朝兵至此上岸，而一举歼灭。

海猎三路大军，在急行军之中，天生港就在前边。

东陬山盘踞在车轴河入海口北边沿崖上，海拔三百尺，平顶如崮，南北走向，两头翘起，像一只趴伏仰首的雄狮。山东崖临海，青屏翠障，树木丛生，百草丰茂，突兀森郁，怪石重叠，隐岩峻峭，峰壁陡险惊悚，其间藏有大穴，穴口径狭，长圆偏斜，可通一人，有一夫当关，万夫莫开之势。穴中宽旷，气象宜人，四季若春，别有仙境。穴通山腹，洞中有洞，可居千人。

很久前，洞里曾住一熊化魔女，被二郎神杨戬神犬发现，恶斗数日，熊入龙王荡匿迹，再未现身。神犬亦被杨戬召回。故此洞名为“黑熊洞”。此洞神奇无比，直通海底，深千尺，至海底有通道，迂回旋转，势向南五十里外达铜钱岛。道间有道，循环往复，岔道险象，尽是迷津茅塞，幻影虚踪；处处困扰，忧惑，缥缈冥茫。在龙王荡，也许全天下，只有廖子章、东方瓒、虎头鲸三人，曾一同用生命代价，历时三个月走出密道，绘制了道中密图。

这条道，千悬万转，层次重叠，跌宕起伏，壁陡成崖，皆系绳而过。宽处能容千军万马，狭处只可一人侧过，道中圆中套圆，方外带方，方圆相接，高低交错。一弯九出口，口口诡异八达；七弯八绕，弯弯绕绕。入此道，常人自失心窍，魂迷魄走。在海底，更是漆黑无光，进去容易出来难，除此三人，史上无出者。期初，三人约定，除非万不得已，绝不轻易启用，这是一条关系到龙王荡人生死存亡的生命通道，绝非普通意义上的密道。道可道，非常道。玄之又玄，玄奥之门。今日，廖子章让龙荡营反围剿指挥所设在此地，足见其深意。此刻，洞里的东方瓒，正在安静地听取追风蜈蚣对战情分析。金枪鱼信使快艇，在密林封锁的石崖下泊艇上岸，正巧遇上白蝙蝠。白蝙蝠先施礼道：“将军回营，必有前线战况吧？”金枪鱼回礼道：“天师安好，前线暂无战事，平静如常。”金枪鱼内心不喜欢这位神神道道，装模作样，惺惺作态的神仙。但大面子上，还是你好我好大家好。金枪鱼回应后，匆匆攀崖进洞。东方瓒见金枪鱼进洞，浓眉上扬，眼前一亮，知道必有战报。不想再听军师的啰唆无厌了，对追风蜈蚣说：“军师，先回寓所，有事再请你过来……”

金枪鱼机警地说：“禀报大统领，接总乡团炮楼哨台最新旗语译文：衍军五千人，由将军海猎率领，今晚戌时围攻铜钱岛。大学士和那位爱将，年轻勇猛的霄寒，率三千精锐，今晚在乡团大校场，搭篷支帐宿营。此刻，衍子民正和廖总在议事厅密会。衍子民以皇权名义，征用廖总三千团丁，混编朝兵，明早辰时，自西向东，对龙王荡实行半包围碾压式清剿。”东方瓒攥紧拳头，敲击桌面：“那就来吧，老子严阵以待，早已等得不耐烦了。别说你衍子民，就是皇帝小儿御驾亲征，何惧之有？（转口询问）你进洞时，可否遇见其他人？”金枪鱼回答：“天师在洞崖下，打了招呼。”东方瓒加重语气：“前沿阵地消息，只限你俺之间。”金枪鱼当然悉知战时规矩，多年来一成不变。大统领的强调，是再次提醒这一战的严重性……

议事厅里，衍子民和廖总约谈正在进行中。衍子民在继续询问：“廖兄，依你之见，咱朝营大军，会在何时何地何种情况下，与匪帮主力相遇？”廖子章一脸严肃，不想过分揣测衍的内心：“可能有两次。第一次，必是今晚，夜袭铜钱岛，兵贵神速，这一点大人也许已下达战令。第二次，必是明天，打响清剿龙王荡之战。”

衍子民了解廖总的雄才大略，钦佩这位奇才一语道破。赞叹道：“英雄所见略同。廖兄，不愧武功世家，才高八斗。不为朝廷所用，实在可惜。若为朝廷用，必是大厦栋梁。”廖子章知道衍子民此语，五分实，五分虚。一切都是为了三千团丁，如何混编朝兵，如何由他指挥，看透衍的心事。他说：“阁老谬夸，廖某一介草民、武夫，无名小辈，妄猜大人意图，死罪死罪！”衍子民以年长姿态说：“知无不言，言无不尽。兼听则明，偏信则暗。言者无罪，闻者足戒。咱衍某，没那么小气、计较。放心，大胆，说实话，再难听，也没事！”

坚决不做唯唯诺诺，一味附和，谄媚恭顺的懦夫，衍子民若真的像传说中的正直，绝不会喜欢讨好卖乖的奸佞小人。说一千，道一万，不管你什么打法，都赢不了，这是铁板钉钉的事。廖子章提高声音道：“既然阁老想听不怕难听的实话，俺斗胆一说，请大人多包涵。”“但说无妨。”“朝营大军，以八千对两千多，数量占绝对优势，此乃克敌制胜之本。但胜负各半，没有决胜把握。”“何以见得！”“气候火热，近日如流火，昼夜闷沉沉，湿黏难耐，荡里岛上，蛇虫肆虐，蚊虫叮咬，水土不服，北方将士，寝食不适，悖天时。铜钱岛上，山峰叠起，沟壑纵横，岛中有水，水中有峰，海水在岛内，九曲十八弯，悬崖峭壁，岩洞丛生，植物茂盛，灌乔苍郁。而荡内更不必说了。客入主地作战，地形地物，多有生疏，不占地利。匪徒是为自己家人有饭吃，有衣穿，有条活路，自觉用心用脑子，争先恐后，主动积极反战。而俺们的朝兵，是为执行命令被动作战，人和，有明显差异。任何一支队伍，大战中没有这三个基本因素，想取胜，事倍功半啊！”“请廖兄继续！”“谢阎老！龙王荡之战，阎老想和东方瓒正面交锋，打一场大规模歼灭战，以压倒之势消灭匪徒，恐怕只是一厢情愿。据俺对东方瓒的了解判断，如果匪徒全部集中荡里，和俺们在荡中对决，胜负早有结果。除非俺们大军不入荡里，就在外围转悠，那也不叫剿匪。进了荡，俺们没有小舟楫，龙王荡里共有三千三百二十九道港湾、河汊、沟口、河流、塘洼。还有湿地、沼泽、芦苇丛生，深深浅浅，断断续续，交错相连，大船进不去。步兵进荡，两圈之后无法识别东南西北。马队进荡，更是望洋兴叹，根本迈不开步。而匪徒小舟，快捷灵活便利。船小好调头，在荡中，如鱼得水，钻来钻去，游刃有余。俺们在明处，匪徒在暗处，明枪暗箭，前后夹击，左右开弓，防不胜防。打得赢就打，打不赢就跑。你不追，他就跑掉了；你若追，一定进入他的圈套，必死无疑。俺们无法组织大规模运动战、歼灭战。与虎谋皮，最终，被拖垮的一定是俺们。您看，在荡中作战，无论正面交锋还是非正面交锋，俺们能有几成胜算。”“廖兄分析，不无道理。”衍子民觉得很有道理，肯定地说。

“阎老，草民无意长荡匪威风，无意冒犯大人，实话实说，并非怕事。”廖子章沉着、冷静，按自己思路说。“依廖兄看法，这荡匪，便是剿不得了？”衍子民反问道。“阎老误会，草民不是这个意思，草民意思，若想剿灭荡匪，必作持久打算，一年不行，就两年，或三年，以朝廷之力，剿灭区区龙王荡之匪，仿如踩死几只蚂蚁。”衍子民听了这几句话，眉梢跳一下，嘴角微微一翘，瞬间恢复山羊脸，又板起狮子脸。剿匪，速胜难，持久更难。廖某所说，正是这么多年，顽匪剿而不灭的根本原因。当初，真的没想到，竟是如此艰难。若按皇上意图，剿灭荡里二万多手无寸铁的平民，一把火烧了龙王荡，简单容易，并可上报剿匪大胜，凯歌返朝。如果那样的话，匪徒逍遥法外，非但无济于事，反而变本加厉助长匪徒仇恨和嚣张气焰。

衍子民狮子脸露出几分舐犊般的温柔，道："廖兄，如何助我之力。咱要你三千人马，给我军做领路的人，大战后，咱亲自向皇上禀报，给廖兄加功行赏。"廖子章知道，这衍老鬼使计了，"领路人"，多么好听的名号，这和攻打太平军赖文光时如出一辙，让俺打头阵，替他们去死呗！今日不同往日。封官许愿，加功行赏，老一套。能不能来点新鲜的。廖子章端起茶杯，咂一口，放下说："阁老，草民不图朝廷、圣上恩宠。名利本来就是过眼云烟，到头来，尘归尘，土归土，繁华荣耀过后，谁也逃不了面对孤凄和悲凉。任何事物，都是在辉煌时，蕴藏危机。草民祖辈几代人，一脉相承，只追求一个目标，就是让荡里父老乡亲，过上风调雨顺、旱涝保收、平安健康的日子。朝廷大厦，国家江山社稷，必有阁老这样栋梁，才配撑掌得住。大人所要三千丁勇，在下照办。只有一条要说明，俺乡勇披盔戴甲，其穿着装备，与荡匪多有相似。故俺乡勇三千人，左臂加配白色套袖，以便混战中，甄别敌友。""衍某理解，当然，绝不能伤着自家兄弟。明日，衍某希望廖兄，与咱共帐，商榷指挥剿匪如何？"衍子民附和道。"草民蒙大人不弃，乃俺等之福，当竭尽全力伴随大人左右，鸡鸣而驾，塞井夷灶，唯大人马首是瞻。"廖子章进一步表明态度。衍子民明确表示："明日剿匪会战，咱们兵分两路，西路军，你我联手，六千精锐，分布车轴河两岸，各三千人，一字排开，实行拉网式清剿，发现小股匪徒随地消灭。发现大股匪徒，每边有三千人围拢，稳操胜券。另外，能否给咱集结五十艘渔船，随队出行，随时待命。东路军，将军海猎今夜至明日上午，攻下铜钱岛，灭岛上匪徒，乘战船北上，至车轴河入海口进荡，他五千人马，和咱们六千人马，东西合围，形成夹击之势，对龙王荡实行一次拉网式过河清，让荡匪插翅难飞。"

廖子章断定，衍子民战前指挥所设在车轴河上，随军前行，便于沟通两岸，灵活调度，五十艘渔船足可以连接河南河北，在河面上形成一座与两边队伍同时运行，平行移动的浮桥，哪一边战情吃紧，可迅速实现南北驰援。廖子章肯定地说："请阁老放心，五十艘渔船，两个时辰内，在码头集结待命。（提高嗓门，对门外）来人。"

侍卫滕大山迅速进屋施礼："廖总，请吩咐！""传芦飞来见。""是！"

一会，芦飞禀报进门道："芦飞见过衍大人；廖总，请吩咐！""你现在去东西庄，在两个时辰内，集结五十艘渔船。告诉船户，是租，不是借，每船每天一两银子，你先从俺家柜上，支一百五十两银，先付三天银。记住，不要强迫，告诉他们，若有损坏，俺双倍赔偿！""是！"

衍继续说："廖兄，预计海猎部明天上午攻下铜钱岛后，作一个时辰休整，补充给养，未时从铜钱岛向车轴河海口进发。明晚酉时，对龙王荡发起总围剿。"

楼台上旗语，已把准确信息发出去。东方瓒收到信息，向前线下达作战令。

6

午后太阳，异常火辣。海猎部五千人分三路，紧急向天生港进军。从将军到士兵，皆身着厚重战袍，甲胄紧箍脑袋。六十里路程，一路尘土飞扬，热浪滚滚。将士们汗流尽，身冒火，马皮水袋，干瘪得淌不出一滴水。个个吞嗓眼里，如烟囱直冒青烟，干裂的嘴唇上，生出水疱和死皮。

急行军不得含糊，若耽搁总攻时间，贻误战机，事就大了。步兵队前，海猎骑高头大马，青鬃、雪毛、霜蹄，脖下吊项圈银铃。骏马昂首，高贵挺拔，一副志在千里的样子，毛上像刚打过蜡一样，晶光滑亮。白马四边，围着七八匹一色的枣红马，众星捧月，更显白马的超凡脱俗。四条腿在队伍前，一路小颠，领跑。两条腿在后边拼命追赶。马背上的海猎，一言不发，始终紧锁眉宇。他的思绪，早已插上翅膀，飞上铜钱岛了。他最担心的，是岛上的暗道机关。这帮荡匪，名为匪徒，实为一支精锐的汉军绿营，他们机动灵活，武功盖世，智慧过人。在岛上盘踞几十年，其玄奥神秘，自不用说。岛上地形复杂，变化多端，苍翠覆盖，水石互融，洞岩交错，地上地下，山里山外，海底海上，讳莫如深，千悬万转，千沟万壑，虚实无常，处处隐藏危险祸根。

我军擅于攻城略地，大规模运动战、歼灭战。打起巷战，犄角旮旯，神出鬼没的游击，并不得心应手。过去多次围剿，这帮匪徒都能风平浪静，履险如夷，安如磐石。就是因为他们的巢穴铜钱岛，有无法解析的神奇。不熟悉情况，冒险上岛，使我军无异于罗间雀、网中鱼、瓮中鳖。想安然脱身，难！若强行攻岛，守岛的匪徒虽有红衣大炮、火器枪箭，想阻止我军的压倒之势，没门！匪徒若死守，我五千人马，战他们区区两千人，亦如从自己身上，拔根汗毛一样容易。话说回来，匪徒也有自知之明，他们根本不用死守。死守，也守不住！也许会放我军登岛，那么上了岛，这仗怎么打，才是关键。衔阁老再三交代，不跟匪徒玩躲猫猫，不打消耗战，必须闪电式开始，一鼓作气，一举成功。

天生港就在眼前。海猎五千大军，相继到达海边。半天急行军，一路上，士兵跟在马屁股后边跑，比马少两条腿，劣势明显。这一停下，才觉真正疲惫。原先湿透衬衣，汗干之后，结起盐屑，内衣硬得像锅巴，腋窝和腿裆，嫩皮子磨破了，腌得很难受，像刀刮一样，疼得钻心，这大概就叫作烂裆。再不补充淡水，恐怕都撑不住。即使如此，大军仍保持严明纪律，严整形象，队伍整齐无声，士气未减。嘴唇起疱的士兵们，一脸严肃，严阵以待。

海猎在马背上，以战袍袖头打眼罩，看过午的太阳。自觉比预计到港时间，提前许多。战船还没到，下令各部，原地休息，寻取淡水，补充给养，稍作等待。派身边侍卫河希里、符晓坚、西皮子三人，去客栈院内找些淡水来喝，三人得令而去。

这三人难得放松机会，走出队伍，每人肩挎几只水袋，手提饮马小木桶，迈开轻快外八型脚步，下圩子外坡。客栈院子，本来就是敞开的。三人走近院子，闻到一股浓烈的臭味。河希里示意二人停下，小眼珠子机灵骨碌转了几圈，左右打量，前后观察。西皮子个头细而高，见河希里警觉，也抬头四处张望，猛然发现院子东北角单杠上，吊着一副不完整的骨头架，似人非人，似猪非猪。西皮子眼力和乌鸦眼相似，认为是羊。西皮子说："哎！你们看那边，好像挂只死羊骨架哈！"符晓坚个头矮，看得不仔细："那就是一口猪架子。"还是河希里心细，大军两支侦探队，活不见人，死不见尸，今天可能会有新发现，小眼珠子再一次机灵骨碌仔细辨别，他确认，是人骨。三人，集体蒙。快！过去看究竟。吊着的骨架下，有一摊衣物，一个碎了的黑窑碗，五六只死乌鸦，还有一条破了肚子，淌黑水的死黄狗。符晓坚使细木棒子，拨了拨，哎哟！一团团白蛆，似乎已经安家落户，萌萌地享受生活。

河希里从符晓坚手里接过小棒，挑开那摊衣物，正是朝廷探员专用便衣，继续拨开衣领和裤腰，仔细看，没错，是曾尖的名字。若是普通士兵，也许不知道。大将军身边侍卫，当然知道大将军身边探员的身份。平时，他们和探员之间，很熟的。这一惊天发现，让河希里原地未动，在思考，转脸一瞧，符晓坚早已跑出客栈院子，报告海猎去了。

河希里看着西皮子说："五千大军中，海猎将军若不晋擢符晓坚，天理难容。"西皮子问河希里道："兄弟，你说说，曾尖为啥死在这，又是这副模样，莫非土匪把曾尖给吃了？有这样的土匪吗？"河希里摆摆手说："兄弟，说你是大拿，你真的是大拿。曾尖分明是被毒死的。这黑窑碗，就是盛毒酒的。吊着的曾尖被灌了毒酒，扒了衣服，死了。经太阳蒸晒，发酵，臭了。招来乌鸦和野狗，吃了他的肉和瓤。吃瓤的乌鸦和野狗被毒死了。"西皮子佩服地说："河希里呀，下一步，我估计，你要被提拔了！""为啥？"河希里问。"这次剿匪之后，大将军要重组探队，我第一个荐你当队长。乖！你头脑好使，灵光！"西皮子说。"西皮子，算了吧！先攻下铜钱岛，活着回去，再作打算吧！"河希里认为，打仗的人，死生只在一念间。

"曾尖这家伙，够本啦！黄泉路上不寂寞。要说，曾尖啊！也该死，平时心机太重，心眼不正。牛闯是个好脾气的人，他曾尖到处说人家坏话，常在大将军面前挖人家的短命锹，打人家的小报告，想上位呗。这下子好了，都没了，二十人，都没了！"西皮子说。河希里一脸无奈，"唉"地叹口气，转脸指左边井架上搅水的辘轳："曾大人，一路走好！（转脸对西皮子说）咱们打水去。"二人正在打水，灌装水袋子。符晓坚一路小跑，远隔几十步，就喊叫："二位，二位，别忙打水，大将军有令，让咱们把曾尖尸骨给埋了！”西皮子外号大拿，说话嘴上没门槛子，又是直肠子，有啥说啥。看到符晓坚一贯谄媚讨好，在将军面前当孙子的卑劣脾性，不屑一顾。他刚才的表现，让西皮子觉得很恶心，不客气地说：“符晓坚，你小子，又给将军舔腚眼啦！咱们三人发现的曾尖，你狗日的赶溜麻，头插蜜罐去回报了。埋曾尖，俺们不去，你去办吧！这人情事，让曾尖感谢你，带你一起走，路上有个伴。”符晓坚一扣不让地戗一句：“西大拿，你也莫要酸不拉几的，你他娘想讹我，没门，谁怕谁！”河希里似乎公正地说：“符晓坚哎，咱们在将军面前，都是奴才都是狗，你能不能做一条有点性格的忠诚狗呢？”

……

太阳刚刚落下，晚霞从西天边反射天空，映红半边天。晚风不知溜到何处，还带走海面上的波浪。烘热空气不顾人们讨厌，厚着脸皮，抱团升温，又沉闷，又烦躁。大战之前，所有的将士，根本不在乎气候和环境的恶劣变化。五千朝兵分乘百艘战船，扯起三桅风帆，樯顶上飘着“衍”字大蓝旗。在轰鸣的战鼓声中，战船两舷分列十几个虎彪大汉，短裤光臂，奋力摇橹，膀臂前胸，块块拳头大的腱子肉，一松一紧，像活物一样跳动。橹声随着战鼓声，节奏明快，百舸争流，向铜钱岛冲去。战船展开阵形，两舷下皆伸出黑洞洞的炮口，令人毛骨悚然。一旦总攻开始，万炮齐鸣，山开岛覆，大海翻倒，气势将无可阻挡。不须两个时辰，铜钱岛将夷为平地，化为灰烬。

鲜明的晚霞金辉灿烂，渐而形成金红，绛紫。在绛紫的夕幕上，西北天边悄悄腾起山峦般的凝云乌盖。水师将士皆睁圆双眼，盯着战船航向，眺望隐约模糊，阴森森，黑黝黝，轮廓若隐若现的铜钱岛。百艘战船，距铜钱岛三里左右。

海猎在指挥大舸船楼上向旗手发出变队指令，战船由三列纵队迅速分序列，向铜钱岛四面八方环绕过去，形成无间隙火力包围。两炷香的时间，环岛包围圈形成。这种带着魔性的包围圈，如数条巨蟒困兽，同速同距，侧舷航行。一旦战船大炮达到最佳发射距离，海猎便会发出战令，万炮齐发。百艘战船，炮声震撼，足以让大海颤抖，山峰坠落，天塌地陷。只需第一轮轰炸，就完全可以摧毁铜钱岛上防御工事。紧接着继续狂轰滥炸，必将岛上一切建筑物夷平。地堡暗道，将通通化为乌有。海猎心中盘算，认为这是必然结果，无丝毫悬念。

眼看着天低云暗，夜幕快要降临，海猎举起望远镜，做近距离观测。僻静、沉寂的铜钱岛，没有海猎之前想象那样，会遇到强烈阻击。看不到备战工事，看不到哨兵流动。海猎百分之一百相信，岛上有埋伏，藏得越深，说明下一步战役形势，越发激烈残酷。

海猎下令："全力推进开炮，摧毁铜钱岛周边崖岸上一切可疑工事。"冲锋战鼓震天动地，进攻高潮掀起，铜钱岛周围，百艘战舸侧对岛岸，每船三层炮楼，每层十门排炮，每船三十门排炮齐发，振聋发聩，大有击碎乾坤之势。多么令人魂飞胆破，心惊肉跳；多么令人极度恐惧，万分害怕。战船一边开炮，一边快速向铜钱岛合拢。"嗵嘣，嗵嘣，嗵嗵嗵……"海岛上，海面上，硝烟隆起，浓云滚滚，炮声雷鸣，火光万道，从岛外四周向铜钱岛集中，疯狂轰炸。

灿烂的光束、火团落在岛上，随着一声声巨响，升起一团团庞大的蘑菇云。眨眼间，整个铜钱岛被硝烟浓云淹没，不见岛屿轮廓。

战船上，将士们个个生龙活虎，生机勃勃。炮兵在瞄准，投弹，点火。弹弹脆响，弹无虚发。炮炮命中，人人汗流浃背，场面朝火朝天。

步兵手持冷热兵器，骑兵身立马背之上，个个手握钢刀。他们集中于外舱，摩拳擦掌，跃跃欲试。心急火燎，按捺不住。盼着泊岸的那一刻上岛，投身于一场恶劣的肉搏。

一方炮响，引爆八方轰鸣。仿佛天下所有的爆炸声，全部集中到这个海域。西天边云头上，闪电跳动，轰隆雷鸣压境，水底下爆发"嘭嗵、嘭嗵……"的爆破轰响，还掀起百丈高的水柱，其威力超过战炮百倍。多重的轰炸交织一起，云里雾里，谁也看不清弥漫的浓烟，谁也辨不明到底发生了什么。许多战船在爆炸中崩溃，碎板随着力大无穷的水柱冲上云霄。战船桅杆纷纷折断，篷帆被撕成碎片。无数将士不完整的身体，千姿百态，飞向天空。爆炸声伴随撕心裂肺，肝胆俱裂，歇斯底里的鬼哭狼嚎声，此起彼伏。

海猎立于指挥船楼上，浓烟从他眼前流过，连眼睛也睁不开，呛得直打喷嚏，根本辨不清咋回事，但他明显感觉，匪徒反击了，反击炮火十分猛烈，比想象中疯狂、狠毒。此刻，看不清天、地、海、岛，和自己的战船。是攻？是守？还是撤？海猎心中急躁，搓手，跺脚，但并未慌乱。这种残酷场面，也在想象之中。混乱的爆炸声，还在持续。大量的断腿、缺胳膊、半边脑袋的尸体，浮上水面。大肠小肠，心肝肚肺，撒满海面。

灿烂的浪花，荡漾的血水，把灰黑色、浑浊的海面，点染出几分鲜艳，又几分瑰丽。幸存的将士从空中坠落海面，扑棱扑棱，像折了翅的海鸥，招招手，摇摇头，“咕噜咕噜”，喝一肚子咸涩腥苦的海水，渐渐地沉溺在波浪之中。暗藏水底的无鳞巨蟹，亮出白脐，高举七八尺长的钢铁利戟，“咔嚓咔嚓”，剪断溺水者的大腿、胳膊，像啖小鱼小虾一样，送入四方大口之中。两天后，可转化成含有丰富蛋白质、脂肪酸、维生素，半透明，果冻状的公蟹膏精，和母蟹的橘黄色黄卵。

以逸待劳的巨型母蚌，张开两扇逍遥的硬壳，用细腻平滑，带着香涎的舌头，舔舐亲吻溺水男人，做出放荡淫秽举动，将其揽入怀抱之中，合上硬壳。让男人的脂肪、蛋白和骨骼，演绎一窝闪亮高贵的珍珠。

原本被爆炸声惊吓得深入海底避祸的水族大佬，现在闻到新鲜的血腥味，在爆炸声中潜回海面，它们如唯利是图的海洋豪商巨贾，人为财死，鸟为食亡，顾不得生死一命。鲨群、鲸群，虎跃龙腾，争先恐后，蹿出水面，掀动巨大尾巴，立起礁岩般灰暗鳍脊，相互示威，展现凶狠和彪悍。海面卷起狂澜洪波。鲨鲸们不分鲨族、鲸族，不分雌雄，不管老幼青壮，不顾礼仪廉耻，张开血盆大嘴，抢夺争咬，吞噬着血腥美味。水中畜生，饕餮大餐，丰盛筵席，很过瘾！

天黑、海黑、岛黑，风驰、电闪、雷鸣。大雨来了。战船与战船之间，战船与指挥船之间，根本不知道发生什么。勇往直前，前仆后继，冲进龙荡营部署的水雷阵。一艘接一艘，凡冲进水雷阵中的船，无一幸免。海空天花乱坠，落英缤纷。飞向天空的船板，各种婆娑曼妙的姿态，这边刚盘旋飞起，那边翩然落下。你来我往，频繁交替，纷至沓来，连续不断。百艘大船不到三刻，折损过半。海面上，乱作一团。没有人预料到此情何情！此景何景！

此时，在浓烈的硝烟里，有三艘微型飞鱼舟环岛快速漂游，穿梭而过。混乱中，战船上的人谁也没发现他们行踪。他们是谁？是龙荡营特使官金枪鱼留下的暗哨盯梢，随时掌握朝兵攻岛动向。

屋漏偏逢连夜雨，船迟又遇打头风。飙风骤起，响雷在头顶爆炸，暴雨大作。这片海域，多日不见雨水，偏偏此时此刻暴雨骤临。没有被水雷阵击碎的战船，在风雨中不停摇晃，雨水湿滑，外舱的将士们脚底立不住，眼睛睁不开，相互搀扶，拼死簇立，抱团互助，忍受狂风鞭笞和暴雨袭击。这些未曾实战过的长江水师，晕头转向了。海猎曾担任过长江水师总兵，操练过多期水师，本以为十几里的铜钱岛海峡，战场不在海面，越海作战，在岛上决胜匪徒，十拿九稳，千算万算，没算到这番情景。其实，在长江水师眼里，长江貌似雄宏壮阔，但和大海相比，不及万分之一，最大风浪不过三尺，更何况近年长江上，从未发生过战事，水师连给商船护航的机会都没有，更别说打仗了。今日场面，浓烟覆盖，天地交合，轰响交错，火力纵横，立体爆炸，分不清敌我，弄不明白战况。混合爆炸，连环爆炸，被炸将士们唧哇乱叫，无处逃生，情绪异常，极度失控。大火中，只有跳水逃生，大多步兵骑兵，不会游泳。选择跳海，情急之下，只是选择了不同死亡方式而已！海猎蒙圈了。他果断对身边传令官命令道："停止进攻！停止进攻！鸣金！鸣金！后撤三百尺，抛锚待命。"

鸣金收兵信息发出之后，靠近的战船隐隐听到后退抛锚待命。包围圈太大，接力鸣金一时无法传遍。岛那边的战船，继续蹚阵中雷……

雷暴雨渐止，换成淅淅沥沥的小雨，密集播洒不停。爆炸声渐渐消失，海面上，越来越多的鲨群、鲸群，蹿跃欢腾，载歌载舞，不是饥不择食，而是专抢肥的啖。水族如过大年，娶媳妇一样，欢天喜地。

弥漫在海面上的硝烟，跟着风的身影走了，幽幽漆黑的海面，幽幽漆黑的天空，铜钱岛消失在海猎的视野里。第一轮双方残酷无情的对决，海猎由衷深信，匪徒老巢有伏兵，有诡异的伏兵。他所遭遇的还击，绝非单纯的水雷，一定还有大炮，红衣大炮，只是自身战船上的炮火，未能压住匪徒炮火，亦丝毫没有摧毁匪徒坚固而诡秘的岛上工事。接下来咋办？时不我待，今晚必须上岛，刀山火海，水雷火炮也得闯，回头不是岸。海猎派出三艘小快艇，了解第一轮炮火过后，还有多少船，多少人，能继续战斗的。三艘快艇升半帆，每船五人，燃起火把，分散而去。

夜深深，黑沉沉，东陬山黑熊洞外海面上，金枪鱼在小舟中远远看见海面上，漂一只火把。他知道，一定是留守岛外凤尾礁的信使副将，基围虾派来的飞鱼舟。若是外船，海上五里外的哨卡，定会传报的。金枪鱼顺着火把，自驾丁鱼舟，快速划过去。双方相差百步，因为黑暗，对方并未发觉金枪鱼的行踪。为安全起见，金枪鱼大声发出战时口令："列缺霹雳。"对方两人，一是红嘴鱼鹰，一是白翅海鸥。突然听到口令，冷不防，"嗖"地抽出宝剑。两人辨出是首领金枪鱼声音，立刻回答："丘峦崩摧。"这是廖总和东方瓒商议的战时第一天口令。第二天口令："大将南征"对"秋水雁翎"。第三天口令："沉舟侧畔"对"柳暗花明"。前两次口令，有了规律，第三次变得驴唇不对马嘴，以防止破译。金枪鱼急切地问："二位兄弟，岛上战况如何？"红嘴鱼鹰："禀报将军，朝营空射万炮，踩了俺们第三环水雷阵，戌时三刻，炸毁炸沉朝营战船六十八艘，炸死炸伤，落水无救朝营将士，有三千多人……"

金枪鱼脸上挂着掩饰不住的灿烂笑容，心里美得说不出滋味，半晌才说："兄弟，不说了。哎哟！廖总战策，实在令人不得不叹服。大统领一定不胜欣忭。走！你们直接向大统领禀报。"

公孙家餐厅里，俩婆娘陪公孙觋用餐，公孙觋尖嘴猴腮，持牛眼酒杯，"吱——溜"，筷头搛花生米，也许眼神不济，也许手指不灵，搛几次，都空的，索性放下筷子，使小汤勺掠起一勺倒入口中，牙齿不全，慢慢磨叽，慢慢嚼。他向三婆娘使了眼色，三婆娘武美娘心领神会，放下筷子，给公孙觋捏肩揉背。公孙觋不悦，骂骂咧咧："俺说，你这只凤凰城不下蛋的母鸡，白花俺的银子，买了你，养了你，肏了你，还有什么地方对不住你？你那肚皮子能不能善良一点，给俺争口气，俺命里，五丁，五丁哩！知道吗？（说着，转脸向二婆娘）你也是，养个显儿，二十多年了，肚里空着，现在腰里快干了。算了，这也怪不得你……"二婆娘向公孙觋瞪了瞪眼，心里的话没说出口："你就是个老色鬼，七分肏，一分爱，二分传后代。老天给你两儿，已很眷顾你了。扛着鸡巴，肏满街，也不可能给你再添三丁。俺同情老三，也恨老三，老三早晚给你添丁，东窗有好戏……”

公孙觋“吱溜”三杯之后，小酌微醺，仰起脖子，很不屑地说：“你两个狗日东西，俺再说一遍，再不给老子添丁，老子还要娶四房、五房、六房……三千房。龙王荡剿匪大战开始，廖子章乡团被征用了。廖子章命运只有一个，要么战死，要么处死。两种可能，一种结果。俺若登上总乡团的位置，不，不是‘若’，是一定能坐上。到那时，莫怪俺，把你两个狗日东西，打入冷宫。”二婆娘尖酸地说：“老爷，你也太风骚了吧！廖子章做二十多年的总乡团，就一个老婆。你还没坐上总乡团位置，就定下三千婆娘的宏伟蓝图，每天光是睡觉翻牌子，也忙不过来呀！这种事，别人帮不了。莫愁，如果只是为了添丁（她嘴上说，那神秘的眼珠子，在眼眶里转了两圈，转向武美娘，那是蔑视的神色），保不准十个月以后，美娘准能添丁。”公孙觋鄙夷不屑道：“你他娘的，就会说喜话！”武美娘心中大惊，捏肩的手不自主地抖动一下，颤抖地说：“二姐，真的假的？再不添丁，你看！这日子，没法过下去了！老爷要不是顾着面子，早把俺卖给窑里了！”说着，委屈的眼泪“叭嗒叭嗒”掉下了！二婆娘说：“放心吧，妹子，二姐理解。两腿劈开点，俺就不信，光种不收。”武美娘心中犯怵，这个二婆娘，藏得够深，她捏住俺的七寸了！

东方瓒听完红嘴鱼鹰和白翅海鸥的禀报，心中暗悦，从心底佩服廖总这个“总导演”，名副其实。他用右食指头敲着桌子说：“你二位，回去告诉基围虾，继续盯住朝兵动静。要千方百计掩饰好密道进口，岛上的储备粮和备战物资、金库，都在密道中。俺相信你们。两个时辰后，那个海猎会改变策略，不敢围攻了，他会把战船列成一条纵队进岛。不管他们咋折腾，让他们自己启动岛上机关吧，杀他个有来无回。你们回去，要及时反馈朝营兵员数量变化，这对龙王荡之战，很重要。”……

海猎集中可以继续作战的大船，三十二艘。身上无伤，能继续作战的将士，一千六百余人。海猎内心笼罩着层层阴影、叠叠疑问，无法释怀。这难道就是咱率领的百艘战船，五千精锐，第一轮作战的结果？海猎集中三十二艘幸存船上的管带，对他们说：“……咱祖辈八旗营，在马背上打下大清天下。如今咱八旗长江水师，真的就这么𡒄了，不经打吗？传令，集中战舸，改面上围攻为线上点攻。一条线，从铜钱岛西码头进岛。不管他有几环雷，一环只能伤我一船，就是五环，顶多折我五船，我还有二十多艘战舸，还有一千多勇士，一样可破岛拼杀，与匪徒决战！”海猎指挥战舸，从他船边越过。尽管战鼓擂个不停，但士气明显低落，那些摇橹大汉，内心装着失望，情绪不稳，担心再受挫败，怏怏不乐，唉声叹气。

这大概就是当代八旗兵的德行，狂妄时趾高气扬，吆五喝六，受挫时灰心丧气，妄自菲薄。难怪有朝臣说，八旗兵娇生惯养，锦衣玉食，早已不能打仗了。的确如此！前边几艘战船明知踩雷，不得不上，军令如山。战士为死而生，又何必吝啬一躯。怕死不当兵，当兵何以惧死。战情，没有出乎海猎预料，前面第一艘战船小心谨慎，战战兢兢，如履薄冰，缓慢向前移动，结果还是未能逃脱，触动二环雷，爆炸升空。紧接第二艘战船，相隔不足三百尺，触第一环雷阵炸毁。第三艘战船沿前两艘航线继续前进，未听到爆炸声。海猎松了口气：“传令，全速直线前进。”三十艘战舸一齐亮起罩子灯、马头灯、火把，海面跃起一条长龙，向铜钱岛游去。海猎破了铜钱岛三环雷阵。三十艘战船按既定作战方案，每三船为一队，水兵、步兵和骑兵混合编制，上岛作战。

圆月从云缝中钻出半个忧伤的面容，挂着串串的泪痕。月亮在说，既然为死而生，那就去死吧！第一队一百五十人刚上岸，大部分人在上岸的台阶上，忽然码头两边又响起爆炸声，吓得上岸的士兵纷纷卧伏地上，不敢动弹。队长苏克萨喊道：“起来，谁碰线了。注意脚下，注意脚下。”士兵个个低头，其实也看不清脚下。如临深渊，试着上台阶。第一队总算上岸了，没遇到阻击。在码头广场上，苏克萨身边两士兵，高举火把照明。苏克萨说：“月光，很及时呀！咱们任务，后山丛林，清剿隐藏之匪。弟兄们，跟我来！……”第一队上岸，紧接第二队、第三队……第十队，陆续登岸。

第一队在后山竹林前，准备入林上山。月色笼罩微风中窸窸窣窣的竹叶，是谁触动诡秘灵异的机关，不知道。只听得一阵“嗖嗖嗖”的弓箭声，苏克萨反应很快，迅疾惊呼：“啊，箭雨！来不及了。”箭雨袭来，无可阻挡，苏克萨站在队伍最前边，话音刚落，一箭穿过喉咙，气绝而亡。明枪好躲，暗箭难防，说的就是这个理。这才是真正的暗箭，夜里射出的箭，还是明箭吗？没人知道，箭从何处来。箭硬生生地从士兵们口中、肚皮，穿插而过。又有谁知道，这些箭的箭镞，都被香霰营的美女涂上“触死”的毒液了呢！一阵箭雨，一队士兵倒地过半。没有号叫声，更无呻吟声。剩下的，谁也不敢前进入林，也不敢撤退。副队长瓜尔基尼，对副队长索特说：“兄弟，算了，就这样吧，请兄弟们静坐，等天亮吧！若现在再前进，说不定啥死法。苏克萨走了，咱们得留下。”话音刚落，竹林左侧山峰上突然间石方坍塌，无数斗大石块从百米山峰上纷纷坠下。瓜尔基尼发现滚石阵，屁滚尿流，爬起来，喊了声：“快跑！”撒腿便跑，没用的，百足之虫也跑不掉的。第一队遭箭雨之后，还剩下七八十人，却被全部埋在这滚石阵中。

海猎立在指挥战船上，等待各路军的巷战消息。

第二队任务是寻找龙荡营巢穴，铜钱岛山洞。山洞很快被发现，一士兵叫道：“队长，山洞是封死的，咋办？”队长豪克鲁果断回答：“凿开！好东西都在洞里。”兵士们握住手中铁棍、长枪，插进石头缝撬起石块抬出来，分批动手，不大工夫，拆掉密封山洞。月光如霜，火把熊熊烈烈，豪克鲁大声嚷道：“这个山洞很大，给我仔细搜，发现荡匪，格杀勿论。搜到粮库、钱库、珠宝库、物资库，皆有重赏。进洞莫挤，一组二组三组，按先后顺序，挨着进洞……”三个组全部进洞，火把子把洞内照得通明。神不知，鬼不觉，洞门口“轰”的一声沉闷巨响，豪克鲁走在最后，听到这异常轰响，猛回头看到洞门内，有一块厚厚的大石块像闸门上的条石，合着槽子堵得严丝合缝，一根针也别想插进去。豪克鲁下意识喊道：“坏了！”没容他再说话，山洞顶上，顿时浇泼下一种橡胶味的液汁，紧接着，洞内起火，火头冲顶，火焰又从四壁中如决堤洪水，喷射出来。将士们身上全是火，有的跳，有的叫，有的就地打滚，有的东一头，西一头，撞石壁上，又回头。有的哭爹，有的叫娘。聪明的带着火身子，往洞里钻，也许可以找到水源。没跑几步，前边和洞门口一样，早被大石块封死。士兵们在高温中，在大火中，在窒息中，纷纷倒地，不消一个时辰，化为灰烬。

一队、二队销声匿迹。

第三队队长是海猎心腹，名叫乌托洛，任务是沿岛边炮台，搜索地堡暗道里的红衣大炮。三队发现通向第一个地堡炮台的暗道口，这是一条掩体壕沟，其实是一条一丈深、六尺宽的石槽，顶上用青条石封死。一个地堡通过弯曲的三百尺壕沟，进入另一层地堡。地堡是在岛岸原石上凿成的一个整体，外部炮轰雷击，伤不到皮毛。地堡内部，有上下两层炮台，每层三门红衣大炮，炮口对准海面，以防来犯之敌。其实真的大炮，全部登船进荡迎战去了。现在炮台上皆为木制、外包铁皮的模型，用以诱导迷惑敌人。副队长鄂格建议道："乌托洛兄弟，我觉得，先派两人进去试探一下，黑咕隆咚，以防不测。"乌托洛同意，派两人持火把，沿壕沟暗道一路小跑，到了地堡门口张望后，慌忙跑回说："报告队长，有两层地堡，六门大炮都在。"

另一个副队长马赫弩有不满情绪，心里不舒服，不痛快，垂着眉头，嘟哝："脱裤放屁，多此一举。"

三队全体一百多人，全部进了全封闭壕沟之后，"轰"的一声，壕沟进口被堵死。这和第二队进山洞时，同一机关原理。但迎接他们的，不是橡胶火，而是铁钎，上下一丈，左右六尺铁钎，从石壁上万钎齐戳，每个人身上至少三钎穿透，多的十几钎。前边有几人眼尖腿快，冲进地堡，刚庆幸脱身。没想到，刚进地堡，惊魂未定，六神无主，只听得"哐"的一声，地堡内，地面陡然现出一个大大的黑窖子，窖子下面，竖起几十支生铁淬打的八尺铁钎，凡逃进地堡的，死得更惨，跌落下去，铁钎从后心进，前心出。那些直跳下去的，如烤肥肠一样，铁钎从腚眼进，脑门出。无人幸免，惨无人道。这就是战争，用鲜血谱写，用生命诠释！壕沟中火把，红黄紫焰，偎依着将士们的战袍，从暗道到地堡，连接成长长的火串子，"呼啦呼啦"地燃烧，地堡的炮口眼，透风孔，"吐噜噜"地滚动一股股黑沉沉的浓烟。

海猎坐等战船之上，一个多时辰已过，没接到岛上战报，心中正在纳闷。一士兵灰头土脸，丢盔弃甲，衣衫不整，拖着长剑，还未上码头，放声大叫：“报——”海猎听到，迫不及待问：“快快快，传——”

吊桥放下，船舷栏栅打开——船楼门开——船上侍卫闪开。传报兵进门趴下带哭腔：“禀报将军，四队、五队将士，在校场上遭遇火龙阵。无数斗大火球，在阵营中乱滚乱飞，校场周边火墙四起，难以逾越，场内一片火海。将士烧死烧伤半数，剩下兵勇将士冲入大海，为灭身上的火。崖岩湿滑，岩石陡峭，险峻悬拔，又有一半人不能上岸，被海水卷入漩涡之中。”

海猎没容传报兵说完，急问：“土匪，有多少人？”“未见一人！”海猎此刻茅塞顿开，恍然大悟，一下子全明白了，觉悟了。他从糊涂中，从错误中，从梦中醒来，晚了。拳头敲打桌子，一边跺脚，一边拍打椅把子，伸手摸过桌上茶杯，猛摔在船板上，白瓷茶杯碎了。茶水冒着热气，一脸的无辜！茶叶一条一条卧伏着，犹如战死勇士的尸首。

海猎看着不堪的瓷杯碎片和一地茶水，羞愧、恼恨，心情坏透，再也稳不住内心燃起的怒火。无处爆发和消泄愤怒，气得七窍生烟，跳着脚喊道：“鸣金！鸣金！收兵上船。”他认为，现在船上最安全。

在营房中搜索的是第六队，队长奥嘎卓，检阅似的参观干干净净的营房，整整齐齐的条几桌凳和床柜橱箱，墙上挂龙荡营大旗，旁边一行醒目白底黑字：“朝营兄弟们，若是累了，请在此放心休息，确保平安无事！”奥嘎卓大呼上当，岛上匪徒从容撤出，断定岛上绝无一人！

第七队正拥入大食堂，两千多人的大食堂，其规模可想而知。队长巴尔汗走近长长的面案，掀起白色蒸笼麻布，现出一案子白白暄软坨笼卷子。案桌旁也有两行字：“奉大统领之令，给朝廷饥饿兄弟们留下给养，以示慰问，确保无毒无害，放心享用！”巴尔汗不知如何是好，噘起小胡子，向两边摇动一下，有点不敢相信。将士们，何时吃的饭，不记得了，这喷香的白面卷子，人家的慰问品，可不能糟蹋了。只说了一句：“谢了，东方瓒！够朋友！”随即命士兵将案上几百斤白面卷子，一条条扛上肩。本想放把火烧掉这庞大建筑，再想想，还是积点阴德吧！决定放弃这条恶念。

撤回船上将士中，少了一、二、三队的全部，四、五队的部分。海猎再派人找，无果。这让幸存者感到，岛上神怪诡异，邪恶魔幻，玄而又玄。几百号人，两个时辰蒸发了。出乎意料，无法相信，真是不可捉摸。没办法，只能如此。天亮再议！模糊的月光，洒在黯沉黝黑的海面上。三十艘战船，在波浪推动中，晃荡庞大身躯。瓦灰色的篷帆，横卧在矗立的桅杆上，在夜风里发出“嘎吱嘎吱”忧怨的叹息声。

海猎哀转咨嗟，烦闷感伤，欲哭无泪。浩浩荡荡的五千皇家水陆骑三支队伍，阁老放心将其交给自己，如今剩下不到千人。无论这场战争是胜是负，自己皆不可苟活，亦无脸苟活。死，并不难，难的是，阁老如何向朝廷，向皇上，向老佛爷交代。一死，何能了之！自己应该活着，活着替阁老担责扛罪……海猎左思右想，像坐在插满针头的毛毡上，心神不定。又好像芒刺扎在后背上，有几分惶恐，几分忌惮，再也无法保持平时的那份淡定，那份泰然自若和不动声色的样子。这是他二十多年，军旅生涯，最为耻辱的不战而败。在大海中和小岛上，抛下近四千兄弟的尸首。他觉得，应该、必须、现在，给阁老报丧。让阁老对明天大会战，提前做准备。他转脸向外边叫道：“来人！”侍卫从门口快步进前：“大人，请示下。”“笔墨伺候！”

海猎写道：“阁老大人钧鉴！围岛误入环岛多重水雷阵，损战船七十艘，折兵三千余人。搜岛索匪无果，岛空人无，暗道地堡密室机关遍布，箭阵、火阵、石阵、钢钎阵，又伤我将士近千人。明日，放火焚岛，按约转海口。海猎死罪，本无颜再见阁老，念明天会战，一息尚存，定与荡匪血战到底。”海猎把信笺叠得整整齐齐，交给侍卫，出门招另一侍卫说：“你二人同乘小船，原路返天生港，上马快速，天亮前到南头队大营，向阁老禀报岛上战情。”海猎四十有三，此两侍卫，一个是嫡亲独子海豹，一个是嫡亲外甥竹宾，叮嘱两位晚辈：“你二人去阁老大营，跟着阁老，保卫阁老，别再回来。”明天会战，荡匪顽固，诡计多端，如此看来，阁老也是凶多吉少。

早上，天上无云，空中浑浊，空气沉闷，湿热。太阳如一轮磨盘，没有平常的灿烂模样。沉重的身躯很吃力地徐徐上升，周围还箍起两重青灰色的云环。朝霞如飘移的紫烟，非明非暗，时隐时现，无形无影地弥漫在龙王荡上空。东方瓒从金枪鱼手接到乡团总部发来的消息：朝营铜钱岛大损，折战舸七十艘，损兵四千。今日上午，西路军六千人，以车轴河中心线为界，南北纵列十八里，从头队向东。铜钱岛余部，从车轴河入海口向西，对龙荡营实行东西夹击。廖总与衍子民同乘一船，在河面上与岸上步兵同步前进，拉网式搜索。预计于酉时，在六、七队两岸芦苇深处，实现合围，总攻决战。

东方瓒看完消息，对金枪鱼说：“朝营与乡团士兵混合编队，告诉兄弟们，反击时停止炮击，避免误伤乡团兄弟。先灭朝营东路军海猎部于海口。一兵一卒，不得踏入九队东界线。再灭朝营西路军于口袋阵之内。让衍子民东西夹击，成梦幻泡影。命令各营首领，必须确保廖总与衍子民的绝对安全。告诉副统领，各战营接到命令，无条件执行。前线具体战术、运作、调配，见机行事，不用上报！”

朝营这顿早饭，伙头军、粮草官、后勤营足足准备两三天，肥猪三十头，肥牛十头，在乡团校场十口二十四印大灶锅上足足炖了一天。香飘十里，萦绕南头队三村十八庄，久久不肯散去，引来上百条狗在场外转悠，张大嘴，伸长舌，黏涎三尺，只是想弄条骨头啃。

让参战将士痛痛快快，足足实实，饱餐一顿。这样的早餐，对三千朝兵而言，会不会再有，天知道！

威武雄壮，英姿焕发，神采四溢的年轻将军霄寒，黄色战衣外，披挂宽大黑色斗篷风衣。站在渔船船头，左右俩渔船上，分别是左先锋哼勒靼，右先锋哈瓦刺。身后是五十艘并排渔船横截河面，和两岸搜荡的士兵同步前进。再后边，是衍大学士与廖总同乘的指挥船，以及卫队船。

衍子民此种围剿战术，自以为是一种创新，兼顾多层含义。

指挥船周围，多艘海船混合，前边有主将霄寒，左右还有哼哈二将，皆勇者，大力士，精明强悍。左右前后，近距离至少上百人，护卫实力强大，安全有保障。指挥船居车轴河中央，既和前沿战士同甘苦，共患难，鼓舞士气，也可给两岸身处青障中的勇士们，提供有效导向。两岸将士看着渔船前行的标志就不会转向，可放心齐头并进。万一河面上遭遇阻击，五十艘渔船，上千号勇士直扑上去，亦能杀得荡匪片甲不留。还可及时调整战术，及时向两岸发布命令。两岸任何一方，若发现严重的敌情，可通过五十艘渔船，临时搭起浮桥，相互驰援。

指挥船连夜做了简易改造，中舱上方搭建一个类似哨亭，上边有哨兵观哨，外部蒙铁皮，以防流箭。内部宽敞，衍廖二人坐内，中间放一张矮桌，两人对坐看图饮茶。

铜钱岛上，海猎部不战而败，败得如此之惨，这让衍子民丢了颜面。海猎驱回两嫡亲后生，衍子民明白海猎意图，不想活了，省得苟活，而接受舆论谴责或审判。先前的天象也表明他和霄寒的命途。坐在渔船上的老衍，内心平添几分悲凉、几分沉重，又几分渺茫。

有些事啊，明知结果不妙，还不得不为。既为，必不指望侥幸，无论如何，都应该以适当方式接受结果。

衍子民曾想，再从周边的江、浙，调些绿营汉旗，壮大实力，又觉得，这不是自己风格。自己在皇帝面前，朝堂之上，拍着胸脯，夸过海口，剿匪务尽。可是铜钱岛一战，未见匪徒一兵一卒的影子，自伤四千兵，毁了几十艘战船。本来，若攻岛顺利，海猎和霄寒，两战神级英雄，东西夹击，可完成剿匪大任，自己和廖总，尽可在校场大帐中，饮茶、聊天。现在麻烦大了。铁锤打铁，铁打铁，就看谁的铁硬。海猎只剩下不足千人，何以攻入海口，实现夹击战图，没啥指望，由他去，就由老夫一肩扛吧！箭已离弦，再无回旋余地。老太婆掉下井——尖脚（坚决）到底。这场战役，就眼前状况，已无悬念。和廖某同乘一船，唯一目的，在万一紧要关头，寻求进退路径。

战死，对于自己而言，无所惧，亦无所憾。内阁大学士，又不是贪生怕死、徒有虚名之辈。可是，战死在土匪手里，心不甘，情不愿，气不顺，神不爽，一句话，不值。更何况，满朝文武定是笑掉大牙，讥讽有加，尽其挖苦、嘲弄之能事。到那时，死了死了，再无嘴辩驳。史官们定然记下这耻辱丑恶一面，以资遗臭万年。喜怒无常的小皇帝，又会怎么看？那祸端恶源的老刁婆子，更是仰卧吃冰棍——痛快到心。半夜想起来，也会拊掌大笑。

廖子章觉得，自己三千人马，混编朝营，定有无辜伤亡。现在，立于船头向两边看去，唯一能看到的，就是他的乡丁膀臂上的白套袖。

衍子民面南端坐矮桌旁，闭起双眼，内心在谴责自己：衍子民呀！

六十有三，一生中，处理朝政要务，国家大事，经历过多少错综复杂的交锋，多少次明枪暗箭。如今，大战在即，怎有如此妄想杂念？唉！没把握呗！他看廖子章掀帘进入，又镇静地说：“坐！廖兄！”廖子章郑重地说：“禀大人，可以出发了！”衍子民在仓内，向外大声命令：“出发，向龙王荡深处，目标六、七队，前进！”

7

南头队接近龙王荡西高地，地势相对较高，溪流较浅，阡陌纵横。混合战队刚进二队荡区，方向明确，体力充沛，精神饱满，士气高涨。走起来比较顺利。一个时辰后，进入三队界线。三队地势渐洼，溪流渐多渐深，小路多隐入水洼里，进军速度明显放缓。芦苇愈加茂密、粗壮。偶尔，在芦苇稀疏的高圩或漫坡上，有零散住户，几户、十几户、几十户，破陋草房，都已关门上锁，没有牛羊鸡豚，可见散乱的芦柴垛子和枯柴簇子。朝兵端起尖刀、长矛，刺戳观动静，见不到一人影子。

大约又过两炷香时间，队伍过三队地界。河中心的渔船以前边霄寒所在的将军船为标志，两岸队伍向左向右看齐，不紧不慢，向前推进。指挥战船上，廖子章说：“大人，船队已进四队地面，两岸地势，情况会逐渐复杂起来，叮嘱兄弟们，倍加小心谨慎！”

衍子民深信不疑，言从计纳地说：“旗令可在？”旗手回：“大人，请示下！”“命两岸将士，小心谨慎，严格搜索，发现可疑人，格杀勿论！”

接近中午，渔船行至四队中心线。南四队是荡区的一块开阔的高平地，没有海水，没有芦苇，这里，有龙王荡中比较繁华的小集市，南北东西两条十字街，街道空空无人，家家户户紧闭门窗。

衍子民命全体将士停止前进，补充给养，原地待命。廖子章对衍子民说：“大人，这里是四队小街。”“哦！四队小集市？”“大人，南宫先生的中医堂，就在这街上。”衍子民不太相信，脸上露出一种说不明白的神情，委婉地说：“一代名医啊！竟藏在深邃的乱荡之中，不可思议。真是花下多蜂蝶，乱丛卧乘黄啊！”廖子章有意附和：“是啊！”衍子民似乎又好奇地问：“南宫先生，中西医皆精，本可在太医院大显身手，大展宏图，可惜了。这是为什么？”廖子章说：“人各有志，无法强求。大隐，隐于朝。小隐，隐于市。真隐，隐于山水之间也！念土怀乡啊！”

衍子民说：“这点，和廖兄志同道合，很相似。上岸拜访南宫先生，如何？”大战之前，衍子民哪有闲心走亲访友！他认为小集，是最易隐藏荡匪之地。在这小集上，定能发现蛛丝马迹，或许有意外收获。

廖子章百般谨慎地说：“大人，集市恐怕有坏人混入，您是大军之魂，万万不能有丝毫差池。”

衍子民说：“时辰尚早，小集市走走，观瞻南宫先生杏林大医堂。”

在衍子民眼里，敌情最要紧，自马恚、牛闯两支侦探队失踪，他就放弃知己知彼这条战前铁律。强化围歼，见招拆招。泰山压顶，兵临城下，不信不能震慑荡匪。任凭你荡匪，使何战术、花招，在哪里发现，就在哪里消灭，快刀斩乱麻，不必优柔寡断，拖泥带水。衍子民已沿小街，由此向南，卫队四十多人，长枪短剑，火器队荷枪实弹，严实地将衍阁老和廖总围在中间。衍子民也是纵横捭阖，大气磅礴的大帅，早年除匪、惩贼，消灭捻军，击灭太平军，亦有叱咤风云的气概。在关键时，坚持原则，敢与恶婆子老佛爷叫板，不失大清名臣、中流砥柱的风范。他觉得，这么多人裹得他快窒息，视线遮挡，不利观察、审视。山羊脸、麋鹿脸、狮子脸，不断转换。厌烦地说：“闪开，闪开，有廖总一人在我身边，足够！你们不知道，廖总在战场上以一当百，铮铮铁骨，有他在，何所惧？”听到命令，卫士们向四周散开。一双双鹰一样的眼睛，紧紧盯着周围的环境，不放过任何一个风吹草动的迹象。

四队小集，纵横南北中心街，二里长，衍阁老不停向街道两边观望：铁匠店、农具巷，粮食店、豆油坊，茶叶店、食品廊，水产店、菜市场，百货店、大卖场，咸鱼店、腊肉庄，鞋袜店、豆腐房，寿衣店、棺材१京，乌盆店、瓷器行，颜料店、染布店，烟酒店、大饭堂，煎饼店、油条档，私塾堂，玉器店、首饰店，古玩店、典当行，贸易栈、票钱庄……大街两边，店连店，房连房，青砖瓦舍，白墙石基，一式两层小楼。每家店门，弄堂前，挂着五颜六色的招牌。

衍、廖二人，边走边聊，不觉到了十字街。又沿东街向前，再看两边：兽医站、小猪行，乞丐居、赌钱场，青楼院、媾马场，斗鸡地、赛狗场，大戏台、说书场，笼鸟市、竞蟋缸……衍子民有些不解，问廖子章：“廖总，集市上，咋不见一个人啊？”廖子章微笑，有备而答：“平民见到了，咋办？是放？是杀？荡里人一旦知道荡中有战事，哪个敢待着不逃？战争啊！首先，惨遭涂炭的，必是百姓啊！”衍子民警觉地说：“地主、商人、乡绅、财东，也跑啦？”廖子章不假思索地回：“大人有所不知。他们不会跑，而他们家，那些长工、短工、伙计、用人、跑堂……肯定跑了。下等人社会关系不复杂，只要和荡匪稍微扯上亲故的，明知留下来找死，怎么会留呢？”

衍子民好像有所悟，似乎有某种程度的同情，慨叹说：“战争就是如此残酷，其践踏和摧毁的，是社会底层的平民百姓。三国时，因为战争，‘白骨露于野，千里无鸡鸣’。没有战争，国家安定了，又大兴土木，劳民伤财，百姓的日子还是不好过。过去有个写词人，他叫张养浩，有一首《山坡羊·潼关怀古》，他说‘兴，百姓苦；亡，百姓苦’，就是这个道理。要不是战争，这四队小集，大街上一定是人来人往，热热闹闹，繁荣昌盛。这里才称得上世外桃源。眼下萧条，于老夫，于朝廷，也不可心安理得，理直气壮。（转而牵强附会地）这些都是匪徒活动猖獗，造成的恶果。荡匪一日不灭，平民百姓和朝廷一日不得安宁！”

他们边走，边四下审视。衍子民没有发觉什么可疑迹象。通过一个小巷，拐道回到南北中心街，靠南头向北望，大约百十步子，衍子民抬头看，街东侧，有一褪色的古旧门楼，门楣上有一古铜牌匾，端正老颜体：“南宫大医堂”。

中医堂敞开大门。衍、廖二人立于门楼下，端详牌匾上的字。衍子民见字兴奋地说：“好字！好字呀！点如坠石，画如夏云，钩如屈金，戈如发弩，纵横有象啊！”廖子章说：“阁老评点精妙，此字出自在下廖氏书院经学导师，孔老先生之手。法度严苛，肥厚筋劲，方正严谨，浑穆圆润，气势磅礴，古朴老辣。十足的颜体味道呀！”

一群人进了中医堂大门。这是一个长方形中医堂四合院。两边走廊前，挂着大医堂门诊各科号牌，肝科、肾科、胃科、跌打损伤科、妇科、儿科、伤寒杂病科、心科、脑科、关节疼痛科、疮疔痈疽科……大院深处，一排两层青砖小瓦阁楼，二层住院处，一层划价处、收费处、取药处。门诊科室大多上锁，只有伤寒杂病科开着门。廖总陪衍大人进门。

室内医桌旁，坐一位二十出头的女郎中，穿白色大褂，两条长辫子垂在胸前。并无瞧病的人，她在专心看一本医书，是《伤寒杂病论》，桌上还放着《黄帝内经》《金匮要略》《神农本草经》。

近日，她在父亲指导下，研习“六经分类”，经典考证，创立和完善南宫氏中西结合医疗体系。衍、廖二人，见其如此专心看书，先不忍打搅。衍向廖挤挤眼，廖总点点头，右手食指在桌边上“咚咚咚”轻叩三声。女郎中忽然惊醒，神灵从书中走出来。她认出廖总，脱口而出：“廖四太爷，你何时来的呀？对不起，怠慢了！”她有点懵懂。

廖子章客气地问：“不好意思，闺女，打扰了。你认识俺？”“当然认识。俺是南宫小芬呀！前些日子，您开仓舍粥，成千上万人到您校场上喝粥，为防止老弱病残者突发病变，您组织义诊，俺们大医堂抽了十几个郎中坐诊发药，在校场上，俺们待了二十多天哩！”南宫小芬连忙解释！“对不起，对不起噢！看俺的记性。”说着，急指衍大人道，“这是衍阁老，今天特意拜访南宫济先生，他在家吗？”南宫小芬连忙向衍子民施礼说：“见过大人。不巧，家父早上，就被荡缘口严大庄，严九老爷叫去，严九老爷母亲体恙。”聪明的南宫小芬意识到，时到中午，不能怠慢客人。她说：“时到正午，廖四太爷、衍大人，请你们稍候，俺去后厨准备午餐。”正说之时，院里进来一顶两抬蓝顶小轿，一下子引起侍卫们警觉，上前围住。南宫济下轿一看，周围皆是官兵，他意识到了，不屑地问：“围住俺干啥？剿匪剿到大医堂啦？”

机灵伶俐的小芬，听到父亲说话声对廖子章说：“看，他回来了！”衍子民和廖子章转过头，衍子民气恼地呵斥侍卫道：“散开，散开。有眼无珠，废物。”南宫济先生抬头一看，一眼认出衍子民，连忙跑过来道：“不知阁老大人万金之躯驾临南宫医堂，南宫济有失远迎，罪过！罪过！”说着跪下行礼。衍阁老腿脚不利索，踉跄快步，弯腰扶起：“先生客气，折杀衍某，快快请起，快快请起！”此刻，衍子民的内心是真实的。没有掩饰，没有伪装，没有虚情假意。这种真实，主要来自对南宫先生老不欺，少不哄，富贵不谀，贫贱不弃的医德、医术的尊重和爱戴。

衍子民弄不明白，龙王荡这种蛮夷之地，穷乡僻壤，几乎隔绝人世。峻山巨海，绝域殊方之迥，却偏偏出了像廖子章这倾心为民的拓荒崇高者；偏偏出了南宫济这样解忧百姓的仁义之士；偏偏出了东方瓒这样率众追求平等，耕者有其田，对抗社会，对抗朝廷，不怕砍头灭九族，为社会低层受苦受难人殉道的土匪头目。这是一群无私奉献的人，是踩着崎岖、嶙峋、峻拔山路，随时准备粉身碎骨，寻求美好未来的攀登者；是驾驶舟楫，顶着风雨雷电，劈波斩浪，向幸福彼岸奋力航行的矢志不渝者；是为那些看不到光明前程，贫寒无资的苦难人，点亮明灯，拨正航向，深明大义的贤者。有这样的一群人，龙王荡人怎么能不富有，怎么能不繁荣！现在，我在剿灭那些似乎可以同情的匪徒。衍子民不愿再往下边想。鬼使神差，衍子民啊！衍子民，六旬多的老人，三朝元老，立场和原则面前，可别犯糊涂。不管世道咋变，自己的心，不可随变哟！

侍卫们第一次发现，这位朝廷重臣，一品大员，对一个乡村医堂穷郎中，如此敬重客气，如此激动，慷慨兴奋。面面相觑，不知唱的哪一出。侍卫们把敌视的眼神换成敬仰和温柔，他们越发觉得，龙王荡的水太深，云太厚，雾亦迷蒙，人事关系复杂，不可轻举妄动。

南宫济先生连忙站起来道："阁老位高权重，咋屈尊进龙王荡这种兔子不拉屎，青蛙不尿尿的穷地方，真是玷污了大人贵体。请问大人，老太爷身体咋样？南宫俺一直牵挂哩！""自你治愈家父腿疾，再无反复，非常好！非常好啊！"衍子民感激神态，溢于言表。"二位大人，议事室就座（转脸向小芬），小芬，告诉后厨，准备五十人午餐，大人远道来，无论如何，应请大人吃顿饭，这是规矩。"衍子民忙摆手道："南宫先生，免了免了！时间紧迫，待我剿了匪，得胜回朝前专程回访，今日就此别过（停顿，略有所思），近日，可有荡匪前来就医？"

南宫先生不温不火，不隐不瞒，不掩不饰地说："荡匪自有医堂，小病小灾，外伤内疾，他们自家医疗。只是昨夜三更，他们天象师作法入魔，内火攻心，昏死过去，抬过来，俺给他扎了数针，一个时辰，清醒无事。说是撒尿，一去未见回，估计溜了。”衍子民不难理解地说：“哦，医者仁心。你可知道去向？”“这，真的不知！”南宫济确实不知，衍子民也相信。

早上到现在，头队至四队，拉网式搜索，未见荡匪踪影，衍子民原先怀疑匪徒，可能不敢与己正面交锋，躲到别处，正如廖总所言，朝河荡、蝮岛、海上漂移去了。那么今日剿匪，亦如过去剿匪，无功而返？听了南宫介绍，他心中踏实了，匪徒就在荡里。衍子民拒绝在大医堂用餐，很感激地说：“谢南宫先生，咱回船上，战事紧急，岂能安心吃饭。”

衍子民等人走后，小芬迷惑不解地问：“大，这就是衍大人？你帮他父亲疗腿疾的衍大人？”“是的。”“他们来剿灭龙荡营？”“是的。”“那，你还如此热情，留他们吃饭？”“是的。”“龙荡营是土匪吗？”“不是！但朝廷、皇帝说是！”南宫先生觉得应该给孩子解释清楚：“龙荡营为百姓，为乡亲，劫了朝廷官船，他们是荡民恩人。他们抢朝廷的粮，在朝廷眼中，他们是匪，必灭之。天下事，就这个逻辑，朝廷说他们是匪，那他们，就是朝廷的匪。”小芬非常气愤地说：“那廖总，不是龙王荡的救星、大神、四太爷吗？为什么跟着朝廷屁股后，瞎起哄呀？”南宫先生收拾出诊归来的医疗器具，听女儿这样评价，很意外，很惊诧，急忙阻止说：“傻丫头，不要胡说八道。真是单纯，就看到廖总伴随衍子民左右这一表象，就让你如此愤慨？你太浅薄了！不明事理。俺丝毫不用夸张，在俺心里，廖总吃的盐，比俺们吃的米还多；廖总走过的桥，比俺们走过的路还长。廖总是海洋，俺们顶多就是一滴水。廖总是蓝天，俺们将就算是，蓝天下的一朵云。”小芬似乎明白了，似乎又不明白地问：“不能吧？这哪里是廖总呀！俺听你好像在赞美君主圣上！溢美之辞，说过了吧！”“孩子，你懂几何？朝廷庙堂，江山社稷，民间江湖，百姓人家，人心人面，社会关系，千工百业，上下九流，复杂呀！慢慢琢磨吧！廖总跟衍子民一起剿匪，才真正是龙王荡的幸事。否则，龙荡营必遭剿灭。这里的道理，你不会明白。廖总博大襟怀，俺们不必妄测，就是衍大人也捉摸不透，把握不住吧！龙王荡不怕黑暗，因为有廖总这盏明灯；龙王荡不怕水深火热，因为有廖总这颗救星。俺也算是见过世面的人，俺绝不会有意给谁唱赞歌，绝不会盲目崇拜谁。但是廖总，值得崇拜！廖总对荡里的坏人坏事，睚眦必报。对普通百姓，就像连着他的筋骨一样。走路遇上七十老人，下马扶一把；迎面碰见三岁的娃，也打个招呼，问个好，有口皆碑。你再想想，这么多年，龙王荡，水患、旱患、蝗患、冰雹、瘟疫、倭寇、海盗抢掠烧杀。民间敲竹杠子、抬财神，村间械斗、杀人掳货、欺男霸女、诉讼案事……天灾呀！人祸呀！桩桩件件，哪一桩，哪一件，不是他的力挽、平息和决断，龙王荡平民百姓早就完了。再说，龙王荡的每一次毁灭性灾难，几乎都耗尽廖总家的资财，倾其所有，毫不吝啬。你不是亲眼见到了吗？两月前的舍粥，那场面，大半年的时间，谁撑得住？南北二十队，加上龙王荡的原住民，两个大校场，二十口大灶锅，昼夜不停熬粥，救苦救难。那场面，多悲壮，你看到，能不感动？廖总用自己家六十口人嘴里的口粮，自家棉纱从江南换来的粮，自家商行所有的门店获得的利润，拿来买粮，全力舍粥。一家人，上自廖总，下至两岁的娃，通通和贫人一起，一天喝两碗稀粥。粮食不够，他到处求爷拜奶，走亲访友，到地主家去拜门子，拉关系，卖老面子，为啥？他何曾为过自己家？龙王荡不乏大地主，严九、端木、夏侯都是千顷良田的主，他们财大气粗，仓盈囤满。他们为啥不舍粥？格局呀！朝廷、官府高调赈灾放粮，救百姓于水火，说的比唱的还好听，可是龙王荡三万人口，谁见到朝廷放下的一粒粮啦！俺们误会谁，都无大事，就是不能误会廖总。孩子，以后说话，要过脑子。”小芬知道自己年轻、单纯，见识浅，口无遮拦，转而关切地说：“廖总也剿匪，就不怕东方瓒有想法？”

南宫先生说：“东方瓒才不会那么单纯，他和廖总目标一致。再说，他们是一个头磕下的把兄弟。廖总，这样半公半民身份，正是东方瓒头顶上的一把伞。衍子民拉他剿匪，他没有理由不参与。他的智性和掌控力，就是衍子民，也不能不叹服。东方瓒也罢，龙荡营两千勇士也罢，谁敢怀疑廖总，绝对没有。俺南宫大医堂，也救济过赤贫人家，俺们是小仁，不及廖总万一啊！”

小芬说：“前几天，俺去南六队出诊，一孤寡盲人，贾八奶，有胃病。她在家里烧香祷告祈福，俺问她祷告啥，她说她只供活菩萨。俺问谁是活菩萨，她说廖四太爷。俺问她为啥，她说，廖四太爷与她家非亲非故，每月派人给她送粳米、小面，有时还有红砂糖，还给零花钱。要不是四太爷照顾，她那把老骨头，早就生黄锈了。”南宫先生很有感触地说：“这在荡里又不是个例，荡里哪个队，哪个乡，都有鳏寡孤独的人，每个月，廖总家的马车送粮上门。就说俺们大医堂吧，当年你爷爷带俺兄弟六人，从小海举家迁入龙王荡，两万两白银建这个院子，廖总一家，捐助八千两。后来，俺们有余钱还他钱，他说，那是捐助，又不是借贷，哪有归还一说。还说，龙王荡千百年，没有大医堂，你们来是龙王荡人的福气，钱花完还能挣，命没了，就再也回不来……”

午时已过，天气十分闷热，河水很烫，空气吸进鼻腔，热烘烘的，呛得很。天空好像弥漫着厚厚一层糨糊，强烈的阳光，混合在糨糊之间，逼得人睁不开眼。搜荡的士兵浑身上下，盐潮卤滴。湿滑的内衣，浸透汗碱，皱巴巴地散发腥臭。

河面风平浪静，蒸腾起棉团般热气。荡内不见风丝，芦柴梢头一动不动。无限的水上植物，定格在凝固的天水之间。河岸的大石块上，流淌热汗。

搜荡的士兵觉得胸口闷得慌，仿佛堵了一团棉花，呼吸困难。过了四队，荡里地形发生巨变。车轴河两岸，凸起的河堤、圩堆上，有高低错落民宅、草垛、马厩、牛棚、猪圈，还有残垣断壁的围墙、芦柴篱笆。河堤内外坡，长满一两丈高青茂芦柴。芦柴尽其全力，向外无限延伸。河堤两岸外坡下，沟沟相连，溪溪相通，大小河塘，塘塘相连。河、溪、塘、沟、水洼、水湾、迂回流转，有连有断，似断还连。水位抬升，淤滩、泥滩、沙滩，渐入水下，泥泞沼泽，时隐时现。各类植物，密密匝匝，除了芦苇外，还有各类高高矮矮的青绿植物，茅草、稗草、菖蒲、沙浪苗、茭白叶、青萍、艾蒿、草狼、小茴、碱蒿、海英菜……

河面上的指挥船，看不到两岸队伍。两岸队伍，也看不到船上的旗语指令。涉水士兵不小心，一脚踏上淤滩，两腿陷入，无法自拔，必用几个人抓住枪杆，往外拖拽。拖上来，一圈人精疲力竭。也有的不听导向，掉进沼泽无法施救，转眼间，人没了。遇到深水湾、塘口、沟河面，不会凫水的士兵，不可能找到可以绕行的路径，两圈转悠，不知东南西北，傻了，愣了。

刚进入五队，前进队伍乱了，一字儿向前的连线断了。搜荡的士兵散落在不见天日的芦柴荡里四处乱走，毫无方向，不知所措。有的三五成群，有的十个八个，聚在一起，抱着一团。乡团混编乡勇都会凫水，在水面上游比徒步快。他们也非常尽职，确实没办法帮旱鸭越过塘连塘，水环水，无边无际的荡区。这就是大自然在龙王荡布下的，让朝兵无法逾越和突破的龙王阵。大仗就要在这样的环境中拉开战幕。此时此刻，聚在一起的朝兵交头接耳，小声埋怨："打仗？怎么打？能打胜吗？""在这迷魂阵里，如何立足，又如何行走，都有很大问题。""现在关键是，根本就找不到目标，土匪在何处，就是找到匪徒，还有招架之功吗？"

看不到自己队伍的衔帅，心急火燎，他认为，现在自己是一根红薯，被架在火炉上烘烤。是一只在温水中煮的青蛙，心里心外，都在遭受热火的煎烤、蒸煮。他表面上仍保持平和冷静，镇定、安闲，以商议的口吻问："廖兄啊，堆上的房屋，遮住咱的视线；纵深的芦苇、青纱蒙住咱的心眼。咱们的船，是行还是停，现在荡里情况，会是如何？"廖子章干脆地回答："阁老，荡里行军，肯定愈来愈艰难，不容置疑。五队除了这车轴河两岸矮堤低圩外，再无陆路可走，堤外塘连河，河接溪沟，看上去似乎阡陌纵横，其实全是七头八汊的循环水路，无论如何是走不出去的。有效前进办法，要么涉水，游泳前进；要么，乘小舟楫。靠徒步走很难，一般人做不到。"衔子民担心地问："这个时候，若匪徒乘小船冲杀过来，后果一定非常不妙。咱们士兵走晕了，匪徒以逸待劳，守株待兔，清醒得很！咱们咋办？"廖子章寻思，你老衔思维固执，俺早告诉你，龙王荡洪水恶流，荡内地势水情，极端复杂，沟坎港湾、平交水口，有名字的，三千三百二十九道。你冥顽不化，一意孤行，到头来，只有被动挨揍。廖子章不无关心地说："现在，暂时把将士们先调到这矮堤低圩上保存实力，以图战机。"

衔子民一时没想出啥好法子，伪装微笑，看着廖子章说："廖兄！

依你意见，不让将士们做无谓牺牲，先上河堤，再做打算！”衍子民对着室外道：“来人！”一侍卫弯腰在舱口道：“大人，请吩咐！”“告诉霄寒将军，让荡里全体将士，分别到两岸堤堆上集结，休整待命。”

虎头鲸收到韩鲙密报，朝营士兵和乡团丁勇都集结在两岸堤上休整，下一步去向不明。虎头鲸听韩鲙报告，决定命炮船调整炮位，对大堤两侧用猛炮轰一轮。意在迷惑衍子民，为廖总争取更多主动。

衍子民见炮击两岸，感觉大战开始了，土匪第一轮炮击之后，定会发起冲锋，这是老战术，没啥新花样。再仔细观察后，对廖子章说：“廖兄，匪徒的炮技，真的不敢恭维。一轮炮击，不是想象中的残酷，我军皮毛也未伤及。”廖子章心中有数，混合编队，虎头鲸岂能乱轰。炮击两个目的，他首先要告诉衍子民，俺们土匪就在荡里，等你来剿，你别溜了。其次，炮击之后，衍子民若有对策，会马上做出反应，若暂无对策，会让朝兵避而不战，等待时机。如果这样，龙荡营可以先集中精力，对付东部战区的海猎部。实现各个击破的战略决策。

廖子章思路很清晰地告诉衍子民说：“阁老说得是，技术确实不佳。也好！若技术过得硬，把车轴河河堤堆炸了，乡民房屋炸了，大堤塌了，那这帮土匪，就真是遗臭万年的罪人了。这轮炮击，匪徒意在告诉俺们，他们就在六队至八队之间，那里定是俺们决战战场！”廖子章在有意提醒衍子民，对方的炮击技术非常高明精准，听话听音，衍子民当然理解廖子章的意思，当即对廖子章说：“廖兄啊！咱们必须重置作战方案。”廖子章心里明白，来不及了，嘴上却说：“是的，阁老，俺们该调整方案了！”

时间，下午申时，海猎部八百人在铜钱岛反复搜查，找到竹林前，箭雨滚石阵中，苏克萨及其部下，一百多具血肉糊涂的尸首；东校场火龙阵中，几十具被大火烧煳、炭化的尸首，已无法辨认。第二队豪克鲁属下一百多人，第三队乌托洛一百多人，无影无踪。然后，在岛上布下包括营房、大食堂在内，八个燃火点，放火烧岛。

海猎觉得，继续搜岛毫无意义，集结队伍原路离开铜钱岛。行过一里，海猎举望远镜，回望燃岛实况。奇怪，所有燃点，没有如想象中的火势、浓烟，所有火点，早已熄灭，海猎叹息：“天不遂我，我奈何？”丢掉幻想，速速赶往龙王荡，参与围剿大战。荡匪若无外援，朝营便不会遭遇里应外合之危，剿匪最终决胜权仍在衔大人手中。他立于船头，悲壮地瞻仰、回望那片葬身七十二艘战舸，四千多将士的海面。这位钢铁汉子，低头闭目致哀，默默无语。英雄气短，儿女情长。他睁开红红双眼，潸然泪下。每一殒命将士，都跟随自己蹚过无数艰险，南征北战，所向无敌，皆铮铮铁骨。如今，大战未开身先死，稀里糊涂丢了性命，他们死得不甘，咱活得也冤啊！我这先锋官，窝囊，心何以忍，情何以堪。又以何面目，再见信任自己的阁老，有何面目，回京面圣。只有拼死一战，以报阁老知遇之恩。海猎转过头，指挥二十八艘战船，分列四纵队，朝龙王荡海口驶去。

车轴河入海口，地势低洼，地形千变万化，高高低低。底部是东陬山西侧余脉。登高临远，不见边缘的大片滩上，覆盖不见天日的绿植。海口呈东西走向，西高东低，截面大喇叭，簸箕口。千百年来，黄河愤怒时，决堤也好，破口也罢，洪流滚滚，咆哮千里，带着黄沙泥浪，皆从这里入海。

片滩下面，隐藏深深石脉，有的犹如鱼脊梁，中高侧陡，一垄一垄，条状入海底。有的如盘踞的巨龙，水流在盘龙中，旋流宛转，迂回环绕。有的乱石、怪石，积如危卵，诡异骇人，千年不变。有的陡峭、渊塘重叠，深不见底，险要奇绝。有的高峻，一石如擎，四周又凸凹频现，圆石如斗，瘦石如骨。有的平坦如砥，坡缓地阔，整齐光滑，平屈细腻……

海口地势，浑然天成，无人工凿痕。水势形态迥异，半吞半吐，变幻莫测。深过三丈，浅止脚面。汹涌时，势拔泰岳，气吞山河，声势赫赫，波澜壮阔，仿佛可冲刷世间一切污泥浊物。安静时，静如处子，温文尔雅，晶亮如镜。又如沉稳低调的智者，蕴藏渊博而宏厚的学识、坚忍而有魔力和智性。即使浅不过脚面的水质，也并不贫乏鄙陋，并不轻浮浅薄或猥琐。她的身后，是长江、黄河；她的面前，是浩瀚无垠的大海。她曾经历过千里万里，也有广博精深的见识。她的一生，和大江大河大海一样，丰富多彩。虽浅，却也富含清澈和纯粹的气质；虽浅，却蕴有广大坦荡胸襟。海猎将军只知道车轴河入海口，九回洲两侧，素有大洪道之称，可载百吨大舸进入内河，他没有先见之明，更不可能知道，就在这海口，他将迎来何种战局。

入海口呈大喇叭状，向大海敞开。喇叭中间，伸出一个大舌头，叫九回洲。九回洲，葱绿覆盖，大面积湿地、绿地上，遍布杨树、柳树，还有棯树、白蜡树、芦苇和灌丛。洲中有水，水中露洲，洲陆相通，水水互融，水连似断，水断似连。绿荫蔽日，天不见水，水不见天，似明亦暗，似暗亦明。洲上林木，皆高大树木，修林有致，地面开阔，石路平整，加之战前筹备构建，这里早就成为龙荡营骑兵集训基地。骑兵只能在开阔平坦场上鏖战，绝对不可以在树木掩蔽中对决。海猎千算万算，没算到这里会埋伏骑兵，而且都是女将军。

平时九回洲上，也有水流经过，上游水流经过九回洲，不走直线，而是沿地形，旋转迂回而落，七弯八绕，水在洲中转，洲在水中立，水势盘旋、扭转、回绕，时而东流，时面西转，时而南下，时而北漂。地形复杂，造成水情刁钻，外人到此，上不见天，下不着地，必晕头转向。千百年间，龙王荡人只知道九回洲灌丛成簇，石卵如斗，乔林若云，绿荫似盖，青茵像毯，蓊蓊郁郁，葱葱茏茏，逦迤不绝，神秘深奥。谁也不解其中之谜。乾隆年间，疏浚车轴河，有人提议炸掉九回洲，让上游泄洪更加通畅。龙王荡人坚决反对，炸掉九回洲，更容易使海潮大面积逆入，海患无穷，农渔双损。

龙王荡人始终认为，入海口片滩，正是龙祖的尾巴，而九回洲、六道水、八段河、七星塘，则是龙尾鳍之筋，是天意，上天安排。当时，荡里老学究，还搬出古书典籍，阐证天意不可违，说什么：天行有常，不为尧存，不为桀亡。应之以治则吉，应之以乱则凶。要求官府应势而为，顺应天意，顺其自然，必获丰益。若背道而驰，违反天律，必遭天谴。

巽营首领飞天神姑海英，地道龙王荡南十队原居民。海英三岁，父亲海霁，母亲海雯，在海州湾捕鱼，失了风浪，人船未归，小海英由姥姥照顾，六岁时，姥姥去世。荡中农渔无收，右大营十队士农焦大奎，五十岁，膝下无嗣，廖总做主，让他收海英为养女。焦大奎骑兵出身，当年骠骑营有名的猛士。马上功夫，数一数二，教练小海英骑术。荒年，焦大奎父女俩，加一马一猴，走出龙王荡，在板浦、海洲、大伊山、沭阳等地，演马戏，其收益，一家连人带畜四口，一日三餐，将就维持，焦大奎也可间隙性地小酌。一晃十年过去，焦大奎六十，小海英十六。手里也没啥积蓄，猴子老了，马的奔跳也力不从心。焦大奎知道，海英无论御马术，还是马上刀枪棍棒、骑射打斗，都已超过年轻时的自己。况且当前自己身体，日下西山，夕阳落幕，一年不如一年。就在焦大奎寻思，下一步咋办时，廖子章派芦飞劝他父女俩回龙王荡。龙王荡乡团应时之需，组建骁骑营，聘焦大奎父女任正副教头，待遇从高从优。焦大奎父女常年在外漂泊，如没根浮萍，势单力薄，受尽风霜雨雪，日月磨难，世态炎凉，人间冷暖，欺负凌辱。知道了廖总意图，还说什么待遇不待遇，立马收拾行囊，挈马携猴，打道回府。

龙荡营大统领，亦建女子骑兵营，便和廖总商议，邀焦海英上岛。廖总征得焦大奎父女同意，焦大奎留在乡团，海英上岛。又一晃，五年过去，海英二十有一。转眼间，罩衫里，两颗硬核青桃变成了一对扑棱扑棱白鸽子，结实的小细腰坚韧地挺立在圆润的臀蛋蛋上。粉红的脸蛋像熟透了的水蜜桃，水灵娇嫩，真是天生丽质，不怕风吹日晒。细长的柳叶眉下，衬托一双明亮细长含情脉脉的丹凤眼。眼神中，隐藏着不易察觉的坚毅、勇敢、智慧和深沉。

她如当年焦大奎训她一样严肃，近乎残忍、暴虐，操练出一批柔情似水、绵里藏针，娇巧中不失挺拔，美艳中更有刚毅，香润绵甜中还带泼辣杀伐的，马背上的酷妹子。海英受任巽营骠骑首领，绰号飞天神姑。今日，她内穿紧身牛皮明山纹铠甲，外掩内蓝外青双层斗篷披风，头戴铁板杞柳盔，手持百炼精钢雁翎刀，背挎长弓，脚蹬近膝黑色晶亮牛皮马靴，坐骑青鬃碧玉骢，鞍下扣箭筒。飒爽英姿，威风神武。骁骑营二百人，集结在九回洲乔林树荫地上。海英在马背上，勒住战马缰，战马振作兴奋，昂首挺胸，摇晃脑袋，抖动晶亮的青色细溜的长鬃，四蹄不停踩动。海英抖一下缰绳，爱抚地摸一下马脸，马安定了。

海英明显感到，今天的身体有些沉重，和往日不一样的沉重。大战在即，她没有理会，手握钢刀，面向众姐妹，大声地叫道："众姐妹听好，九回洲，是车轴河入海口的咽喉，俺们的任务，就是在这海口的咽喉上，死死掐着朝兵东路军，绝不允许朝营一兵一卒，通过俺们的咽喉，踏上十队地界……俺们东边，与海口连接的海唇边上，是七星塘，勺星状排列，勺口在北，勺柄朝南。那里的草丛、灌丛、芦苇丛中埋伏着坤营凌霜菊的一百二十人火器营，朝兵一旦大船搁浅，肯定先与火器营遭遇……俺们北边和南边，是车轴河的两大洪道。北洪道外有六道水，六道水里有石林、河坡、坎道，还有芦苇丛，是乾营雪里红的三百人弓弩营在那边设伏。南洪道对面是八段河，顺风坡上，有茅草荒、荆棘、翠屏，萃海罂的香霰营一百二十人在那里设伏。无论朝兵从哪边上岸，俺们都与对面伏营，形成夹击之势……若朝兵八百人，一起拥向九回洲，那个海猎将军无论如何想不到，迎接他们的是一支骁勇的女子骑兵营。各位姐妹，刀下无情，怎么痛快怎么杀！”海英这段话，算是战前动员。阵中二百美女，一色服饰，一色枣红战马。她们伶俐机智，聪颖灵敏，英勇威武，神采四溢，威风八面。其顽强斗志，必胜气势，令人敬畏。她们时刻准备着，驰骋冲杀。海英提高嗓门，穿透力极强地呼道：“来吧！海猎，焦海英的姐妹，准备好了！”

海猎来了。四条纵队，每队七艘战船，离海口五里路程，就开始降帆缓行，以便对准洪道时，再满拉风帆，迅速通过。海猎很谨慎，望远镜不停观察，警惕九回洲、七星塘周围动静。不见人行、兽走、鸟飞。只有阳光闪闪，海浪层层，空气流动，树梢摇曳。

虎头鲸指挥艇，隐蔽在九队、十队界线的深苇之中。侦探戚檀的飞鱼舟飞快靠过来，向虎头鲸报告：“禀报副统领，海猎船队在车轴河海口东南方五里处降半帆，向海口驶来。”虎头鲸睁圆蜥蜴般的双眼，龟儿子，你在明处，俺在暗处，正郁闷俺的红衣大炮，派不上用场，他果断决定：“速告乾、坤、艮、巽四营首领，隐匿坚固的战壕、地堡之中，当心敌炮轰击。”“是！”戚檀调转飞鱼舟，去了。虎头鲸估计海猎在不明真相情况下，必用炮击，给四营造成损失，故通知四营严密隐蔽。

虎头鲸调动指挥二十三门红衣大炮，在十队车轴河面上，隐在植物丛中，备足炮弹，移动炮位，等待海猎战舸进入最佳射程。

海猎的望远镜，不停搜索七星塘、九回洲、六道水、八段河的海防工事。没发现啥工事，一切皆如平常。除了白茫茫一片水域和水域中严密的绿丛、植物，就是根本无法看透的芦苇。海猎本想打一轮炮击，试试海口伏兵部署，又一想，咱们吃打草惊蛇的亏，亏大了。再接近些，猛拉满帆，加速前进，迅速通过海口洪道，突进车轴河，在广阔车轴河面上，就是俺战舸的世界，无论东西夹击，还是直接水上作战，咱战舸都占绝对优势。海猎拿定主意："旗兵注意！"指挥船楼顶上，海猎居左，旗兵居右，旗兵问："将军，请发令！"海猎挂着苦大仇深瘦削长脸："命令，四纵并两纵，盯住海口，九回洲两边主洪道，升满帆，正舵、全速。右纵，从右洪道突破挺进；左纵，从左洪道突破挺进。进了车轴河，密集炮轰，将全部炮弹投放到两侧芦苇之中，为西路军清剿，扫清障碍。"

虎头鲸双目怒睁，盯住海猎两纵，大声喝道："兄弟们，海猎战船，已全部进入俺们射程。一号炮至十一号炮，瞄准北边纵队；十二号至二十三号炮，瞄准南边纵队。现在已接近洪道，正东方向，三级逆风，调整焦距。瞄准喽！不放空炮，各就各位——预备——放！"

虎啸天地动，风鸣芦林摇。"嗵嗵嗵……嗵嗵嗵……"二十三门大炮对准海猎炮船，先发制人，疯狂袭击。有几艘战舸被击中，桅樯"咔咔"折断，风帆起火，船舱爆炸，引发船上炮弹爆炸，大舸解体，人员死伤惨重。

海猎立于船楼，烽烟遮住他的望远镜。他本应立即下令还击，却下令全速突进洪道："全速前进！全速前进！"海猎为啥不命战舸大炮还击？朝营战船，所有炮位都在两侧船舷上，若开炮还击，必须重新调整队形，落帆收橹，停止前进，用战船侧面对准车轴河方能开炮，如果这样，他突进车轴河的战略，将前功尽弃。海猎唯一目的，是突破大洪道，挺进车轴河，所以，他不顾一切，咬紧牙关，宁可不还击，坚持全速前进！

虎头鲸当然知道海猎意图，呵斥道："一号、八号、十三号、十七号、二十一号，他娘的，臭手，打偏了。"

一轮炮击结束，虎头鲸命令："一号至十一号炮船，撤入龙宫崖待命；十二号至二十三号，撤入龙爪湾待命。戚檀，通告雪里红、凌霜菊、萃海罂、飞天神姑，迎战余敌！”“是！”

衍阁老和廖总听东海口传来炮击声，知道海口战役已经打响。衍子民仔细琢磨，海猎没有还击的动机。但愿海猎突破海口洪道天堑，战舸迅速开进车轴河。衍子民认为，队伍不能在五队矮堤低圩上，坐等海猎战船。海猎每前进一步，都会付出惨重代价。河两岸队伍可试探向前移动，争取穿过六队，在七、八队河堤两岸，实现夹击清剿。

衍子民命五十艘渔船加速前进，引蛇出洞，尽快与战舸会合。衍子民觉得，大战已经开始。

韩鲙驾飞鱼舟，向虎头鲸禀报，敌主力以及河面五十艘渔船，加速向东移动，意图和东来海猎战舸会合。

海猎战舸被一、二轮炮击之后，还能继续冲锋的，只有十八艘。现在他们纵列，正满舵，升满帆，全力向两条大洪道突进。

乾、坤、艮、巽，隐身未动，静待大舸触礁。

洪道水底，被巽营填了大石。战前分析，敌战舸触礁后，有三种可能，一是换乘小船（战舸上都备有三艘小船），继续突进。二是分三路上岸，向西突击。三是守住入海口，严防龙荡营撤退，从海上逃跑。

不管海猎有多少想法，四个营任务，就是消灭他们于海口。

虎头鲸趁衍子民东移之际，速派兑营八爪鱼部向东推进二里，隐伏在九、十队界线的芦苇中，东可驰援乾、坤、艮、巽四营，向西可兼顾包围伏击。现在，虎头鲸希望廖总继续拖住衍部东移速度，只要消灭海猎余部，衍部再东进，只能是乖乖进入口袋阵。

虎头鲸指挥战艇，居车轴河中心，向东瞭望，他有些惊悚，水位开始上涨，情况复杂了。海涨潮，速度快，巽营填石工事可能失败，海猎战舸有可能突破洪道。七星塘在九回洲最东部低洼处，涨大潮，七星塘漫入水底，坤营设伏就非常困难，若凫水作战，火器湿水，打不着火，就会被动麻烦。这是初潮，一个时辰后，便是大潮。虎头鲸仰望天空，乌云翻滚，上天在酝酿巨变。白蝙蝠呀！坏俺大事，你不是预测傍晚戌时大潮吗？现在刚进未时呀！

白蝙蝠半倚在东陬山黑熊洞外树荫下平台的石桌旁，看海水上涨，心中沾沾自喜，应验老夫预测，今日大潮，速风速雨，好戏就要开场了。

金枪鱼速速泊舟上岸，又遇见白蝙蝠，白蝙蝠兴奋地问：“将军，前方炮战情形如何呀！”金枪鱼嘴上应付，脚步不停说：“还好还好！”进洞禀报大统领道：“……副统领禀报，潮水上涨，大战要提前一个时辰，副统领欲破白蝙蝠神签，保护离、坎、震、兑四营首领，哪怕多担些风险，也值！”

东方瓒说：“廖总早就对俺说过，白蝙蝠、公孙觋和老芦雁那一套，神神道道的东西，早把我国古代易经玄学，变成迷信的神鬼妖魔化了，胡说八道。俺也不信白蝙蝠上天入地，测生前死后五百年。只是整个世道氛围，文化传统，精秽共存，鱼目混珠，还不能完全抛弃，加之，许多人相信这些东西。所以，大面子上，得过且过，也不必公开较真。心中有数，难得糊涂。”他对金枪鱼强调说：“一线所有战务，按副统领意图办，只报战情，不再请示……”

海猎两纵队铆足劲，直闯九回洲两侧大洪道，南北两狭口风大起，水大涨，波浪大作。风借水势，水乘风头，风鼓满帆，以迅雷不及掩耳之势，如流星赶月，近似风驰电掣，两支船队如长剑利锋，直插洪道，准确无误，一艘、二艘、三艘……第五艘船头，刚进狭道口，忽听前方仿如大厦倾覆之声，“轰——咔嚓”，第一艘大舸突然刹住，樯桅折断，风帆扑水，船楼轰塌。两边洪道，几乎同步。紧接着，后边四舸纷纷相撞，坠尾，惯性太大。前面几艘，有的侧翻，有的船头半插入深水中，有的半截子冲上石滩，半截子漫入水下，大多承不住撞压，散板脱钉，船楼崩塌，舷板横梁坍在水面上。再看船上士兵，嗷嗷怪叫，头破血流，青大黄妈，乱作一团。有的被自己枪剑戳杀，有的撞上别人刀口，有的被掀入水里，有的压在船下，一片狼藉，情况十分危急。水面上，漂起几条，从龙荡营大食堂扛走的，还没吃完的坨笼卷子。

突如其来的阻击，让所有的人出乎意料，从天而降的袭击，猝不及防。蒙了，抓瞎了！海猎指挥战舸跟在最后，也不免撞上前船。海猎、十几个哨兵、旗兵、卫兵，和船楼一起，通通被重重地摔在船舱板上。船楼柱子折了，架子散了，摔下来的人鼻青脸肿，破皮烂肉，手忙脚乱，惊慌而愣住，瞪大眼睛，说不出话。海猎十分恼怒，口中骂道：

“他娘的那个疤！肏他亲娘，这帮土匪，刻毒刁钻，真他娘的活见鬼，这也叫打仗？”士兵们虽皮糙肉厚，膀大腰圆，的确也经不起这番折腾。士兵们拾起丢掉的铁皮盔，捡回刀枪，连忙爬起，围住海猎，以防不测。

海猎临危不惧，不乱，本打算用小船疏散士兵，突围闯进车轴河。此刻，大船散板破损严重，小船找不到了，即使找到，洪道也已全被堵死，连只青蛙也跳不过去了。海猎四处观察，未见人影。他不做更多思考，命令：“所有士兵弃船，分三路登岸，从九回洲、六道水、八段河，强行前进。目标，车轴河两岸，遇水蹚水，遇匪杀匪，加快速度，和衍阁老西路军会合。”

海猎率领不足六百人，分散在开阔、广袤的海口大片滩上。落花流水，土崩瓦解，已溃不成军。这时，全乱了。谁是管带，谁是大副水手，谁是陆战队员，都不重要，重要的是不能待在船上。在铜钱岛遭遇水雷爆炸的教训，惊魂未定，个个恨不能长出翅膀飞出去。纷纷向七星塘、九回洲、六道水、八段河拥去。海猎在卫兵掩护下，仓皇逃向九回洲，他们认为，九回洲最安全。没有依据，只是直觉。

天空乌云翻腾，云云融合，不安分的淫风，刚刚平息一会，又从南向北刮过来，风不大，刮在脸上，火辣呛人。龙王荡里，腊月南风冻死鬼，六月北风热死猪。今年，八月比六月还热，何况刮南风，热上加热。海猎湿热难耐，怒气未消，脸上热汗“呱嗒呱嗒”滴下来。仰脸，没见到太阳，只见到蠢蠢欲动的乌云。心里骂道，这熊天，到底想干啥？

在七星塘附近，被挤垮、撞沉战船上的将士，纷纷往塘口高地奔跑。跑上高地，才不受涨潮威胁。谁也不知道，塘口高地，一百多支黑洞洞的火枪口，正对准他们的胸膛。

沉着、冷静的凌霜菊，拨开眼前茂密的茅草，一双如猫头鹰的眼睛，紧紧盯住，冲向塘口高地，自相惊扰、狼狈不堪的士兵。她对身边美女说：“别着急，别紧张，瞄准了。预备！”所有坤营美女，两眼盯着前方，枪口瞄准，静待朝兵靠近。第一批六十多朝兵，刚刚冲上石圩高地，还没来得及站稳，凌霜菊下令：“打！”一枪撂倒冲在前边的朝兵头目。枪林弹雨之中，朝兵或一声不吭倒下，或回头往河边逃窜，或在地上翻滚，或哭叫：“我的眼睛！”捂住眼睛的指缝，汩汩朝外冒血。“哎哟，我的腿！”“我的胳膊……”六十多人，死的死，伤的伤。后边正准备拥向塘口的朝兵，不敢上冲，准备另辟蹊径。凌霜菊不给他们机会，既然在七星塘口范围，就得丢下命再走，喊道：“姐妹们，冲上去，别让他们跑喽！”

从船上逃出朝兵，如落水狗，如丧家犬，向六道沟，向九回洲，向八段河口顺风坡逃窜。八段河顺风坡，在南大洪道的南岸上，有一个鱼骨岭，是东西走向的石崖条子，越过鱼骨岭，就是八段河，这里有八条走势相类的盘旋回绕的河流，地形无规则，有坡、有岭、有堤、有圩，有大石块、青石板，树木丛生，百草萋萋。奇妙是，不管天空刮什么方向的风，风到八段河鱼骨岭内坡，都自上坡向下坡刮去，千年不变。这种现象，没人说得清楚。所以，萃海罂的消魂香霰营，一百二十人，沿着这条鱼骨岭上风，伏在丛林百草之中，等待朝兵靠近。

萃海罂出生在湘西苗可寨，苗医世家，本姓麻，父亲麻省，她叫麻景。到她父辈，业旺丁稀，就她一个独生女。七八岁，从父习医，走遍山川，采千草，尝百药。年交二九，精通苗家医术。疑难杂病，手到病除，遐迩闻名，还传承祖辈独家秘术、蛊术，擅金蚕蛊、血婴蛊，还有情蛊。不幸的是，因为她长得标致、俊丽、灵秀、娇巧，又聪慧，知书达理，温良贤惠，被当地知县大老爷相中，送来喜帖，择日纳为妾。麻景志存高远，宁死不从。父亲护犊心切，无奈之下，使金蚕蛊欲杀知县，不料阴差阳错，杀了知县的两个儿娃。东窗事发，知县杀麻省，烧了麻家世代医铺，逼麻景就范。这一天，麻景在山上采药，知悉后，在砍柴的樵姐妹帮助下，逃出县界。知县岂能罢休，派捕快一路追捕。情急之下，她躲进停泊在湘水码头，正准备起锚返航的龙荡营镖局的货船。她跪求韩蛤、顾三、颜四，道出原委。龙荡营的正义仁人，岂能袖手旁观，见死不救？他们果断出手，杀了三个捕快，起锚扬帆，打道回府。他们把麻景带回龙荡营，按规制，按程序，上交大统领处置。大统领经一番考察，触动心思。如此精湛医术，通本草，能治病，会制香、制迷、制毒，为俺龙荡营所用，乃上苍眷顾俺们。大统领没等麻景开口便说：“麻景姑娘，你的心事，俺明白。明天，俺派兄弟去湘西，把那知县的头颅给你提回来，你会安心留在俺龙荡营吗？”

麻景早已想明白，这年头，这世道，天烂了，地烂了，贪官如猛虎霸道，污吏似恶狼欺世。腐败分子执掌腐败政府，哀民怨声载道，百姓民不聊生。天下之大，无处可容小女子安身立命，空有一身医术，心存高志，何以济民，何以救天下？大统领，人中龙凤，以惩贪除恶，救百姓于水火，以天下苍生幸福生活为己任，不正是自己苦苦寻求的志同道合之人吗？麻景不用再思考，当即回应大统领：“麻景早立下以小医疗民、以大医救国之誓言。今日得大统领相救，有立足之方寸之地，愿追随大统领，赴汤蹈火，万死不辞！”

两个月后，大冬天，韩鲙、顾三、颜四，将那知县头提回来，顺便搜了知县十万雪花银票。大统领把人头和银子，一并交给麻景。从此麻景，号萃海罂，用此十万银，在龙荡营办起消魂香霰营和龙荡营大医馆。大统领把从淮沭“�琴斋”、瀛洲“妍春坊”、沂洲“白鹭瑶”赎身出来的二百多良家小女子，遴选一批识字，有灵性的，交给萃海罂，组建大医馆；选取一批适合手工制香的，组建香坊，由供勤部执事郎奋蹄骢秦驼，负责营销。最关键的是，暗地里组建一支秘密组织消魂香霰营，造毒香、毒蛊，以备大战之需。

萃海罂的迷香、毒蛊，在前几次反围剿中，曾大显身手，无可取代。迄今为止，一部分朝兵在无形刀剑中，无伤无痕，不见血，死得挺挺的。朝营将军大人们，一直认为荡中雾瘴作怪，百思莫解，大惑成谜。今天，这个苗家娇媚的姑娘，会有啥新招吗？南洪道外，鱼骨岭上，冬青海桐下，统一姿势，蹲着艮营的一百二十位美女，一字排开。她们一身白纱连衣长裙，胸中一条青枝，两峰两朵红花锦绣图案。头戴白色竹皮斗笠，斗笠周围，垂白色透明细纱蚕丝薄幂，鼻梁以下，吊一块白色绸缎解毒香帕，兜住鼻、口、下巴。纤纤细手，长长指甲，涂上鲜红指甲油，手拿蜡纸套裹着的小阳伞。一式细皮嫩腿，娇肩蛇腰，琵琶臀，妖婉妩媚，如仙如神，如魔如魅。

今天，每人身带三毒，“十香软筋散”可致瘫，而不致命，放置葫芦箫装置之中，吹箫投放，让对手在一片愉快音乐声中，腰软腿麻，膝盖酥。“香情齑”随呼吸进入人体内，在兴奋狂笑中，看到想看的，做到想做的，所有幻想皆成现实。譬如，想看美女洗浴，看见了，还可戏谑一番。譬如，想当皇帝，此刻，已坐在銮殿的黄金椅上，唤爱妃，呼大臣，叫平身……然后，大笑三声，乐极而亡。这毒齑就装在小阳伞的顶端木质装置里，撑开阳伞那一刻，粉末弹出，顺风而去，立见奇效。“三缕烟”，此物剧毒，无解药。从闻到香味，到倒地毙命，只在一口气之间，五脏俱裂，六腑寸断，七窍流血，气绝身亡。这东西装在指头大的白色瓷瓶中，瓶塞一开，见空气，化成三缕青烟，细微得肉眼不辨，随风而飘，立竿见影。下风头，呼啦啦，逢人便倒，兼带猪狗鸟雀、苍蝇蚊子、土蛄、蝗虫、蚂蚱……没有解药，所以，这玩意，不可轻易为之。

今天，萃海罂，率领姐妹们，使用香情齑。朝兵漫无目标，惊慌失措，向鱼骨岭拥来！他们离鱼骨岭不足十步，萃海罂在鱼骨岭最高处的树苇混合的青障中，按下手中指挥棒，只听得身前一排二十个席地而坐美女，二十把五弦古琴横担在大腿间，猛的一声，一齐发力，奏响古琴，大弦嘈嘈如急雨。

众姐妹紧要关头扯下伞上蜡纸套，摁下伞柄上机钮，阳伞打开。又一群婀娜靓女，面带笑容，舞姿亮相。个个身如柳条，纤细优雅，娉娉婷婷，轻盈柔丽，窈窕可亲。真是“含辞未吐，气若幽兰，华容婀娜，令我忘餐”。美丽、端秀、精致、姣妙，漂亮极了，高贵极了，蚀魂极了。朝兵们皆青壮实心男儿，见过美人，何曾见过如此这般美人，谁也不会将眼前娇绝美人和杀人不见血的死敌联系在一起，谁也不会承认，这些让人心灵酥麻的美人是土匪。

见过女色和未见女色的朝兵们，在逃命中，偶遇鲜绝妙女，早忘记自己是干什么的，心猿意马，想入非非，竞赛般拥向鱼骨岭。越美的鲜花，越可能剧毒，人人都明白这个理，人人却又愿意死在花下，古今通理，千年不变。阳伞顶上，百种植毒混合调和，灰色精华飞向顺风坡下，扑向朝兵人群。一个时辰之内，这片区域，无论拥来多少人，人人开怀，个个兴奋，欣喜若狂。露齿微笑，捧腹大笑，弯腰狂笑，跺脚爆笑。感天动地泣鬼神，他们的幸福时光，从天而降。朝兵将士们沉溺在无比喜悦之中，尽情享受极乐世界和天堂里的美好一切，精神的，物质的，他们今日才真正明白，没有枉在世上走一遭。

穿金戴银，香车阔墅，珠光宝气，美酒美人。赌博、赢钱、抽大烟，随心所欲，恣意妄为，横行无忌，胡作非为，专横跋扈。还有的当上山大王，左搂右抱，妻妾成群，骄奢淫逸。有的自以为是将军、主子、王爷，指鹿为马，任意烧杀抢掠。或当上驸马，睡了公主。或做了皇帝，佳丽三千，夜夜翻牌……整个顺风坡，变成朝兵眼里世纪福地，人间乐园，狂笑声、爆笑声，不绝于耳，此起彼伏。他们摔掉头盔，放下刀枪，脱掉战衣，扒了裤子掏出丑陋的阳具，或在尿尿，或在自慰，或在搂着树干呻吟。人类灵魂中，最鲜明的，最阴暗的，最肮脏龌龊的，最卑鄙无耻的行为，在这顺风坡，演绎得淋漓尽致。

好景不长，充其量，也就是一袋烟工夫，朝兵一个个张大嘴，笑而无声，倒地翻白眼，抓耳挠腮，一个接着一个，气绝身亡。

埋伏在六道水的雪里红部，原在伏地观察，看朝兵在船上，每人手里皆持长方形盾牌，船上陆战队员，一式盾牌朝外。她们弓弩营，很难发挥长技。船队进入洪道狭口后，大船搁浅相撞的瞬间，散板脱钉，官兵狼奔豕突，落荒而逃时，抛戈弃甲，向北岸六道水逃窜，已没有人再持盾牌了。情急之下，割须弃袍，保命要紧，能爬上岸已是万幸中的大幸，扔掉盾牌轻装上阵，才能跑得快。

乾营雪里红岂容朝兵靠近，从草丛中腾空而起，高呼："放箭！"一声令下，雪里红一弩三箭，"嗖嗖嗖"，只见三个刚上岸的朝兵，还未站稳，"哦啊！哦啊！哦啊！"应声先后倒下。整个六道水上空，弩云掩天，箭雨覆盖。这个弓弩营，绝非想象中设伏射箭那么简单。这支队伍中，每个成员手中弓箭、劲弩，都大有来头。

别看她们皆女流之辈，这三百人，大多来自南北大营，军人家庭，弓弩传家。民间不常见的神弓仙弩，都在她们的手中。龙舌弓、游子弓、神臂弓、灵宝弓、万石弓、震天弓、射雕神弓、霸王弓、轩辕弓、落日弓……

雪里红，本姓养，名涵，老家楚地，老祖宗是春秋第一射手楚国大将养由基。雪里红得祖宗真传，百步穿杨，弓弩皆精，指哪打哪，箭无虚发，百发百中。弓弩营姐妹，弓弩双挎。远程用箭，近程用弩。如今三百人，人人是百步穿杨强弓女汉子，个个成一箭双雕劲弩英雄。弓拉三石，弩发三箭，顷刻间，每人皆发数十箭。六道水天上，地下，天花乱坠，五彩缤纷，箭有百种，各施其用，有透甲箭、狼舌箭、柳叶箭、运载火球箭、毒镞箭、响号箭，还有踏撅箭……

中箭者如风吹芦秸簇，纷纷倒下。可怜的朝兵，好不容易从破碎的战舸上，揣一颗破碎的心，踩着破碎石砾爬上崖岸，初以为可得一刻喘息之机，谁料想，无情箭镞穿透激烈跳动的胸膛，直达血涌黏稠心脏；戳入钢壳铁盖的脑袋；插进筋劲挺直的脖项；扎入板阔强健的肩臂，搅断九曲回转的大肠；刺中暄肉聚积的腿丫，攮进隐蔽严实的胴肛；还将小腿腓骨捅伤……

一个勇猛的朝兵，手中青锋剑连续打掉十几支箭后，向弓弩营冲过去，还是不幸中了一箭，没站稳，箭太猛，惯性大，使得他原地转一个圈的瞬间，全身四周，中了十三箭……眼前情景，惨绝人寰，悲绝丧乱，令人伤心惨目。遍地哀号之声，鬼叫之瘆，足以让人心灵颤抖。这时候，六道水乾营的女人们从丛林后，跃出丛林前，两排长队，一式身着全黑长裙，头顶黑巾，脚蹬平底黑布鞋。桃面香腮，朱唇柳眉，精神饱满，神采飞扬，声势气派，神威可畏，全力收拾残敌。

海猎顾不得许多，在十几个卫兵簇拥中上了九回洲，身后跟着一大群侥幸登岸的士兵，顶多三百人。洲外三面，激战正酣。飞天神姑部，人马俱入战壕深蔽。美女们抓住缰绳，手掌轻轻抚摸马脸，以示安慰，别出声音。直到这批朝兵中最后一人登洲，进入预警区域。飞天神姑，丹凤神眼圆睁，眼角上翘，眉梢上挑，厉声锐意喝道："冲出战壕，上马。二队，从俺左手方向，三队从俺右手方向，两队围杀。一队跟俺上，从敌阵中间，冲闯绝杀。消灭他们，冲！"

话音刚落，第一个纵身跃上马背，冲出战壕。二百号兵马，从北、西、南三面，形成半圈包围，留下一个通向七星塘的外海缺口。

二百人马摇着战刀，横眉怒目，杀气腾腾，刀光剑影，杀声潮起，九回洲沸腾了。这里地势开阔，有树木、草丛，也有成片绿茵草坪。飞天神姑熟悉前辈的战术，养父最早教她的是满蒙抛射阵，今日摆此阵，迎战海猎。

骑兵出战壕，飞天身边一骑女，身着黄色长裙，肩上插两支黑白交差旗帜，跃马扬鞭，沿着外圈狂奔。旗号之意，围住敌阵，保持间距，挽弓抛射，让敌人长枪短刀失去搏击作用。马背上的美女从背上挽弓取箭，马队沿着一个方向转圈奔跑，将敌人死死控在中间，朝兵仰视骑射，一阵箭雨过来，百人倒地。海猎卫士以身护驾，已有四人中箭身亡。

海猎见势不妙，这些骑士引马狂奔，来势凶猛。我军不能接近，无法还击，只有冲开骑兵队形，断其中间，使之首尾不能相连，先破抛射马阵。我士兵多使丈二长枪，近距离刺杀，有绝对优势。海猎指挥临时阵形，集结百人，攻其一处，阻断马队，破抛射阵。飞天发现敌阵意图，命旗兵竖一面赤旗，表示左右合围，中间冲杀。骑兵自动断开圆队狂奔抛射，改四面包围，中间开花。飞天率第一马队，直插敌人阵营。众美女借变队时机收起弓箭，抽出长锋雁翎战刀左右砍杀，冲开敌人，制造混乱，以打破海猎意图。

海猎见骑兵砍杀过来，一部分士兵中刀倒下。必须避开匪骑锋芒，从侧面用长枪戳其马肚子，若戳杀一马，必有多马冲撞，人仰马翻，刺杀概率会大大增加。他高声叫道："停止阻击，分开两边，使长枪，戳杀马肚子。"所有持长枪士兵，使长矛尖戈，不对人拼，只戳马肚。此招见效，有几匹战马被戳杀，美女落马。刀剑与长枪拼比，明显处于劣势。六个落马美女，被蜂拥上来的朝兵刺死。

海猎似乎有所收获，但自己队形也被冲乱。步兵阵形乱了，则无法应对骑兵。海猎戳马肚子战术没有持续多长时间，就被破了。再想重新恢复阵势，非常困难。混乱中，骑兵任意砍杀，地上横尸遍野。海猎指挥步兵，从绿茵草垫的开阔地，向树丛突围，企图借树木乱丛阻止骑兵追击。他们怎么能知道，这九回洲，本来就是龙荡营骑兵营训练基地，高大乔木的树档里，马队均可纵横，穿行其中，往来自如。只有乔木林外，正西边低丛灌林中，是千年沼泽地，只要你愿意钻进去，定然有去无回。凡龙王荡人，或龙王荡的水牛、骡马、野猪、狗獾子……谁也不敢靠近。荡外来的人，就不好说了。钻进茂密灌林的几十朝兵，再没回来，他们将永远藏匿其中，千秋万代。现在只剩下海猎周围四五十人，拼命挣扎抵抗。海猎手握长剑，眼睛通红，满脸污迹，浑身是血，似英雄，亦似魔王，歇斯底里地号叫道：“别管我，兄弟们，苍天留给咱们的时间不多了！杀——”

飞天神姑闯荡江湖十几年，见多识广，阅人无数，早认出海猎必是朝兵首领，是个大官老爷。看得出，他武功高强，剑法精深，用剑锋斩杀两马，两个落马小妹和他斗了几个回合，不幸死于他手。飞天从马背上站起来，就在海猎宝剑刺向另一个小妹胸膛的瞬间，飞天在三丈外，一个撒手飞刀，从海猎后脑袋下边哑门刺进，在海猎前面脆弱的喉管处露出正在流血的刀尖子。海猎刚抬头，亲眼看到从自己脖子上喷出一道血色彩虹，他伸手去抓那道奇妙的彩虹，消失了，没抓到，随之向前倒下。飞天神姑的战刀在海猎脖子间晃悠几下，停住了……

8

七星塘、六道水、八段河、九回洲，相继发出三响钻天猴的信号声，报告东部战区四战场大捷。隐蔽在九、十队界线间的虎头鲸、金枪鱼、韩鲶、戚檀和八爪鱼、大马猴，松了口气。解决海猎部问题，接下来可集中精力，对付衍子民的西路军了。

虎头鲸观天空，黑云密布，老天示威了。低头看水面，海水上涨明显。事不宜迟，虎头鲸急切地问：“金枪鱼兄弟，速将女四营战海猎战况，禀报大统领。半个时辰之后，东边大信潮压过来，将是翻天覆地的动静，所有船舸，都无法向东行驶。”金枪鱼也十分焦急，十分急切地回复：“是！”转头跳上丁鱼舟，逆流摇橹而去。虎头鲸紧接着对戚檀说：“速速通报女四营，火速撤出战场，进入安全地带，或直接撤入水寨。今天八月十八，大信潮。这些天奇热无比，这个中秋，骄阳似火，若有洪流，定是百年一遇的大水猛兽。初三潮，十八水，十九二十诡一诡。这是天意，天道难违哟！要特别告知飞天神姑，她们的马队不能在水上漂，必须在半个时辰内撤出九回洲，撤出海口，回天生港。”

金枪鱼划着小船去黑熊洞，途经大洪道，心中惦记飞天神姑。她是他的婆娘，十月怀胎，早晚足月。

一年前，他和她对上眼，大统领主婚保媒，将大她十多岁的金枪鱼许配给她，结为伉俪。他十分害怕她出事，甚挂大小平安。战前他本想说服她放弃领战，到荡外找个安全地方，先把娃养下来。结果，他被她说服了：“俺带的骑营，打仗了！俺走了！这算啥？就是养，俺也要在马背上养下这娃。死生有命，你不要妇人之仁，唠唠叨叨。大男人，别让俺瞧不起，懂吗？”

金枪鱼丁鱼舟经九回洲北洪道，他看见飞天神姑助手二毛丫在洪道崖下马。金枪鱼忙喊：“二毛，干吗？信潮就要到了，你们为啥不赶快撤出海口呀？”“哎哟！哎哟！你总算来了！快，神姑——”火急火燎的二毛丫，一时性急，不知怎么说了！“神姑咋的啦！”“神姑要养啦！浆泡破啦！”“啥？”“要生娃啦！”……

萃海罂接下飞天生养的娃，处理清洗完毕，包裹整齐，把娃送到飞天面前说：“妹子，你给金枪鱼养了一个小飞天哈！”这时候的飞天神姑才感到十分疲倦，有气无力地说：“这是哪里？”“这里是大统领战时指挥部，黑熊洞，放心吧，很安全！”“骑兵营撤出海口了吗？”“俺们四个营都已撤到安全地带！你好好美美地睡一觉，恢复一下体力，俺给你做好吃的，补补身子骨！”

酉时过半，黑云压下来，就在头顶，伸手就能摸到，河面仍保持匀速上升。海口的七星塘、九回洲、六道水、八段河，全部没入水底。水面上，芦苇的上半截还在晃动。天空黑云连成一体，天空不再像一口黑色大锅，而是像一个封死的铁桶、闷罐。周围，比死还要寂静。令人惊骇，窒息。

人在老天眼里，比蚂蚁在人的眼里还要渺小，渺小得很可怕。从来未见过如此恶劣天气的西路朝兵，站在渐渐上涨的水中，差不多快被逼疯，真的不如利利索索战死，来得痛快干脆。这种折磨，生不如死。

昔日果敢、决断的衍阁老，现在只有忍气吞声。他的内心深处，正在感受一种未曾有过的隐忍、丧痛、煎熬和无奈！他知道，海猎没了。突然，闷罐、铁桶里有数道类似垂直的闪电，从云中掠过河面，白光刺痛眼仁，紧接着，山崩地坼的雷鸣，天地震碎，鸡蛋大的雨点子，“噼叭噼叭”地砸向河面，河面砸出无数个茶杯口大的水窝子。飙风旋即而起，雨水像黄海决堤般，从天上倾覆而下，芦苇贴伏水面，拼命摔打自己。岸上杨柳长絮，自残式拍打水面、地面，青绿叶片随风随波而去。河面上渔船，摇晃很厉害，相互碰撞。廖子章冒险走出舱门，两腿叉开，弓步立稳，大声喝令：“所有渔船，放足缆绳，从船上四角抛锚，快！越快越好！”

朝营水兵都随海猎去了，留下霄寒的队伍，都是冲锋陷阵的陆上步兵。谁也没掌过舵，没拿过铁锚，没撑过篙，没摇过橹。听廖总急切呼喊，不知所措。廖子章跳出船头，到舱尾固船抛锚。风大雨疾，廖子章喊话，没有几个听明白。霄寒和助手、卫兵，相互支撑，每三人搭一个架，立于船上，不知道下一刻会发生什么，总之，形势不妙！衍阁老保持表面镇定，以遮掩内心的焦急。他把死生看得很轻，口中默念：“海猎完了。按预定时间已过去半个时辰，情况危急，两岸士兵都置身大雨之中。照这样下去，谁也扛不到最后。”

廖总焦急的是乡团三千兄弟，混编朝兵，按照之前密约，在朝营自顾不暇混乱之中，分批秘密撤出朝营。关键时刻，不能卖呆。不知此刻，是否全部安全撤到水寨。

埋伏在龙潭口的大虾逛离营，龙窝堡四爪飞鹰坎营，龙爪湾刀螂蛇震营，龙宫崖八爪鱼兑营，各部将士战斗热情高涨，众人摩拳擦掌，情绪振奋。

朝兵在眼前，厉兵秣马多日，大家都想一显身手。大虾逛、飞鹰、刀螂蛇、八爪鱼四首领，坐不住。大虾逛串通其他三人，乘飞鱼舟，到虎头鲸舰前，积极要求请战：“副统领，下令吧，再不打，来不及了。”“将士们准备很充分，让他们过过瘾吧！”“副统领，顶多半个时辰，洪水就来了。下令吧！”虎头鲸有些为难地说：“其实，兄弟们！这仗不用打，朝兵必葬身洪水。这仗若打，难免会给俺们带来不必要的损失。兄弟们若想过过瘾，你们四个营，从四个方向，包围前边水面上那五十艘渔船，消灭船上五百精英首领，迅速撤出战斗，不得恋战。兑营八爪鱼隐蔽着从南岸外湖塘，绕道敌营后边，锁定正西方，切断朝兵退路。注意，一定百分百确保廖总和衍子民安全，放他们突出重围，这是这次大战的核心利益。震营刀螂蛇从正东方向主攻，堵死朝兵去路。坎营飞鹰，切断河面与北岸联系，从正北方向围攻。离营大虾逛，切断河面与南岸联系，从正南方向包围。彻底消灭朝营指挥使、参领、协领、都司副将、前军校、前锋校、门千总、营千总、卫千户、把总等大小武官。大信潮到来前，撤出战斗，回水寨避难。记住，鸣金即收兵，不得恋战！”

四首领得令后，虎头鲸忽然想起一件大事，他猛拍自己额头，自语：“哦！该死！差点忘了！潮水上涨时，乡团兄弟将分批秘密撤离朝营，现在大风大雨，正是朝营混乱时，他们差不多正在撤出阵地，应该由龙潭口、龙窝堡、龙爪湾、龙宫崖四水寨接应。”他大声对韩鲙、戚檀说：“你二人迅速去水寨，让守寨兄弟们派出鱼艇，在六、七队周围堤外水面上巡弋，营救乡团兄弟，不得怠慢。三千乡团兄弟，一个不能少，违者追责！”

雷闪二公，又掐上了，一闪一雷，针锋相对，势不两立。狂风紧随其后，不甘示弱。暴雨趁势而下，它们在龙王荡里恣意妄为。龙荡营的兄弟们在四营首领指挥中，借雷电，乘风雨，如黑虎下山，来势凶猛，以无坚不摧，锐不可当之势，扑向五十艘渔船。河面上，黑压压的小船像乌云覆盖水面，从四面八方向朝营五十艘渔船涌过来，仿如天兵天将，前后左右，把两岸阻断隔开，纷纷跃上渔船。

霄寒的船，俗称海鹞子，两头尖翘，中间舱肚鼓起，载着霄寒及其副将三品至五品，三十多名军官。这些朝营指挥官，手持钢刀、宝剑，决不示弱，纷纷迎战。龙荡营四首领配合相当默契，以大虾逛九节金刚钻头鞭宣战，九节金刚鞭在渔船上空绕了一圈，“啪”的一声，中间开花。人群中间，两人脑袋削掉一半，一鞭两尸。渔船空间较小，人员集中，厮杀起来，得心应手。

大虾逛刚收回钢鞭，四爪飞鹰流星锤“嗡嗡嗡”，在这些军官头顶寻找目标。飞鹰跃上船桅，轻踩桅杆上的船帆，双锤并发，打死两个挥舞钢刀的壮汉。一鞭两锤，点彩开幕。刀螂蛇青龙偃月刀，遇刀砸断，遇剑劈开，遇人形如切豆腐。八爪鱼金刚双铜锏八式开路，分裂十六式时，击死四人。金刚双铜锏闻到血腥，变成吞噬生命的恶魔。霄寒见金刚锏如此厉害，他身边两个身手不凡的副指挥使，转脸间死于锏下。

怒火中烧的霄寒手持钢刀冲过来，和八爪鱼恶斗在一起。论武器，钢刀比双锏，量级太轻。霄寒和八爪鱼的膂力相比，霄寒稍逊一筹，当然他也并非庸辈。手中钢刀也不是吃素的菜刀。淬火金刚，削铁如泥，砍上金刚锏，火花四溅。霄寒是个猛汉子，战刀技术超群，身经百战，大多兵器吃不住他三刀，必断。他不知道八爪鱼手中金刚铜锏是何方神器，他想，若截断金刚锏，可收到事半功倍之效。谁知再砍下去，不但没有截断此锏，自己的宝刀上明显暴出三个锯齿口。三个锯齿口挫败的不是这把钢刀，而是霄寒不可一世的好胜心理。一直以来，太过刚直的霄寒，锋芒毕露，咄咄逼人，声色俱厉，盛气凌人。现在觉得体力不支，边战边退。一阵狂风猛雨袭来，脚底湿滑，自感形态丑陋，心有惭愧。想一想，不甘于自堕，不能自轻自贱，全力招架。八爪鱼这时候才觉得，这支剿匪的队伍与押粮船的队伍相差甚远，绣花的枕头，镀金的瓶。金刚锏所到之处，基本上没有正面抵抗。唯独这位将军有点真本领，也绝不是俺八爪鱼的对手，几个回合后，霄寒尝到厉害，有点胆怯，他在寻机会。八爪鱼想，哪有机会给你。大信潮就要到了，不陪你玩了，金刚双铜锏刚刚打出三十二路，霄寒在八爪鱼的劈锏下仆地而亡……

大雨助兴，五十艘渔船上早已厮杀成一片，龙荡营的兄弟兴头正旺，以压倒之势，只需两袋烟工夫，五十艘船上朝营战将死伤殆尽！

两岸朝营士兵在疾风速雨中无法立足，眼看涨潮速度加快，两边河堤已浸入水底，海水漫过两岸朝兵脐腰，形势很危急。激战中，廖子章和衍子民的指挥船被小舢板舟团团包围。廖子章登上船头，拔出随身青锋剑，和几个卫士一起要刀弄剑，阻止小舢板舟靠近指挥船，他迅速起锚，高呼道："左满舵，右半舵，全力前进……"总之，和真的一样，一路拼杀冲出重重包围，指挥船冲向前方苇丛之中。

虎头鲸感到问题严重，他伏身趴船底，侧耳仔细倾听。忽然，腾地跳起喊道："鸣金，鸣金，快鸣金收兵。"身边卫兵让十余艘飞鱼舟，同时敲响铜锣。虎头鲸急切地喊道："韩鲙，传令大虾逛、四爪飞鹰、刀螂蛇、八爪鱼，立即撤出战斗，就近进入水寨。立刻，马上，越快越好，不得恋战！不得恋战！大信潮来了！"

海口轰轰隆隆混响声，如沉闷连绵的老雷从海底传出，海水震动，气泡翻腾，仿佛水下有千军攻城，万马奔驰。龙荡营所有人都非常熟悉这种声音，这意味着大信潮逼近。虎头鲸觉得，大潮已近海口。他打开望远镜，看到龙荡营的船队兵分四路，迅速撤出战区，向水寨方向全速前进，他才最后撤出，就近冲向龙潭口。

龙潭口，在龙王荡是一个有边无底的大深渊。自从龙祖化身龙王荡之后，四海龙王，四时八节，都来龙王荡磕头请安。东海龙王距离龙王荡最近，干脆就在荡里修筑行宫。从而，留下许多神秘故事。

龙潭口，原是东海龙王行宫宫墙上的一扇小门，方便家奴出入。若干年前，陆地大旱，河干地裂，绿植禾苗枯死，百姓苦不堪言。身为四海龙王之首的东海龙王，掌管天下雨水调配，可是他骄奢淫逸，贪图享乐，不问世事。吃尽山珍海味，还嫌不过瘾，常命夜叉夜间去海边渔家，强抢童男童女打牙祭。那年李哪吒，年方七岁，少年志高，愿替百姓出头。他用太乙真人赠他的乾坤圈和浑天绫，杀了夜叉。东海龙王三太子敖丙仗势欺人，见夜叉被杀，前来增援，几个回合，自知不是哪吒对手，往海面逃跑，想躲进龙宫，哪吒不给敖丙逃跑机会。在龙宫大门前，和三太子战了几个回合，三太子一头钻进龙王荡芦苇丛中，他想从宫墙小边门蹿进去。不料，哪吒是陈塘关总兵李靖之子，是经天纬地道长太乙真人徒弟，他根本不像平常人那样好唬弄。他跟着敖丙，一头钻进芦苇丛中，就在龙潭口揪住三太子尾巴，逆鳞拖出来。当场剥了他的皮，抽了他的筋。惹下大麻烦。

龙潭口追杀三太子的故事，从此在龙王荡流传。

龙洞堡，原是东海龙王的休闲中心，这里有大小七十二个龙洞，分前院、中院、后院。东海龙王常领娘娘、嫔妃、宫女、虾兵蟹将，在这里饮酒、歌舞，吃瓜行乐。自痛失三太子，东海龙王没有再来这个龙洞堡。龙洞堡久而久之，化成一个大湖池，堡宫围墙，自然形成围着湖塘的堤坝。这里是以乡团为主，龙荡营参与合作组建的龙王荡规模最大的水寨基地。乡团和龙荡营的大战舸、运输船队，制造枪炮和水地雷工场，加工米、面，榨油、酿酒作坊，还有部分粮食、被服、木材、芦席等物资，都藏在这里。这里，是龙王荡最神秘隐蔽处，深幽、诡怪，易守难攻，非常安全。除了龙荡营和乡团将士外，无他人知晓。

另外，龙爪湾和龙宫崖两水寨基地，正好和龙潭口、龙窝堡，形成相对应的“口”字形四个角，这个“口”字四条边，放开任意一边，都方便吃掉入侵之敌。龙王荡里四个水寨，天然港湾，皆由百艘大船连接而成，水涨船高，固若金汤，戒备森严，防御坚固，不可摧毁。不管暴风骤雨，不管洪水猛兽，水寨稳如泰山。海啸经过龙王荡，可吞噬百里外的村庄、城镇，而荡中四水寨，仍安然无恙，这，就是灯下黑，是龙王行宫。

大潮来了！雷电交加，狂风大作，暴雨瀑布。河水、雨水、天空、河面，混合一起。那五十艘惨不忍睹的渔船，侧翻的，倒立的，船头抵着船尾的，两船体合在一起的，姿势诡形怪诞。芦飞租来的，廖总担保的这五十艘渔船，基本上只剩残骸，随着潮水，磕磕绊绊，半漂不沉，很不情愿地向西缓缓移动。衍子民坐于指挥船舱，一动不动，定格成一个姿势。他仿佛在等待某种审判，等待后背插上斩首令牌，等待刀起头落那个刹那间。瘦削的两腮，拉得很长，僵直的脑袋前面，挂着无辜的山羊脸，纠嘴巴，噘着下巴，翘起直拗的山羊胡，两目半闭，眼珠呆滞。他回想一袋烟之前，透过舱窗，看到五十艘渔船上，朝营的精锐被斩杀情景，看到霄寒大战金刚双铜锏那壮丽悲烈的情景，浑身在不由自主地颤悚！五百壮士，已为大清国捐躯了。他看着廖子章立风雨中，拼命死战，指挥突出重围的英雄本色，仿佛幸得一丝安慰。

潮水滚动的巨响轰隆声，越来越近。看见了。看见了。一排巨浪，立在水面，足有一丈多高，黄海倾倒翻滚，洪水沸腾，意在摧毁高山，冲垮大地。凶猛暴虐，无可阻挡。一路狂啸怒吼，如狼似虎，如混世魔王，凶神恶煞，势欲吞噬人寰。巨浪滚动，沿河向西猛进，河面芦苇、菖蒲、茭白林、高高矮矮植物，堤堆上的村庄、房屋、墙院、篱笆……高洼滚平，葬于大水之中。面对铺天盖地巨浪，神仙也只能楚囚对泣，无计可施，何况两岸朝兵那点脆弱的生命，渺乎小哉，微乎其微，再无一人有生还可能。大风呼啸像群狼嚎叫，大雨滂沱如天水奔流。海潮巨浪，滚滚向前，大地在颤抖，河面在震荡。巨浪洪流，离廖子章和衍子民的指挥船，不过千步。指挥船正和洪流竞速，在洪流到来之前，若不能离开河面，一切将归葬洪水之中。指挥船上四个摇橹的乡丁大汉，知道廖总意图，拼命、拼命，再拼命，咬紧牙关，憋住气，用尽全身之力挑战极限，连儿时吃奶元气都使出来了，摇着渔船向南岸驶去。南堤岸早已沉入水中，那堤上相距二十步，东西两棵五人合抱的千年老柳，如两座山峰傲然挺立，坚固得不可动摇。气概豪迈，雄健峻拔。

雷电、风雨，疯狂无序，巨浪洪水在百步之外，衍子民看到自己将士在大洪浪面前，惊恐万状中的表现：在逃窜中被卷入谷底；像一团青蛙，伸展着四条腿，扑向劈天盖地的巨洪；虾腰弯腿，浑身哆嗦，被化为乌有；紧握手中刀枪，刺向滚滚巨浪，微不足道，连一朵小小的水花，也没有激起；两手抱头，几人抱团；最可怜的是许多士兵，吓得捏紧鼻孔，好像这样便可逃此一劫，多么天真幼稚呀！一切努力，无济于事。滚滚巨浪洪流，“呼呼啦啦”，轰轰隆隆；瀑布般的猛雨，疯狂汹涌。它们以磅礴气势，拔山填海的能量，扫除和粉碎一切障碍。不需任何兵器，不用任何形式的流血，巨浪洪涛，压倒一切，毁灭一切，长驱直入，气冲斗牛。水下万马奔腾，水面千军拥踏。在这狂风暴雨和滚滚巨澜面前，人世间，御旨杀伐，人与人之间的恩恩怨怨，争名于朝，争利于市，勾心斗角，你死我活，虞诈倾轧，鸡生狗熟，家长里短，鸡毛蒜皮，等等等等，通通不过是猫尿、狗屎。不值一提。

得意也好，失意也罢；富贵者，淫乱者；贫贱者，威武顽强者，懦弱卑怯者；伟大、渺小；聪明、愚昧；狡黠阴险，韬略筹谋，也通通灰飞烟灭。这般摧枯拉朽的实力，谁也无力改变它的意志。它欲特立天下之正位，欲独行天下之大道，谁能把它怎么样？巨浪、厉雷、飙风、骤雨的震撼、轰动、冲击、埋葬了不可一世的围剿，也消除了战争的残暴和厮杀后的悲怆。上天不容，在腐朽的粪土上，绽放旗营或绿营的毒花。并以特殊方式，让她灭亡。龙王荡灾后将铸就史上前所未有全新的烂漫、瑰丽与辉煌！衍子民有生以来，剿过匪，屠戮过捻军，镇压过太平军，打过残酷的大仗、硬仗。经历过艰难苦恨，生死搏斗，却从未见过，现在这令人不敢睁眼、险恶、惶恐、惊惧的场景。想一想，人与人的争斗，比起老天绝杀，是多么幼稚可笑！

廖子章在船头，高声呼道：“快！瞅准南边两棵老柳，船上现有的人，去东边那棵，俺带阁老上西边树。划过去！划呀！”话音刚落，指挥船已抵近西边老柳。廖子章目测，五十步外的巨浪一丈多高，充其量，在老柳斜出的粗臂下方。千年老柳，一定遭遇过像今天这样，甚至更疯狂凶猛，更巨大险绝的恶浪，上去定安全。不管安全不安全，也只有这最后一搏。廖子章抓起船头锚缆，双臂用力向柳臂上甩去，只听到“哐啷——啫”，铁锚链子在老柳臂上绕了几个圈，锚齿紧紧抓住柳枝枝，船稳了。衍子民知道廖总意图，那是一线希望，千钧系于一丝之危。暗忖自己六十多了，老腿老胳膊，如何能上得了这般老树？长叹息兮将上，心低回兮顾怀。口中念叨：“天命不济，是年多舛，我命呜呼矣！”正在唠叨时，廖子章推开舱门，急忙地说：“阁老！快！随俺来！”衍子民慌忙起来，还没站稳，廖子章踏上舷板，连拖带拽，将衍子民抱出舱门。大潮接近，只有四五十步，若上不了大树，眨眼间将毙命。卫兵们还没反应过来，廖总急了：“别愣着！快上树，来不及了！”廖子章冲到树下，没停留，借力“噔噔噔”上了大树，爬到树上，一个金钩倒挂，用腿弯钩住柳树丫，两臂垂下，对着下边摇橹两大汉喊道：“快将阁老撮起。”二位摇橹人一起动手，将并不沉重的衍阁老架起来。廖子章伸出两膀臂说：“阁老，快！伸手过来。”衍子民两臂竖起，廖子章紧抓其手臂，猛地一提，顺势向上一就，把衍大人不偏不倚地放在老柳臂上。其他四卫兵，迅速爬到东边老柳上。

衍子民腿脚不灵便，还没站稳，东边巨浪如雷霆所击，无不摧折；如万钧所压，无不靡灭。翻天覆地，铺天盖地，大风大雨，疯狂巨浪，穷凶极恶而下。可怜乡团摇橹大汉，没及上树……

衍子民近距离所睹，堤坝上的房屋纷纷垮塌，屋脊盖子被卷入洪流，不见踪影。有的士兵很勇敢，几十人，以至上百人，几百人，上千人，手拉手，肩并肩，与恶浪顽强抗争。区区百人、千人之力，想撼动势不可当的狂浪巨澜，只是妄想。几道人墙如纸糊一样根本不起任何作用，还没找到抵抗机会，就成了洪水猛兽的腹中食物。

巨浪向老柳发动猛攻，惊天动地，奔腾咆啸，扑向老柳。老柳抖动起来，发出沉闷愤恨的吼声，“嗡嗡嗡……”只有震颤，没有倾斜，没有折断。

廖子章为啥选择西边老柳。浪来之前，时间上可以延缓一点点，别看那一点点，千钧一发之际，那一点点便可搭救性命。巨浪先通过东边树，浪头所带来的漂浮物被东边树挡住，可大大减轻对西边树的冲击力。现在，可暂得片刻心安！巨浪洪流向前方涌去，后边洪水快速跟上来。水面漂荡着屋梁、屋脊盖、草垛、桁条、椽木、门窗、桌、凳、柴笆、芦席、大柴。更多的是一层层、一片片、一群群没脱下战袍的尸体。

时辰已过酉时，天色黑定，潮水滚动速度渐弱，狂风有些疲软，暴雨的雨点小了，却更显稠密。闪也由强烈的线体，变成象征性散影，腐朽的老雷，仿佛在深山老林中有气无力，没有后劲，它妥协了。河面上五十艘渔船，早不见踪影。老柳下的那艘救命船，连同四个摇橹大汉，挣断了四条锚链，被卷入河底，连一块木板的残迹也没留下。树上衍阁老身在惊心动魄之中，虽不惧死，但心还是提到嗓门。浑身湿透，他的战袍，是牛皮、铁甲、棉内胆，经雨水浸泡，沉重不透气，非常难受。他在想：这老天，公平吗？剿匪、剿匪，全军覆灭，敌我业已同归于尽。在这大潮面前，可想而知，除了这两棵千年老柳救下咱几人，估计再无活人了。匪徒又不是神仙，神仙也活不成。要不是廖兄的英明决断，临危不乱，咱们这几人，也命归西天了。

天黑地黑水面黑，龙王荡一片漆黑，再无亮光灯影。树上的廖子章根据树身的振幅，知道潮水在明显降速。“初三潮，十八水，潮头不去龙王口。”这是龙王荡乡俚俗语，海信大潮，大多集中于夏秋，但如此大潮，百年不遇。龙王荡地势西高东低，呈坡形而下。龙王口海拔绝对高度，比海平面高出一丈多。海潮头沿车轴河向西推进，是在爬坡，潮水过五队，再向西，力不足，水速就慢下来。四队至头队，荡区不光有堤、坎、圩、堆、塘口、洼地、深沟陡壑，加之接近淡水域，大面积芦苇，十分粗壮密集，村庄、路边、田头、家前屋后，人工栽植的大树、高秆植物，如槐、杨、榆、椿、柳、桧、栾，还有稖子、芦粟、幽篁、成竹……海浪，到头队的龙王口，已是强弩之末，罢夫羸老，只能和陆地持平。

东陬山黑熊洞，东方大统领，军师追风蜈蚣，天象师白蝙蝠，信使官金枪鱼，妙书手青铜蟹，在一张桌吃晚饭。

大统领心有牵挂地问金枪鱼：“哎，金兄弟，这样的大潮，水寨工事没问题吧？”金枪鱼放下手中筷子道：“回禀大统领，四个水寨安然无恙。俺最后一次回来，路经各寨，兄弟们都在大吃二喝炒鸡蛋，庆祝胜利哩！”大统领问：“乡团的兄弟们，情况咋样？”“乡团兄弟们，按纵队从容分散，安全抵达四水寨，分类统计，三千人，一个不少。”金枪鱼回答。大统领又说：“这次大潮，百年不遇。此役，再无悬念。朝营进荡时，总是来势凶猛，不可一世，盛气浩荡。结局只有一个，或全军覆灭，或撤出龙王荡，仓皇逃窜。出了荡，便扯起大旗，遮起赧颜，扛得胜旗，擂得胜鼓，凯旋回朝，领赏受封去了。金枪鱼、青铜蟹，你二人明天到各寨去，了解战时伤亡情况，特别优待战死兄弟姊妹的家属。老者，养老送终；少者，抚育成人。一定安排妥当，让生者舒心，让死者安心。”金枪鱼回复：“请大统领放心，俺们一定按规定按惯例，解决好！处理好！”白蝙蝠心里不舒畅，害怕在座有人提到，他在天坛上那番谶语说辞。

大统领早知道大虾逛、四爪飞鹰、刀螂蛇、八爪鱼，都安全回营。之前的雪里红、凌霜菊、萃海罂、飞天神姑，完成战斗任务，大潮来前，已撤出阵地。飞天神姑临盆参战，奋勇杀敌，身先士卒，有惊无险，母女两安。行为感人，精神可嘉，堪当全军之模，百首之范。震山象、赤臂罗汉、夹山大虫、大马猴四大少年才俊，都已随队同回水寨了。

大统领心里在想，衍子民现在何处？他若和廖总在一起，倒是廖总的累赘了。按廖总胸怀，他会不顾一切地抢救衍子民。衍不是贪官，留着他，意义重大。可是，那么快，那么高、猛、凶的潮头，他会怎么施救呢？

东方瓒把希望寄托在南五队河堤上两棵老柳树上。战前廖子章和东方瓒研究战略战术方案时，廖子章曾在坐标图上做了记号，还开玩笑说：“万一遇上十八水，这两棵老柳树，能保全性命。”东方瓒见金枪鱼丢下碗筷以示吃完了，对金枪鱼说：“兄弟，再辛苦一趟，带上两个兄弟，乘丁鱼舟，私下再访南五队堤边老柳，侦察廖总是不是在树上，如果是廖总一人在树上立马营救，这潮水三天内不会退尽。如是多人在，暂时不要营救，以免廖总功亏一篑！”白蝙蝠接话：“大统领，俺觉得，不灭衍子民，后患无穷，八千人马，抵不上一个衍子民啊！杀了他，才真正杀了大清的威风。从此龙王荡就安静了。”追风蜈蚣善意地代替大统领回答：“首先是衍子民命不该绝。再者，衍子民作为朝廷大员，为维护大清利益，干了许多坏事。但他为人耿直，一生嫉恶如仇，和那些贪腐分子，奸佞小人，显贵王爷，格格不入。廖总留他，定有深意，俺们岂可妄自揣测。”

东方瓒说：“其实，不杀他，留给他的也是一条二难之路，死或不死，都很难。廖总留下衍子民，更不是讨好谁，吾辈不必妄议。俺只要廖总安全无危，有没有大清国无所谓。龙王荡，还是龙王荡。若没有廖总，就没有龙王荡。龙王荡最黑暗的时候，最危急的时候，都是廖总力挽狂澜。这次战役也是，大洪灾也是，五队以东，六、七、八、九、十队是重灾区，灾后重建，天大的事，靠谁？靠直隶州？靠大清朝廷？靠得住吗？没了廖总，谁来重建？你、俺，行吗？不行的！”几个人安静，不吱声。东方瓒继续说：“金枪鱼还愣着，俺发现你娃养下了，头脑子有点傻了！放心吧，你婆娘、娃子，有好几个人照看着哩！”

金枪鱼这才回过神说：“是！大统领，金枪鱼没傻，脑子好使着哩！即刻出发，放心吧！大统领，金枪鱼保证，不折不扣，完成任务！”

大统领补充说：“哎！这夜比双黑月头还要黑，伸手不见五指，注意安全。洪潮不消停，当心！这事，也只有你能办！”

大风已陪同老雷、闪电，歇息去了。只有雨没有先前那么大，不稠不稀，不紧不慢，洋洋洒洒，趁黑夜偷着乐！

龙窝堡水寨里，四爪飞鹰今日精神特佳，和赤臂罗汉端着大碗酒向虎头鲸敬酒。虎头鲸现在最大的幸福感不是因为他指挥这战役的胜利，而是破了白蝙蝠的谶语。从此，他内心再也不相信白蝙蝠灵魂出窍，上天入地，能知人生五百年的屁话了。看到大虾逛、四爪飞鹰、刀螂蛇、八爪鱼非常安全顺利撤回水寨，这些过命的兄弟一个也不能少啊！内心兴奋、喜悦。为了给那只白癜风的蝙蝠面子，还不能说出内心秘密，憋得他，眼泪叭嗒说：“来来来——喝酒喝酒！”

在老柳树上，衍子民稳当地骑在树丫上，脱掉沉重的牛皮铠甲，穿一身贴身衬衣，几乎裸在雨中。廖总的战衣，质地比衍子民的绵软，轻便。虽然湿透了，还可挡挡雨水，他脱下战衣对衍子民说：“阁老，挡挡雨，天热雨凉，你身子骨受不了的。”衍子民很镇静也很感动地说：“廖兄，你留着，我不妨事！”廖子章关切地说：“在下练武之人，不怕风寒，扛得住！”衍子民抑制感动说：“廖兄啊！你知道我现在想什么吗？”廖子章以为他在自责，八千将士剿匪，就这么窝窝囊囊，不是自己懦弱，没本事，却受到此种委屈，怎不烦恼。廖子章安慰地说：“大人，胜负乃兵家常事，老天作祟，于你无责呀！”衍子民轻松地摆摆手说：“非也！非也！人的一生啊，他的厚度，并不在于位高权重，而是在于他真真正正能明白多少事。今天、现在，你和我，如落魄、潦倒、失意的猿猴，攀爬在这救命的老柳上，我才真正明白，朝廷响当当的一品大员，位列三部之首，阁老大学士，丢了八千大军，百艘战舸。最终，被一个没有任何干系的人，以命相救。位高权重，算个啥？啥都不是！人生高度，也并不在于你能看清多少事，而在于你能看轻多少事。我把剿匪看得太重了，满朝文武非我莫属，结果弄出这么一摊子事，真让人啼笑皆非哟！”廖子章表示理解说：“阁老，您是一个执着的人，人生故事，总有答案。您亲自率部剿匪，这恰恰证明，您未忘初心啊！大清朝能有您这样好官，是朝廷大幸，皇上之大福。在下没有当面奉承之意，实话实说！”

衍子民有些丧气、萎靡、郁闷地说：“唉！海猎没了，霄寒没了，八千将士没了，百艘战舸全没了，还搭上廖兄您三千兄弟，五十艘渔船，我独活，老天留我，也是折磨呀！”廖子章说：“阁老，不必伤怀。几千荡匪也没了。本次剿匪，全归于海潮。天意难违，若不是大潮，还是有望决胜的。蒙老天开眼，阁老您安然无恙。否则，子章死罪。”

正说之时，对面老柳上有人向这边喊话：“阁老，您好吗？”衍子民难得回复，好！我能好吗？廖子章心里明白，代他回复：“阁老安然，你可是海豹？莫着急，等到子夜后潮汐平了，俺们一起护阁老回南头队大营！”海豹说：“我是海豹，廖总，等到天亮，不是更安全吗？”海豹说出四卫兵共同愿望，他们觉得天昏地暗，洪水中行动不安全。廖子章说："俺何尝不知，在洪水中行走难，容易招来性命危险。可是，到天亮万一遇到匪徒残部，俺们还能有力量抵抗吗？再说东陬山黑熊洞，可屯兵千人。万一匪徒洞中屯兵，明天搜荡挑衅，俺几个还有还手之力吗？被动挨打，无谓牺牲，还有意义吗？只有今晚，突破洪水，撤回南头队，才是上策。"

金枪鱼一行四人划两艘小舟，在漆黑中沿着海口，快速顺流西游。上十队，进九队，越出八队，穿过七队，入六队，小舟减速慢行，在五队东界线上，金枪鱼听到两棵老柳上，廖总与另一人的对话。知道廖总安全，默默离开。时过子夜，潮汐平。金枪鱼回到黑熊洞，把廖总趁黑夜带衍子民回南头队的情况，一五一十，禀告大统领。

大统领和廖总，彼此明白，不用说出来。心相印，意相惜。东方瓒对金枪鱼说："你带上几个勇士，分乘四艘飞鱼舟，隐蔽追踪廖总一行人。每人左臂扣上白套袖，扮成乡勇士兵，和廖总保持距离，若廖总在途中遇到危险，你们以乡团丁身份施救。若确认廖总安全，再完成另外一次任务。俺给衍子民写了两句话，你带上，择准机会，把这信戳在箭上，伺机射插在衍子民的胳膊肘上。射完立马离开，接下来的事，就不用你们管了，回洞中歇息！"金枪鱼："是，记住了！"东方瓒悉知，金枪鱼是龙荡营射手中一等高手，箭无虚发，只需听点动静，蒙住双眼，也是百发百中。夜间一发引羽，指哪打哪。论箭技，全营二千多人，非金枪鱼莫属。

金枪鱼领命，一眼扫过洞壁挂着的十大强弓，顺手取下游子弓。游子弓是北宋时，水泊梁山好汉英雄谱排行第九位的花荣惯用弓。此弓软硬适当，远近皆宜，力猛则弓强箭劲，力弱则弓挺箭快。游子箭说白了，就是离弦之箭，如游子归家般急切。所以游子箭对金枪鱼来说，更容易掌握。其他弓，力弱了拉不开，力猛了入箭深，必伤筋断骨。此番执行的任务，不是刺杀衍子民，不要他的性命，又不能负重伤，只是让他胳膊上挂个彩而已。不轻不重，不折筋骨。为此，游子弓最恰当。金枪鱼挽起弓，挎箭筒，和四位兄弟戴上白套袖，去了。

潮汐平了，潮水不再上涨。不稠不稀，不紧不慢的雨，一刻不停。

廖子章说："阁老，潮平了，俺想趁黑夜，回南头队，以防万一。"

衍子民说："廖兄，随你吧！就我一人不会凫水，那边四人都会。"廖子章说："别害怕，阁老，在下一个人也能把你安全背出去。"廖子章仰起头，对着东边老柳喊道："那边四位将军，潮平了，安全了，过来吧！"衍子民贴身侍卫四人，都是猛将，精悍睿智。现如今，也成丧家之犬，浑身湿透，帽檐、袖口、裤脚子，在不停滴水。脸上一串串水珠，像断了线的晶珠子，跌落而下。听到廖总召唤，四人非常严肃，举动很谨慎，丝毫不敢疏忽大意。心中"怦怦"乱跳，唯恐再有意外发生。他们先后从树干上轻轻滑下，脚尖打不到底，两脚踩水活动，让身体立在水中。他们身背宝剑，凭感觉蛙泳，游向西边老柳。廖子章在这边高呼："来，别着急，别害怕，游过来，五十多步，沿着俺说话的方向。"……

廖子章拉着衍子民胳膊，让衍大人沿着树干轻轻下滑，两卫兵贴着树干，四手上托接应衍大人双脚。衍大人下滑时，单衣被蹭起，肚皮磨在粗糙老树皮上，擦出一道道竖条状的血痕。咸水浸伤，疼在肚皮，钻进心里，没吭声。另两卫士在边上保护，防止衍大人摔下来。

骑在树丫时间太长，衍大人两腿麻木，瘫软，不随和，身子僵硬。海豹说："你俩架住阁老两边，过一会，我和竹宾替换。"衍子民很坚强："无妨，无妨，缓一缓，缓一缓，你们别紧张。"

廖子章从树上滑下说："阁老，在下背您。您放松，别怕，仰卧水面，脸朝上，俺抓住您的膀臂，只需游到四队，两脚定可以着地。只要不偏离方向。"衍子民说："其实，我是带了罗盘的，丢船上。船没了，现在，没有指南针，无法定位测向，想走出深荡核心区，难呀！"廖子章对四个卫兵说："俺背阁老，在前边游水，你们四人在阁老两边，保护好阁老，不让他身体下沉，尤其是头。"衍子民沮丧说："廖兄啊！不用周折了，我就是累赘，你们放下我，逃命去吧！"廖子章坚定地说："大人何出此言，您对在下没信心？逃命不是目的，俺们就是死，也决不能死在匪徒之手。俺若不能把您救出去，白活了四十年。不讨论！来吧！"说着，拉起衍子民的膀臂，操起他的腋窝，游了。二十步、三十步……三百步，衍阁老不淡定，总觉得洪水往脖子上蹿，头脸往水下沉，身体也沉重起来。怕自个呛水，四肢不自主向上翘，这一翘，使整个身体真的沉下了。廖子章突然觉得衍阁老身体下沉，一边用力向上托，一边对四个迷迷瞪瞪的卫士说："你们咋回事，快把阁老托上水面！"几人才返过愣，慌忙托起衎子民，衎子民鼻孔进水，呛得他胸部神经仿佛被铁爪子抓起一样，收束剧痛，鼻腔里好像有一串火钻进脑门里，如燃烧一样难受。漆黑的眼前，冒出一团团迅速散开的小金点点，并不廉价的眼泪下来了，鼻涕出来了，上气不接下气地咳嗽，肺好像咳破了。

雨哗哗啦啦，不紧不慢，也不管你怎么讨厌它。衎大人止不住咳，现在他特别讨厌这恶雨。廖子章让他脸朝上，可是他受不了雨打脸，他特别讨厌天地漆黑，他觉得自己灵魂被封锁在十八层地狱下幽游，一筹莫展，计无所出，万般无奈，嘴里却在唠叨："天不为人之恶寒也辍冬，地不为人之恶辽远也辍广，君子不为小人之匈匈也辍行。"

廖子章换个姿势，让衎子民趴在他的背上，继续向前游。这是很危险的动作。这样姿势，衎子民可能会好受些，雨水打不着他的脸，但容易压沉自己身体。廖子章理解衎子民的无能为力，束手无策，叫天不应，叫地不灵的委屈与无助。他安慰衎子民说："莫焦虑，也不必纠结，不管它天道地数，不管他君子小人，走出死亡之域，才是硬道理。"廖子章呼哧呼哧，嘴里边喷出许多水泡。又前进二三百步，廖子章觉体力不支，慢慢往下沉。他向旁边四卫兵说："托住衎大人，让俺喘口气再走！"四人慌忙从廖子章背上拉下衎大人。四人合力，托起！黑暗中，所有植物都被没入水下，没有参照物。即使有，也看不见。廖子章觉得好像偏离方向，他说："你们在原地踩水，托住衎大人。俺前面探探路引，不能走错方向。"廖子章如释重负，轻松向前游去，大约一袋烟的时间，发现前面有物体，两手已触到，摸一摸，啊！这不是老柳树吗？费九牛二虎之力，俺们转了一圈，又回到原点啦？不应该吧！转过脸，应该向柳树的反向游去。这两棵树，几乎一模一样，哪棵是东？哪棵是西呀？到底哪个方向，才是反方向，可不能游向大海那边去哦！

人到疲惫饥饿焦渴时，神志就不太清晰，方向感也不明确。廖子章觉得自己不会转向，却偏偏转向了。他转过头游回找衎阁老，却不知道他们在何处，只好放声高呼："衎大人，你们在哪个方向呀？"

衎子民听到，坏了，大家都没方向感了，说："廖兄呀！咱们在这边啦！你的左侧！"坏了，真转向了，他们怎么到俺左侧了。呼道："俺们好像转向了！你们谁还有向西的方向感？”他们五人，说出五个不同的方向。

之前至少有老柳，可栖一时。现在啥也没有。等死吧！四个卫兵，几乎到了绝望时刻。廖子章向四周观察，幽暗之中，他忽然发现在右前侧千步之遥有一束红光闪了一下，灭了。是幻觉，肯定是幻觉！也许是萤火虫！他目不转睛，盯住出现红光处，哎！又一闪！廖子章明白绝不是幻觉，亦不是什么萤火虫。这里有故事了。

等红光再现时，廖子章确定了自己的发现，明确说：“各位，请盯住右前侧四十五度角，千步之遥，那里刚刚闪过红光，俺们有救了。”大家将希望目光，投向右侧四十五度千步距离。“啊！真的！有光了！”衍子民脱口而出。似灯非灯，似火非火。好像是人，不一定是人，在水面上行走状态，打着灯笼，一步一晃。衍子民将信将疑地说：“不会吧！咱们死定了，荡匪余孽，在搜索咱们！”廖子章不容置疑地说：“不会，匪徒即使还有残余，断然顾不上在这后半夜，出动搜索俺们，再说，他们怎么会知道，俺这几人还活着。你们先别动，听我使唤！”说着，廖子章向红灯笼游过去，红灯笼也向这边摇摇晃晃过来。就像有人，打着灯笼，在平地上行走。廖子章高声呼道：“您是谁，半夜三更，在大水中晃悠，是救俺们吗？”灯笼立住了，廖子章继续喊道：“您若救俺，就闪三闪，俺跟您走！”灯笼真的闪了三次。廖子章明白了，激动地说：“海豹，你们四人，小心架起阁老游过来！”衍子民心想，到底是人是鬼？是神是仙？龙王荡本来就是不可思议的地方。像衍子民这样的智者，他基本上是不完全相信上天安排命运，不完全相信鬼神的。但有时候，又解释不清诸多奇妙的现象。暗暗寻思，你红灯笼持有者，若能把咱引出洪水，从此我则相信天神仙道。衍大人憋不住叫道：“上天，您若有灵，带咱们走出艰难之境，咱们定当日日供奉，感谢不灭之恩！”红灯笼下方悬挂出一条黄练，上面书一行红色小篆：“吾乃泰山之母引汝辈走出大难”。衍子民涉猎过许多志怪神话典籍，精通易经八卦，从未亲身经历过神怪之事，今日体验，身上汗毛孔奓开，平添一层鸡皮疙瘩。他壮着胆子大声说：“泰山娘娘，您老听着，您今日给咱们指条明路，等我回朝之后，奏明皇上，定在龙王口为您立大庙，建三道牌坊，感恩您的大慈大悲，让龙王荡乡民永世供奉。我辈再给车轴河筑大桥，让龙王荡乡民，再不受隔河之苦。”

红灯笼下方，黄练显出六个篆字：“念尔言而有信”。红灯笼亦隐亦现，若有若无。当你觉得有亮时，它灭了；当你觉得一片漆黑时，它亮了，不远不近，保持大约二百步子距离，你快它快，你慢它慢，就这样，亦明亦暗，摇晃向前移动。一个时辰过去了。奇妙现象出现了。脚可触到水底，洪水在下巴下边。水中衍子民，脚下打飘飘，站不住，也不能走。这是正常，不会游泳的人，在齐脖子深的水中，断然无法行走。再行走一段，洪水齐胸，齐腰，雨停了。

金枪鱼的小舟悄无声息，尾随其后，好一阵子了。是时候了。金枪鱼稳稳立于静止小舟中，左手拿弓，右手从背后箭套中抽出一支铁头木柄，尾带白羽的箭。从怀中掏出大统领交给的皮纸信封，箭头穿过信封，捋到羽毛前，固定妥当，借灯笼的微光，理弦、开弓、瞄准，“嗖”的一声，箭走两卫兵中间，直达衍子民左臂上，衍子民“哎呀”一声，脚下踉跄，倒退两步，险些摔倒。衍大人并未紧张，只说了句：“坏了，咱们中了奸计！”几人拥在一起，廖子章说：“保护大人，注意四周。”

衍子民忍住疼痛，觉得此箭比常箭又短又细，箭头并未伤及骨头，他咬住牙，握住箭柄，挂着不易被察觉的驴脸、狮子脸，猛用力将箭从左膀臂上拔出来。衍子民并无顾忌地说：“泰山娘娘，你慢一步，我想借您神光，看封信。”红灯笼旁，终于有人开口说话，腔调非人非神，仿佛千年老媪的声音，不是很可怕，但疙瘆人：“衍阁老，莫多心，没啥奸人。三军覆灭，你不挂个彩，天理不容。如此，圣上面前，你亦有个交代！信，你收着，天明再看也不晚！”泰山娘娘说完此话，神去灯灭。一片汪洋，漆黑的龙王荡，归于平静。一只芦雁在他们旁边，“嘎”的一声，扑棱着飞起。衍子民右手捂住伤口，廖子章从身上脱下衬衫撕成两半，给衍阁老扎紧伤口，防止流血。衍子民在想，人算不如天算，好像有一只无形的大手，一切都在其掌握之中。这，难道就是泰山娘娘？她为啥干扰这次剿匪，剿匪难道错了？不遂天意？不遂人意？还是不遂泰山娘娘的意？匪不该剿吗？廖子章稳了稳神，细细辨别，身处何处。现在他明白，蹚过这片齐腰洪水，前面便是二队堤外淤滩。淤滩到了，洪水到这里，无力继续爬坡，停止前进，把下游带来的大量海淤积沉在此。加之黄河古道冲刷下来的沙泥也沉积在此，这里便是一片广袤平滩。

滩上有沙有淤，一层沙，几层淤，造成淤多沙少，非常粘黏，表面滑，坑窝里涩，一脚踩下去，淤泥陷坑，漫过小腿肚，拔不出来。几个人走不足一里。衍子民浑身疲乏，实在没有力气再折腾，头发晕，心跳加快，好像虚脱了，似乎低血糖。完全靠海豹和竹宾，两边架着走。一步、两步、三步……，竹宾一脚踩空，“轰嗵”，跐了一个大掼，摔出一丈多远。衍大人和海豹也跟着摔倒在地。三人没头没脸，全身泥浆。这几人除了廖子章，他们都没有在泥浆中行走的经历。竹宾眼睛、鼻子，都被泥浆迷糊了，刚喘气就呛了，呛得腰弯如钩，半晌直不起来。原地不敢乱动，好不容易慢慢缓过神来。衍大人摔倒，两脚陷在泥窝里，动弹不得，两手用力，欲撑起身体，不但身体没撑起，两手又陷进泥坑，受伤膀臂撕心疼痛。

海豹刚拔出腿想挪挪窝，冷不防一个大劈叉，“唉哟”一声，这年轻人站不起来了，疼得嗷嗷怪叫：“廖总！快！快救我！我的髋骨好像断了！”廖子章和另两卫兵见状不妙，迅速转身，他们先抬起衍子民身体，费了九牛二虎之力，好不容易将衍大人的蹄子爪子，从泥窝里拔出来。廖子章关切地说：“阁老，您先别动，能站稳吗？”衍子民很坚强、勇敢，不失落魄时的大帅风度，铿锵果断地说：“能稳住！”贴身侍卫扶住衍阁老。廖子章从丈外将竹宾扶起，问：“咋样？小伙子！”竹宾站起来，剑摔在淤里，摸了一会才摸到。右手抹掉脸上烂泥浆，留下几条竖状浪纹。海豹还在“嗷嗷”怪叫。廖子章到海豹面前，蹲下身说：“小伙子，别着急，俺帮你！”海豹龇牙咧嘴，脸扭曲得很难看，几乎以央求口吻，凄厉地说：“廖总，我的大腿胯子，大腿胯子，好像断了，疼死我了！”廖子章是练家，知道这是一个冷不防的劈叉，大腿胯骨脱臼了。

廖子章扶起海豹安慰说：“小伙子，忍着点，一瞬间，会很痛！”一边说，一边将左膀臂搂住海豹后腰，伸出右掌，对准海豹大腿胯骨外侧，猛地一击，海豹“哇”的一声大叫，胯骨合位了。廖子章问：“小伙子，再动一动。”海豹扭了一下屁股，感觉舒服多了。廖子章问：“咋样，还剧痛吗？”海豹哭丧的脸，泛起一堆笑容说：“廖总啊！神啦！好多了，不怎么疼了！”这样的狼狈前行，何时走出这片淤泥滩！廖子章对卫兵说：“你们两卫兵背着阁老，慢慢往前走。竹宾背着你表哥。我去前面探路。”

本来单身人走这淤泥，一脚陷下去，不易拔出。现在是双身人，可怜两脚，受力面未增大，体重增加双倍，这行走，难啦！他们向前移动十几步，停下歇息。廖子章感觉面前平洼淤泥上，有堆黑乎乎的不明物，伸手仔细摸了摸，哦！屋脊盖子，分明是被洪水冲到这淤滩上的。再摸摸，屋脊盖上，压着小瓦，噢！南三队金乡长家，那石基土墙瓦面三间堂屋。再摸，摸到一张木板平面的大床。他将大床翻过来，四腿朝上，从淤泥上推回来……衍大人和海豹坐上平板架子床，廖子章前边探路，竹宾和另外两卫兵，两个拉，一个推。这大床如雪橇，像冰车，行动快捷了。出了二队，进入南头队地界。天色大亮。乌云解封的天空，留下湛蓝炫目的大幕，东海面上，鲜艳的桃红，亲吻蓝天的唇边。湛蓝的大幕被点染了，红了，红得爽心悦目。哦！那是朝霞。

衍大人没忘记泰山娘娘的嘱咐，强忍膀臂的疼痛，颤抖的手打开信封，理开信笺，信笺上是一副对联：上联，阳世三间，积善作恶皆由你；下联，古往今来，阴曹地府放过谁。衍子民博学宏辞，道光二十五年，治国策论、诗辞文赋，双科进士，实打实的文人，经史子集，民间荟文萃语、楹联对诗，无不精透。他知道上苍，用民间城隍庙对联警示他，需积善成德，方可神明自得，圣心备矣！衍大人心潮涌起，感叹万千，坐在大木板床的反面，任由前呼后拥的推拉。忽而，他仰天长啸，随口咏出最能表达他此刻心境的对联：“是是非非地，冥冥晓晓天。但得回头便是岸，何须到此悟前非啊！”说完，他闭起眼睛，霞光消失，他的心也随之暗淡下来……

第四章

这一夜

1

衍子民和廖子章一行六人，恰如几条被痛打过的落水狗。日出之前，回到南头队总乡团大校场。他们颓丧地拥架衍子民，进入大帐。

廖子章十分关切，面有难色，心有权衡地说：“阁老，还是到俺家里养伤吧，家里方便！还京之事，另做打算！”衍子民脑子里盘算的是，眼下不是养伤的问题。他明白，如此小伤，不养自愈。他并不希望，这小伤过早痊愈。他想让小伤的作用，发挥到极致。他当然晓得，廖子章是真心的。命，都是人家救的。那救命时的勇敢、机智、果断，宁可不要自己性命。见过救命的，没见过如此真心的。他廖子章，比咱小二十多岁，可以说，他是咱老衍几十年来所遇到过的真正的过命兄弟、刎颈之交。衍大人有一种说不明白的情愫，说：“兄弟呀！大恩不言谢。看来，我是赖上你了。你先回家，报个平安，然后再过来，有大事和你商议！”廖子章理解，这时候的衍大人，很需要相伴，他继续说：“俺家有金创药，若没伤筋断骨，涂上，三天痊愈。”衍大人没拿廖子章当外人，对他说：“兄弟，三天痊愈，不能，不能啊！那样，这伤不是白受了吗？”衍大人一语道破，天机不可泄露，这是泰山娘娘的意图。廖子章明白了。

六人回营，瞭望台上的哨兵早有发现，第一时间报告夫人，大院几十口人闻言，自发集中于前院，还有书院大中小三班学子、先生、老学究们，迎接老爷活着回家。

没有敲锣打鼓，没有烟花爆竹，没有掌声和鲜花。老爷光着赤铜色上身，臂上、肋上、肚皮上，有淤泥、污垢、血迹，头发纷乱，辫梢子散开。迈着疲惫而坚毅的步履回家。院里，老少男女，心情沉重，没人说话，没人吱声，皆向老爷行注目礼。气氛严穆，悲壮。大家似乎都晓得，这一夜，龙王荡里发生了什么。彩莲、兰馨转过身，背过脸，在流泪。这两个没有父母的娃，早把老爷当成亲大大了。

自老爷昨天早上离家，一天一夜，夫人要求瞭望台上哨兵，一刻报一次荡中战况。剿匪大军出了四队，天气变化，云雾层层，迷住望远镜镜头，荡中情况模糊了。夫人一宿熬过，清瘦、憔悴许多。她心里所受的煎熬和折磨，不亚于老爷在荡中经受的磨难。二人回到屋里，夫人仔细瞧老爷，泪水夺眶而出，说："总算逃过一劫。一家人快愁死了。战衣呢？衬衫呢？这仗咋打的？衣裳都被剥啦？唉！别说打仗了，能逃出这场十八水，就是真龙了！（夫人转身对屋外）彩莲，准备热水和替换衣服，老爷洗个热水澡，好生歇息！"廖子章无暇洗澡。他说："先找件旧衫，穿一下，别急别急，出大事了！"夫人并无惊慌地说："出啥大事？只要你安全，天下无大事！""朝廷八千将士全军覆灭，百艘战舸全部报废。现在，只剩下衍大人这五个人了。"

夫人压低声音说："朝廷剿匪，乐此不疲。大军取之不尽，用之不竭。他们五人，若不是和你在一起，那才叫真的全军覆灭了。乡团三千兄弟，眼下死活存亡，也不知漂泊何处。""这点，不用担心，俺的兵，俺有数，俺一手调教的，没一呆子。水性好，头脑灵，早八辈子到水寨了。东方瓒、虎头鲸不会亏待他们，那水寨，本来就是俺乡团的。赶快拿家里的金创药，衍大人伤了胳膊。""他不是和你在一起吗？咋伤了呢？""夜里，被流箭射中的！""箭不长眼，六个人在一起，独独射中他了，这把年纪，也是够呛！""箭长眼，全军覆灭，他挂个彩，还京了，才有资本发话。好啊！没伤到骨。"夫人似乎明白了什么，意味深长地说："你啊！你啊！俺知道了。金创药，要内服的，还是外用的？"

"外用的。"夫人进内室，不一会，拿出一个红布封口的蓝花小瓷瓶，递给廖子章说："抓紧打发他们回京城吧。他们不走，荡里乡亲们何时回来呀！""俺有数，这次十八水够大，六至十队，堆前坡下土墙民房都坍塌了，接下来，还有太多太多的事。”廖子章若有所思地说。

廖子章回到衍大人大帐，衍大人已换了干衣服，简单洗了身上烂泥浆。廖子章取出金创药说：“阁老，先敷药，在下派人去四队，把南宫济先生请来，他留过洋，学过西医，处理伤口会比中医更直接。您留下来，休息调养数日，等完全康复了，再回京复命。”衍大人深深吸了口气，轻轻吐出，意思是，他还没到山穷水尽的地步。他觉得在廖子章面前，不必装腔作势。他说：“兄弟呀！这形势，咱该如何面圣复命呢？你现在就派人，请南宫先生帮咱膀子上装上夹板，打上石膏。咱得尽快启程回京城，若迟晚一步，不知又会弄出多少折子，弹劾老夫哩！咱必须在第一时间面圣，报实情，防止朝中奸佞借题发挥，添油加醋，抹黑老夫。老佛爷本来就视咱如寇仇。皇上有布新之意，但年轻，临政未亲政，亲政又能如何！唯唯诺诺，指不定弄出什么事来！”

廖子章说：“理解，理解！朝中之事，在下参不进言，插不上手，不能为大人分忧。在下现在派人请南宫先生。”早饭后，衍子民疲累的身子倒在床上，仿佛一刻工夫就睡着了。

一觉醒来时近中午，南宫先生提药匣进了大帐。南宫先生给衍大人检查伤口说：“阁老，伤口，是皮肉伤，没伤筋，没断骨，此乃万幸中大幸啊！缝几针，清理血污，敷上药，用一层纱布，护一下，不出半月，便可痊愈。”衍子民不是这样想法，他说：“南宫先生，老夫明日回京复命，为防上马下马，用力不便，挣开伤口，半路上，前不巴村，后不着店，麻烦。请你给老朽夹上夹板，打上石膏，固定住。”阁老的心事，纯属政治需要的思维，不是医生的套路。南宫先生轻松回答：“阁老放心，大可不必。若使夹板石膏固定，不透气，不散热，更容易导致伤口感染。”衍大人需要的是以伤借势，以势唬人，博得更多同情目光和称赞呼声，让皇上和老佛爷的心思，统一到自己为国为民的高尚行为上来。使自己在朝中争取主动。要最大限度渲染在大战中，遭龙王荡百年不遇的大洪潮摧毁的气氛，尽可能淡化全军覆灭的责任。上夹板，打石膏，重大现实意义，南宫先生不知道。衍大人从政治需要作想，南宫先生从有助健康考虑。两股道上跑的车，走的不是一条路。

衍大人苦笑着，对南宫先生说：“先生，尽管照老朽说的做，我必须连夜赶路，骑马回京，有夹板，有石膏，固定膀子，绷上吊带子，老朽就敢放心大胆，驱马奔驰。说句真心话，朝廷上下，内忧外患，沙俄在我边境，舔唇抹嘴，意欲蚕食鲸吞。去年中法之战失利。最近，黄海上，我大清和日本帝国，常有摩擦，西方英吉利、法兰西、德意志、美利坚，大大小小帝国，狼子野心，欲壑难填。李大人忙着谈判，签合同，老佛爷忙着准备割土地和赔银子。老朽我，哪里顾得上区区一条胳膊呵！”衍子民一番冠冕堂皇的大道理，掩饰着上夹板、打石膏的真实目的。南宫先生不言不语，看得出，他仍坚持自己观点。

一旁的廖子章早理解衍子民意图，以说服动员的口气说：“南宫兄弟，这样，噢！阁老想上夹板、打石膏，有他的道理。从方便起见，俺想，你照办就是，不要犹豫了。”南宫不温不火，不再强调自己主张，说：“按大人说的做，用夹板，打石膏，吊绷带。”南宫医术精湛，动作利索，一盏茶工夫做完手术。当天下午申时，衍子民带上四个贴身侍卫，五匹快马，告别龙王口南头队。

廖子章亲率二十乡勇马队跟在后边，相送至十八里外罘山脚下。衍子民勒住快马，和廖子章马背上话别。衍子民侧身抱拳道：“兄弟，感谢助我剿匪，救我性命。此番别过，千里迢迢，山重水复，恐今生再难相聚。但愿老朽能为兄弟灾后重建龙王荡，助一臂之力。千里相送，必有一别，就此告辞！”廖子章为衍子民一番肺腑之言，颇有感动地说：“阁老，言不多叙，望大人多多保重！”廖子章抱拳，目送衍子民马队溅起的滚滚尘烟。看着衍子民五人的背影，廖子章突然觉得有一种不祥，在头脑中一闪而过。

朝廷那个钦差，都察院左副都御史巩仁举，勾结直隶海州知州鲍育西，把剿匪绝密信息，透露给俺和“土匪头目”东方瓒，这不仅仅要让衍子民全军覆灭，更要取衍子民性命。现在衍军已灭，衍某人还在，他们能善罢甘休吗？衍子民还京途中，必有性命危险。廖子章当下决定，亲率二十乡勇，秘密暗中护送衍子民进京，防止他途中遇害。万一衍子民死了，龙王荡灾后重建各项事宜的资金渠道就此堵塞，前面的艰苦努力则白费了。

鲍育西家内室，鲍育西正和一黑衣壮士窃窃私语。鲍育西笑里藏刀，面目诡诈，眼中显现奸猾的神情说：“衍某一行五人，兄弟你武功天下无敌，鳌拜再世，取他五人性命，不费吹灰之力。你取衍子民脑袋来，换三万两白银。先支五千定金，事完了，再取余下的两万五千两，您意下如何？”黑衣人对道：“成！大人您尽管放心，当年俺从万军中取一千总人头，如探囊取物，瓮中抓鳖。不是俺夸海口，小小四个奶娃子护卫，长枪短刀，在俺面前，那就是烧火棍，切菜刀。您只需把银子备好了。”“君子一言。”“快马一鞭。”“等你好消息。”鲍育西递过五千两银票，黑衣人揣入怀中，提刀而去。鲍育西突然叫住：“兄弟留步。千万别在海州地界动手，千万,千万。邳州、沂州都可！记住啦！别给俺节外生枝，惹麻烦！”黑衣人回复：“幸亏大人提醒。”

为监督黑衣人追杀衍子民的行动，鲍育西稍加思考后又说：“兄弟，他们五人也不是吃素的，衍子民的侍卫都是大内高手，身怀绝技。双拳难敌四手，恶虎还怕群狼，为稳操胜券，俺派两个武功高强的捕快，给你做帮手，如何？”黑衣人知道鲍育西派人监督自己，说不定事成了，让他的人杀了俺，这个鲍育西尖嘴猴子腮，也不是什么好鸟。他说：“鲍大人要是不放心在下，尽管派人和俺一起干，不要两人，一人足够。说定了，三万两纹银，是俺一人的，捕快只是公务。”当晚，两匹快马驮着两个裹头蒙面的黑衣人，沿着衍子民一行人走过的进京路线，奔驰而去。

两天过去了，黑衣人没有瞅准机会，不敢冒失轻率，一旦打草惊蛇，鸡飞蛋打，三万两银子就黄了。

衍子民一行出了直隶州进入鲁地，第三天晚上，到了文台镇。衍子民觉得太累，找个客栈，人马补充给养，短暂休整，好好睡一觉，明日继续赶路。文台小镇街北头，有一家“夜阳”客栈，店门朝东，门楣上悬三盏红灯笼。后院好大，有停车场、货栈、马棚。客房在后院，是两排南北朝向，面对面起脊子小瓦房，两排房距离五六丈，周围山坡，乔木密布，灌丛遍生。晚饭后，海豹在前柜登记三间客房，衍大人居中，两边各一间，各住两个侍卫。二更以后，他们刚睡下。两黑衣人扯下头布和面罩，牵马进了店面过道。两人要了一间客房，在衍子民的前排对门住下。

廖子章率二十乡勇，早已从后院周围的丛林中翻墙入院，分别登上两排平房屋顶，仔细观察了环境。廖子章伏在前排屋顶上，借着明亮月光，四边物体看得清清楚楚。两黑衣人，一个是海州鲍育西身边捕快，另一个正是龙王荡南五队的老兵疙瘩霍大掐。霍大掐今年四十八,二十多岁时死了老婆。后来上岛，跟东方瓒南征北战。他是蒙古人，使蒙古弯刀。人高马大、五大三粗的壮汉子，刀技在龙荡营颇有点名气。身大力不亏，战场上以一当十，也为龙荡营立下过许多功劳。有一次，龙荡营在金山镇劫一家王姓大财主的银两。大功告成之后，他顺便把财主家的千金给祸害了。大统领有言在先，金山行动，只劫财，不劫色，不放火，不杀人。他把人家姑娘扎了火，完事之后，谁知那姑娘颇有经验，也倔强，一把薅住他的卵蛋、命根子，拼命用力勒住不放，疼得霍大掐驴喊马叫，情急之下，他抬手一刀杀了女子，提裤便跑。这一切，早被同伙看得一清二楚。在龙荡营犯了这种罪，二话不说，处极刑。龙荡营若没这些规矩，就是真的土匪窝了。东方瓒治军严格，绝不宽恕。最终念其为人忠厚，老实，又是多年过命的兄弟，多次立功受赏，将功折罪，免他一死，逐出岛门，永不回营。霍大掐为痛改前非，操起弯刀划开卵皮，挤出两蛋，张开阔大嘴巴，自己吞了。

霍大掐磕头如同鸡啄米，恋恋不舍，流着眼泪离开龙荡营，回了龙王荡。在荡里，逢年过节，对鳏寡孤独，廖子章或派人或亲自登门慰问。霍大掐，廖子章很熟悉。

霍大掐杀衍子民，一来当然是为了银子，三万两白银，够他后半辈子花天酒地了，二来霍大掐人在江湖，心在龙荡营，可是他回不了朝思暮想的龙荡营。衍子民全军覆灭，他还想逃回京城。霍大掐想，这是报答龙荡营的绝佳时机，何不帮东方大统领一把哩！割下衍子民的人头，一举两得，一箭双雕。廖子章寻思，留着霍大掐这样忠厚老实人，还有用，捕快一定不能留，留了必是祸害。杀了捕快，让霍大掐提着捕快的脑袋，趁夜晚，看不清楚，讹鲍育西三万两纹银。让鲍育西哑巴吃黄连，有苦说不出。教训教训直隶州官，好好做官，为民服务，别尽想歪门邪道，走捷径。任何人，任何债，总是要还的。靠阴谋诡计往上爬的人，用别人的血染红自己帽顶子，最终会活得很悲催，死得很难看。

在外地，最好息事宁人，不要惊动客栈其他人。人生地不熟，惹出烦恼，不好脱身。廖子章亲率两高手，借月光从房檐上轻轻滑落，到衍子民后窗下，轻轻叩击两声。非常警惕的衍子民，紧张地问："谁？"

"阁老，别慌，在下廖子章。您把窗户打开。"衍子民听出子章兄弟的声音，知道必有大事发生。轻轻拔开窗上插销，拉开两扇竖木窗棂。窗外廖子章三人分别纵身跃进室内，衍子民刚要点灯，廖子章制止说："不要点灯。"衍子民低声问："出啥事了？"廖总说："大人，事不宜迟，今晚有人追杀你们，你到隔壁屋里歇息，外边屋上屋下，都有俺们的人，确保你的安全。你放心睡觉！一切，由俺来对付！"衍子民有所醒悟地说："哦！我觉得出了海州，进了山东，隐隐有人跟踪。是东方瓒的人吗？"廖总回答："不是，是朝廷都察院左副都御史巩仁举，伙同直隶海州知州鲍育西，欲置大人于死地。杀手，就住你的对门。"衍子民顿然领悟，若有所思说："噢！明白！明白！"……

廖总和滕大山、阙小海，从窗口将衍大人送到海豹房间，又回到衍大人房间，关死窗户，等待霍大掐到来。子时三刻，外边房屋顶上的团勇发现霍大掐两人身着黑装，头裹黑布，面罩黑纱，霍大掐手握标志武器蒙古弯刀，捕快手持宝剑，一前一后，轻手轻脚，猫腰碎步，向对门衍子民屋子走来。霍大掐试着使劲推门，门从里面杠死，在外边又不能明目张胆地硬撞。他俩又转到后窗，霍大掐使劲推窗，想硬闯破窗而入，窗子销死了，推不开。霍大掐对着捕快指了指屋顶，捕快会意，蹲在墙角下，霍大掐踩捕快的肩，纵身一跃上了屋檐，爬上盖坡。屋顶和盖坡，黑色小瓦修缮，盖坡上有一只白色大公猫和一只灰色雌猫，正在房顶上叫着交媾，被突如其来的霍大掐吓得屁滚尿流，又恐惧，又嚎叫，跌落地面，钻进墙外灌丛。霍大掐口中小声骂道："他娘的，晦气，不吉利。"厌恶地"呸呸呸"，表示唾弃和驱走霉运。

霍大掐伏屋坡上，伸手把捕快拉上屋檐，两人认准衍子民房间垂直位置，动手揭开小瓦。霍大掐使弯刀，轻轻撬开瓦下椽木板条，屋盖坡上现出一个豁口，差不多能钻进一人。霍大掐心中沾沾自喜，这衍老鬼睡得真沉，死到临头，还没听出动静，天意呀！捕快取下肩上的绳索，抓住一头绕在胳膊上，霍大掐把另一头系在腰间，从揭开的豁口缒下去。这一切，都被隐蔽在火炕烟囱后的十几个乡勇看得明明白白。霍大掐刚刚从空中落脚，还未站稳，屋顶上十几个乡团勇士一起围过去，没给捕快任何喘息机会，即将其斩首，尸体顺屋坡“骨碌骨碌”滚到檐口，没停留，如石头撞地面，“砼咚”一声，重重坠落在地面上。这一切霍大掐并不知晓。系在霍大掐腰间的绳子自然掉进屋内，室内漆黑，霍大掐急了，不知外边发生了什么！又不敢发声。反正不用原路返回。颇有经验的霍大掐，决定先杀了衍子民，再开门逃跑。哪有这样如意的机会。霍大掐脚尖刚着地，滕大山、阙小海扑上去，两翼架飞鸡，按住霍大掐，让他动弹不得。再用绳索勒住霍大掐的脖子，廖子章猛的一个重拳，击在霍大掐肩头的麻筋上，蒙古弯刀“哐啷”落地。霍大掐还想挣扎，已被死死缠住。廖总为了避免伤害，开口道：“霍兄弟，俺是廖子章，你别挣扎了。衍子民不该死，你不能杀他，这也是东方大统领的意思。来！点灯，给霍兄弟松绑。”灯亮了，霍大掐呆了。莫名惊诧的霍大掐“啊！”一声：“咋回事，真的是四太爷。怎么会是您呢？俺亲眼看着衍子民进来的，一直死盯着这扇门，他就在这间屋里呀！”廖总微笑说：“你没看错，你光盯着门，没盯住后窗户，就这么简单。俺又不会变魔术。”霍大掐还是疑惑不解，说：“窗子销死的。”廖子章说：“人是灵活的呀！”霍大掐见廖总亲自搭救衍子民，这事又弄大了，死罪来了。真他娘的倒霉。霍大掐如实禀报鲍育西托人找他杀衍子民的经过。廖子章说：“这事等会儿你跟衍大人说。你不要顾虑，三万两白银，衍大人身价，远远不止三万两。好吧，三万就三万，这三万两，还是你拿，俺们分文不取。以后遇事不要冲动，要动脑子，若没把握，多问问。今天是不是险些酿成大祸。”霍大掐说：“完了，杀不了衍子民，他鲍育西咋给俺三万两？”廖子章拍了拍霍大掐的肩头说：“哎！俺的兄弟啊！对付鲍育西这种奸官、贪官、坏官，还讲什么信用！他身为朝廷命官，雇凶杀害朝廷大学士，内阁首辅，一品大员。他的命运不会太好。三万两白银，你必须讹他，让他进京向他主子讨要。今晚俺们连夜回去，快马加鞭，明天子夜你带上捕快的头，脸上早已血肉模糊，又是晚上，咋能看得清，认得出呢！他若不给银子，你知道咋办，你手里蒙古刀，又不是玩具。你拿了他的银子，日后，他也不敢把你咋样。现在，还要委屈你一下，把你绑起来，头发扯乱了。然后放门出去，再从后檐墙下，拖上捕快尸首，让衍大人见见眼。俺请求衍大人，把你交给俺带回龙王荡处置，这事就结了。说真话，俺得保护你，日后，你还有更大用处。”

2

龙王荡乡民上山躲灾，几天过去了。这日，蔡先福召集各乡队长，商量返乡具体事宜。确保乡亲们一个不少，平安返乡。他说：“这段时间，各位尽职尽责，保护乡民平安无事，俺代廖总感谢你们。大家可能还不知道，龙王荡又遭受百年不遇的洪患。六队以东，大多房屋被冲毁，千户居民，面临无房可居。重建之事，廖总正在张罗。拜托各位乡、队、保、甲，明天开拔还乡。今晚在山上最后一夜，安防不可松懈，保证随俺们出来的乡亲，老老少少，男男女女，一个不少，安安全全，健健康康回乡……”

在云台山上最后一夜，不知道会不会发生啥意外事情。晚饭后，各乡队长吩咐，人们回帐篷早些歇息，明天五更起灶，天亮吃饭，辰时拔寨回乡。

章先虎、邱二豹、斤三铁铳子、蔡小诡，荡中四混混，和往常一样，回自己帐篷睡觉去了。最初，蔡先福最警觉的，就是这四条混子，一拜的把兄弟。平时在荡里，干过不少坏事。这四人在一起，每天都会捣鼓出新鲜的坏事。这几天，蔡先福对他们采取分而治之，委派八个乡丁，每人后边盯两人，外松内紧，形影不离，密切监视他们行为。

头一天分帐食宿，蔡先福有意把这四人分开，不让他们狼狈为奸，干出格的坏事。这四人也意识到老蔡把他们当作重点防范对象。特殊时期，不敢明着和老蔡对抗。在他们眼里，老蔡表面温和，内心狠毒，整人不动声色，活脱脱的笑面虎，土灰蛇。你不动，他不动，你若动，他一口咬住，绝不松嘴。再说，老蔡身后，还有大神廖子章撑腰。

四个人心中有数，表面上唯命是从，老老实实，不敢乱说乱动。几天来等于被软禁，内心憋屈，吃睡没滋味。不敢怒，也不敢言。最后一晚，这四人皆有心事，表面上回帐篷睡觉去。

半夜，山上山下，和往常一样安静、宁谧，帐篷烛光全部熄灭。大营外，火把通明，十步一支，一个时辰更换一次，浸透油的火把，不知疲倦，“吱溜吱溜”地燃烧。竹篱笆外边，还有一堆一堆的篝火。远处传来一两声饥饿的狼嚎。

夜哨一个时辰换一次，篱笆外流动哨，一行七人，一袋烟工夫，交错一次。一切悉如平常。大营内的圆顶子帐篷，一个挨着一个，横成排，纵成列，每个帐篷三十、五十、七八十人不等。女人睡的帐篷里，静悄悄的，没啥声音，男人睡的帐篷里，鼾声如雷。章先虎所在的帐篷，睡了百十个大男人，像秧山芋一样，赤条条在地铺上排成四排。打呼噜、放屁、咳嗽、嗑牙、说梦话、跑马……显得特积极，特踊跃。

虞墨兰所在帐篷里，都是本村的中老年女人和未断奶的娃。夜深人静，帐篷中没有亮，虞墨兰和帐里人都在熟睡中。虞墨兰知道，章先虎就在隔壁帐篷里。进帐第一天，虞墨兰就多了个心眼，选择离门最远，最里边，靠着帆布内侧的柴席上睡觉。桐油帆布做帐篷布，周边深埋在土里，上边压着大石块。最里边，当然最安全，最可靠。章先虎再有能耐，也肯定不敢在黑灯瞎火的夜间，踩着一大片无序睡姿的女人、娃娃的身体，过来强奸自己吧！虞墨兰每个夜晚都放心地背对帐壁边缘，安稳侧卧睡觉。天知道，章先虎是什么时候，摸准虞墨兰睡觉的方位。几天来，他和同帐篷的男人换了三次睡位，才挨近帐篷里边。

原来那个睡在里边的男人不同意换睡位，两个看守章先虎的乡丁出面调解，才把章先虎弄到帐篷最里边。看守人考虑，把章先虎弄到最里边，便于夜间监视。如果他夜间出帐干坏事，很容易惊醒旁人。再说，两执勤人把守在帐篷门口，可在第一时间发觉。所以，两乡丁尽力劝解、说服，终让章先虎得偿所愿。只有章先虎一人明白，他睡觉位置和虞墨兰睡觉位置，近在咫尺，仅仅隔着两层桐油帆布。在这鬼神都已入睡的时候，帐篷里伸手不见五指，不管外边火把，如何明亮，也照不到他的行动轨迹。他幻想着那事，幻想得浑身发烫。燥热欲裂的身子，幻想着很快可得一汪甘露滋润，小肚上的关元、中极二穴，又在激烈地跳动，第三条腿一柱擎天。章先虎在打呼噜、放屁、嗑牙、说梦话的杂乱声中，轻松揭开早已准备好的两侧帆布底边。他的身体不用钻过去，伸手摸到虞墨兰细溜溜的小蛮腰。大手掌轻轻滑落在虞墨兰两尻蛋蛋中间的沟沟里，扒开虞墨兰小裤衩，他幻想着背后插花。他心中明白，按虞墨兰性格，万一惊醒，发觉有人搞她，也不一定怀疑是俺章先虎所为。这种事，提了裤子，不承认，谁也没办法。她只有默默承受，绝对不会，也不敢，在众人面前，张扬这足以让她羞死几回的丑事情。荡里的女人，可以不要“×”，但一定要脸。如此这般，他的这次偷奸，必定有是无非。就是有是有非，俺光棍一条，死猪一头，还怕开水烫吗！章先虎做好全部心理准备和生理准备，他就地打一滚，侧过身，手中握住那祸根，凑近虞墨兰两尻蛋蛋间的溪边港口。正得意，准备临门一插之际，虞墨兰突然转身，一把抓住章先虎两个球蛋，猛然用力，一勒一挤，章先虎顿觉浑身肌肉抖动，剧痛无比，仿佛小肠子被拽出来，头脑“嗡”的一声，张开大嘴巴，没敢出声，差点疼得晕死过去。这种剧烈疼痛，哪怕是畜生，也绝对忍受不了，何况是畜生般的人哩！那条红头大帅瞬间成了霜打的丝瓜，倒在他的大腿上，死蛇般软不拉几。虞墨兰未松手，她压低声音愤怒地说：“章先虎，俺告诉你，念你俺两家世亲分上，今个给你两个指头，遮遮脸，你若再敢在俺身上打主意，俺定让你死无葬身之地，剁了你去喂狗。俺虞墨兰，说到做到。”说着，又用力抓勒一把：“滚！”

短短几句话工夫，章先虎疼得大汗淋漓，死活不敢吱声，乖乖地退回自己的帐篷，还没忘记埋压帐篷底边。章先虎七天的梦想，终成幻想。其实，虞墨兰在熟睡中，似梦非梦，已感到，有东西在腰间蠕动，后滑落到腿裆。初以为是蛇，或者山龟之类，野生小动物。惊醒之后，才知道是一只粗壮大手，当时就猜出八九不离十。沉着、冷静。这次，不是上次，此时，不是彼时，必须给他一个惨痛教训。让他知道，兔子急了，也会咬人。俺虞氏，不是好惹的。后半夜，虞墨兰没睡着，满脑子乱糟糟的。

自嫁到龙王荡，熬过穷日熬苦日，七八年来，唯一感受，就是龙王荡人太穷，日子太苦，田地太贫瘠。真是应了荡外一句老话：“有女不嫁龙王荡，扒箩织席是行当。”一年四季，除了盘点那一亩二分地，就是砍柴、轧篾子、织席子、挖野菜，吃饭、睡觉、养娃。村上女人不能闲，闲下来，就是张家长，李家短，王家姑娘偷汉子，刘家的嫂子和小叔子干那种事。盘老舌头，嚼舌根子，捕风捉影，神乎其神，绘声绘色。说起别人坏话，唯恐不恶不毒。然后，引发方方面面，是是非非的事端，轻的邻里间闹得鸡飞狗跳，老死不相往来。重的弄得半截庄子的人，拿起杈把、扫帚、扬场锨殴斗，打得头破血流，死去活来。然后报告给队长、乡长。队长、乡长面对错综复杂的关系，一碗水端不平，调解不公，又引发更大规模械斗。最终，皆由廖四太爷化解抹平。在龙王荡里，虞墨兰经历许多事，她好像也弄明白许多道理。

在荡里人眼中，污水渗透到清水里，清水就是污水。泾渭不能分明，清者不能自清。无论你如何善良，若遭到邪恶亵渎，善良就变得有口莫辩，善良亦成了邪恶。霸道丑恶揉碎了美丽，所有的人都责怪美丽的脆弱，或美丽的勾引。廉耻践踏礼义，礼义便成了伪装的耻辱。众口一词，把好事说成坏事，再好的事，也不会被承认是好事。如果坏事被张扬，或被揭露出去，当事人就被永远定格，成过街老鼠，一辈子别想有出头的日子。这就是龙王荡平民的逻辑，一代一代人传承下来的规矩。对男人女人之间那种事，荡里人永远遵从一条规则：父母之命，媒妁之言，男人女人才有资格在一起睡觉。这是龙王荡的合社会性、合道德性、合规律性的荡规民约。除此之外，男女间一切的性行为，都是罪恶，都是淫乱，按祖制，就得沉海、杖毙。若是哪个女人，遭遇男人调戏、猥亵、强奸，被指责、歧视、辱骂、诅咒的，一定是女人。女人自然而然就成了骚狐狸、肮脏不洁的祸水、污物、荡妇、婊子。自然而然，成了男人下地狱的门户，勾引男人下水的妖精，腌死男人的盐卤坛子，顺理成章地成了口诛笔伐的活靶子。

虞墨兰天生丽质，十分俊秀，有白净细腻的皮面，细软的小腰身子，温存宽容的情怀，善良的心。她读过四书，初识五经，喜爱诗词歌赋，懂得礼义廉耻。自嫁到龙王荡，灾难从来没有离开过她。嫁到郎家，第二年死了公公，第三年死了婆婆，第四年男人得了肺痨，第七年死了男人，又丢掉了娃。今年二十六岁，她认事，不认命。乡团放粮，鼓励夏种，她在自家一亩二分地里，点豆子，秧山芋。乡团舍粥，她去校场喝粥。乡团下令转移，她和乡亲们一起上山。白天，面对乡邻，面带笑容，温和礼让。晚上，灯灭了，枕边压着无处诉说的浓愁、凄凉、隐痛和委屈。常常迎来睥睨轻蔑的眼光，和茶余饭后的品头论足：扫把星、白虎星，克死一家人。她孤苦、无援、无奈，忍常人不能忍的屈辱。茕茕孑立，形影相吊。心灵的孤寂，常常困扰着她经历一个个失眠之夜。失去亲人，让她痛不欲生。苦难，折磨她的身心。畜生章先虎死缠烂打，软硬兼施，淫威相逼，让她觉得憎恶、无耻。她知道，纯洁的身子被章先虎玷污了。然而，不管章先虎如何丧心病狂，变态疯癫，歇斯底里，她绝不会再让这猪狗不如的东西得逞。

她能活下来的唯一理由，就是必须知道儿子是死是活。儿子，七岁的儿子，懂事的儿子，不明不白丢了，而且是在家里丢的，生不见人，死不见尸。她心不甘，情不愿，意不尽，思不解。她若是死，也无法当面给公公、婆婆、丈夫一个合理的交代。无法给自己一颗破碎、伤痛、滴血的心，一个愈合、慰藉和救赎的机会。她咬着牙下决心要活着，要像人一样活着。活着一天，就不会放弃寻找儿子。

就在章先虎将罪恶魔爪伸向虞墨兰的同时，邱二豹干了一件比章先虎罪恶更加严重，更加荒唐、卑鄙、不要脸的丑事。

斤三铁铳子和邱二豹是拜把兄弟，这在荡里，人尽皆知。邱二豹在荡里人眼里，就是一只梭子蟹走路，横行霸道的货，歪日撩的流氓混混。在兄弟四人的眼中，是义薄云天的好兄弟。而在自家人眼里，邱二豹是个有担当的男人，有责任的父亲。荡里大灾大难，饿死多人，邱二豹不管使啥手段，没让自家女人、娃娃少吃一顿，不时打只野兔，逮只野鸭子，网几斤小鱼小虾，一家三口人，小日子过得有汤有水，有滋有味。自己家女人，说不出自家男人有啥不好。自上山以后，吃集体大灶，从大灶上打回的饭菜，他都是尽女人、娃娃先吃，剩下的自己吃。不剩，自己想办法。不亏待自家人。

邱二豹自己也弄不明白，为啥看到小斤花，或者想起小斤花，啊！那活生生、跳跃的奶子，那曾经的一次、无意识瞬间一蹭，留给他的，却是千年一憾。一直以来，他在恍惚、迷离中熔化了魂魄。他睁开眼，眼前摇晃斤花的影子。闭起眼，满脑子也是斤花的影子。两条细溜溜的长辫子，圆润的蛋形脸，桃红腮，柳叶眉，杏子眼，上薄下厚的樱桃唇，细长白净的脖子。胸中藏着活泼跳动的奶子，圆尻蛋子，小细腰，典型的前凸后翘。哎哟！想起来！下半截发软，两膝发酥，心就“扑通扑通”地跳得厉害。为一晌之欢，邱二豹曾经做过许多设想，诱、勾、偷、花钱、交易、霸王硬扳弓，有意无意做试探，都没奏效。邱二豹藏这个秘密在内心深处一年多了，常被折磨得心事重重，神魂错乱，寝而无眠，食不甘味。这算是啥？邱二豹弄不懂。性这东西，谁能说得清楚。该做的，做了，天经地义，心花怒放，是幸福。该做的，不能做，似是而非，心存焦躁，是悲哀。不该做的，做了，灾难深重，后患无穷，是罪恶。不该做的，不做，信义恭良，人间公德，天下太平，是正道。究竟什么是该，什么是不该，迷者自迷，清者自清。对于某些人，兽性和人性，泾渭分明，清清楚楚。对于另一些人，没有严格界限，亦无本质区别，正面是人性，转过脸就是兽性，甚至人性兽性，本来就是混淆的。邱二豹理不清这些道理，也不需要理清。邱二豹因为和斤三铁铳子有这层把兄弟关系，两家来往频繁，交际密切。邱二豹有事无事，有意无意，抬起脚就到斤三家溜达，串门子。需要时，帮斤家干点农活，诸如挑桶水，犁块地，拉趟肥。斤三铁铳子的妹，小斤花，芳龄二八，是斤家父母和哥哥掌上明珠，家里日子过得紧巴，而小斤花并未缺吃少穿，不用干农活、重活。这让小斤花天生丽质，纯净如一汪清水，丰满娇美，如诗如画。陌生人一眼见后，如痴如醉。真是应了一句老话，山村出俊鸟，柴户有美人。邱二豹每次到斤家，胡吹神侃时，小斤花端茶倒水，听邱二豹云里雾里，说荡外的事，一愣一愣地觉得新鲜，对邱二豹阅历经历，很是钦佩。“二哥、二哥”叫得欢畅。有一天，上午巳时二刻，邱二豹在四队大乱坑里猎了一条狗獾，在荡里湖湾又抓了一只芦雁。邱二豹左手提獾，右手提雁，身上背捉獾抓雁的竹夹和麻线鸟网。回家途中，路过斤三铁铳子家门前，此时，小斤花从屋里出来，瞧见了，仰起脖子：“二哥呀！逮着啦？”

邱二豹见斤花妹子，兴奋不已：“妹子，小收成，没空手呀！要不要啊！”

小斤花早把八竿子打不到的所谓二哥，当成自家的人，随口道：“要啊！二哥送来的，咋能不要啊？”邱二豹拐进斤家柴门，进屋，家中不见其他人，邱二豹试探地问：“妹子，大叔大娘不在家？”“下湖去了。”“你哥呢？”“早上出去，到现在还没回。”邱二豹心头，突然“怦嗵、怦嗵”忐忑起来，既没放下左手的獾，也没放下右手的雁，居功自傲地说：“妹子，还愣着干啥？快！帮哥，把肩上的网取下。”斤花明快、干脆又天真烂漫地说：“二哥说得是，你别动，俺帮你解网扣子。”

斤花站在邱二豹面前，零距离解他肩上网扣和竹夹子。两样东西系一起，绳子打了个死疙瘩。一时解不开，只好慢慢理顺了再解，这面前凸起的弹软的奶头头，隔着两层布衫，若即若离，在邱二豹胸前蹭了两下。这不经意地蹭两下，让邱二豹生出许多遐思，感受到小斤花身上特殊的，足以打倒硬汉子男人的，软软甜甜、幽幽绵绵、丝丝滑滑的体感。和能浸透男人肉体，沁袭男人心脾，击碎男人胯骨，融化男人心尖尖，吞噬男人灵魂的少女体味。不香、不臭、不酸、不碱、不咸、不淡、不苦、不涩……只能意会，无法言传的体味。小斤花解下邱二豹身上猎捕工具时，邱二豹仿佛触了电，周身酥麻，小肚子底下沉重坠痛，在遐思中没缓过神来，眼睛忽闪着，盯着斤花跳动的胸脯。斤花仿佛感觉到什么，戳他的脑门子说：“二哥，二哥，解下了。发什么愣？想啥啦！”邱二豹这才缓过神：“噢！噢！”眼角上，泛起一丝淫笑！从此，邱二豹的心里烙下了无可救药的病根。邱二豹非死不可。

就在邱二豹放下手里猎物时，斤三铁铳子回家了。看到邱二豹带猎物上门，内心感激，溢于言表，他说：“二哥，这好东西，逮到不易，拿回家，炖给娃吃吧！俺家没啥好东西送你。老是只进不出，不在礼哎！”邱二豹仰起头，慷慨大方，又有点自豪感，不容置疑地说：“啧、啧、啧，三兄弟外道了，你和俺，谁对谁？算俺孝敬大叔大娘的！再说，俺家锅上没断过，娃肚里不缺油水。”小斤花单纯，笑哈哈的，干干脆脆，没心没肺，嘴上说的，就是心里想的，毫无掩饰地笑着说：“哥，咋的啦？人家二哥，好心好意，专程送来的，又不是外人，你推辞干啥？不是妹子俺嘴馋，你辜负人心啦！”斤三铁铳子也不想推辞。客套话，还是要说的。铁铳子不会拐弯抹角，带二分玩笑口气说：“俺妹子被二哥的野货吃刁了。总不能让二哥天天抓雁去！俺又不会逮这玩意。”邱二豹兴奋地说：“你妹，就是俺妹，只要俺妹愿意，二哥隔三差五，给你抓过来！别愣了，妹子烧水烫雁。三弟，帮帮手，俺把这獾子皮给剥了。你看，这獾多肥，肉嘟嘟的，肉炖了吃，这身好皮毛，亮得冒油花子。剥下的皮，撑在搓衣板上，晾干。冬天用温碱水，加明矾泡泡、洗洗、刮刮，俺细细地鞣制鞣制，给妹子做条合时宜的围脖子。这皮毛又柔又软，又暖和又好看，戴在其他女人脖子上，那叫可惜，戴俺妹脖上，那叫好看、漂亮。”一段句说得斤花妹子心花怒放，欣喜若狂，屁颠屁颠地欢喜。午后未时初刻，邱二豹酒足饭饱，依依不舍离开斤家，离开小斤花妹子。沿着笔直的小道，脚下仿佛踩弹簧丝，一路曲线，走到家门口。自家女人在自家门前场院的芦席上，翻晒棉花。看自家男人回来，脸上红彤彤，神采奕奕，亲密地迎上去说：“在哪喝酒了，满脸通红，锅里有凉开水，自己喝去，俺趁好天，晒籽棉哩！赶明有人收购，能卖个好价钱！”

邱二豹没搭理，抱起女人放在柴席棉花上，抹掉女人单衣，做起男女之事，女人有点紧张地说：“回屋弄，在门口，村上人过来过去，人家看到，丑不丑呀！”邱二豹没搭话，伏在女人胸上，满脑子都是斤花妹子，欲把斤花妹子蹭他时充给他的电，全部释放给疑似的斤花妹子。三下五除二，嘁里咚嚓，电放完了。女人呢喃地似乎刚刚吊起胃口，邱二豹从她身上滑落下来，“呼哧呼哧”喘息不停，然后就“呼噜呼噜”地睡着了。女人不满足，嘟囔：“死鬼，急火燎灶，才几下子，刚刚有点好受，就阒了。”女人意犹未尽，拗起两腿夹了夹，自觉无聊，抓把棉花，拉开两腿，使劲揩拭腿裆里黏糊糊的白色液体，揩完，继续翻棉花。

半夜，邱二豹精神抖擞，在山上最后一夜，机不可失，时不再来。仿佛被驴踢过的脑子，不用过多琢磨，也琢磨不出什么理章脑来。明早就散伙，各回各家。今夜若不做下，今后更加渺茫。邱二豹一门心思，闭着眼睛，意念在斤花妹子身上，吮吸两峰顶上两个小肉团子，四腿间，有节奏互动的美妙滋味。一股欲仙欲死的冲动，正在撞击他的心灵之门。又一次忆起那软软甜甜、幽幽绵绵、丝丝滑滑，融化心尖尖的体味。两睾坠得十分沉重。现在，就是现在，哪怕将天下最鲜嫩、最曼妙、绝美艳丽的女子，一丝不挂，呈现在他眼前，他看都不看一眼，丝毫不会动心。他的魂，完完全全在玩味和斤花的感觉。他十分明白，干了斤花妹子，这事若是暴露了，对于斤花，对于斤三铁铳子，对于四个把兄弟，对于自己的女人、娃，对于龙王荡，将是咋样情景。身败名裂，无所谓，早就身败名裂了。粉身碎骨，也无所谓，能在花下死，做鬼也风流。邱二豹认一条死理：得不到小斤花的身子，枉在世上走一遭，干完了就死，也中。几天来，他暗中留意，斤花在帐篷中睡位。斤花所在帐篷，全是差不多大的同年女子，奔跳疯耍一天，晚上倒头就睡着了。这些娃正是睡觉的年龄，睡着了，推呀，叫呀，打雷呀，也不容易醒来。他觉得，这才是容易得手的绝佳机会，不抓住这刻，更待何时。邱二豹进出两篷的手法，和章先虎不谋而合。盯着邱二豹的俩乡丁，几天来为出色完成乡长交给的光荣任务，天天不敢懈怠，夜夜换班盯着。邱二豹这家伙，平时在荡里，比泥鳅还滑，一卖呆，就钻了。因此，俩乡丁几天看他，夜里没睡一个大头觉。几天来，俩乡丁觉得，邱二豹也没怎么挑事，并不像乡长说的那样危险。

明天就拔寨回乡了，估计也出不了啥大事，只要把住门，不让他出去，一切妥了。两个年轻乡丁睡在帐门口，打呼噜。更深夜静，邱二豹钻出自己帐篷，又钻进斤花帐篷，小心翼翼，摸摸索索地找到斤花。女娃睡觉，一直是独立空间，从来不讲究睡姿。斤花帐篷人数少，空当大。斤花习惯仰脸睡觉，自然两腿分开，上身是宽松齐腰无袖短衫，下身一件宽松红花内裤衩。邱二豹先脱了自己裤衩，半跪着，摸到斤花肚脐上的裤带子，轻轻一拉，结扣子解开了，并将她裤腰扯到大腿丫，熟睡中的小斤花似乎感觉到了什么，似乎又没什么。觉睡得真香，她在匀称的呼吸中，转了身子，侧卧，邱二豹顺势把挂在斤花屁蛋上的内裤轻轻扯下。要在她熟睡中坑害她。她似乎感觉到什么，又似乎没啥，还是放心睡她的美觉，两腿弓起，恢复仰卧的习惯睡姿。就在两腿弓起刹那间，邱二豹解下小斤花内裤衩，放一边。将那货对准小斤花那个点，轻轻地，但毫不犹豫地……

斤花是个很机灵、聪明、敏感的女子，猛然惊醒，刚想惊叫，晚了。她不敢吱声，这种丑事，万万不能惊动别人，惊动了，再也没脸皮子在荡里活了。她拼命扭动身体，邱二豹一旦得手，那根火热的铁棒子牢牢叮住不动，像一把钥匙锈死在锁房里。直到小斤花停止扭动。斤花压低声音：“谁？”“二哥！”斤花愤怒地用手掌用力向上推邱二豹的脖子：“再不下去，俺叫人！”邱二豹的手轻轻捂斤花的嘴：“莫吱声，没人知。别紧张，听哥的，放松点，不难受。”邱二豹浑身发烫，已无理智可言，他足足吸了口气，就在斤花欲哭而又不敢吱声，欲动而怕弄出动静的时候，邱二豹那已经扎实插在鲜洁娇蕊中的，烧红了的生铁杵子，肆无忌惮，暴风骤雨般，放纵蹂躏这朵尚未开放的纯洁的粉色蓓蕾。一刻、两刻、三刻，斤花在不停战栗，眼角流下一串串泪珠。在邱二豹一阵抽风之后，斤花就觉得一串烘热的水柱热流，击中她体内的最深处，仿佛那温热水柱激在她的心坎上，脑髓里。

她不知道邱二豹射进她体内的，是啥东西。她闭起眼睛，两手紧抓住邱二豹两肩臂，两腿反别在邱二豹的腿间，任由邱二豹上下扶摇，左右摆动，里外翻腾。在她感觉到邱二豹三次抽风时，自己体内三次被一连串水柱击中之后，在那有点疼痛的地方，向全身传递着酥痒、通透、舒愉、滋润。她觉得浸沐在无穷滋味中。前一分钟，她还十分愤怒、震撼、羞怯、憎恶。此刻，体内却有一种无可名状的疼痛和快乐感。可是这种愉快，很快又让她产生一股严重的恐惧感和罪恶感。眼下，绝对不能让任何人晓得，包括父母和哥。只要没人晓得，事情就没有好坏之分。山神保佑，菩萨保佑，一切路过的大仙，游荡的灵鬼，求你们保佑，保佑俺不是荡妇淫妇的小斤花，今天的丑事不要让外人晓得，俺回家给你们烧香磕头，供果供食，让你们歇脚享用。邱二豹的积蓄全交了，有气无力从斤花身上跌落，不敢停顿，慌张穿上短裤，又把斤花的短裤放在斤花腿裆，临走时，还贪婪地亲了斤花嘴，又吮了斤花的奶子，小声地说：“妹子，放心，没事了，别害怕，一切二哥替你做主！”斤花啥话没说，向邱二豹脸上啐了一口唾沫。邱二豹摸摸索索，钻出帐篷，头重脚轻，原路返回，睡觉去了。

斤三铁铳子晚饭后，点卯进帐。夜里，不知何时，溜出帐篷，夜逛凤凰城去了。五天前，他在凤凰城的宝隆祥当铺玩耍，看一贵妇，当一块拳头大的透明紫红钻石，当了五万大洋银票。当时斤三铁铳子就害上心病，觉得这好东西，应该易主。斤三铁铳子琢磨好几天，终于在今晚得手。他想，明天拔寨还乡，连老天也不会怀疑，离俺营地十几里山路的凤凰城里的东西，怎么会是龙王荡里斤三铁铳子，这寨里的无名小辈所为呢，小鬼屌，能做出江洋大盗的事来吗？这好东西，赶明俺妹找到婆家，有这东西陪嫁，长脸……

蔡小诡趁黑夜下了山北坡，在一家水菜园里，收获着青梅豆、胡萝卜、秋韭菜、金瓜、茄子、胶白菜，装满长长一口袋。扛起口袋，在上山反方向的园中路上，踩出一串脚印子，给园主造一个是凤凰城里的人，偷了他园中之物的假象。然后沿路，绕道上山。蔡小诡只考虑，给瞎鞠半瘫母亲，改善生活条件，别无他求。

第二天五更做饭，早饭后，天大亮，拔寨回乡。各路人马按来时路线，分管乡、队、保、甲，各司其职，前边有开路，后边有殿后，左右两侧乡丁骑马、骑骡、骑毛驴，跟班服务监管，有条不紊。

只是那小斤花，自邱二豹走后，想想后怕，吓得不停流泪。现在眼睛红红的，眼泡明显肿起来。一早起来，就感到那个部位火辣辣，刺痛，肿胀难忍，两腿胯骨散架般酸痛，她尽力掩饰自己外形的变化，强装啥也没发生过的样子，随着返乡人群，跟在父母身后，一扫平时机灵、活泼、纯粹的状态，不声不响往回走。只是走路的姿势，有些变形。

第五章

重建家园

1

廖家餐厅，廖子章和夫人在餐桌旁用午餐。桌上，一碟青椒炒豆干，一碟油爆扇贝，一碟虾仁炒黑木耳，一碗冬瓜蛋汤。每人一碗大麦仁和芦黍仁子混合干饭。廖子章夹一块豆腐干，放在饭碗里，说：“最近，没见到培忠。家里的地啊！虽撂空茬子，可是地不能闲，咱这荡里的地，碱性大，须不停盘弄，地越盘越熟，多翻耕一遍，经一场大雨，就能冲去许多盐分和碱分。老话说：有钱不买海州田，干了凉犟，湿又黏。海淤基础，盐碱作怪。地不盘就会长草，长草拔地劲。地盘熟了，土壤就暄了，明年墒情好了，还怕长不出粮食来吗。”夫人解释说：“培忠种地，老成持重，每天和郇大龙、串二胡子、娄小驹仨长工，同吃同住，耕耙、轧草、遛马、放犊子，从无怨言。耕啥、种啥、管啥、收啥，他心中有数，不会错事。家里地不多，照应得过来，放心吧！”

廖子章说：“让培明抓住秋季海洋捕捞，堤内损失堤外补。大灾之后，百业待兴，鱼市很快复苏。今年粮食绝收，多亏东方瓒劫了皇粮，一两年内，荡里平民的口粮没问题。家里渔船全部动员起来，让老二对渔人客气点，别太抠，要有激励机制。参战的五十艘渔船都是自家的船，原以借船名义，估计衍大人能给些补偿的，怎料想，老衍兵败后，这事他提都不敢提了，俺也没好意思张嘴跟他要钱。让管家找人，抓紧打捞，维修，尽快投入渔业生产。”夫人说：“是的，前一段时间，推虾皮，库里码着两百多篓的虾皮。老三培伦的商行，正在联络内地市场，听说徐州、商丘、洛阳一带行情好，就是路途太远，走一趟不易。”子章说：“远近不碍事，做生意嘛！哪里赚，往哪里，跑长途，安全第一，必要时，让东方瓒的镖局帮个忙。家里也有团勇，带上家伙，多出些人，这也不是什么问题。去年收购的棉花，之前出了十几船，现在还剩多少？”夫人说：“还有五六船的量。培伦说，去籽棉，在南方能卖出好价钱。南通、无锡、苏州、上海的纱厂，都看好无籽皮棉。”廖子章说：“皮棉当然好，人家工厂不用费事剥籽。俺家里籽棉都剥成皮棉，人工费很可观，算下来，不划算。”夫人说：“培伦回来说，上海那边，卖一种叫作轧花机的机械，一个人一天，能轧出好几担皮棉。”廖子章眼前一亮，兴奋不已地说：“俺早就想过，假使有一种宝贝，能去掉棉籽，不用人工摘籽，那就省事了。没想到，现在还真的有这种玩意。好！好啊！让培伦打听，打听好了，咱家先弄两台过来试试。”

夫人说：“那好，培伦嘟哝好几遍，生怕你不同意。”廖子章说：“这娃，俺有那么不开明吗？事情认准了，就放手一搏，谋事在人，成事在天。”

夫人说：“还有啊！培伦在上海，看好一台从外国进口的榨油机。一套机械设备，一次榨油，只需三人、两天，便能榨出油来，出油量大。比起俺们的老办法，一次榨油，七八个人，忙活四五天，要省事得多哩！”廖子章说：“好啊！今年年底前，置办两台轧花机，明年年底前，置办一套榨油机。西方人，鬼机灵。大清国，闭关锁国，狂妄自负，鼠目寸光，康熙乾隆都是这副德行，好大喜功，搞假大空的太平盛世，冒充天下第一，很可怜。后辈子孙跟着学，吃老本。事实上，早被西方人甩下一百年。害国害民，恬不知耻。”

夫人说：“俺们一介草民，格局大，眼光远，办不了国家大事。尽俺们最大能力，把俺龙王荡事情办好喽，也是正道！”廖子章说：“哦！还有一件事，不管龙王荡发生啥事，家里这个书院，正常秩序，一刻也不能乱，只要有一口饭吃，荡里娃子上学念书，就不能停。俺，越发觉得，荡里乡民最要紧的，就是知书识礼，崇德修身。要从娃娃抓起。每一代人，应该活出每一代的新气象。老是现在这样子，不中啊！俺不能让龙王荡人，虎父犬子，黄狼下老鼠，一代不如一代。”夫人说：“俺理解，你想一把抓出满天红，不易啊！好饭也须一口一口吃。好日子，让大伙一起出力创造，一定要让人们知道，好日子，不是别人恩赐，是自己干出来的。”

廖子章不无感慨地说：“是啊！靠俺一己之力，送好日子给他们，俺也送不起！这么多年，俺不计后果，把所有积蓄、盈利，都送出了。解决一部分人没饿死的问题，可这部分人中的大部分，觉得俺是总乡团，就应该养活他们，俺若不能养活他们，便是俺的无能，没尽义务，这就是穷人思维。端起碗吃肉，放下碗骂娘。穷，不可怕，就怕不懂道理，不思变，就怕不肯出力。下一步，对荡里人，分别对待，凡有正常劳动能力的人，付出多，多吃；付出少，少吃；不付出，坐享其成，饿死活该。绝不纵容，不同情那些好吃死懒怕见动的懒佬鬼。相信桃花源，一定是人干出来的，绝不是天上掉下的馅饼。今后，俺无偿赡养的，只是荡里丧失劳动能力的、无儿无女、老弱病残、鳏寡孤独的人。将来，在书院边上，再造一所赡老院，把他们收进来，养老送终。”

夫人说：“你说得是，俺们一步一步来吧！”廖子章说：“夫人啊！俺有一个比较大的、系统的想法，必须征得你的支持啊！”夫人说：“老爷！俺有不支持你吗？”廖子章说：“没有，没有。”夫人说：“你说，什么样的系统想法。”廖子章说：“夫人啊！第一，这两年龙王荡大灾不断，这次十八水，毁了六队以东千家房屋，几千人面临无家可居，都在临时柴棚芦舍中生活。灾后重建，面临许多困难。第二，这次重建龙王荡，俺须举全家之力、全族之力，乃至全荡之力。把龙王荡海堤滚石坝筑起来，南北长，至少四十里，抵御百年一遇的洪水，以绝洪患。第三，在龙王口外口处，车轴河上，建造大木桥，改变千年以来，两岸阻隔的局面，光靠渡船、渔船过河，实在不方便。有了桥，南北二十队、二十乡、两大营的乡民，就有更多的交往机会，赶集也便利。第四，在外口河堆那块开阔地上，建一座四进式大庙院，供泰山娘娘，名字就叫娘娘庙。为荡里有信仰、有念想，从良向善，修德修身的人，建一座精神寄托的场所。在大庙外建一条小街市，头队小集市移过去，南北二十队，龙王荡人去大庙烧香许愿，加赶集两不误。周边人，做小买卖，不用跑到十里、二十里外的四队、杨集、丰乐了。第五，在南头队，东方村，开个大戏场，建大戏台。那里是头队，和周边居住人口集中的地方，东接二队，西近马场，南邻小苇，端木界苇。农闲时，过年过节，俺请个大戏班，唱它十朝半月的大戏，让俺们的平民百姓，热热闹闹、欢欢喜喜、开开心心。给俺五年时间，俺一定实现这五个初步目标。”

夫人听了老爷设想，才真正明白，这才是老爷多年心中的念想。可是，几乎年年的天灾人祸，没给老爷机会，现在，老爷觉得机会来了。俺也应当有个态度，夫人说：“老爷呀！咱一百个同意，一千个支持。只要老爷你认准的，俺拆家卖产，砸锅卖铁，节衣缩食，支持老爷实现心愿。这是俺德庆堂祖辈的心愿！”

廖子章欣慰地说：“不用夫人拆房子，卖田产，更不用夫人砸锅卖铁。没有金刚钻，不揽瓷器活。俺要动员龙王荡人，做龙王荡事。能出钱的，出钱；能出粮的，出粮；没钱没粮的，出工。俺有自己的石匠、砖匠、木匠、泥瓦匠，俺有自己的河工技员。东陬山、张毛山、西陬山、罘山、伊芦山，是俺龙王荡自家的山，石料任意开采；南北二十队，有俺自家的五座窑场，烧砖制瓦，满足供给。至于木材嘛！可在云台山上采伐一部分，再派人去云南江西外伐一部分。差不多五十万两银子足够，俺能筹齐三十万两，就能动手。其实，区区几十万两银，荡里的几家守财奴的地主、盐主、财东、钱庄、商贸行，哪一家都拿得起。可是，真要他们出银子，难嘞！这些老油条，他宁愿把头伸给俺剁，也不愿意拿银子出来。”夫人说：“那咋办？你总不能动粗动硬吧！”廖子章说：“这次，咱决心下定了，不掏不中，由不得他们性子，别看他们地主财主势力大，除非他们不在龙王荡里住了，俺便放过他们。就说今年的十八水，要不是平民转移上山了，还不知道要死多少人。这次大信潮，光四家大地主，一家盐主，损失加起来，远远超过二十万两白银。挡大潮、阻洪患、筑黄海滚石坝，他们不出银子谁出？按田亩比例画道线，该出多少，一文不能少。他们若不愿意，死扛，可去直隶州、去朝廷告发俺！谅他们也不敢。大戏园子，在东方瓒家前门大广场上，让东方瓒想法子。公孙觋也该到出出血的时候了，不说他千亩地收益，多有积余，满荡里算命、打卦、测字、看风水，阴阳二仙，都让他占了，平民也好，富家也罢，所到之处，处处伸手，收银子，从来不空过。公益事业，他总是厚着面皮，不掏钱。多少年来，他习惯端现成的碗，吃现成的肉。过去，荡里筑灌溉渠，挖排水沟，他家千亩土地，一毛不拔。这次不中，不出五万两纹银，过不了关。他不是到处煽风点火，想当总乡团吗？拿钱呀！光靠空口白牙，咋能当上总乡团呀？”

夫人说：“这个公孙觋内心太阴暗，俺们还是少惹他。被疯狗咬了一口，你又不能去咬疯狗！”子章不含糊，说：“那就打死那条疯狗。他玩阴招害俺，之前还写信给鲍育西举报俺动了储备库的粮。这次剿匪，俺估计他的举报信早到了朝廷，到了巩仁举的手里了。俺等着哩！你公孙觋会弄阴的，俺也陪你玩一把。俺讲德治，你偏无德，俺只能以牙还牙，请君入瓮了。”夫人说：“算了吧，老爷！他不给钱，你又不能去他家抢！”廖子章说：“谁说不能，如果宽厚仁慈、大德大爱能感化罪恶，能让恶者对秩序和规矩尊重，那么，这个世界就不会再有暴力。上天做不到，神仙做不到，人仅可以把它作为追求的理想目标。但大恶者，他不买你的账。所以，以恶惩恶，也是德治的重要途径之一。让大统领派几个兄弟，半夜三更蒙上脸面，带上家伙去他家，顶住他的脑壳子，一要一个准。平时给他面子，他不要脸，嘴皮子功夫，一个顶俩。”

夫人说：“你在外口，又要建桥、建庙、建街市，哪来的钱？”廖子章说：“外口大木桥，泰山娘娘庙，那是老衍承诺泰山娘娘的，他不兑现，就不怕泰山娘娘惩罚他吗？朝廷大学士，内阁首辅，一品大员，俺相信他说的话，会兑现！大庙外，造集市、道路、门店、房屋、大货场、大卖场、客栈、布庄、茶店、小医馆、洗澡堂、农商行……谁出钱，谁经营。实在没人出钱，俺自家、俺族出。”夫人说：“俺们不是还要扩建书院吗？过去十几年，俺们救荒、赈灾、济民、兴丰乐镇、兴四队集、兴大医堂，加上之前三次采买救济粮，建大灶、舍粥，累计不下百万两。现在家里柜上，只有周转金三万两银，库里是空空的，老爷，你不会不知道吧！”

老爷信心百倍，慈爱的眼神中透着坚毅，微笑说：“夫人放心！俺们还是有衣穿，有饭吃，有房住，有马骑。地里、河里、海里、大柴荡里，用不竭，取有余。生意还在做，银子还会源源不断地流进来。俺们挣钱为了啥？聚着、攒着、藏着、贮着，让俺做吃霉粮食、用锈铜钱的守财奴吗?!为余粮所困，为余钱所惑，俺才不干那傻事哩！粮是用来吃的；挣钱要花，花在刀刃上，俺不要储钱。俺百年心事，就是把桃花源搬进龙王荡，让龙王荡人过上桃花源人的日月，享受太平快乐，过幸福生活。”站在一边机灵的快嘴丫头彩莲插一句：“道德当身，不以物惑，就是老爷的意思。”老爷惊讶、欣赏彩莲的插话：“这丫头，有长进！”转身问兰馨：“兰馨，你怎么看呀?”兰馨接话：“东坡先生说，以至诚为德，说的正是老爷您啦！不是吗，您为荡里平民百姓过上好日子，可以放弃自己家一切钱财，操心费禄，奔波劳累，无私奉献，这是至诚，是大仁大义大德也！”廖子章说：“俺家两个丫头，都学会乖巧，说好听的话了！”夫人说：“俺能理解老爷，银子也罢，家产也罢，生不带来，死不带去。再说儿孙自有儿孙福，俺们不用为自己家的儿孙做马牛。”

廖子章说：“夫人说得对，儿孙若能超过俺，挣钱自然比俺多，俺留钱干什么！儿孙若是不如俺，没有挣钱的本事，留再多的钱，也败光，是害他们，俺留钱干什么。他们都有健全的脑瓜子，健康的体格，自己创造的幸福，那才叫真幸福。靠祖上前辈遗留的财富过日月，不会长久。要让俺们的儿孙，都明白这简单的道理。要让他们长一副鹰头鹰爪，能吃能拿。不能长一副鹰头鸭爪子，能吃不能拿。”夫人说：“眼下俺家四个儿，从意志力、才智、能力来看，都能独当一面，就是四儿培仁，从小就体弱，靠体力，下死苦，怕体力撑不住。”廖子章说：“培仁的书念得还是不错的，赶明院试考个秀才，回家里书院领个小馆，纳幼生，开蒙教书，也能成就一生。”夫人说：“书院扩建，面向整个荡里招童生。管饬，也需要更多人手，就让培仁盯住书院吧，那么大的摊子，家里没有个抵实的人，也不中。”廖子章说：“好啊！不光培仁盯着，夫人您也要抽出时间和精力，密切关注。百年树人啊！教书育人，不是小事！须一着不让，抓住喽！再经过几年打拼，龙王荡的面貌变了，平民有衣穿，有饭吃，有房住，有钱赚，农渔业活了，商贸业活了，平民过上好日子，俺们才算真正开心快乐！咱家‘德门集庆’的大牌匾，才算真正地重放光芒。守祖宗，守啥呢?就是守一个‘德’字，一个‘耕’字。有德，才有信；有德，才有礼；有德，才有恭敬，才有良善；有德，才能明确念书目标。勤于耕作播种，管理收割，才知道稼穑艰难，才知道好日子来之不易，才会珍惜。”

夫人说：“俺记住老爷的话，不断教导儿孙们，要道之以德，齐之以礼，知耻且格。俺家书院，也须反复强调德教德育，引导荡里百姓平民，遵守道德规范，以礼待人接物，用礼处置邻里之事，让人有羞耻心，有归服心。俺还要聚拢荡里读过书的人，把识文开智的男人女人串起来，在荡中讲仁讲德讲道义，讲礼义，讲温良，讲文明恭俭。要重建新荡规，新民约。老爷您，领男人们筑坝、支桥、建庙，俺领女人们，给你们缝补浆洗，烧水做饭。放心吧！俺府上六十多口人，除不能干活的娃，其余人全力以赴。俺家所有地里收的，河海中捕捞的，砖窑瓦窑里烧制的，贸易商行盈利的，加上船队马队，通通服从服务于老爷的再建规划……”

廖子章说：“明天，集中族人，议事堂集会，统一族人思想、行为，至关重要。这在荡里，能起到率先垂范作用，自家族人心思不通畅，如何让荡里人心悦诚服呀……”

第二天上午卯时三刻，点卯之后，德庆堂西屋议事大厅，济济一堂。廖子章匆匆赶来，立坐台子中央大木椅上，对管家说：“管家，给各位族人上茶。”“是，老爷。”邝镛向外招呼：“上茶。”一排用人手捧茶盘，鱼贯而入，茶杯轻轻放入每位身旁的茶几上。廖子章说：“各位长辈，各支系族长、头人，多日不见，很想你们。也许你们都知道，这段时间，荡里发生的大事小情。俺忙过这阵子，今日和大伙儿见面，一来向俺族人报个平安；二来，子章有大事，和各位族人商议，希望能得到在座各位族人支持……”话未说完，性急的四老祖爷，干脆利索，直接爽快地说：“子章啊！前些日子，你和那朝廷一品大员龙王荡剿匪，把俺焦个半死。那活不地道，打赢了，东方瓒必死无疑，你愿意吗？打输了，朝廷那个大员一样挤对你，里外不好做人呀！如何是好！好啊！今个，全须全尾回来，俺廖氏大幸，龙王荡之大福耶！你说吧，啥事，要俺全族人支持？四老祖爷有百把亩地，尽全力支持你。俺老廖家，心齐着啦！都服从你，做大事，做善事。你比俺们看得远。德门集庆，大牌匾挂在俺们廖姓大门上，只要不违背祖德祖制，说啥俺都信得过你。”

廖子章说：“老祖爷啊！您老就是通透（站起来抱拳行礼），您老是俺廖族健在的唯一老长辈。地多地少，钱多钱少，都不让您老出一个铜子。您老把日子过顺了，就是俺老廖家的福报呀！家有一老，胜过一宝啊！”接下来，平辈、晚辈的头人、分族长，建议不讨论，也不用商议，只要四太爷需要，随便拿。其中一“仕”字辈（族谱排字：永、如、文、培、仕、寿、东）年轻支系族长，站起来说：“四太爷，您是龙王荡的总乡团，俺廖家总族长，廖家的钱，廖家的粮，廖家的田产、房屋、资财，都是您的，您说了算，需啥用啥，您找俺们商议，是给俺们面子。老祖爷有言在先，表态了，俺们都不是不知好歹的人，您说咋办就咋办。”廖子章很欣慰地说：“各位长辈、兄弟，侄、孙辈，俺想在有生之年，多做些事情，造福荡里的平民，造福后代，俺有一个规划……”

2

晚上，公孙觋去了自家神坛，做法事去了。他已经知道衍子民剿匪全军覆灭之事，廖子章毫发未损，东方瓒不知去向。他欲问神灵，下一步廖子章、东方瓒的命运如何。这个好管闲事的公孙大仙，蹲着撒尿，管得宽哩！他在为实现终极目标，坐上龙王荡总乡团的位置，再生养三个儿子，发起冲刺。公孙觋觉得，平时廖子章与匪首东方瓒眉来眼去，暗地交往甚密。朝廷衍子民，比驴还犟，竟然相信廖子章，还同乘一船，指挥剿匪，不全军覆灭才怪哩！得想个法子，让朝廷知道此事。写呈文，控诉衍子民和廖子章勾结，全军覆灭，放走荡匪。先把呈文递给海州知州，定然弄出一层波澜来。公孙觋晚间作法，进了神坛，陪着祖师爷，定是一夜不归，这是几代人铁定规制。

三婆娘武美娘在前窗台上放上一盆香味浓烈的含笑花，这是给显儿递暗号。半夜时分，院子里十分清静，奴从婢仆都睡下了。美娘早已洗漱完毕，浑身上下，香胰子抹了好几遍，毛孔中散发出幽幽体味，肌肤上飘逸淡淡馨香。又在脖子和腋下滴几点花露水。白皙苗条风韵的身子，一丝不挂躺在床上，等着心肝宝贝公孙显入室。这次是他们第三次交好，前两次的预演，美娘已经吊足了这个和自己年纪相仿奶油小生的口味。他精力充沛，体液充盈，虽不是凶猛的那种，却也十分坚韧挺拔，还能弄出许多花样，足以让美娘回味无穷。在显儿身上，美娘才真真正正找到做女人的美妙。今日，也正是大红过后的绝佳时期，这几日的暗示，也让显儿早已猴急了。在武美娘心中，她和显儿绝密私媾，目的只有一个，怀上儿子。她的生活面太窄，大门不出，二门不迈。公孙觋不分早晚，手撕嘴啃地蹂躏，霜刀雪剑严相逼，她若再下不出蛋，养不出儿，在公孙家的命运，岌岌可危。实在没办法，才出此下策。她觉着，这与纲常伦理没有丝毫的关系。只有怀上儿子，才能稳定自己三婆娘的地位，永远堵住公孙觋骂骂咧咧的臭嘴，像人一样，堂堂正正地过日月。至于之后的事，顾不上那么多。

谁知道，和显儿在床上的美感，绝不仅仅是生个儿子那么简单了。让美娘整日神魂颠倒的样子，一时见不到显儿，要么发愣，要么嘴里总是干巴巴的。见到显儿，就有一股子强烈且情不自禁的冲动。坏了，武美娘有真正的爱情了。

不对的时间，不对的地点，遇上不对的人，所产生一切真爱情愫，都是不对的。由不得它对与不对。最初，从武美娘有意无意用妩媚的眼神碾压和抚摸显儿那天起，二婆娘、显儿亲娘早看在眼里，也发觉自己儿子，对三婆娘含而不露的温情和内心渴求，眸中带火的欲望。

二婆娘也恨公孙觋无情，怜三婆娘处境。睁一眼，闭一眼。她曾在三婆娘面前，含着骨头露着肉地揶揄过，怕乱了纲常伦理。可是她想想自己，也仅仅有公孙家二婆娘的名分，其实不过是奴婢的地位。何况进门多年，没有生育的三婆娘。也不知是驴不推，还是磨不转，谁的问题，说不清。由他去吧！没错种，没错姓，肥水没流外人田，两厢情愿，何乐而不为呢？他们之间，也无血缘关系，不是乱伦。相信爱情……

显儿媳妇带娃回娘家去了，这个绝佳时境，天赐良机，难得呀！这下子，可放心大胆，痛痛快快地奢侈一回。他穿大裤衩，三条筋的背心汗褟，辫子绕在脖子上，轻装上阵。显儿来到三婆娘门前，右手食指轻轻一推，门开了。门轴窝子里，早被三婆娘抹了食油，开关毫无原本“嘎吱”的声响。轻车熟路，侧身进去，合上门，压上门闩。武美娘早急不可待，压低声音说：“显儿，咋才来呀！快一点，别磨蹭！”显儿不吱声，摸摸索索，爬上红木雕花八步顶子床。窗外，显儿的亲娘，正在见证这次历史性的光荣时刻。她侧身，耳朵紧贴窗纸，本来就是听壁根子，不知咋的，她好像是自己在偷人，很紧张，胸口“怦嗵怦嗵”地跳得厉害，脐下发热。显儿一把抹了自己身上小衣，伏上了，美娘两条莲藕般细长白皙玉臂，紧紧搂住显儿的臀，只听她“唉呀”一声，紧接着喉咙里接连发出一串有节奏的，不像哭，不像笑，不像呼唤，不像鸣叫的声音，却让身上男人有强烈征服和奋进的刺激感。叫声中还夹带不完整的字节：“显，俺的心肝，真够、真透、真好！继续，用力，用力！哎哟！”美娘含芳吐馨，娇声嗲气，柔情软语，心尖酥麻，灵魂已翩然入仙，飘上九霄云外去了。窗外二婆娘明显感觉到那张大床上，正在经历着一场迷离的巫山云雨。她在想象，显儿那万千的小精虫子，一起涌向三婆娘蛋膛里的小晶蛋，若真的酿造出个娃，将来这娃，咋称呼。叫俺“二妈”，其实是俺的亲孙子。显儿和自己儿，则称兄道弟。显的儿，叫显儿“哥”。显儿认自己的儿，叫“弟弟”。老毒物公孙觋，名义上得一儿，实际是添一孙。显儿读圣贤书，很聪明，这账，拎得清，不会乱。

不管是直接的儿，还是间接的弟；不管是直接的孙，还是间接的侄，都是公孙家的后代子孙。老毒物戴儿子的绿帽子，自家人，没啥冤枉。

二婆娘有点幸灾乐祸。说一千，道一万，这也没啥奇怪，没错种，没错姓，关起门，一家人，一窝老鼠不嫌腥。这世上，老少三代弟兄，多的去，允许公公爬灰，还不允许儿子日他小娘吗？要是公孙瀨睡了俺，俺也认。

廖夫人在东墅书院，正和先生们讨论扩建书院，增收蒙生，举办龙王荡德育礼教，塾师专训门馆之事。夫人说：“……龙王荡民风朴实、单纯，但也包含原始的粗野、骄横、刁泼的不文明成分。旧习规制，有许多不合时宜的鄙陋之处。俺家书院，不光是教书，更要育人。教人守德、诚信、善良、恭俭。俺们书院的先生，都是读圣贤书的，都有一副难得的，勇挑民族教化大任的脊梁，都是大德大道大义之士。每个人都胸有天地之心，怀有教化之诚。都是崇德修身的表率、典范。俺们老廖家，祖辈以仁德诚意、正心修身、齐家治国平天下为家道清规。俺们要在荡里平民中，展开德行教化，向平民灌输忠、孝、廉、耻、仁、义、礼、智、信，温、良、恭、俭、让的孔孟之道。俺要各位先生，群策群力，针对俺们龙王荡民风现状，编一部有实用性的新荡规民约小册子来，俺花钱刻印，鼓励平民认字、明理，弘扬正气……”

校场乡团议事厅里，南北二十队二十乡镇队长、乡长、镇长参与的灾后重建会议上，廖子章阐明重建规划、规模、目标、重大项目将产生的积极影响，重大意义……会议开得很成功。

3

东方瓒的龙荡营，几个月来，人人神经绷得太紧，反围剿战役结束，八营四部放假五日，每人发纹银五两，有父母的，回荡看父母。有女人娃的，回家团圆几日。没父母没家眷的，杨集、板浦、海州逛逛，走亲访友，随便。

韩鲙三十岁出头，光棍一条。他父亲韩大浮，三十年前首批进荡的大兵，娶公孙觋家死了丈夫的二手小妹。韩大浮效率高，三花两绕，婆娘的肚皮鼓起来，十个月肚皮长熟了。这天，韩大浮在海边的牛头渚使草杈，叉了一条二尺多长大海鲈，兴高采烈提回家，剸了肚，去其内脏，切成鱼片，下锅炖熟，准备慰问待产的婆娘。这时候，他听到东厢房的婆娘驴喊马叫，肚子疼。韩大浮急得蹲在女人身边，不知如何是好，光搓手。女人自己早已在地上铺了油布，仰脸朝天，两腿叉开，坐在油布上，嘴里咬一缕头发，满头满脸都是汗，眼睛瞪圆，深吸一口气，猛猛用力一挣，“呼噜”一声，把娃挣下了。快得很，没费事。韩大浮炖好鲜鲙汤，浓稠银白，鲜掉舌头。盛一大碗给婆娘，放一小勺胡椒粉，婆娘连吃带喝，“呼啦呼啦”一碗下去，立马恢复体力，说：“大浮，给儿起个名吧！”“俺刚炖好鲈鲙汤，你就养下了，就叫韩鲙。”“好，就叫韩鲙。”

十年前，韩大浮将二十岁儿子托给东方瓒。三年前，韩大浮和婆娘先后得伤寒病去世。韩鲙把公孙觋这个大舅，看作唯一亲人。有空过来瞧瞧，孝顺大舅。和两表兄弟，濑和显一起吹吹牛，侃侃空，喝喝小酒，放放松。一般情况下，上午来，中午小酒微醺，下午离开。这日放假，韩鲙分得五两银，花了二两，买两瓶老烧，半斤绿茶，两斤桃酥，三斤大黄桃，看舅舅、舅妈。公孙觋在天大亮时，从神坛回到三婆娘的八步顶子床上。美娘和显儿云雨一夜，天亮前，刚刚消停入睡。公孙觋上床，强烈要求和美娘淬淬火。美娘坚决不能反对，乐意并顺了他的意，一切如常，没任何嫌隙遗漏。老毒物淬火后，就睡着了。巳时三刻醒来，神清气爽，有喜鹊在院内榆树上"喳喳喳"地叫，公孙觋掐指一算，今日大喜。公孙觋确认自家要添丁了。他把这喜闷在肚里，洗漱之后坐太师椅上，呈现出满脸的得意。美娘讨好地挨在他身边，端起水烟壶，装了一锅烟丝，递给公孙觋，吹着火绳，给他上火，公孙觋吸着水烟，壶里发出"呼噜噜"的声响，很惬意。家奴苟赛旦来报："老爷，你的外甥，韩少爷求见。"公孙觋听说韩鲙来了，"嘣"地从座椅上弹跳起来！神经质的反应把美娘吓愣了，她知道这种反应，定是老毒物又生出啥坏主意了。她嗲声嗲气，摇着公孙觋的肩说："老——爷，一把年纪了，鬼惊鬼乍，多吓人啦！""你他娘的，不会下蛋的鸡，老爷的心事，你知道个屁呀！"对苟赛旦："招呼亲外甥，韩少爷正堂屋见！"

苟赛旦去了，美娘委屈地说："老爷，能不能不要当着下人的面蔑视俺，您忍心骂俺？俺也是有脸皮的，您撕了俺的脸，那些下人都是狗眼看人低，让俺咋活哦！再说，老爷您早上淬的火，很通透，又是俺大姨妈过后绝佳期，说不定您下的种，就能发芽、生根、开花、结果哩！您应该有信心，枯木还逢春，老树也发芽，更何况老爷您正值旺春，宝刀不老，利剑正锋芒，俺对您有信心。"公孙觋不屑地说："你他娘的，只剩下一张小甜嘴，哄俺高兴。"美娘也不屑地说："嘁、嘁！俺会努力证明给你看，俺武家世传名医，这也不是什么难题。"

韩鲙进门，放下手中累累巴巴的礼物，郑重其事，双膝跪地叫道："舅舅、舅母在上，外甥给你们请安，二老健康，吉祥！"……

下午申时，韩鲙小酒喝得脸通红，原本想回家里看看，家在南二队，两间破草屋，没啥家具，没人没牲畜，也没啥看头，回天生港客栈吧！还是那里习惯。韩鲙出了公孙家大门，告别相送的表兄公孙濑，翻身上马，“啾、啾”两声，留下一溜红尘。韩鲶在马背上想了想：席间胡吹瞎侃这次剿匪大捷的秘密，廖总与大统领联手，让衍子民当了冤大头……吹得舅舅舅妈、两表兄弟一愣一愣的。现在想来，很得意。

可怜的韩鲶呀！他不知道，他的得意一侃，闯下大祸了。

第六章

朝堂风云

1

衍子民一行，马不停蹄，日夜兼程。第六天的午夜，回到京城。老夫人闻报老爷进京回府，慌忙披衣下床。出了卧室，看到老爷，风尘仆仆，一副丧家之犬的落魄样子，再定睛一看，老爷一只膀子，还吊着绷带，打了石膏，知道大事不妙，两腿软，两手抖，嘴唇发紫，头摇得很厉害。情绪失控，半晌光张嘴，说不出话。年纪大的人，越发脆弱。衍子民知道吓坏了老太婆，故作轻松地说："愣着干啥，进屋说话。"老夫人说："嗯、嗯！差点晕过去了！"衍子民在家奴搀扶下，进了堂屋，老夫人吩咐下人，准备餐饭，老爷定是饿坏了，累坏了。又吩咐，准备洗澡水。

洗完澡，吃完饭，衍子民不无感叹地说："啊！终于回来了，还是家里好哇！"对身边的人又说："你们都睡觉去吧！"老夫人心疼地说："这把年纪了，剿匪是朝廷大事，咱不敢拦你。这把老骨头，还能蹦跶几年！早点睡吧，明天没早朝，好好歇息歇息！"衍子民叹了口气："俺等不到早朝的时日。明天，必须单独面圣，面见老佛爷。这次剿匪，人，丢大了。刚开战，狂潮起，全军将士葬身洪水大潮之中，没有生还的。要不是龙王荡的廖乡团，老夫早就成了鱼嘴里饵料喽！"老夫人问："廖乡团是谁？""恩人啊！""那得好好感谢人家，救命之恩，不能含糊！""大恩何以言谢！唉！好人啊，好眼光，好身手，好心肠……"

直隶海州知州鲍育西接到公孙觋的密信，得知整个围剿和反围剿战役的来龙去脉，加上公孙觋添油加醋，把廖子章写成是朝廷全军覆灭，衍子民负重伤的“总导演”。信中，公孙觋在外甥神侃的基础上，竭尽全力发挥，煞费苦心，污蔑衍子民昏聩无能，受乡团廖子章的欺骗、蛊惑，形成大败结局。鲍育西暗中欣喜，这个结果，正是他之前密会廖子章、东方瓒所要的。美中不足，就是衍子民还活着。沿途追杀衍子民一事，也应该让主人明白，不管追杀是否成功，通过这事，直接间接地向主子表明，俺鲍育西死心塌地，愿为主子赴汤蹈火，万死不辞的心迹。接下来，衍子民若死了，一了百了，大功告成。若衍子民不死，必须说服主子抓捕廖子章，加以严刑拷问，逼衍子民出手相救。然后，求证廖子章和东方瓒之间的秘密联系与合作。只要衍子民承认和廖子章同乘一船，指挥剿匪，就等于衍子民和匪首东方瓒之间具有某种默契，而这种默契，正是导致全军覆灭的根本所在。如此这般，朝廷一品大员衍子民贪生怕死，为保全自己，致全军覆灭罪名成立。这时候，倒衍行动，则水到渠成。衍子民纵有千张嘴，也是说不清，道不明了。

霍大掐走后三天了，未见回音，莫非途中生变？鲍育西有点坐立不安。再过三天，衍子民进京了，再想暗杀，难。鲍育西逐字逐句，推敲公孙觋的举报呈文，一字未动，又附上一封绝密附议，装入匣内，还夹一张五万两银票，着人六百里加急，直送都察院左副都御史府上，让差役亲自交到钦差手中。

晚上接近子时，鲍育西正待睡觉，有人敲门，开门见自家门卫：“半夜敲门，有何急事？”“壮士霍大掐求见。”鲍育西反应强烈，事到关键时刻，显得六神无主。到底是未经过大场面，没经验，不够老到：“快快！快传！”霍大掐手提沉甸甸的大袋子，已抵门口：“鲍大人，不用传，老霍言而有信。”鲍育西紧张地对门卫挥手：“你！你！下去！”门卫应声而回。霍大掐将布袋子扔在鲍育西脚前，感觉有点臭烘烘的味道。板着脸说：“鲍大人验货满意付款。其实衍大学士一颗脑袋，远远不止三万两。路上耽搁了，这颗脑袋有点变味了。身子埋在山东文台镇后山里。”说着，霍大掐弯腰打开袋子口，提着长辫子给鲍育西看人头，鲍育西本打算不看，又觉得不放心，端起白烛台，又从抽屉里取出衍子民的画像对比，血肉糊涂，脸也烂，肉也臭了，没一点正形，似是而非，似像非像。

霍大掐不耐烦了：“大人真的以为，俺霍大掐会骗你吗？死人头难免有点走形。要么，明天俺将他洗干净，再提来辨认，中吗？你不能找借口，不想付俺的钱吧！”说完，有意无意地拍了拍手中弯刀鞘。鲍育西收起衍的头像，最后他断定很像：“我的捕快呢？在哪？”“回来了，就在院外。俺俩的交易，叫他进来，大人您觉得合适吗？明天，你再召见他，对质便可！还怕俺老霍跑了不成？”鲍育西点头，表示认可：“也是！也是！好吧，衍子民的头你带出去埋了，或者交给野狗，都中。”

鲍育西从抽屉里拿出二万五千两银票。“这个归你了。从此以后，你不能待在海州境内，你我从来不认识。我要安全，你要命。切不可反目成仇。”“知道、知道！大人放心，这是俺当土匪的规矩，不用您嘱咐！”

霍大掐也不客气，接过银票，收起人头放入袋中，看了看，转身出门，翻身上马，带着捕快的人头，转眼消失得无影无踪。

深秋，北京的天气，凉飕飕的。衍子民起了大早，乘轿马车来到养心殿前，向小太监三韵子说明面圣之意，三韵子知道衍大人领兵剿匪，面圣必有要事。再仔细一瞧，唉！不得了，衍大人膀臂上打石膏板，吊绷带，吓得浑身哆嗦：“大人，圣上刚刚洗漱毕。在下即去禀报！您稍候！”不一会，三韵子回来说：“请衍大人觐见！”寝殿内室，皇上穿随身黄色绸缎内衣，坐在龙头木椅上，等待衍子民觐见。衍子民吊着白纱布裹扎石膏的膀臂，三步并作两步，跪伏在皇帝面前。幼主不忍心老臣长跪，连忙挥手叫道：“老爱卿请起，坐下说话！”三韵子搬过一张木椅，放在一边。衍子民一手撑地，年岁不饶人，腿脚不太灵便，加上旅途疲惫，心身俱累，费了好大劲。皇帝示意三韵子搀扶，好不容易，抖抖瑟瑟地站起来，挪开不利索的步子，一屁股坐在椅子上。一手扶着石膏、纱布裹着的膀子说：“禀圣上，老臣死罪。”

皇帝心里明白，衍子民当年在山东灭了白崖寨渠窝操部上万人，镇压捻军，穷追猛打。那才智，那能力、果敢、决断，可谓朝中栋梁之材。为官一生，清勤直亮，练达老到。如今剿匪负伤回京朝见，襟怀坦荡，实属不易：“老爱卿不可自责，但说无妨！”

衍子民早已拿定主意，打好腹稿，知道该怎么说，才能更加引起皇帝的恩宠：“……我大营两路先锋，驻扎离龙王荡十八里的伊芦山西麓盐河东岸，派出两支侦察小队，摸准匪徒万人，离开巢穴铜钱岛，隐藏龙王荡……我朝营将士，将匪徒控在荡中，围如铁桶般坚固，并在荡里展开围剿大战……天有不测风云，将士战得正酣之时，不料狂风大作，暴雨滂沱，雷电交加，黄海大潮卷起巨浪，足有两丈多高，潮头以排山倒海之势，雷霆万钧之力，迅雷不及掩耳之速，滚滚而来。翻天覆地，天地交合，雾气弥漫，百丈宽的河面上，芦苇茂密的龙王荡里，伸手不见五指。我营大舸在河面上如小蚂蚁一样，全部被势不可当的潮水浪头吞噬，卷入谷底。匪我两阵，近两万人，葬身大潮之中，无一幸免。我和四个卫兵，被当地乡团总首领廖子章救上小渔船，抢在巨浪之前，匆忙攀上河堤两棵千年老柳树上，躲过一劫……”

小皇帝认为，自然灾害，不遂人愿。像衍子民这样德高望重，忠心耿耿，心思缜密的老臣重臣，如果不是因为历次剿匪有名无实，军中大小官员贪污军费，克扣军饷，邀功行赏，动辄以武功示威专断，结党营私，欺君犯上，弄得朝廷非常被动的话，怎么会亲率大军剿匪呢？依衍子民为人处世的秉性，他绝不会欺君，所言战况，不可不信。朝廷上下，没有比他再忠直的人了。小皇帝想，将来要重振朝纲，振兴朝廷正气，革除旧弊，改革维新，必从整顿官风着手，必须弘扬老爱卿的刚直、忠心、廉洁、无私、公道贤良的正气，有助于打击歪风和萎靡态势。

小皇帝以消除衍子民顾虑口吻说：“老爱卿负伤回京，灭了龙王荡匪徒，遭遇自然灾害，何罪之有？朕年龄虽小，但不是昏君，别人剿匪，是为了邀功争赏。你剿匪，是为了安邦务民。你廉洁奉公，一生清勤为政。朕今天就要乘剿匪之机，重重奖赏你，体恤并慰问为国玉碎将士们在天之灵。树吾朝正气新风。对，还有那个龙王荡乡团首领廖子章，助吾朝廷大军剿匪，损折了三千乡勇。不顾个人安危，舍生忘死，勇救朝廷重臣，功不可没，应重赏，以示朕的朝廷皇恩浩荡。”

衍子民不怕别人弹劾自己失职，他觉得自己多年朝廷为官，没有私仇。有政见不同者，但也谈不上政敌。而都察院左副都御史巩仁举，还是为了十年前那个知县表兄辞官后被捕服刑的事，耿耿于怀，陷害我，欲置我于死地，又给廖兄抓个正着。巩仁举不会罢休。那就放马过来吧！让我抓住了尾巴，突然给你致命一击。衍子民恭敬地说："老臣不求圣上重赏，当下国际国内形势巨变，我大清国，绝不可兄弟阋于墙，煮豆燃萁。朝廷上下应团结一致，勠力同心，攘外安内，保我大清江山万代永固啊！"

小皇帝很感动："老爱卿赤胆忠心，日月可鉴。你好生养伤，朝中尚有许多大事，等你处办。剿匪之事，也算告捷，若有非议，朕自当替你做主。老爱卿还未用早餐吧，和朕一起用餐，朕有大事与你磋酌。"

小皇帝转头对小太监说："三韵子。""奴才在。""你去御膳房，准备一下。"……

衍子民出了养心殿，上了轿车，匆匆去老佛爷的颐和园乐寿堂。

皇帝肯定衍子民剿匪告捷，也把自己想法禀报了老佛爷。不料老佛爷的想法和皇帝的想法，非常难得地高度一致。衍子民本可放心静养些日子。树欲静，风不止。朝中大臣们言传，衍子民剿匪全军覆灭，身负重伤，仓皇逃回京都。昔日剿匪武官们失去这次捡财机会，本来就气得牙根子痒痒，现在幸灾乐祸，欣喜若狂，投井下石，煽风点火。又造出许多谣言。这股恶风，来势凶猛，欲置衍子民于死地。

巩仁举自从任都察院左副都御史后，深受皇帝和老佛爷的恩宠，是皇帝和老佛爷身边大红大紫的干吏。一直以来，他做梦都想扳倒衍子民，但以衍子民的资历阅历，所处的地位，巩仁举暗地里摩拳擦掌，恨不能一把掐死他眼中老顽固，也只能背后穷发狠。现在他认为时机成熟了。他收到鲍育西的来信，揣摩地方名流、绅士公孙觋的举报呈文，反复思考推究皇上和老佛爷的想法。现在朝廷上下，风言风语已经传开，相信皇上和老佛爷定有耳闻。或许皇上、老佛爷对衍子民这样的老臣，也有万难之难。毕竟四朝老臣，功勋卓著，声名显赫，仅因一次剿匪失利，将其打回原形，怕是不忍心。

巩仁举内心有些激动，若是这样，那好，恶人由咱巩仁举来做。咱都察院干的就是这个差，伸手一把血。干掉衍子民这只恶虎，有多重方案：见刀见血。不见刀，只见血。不见刀，不见血，只见横尸。灭了这一大害，定可青史留名，报表兄之仇，解多年被其压抑之恨。从此以后，咱的官途，前程似锦，一帆风顺。此乃一箭多雁，机不可失，时不再来。

巩仁举，山东长清县人，同治年间进士，出身官宦之家，书香门第，其家庭在当地，是颇有影响的豪门大户，京里京外，许多达官贵人，和他家交往甚密。衍子民上任山东巡抚，年轻气盛，刚正不阿，性情耿直，宁折不弯。不畏强权，大刀阔斧，整顿旧制，惩治贪腐。革除积弊，实施多项改革，所到之处，详察地方财政，亲自查档阅账，稽核税费收支明细，发现问题，溯源追根，一竿子插到底，严惩不贷。那些私收财物，索贿受贿，挪用公款，侵吞国家资财现象，得到根本性惩治。衍子民撕开地方官员和豪门富户的关系网，揭开贪官污吏的许多黑幕，惩处、流放、杀头、灭族，行动果断，绝不手软。山东地方官员，名门富贵大族，大多受到牵连，利益受到很大影响，又不敢明目张胆对抗，有的豪户和京官素有交情，更有利益输送、暗度陈仓的劣迹，他们通过朝廷大员递折子，上奏弹劾衍子民。

同治年间，皇帝力挺衍子民为国为民，正大光明的行为，不但没有怪罪衍子民，相反，授予他更多权力，使那些和衍子民正面冲撞者，得到衍子民更为坚决的打击和清算。那些被衍子民重点打击或清算的地方官、豪门大户，或多或少，或明或暗，和巩仁举家扯上干系，受巩家暗中挑拨和蛊惑、鼓动。当时长清县知县程乃思，看到一些顽固大户、贪腐官员的府邸被查抄，婢仆、眷属，被扒光衣服侮辱，或遭杀戮情景，强烈反对衍子民手段残忍，行为过度，义正词严地抗议说：“痛惜死者，无罪而惨遭戮杀的横祸。遗憾的是，地方官员事先没得到消息，也不能有效地给以抚慰！”程乃思说罢，取下素金顶的红帽子，脱掉官服，愤然欲去，还撂下一句话：“咱不干了！”衍子民岂容你程乃思说不干就不干呢，他语意温和，心中愤怒却含笑地说：“程大人，不干可以，想走？没门！你的问题没说清楚，你的家奴、眷属，一样子，也会被扒掉衣服示众、杀戮。你想以身试法？好啊！”衍子民从程乃思家抄出三百万两白花花的银子，珍贵文物、珠宝玉器、名人字画若干。程乃思受到了严惩，斩首示众。

知县程乃思和巩仁举是二辈姑舅表兄弟，程乃思的祖母是巩仁举的姑祖母。表亲，辈辈亲，打断骨头连着筋。在巩仁举看来，天下哪一个知县家，抄不出三百万两银子嘛！可偏偏摊上自己的表哥了，岂不冤枉？可是，这种冤说不出口，打掉牙咽下去。多少年来，巩仁举一直想为表哥翻案，就是找不到机会。他也知道，衍子民不死，此案便是铁案。巩仁举更知道，对付衍子民这样的官场巨鳄，若不能掌握确凿有效铁证，就不能将其打翻在地。在没有铁证之时，还是不要惊动他，以免惹火烧身。如果这次扳不倒他，恐怕再无机会。现在，应当去找老佛爷，看看老佛爷的反应。只要老佛爷皱皱眉，咱就立马动手，向衍子民发起进攻。

巩仁举将公孙觋和鲍育西的来信放入袖筒里，顺便从橱柜中取出一个礼品匣，打开一看，一枚鸽蛋大的红宝石戒指闪闪发光，合上匣。巩仁举乘轿车，出了紫禁城，去颐和园乐寿堂。

衍子民在自家后堂，身着灰色内衣，外披褐色夹袄，仰躺在宽绰的雕花逍遥木椅上。膀臂上石膏夹板拆除了，裹上厚实的白纱布。右手里托拳头大的紫砂壶，不紧不慢地呷了一口，若有所思，将小壶放在身边茶几上。负伤的膀子抬了抬，早没啥疼痛感。这时，黑衣驼背老奴在敞开的门板上，用右手中指关节敲了两声，衍子民抬起眼皮：“进来吧！”驼背老奴恭敬地俯下身，半掩着嘴巴，小声地：“大人，按您吩咐，老奴搜到信报，现在，满朝文武，纷纷议论，说您率军剿匪，全军覆灭，自受重伤，狼狈返朝。还有人说，您暗通匪首，勾结当地乡团头目，明知有大洪潮，还要坚持出兵，将大军放进大海，急功近利，以此向皇上、老佛爷邀功行赏。还有更难听的，说您贪污军费，克扣军饷二十多万两。大战前一天晚上，还泡在板浦一家妓院，左搂右抱，两个妓女陪您睡觉……巩仁举说皇上龙颜大怒，老佛爷心意不爽，要追查法办哩！”衍子民听完，小眼凝神，深邃泛黄的眼珠子转了几圈，冷笑一声道：

“好啊！小巩勾结直隶海州知州，沿途追杀咱，咱还犹豫，是不是要断掉后背上这根芒刺，看来是下决心的时候了。老夫不是老朽，那就陪你玩玩。一群乌合之众，不知轻重的东西，酒囊饭袋，卑鄙小人，想反？大清内忧外患，你们全无本事，搞起内讧，一个比一个能干。”

驼背老奴担忧地说：“大人，咱们应早做打算。别看巩仁举这三品官，野心大，能量也不小，他在皇帝和老佛爷心里，也是大红大紫。他的优势，比您年轻……”衍子民听了驼背老奴的话，心情复杂起来！他从逍遥椅上坐起来。众口铄金，积毁销骨，造谣千遍，就是事实。皇上年轻，吃不住鼓动，临朝不当家，实权未握，宝座不稳，难免唯唯诺诺。一旦朝廷倒我之风形成一股力，加上太后与咱的隔膜尚未完全消除，万一太后批了哪个歹毒之徒的折子，即使扳不倒老夫，老夫也落了个晚节不保的臭名声。到那时，皇帝也干预不了。衍子民寻思，咱顾大局，谁顾咱。丢掉幻想，争取主动。从来就没有什么救世主，大难临头，只有自救。皇帝、老佛爷不是信誓旦旦，发宏愿褒奖、慰问吗？好啊！老夫就冠冕堂皇上奏剿匪大捷的折子，建议皇上拨款龙王荡灾后重建，慰问为国捐躯的将士家属。若皇帝当场准奏，倒我之风，不攻自破。老夫对泰山娘娘的承诺，可得兑现；对廖兄重赏如期到位，救命之恩，亦得以回报。老夫再无遗憾，再无挂碍。

接下来，与巩仁举的一场恶斗，是在所难免了。想到此，衍子民放下手中茶壶，回到书房，拿笔写奏折……

老佛爷一身轻松，着休闲宽松的裤衫，半倚半躺在软质卧式椅上。小太监坐身旁的圆凳上，老佛爷一条腿跷在小太监两膝上边，小太监小心谨慎，揉捏老佛爷大腿内侧血海穴位，大概因为舒服、酸麻、微痛、压胀感，老佛爷脸部右颧上的肌肉抽搐几下，不由自主地：“哎呀呀！哎呀！嘶嘶哈哈！好受！好受！再用点力，好着哩！”这时，屋外另一小太监低腰曲背，一路小跑到老佛爷面前，单膝半跪：“启禀老佛爷，都察院左副都御史巩大人求见。”慈禧太后半开凤眼，娇面无力地半抬手背，轻声慢语道：“传。”“嗻！”

巩仁举进前，嘴和腿并用，匆匆跪伏：“老佛爷万福金安！”巩仁举是老佛爷一手栽培的干吏，自家心腹。在巩仁举看来，越是近臣，礼数越要虔诚恭敬；在慈禧方面，自己人就不必过多生分，过多繁节缛礼。老佛爷闭着眼睛，扬扬手说：“小巩子，起来说话。（转对小太监）你莫停，继续！”巩仁举立身，低头躬腰：“下官此来，并无大事，三天没见老佛爷，心里憋得慌，今日得空，专程来给老佛爷请安！”说毕，掏出戒指匣奉上，鸽蛋大的一颗红宝石递过去：“孝敬老佛爷，老家里的老货，只配戴在老佛爷手上。”

慈禧抬起眼皮，嘴角挂笑说：“就数你，晓得好歹！”慈禧心中舒坦，继续说：“有事说事，你又不是外人，弯弯绕，绕得我头晕。其实，你不说，我也知道。”巩仁举贼眉低了下来，鼠眼睛轱辘般转动几下，奉承道：“老佛爷执掌乾坤，火眼金睛，明察秋毫，巩仁举有几条花花肠子，尽在老佛爷法眼之中。”慈禧仍半闭眼睛，说：“油嘴滑舌。衍子民剿匪一事，你就别瞎操心。听说你这几日没闲着，很活跃，起什么哄呀！”

巩仁举真佩服这个老佛爷，深居简出，朝廷的事，竟然了如指掌。不敢直言，讨好装 × 的口吻：“咱只想为老佛爷分忧。听说衍阁老剿匪大捷，近日还京，还挂了彩？”慈禧闭目，翻转身体，将另一条腿内侧放在小太监膝上，不急不躁不在意地说：“剿匪一万，自损八千。大战中，遇上黄海大潮，天降大雨，始料未及。”慈禧停止一下，又说：“一把年纪，也算为大清竭力了。”巩仁举接过话茬道：“这样一来，我朝将士，惨遭覆灭，亦丢了我天朝的颜面，扫了老佛爷您的威风呀！”巩仁举不轻不重撂去一句，投石问路，看看老佛爷的反应。

慈禧没接他的话，反以肯定语气说：“衍大学士的脾气是倔一些，有些薄情寡义，看上去不近人情。其实，为人耿直，公心无私，一辈子不管多么曲折、坎坷，他也不悲观，不气馁，逆境中奋进！可称得上鞠躬尽瘁。其忠心可表。不要用那些不实套话，什么颜面，什么威风，都是些莫须有，用在他老衍身上，不合适，懂吗？”巩仁举知道老佛爷的态度，几次想把公孙觋的举报信和直隶海州知州的信掏出来让慈禧看，以证明衍子民的虚伪、不轨，让老佛爷发怒。他又怕自己没有把握，贸然行事，后果不测。万一公孙觋诬告，鲍育西上位心切，弄出捏造事实来，到那时，衍老鬼发狂、震怒，置咱于死地，老佛爷也保不了咱。巩仁举没敢掏出准备好的材料。

巩仁举心有不甘，说：“满朝文武，议论纷纷，皆说衍阁老丢了将士性命，自己逃回京城，该当问责、弹劾，以正朝纲。”巩仁举话未说完，慈禧忍不住了。神经质地从卧椅上立起来，声音有些发抖，说：“还嫌不够乱，欲扳倒衍子民，也不看看什么时候。满朝文武，清淡方家，嚼舌根子，一个比一个强。他们的议论，你敢说，不是你弄出来的吗？内忧外患，国步艰难，朝廷被架在火上烤，没几人能为朝廷分忧，还在争权夺利，勾心斗角，为一己私利，结党营私。贪污腐化，相互倾轧，专搞内讧。大清没了，看你们还与谁争！满朝文武在议论，谁在议论？叫他们到我面前来议论，我倒真想看看他们是什么样的嘴脸。衍子民深明大义，顾全大局，忍辱负重，不和你计较，你非要刺激他，把矛头直接对准他，你有几成胜算？你连一成也没有。”

慈禧有意压抑一下情绪，想想小巩子刚刚送来稀世戒指，又放缓口气说：“你不要跟在那些人屁股后搬弄是非，你还年轻，才四品，自己的前程要紧，懂吗？”巩仁举当然知道老佛爷是爱护他，激动地跪下说：“谢老佛爷教诲！”慈禧继续躺下，闭起眼睛，将两腿跷在小太监膝上，胸口一起一伏，看得出，她这次真心替衍子民遮挡了。

慈禧平复一会，抬起眼皮问道：“小巩子呀！朝廷上，人多嘴杂，每个人每句话，都隐藏很深目的，你斗衍子民，是何居心呀？”巩仁举赶紧回复：“回禀老佛爷，臣无任何个人私情，只是把外边的传言，禀告老佛爷，让您老人家心中有数。”慈禧岂是等闲之辈，她把朝中百官，大官小吏看得透透的，他们撅起腚，她便知道，放什么屁，拉什么屎。要么，一个女人凭什么把那些饱读经书，远见卓识，叱咤风云，威震八方的文武大臣，玩弄于股掌之中。慈禧眼角闪过一丝不易察觉的轻蔑，道：“你说没有私情，就是有私情，不管你出于何种动机，龙王荡剿匪一事，如果你没有铁证，就省点心吧！到此为止，谁再起哄，休怪我不给情面。你听懂了吗？”巩仁举点头哈腰说：“嗻！仁举铭刻在心！”巩仁举铭记慈禧“铁证”二字。只要咱有铁证，必能扳倒衍子民这条老狗，老狐狸，臊阴沟的石头。

什么是铁证呢？就是人证、物证相互合理地验证。哪怕是造出来的，只要天衣无缝，那就是“铁证”。这套路，咱熟。做了这么多年都察院的左副都御史，细细想想，有几桩大案要案的证据，不是造出来的？

慈禧表面上是压制巩仁举，其实是在保护他。巩仁举是自己一手栽培的心腹，绝不能为剿匪这类鸡毛蒜皮的事，折了翅。他巩仁举论资历，根本不是衍子民的对手。再说，若再把她自己牵进去，局面会很尴尬。像衍子民这样的人，在朝堂上经营一辈子，清正廉明，忠心耿耿的大鳄狡狐，抓不到致命的辫子，屁股上用放大镜，也找不出一点屎斑。绝对不是说打倒就能打倒的。再说大清国若没有这样的贤臣，万万不行。慈禧自觉对巩仁举的态度有点过火，可能引起巩仁举的误会，安慰地说：“小巩子呀！这些年，我一直重用、擢拔、晋升你的官阶，而你也应该夹住尾巴，不要仗势惹事。凡事多动脑子。”巩仁举装作唯命是从的样子回复：“是！老祖宗！”慈禧听“老祖宗”三字，心里舒服，道：“你要明白，朝廷哪些人动得，哪些人动不得。假使你动了不能动的人，就自找难堪，是不是？”巩仁举心里不服，嘴上却说：“是，是！老祖宗！”慈禧装着慈祥和蔼的样子说：“对衍子民这样的老家伙，就是我也须让他三分，不是我怕他，为什么呀？因为他对朝廷还有用。懂吗？”巩仁举点头，一副恍然大悟的样子道：“我懂，我懂！老祖宗！”

慈禧觉得口干，转过头向旁边侍女递一眼色，侍女奉上一盅不冷不热的绿茶水，慈禧抿了一口，继续说：“你是同治七年的进士，入翰林院编修、侍读、侍讲、内阁学士，做过考官，先在吏部，后在工部，再进都察院，一路过来，有多不易，你自个不明白吗？”巩仁举不敢抬头，偷眼瞟着慈禧的神情道：“明白，明白，老祖宗！”慈禧也明知巩仁举内心不光明，口不应心，她觉得必须指点指点，对他今后有好处，冠冕堂皇地说：“若有闲心，多为国家、江山、社稷考虑。最近这年把，你有些沉不住，飘飘然。为自己家事动了不少脑筋，要适可而止，万事皆有度。你和衍子民比，没经历过枪林箭雨，割头洒血的生死场，格局小了。”

巩仁举不敢抬头，只是从慈禧说话的语气，语速快慢，声音大小，判断她的内心和表情变化。

慈禧今天说话的兴致很高，还想再敲打敲打，所以喋喋不休：“你跟那几个王爷、皇亲国戚，走得太近。他们是谁？哪一个是省油的灯？贪婪成性，吃喝嫖赌，吸老海，雁过拔毛，你哪来那么多银子喂他们。喂饱了又如何？他们只是一群狼，一有风吹草动就销声匿迹。一旦火烧屁股，首先被吃掉的，就是像你这类悉心喂养他们的人。现在，他们倚老卖老，还想控制局面，常常帮你说好话。我知道，他们的好话，不便宜。你聪明，倒是会左右逢源。在调整横七竖八、错综复杂关系上，颇有长进，自以为羽毛长齐了。不！衍子民一口唾沫，就能把你砸趴了。你若不信，你试试？”慈禧一板一眼地数落，她压制倒衍之风，风源就是巩仁举，堵了这风源，杀杀内讧邪气！

巩仁举点头哈腰，不敢争辩，脸色红一阵，白一阵，虚汗从脑门上流下来，一扫往日的得意忘形的样子，跪伏在地，连呼道："老佛爷洞若观火，臣巩仁举诚惶诚恐，罪该万死。您的教诲，苦口良药，语重心长，谆谆告诫，言近旨远，下臣当铭刻在心。从今往后，臣当修身立信，淡泊名利，志存高远，为江山社稷，为老佛爷，肝脑涂地，鞠躬尽瘁。”慈禧睁开眼，面带微笑，扬扬手说："小和尚念经，有口无心。尽拣好听的说。苦口良药，不看吆喝，看疗效。你好自为之，跪安吧！”

巩仁举出了乐寿堂，百思不得其解，越想越不是滋味，不久前说起衍子民，她还恨得咬牙切齿，咋的了，转变也忒快了吧！好不容易捉住衍子民这老狐狸的尾巴，又让他轻而易举逃脱了。偷鸡不成蚀把米，白送了一颗家传宝石，换来一顿臭骂。没想到，太后把自己看得一清二楚，更没想到为了衍子民，她把咱说成一坨狗屎。在龙王荡剿匪这事上，太后一屁股坐在衍老鬼一边。老奸巨猾的衍老鬼，使的啥妖术？啊！朝廷风云晴雨，瞬息万变，君臣关系实在太微妙！

巩仁举觉得自己像掉进粪坑里的狗，狼狈万状，臭不可闻。不过他坚信，自己和衍老鬼之间，必有一场恶斗。衍子民不死，不要说表兄程乃思的案子难以翻案，就是之前自己任钦差去龙王荡赈灾，向鲍育西索取的十几万两白银的事，也危险。一旦龙王荡赈灾索贿败露，招致顺藤摸瓜，自己屁股上的屎太多，擦不净，洗不掉。到那时，自己真的玩完了，恐怕太后也救不了咱！依衍子民性格和道业，他很快会知道，“风源”出自咱的口。他定会伺机在朝堂上，像凶狮一样，死死地咬住咱。

咬吧，咱先避开锋芒。目前太后不支持咱，说明皇帝和太后已经统一口径。咱称不了雄，就装尿，避过风头，后发制人。

再好好研究研究公孙觌的举报信，让鲍育西弄出证据来。鲍育西呀，鲍育西！表过忠心，看行动，到你献身的时候了！可不能装憨，骨头硬不硬，上了老虎凳子才知道！只要铁证齐全，攻其不备，一招置衔老鬼于死地，再踏上一只脚，让他永世不得翻身！耶！现在最要紧的，是先牢牢控制龙王荡乡团首领廖子章，这是个关键人物，花点银子。廖子章灾后重建缺银子。买通廖子章，让他开口作证，取得和公孙觌举报信一致的供词。再让他为自己的证词搜索证据，这活就算齐了。赈灾期间，咱和廖子章有一面之缘，双方印象不错，相信廖子章的眼皮应该灵活的，不要跟在气数已尽的衔子民后边。若廖子章不从，就来硬的。咱让刑部、大理寺的兄弟们，捯饬捯饬，秘密将廖子章抓进天牢，敲打敲打。不出证据，就让他家破人亡，灭他的族。龙王荡总乡团的椅子，由公孙觌坐。相信鲍育西和公孙觌联手，一样能弄出铁证。有了铁证，咱定将朝廷搅得天翻地覆。人活一口气，真到你死我活的地步，还顾什么前程后尘。到那时，既让皇帝、老佛爷刮目相看，也让皇帝、老佛爷一样救不了衔子民。

2

衔子民的晚餐很简单，侍女捧小托盘，四个小碟，一碟盐水煮花生仁，一碟蒜蓉萝卜丝，一个咸鸭蛋切成四小瓣，还有一小碟腌制红绿辣椒。一个馍，切两片，一小碗豆浆小米粥。衔子民有滋有味，很享受晚餐的样子，“呼呼呼”地喝粥，夹起一块青椒，“叽叽叽叽”地嚼起来。

黑衣驼背老奴不声不响，如海狗上岸，走到衔大人饭桌旁，衔子民知道来意，小声对左右侍女：“你们下去。”老奴凑近，言简意赅地说：“下午巩仁举觐见太后，试探老佛爷对剿匪一事的看法，遭老佛爷一顿严厉数落，碰一鼻子灰，灰溜溜夹着尾巴回府。对，还送老佛爷一枚鸽蛋大的红宝石戒指。”衔子民喝粥，不动声色。真的很讨厌巩仁举这个嘴尖皮厚腹藏毒的家伙。巩仁举啊！你阳奉阴违，贪污受贿，结党营私，和地方官勾结，追杀朝廷命官。这么多年来，你出入于皇亲国戚高门，往来于王公贵胄府邸，其目的不就是往上爬，对付老夫吗？早在鲁地为官，咱就知悉你巩家势力大，是当地恶霸、贪官污吏的后台。依仗和朝廷某些大员的经济利益关系，在当地作威作福。因为当时皇帝亲自下密诏，让咱保护你家，才让你家免于一劫。十年前，就该灭你全族。好啊！该来的，总会来。虽迟到，但不会缺席。

衍子民喝完最后一口粥，嚼嚼，嚼出一颗针鼻大小的沙砾，硌住后槽牙。没嚼碎，很难受。他慢条斯理放下筷子，从嘴里抠出来，放桌上，摸过吃完咸鸭蛋的小碟子，用力一碾，沙子没碎。他笑着说："老佛爷在保护他。瞧，它虽小，还挺硬！"……

第二天是上朝的日子，衍子民一身朝服，穿戴整齐，早早地候在乾清宫前，大门开了，他第一个进了大堂。文武官员陆续进堂，排列妥当。年轻皇帝一脸严肃，忧郁寡欢，从侧门走向殿前龙椅，落座后环顾大堂。珠帘后，隐约可见老佛爷的坐影。整个朝堂大厅，一片寂静。前台小太监三韵子立皇帝左边，扬一下拂尘，从桌面上恭敬地拿起正黄色纸卷诏书，熟练而谨慎地展开。太监仰起鸭子般长脖子，用尖细小嗓门，放声而呼："众位大臣听旨。"

大臣们一齐跪伏，齐声高呼："吾皇万岁万岁万万岁！"呼毕，跪伏听旨。

"奉天承运皇帝诏曰：兵部尚书、户部尚书、东阁大学士衍子民，率众将士，剿灭龙王荡匪徒万人，大战告捷。衍爱卿心系庙堂，高瞻远瞩，忧国忧民，忠心耿耿。不顾年高体孱，亲临鏖战一线，三日昼夜横战，突遇黄海大潮，天降暴雨，飙风旋急，洪浪百尺，艰苦卓绝，全歼荡匪，卿负伤凯旋。为树朝堂正气忠义，褒表英烈，重树楷模，彰显皇恩浩荡，赏衍爱卿纹银三万两，封二等忠义侯，世袭罔替。赏龙王荡乡团首领廖子章白银两万两，香米百担，绸缎二十匹。拨白银五万两，开丰义仓备战粮两万担，助龙王荡灾后重建。龙王荡重建白银缺口，着衍爱卿从直隶海州课银中，裁量斟酌，予以支付。另慰问为国捐躯的将士亲属和龙王荡乡团的三千勇士亲属，着户部酌量处之。诏告天下，咸使闻知，钦此！”

大堂跪伏听旨的大臣们，在三呼万岁后，起身列队。

对衍子民率部剿匪一事，太后、皇帝空前一致，此事，似乎尘埃落定。国家正处于内忧外患之风口浪尖，太后、皇帝不希望内部分裂。朝廷不能对济世大臣下手，衍子民国之栋梁。巩仁举一干人等，后辈英才，伤了任何一方，都是大清的损失。更何况衍子民忠君爱民之举，正是弘扬朝堂正义的最好契机，这诏书一出，势逼巩仁举一伙有所收敛，偃旗息鼓，衍子民也得以安慰，朝廷还可以继续风平浪静，这就是弄权平衡法则。

听完诏书，巩仁举左右前后一帮同伙低头相视，眼神暗示，传递意会，不敢发声。珠帘后的慈禧老佛爷，正为自己导演的平衡大戏，深感满意，面带微笑。

衍子民明白，这当然是一场戏。如果太后和皇帝动真格，整肃朝纲，严明法纪，定在表彰自己同时，敲打歪风之源，让污蔑毁谤衍子民的说辞，不敢再传。他明知，这是太后为保心腹，搞出愚弄老臣的鬼把戏，让老臣有口难辩。衍子民绵里藏针，儒雅外表，藏着泰山压顶不弯腰的英雄气质。他眼睛容不下一丝灰星，是非曲直，决不和稀泥。衍子民心中大为不悦。

宣读诏书的太监，放声喊道：“众臣有本请奏，无本退朝！”衍子民出列抱拳施礼：“老臣有本启奏。”皇帝蹙眉未展，伸出右手示意说：“衍爱卿，有话请讲。”

衍子民并无奏折，临时动意，成竹在胸。他说：“衍子民万分感激。皇恩浩荡，老佛爷吉祥万福，体恤臣等剿匪之难。臣率众将士龙王荡剿匪，意在吸取以往剿匪，屡次耗资几十万两白银，屡剿屡犯，匪徒生生不息，愈剿愈烈，苦了百姓，殇了将士，肥了个人，蠹蚀国库之惨痛教训。以己之力，清除过去假借剿匪之名，行损公肥私之实之贪腐行径。愿为我朝威统四海，功震八方，而奉一己之力。依我之况，无求功名，不屑利禄，只为我大清江山永固而肝脑涂地，在所不辞。然，总有好事之徒，纸上清谈，无事生非，唯恐天下不乱，欲加我之罪，毁我之誉，置我于死地。列位臣工大人有所不知，就在今天朝堂之上，有三品官员竟然勾结地方直隶海州知州鲍育西，在老臣进京途中一路追杀，在山东文台客栈夜间动手，幸亏龙王荡乡团首领廖子章暗中保护，抓了凶手，杀了海州捕快鲍大瓮，老臣才得以捡回一条性命。老臣忍辱负重，只是顾全大局，避免朝廷内耗，自我折腾。在座各位，有谁不知，我大清国周边，域外帝国，虎视眈眈。去年的中法战争，余痛未除。域内不法势力，暗流涌动，待机爆发。攘外安内，皇上、老佛爷，朝廷重臣，日益操劳，辛苦万分。咱们当为国忧而忧，为民忧而忧啊！如今倒我之风再起，现在在座的个别臣僚手中，还捏着龙王荡的大骗子公孙观和直隶海州知州鲍育西写给他的诬告信和他们结党共守同盟的决心书。我不用点名，大家心中也有数。我忍无可忍。幸得太后和皇上光明磊落，日月鉴心，予我之赏。衍子民战战兢兢，如履薄冰，唯恐朝中大臣，无端生事。咱表明，太后、皇上，予我之赏，我分文不取，悉数捐与龙王荡灾后重建。龙王荡平民几千间房屋夷为平地，几十万顷土地颗粒无收。老臣穿在身，吃在肚，虽无长物，比起龙王荡活活饿死的成千上万平民处境，幸运千倍万倍。据我所知，朝廷赈灾龙王荡，龙王荡未见到皇上恩露的一粒粮、一文银。某赈灾钦差，还从海州知州那里索银两次近三十万两。致使荡中平民饿死近万人，平民吃光树叶树皮草根芦根，最终易子而食，可悲呀！今天，衍子民斗胆请求太后、皇上，既褒奖于我，可否追查毁我之誉者，以正视听。现在不是有人仇恨我吗？仇恨我在十年前任山东巡抚时，杀了你表兄程乃思，你想复仇。你错了，我衍子民和你没有私仇。程乃思贪污受贿三百余万两白银，珍珠宝器、名人字画合银五百万两，罪恶滔天，罪有应得。即使在今天，我一样判他死刑，灭他九族！当初咱人慈，没灭他九族。若灭他九族，也就没有你当初殿试的机会，也就没有你今天都察院的这份美差。我还是老话，我不想内讧，我只想安心于为朝廷尽心供职，死而后已。你若还不死心，那就放马过来，我接招。”衍子民豁出去了，言辞凿凿，无可辩驳。皇上和太后到现在为止，方清楚巩仁举为啥揪住衍子民不放。原来还有这么多的弯弯绕绕。

衍子民不愧为一代名相，字字千钧，句句铿锵，气势未减，傲骨犹存。如苍鹰经历过闪电雷霆，还怕什么猛烈的暴风雨吗？衍子民说出了这几天想说的话，说完之后原地站立，静等皇上发话。

皇帝颦眉未展，听了衍子民的慷慨激昂的奏言，热血沸腾，心情十分感动，又十分气恼。你巩仁举的胆子，也忒肥了吧！作死啊！你暗杀衍子民，老天不开眼吗？他觉得无须等太后发话，立刻站起来训斥道："衍爱卿所言极是，此事，朕心中有数，是当彻查案源。惩办谋杀衍爱卿幕后主使者，无论朝野，当极刑处置。刑部，先把直隶海州知州鲍育西抓捕归案，严加拷问，待查明原委，依律从速从严从重处置，绝不宽恕纵容。树朝政新风，还衍爱卿一个真正公道。让那些为朝廷尽心竭力，拼命辛苦一辈子，将生死置之度外，无怨无悔的仁人志士，国之栋梁，不再受恶势力伤害，不再受烦恼和委屈。朕决心励精图治，惩治腐败，革除旧制之病，创新政体机制，让我大清再度辉煌。"皇帝借机发泄积郁已久的胸中块垒，一吐为快。他知道，此言不逊，定引起太后不爽。自登基以来，自己就是一个被太后掌控的玩偶，跳跃于太后股掌之中，临朝听政，处处看太后的眼色行事，如骨鲠在喉，芒刺在背。今天，通过自己的语言，表明自己的主张，很舒服。太后若明事理，她应该高兴才是。可是，太后不高兴。殊不知，这为他日后革新施政，他的前途、命运，埋下了深深祸根。

珠帘后的太后，本来颇有兴致，欣然观看自己导演的一出好戏。此刻，听到的是两个出乎意料的坏消息：一是朝廷龙王荡赈灾落空，巩仁举索赂三十万两白银；二是衍子民还京途中遭追杀。加之皇帝没经过自己容许，豪言壮语，表达自己观点，不知好歹。她立感不适。她在珠帘后边，冷笑了。巩仁举啊！你作死了。小皇帝啊，人小鬼大。不说你还没有施政资格，就是有，又能咋样？自觉翅膀硬了？羽毛丰了？想甩开老娘，单干了？

太后那张肉嘟嘟的蛋形长脸阴森森，最大限度地拉长，像缺了水分的瓠子瓜，十分阴沉、怪异、恐怖。说真话，你还不是老娘的亲儿子，亲儿子又如何？想踢开老娘，狼子野心，没门。皇上说完之后，有意识不理帘那边的太后，向身边年轻小太监三韵子递了眼色。三韵子心领神会，像公鸡一样仰起脖子，扬了扬拂尘，吆喝："退——朝——"

第七章

邱二豹之死

1

九月中旬，龙王荡里家家户户，一亩二分地的小户，千顷万顷的地主、豪户，都忙于播种越冬的小麦。大雨过后，地潮充足，土壤像发酵一样，暄隙松软，墒情好得很。十天过后，如针尖尖一样、碧绿、浓密的麦苗，青艳艳地从平整细软的土壤里冒出来，旷野上，绿茵如黛。艳麦嫩苗令人陶醉，荡里平民又一次掩饰不住内心的喜悦，欢情无可名状。

东方瓒在自家麦田里看了一圈，转回地头小陌。嗳！又是遍地青绿，好壤好墒好苗情，越好越是可怕。但愿明年夏季到来前，老天别再出纰漏。老天啊！让可怜的农人，舒心地收上一季吧！他牵马，迎太阳升起的方向，向田外官道走去。马蹄声惊起田界沟里一群花花绿绿的野鸡，贴着地面，仓皇起飞，还惊出“嘎嘎嘎”的呼救声。暄和的土壤中飘出幽幽甜味，葱郁的麦苗间散发出丝丝清香。甜味和香气，刺激青鬃马的某种情趣，翘起长长的青灰色尾巴，在低头寻青时，不停地打着响鼻子。

东方瓒被前边不远处，自家麦田隔一条小路的对面，一块特殊的长条状二亩麦田吸引住。这小麦田明显乌青、肥厚、健壮。看得出，这家主人的勤劳、智慧和在麦田里所下的功夫。他无意识地联想到，农人好比画家，他手中的庄稼，相当于一件绘画作品，画家的技艺，画作的质量、效果和画家赋予作品的内涵、文化底蕴以及继承与创新深度广度，都由画家的能力、智力、阅历、经验和学识而定。这麦苗，比绘画更生动、深沉、真实、精彩。东方瓒再注意一看，田里是一个二十七八岁的年轻妇女，正在田间弯腰拔草。哦！廖文琴。对了，五年前，她丈夫得伤寒病去世，她带七八岁的娃过生活。几年来，一直单着。

东方瓒今年三十八岁。二十八岁那年，娶过一房小他十岁的媳妇。夫妻俩，恩恩爱爱，卿卿我我，相濡以沫，举案齐眉。花无百日，红颜薄命，那女子过门才三月，乳房上长了个鸡蛋大的硬疙瘩，比石头硬。硬石头破皮了，流脓淌血，后来腋窝、小肚、大腿丫，都有类似疙瘩。东方瓒八处求医，银子花了一笆斗。最后，还是南宫先生奉劝东方瓒："大统领啊！再别花银子了。好吃好喝，早做准备吧！这东西是绝症，西医叫它癌，中医叫它乳岩，民间叫它肉蛊。任凭你花多少钱，终是人财两空。"不久，小女子不声不响地走了。一晃多年，提起这事，东方瓒总是伤心难过，硬汉子大男人，也会眼泪汪汪。属下有四个女人营，美娥如云，花容月貌，皆不入法眼，他一直单着。以往不经意地碰见文琴，总觉和自己逝去的女人有某种相似，莫名地产生某种怜爱。今日一见，怦然心动。东方瓒提醒自己，别胡思乱想，她是廖兄亲妹。倘若子章兄不悦，大面子不好处。再说，人家书香门第，信守孔孟礼制，讲究从一而终，重视烈女贞操，不侍二夫。俺纵有惜娶之心，也不能乱了祖制纲常。

文琴低头拔草，离路边有二十多步，背朝小路，觉得身后有人畜路过。她直起腰，转过身，见东方瓒。当然很熟悉，两家世交，素有往来，东方瓒更是廖府常客，四哥的拜把子兄弟。脱口说："呀！俺以为谁呢！东方哥哥，看麦子呀？"东方瓒正在"怦然心动"，听到文琴清婉纯净的声音，啊！好熟悉的声音，几年前小媳妇的声音又回来了。东方瓒不知咋回答，应声道："哟哟哟！文琴妹子。哎呀！你的麦苗太出众啦！一枝独秀，出类拔萃！妹子，使的啥肥呀？"廖文琴眉梢挑了一下，眼神中荡漾微笑，说："哪有啊！养了几只鸡，聚的鸡粪，鸡粪呀！"东方瓒突然想起啥，下意识地用马鞭子敲打着手心说："哦！妹子！你家那边房屋咋样？"文琴干脆："倒啦！"东方瓒问："重建了吗？"文琴道："没桁条！"

东方瓒又问："打算建几间啊？"文琴道："建三间，将来娃大了，该有独立空间。”东方瓒用长兄口气安慰她说：“别着急，明天俺着人给你送去四间屋的桁条，你在三间正堂屋边上，再建一间小屋，支锅灶，放杂物。”文琴道：“新规出来了，灾后重建，全按新规办，每户留一块四合院宅基地。房屋大小、间数、套数、户型，都有规定。谢谢东方哥哥，你帮了俺大忙了。”东方瓒说：“不谢，你是俺异姓亲妹子，应该的。”

文琴建房，东方瓒现场跟踪，忙里忙外，丝毫没有大统领的架子。四间石基砖墙小瓦面，只用十多天，竣工落成。上梁那天，东方瓒让人送来上梁礼：粽子、小面馍、米糕、糖果、鸡、鱼、肉、蛋，还有一百个头的鞭炮。

廖夫人听说妹家新房上梁，乘骡拉轿车，带了一箩的上梁礼，前往祝贺。刚下轿车，就看见东方瓒，右肩扛桁条，左腋下夹一捆椽子板，卷起的裤脚一高一低，满脸大汗，像自己家建房一样倾心……

秋播之后，龙王荡各队各乡，按新规将位于低洼处的河坡、湖荡、马道边、浅水湾、小港汊……原住伐柴人，随地而居的小村、小庄、零散户，全部集中到车轴河两岸的大圩大堆上。形成沿岸几十里长，前后两排一式起脊的青堂瓦舍。取消龙王荡里所有的丁头屋、棚户屋、芦席屋。拆除芦席营里所有临时的乱搭乱建，从四队到十队，集中统一居住管理。东方瓒得知廖总灾后重建的规划，很支持，很兴奋。动员八营四部兄弟姊妹，分期分批参与农庄渔庄重建。

虎头鲸被大统领派往江西发木筏子。两个多月，四支木筏队发回一万立方米的大竹和水杉木。彻底解决重建桁条、梁栋不足的问题。

这日，虎头鲸率众兄弟在承包责任区帮农人建房。下午申时，大伙正忙得欢畅。这是上午刚上完梁的两间堂屋。虎头鲸很认真地叮嘱：“兄弟们，时刻别忘了吊线，不能差之毫厘。要把整个柴笆子贴住藤条，压实、压平，瓦面才妥帖好看。建房子，不容易，百年大计。再说，经过俺们的手，必须是样板房。”这房子是唐虞氏的房，简单说，就是虞墨兰的房。两间主屋，东山头，搭建一面坡的披岔子屋，支两口高灶锅。一口锅做饭，一口锅炒菜，可同时进行。

建房的年轻人消化力强，干重活、累活，尤其如是。吃得多，饿得快。廖夫人集中自家大院里男女二十多人，又把靠近的村庄上，动作麻利，三十上下的青壮妇女集中起来，在村头，临时支起大锅灶，烧水、做饭、摊煎饼、送干粮。以保证那些壮汉子吃饱喝足猛干活。虎头鲸干活，不怕脏、累、苦，抬石、扛木、码砖头，专拣重活干，一个顶仨。虞墨兰的房子，今天上午上过梁，下午盖上砖瓦。预计日落之前竣工。

虞墨兰肩挑担子，细软的小扁担随着有节奏步子，一上一下跳跃。担子里，一头黑釉陶坛子，盛一坛子冷白开；一头是一箩筐的煎饼，半陶盆辣子酱，拌白豆腐块子，还有大蒜坨，紫皮洋葱头。十几只黑碗，一把棒棒梃折成的筷子。到新屋门前，虞墨兰放下担子。脸上汗津津的，一缕刘海斜贴脑门，挡住眼睛，她在抬头瞬间，把一缕刘海理上去。她仰望早上上梁前贴的红纸对联，心情很舒畅。这几年从没有过的舒畅。她眼前又浮现：中脊子那根最粗壮的桁条上，郭俭（虎头鲸）亲自贴红纸五福的情景，福、禄、寿、喜、财，一张一张，带上墨线，整齐划一。那认真虔敬的面孔，显得粗笨些。粗笨得踏实可爱。虞墨兰心里热乎乎的，出现从来没有过的小鹿乱撞的感觉，现在前后坡的小瓦，缮出一半了。她自觉脸上火辣辣的。虞墨兰不光知道郭俭是龙荡营第二把交椅子的身份，还知道他至今，还是无家无室的单身光棍。嗳！这么好的人，咋不找女人、结婚、成家、生娃呢？她幸福地仰起脖子呼道："郭哥呀，招呼兄弟们，下来，打个尖吧！大下午了，都饿啦！今天俺来迟了。快！下来吧！"虎头鲸也知道虞墨兰的情况。长期以来，他只有两个称谓，一是虎头鲸，二是副统领，一声"郭哥"听得特新雅，内心里暖洋洋的。哎哟！这声音真甜。虎头鲸干咽一口唾沫，甜到心窝里头了。她公公郎耀祝，本是俺义父郭恭良的卫士，死时下葬那天，俺还去烧了纸，磕了头。后来，她家日子，过得艰难。她男人得痨病，死了。家徒四壁，一贫如洗。几个月前，又丢了娃。好女人，经受如此磨难，真让人心碎。虎头鲸听到虞墨兰甜美的呼唤，心驰神往，舒心乐意地回道："墨兰呀！弟兄们，即刻下来！你先把水倒出来凉凉！""不用凉啦！凉过啦！"虎头鲸的侍卫王今，调皮地学着虞墨兰的声调："郭哥哥，下来呀！"虎头鲸快乐地板起脸，竖起蒲扇大的巴掌："你小子，骨头痒吧，欠揍。不要胡来，噢！"王今两手竖起，佯装投降道："不敢，不敢！”

斤三铁铳子家，昨天刚把屋基垫平，今天就请来公孙大仙，使罗盘找水平，放屋线，准备明天黄道吉日，开工奠基。小斤花自下山还乡，四十天过去了，最近几天觉得嘴里发干，舌根子发苦，有时恶心，吐酸水。吃饭没啥滋味，总爱吃口酸枣酸菜。好在这种反应，也不是十分严重，十几天就消失了。她妈她大，也没觉察出什么问题。还乡两个多月了，“大姨妈”也失踪了。小斤花不懂咋回事，怀疑自己那部位被邱二豹搞坏了。那天夜里，流了不少血，自以为从娃过渡到女人，也许就没有月例了。不对呀，俺妈每个月，按时按节地来呀！莫非，俺害牙子啦？这种事，没有人可以商量的，就是自己亲妈，俺也不敢说，不敢问。也不能说，不能问。羞死人了。这种事，妈若知道，大大定会知道。大大知道了，哥定会知道。哥知道了，天下就大乱了。邱二豹一家人，就没命了。邱二豹没命了，哥就没命。哥没命了，妈和大大也就没命了。如是，俺活着干吗呢？小斤花愣了一会，返过神来，见大大忙前忙后，忙得满脸汗，衬衫湿透了。她倒了一大碗凉开水，送给大大。大大不好意思地说：“先给公孙大师喝。人家是客，请来帮俺家放屋基线的。”小斤花听了大大话，把一碗白开，送到公孙觋面前，公孙觋抬头一见，哎哟，水灵啊！鲜嫩啊！纯净啊！真俊！连忙对斤秃子说：“老斤嗳！这闺女，是你家的？”斤秃子回复：“是哩！公孙大师！娃儿小，不懂礼貌！”公孙觋兴奋地说：“哎——娃若太懂礼貌，那就显得太世故，不纯情了。你的娃，俊、纯啊！”斤秃子似懂非懂回复：“嗯、嗯！也是，大师说得好嘞！”公孙觋非常可惜的样子：“老斤啊，俺没有年龄相仿的儿。若有，俺一定和你结亲家。这娃，好啊！旺夫！旺家！旺丁啊！”斤秃子受宠若惊地说：“俺这种孤门独户的，能巴上你老这样大户人家，除非乾坤颠倒喽，太阳从西边出。”公孙觋心眼有点歪了，想到自己命中五个儿子，想到老牛啃嫩草，也不是绝对不可能，试探着说：“斤老啊，您是这样想的吗？”斤秃子说：“那是当然，千真万确。可是，俺娃，穷人家的，命贱哟！”……

斤秃家从放屋基线，到三间瓦房、两间边房，全部落成，二十多天，公孙觋几乎天天过来，问长问短，问寒问暖，充分展现他的善良、亲切、厚道、怜悯之心。他不但没有收下斤秃子给他看宅基、放线的合理费用，上梁那天，还私下里塞给斤秃子一百块银圆。理由是斤家祖上烧过高香，积了厚德，感动过天师。祖上在世时，并未享完福报。其阴德庇护后人，念念有词地说："斤爷啊！俺祖师爷太上老君说了，整个龙王荡，你家福报最高，不出三代，必出能人。祖师爷昨夜托梦给俺，让俺代替他，给你家送来福报赏钱，一百块银圆，以表达天意。正赶新房上梁，俺不敢怠慢，按天意所示，给你送来。这是天意，望你切莫推辞。违背天意，必遭天谴，你收下吧！"公孙觋嘴里的"老斤"，转眼间成了"斤爷"。斤秃子蒙了，天降大幸，祖上福报。俺斤秃子，早年虔诚侍佛理禅，一心向善，想不到，老天、佛祖真的眷顾俺斤家人。斤秃子趴在地上，搞不清给谁磕头："谢天谢地，谢太上老君，谢西天佛祖，谢公孙大师。俺老斤家何德何能，受如此之天恩。惭愧呀！惭愧呀！"斤秃子一边感恩，一边伸出双手，接下"丁丁零零"的一百块银圆。眼珠子是黑的，银钱是白的，太真实。斤秃子激动得老泪哗哗流淌。一百块大洋，足够一家人五年的花销，对斤秃子而言是天文数字，啥时候，见过这么多的钱，眼花缭乱。怎不感慨万千呢！

从斤秃子表现看，公孙觋觉得值，心中已有八九成的把握。一个穷人，得了一百大洋，别说让他嫁闺女，就是让他改了姓，他也会感激涕零，穷人还谈什么志向、骨气。公孙觋很得意，他完全相信，这一百块风险投资，绝对不会白花。种瓜得瓜，种豆得豆，什么不种，什么不得。只要把小斤花搞到手，再掏一千一万个大洋，俺眼都不眨。养下一个儿，多少钱？那是无价的。娶小斤花，最后一个障碍，定是斤三铁铳子。公孙觋继续借天说事，弯腰扶起斤秃子说："起来，起来，斤爷。俺公孙没钱送您，俺替天行道，老天给您一百块大洋，俺决不克扣一文。遂天意，行天道，是俺的本分。从今往后，老天有啥旨意，俺及时知会给你。你顺天意，天不亏人呀！天意不可泄漏，闷声大发财，这种事，不可在荡中宣扬，懂吗？"斤秃子沉浸在激动之中，心念天恩，更念天恩使者，双手合掌："公孙大师，公孙爷，公孙活祖宗，您的话，就是天话，俺懂，俺信您。从今后，您就是俺家的主，咋说咋办，皆由您。"

细心的小斤花总感觉自己有些不对劲，绝不是疑神疑鬼。她确信自己怀上娃了，是邱二豹的种，千真万确。怎么办？怎么办？事到此间好为难！也罢！横竖一个“死”字。可是俺斤花死了，对于俺斤花来说，旁人活着，还有啥意义。这事，也不用绕来绕去。直接跟俺哥说了。只限俺哥一人知道，死活存亡，全由哥做主……

斤三铁铳子听了妹妹关于事情来龙去脉的叙述之后，心里像插上一把钢刀一样难受、震惊。一向以冲动，不思后果，闯祸不怕祸大的斤三铁铳子，显出少有的冷静和深沉。他悔恨自己交友不慎，害了妹。他深深地叹口气，心疼地对斤花说：“妹呀！受罪了。是哥对不起你。你别胡思乱想，别害怕，提起精神，还像以前一样快乐、活泼、天真无邪。一切，由哥替你做主，哥一定让你渡过难关。”斤三铁铳子起身，用手指抹掉妹妹眼窝里的泪，别的话，好听的，难听的，他一句没说。

2

斤三铁铳子披上外衣，拔上鞋跟，离开刚落成的大堂屋。斤三铁铳子来到蔡小诡家，蔡小诡左手端汤药碗，右手执汤勺子，给老娘口中喂药。斤三铁铳子进门时，他正好喂完最后一口。老娘比蔡小诡更敏感，听出斤三铁铳子的脚步声音。老娘双目失明，听觉尚好。她伸出巴掌，抹了抹自己嘴上的汤药残汁说：“娃，你斤三兄弟来了！”话音刚落，斤三铁铳子进门，叫了声：“大娘，您的病，可好些啦？”大娘很感动，回复：“三乖，难为你想着，大娘这把老骨头朽了，只比死人多上喘不匀的半口气。”说完，推了推蔡小诡：“娃，去吧！三兄弟找你有事！”两人出了门，越过后圩，在芦柴坡上坐下。斤三铁铳子咬住牙，这是一种切齿的恨，他说：“兄弟呀！俺想杀邱二豹，这事板上钉钉了。只是可怜了他那老实善良的妻娃。俺找你商议！”蔡小诡眼珠子一转，知道必有痛心难忍的大恨，否则，铁铳咋对二兄起杀心呢！肯定不是为了财，那为啥？定是为了色，哇！不敢相信，铁铳无妻，难道邱二豹睡了他的娘，不会的，绝不会。哦！他妹！小斤花。斤三铁铳子知道，以蔡小诡的悟性，很快能明白为什么。蔡小诡必须知道事情恶劣程度，再给出合理处置意见。斤三铁铳子知道蔡小诡的想法，便对蔡说：“在山上最后那天夜里，邱二豹摸进小妹帐里，强奸了妹，如今妹有身孕，两个多月了。咋办？现在只想杀了邱二豹，以雪耻辱。又纠结她那老实善良的女人和年幼的娃。他们无辜，今后咋过日月。俺又没能力养他们。”

蔡小诡同情斤三铁铳子，理解此刻心情，认为邱二豹可恨，恶贯满盈，死有余辜。他说：“邱二豹瞎心瞎眼，俺们异姓亲兄弟四人的妹，咋能下得了手！畜生，呸！不如畜生！去死吧！”斤三铁铳子说：“是俺害了俺妹，结拜恶人。俺妹单纯，心底无一丝纤尘，对他如亲哥一样，咋能招此大辱。俺现在就冲去他家，杀了他。”蔡小诡立即阻拦说：“三哥莫急，冒冒失失，没有决胜把握，去他家，你若斗不赢他，杀不了邱二豹，反被他所杀，岂不更加冤枉！再者，你俩斗杀，不应该当着娃和女人的面，那样，岂不残忍。”斤三铁铳子瞪圆眼睛，攥紧拳头说：“四弟，你怕俺杀不了邱二豹？”蔡小诡了解他们两人的个性，客观地劝道：“你脾气性子烈，动手之前就让人给看破了。邱二豹力气比你大，又奸诈滑头，你不是他对手。”斤三铁铳子搓手着急说：“要么，俺把老大请来，不怕杀不了他。”蔡小诡不同意说：“若论这种事情，老大和邱二豹，算是同一路的人，有过之，无不及。老大不会帮你杀邱二，反而会极力阻止你的行动。不可找老大。”斤三铁铳子用哀求的口吻道：“咋办？四弟，给俺出个主意，俺必杀他！”蔡小诡歪着脑袋，眨巴眨巴眼睛，这是他想主意时的习惯动作。过了一会，他说：“明晚，你去集市上，设法弄坛老烧，割二斤肥白子猪肉，俺家有葫芦、茄子、倭瓜，洗洗切切一锅烩，俺俩把邱二豹请来，吃酒、灌醉，以送他回家名义，半路杀了他。”斤三铁铳子说：“杀了以后咋办？”蔡小诡说：“把邱二豹的卵蛋和鸡巴割下来，使细麻线扣在竹梢上，插在集市街门前。再使白布条写上‘邱二豹强奸俺婆娘，被捉杀，请看他的罪恶物件。莫作恶，作恶必被杀！’，以此来警示荡里那些色鬼。”

斤三铁铳子不太悦意，说：“为啥这样做，俺妹的脸，往哪放？”蔡小诡解释：“谁知道他强奸的是俺妹呀！你不说，俺不说，妹子不说，再无人知道。这样做，一是警示那些小头不老实的贼人；二是把这事栽赃给他人。”斤三铁铳子疑惑地说：“咋栽？干吗害别人？”蔡小诡说：“地主老财，你恨不恨？”“恨。”“想不想杀他们？”“当然想！”“你恨，不用杀他们，俺只想让他们养活邱二豹的女人和娃。”斤三铁铳子不明白地问：“龙王荡大大小小地主，谁家甘心认下这桩事。再说地主势力大，栽赃，他们能买账吗？弄不好，再把自己搭进去，那可惨了。不如杀了，将尸首抛进大海，一了百了。”蔡小诡沉着冷静地说：“无妨！无妨！满足以下几个条件，可保诸事无虞，一是中小地主；二是老实怕事，不敢惹事的地主；三是家里女人多，对这种事，说不清，道不明的地主；四是俺们杀了邱二豹，将尸首放在这地主家的草垛底下，或者阴井下水道里。然后，把邱二豹被杀之事，告诉章老大，再让他弄出点动静来。……”

斤三铁铳子顿然大悟说：“俺知道你的意思了。邱二豹不是曾经和夏侯廪的四婆娘，在夏侯廪家麦地里搞过吗？这档事，荡里人都知道。自邱二豹给夏侯廪戴绿帽子，夏侯廪一气之下，休了那女人。夏侯廪怕惹事，本来应该把四婆娘装猪笼子沉海的，是因为俺兄弟势旺，他生怕招麻烦，只好息事宁人。今天，俺们就把这事栽给夏侯廪。他家地肥、粮多，每年拨十担粮，足够邱二豹女人、娃吃喝了。”蔡小诡点头，竖起拇指，表示认同：“三哥是聪明人，一点就通。俺俩现在就去夏侯廪家踩点，看他家草垛、阴井沟在何处，好不好操作。”……

蔡小诡家里大烟小气，炖猪肉的香味扑鼻子。蔡小诡盛一碗米饭、半碗茄子炖肉，先把老娘喂饱了，让老娘先睡下。

邱二豹进屋，这是还乡后第一次相聚，他看到斤三铁铳子，像啥事没发生过的样子，内心里除兄弟称谓之外，似乎关系又拉近一层，咋咋呼呼地说：“三弟啊！俺知道你喜欢酱腌黄戗蟹，家里有，俺给你带几只。四弟，这是你二嫂下午才摘的梅豆角，她还抓了把小鱼干子，给肉里一起爊了。”斤三铁铳子努力强装高兴，心里在骂，狗日的邱二豹，怪有心机，太阴险了。你死期到了！却若无其事地说：“二哥处处想着俺，俺没啥东西带给你哦！”蔡小诡补充说：“三哥买的老烧和肥肉。二哥这梅豆角子，好啊！一拃多长，透肥呀。好啊！倒锅里，一锅烩吧。半口咸，多放点汤，连吃带餐，有汤有水。俺三兄弟，今日一醉方休。”

斤三铁铳子赶紧附和说："对呀！自从还乡，俺们还没醉过，一醉方休。"

邱二豹问："三弟，咋不叫老大过来呀！"蔡小诡说："叫了，老大屋里空的，没人。"斤三铁铳子说："真的不巧，老大没口福！"三人点两盏油灯，橙红色的火苗照得满桌红彤彤，金灿灿，格外亲切、暖心。兄弟间的和睦、融洽，深情厚谊，从三碗浮光晶亮的美酒中，盈溢出来。

满满一盆连汤带水的大杂烩，漂着油花，散发荤香，蹾在小桌中间，三个黑窑碗，三双竹筷子。热气腾腾，烟气袅袅。室内载满喜庆，流淌吉祥，三人落座。酒席在热烈友好，畅叙离情，增进友谊的亲密气氛中开始。每人先干一碗见面酒。斤三铁铳子、蔡小诡，喝的是事先从水缸里舀出来的凉水。有了这碗水垫底，成，能对付，不会醉。小酒大喝，你来我往。"咕咚咕咚。"邱二豹兴头正起，抓住蔡小诡的肩说："四弟，搳两拳吧！"蔡小诡赶溜麻放下筷，伸出右手说："好，二哥，四弟俺在家，不能驳了二哥的面子。依你！依你！"二人将右手握在一起，口中念道："好嘞！好嘞！兄弟好嘞：七巧、八宝；三星，四喜；五魁，酒（九）在手。"说到第三句，邱二豹叫五魁，出四个指头，蔡小诡叫酒（九）在手，出五个指头。四加五，等于九。邱二豹心甘情愿，喝了一碗……又喝了一碗。斤三铁铳子斟酒，满满的一大碗，无一丝余地。邱二豹今天运道背了，连输三次，连喝三碗。蔡小诡关心地说："二哥，少喝点吧，回家的路上，小窠塘太多，黑月头，万一掉水里，不划算。"邱二豹很是兴奋地说："四弟小看二哥了。二哥现在宣布，喝酒正式开始。刚才的几大碗，还只是开场锣，大戏还没开始哩！二哥不至于醉酒掉下水吧。来来来，赶溜麻的，再来两拳！"

斤三铁铳子看邱二豹的眼神有些呆滞，估计再过一会，酒劲发出来，必趴窝。索性再灌他一碗："二哥，放过四弟，俺陪你搳一气。"

邱二豹得意忘形，此刻他想起斤花小妹子，眼带淫邪，口水哩哩啦啦，竟然敢问斤三："俺妹子咋样？赶明，抓两只芦雁送过去，给俺妹尝尝鲜。"斤三怒火一腔，恨不能操起菜刀砍死他。蔡小诡瞪了瞪眼，摇了摇头，压住斤三的怒火，意思是小不忍则乱大谋。斤三立马恢复常态，强装冷静说："谢谢二哥！家里人，都好！都好！"邱二豹以为自己的万恶之事，做得十分周全神秘，摇头晃脑，忘乎所以，不知他在想啥，嘴在说："精彩！精彩！天下一绝。斤三，俺的亲弟弟哎！来来来，陪哥再搳一盘。"两人握手，口中念道："好嘞好嘞，兄弟好嘞，点点高升，三星高照。"拳刚出，邱二豹叫点点高升，握拳没出指，斤三铁铳叫三星高照，出三指。邱二豹认栽，二话没说，端起碗干了。其实，这一拳，邱二豹冤了。斤三铁铳子出了花拳。他原本出两指头，嘴上叫三星高照，他估摸邱二豹可能出一指。一加二等于三，斤三赢。事实上，邱二豹嘴上叫点点高升，握拳没出指，就在邱二豹出拳刹那间，斤三见邱二握拳没出指，他的手在邱二豹眼前一晃，在出两指时，又添了一指。邱二豹没注意。

到目前为止，斤三铁铳子、蔡小诡两人，吃了一肚子肉菜，只喝了一碗凉白水。邱二豹整整喝下五碗酒，舌头肥了，黑眼珠子躲到上眼皮里了。邱二豹想站起来，却站不起来。蔡小诡问："二哥，想干啥？""上，上，上茅子。尿尿。"蔡小诡："俺扶你。"蔡小诡慌慌操操站起来，从身后抱起邱二豹的两腋窝，邱二豹两腿绵软，脑袋耷拉着垂挂胸前，满满一泡臊荤荤液体，唏里哗啦，浸透他的大悠裆裤子。邱二豹两腿软了，身体如一摊烂泥，软里咣当，神志不清。三更时分，斤三铁铳子背邱二豹，送他回家，蔡小诡跟随后边。三人行至二里地，路程一半。在河西湾小港口的密芦中，斤三铁铳子放下邱二豹，这里是荡中最诡异神秘地之一，人迹罕至。

斤三铁铳子悔恨交加，心疼小妹，牙齿咬得咯咯响，邱二豹呀！邱二豹，俺一家人把你当亲人，而你是歹人，糟蹋俺妹，豺狼本性，丧尽天良。不是俺斤三不义，是你不仁在先。俺们缘尽了。你若不死，天理不容。斤三铁铳子从后腰带中拔出匕首，猛地捅进邱二豹的心脏："二哥！放心去吧！你的婆娘、娃，俺帮你照顾！"看来，邱二豹默认了，他没有丝毫的反应。白刀子进时，他身体抖动一下；红刀子出来时，他身体又抖动一下。邱二豹眼睛紧闭，颜面温和，无憎无恨，无忧无怨，无惊无喜，走得挺安详。蔡小诡说："扒下他的血衣，烧了。把那货骟了。"……

第二天，邱二豹那作孽的物器，被细麻绳吊在竹竿梢上，下边坠一块长条白布，两行黑字："邱二豹强奸良家女子，被捉。此乃罪恶物证。莫作恶，作恶必被杀。"大清早上，赶集的人在四队小街的街门前那根长竹竿下，驻足观望。一人、两人、三人，……里三层，外三层。

人们无关痛痒，看那物件，有说有笑。"扛鸡巴日满荡自居的邱二豹，完了，龙王荡的骚娘儿们，哀悼吧！""邱二豹心眼太偏，省下自家女人，消耗人家的女人，也不问问人家的男人，愿不愿意。这下子，爷儿俩卖虾皮，海货了！""哎呀！睡了女人，鸡毛蒜皮，鸡零狗碎之事，就当是穿错毛窝子了，靸破鞋子。弄出人命案来，凶手罪大恶极。""邱二豹啊！可怜啊！仅仅为那小头插错地方，被杀了。还把那货劁了，示威，太龌龊！""报告乡长！邱二豹死啦！"……

邱二豹妻弟赶集，到街门口，跟在人群后看热闹，这才发现，竹竿上那货，是自家姐夫的。他赶忙跑到姐家，告诉姐姐。这消息，不由她不信。女人的天塌了，六神无主，自然想起邱二豹的结拜兄弟，章先虎、斤三铁铳子、蔡小诡。邱家和斤家靠得最近，只相隔两个村庄。邱二豹婆娘哭得昏天黑地之后，想起来了，昨晚是四弟蔡小诡叫他过去吃酒的。他们兄弟间喝酒，常有的事，她是放心的。一定是自己男人酒后乱性，招来横祸，被人捉奸而杀。这死鬼呀！喝完酒，睡女人，本是你的天性。这也不能怪你，不吃酒你不硬。男人嘛，只图痛快不要命。吃完酒，就要扎一火。回家里扎，不中吗？也许，实在等不及了，忍不住了。俺的身子，热乎乎的，肉嘟嘟，俺的玉门敞开，膣下细长，内紧外松，皮实、耐用，不多一次，不少一次，次次让你顺心畅意。不管你咋做、咋疯、咋狂、咋倒腾，俺都顺着你，没一句怨言。你嫌俺不够味，俺知道，俺尽力了。俺不怪你。狸猫哪有不吃腥的？公鸡都爱弹溜子。何况你是强劲的大男人。喜欢睡女人，可是性命要紧。咋样的女人睡得，咋样的女人睡不得，咋没数咧？俺知道，越是睡不得的女人，你越想睡。你没错，错在被人抓了，杀了！你走了，那物件让人剁了，连个风流鬼也做不成了。那东西，还被人家挂在街门外。尸在何处？你让俺到哪去找呀？夫妻一场，俺不能让你成孤魂野鬼，俺要替你收尸，让你像个大男人的样，正儿八经地入土下葬。俺要筛锣擂鼓，扬幡扯旗，请五音班子，吹吹打打，把你送往四队大乱坑，俺还要规规矩矩地给你立块石碑。俺不怕丢人，你也别怕丢人。你是男人，做了男人的事情。只要天下男人、女人不绝种，这种事，每时每刻，都在发生。有啥好奇怪的，心理有病的人，才觉得奇怪。你走了，俺娘儿俩的日子，咋过呀？

这婆娘不顾天下人的纲常伦理，礼仪教化，一屁股坐在自己男人一边，替自己男人罪行护短。

这婆娘想想，说说，眼窝两行泪，又啪嗒啪嗒地掉下来。巳时三刻，邱二豹的婆娘到斤三铁铳子家。谁也不知，斤三铁铳子折腾大半夜，五更时悄悄回家，累了，困了，倒头便睡，这刻刚醒。斤三铁铳子的娘，纽大娥听说邱二豹被杀，大惊失色，两手大拊掌。女人的眼泪鼻涕，现成的，“唰”，眼泪流下，“唰”，鼻涕流下。她以为邱二豹就是她的亲儿。平时帮家里做了多少苦活累活，隔三差五，送野货过来。用真伤心的样子哭诉着：“好人咋就没长寿呢！到底咋回事，好好的人，被哪个断子绝孙的坏种坑害了！”

邱二豹婆娘拉着纽大娥的手说：“婶呀！别说啦！真丢人啊……（低声地）那下身被割下了，挂在竹竿上，立街门口哩！”纽大娥这才明白，原来邱二豹作恶在先，护短地说：“就是强睡了，也不该死罪呀！还把那宝物挂竹竿上，真够缺德呀！歹毒呀！女人不让男人睡，天下还要女人干吗？”如果她知道，睡的是自己女儿，她肯定不会如此发泄。

小斤花听说邱二豹被人杀了，脸色煞白，心中震惊，不知啥滋味，回房了。她坐在床边，低头把辫梢上的红头绳解下来，再系上。再解下，再系上。她心中恨邱二豹，让自己怀上了。现在邱二豹被人杀死，一定是自己哥哥干的。说实话，邱二豹真的死了，她心里还是很不忍。善良一旦变成软弱，这种善良就是卧在自己床边的恶虎，何时招致祸殃，恶虎说了算。

纽大娥叫起斤三铁铳子，把这一突如其来的噩耗，告诉斤三铁铳子，她一惊一乍地说：“儿呀！你二哥被人杀了。你二嫂摊上这祸事，咋办呀？张扬吧，丢人；不张扬吧，这活蹦乐跳的人，说死就死啦？得弄个明白，他到底睡了谁家的女子，被谁家人杀的，尸体弄哪了？若有冤情，俺们应该替她们娘儿俩做主，为他们申冤啦！去找廖四太爷，得给个说法呀！”

斤三铁铳子强作大吃一惊，瞠目而视说：“昨晚在一起吃酒，咋被人给杀了呢？昨晚俺三兄弟在蔡家吃酒，兄弟两个多月未见了，相见很是欢快，刚喝两碗老烧，二哥提前离席，说三队那边有事，朋友找他帮忙办事，他不好意思推辞，提前走了。咋会出这种事呢？俺找大哥去，让大哥拿主意，定给俺二哥找回公道。”

3

好事不出门，坏事行千里。一天过后，全荡里疯传邱二豹被杀而衍生的故事。那些中年男人女人，围绕邱二豹之死，谈论男女那种事情。他们嬉皮笑脸、媚眼淫荡、津津有味地嚼舌根子，他们顾不上吃饭、睡觉、奶娃娃、下田干活、进海捕捞。邱二豹之死，为荡里的男人女人吹牛侃空，增加许多笑料。村前、树下、田头、街巷、堤堆坡，凡是有人的地方，三五成群，兴奋不已，乐此不疲，像苍蝇叮上一泡新鲜热屎一样，有滋有味，洋洋得意，兴奋得眉飞色舞，信口开河。有的男人借此机会，公开地在别人家的女人面前，再口头下流一番，以满足对别人家女人的饥渴感。还有的女人，不知羞耻，捏造出邱二豹玩女人的高难动作、技巧和花式。“邱二豹那俩蛋，晒一整天，还比鸡蛋大，难怪他乱性。”一女人诡秘地说。又一个女人说：“听人说，那俩蛋新鲜时，像牯牛的卵子，肉乎乎的，油晶晶的，若切下来，上小戥子，足有半斤，只多不少。”

街门口参观邱二豹物件的女人们，差不多都是中年女人，熟悉或精通男女乐事。三成群，两成对，摽在一起，一边使手打眼罩，遮住阳光，一边指指戳戳，叽叽咕咕，不时发出“哧哧”的调笑，脚底仿佛磁石吸上铁板，不肯挪步，她们很在乎观察邱二豹那杆枪，眼睛盯住老枪筒，头脑中却在酝酿那物器鲜活时，在自己体内的滋味和感悟。“你们看，那枪筒，黑黢黢的，缩起来，还有一拃长呢，吓人！”“你没笑！”“驴日心，马日肺，人日四指淌喜泪。看邱二豹那物器，可是属驴的？难怪舍不得日自己家的女人。”也有人议论邱二豹的死因。四条混子，作恶太多，被人杀了，正常现象。有人说，人家只不过借强奸的幌子杀了他，其实，谁知道他犯下啥事。还有人说，坏人少一个，比多一个好。更有人大胆推测：“指不定就是地主夏侯廪干的，邱二豹睡了他的四婆娘，他表面上休了女人，心里头无论如何也咽不下这口气的！不是他干的，荡里还有谁，平白无故地下黑手呀！”人们事不关己，你一嘴，我一言，无关痛痒，从心所欲，没啥忌讳，咋想咋说。

斤三铁铳子和蔡小诡，二人一起去找章先虎。事情正朝着蔡小诡的设计方案、步骤推进。

章先虎从四队集市上回到家，正纳闷，谁杀了二弟？二弟平时和俺一样，小头不老实，闲不下来。集市上不少人嘀咕：这事必是夏侯廪干的，俺估摸，也八九不离十。夏侯廪啊！狗日的地主，真够毒，邱二豹日你女人，这事过去一年多，现在想起狗刨来，你想避开大伙眼线，没门。一定是你干的，旁人谅他绝对不敢。章先虎正想着，斤三铁铳子和蔡小诡进门了。三人见面，三言两语，敲定，这事是夏侯廪干的，去找夏侯廪说道说道。蔡小诡故意歪头斜眼想主意，发话道：“大哥，三哥，这事吧，俺们也不能太冒失，万一不是夏侯廪干的，俺说万一，噢！俺不是成了栽赃陷害了吗？夏侯廪岂是无名之辈，寻常之徒。再说，俺们硬闯夏侯家，夏侯廪若真杀了人，必有防备，俺人少，他家的家丁、奴才、狗腿子，都不是善茬，他们手中有火器，人多势众，若事情没弄成，反被人家倒打一耙，那就亏大了。你们真的以为夏侯廪是大善人吗？”章先虎不耐烦，赌气似的说：“你说咋办吧！”蔡小诡不慌不忙，思维井井有条，不紧不慢地说：“蔡先福不是总乡团协理吗？俺们找老蔡，向他说明情况，怀疑夏侯廪杀了邱二豹，报复一年前那仇。晓之以理，动之以情，陈述一年前的事，两厢情愿，错不在一人，退一步讲，邱二豹有错，错不该死。就是该死，也轮不到他私下动手杀人，荡有荡规，国有国法，也应该由乡团裁定处置呀！俺们找老蔡，请他出俩乡丁，帮俺们一起查。这事就变成公事性质，谅他夏侯廪人多势众，纵有天大本事，定然不敢妨碍公务。老实和俺们合作。说到底，俺们就是怀疑，他夏侯廪杀人了，藏尸了，咋的！找到尸，这罪孽就坐实了。找不到尸，说明这事与他夏侯廪无关，也为他洗个清白。”斤三铁铳子附和说：“四弟说得好听，在理，俺没意见，大哥，你觉得如何呀！”章先虎说：“点子靠四弟出，主意俺拿，办事还靠你三弟。”

三人一起去蔡先福乡约所。他们找到蔡协理，直言不讳，开宗明义。老蔡早知道这桩丑闻，早预料到这三兄弟定来找他。老蔡认为三兄弟要求不过分，虽然他很讨厌这四条混子，讨厌归讨厌，处理事件，仍须一碗水端平，少给自己惹麻烦。蔡先福叫来两个助理，一个叫海丁，一个祝天，交代几句之后，同意他们对夏侯廪家进行搜查。夏侯廪第一时间知道邱二豹被杀之事，开始他特兴奋，得意地说：“善有善报，恶有恶报。不是不报，时候未到。时候一到，即刻得报。邱二豹呀！多行不义必自毙。俺手软，杀不了你。你现在死得很丑，很难看啊！老天开眼，为俺夏侯廪秉公道啦！感谢苍天！”

下午，有家奴禀报：“……街门口，围着竹竿看热闹的人，一拨一拨，比看大戏，听大板书还热闹。也有不少人议论，邱二豹是老爷您杀的，这风不吉呀，老爷您可当心，有人陷害哦！”夏侯廪有点不安，伸出双手，自己审视说：“真他娘的平地一声雷，你看俺这手，像凶手吗？半辈子，俺连一只鸡都没杀过，咋会杀人？要杀，俺一年前就杀了，干吗拖到今天，难道杀人还要选好日子吗？过去的事，俺忘得差不多了，俺为啥要杀他。俺也不怕谁栽赃俺，清者自清，浊者自浊。”话音未落，又有奴才，瑟瑟慌慌报：“禀报老爷，蔡协理派人来，还带了章先虎、斤三铁铳子、蔡小诡。找您了解邱二豹的案事。说是来搜查邱二豹的尸首。”夏侯廪刚刚还理直气壮，现在心慌意乱，不知所措，心脏“扑通扑通”强烈地跳动着。还装着嘴上不饶人的样子：“俺又没杀人，怕他们不成，让他们进来好了！”没等他话说完，蔡协理的人已到门口。斤三铁铳子快言快语道：“夏侯爷，话可不能说绝了，不要抬杠子嘛！俺只是给俺二哥讨一个公道，是清是浊，您说了不算，看搜查结果！”

夏侯廪心中不服，还是爽快答应了：“斤三兄弟，你也是龙王荡有头有面有名气的人，你说，咋查吧？俺全力配合，若查不到尸体咋办呢？”

蔡小诡接话：“夏侯爷，您又抬杠了，查不到尸体，正好为您在大庭广众面前，洗个清白身子，您说是不是？不是俺们怀疑您，现在整个街市上所有人，都说您杀死俺二哥嫌疑最大。因为您和俺二哥有仇！”海丁开口道：“夏侯爷，看得出，您心里不服，您就跟着一起吧！查不到，大家清爽，相互都有个交代。”夏侯廪一脸无辜，仿佛一只蹼脚的鸭子，硬生生被赶上架了。无可奈何地说：“好吧，你说去哪查？俺带你们去。”海丁、祝夭看着章先虎，意思是听你的。章先虎看着斤三铁铳子，意思是俺听你的。斤三铁铳子向蔡小诡噘噘嘴。蔡小诡早就想好搜查程序和步骤，沉稳地说：“俺觉得，先到院后，屎粪塘里搅和搅和。”夏侯廪带他们来到后院外屎粪塘口，伫足。屎粪塘子好大，差不多二十丈长五丈宽。几千亩地的地主，主要靠这粪塘聚积人粪尿、牛马屎、猪臊粪混合的特效肥，浇庄稼。所以，屎粪塘是地主家基础设施建设的重要项目。夏侯廪家屎粪塘，乱石铺底，方石砌塘壁和崖面。塘口建有横条纵立的青石栏杆。为方便长工短工们把粪水运到田里，四面留有适当宽度的石级台阶，通到塘底。现在满满一塘黄澄澄金子般浓稠的粪水，晃晃荡荡的，上面漂着死小猪，死猫死狗，还有一团一团屎橛子。黄色粪水面，间隙性“咕噜、咕噜”地冒着臭泡泡，屎粪正在发酵。蔡小诡远远看到一根笔直孤高的探网竿子戗在围墙上，他向斤三铁铳子挤挤眼，咳嗽一声，斤三铁铳子会意了，跑过去，抓起竹竿子，草杈柄子粗细，正可手。他卸下网头子，拍了拍竿身，扛了过来。

章先虎瓮头瓮脑，瓮声瓮气，板着脸，有点悲伤、哀怨和憎恶地说：“竹竿子给俺，俺来。”章先虎有的是力气，使长竹竿在屎粪塘四转遭，不间档子搅。搅呀搅，搅得屎塘底朝上，搅得臭气熏大天。搅呀搅，搅得塘边难立足，搅得夏侯廪心中充满愤怒，又不敢发作，铁青的脸上仿佛刚刚喝下一口黄连汤的样子，浓缩成一团，苦不堪言。不时使衣袖头捂住鼻子。

海丁、祝夭早跑到上风头树下，乘阴凉、吸纸烟去了。

兄弟三人，换人不歇工，越搅越起劲。似乎认定邱二豹就在这大粪塘里。搜索邱二豹尸首，正按照蔡小诡的计谋，紧张而有序地进行。经过详细搜查，屎粪塘里没找到邱二豹的尸体。夏侯廪舒了口气。为什么？夏侯廪真怕被人栽赃，而屎粪塘应该是栽赃人藏尸的第一选项。假如真在自己家相关地方搜出邱二豹，那才叫一泡屎渎在裤裆里，跳进黄河，越洗越浊。

屎塘搜索无果。按要求，夏侯廪一路小跑，不敢怠慢，提起裤裙，一条大辫子拖在背上，晃晃悠悠，他一脸不屑，把几个搜查人带到院子东边墙外。这里有两条长长、高高的麦穰草垛。草垛外是打谷场，场外东南角是大车房，里边有三辆架子太平车；还有三间农具储存室，里边有犁、耩、耧、耙、大刮、小探木、木锨、铁锹、草杈、笆斗……

三兄弟临时分工，一一翻查，未发现可疑迹象，找不到明显的破绽。

夏侯廪又松了口气，紧张的心情舒缓了。树上喜鹊叫了，天上太阳微笑了，思潮平和了，脸上的浪褶子慢慢舒展开，两道垂眉挑起了，抿着的嘴唇子启开，欣然道："三位兄弟，还想查哪里，俺夏侯廪带你们过去。"蔡小诡顺着夏侯廪的心情说："俺们再看一个地方，再查不出个寅卯来，俺自动撤出，让蔡协理在龙王荡里，给夏侯爷主持公道正义，让谣言不攻自破，还夏侯爷的清白。这年头，不能冤枉好人善人哦！"夏侯廪倒是积极了，他说："三位兄弟，去哪里？"蔡小诡："俺们去西院外猪场看看，若没啥，俺们打道回府。明天再去别的地方找。"夏侯廪说："好啊！去猪场！"夏侯家院西墙外五百尺处，是夏侯家猪场。这里有三座宽敞的猪圈，石地石基石墙面，小瓦盖顶。每圈豢养十几头膘猪。每座猪圈之间相隔百尺，有一条宽二尺、深三尺地下排水道连接。

每猪圈前有一个阴井口，阴井口上苫一圆形柳编的阴井盖子。猪圈里猪屎猪尿冲洗后，通过阴井口流进下水道，最终流入院后的屎粪塘里。下水道上口，全封闭。水道口上，用木板条封口面，板条上铺青砖。建这样的活沟面，主要是为了方便疏通壅堵。蔡小诡建议说："从东边第一间猪圈查起，撬起下水道的砖和木板。"章先虎说："三弟，把猪圈里几把铁锨拿过来，天色不早，抓紧，俺在东头，你在中间，四弟在西头，分三段，把砖头撬了，下水道里有没有二弟，一眼瞧遍。"

三人开始分段作业。蔡小诡手握铁锨，轻轻撬起第一块青砖，他必须让自己的神色表现得逼真。他停下锨，惊呼海丁、祝夭："海爷、祝爷，请你们过来一下。"听蔡小诡冷不防的呼叫，海、祝二人警惕起来。夏侯廪心一紧，嘴唇发紫，手发抖。一团乌云，死死堵住太阳光束，也塞在夏侯廪心中。夏侯廪的心提到吞嗓子眼，呼吸受堵，手发抖，腿发软，跟在海、祝屁股后，急忙赶到蔡小诡这边。蔡小诡表情神秘、诡异，且十分严谨地对海丁、祝夭说：“两位爷，你们看，这土、这砖，明显刚被动过不久的样子，旁边砖上有血迹，俺不敢继续挖了，请二位爷看清楚喽，俺把砖头撬起，木板条抽出来。”海丁：“别啰屌唆的！俺盯着哩！撬啊！”蔡小诡刚撬起两块砖，抽出板条，黑黝黝的下水道冒出一股袭人的恶臭，呈现两只光脚，脚尖朝上。再撬，小腿、大腿、大腿裆；再撬，血漓漓的大腿丫子，那玩意没了。蔡小诡发疯地叫喊：“大哥，三哥，快过来呀！找到了，二哥的尸首，在这边！”夏侯麋还不相信，上前一看，傻了。他呼天抢地，无法控制自己激动怨怒的情绪，喊冤道：“冤啦！苍天啊！冤死人啦！”夏侯麋鼻孔流血，顿时眼前发黑，头皮发麻，脑子里“嗡”的一声，失了平衡，一头栽倒在地，昏过去了。这圈里的十几头膘猪，也嚷嚷起来，猪们仿佛知道真相，有的“嗷嗷嗡嗡”，有的用筋劲的猪嘴唇子拱推坚硬的石头墙，它们尽量模仿人的讲话，可是人们听不懂。

章先虎赶过来，伸手从下水道里捞起赤条条一丝不挂、没鸡没卵的邱二豹。水淋淋的，一身浸满猪尿猪屎。邱二豹紧闭双眼，身上除了臭猪屎臊猪尿的味，还有浓烈的酒味。章先虎脸色骤变，像被盐腌过的死猪肝，发紫发黑，没有血色，没有温度，口中念道：“二弟，你罪不该死。你等着，等俺劈了这老匹夫，让你在黄泉路上有个伴！”说着，章先虎从黑腰带后抽出他的大砍刀，冲向已倒地的夏侯麋。章先虎的行为，早在蔡小诡意料之中。他冲过去，一把抱住章先虎的腿，海丁、祝夭两人，死死缠住他的后腰，斤三铁铳子拼命夺下他手里的大砍刀。蔡小诡连哭带号，似乎万分悲痛地说：“大哥呀，大哥呀！你千万别冲动，冲动是魔鬼啊。俺和三哥，和你一样心情。听俺把话说完。你若杀了夏侯麋，刀起头落，不费事。可是，你想过没有，杀了他，今后二嫂和她的娃，两条性命，谁养活他们。再说，他不能死，他死，你必死，俺们两兄弟，两条命，才换他一条命，不划算啊！”章先虎听蔡小诡的劝说，觉得很有道理，邱二豹媳妇，还有五岁的娃。穷人啊！谁也养不起。章先虎听了蔡小诡的话，说：“还是四弟想得周全，俺这一生气，就犯糊涂。便宜了这狗日的地主老财。”……

夏侯廪醒来，躺在自家的屋里，黑灯瞎火。一团心惊肉跳的女人，围住他，胆怯地低声问候：“老爷，你可醒了。”那三婆娘声色俱厉地说：“老爷，气势输了，你全盘输了。你又没杀人，你怕什么！险一险，就吓死了。老爷啊！好人被欺，好马被骑。天大地大，难道没有说话的地方了？明日，俺去请廖四太爷出面，不信这事摆不平。”夏侯廪不敢出门，透过窗户向外张望：院子里，挂起一圈子白色灯笼。墙壁上和边角的架子油灯盏里，燃烧红黄色的火苗，火苗上的青烟，弯弯曲曲，在院中缭绕、升腾。随着轻风拂入，宛转、悠扬地向空中摇曳、飘逸而去。

夜深，院子里阴司鬼冷，虚弱的白光，随着飕飕凉风，阴森森地飘洒在每个角落。火盆中燃尽的纸灰，如青黑的蝴蝶，或有或无，或真或幻，或虚或实，飘忽不定。夏侯廪觉得，那不是纸灰，不是蝴蝶，是邱二豹的冤魂，也许是冤枉，缠住他的腿，他不肯离去。也许邱二豹真的有冤，但冤不在俺，干吗缠着俺家转，夏侯廪两手合掌，郑重默念：“二豹兄弟，冤有头，债有主，你纵有天大的冤，俺夏侯家没有对不住你！你睡俺女人，俺忍辱休了女人，俺内心舍不得。满荡人都知道那桩丑事，俺要脸皮子。俺不想惹事，俺也怕惹事。俺没报官，也没找你麻烦，你就放过俺吧！”夏侯廪心志乱了。邱二豹放不放过你，无关紧要。关键现在与邱二豹相关的活人，能不能放过你，或者是有条件放过你。

夏侯廪没朝这个方向去想办法，他思路乱了，死人头上有糨糊，粘上谁，谁倒霉，遇到碰瓷的，没证人，说不清。哪怕经过巡抚、臬司衙门，也肯定判赔银两，抵不抵命，不好说。俺怕杀人抵命，这道天定铁律，谁也改变不了。俺说没杀人，可是谁相信，尸首在俺家。俺今年才四十岁出头，好日子还有几十年，咋能为天上掉下的横祸而匆匆离场，了结一生呢？俺心有不甘。这祸与俺无关，粘上俺，冤屈难伸呀！他看着邱二豹躺在自家院中间的大门板上，头顶一碗米，脚底一盏灯。穿一身新衣裳，长袍马褂，西瓜皮式单帽，黑马靴，西洋墨镜。夏侯廪认出来，这身行头，正是自己不久前请的裁缝，来家里量的、裁的、缝的。是自己出客时的专用礼服。自己只试过一次，还没正式派上用场，糟蹋了。可惜了俺那几块布料，可惜了那精美的做工，可惜了俺好几两银子托人在大上海买的黑眼镜子。

邱二豹身边，坐着章先虎、斤三铁铳子、蔡小诡，在土瓦盆里烧纸。邱二豹的婆娘头裹白布条，腰勒白布带，肩披刚掰下的生麻皮，趴在邱二豹身边，间隙性放声号啕哭叫，声音粗细有致，长短有节，抑扬顿挫，穿透四合院，越过高墙，向龙王荡深处，向远方飘去。邱二豹婆娘哭着、数落着，其内容，大多回忆邱二豹的好。说着、哭着，悲悲叹叹，抽抽噎噎，呜咽不止。凄惨的情绪，浸染半截庄的家家户户。人听人同情，狗听狗悲吟，鸡听鸡哀鸣。那才叫惊天动地泣鬼神，日月无光星泪涕，山河之为动哀容。

“天嘞！天嘞！俺的天啊！你塌了，留下俺孤儿寡母，咋活啦！”拖腔拉魂调，一口气憋了好半天，很吓人。万一憋过去了，就是两条命。正待人们担心时，“哦”的一声回笼响，又缓过劲来。伸手，揪下鼻涕抹在鞋帮上。又拍着自己的大腿，双手在两脚脖子上，抹上抹下，搓来揉去，让动作尽量配合着号啕哭叫的节奏。

夏侯廪家的女仆，勒白布带，不声不响，送来一铜壶的热水、三个碗，又回到屋里。过一会，又送来一盘烧饼、一盘桃酥，不知是供死人，还是供活人的，放下便回屋，不敢停留。章先虎火辣的眼光，不停地碾压女仆的胸前。夏侯家的女眷们都躲在室内，不敢出，害怕三条混子再生出啥邪念来。夏侯廪坐在内屋门槛上，一下子垂老许多。该来的，来了。不该来的，也来了。谁能证明，邱二豹不是俺杀的，俺自己也没证据证明呀！俺冤大头，太冤了。杀人这种事，俺不能顶呀！俺若顶了，那杀人的凶手，不是逍遥了吗？这事，必须去找廖四太爷，请他出面，主持公道。他一定能搞清楚，谁杀了邱二豹。夏侯廪两手抱着脑袋，后悔呀！今年廖四太爷赈灾筹粮舍粥，俺有的是粮，仅仅捐了二十担稻子，成千上万喝粥的人，连一天也不够。现在想想，干吗呢！哭穷捣鬼，舍不得，为啥呢？

人家为民，俺不给面子，现在，再求人家，人家顶多还俺二十担的人情，人家为公，俺为私，真够丢人。这下子被赖上，一百担稻子也摆不平这桩人命案子。这种事，最好控制在荡里解决，千万不能报官，若报官，想把官司打赢了，没有二三十万两银子送出去，那些州官，才不理俺的闲秧秧哩！

廖子章在乡团校场后边的总部会客厅里，正接待朝廷户部捐纳处两位官员。他们奉诏前来龙王荡，具体落实朝廷赏赐廖总钱物，衍大人的捐赠、灾后重建项目的落实，钱粮补差，诸如此类！廖子章刚送走客人，回到会客厅里，有团丁报：“禀报廖总，地主夏侯廪求见。”

自从在夏侯家找到邱二豹尸首，蔡先福觉得事情复杂，人命关天，不敢自作主张，当天晚上，乘快马速速赶到乡团总部，把事情前后经过禀报廖总。廖子章若有所思，对蔡先福说：“……邱二豹他们四条混子，讨人厌，遭人恨。但在荡中没啥人命案，邱二豹招来杀身之祸，必有缘故。他们干了不少坏事，小至偷鸡摸狗，扒粮占田界；大到盗牛窃猪，屠牲卖肉。强奸掠货，敲竹杠子、抬财神。刨人家的祖坟，放火烧人家的草垛子，搅得好几家地主不安宁，因而被杀，也算是为民除害，只是这暗杀，乱了荡规和国法。”蔡先福顺着廖子章的话说：“早该处置他们。有人杀了邱二豹，绝不是偶然，也并非无辜，在他们四人中，邱二豹恶性最大。杀了最好，省得俺们替他操心！”廖子章咂了口茶，又装了一锅子水烟，把烟递给蔡先福说：“这事，的确冤了夏侯廪，夏侯家祖祖辈辈，世代居住龙王荡，俺知根知底。再大的怨恨，他也不敢杀人。夏侯廪性格内向、软弱，形象如牛，胆小如鼠，最怕生事。有几十个家丁，也有十几条长梢鸟枪，看家护院，装势而已。”

蔡先福深吸一口水烟，“呼呼噜噜”，附和说：“夏侯廪这个地主，不大不小，是算小账的主，小抠油，小气鬼，守财奴。家有万担，吃饭不敢撒掉一颗饭粒子，肚皮上搓下的灰，也不随便丢掉，定是做肥料，施到田里去。”廖子章说：“他没杀人，让他赔偿，打死他，也不愿意，人之常情啊！”蔡先福说：“那就让他自证没杀人，必须拿出铁证来！”廖子章说：“杀死邱二豹的人，为荡里除了一害，平民自然拍手称快。凶手把邱二豹尸首栽赃给夏侯禀，有三意图：一是自家的仇，报了。二是前几年夏侯廪小老婆被邱二豹睡了，夏侯廪有千条理由杀邱二豹。凶手使一个障眼法，想让俺们跟着他的思路走，这就小看俺们了。只不过雕虫小技。三是邱二豹女人和娃是无辜的，区别对待，赖上夏侯廪，孤儿寡母，生活有着落，饿不死。所以，俺断定，这是个有良心的凶手，至少考虑到杀人，而不祸及无辜。凶手应该是邱二豹熟悉的人，也许沾亲带故，或者是四混子的内讧。这只是推测。”蔡先福非常佩服廖子章的分析，点头称是：“您分析，鞭辟入里，切中要害，一语中的。您手中事多，忙不过来！你说咋办？给俺一个原则，俺去办！”

廖子章说：“不管夏侯廪找不找你，你明天去他家，让夏侯廪松松腰，出点血，先去杨集棺材店，买口说得过去的棺材，把邱二豹拾掇了。夏侯家每年出十担粮，午季五斗小麦，百担麦穰。秋季五斗稻子，一斗黄豆，十担棉花秸子。用架子车拉送邱家。这事哩！不能冤枉夏侯廪，凶手另有其人，以后，有时间，慢慢查。告诉夏侯廪，这不是赔偿，是善举，捐助，直至邱二豹的娃二十岁为止。双方立个字据，签个名。以后荡中再行公益捐助，夏侯廪家可以减去这部分数额。（廖子章笑着对蔡先福说）糊涂官断糊涂案，借花献佛。这事暂告一个段落。若有一方不愿意，就让他们去直隶州报官去。”蔡先福说：“谅他们双方，都会权衡利弊，不会选择报官。”廖子章肯定说：“是的。人命官司，夏侯廪会算账，他已经被冤了，绝不会再花冤枉钱，这是他心里的小九九。邱家人定然清楚自古衙门朝南开，有理无钱莫进来的道理。”……

廖子章听了团丁禀报，也知道夏侯廪的来意：“请夏侯爷！”团丁回到门口，向外边吆呼：“请夏侯爷！”夏侯廪一路小跑，进了乡团会客厅的门，双膝跪地，错把膝盖当作脚，连滚带爬，膝行到廖总脚下，一把抱住廖总双腿：“四太爷救命，四太爷救命呀！俺夏侯廪家，天降大祸喽！”廖子章连忙扶起夏侯廪说：“夏侯爷、夏侯爷，有话好好说，快快请起，快快请起！”夏侯廪一把鼻涕，一把泪，深度憋屈。好像倒出腹中那又酸又苦又涩的汁水一样难过。那惭愧、那埋怨、那自责、那无辜被冤的表情包，仿如三岁的娃，找不到亲爹娘一样无助和心怯，呜呜啕啕，比杀了自己家的人，还要伤心，悲痛欲绝地说：“四太爷，你老为俺做主啊，俺的命不值几个钱，让俺抵命，俺冤啦！”夏侯廪趴伏在地上，不起来！廖子章耐住性子，小心安慰着，拉他起来说：“起来，起来！你是杀人凶手，说破大天，俺也不信。在你家猪圈门口下水道里，找到邱二豹的尸首，就能说你是凶手吗？万一别人杀了他，埋在你家下水道的呢？”听到最后这句话，夏侯廪觉得自己有救了，连四太爷都认为俺是被栽赃了。马上爬起来，使衣袖揩了眼泪说：“四太爷呀！全凭您做主，您咋说，俺咋办，绝不打折扣，绝不反悔！”廖子章安慰他说：“夏侯爷，请坐！（转脸对外）给夏侯爷奉茶。请坐下说话。邱二豹不是你杀的，这一点，不管别人咋看，咋说，至少，到目前为止，俺坚持这观点，你不是凶手。谁是凶手呢？尚待追查！”夏侯廪双手合掌说：“谢四太爷，谢四太爷，救星呀！俺有救了！”廖子章转过话锋说：“你夏侯爷，在龙王荡也是大户人家，对吧！”夏侯廪点头说：“是、是！四太爷！”廖子章说：“家业发了，人丁盛了，六畜旺了，仓满囤溢，烧陈草，吃陈粮，余钱年年增，光是膘猪也有百十头吧！牛马成群。俺提议，噢！能不能在不影响你家业正常发展前提下，去帮助一些需要帮助的人？”夏侯廪连连点头：“应该，应该！”廖子章说：“你夏侯爷也是读过圣贤书的人，是吧？”夏侯廪连连点头：“是！是！是！”廖子章说：“俺不要求你做到老吾老以及人之老，幼吾幼以及人之幼。俺们能不能在力所能及情况下，帮帮那些无法过生活的贫困人呢？”夏侯廪以为廖四太爷要提及今年上半年捐粮的事，立马站起来，双手合掌道：“对不住四太爷，夏侯廪有眼无珠。上半年俺捐的实在太少，拿不出手的。严九爷捐五万担，端木举人捐了一万担，俺丢人啦！”廖子章说：“过去的事，别提，俺也无心再提过去的事。那邱二豹死了，不是你杀的，并不代表你心里不高兴。是不是？别人替你除了一害，你从心里认为，有施必有报，有感必有应，故现在之所得，无论祸福，皆为报应。对吧？”

夏侯廪又站起来，双手合掌说：“四太爷法眼，洞烛其奸，看透俺。俺刚听到邱二豹被人杀了，念念有词，不是不报，时候未到。足足兴奋一个上午！”廖子章说：“死了，死了。死了能了吗？邱二豹的媳妇、娃，孤儿寡母，孤苦伶仃，贫苦交加，叫天不应，叫地不灵，家里没了男人顶梁柱，那女人的天就塌了，非饿死不可。邱二豹该死，他的女人、娃无辜，他们不应该再付出被饿死的代价吧！真的都饿死了，你心安吗？所以啊！你家每年捐助些粮草，让他们孤儿寡母过日月，你意下如何？如果你夏侯爷为难了，这人命官司，你还是去报州官吧！州官的大门也是敞开的。”夏侯廪没作任何思考，立马回应道：“四太爷您咳嗽一声，俺照办就是，俺不信别人，俺只信您！”廖子章说：“好！夏侯爷，难得你有这胸怀，俺廖某钦佩你的品格。俺在南北二十队，二十乡的大会上，替你正名，让你清清白白，亮亮堂堂的。这个时候，蔡协理已经按照俺的意思，去你家了。你赶紧回去，抓紧办了，早办早安心。否则，那死人躺在你院子里，家里人咋过日子啊！”夏侯廪站起身，抱拳施礼说：“四太爷，俺即就回，即就回！”说完，从身上掏出五万两银票，送到廖总面前说：“四太爷，这是俺孝敬您的，您若看得起俺夏侯廪，请收下。俺的命，是您保下的！”廖子章非常严肃地说：“夏侯爷，你又算哪门子账，俺咋能收你的钱。筑海堤滚石坝，你已按规定交足了六万两。这钱你拿回去，没有商量余地。重建龙王荡，资金有缺口，以后还有可能按比筹银。该让你拿的，一个子不能少，不该让你拿的，一个子也不能出。俺的脾气，你应该知道的！”夏侯廪估计四太爷不会收他的银子，揣起银票，带一脸的感激，回家去了。

邱二豹顺利下葬。下葬前，他的婆娘，拜托蔡小诡，把邱二豹挂在街门口竹竿上的物器取回来，一边呜咽抽搭，一边一针一线，把那物件，严丝合缝地缝到邱二豹的原处。缝好之后，女人说：“俺心安了，二豹哥，常回来看看！”说着，又泣不成声。

双方立下字据，以行善捐赠的名目，从今年秋季起执行。邱二豹的婆娘满意了，不哭了，回家了。章先虎、斤三铁铳子、蔡小诡得了夏侯爷酬谢银四两，每人分得一两，剩下一两，三人到四队街小酒馆，点了一斤猪头肉，一斤牛肉，一大盆豆腐菜，吃酒，搳拳，补偿这几天熬更打点的亏空……

第八章

祭祀大典

1

深秋的早晨，凉风习习，天上一抹轻纱浮云，把天底衬托得干干净净，地上一层厚厚的清霜，覆盖在一层浅黄色、雅淡的芦叶上。羞涩的朝霞，清丽明媚，在澄澈的湛蓝中，走出深宫，印染在龙王荡上空，金红色袅娜的霞光，折射出秋色的旖旎。韶华已褪的车轴河上，清波金芦，更显婆娑灼灼。苍苍茫茫的芦苇，落叶纷纭，毛茸茸的蓬蘽，缱绻濯濯，丰满而富韵味，在轻风里翩跹曼舞，娉娉婷婷。

氤氲紫色的雾气，徘徊在宽阔宁谧恬静的河面上，弥漫在广袤葱青碧绿的麦田里。秋晨，朦胧的龙王荡，蕴藏朦胧的秋趣，如诗如画，如梦如幻！大河两岸，整齐的新农庄、新渔庄，青堂瓦舍，整齐划一，伫立在龙王身旁。

大清早，牛群出发了，羊群出发了，去寻找冬季到来之前，旱湖底最后一层泛黄的青绿。小犊子站得还不够稳健，颤颤悠悠跟在母亲身边，不声不响踏上懵懂的牛生之途。庞大的牛群阵容，激起尘灰，向空中飞扬。牛群中的牯牛，向来不入骟牛、犍牛的群。牯牛瞧不起犍牛、骟牛，嫌弃它们没有卵蛋，是牛中太监。

草地上，三三两两，散散漫漫，不受拘束的牯牛到处游走，奔跑，寻衅滋事。其实，牯牛之间，也互相不屑，互相鄙夷、蔑视，瞧不起。它们差不多同一德行，行为荒诞，放荡不羁。后腿裆间，夹着任性、不检点、不受约束、高傲而圆圆滚滚、结结实实的卵蛋。坠下来像拳击的沙袋子，荡荡悠悠，这是牯牛们炫耀的本钱。

牯牛得意兴奋，恬不知耻，从肚皮下伸出尺把长，黑黢黢的牛腠子。它们不顾及牛规也不用守啥牛品牛德，到处追逐那些还没开过苞，破过瓜，又不是潮期的处母牛。年轻貌美俊俏的母牛，先是羞怯、谦让，而后睥睨，而后讨厌，而后愤怒……

一头个子不大，心很大，雄性十足，腿蹄矮短，腠子特长的年轻牯牛，自不量力，寻着一头形象高大，四腿颀秀，胸丰尻圆，毛色棕红，细腻软婉，毛尖上闪闪发亮，青春焕发，丰满性感，优美而俊秀的年轻母牛，惊喜狂妄。实在无法控制自己激动情绪，瞅准年轻母牛那足以让它入眼丢魂的部位。三丈之外，发起奔跨，在靠近母牛时，前腿跃起，扑向母牛后臀。太过渴求，动作超大，速度超快，一跃而起，失了控制，瞬间后腿悬空，那黑腠子根本够不上母牛那个部位，一个反冲力摔了仰白蛋，四脚朝天，卵子重重砸在地上，差点散了蛋黄。

牯牛就地打滚，喘粗气，翻白眼，蛋痛。它又气又恼，又无奈。悔恨自己，关键时刻，后腿不架事。失去一次绝好美妙的销魂时刻，牯牛四腿颤抖，站起来，意不甘，情不愿，心不死……

挤挤攘攘，磨磨蹭蹭的小犊子们，走一会就饿了。寻到母亲两后腿间，那座倒立、摄魂勾魄，暄软、灯笼形状的肉丘，肥美、硕大、量足的奶子，一口咬住奶头吮吸起来，暄软的肉丘全覆盖地堵在犊子脸上。一犊子夹在母牛腿裆，边走边仰头吮吸。吮吸那香酥甘甜的乳汁。忽而，这母牛明显觉得这犊娃，吃相不好，感觉不是自己的娃。天下竟有如此讨厌的娃，省自家的奶子，抢食俺的奶水。被你吃了，俺娃吃啥？定当教训一下，必需的，此例不可开。母牛后腿放慢，提起一腿，对准屁股后野犊娃的肚皮，猛地一个反蹬。可怜的小犊娃，向后摔出一丈多远，趴在地上，吸那几口奶水，被摔得吐了出来。一脸无辜，半晌才回过神。犊子啊！一奶障目，而不见亲娘，世道险恶呀！自以为有奶便是娘。今日，偏偏遇上有奶不是娘。

羊群出发了。龙王荡的羊爱唱歌，今日去旱湖底草地途中，羊群阵容，不亚于牛群，一路歌声一路情。羊歌不同人歌，美美动听的歌里，只有一个字的歌词，“咩”只有一个调，“宫”调。但对于羊而言，它们所表达的内心真实情愫，绝对不一样。龙王荡的羊，皆是歌星。成羊也好，羔羊也罢；公羊也好，母羊也罢。长胡子，或者不长胡子的，能独唱，也能合唱；还会对唱、重唱、乱唱。站着唱，卧着唱，行走时唱。吃饱了唱，饥饿了也唱；兴奋了唱，惆怅了也唱；安详时唱，惊慌时还唱。只唱一个“咩”字。到了草地，成年母羊停止歌唱，腾出嘴巴专心收获那已经泛黄的青草。母羊的嘴巴，剃头的剪子，刮胡子的刀。低下头，撅起腚，翘起的小尾巴，间歇性快乐地摇摆。嘴巴贴着地面，“咯吱咯吱……”下巴上的胡鬏子在啃过的地面上，如扫帚般，把地面清理、拾掇干净，再留下一串山药豆大的黑色羊屎蛋子。

那些被骟过的公羊，吃草时比母羊还要勤恳扎实。所以，它们的膘，长得快。它们的肉，很快被端上餐桌。带蛋的公羊，大多表现浮躁。在广阔、平坦的后五苇旱湖底，它们奔跑在羊群之间，除了要流氓外，就是乱蹦乱跳，打架斗殴，胜屌秧子。它们凭弯弯尖尖的羊角，夺取性交的权利，或尿尿圈地盘子。睁圆布满血丝的红眼睛，即使是瘦弱的公羊，也要炫耀自己的不凡。带蛋的公羊在草地上，整天忙着仿佛是你死我活的干仗，找到干仗对象，昂首挺胸，后退三十尺，发起冲锋，猛烈攻击，认准对方的脑袋，对撞过去。反复数次，直到一方认尿为止。到夕阳下山前快收牧时，饥饿极了的带蛋公羊才想起吃草。晚了，不得不随大溜子收牧。

羊头上的角，在羊的世界里，生来只有一个用途，凡是用嘴巴和蹄子解决不了的事情，都用角来解决。刚生下的小羔子，还没站稳脚跟，第一次吃奶，母羊那奶管子不通畅，吸不着奶水。小羔子急了，使头顶撞奶子。几撞之后，那只大寿桃般的羊奶子通了，再吸，奶水泉涌而出，“咕咚咕咚”地吸起来。这是羊族的原始天性的顽强和诡异。

羊类从羊羔开始就明白，使头撞，哪怕还没长出角来，头撞，能摆平一切。这是羊类比人类高明的地方。人类的娃，刚落地，别说不能像羊一样站起来，就是第一次吃不着奶水，也顶多如娃娃鱼般，发出凄厉惨怛忧伤，令人悲悯的哭喊，再无作为。奇怪的是，最终，人统治了羊。

鹅群覆盖在清澈的河面上，如蓝天白云，坠落水中。“嘎、嘎、嘎”的叫声，打破蓝天白云的宁静安谧。两片竹叶般的舢板船，跟在白云身后，桨橹搅起蓝天的波浪，划破了河面上的白云，向车轴河下游漂去。

天刚亮，廖家大院清扫家院的人，并不因为地面上没有纸屑树叶一类杂物，而省去早上的一道工序。照样让扫帚梢子，勤快地在地面上，复习温故昨天的功课。拾掇树木绿植的青翁，推独轮小车，车上始终备有锹、锨、铲、剪、刀、肥料。所有人都相信，院内外伟岸乔树、翠碧灌丛、鲜蕊、奇葩、香艳，就出自青翁这双生满老膙、干燥粗裂，能直接抓粪的双手。

三房中大奶、二奶、三奶和往常一样，起得最早，到后厨帮忙，烧锅、择菜、洗刷、做饭。她们每天差不多睡得最晚，帮后厨洗完锅碗瓢盆之后，回到各自屋里，缝补浆洗，纺线织布，裁剪制衣。

廖家大院规矩，家中所有成年人，人人劳动，力所能及，无人例外，不可清闲享福，不得不劳而获。大房培忠一家四口两娃，住四合院一进院，东屋四间。对门西屋四间，住二房头培明一家三口。二进院东屋四间，住三房培伦两口子，西屋四间，四爷培仁尚未婚配，一人独住。

大爷培忠起身，白布对襟衬衣，外套一件宽松的灰色短夹袄，黑色宽布带，紧紧裹扎在青色大悠裆的裤脚子上。白布缝制长筒袜扎子，脚蹬黑帮子窄口布鞋，细麻绳纳的白布千层底。别看大爷只有二十二岁，却是精悍的务农把式。一年四季，收割播种，土肥水种，密保管工，无不在行。家里四百多亩地，本是盐浓碱重的土渣子地，长字号、鹅字号下等田，他硬是把百炼钢化为绕指柔，通过几年的改良除盐消碱施肥，变成上好的人字号、天字号。大爷最不遂心的事，是小时候念书，坐姿不正确，爱趴桌面上歪头念书，歪头写字。十三岁那年，四书抱本，晋体行楷，写得有模有样，依模活脱，临王羲之行书《兰亭序》，能以假乱真。不久，眼睛模糊，看不清。南宫先生说，这毛病叫短视症，吃药不能根治。外国有人研究外科矫正法，若干年以后，也许可以用开刀动手术的方法，恢复视力。大爷听了，俺的天嘞，眼上动刀子，吓死人，现在看不远，近的，还能将就看。动刀子万一伤了眼珠子，那真瞎了，啥也看不见，后悔来不及。算了，算了，别无事生非了。再说，外国，他们在俺们脚下土地的那边，到底哪边，俺也不知道，听别人说，他们的人，和俺们不一样，有的人，脸比锅底还要黑，越洗越黑。有的脸，比白纸还要白，蓝眼，白皮，红毛发，钩棱鼻，撂瓢嘴。总之，他们能研究在眼上动刀子，这一点，了不起。

大爷起身后，摸摸索索，坐在大桌边，取下挎在桌掌上的旱烟袋，若有所思。他把烟锅子插入烟袋口中，挖了几下子。右手握烟杆，左手拇指在袋外捏了捏烟锅中烟丝，抽出烟袋锅子，咬着玛瑙烟袋嘴子，使火刀、火石、火纸煤，“嚓嚓”两声，火纸煤着火了，他用力吸了口烟，随着一口深深吸气，把烟气吸入肺腔底部。然后，半闭着近视眼，淡淡眉毛，上挑两下，呼——，神仙般地享受，吹出一道蓝白色的烟雾。烟雾从他口腔中、鼻孔中涌出，升腾到屋梁上，很快扩散至室内每个角落。房间里，沉睡的娃，传出猛烈的咳嗽声。他几口吸完一锅旱烟。“铛、铛、铛”三声，铜烟锅子磕在檀木大桌腿上，响亮如钟。桌腿上随即印出三个半圆的新月牙子印痕。这张大桌有些年头，四条腿上布满密密麻麻、数不清，一层套一层，新旧半圆月牙痕迹。最早的印痕，至少是几百年前，古董级的烟锅子留下的。

四十多岁老保姆布妈，端来一杯茶：“大爷，喝茶！”培忠接过茶杯。第一口含在嘴里，漱了漱，仰起脖子，哈了哈，吐到门外边。起身，去院外的北院。北院，西屋四间，是长工和家中部分男工居住的，东屋四间，住部分女工，东西半院，有一道六尺高的矮墙相隔。北边一溜十间，门朝南，简易屋，三间草料库，四间牛舍，两间农具屋，三间佣工餐堂。大爷培忠进院，长工郇大龙，四十岁上下，高个子，头大如斗，脖子粗壮，臂暴青筋，块块肌肉。后脑勺下，凸起一个大大的肉疙瘩，那是长工的标志。龙王荡人看长工是不是务农的好把式，就看脖后大椎上，有没有肉瘤。肉瘤大，说明经历的农事多。肉瘤是挑担子的扁担磨出来的。

早上，西风清凉，郇大龙光着上身，汗流浃背，握着铡刀把子，和串二胡子铡牛草。串二胡子，三十多岁，细高个子，肩上挎尺把长旱烟袋。两腮胡子，连着脖子两边，直至胸口，向下到肚皮下，构成黑胡子环流。外号“二胡子”，别误会，此“二胡子”，非彼“二胡子”。

串二胡子蹲在铡刀旁，身后一个大大的浆草垛子，他把一束束草料，填在铡刀下。“嚓，嚓，嚓……”两人全神贯注铡草。这是春夏秋三季积累的干浆草。为入冬的耕牛吃食做准备。牛槽边上，扣着五头牛，两头犍牛，三头犍牛。两头犍牛，是齐口，去年春天刚骟过，正值青壮期，重活累活，主要靠两头犍牛架事。三头犍牛，一头“老没口”，基本上不能干重活，拉拉磙子，打打场。另两头犍牛，乳中齿脱落，又换出永久性的外中间齿，“六牙口”，干活时，正是不知轻重的愣头青。

龙王荡农人干农活有一习惯，不忙不闲季节，一天分三工段。早上卯时到地里，干一个时辰活，收工吃早饭。上午辰时三刻上工，到午时三刻收工吃午饭。下午未时三刻上工，到酉时三刻，收工吃晚饭。农忙季节，情况不同，干活，不分时段。黄金铺地，老少弯腰，收割、打场，颗粒归仓，耕地播种，抢时间，抓季节，趁墒情，挣天气，人畜拼命，昼夜不歇。连撒尿空子都没了。这种情况下，谁还顾得上消停吃饭、睡觉。多撒一泡尿，说不准，雷暴铳子来了，瞬间大雨倾盆，冲掉满场的谷物。大忙季节，农人三顿饭，都由家人送到地头、场头。夜以继日，连轴转。饼子抓在手，边干活，边吃，顾不上干稀均匀。龙王荡的人啊，只要填饱肚皮子，那就是一台永动的机器。

大爷培忠，来到郇大龙身边说：“郇老大，咱趁早凉，先拉趟肥吧。今年呀，俺估摸着，冬天会来得早，近期抓紧给麦地运肥。接下来五天，是龙王荡祭祀大典，荡里农、渔、商、盐，全体男女老少，集中到埒子口，祭拜天帝老爷和龙王老爷。送完这趟肥，吃完早饭，你们就回家，带婆娘、娃娃，去观祭吧！”郇大龙说：“大爷说得是，俺们照办。二胡子，娄小驹，放下手里活，套上牛车，早上送一趟猪膘泥到南大块去。”大爷培忠斜挎畚箕，腋下挟铁锨。郇大龙扛一把扁齿草簪子。犍牛驾辕，小犍牛拉套，拉满满一车猪粪。矮子娄小驹坐在辕上，手持长长的牛鞭子，“哼哼啊啊……”唱拉车的牛歌，二胡子用笆斗络，挽两只空柳筐，挑在肩上，左右手，一前一后，抓住笆斗络的缆绳，晃晃悠悠，跟车后。培忠和几个长工，一路愉快，一路调侃。培忠对串二胡子说：“二胡子兄弟，吼两嗓子，放松放松！”

串二胡子不会拉二胡，对龙王荡那些古传的民谣，小海五大宫调，拉魂腔，情有独钟，忙时闲时，歇下来就唱。干货不少，挖窟打猃，兴八出地唱乐逗笑。串二胡子问：“大爷想听俺唱?”培忠说：“俺们三人都想听，来点新玩意！”串二胡子说：“保证是俺龙王荡的原汁原味！”娄小驹说：“那好，不用俺打嘞嘞，赶牛了！”郇大龙说：“娄小驹你也忒损了，不管咋说，串二胡子的调子，总比打嘞嘞好听多了。”串二胡子说：“俺的调是宫调，俺这唱词，是秀才詹凤轩写的，唱着好听哩！”故意清了清嗓子唱道：

“蓝幽幽的那个河水啊！啊！啊！青艳艳的苗。绿莹莹的那个酥瓜哎哟！金晃晃的枣。软暄暄的那个白面馍哎哟！红彤彤的椒，咙格哩格的椒。俺的那个啊！啊！啊！水灵灵的尕妹子，心尖尖上的肉。金灿灿的黄丝袜哎哟！紫郁郁的绸缎袄，咙格哩格的袄。亮晶晶的那个大猫眼哎哟！笑呵呵的小樱桃，咙格哩格小樱桃。细溜溜的那个小蛮腰哎哟！圆滚滚的蛋尻尻。咙格哩格的尻。鲜活活的那个白鸽鸽哎哟！热乎乎的花裤腰，咙格哩格花呀花裤腰！尕妹子哎立船艄啊！啊！啊！浪呀么浪的娇。俺的心呀慌乱跳，咙格哩格乱跳。俺的尕妹子哎哟！标致呀个标。山丹丹的花哟！连根儿薅，咙格哩格的薅。送给俺的尕妹子哎哟！香呀么香飘飘，咙格哩格呀飘……”

旱涝大灾，荡里农人、渔人，遭灾避难，没人顾得上祭祀，这成了荡里人的一个心结。今年秋季，开海在即，祭祀大典，可以迟到，绝对不能缺席，这是祖制。祭祀大典越急，越不能简化，不能应付。一定必须比往年任何一次祭典，更热闹，更隆重，更具规模，更有影响力。龙王荡才能更受天神和龙王爷的关注重视、垂青和喜爱。以求得天帝爷和龙王爷的宽恕谅解，保佑龙王荡农渔百业，风调雨顺，蒸蒸日上。保佑龙王荡四季渔丰，五谷丰登，六畜兴旺，八方来财，久久平安，十全十美。

最近两月，廖子章与夫人，和大院青壮昼夜吃住海堤工地上，建海堤滚石大坝，实在无法抽身，搞祭祀大典，全权委托二爷培明操办。二爷廖培明，今年二十一岁，少年老成。近日忙得脚不沾地，领一班人，全力筹备祭祀大典。这将是龙王荡有史以来，最隆重的空前盛事。仅在祭台上活动的人，就超过千人。现在，所有的祭祀参与者、观众、来宾，都已按指定地点就位。

廖子章以为，这三年的雨灾、雹灾、旱灾、海洪灾，大饥馑，饿死大几千、近万人，刚刚有了点起色，又来了朝廷剿匪折腾，荡里农人、渔人，没过上一天舒心乐意的日子，特紧张的神经，几近崩溃。荡里处处萧条，野鬼唱歌，秋霜满地，黄叶萧疏。这让他彻夜难眠，悲愤万分。青山绿水、风景秀丽的龙王荡，如此萧条暗淡，差不多成为人间地狱、鬼魅天堂。眼下，荡里百业待兴，灾后重建，任重道远。荡里平民需要有一场情绪大释放，精神大快乐，生活大自在，凝聚人心的大行动。秋季，借开海之际，给农人、渔人、商人，更大的精神力量，必用崭新面貌和前所未有的大气象，鼓舞斗志，释放压抑，让人们从低迷情绪里，悲哀的家境中，走出来，变精神压力为建设新荡的动力，积极参与到重建家园行动中来。之前，廖子章对二儿培明说："这次大典，任由你发挥。你也知道，你哥那眼力不济，许多外务事，做起来不方便。祭祀放权与你，总体原则上，要热闹，多点花样，丰富多彩。你若有真本事，让龙王荡来一次，万人空巷，男男女女，老老少少，都来参与祭祀活动。俺支持你，不过，俺也有言在先，少花钱，办大事，办好事。能不花的，尽量不花。因地、因人、因时、因事制宜。能省则省，不允许大手大脚，铺张、靡费。凡事要动脑子，事后要审计稽核，马虎不得的。所花款项，账物两清。所有用款类项，都从你渔业年收中扣除。这点，没的商量。俺不是哭穷，俺缺钱，灾后重建，一个'子'掰两瓣子花，你能理解吧！"培明连连点头："俺大大放心，你的教诲，儿谨记哩！"

通往埒子口的滩涂，荡里荡外的官道上，田间阡陌，晒盐池埝上，男女老少，穿新衣，戴新帽。大爷大妈，大哥大姐，男娃女娃，神采奕奕，兴致勃勃，欢天喜地，心花怒放。小媳妇打扮得俏呱呱的，头上裹五颜六色的三角头巾子。姑娘们两成双，三成群，嘻嘻哈哈，蹦蹦跳跳，花花绿绿，绚丽多彩。姑娘队伍里，没见到斤花那活泼灵动可爱的身影。

人如海，歌如潮，美如画，行如风。牛车、马车、小驴车。长鞭一甩，“噼啪”地响，老把式的，赶起大车，出了村庄。荡里各队各乡各镇，各村各庄，各家各户，所有的，有轱辘，能转动的大车、小车、平板车、架子车、“嘎吱嘎吱”独轮车、弯腰驼背鸡公车、平把小推车……倾巢出动。车上坐的，尽是些老老少少，体弱病残，还有挺着大肚子的孕妇。这些人，皆是走不动路的，又天生爱看热闹的人。谁能放过这千载难逢的机会。车上的人和步行的人，一样的欢欣鼓舞，兴高采烈，喜气洋洋，眉开眼笑。一路欢歌，一路深情。人们忘记一切烦恼、一切不幸和一切忧伤，奔向天帝龙王即将驾临的地方，去迎接幸福美好的时光。

人群如一塘的锦鱼，一起朝着投饵的地方涌去。蔡小诡昨天晚上，熥了一锅的糟面馍和山芋，又焖了一瓦罐的倭瓜，还放了一棵大葱，一坨大蒜，半勺豆油和盐巴。他把家中重要的固定财产——“嘎吱嘎吱”独轮车架子搬出来，装上轱辘。为了防止被偷盗，平时的车身和车轱辘，是分开保管的。这车，是他半月前请两个兄长帮忙，凑的木头，请荡里著名的木匠杨造的。这是专为半瘫子老母做的。有了这“嘎吱”车，从此，他改背母为推母。蔡小诡的原则，外混不当恶人，内孝踏踏实实。今早天麻麻亮，他就跳下床，提起破裤子，搓了搓枯巴巴的脸，上茅子，一阵雷轰轰，雨哗哗，卸下一肚子的“黄鳝”。回到屋里，把那污涩、肮脏、不干净，还掉灰渣子的长发，胡乱地编成一条三花绳辫子，弯弯曲曲，活像一根细长的狗屎橛子，从后脑勺拖挂在右肩上。他抱起自己的破棉被胎，窝团窝团，垫在独轱辘车上。馍装入破口袋，搬出盛倭瓜的瓦罐子，分别挂在两边车把上。他从墙橛上取下茼皮、破布条混合编成的，一庹长，四花辫子小车绊，搭在肩上。瞎眼齁喘半瘫子老娘，上气不接下气，急促呼吸，发出“吱吱”吹哨般的进气出气声。

老娘摸摸索索，一心想去看热闹。其实，她的世界一片漆黑，眼睛啥也看不见。图的就是一种感受，一种存在，一种人间的美好。老娘觉得，这种热闹，必是她一生中的唯一，也是最后一次。今天，她和荡里所有人一样，经历龙王荡史无前例的大事。自己的身子骨，自个明白。经过这场热闹，能不能撑起半瘫的身子回家，已经不重要了。

蔡小诡把亲娘抱上独轮“嘎吱”车，一路“嘎吱”小跑，一路蛇行，穿梭在人群之中，边跑边叫唤："借路！借路！小车跑得快，撞倒没钱赔。""嘎吱嘎吱嘎……"

人群中的兆醪桶，左肩右挎一个酒葫芦，右肩左挎一个酒葫芦。酒葫芦，臀大胸大，幺腰细，如美女的身材。比那没腰的冬瓜，要漂亮许多。兆醪桶艳福不浅，也算是左搂右抱。穿一件长衫，底边拖在膝盖下边，仙风道骨，头发窝成螺髻，盘在头顶上，中间插一根枣木簪子。走起路来，脚底生风，仿佛是扭秧歌，两腿交叉着，走不成直线。脸色红润，或会，飘在路心，或会，飘在路边，就是飘不到路沟里。他在人群中飘，东倒倒，西歪歪，始终没忘记用脚走路。碰到男人女人，都迎着别人的眼神，赔一个不奸不淫的憨笑，说声"对不起"。然后，继续扭秧歌，继续飘。前边有一高个子，他很谨慎地一头撞上去。高个子转身，哦！八尺汉子，白头发白胡子，几乎都是连在一起。竟然是八十多岁的爨老橛子。老橛子和酒仙，原在一个兵营，老橛子比兆醪桶大二十岁。他称兆醪桶新兵蛋子，一辈子没改过口。今个，他被兆醪桶撞了，他不气不急，调侃道："哟！大清早上，臊汁灌下不亚一尿壶吧？你迈出的，都是仙人步。有臊汁灌，还祭啥祀哈！""对不起，老哥骂得好。男人嘛！一边看热闹兴奋，一边灌臊汁，那才叫过瘾！要么，你也来两口？"兆醪桶有口无心，说着，头重、脚轻，根底浅，又是一头，刚撞上老橛子，老橛子身体一闪，伸手拽住他的衣襟，避过一跤。

兆醪桶秧歌步子，速度不慢。自家的老婆娘，怕老头摔倒，紧紧跟在后头，欲保护他。小脚点地，也没的根，指不定谁保护谁。其实，就是做做样子。老婆娘后脑勺下，二四鬏，蓝色鬏网子，托着鬏屁股。瘦小身体，穿宽松藏青大夹袄。黑丝长巾，裹扎裤脚子，俩小脚，裹成粽子大小，点路前行，还发出小棍头捣地"笃笃笃"的声响。为保护老头子，老婆娘紧随其后。老婆娘没吃早酒，走起路来，一样子飘呀飘的，不稳当。

酒仙儿兆棱桶，脖子里骑着七岁的娃。年轻的大大，骄傲、得意。儿子骑在大大脖子上去看祭祀，这使兆棱桶很豪迈，很欢欣骄傲，快活的内心，溢于言表。那儿子骑在大大脖子上，坐得高，看得远，比那些被大大搀着走的娃，多了几分优越，又多几分生动和娇趣。兆棱桶媳妇，更像个官老爷、阔太太，挺着大肚子，走起路来，有点像身材粗壮的母熊，又像酒后的公爹，飘啊飘！摇啊摇！她一手抓住自己男子的胳膊，一手扶自己的腰，还觉不够稳。不敢大步子走，口中喘粗气。本来，她是不去祭祀现场的，有人说，走步和愉快心情，对胎儿健康发育有好处。索性就跟着走了，一家人在一起，也不会出啥事。这媳妇，好像左腿短，右腿长，一瘸一拐。其实两腿一样长。识者，一眼瞅出，她肚里，又是一胎男娃。为啥？龙王荡里人说，男左女右。肚里是男娃，孕妇的腿，朝左边瘸。肚里是女娃，腿朝右边瘸。是的，验证过一万回，都灵验。男左女右，就成了龙王荡人判断孕妇生男生女的定律。定律归定律，最近，在荡里，有几个孕妇颠倒了，“男右女左”。奇怪吧！定律也动摇了。有人说，龙王荡盐碱地淡化了，大海变成桑田了，定律也变了。还有人说，这二年，祭祀大典简化了，天神海神不信刁民，正在改变龙王荡的千年定制。所以，今年乡团才举行大祭，史无前例的大祭，就是为了维护龙王荡里千年不变的定律。

红霞冉升，紫气东来，温柔平静的海面，显得格外文雅、绅士，格外深沉、厚重、渊博。几条神秘的蓝鲸不知海岸上发生了啥，神秘地从深水区，慢悠悠、留意而谨慎、防备而警惕，靠近埒子口海沿。它们时而露出半个脑袋，向海滩试探性张望，然后，闭起眼睛，缓缓沉入海底，又静静地露出来。成片的鱼鹰跟着活跃的鱼群，全神贯注，盯住水面的抓捕对象。几只不知名的小海鸟落在鲸鱼头上，它们在寻找什么？螺？蚬？牡蛎？海藻？不得而知。它们在鲸沉入水下的瞬间，迅速飞起。金色平坦的沙滩刚从睡梦中醒来，眉目惺忪，看着比自己起得更早的荡人，如潮水般从三面六方，向自己的怀抱涌来。它皱起眉头，估摸这里可能发生的事情，额间卷起一层一层细腻的波纹，那是海浪留下的印痕。白灰把广阔无规则平旷海滩，划出经纬的块状区域。隔出二十队二十乡的停车区、观览区、活动区、方阵区、人行道、车马道、生活区、游览区、夜宿区。

滩外千尺，有各乡、各队用芦席，临时搭建的茅子，大红漆统一标出“男、女”二字。隔出粪便统一处理区。而粪便五天清理权，已被二爷以五百两纹银价格，卖给地主夏侯廪。夏侯廪掐指一算，三万人集会，每人每天半斤粪便，计一点五万斤，五天七点五万斤，发酵施肥三百亩，平均增粮两成，至少多收纹银三千两。划算，太划算了。感谢二爷照顾。

为保障观览效果和秩序需要，各队各乡统一构建临时座位。用两根八尺长的木棍，并列起来，两头分别固定装两条木柱子腿，形成简易条凳，一条一条，一排一排，一列一列，梯形增高。老弱病残，稚儿孕妇，特设前排专座。

千根合抱圆木做桩基，靠近海岸的海面上，搭起宽五十丈，长二百丈，高出水平面八尺的大型祭台。观众在沙滩上，面向海面的祭台。

祭台背景墙，高出台面两丈有余，木板蓝底上，有大型图案水墨画，线条流畅，优美自然。色彩缤纷，斑斓艳丽。山水、鱼虫、花鸟、禽兽、人物、天神、海龙王，形象生动，特征鲜明，呼之欲出，活灵活现，堪称完美绝笔。这是二爷托关系，拜门子，好不容易从千里、万里外，请来梅生、隔山樵子和舜琴，三位当下最有名气画山水、花卉、鱼虫、鸟兽、人物的高手、大师。他们按分工，在祭台背景墙上，花了一个月时间，画下《龙王布雨》《天帝播丰》《飞天舞月》《百鸟朝凤》《四季渔旺》五幅巨型画卷，每幅图画，都完整叙述勤劳、勇敢、辛苦、善良、纯朴的龙王荡人，与天、与地、与海、与农、与渔、与鸟、与自然和谐共存，与万物相谐相协的祥瑞故事。突出风调雨顺，勤力稼穑，勿致荒芜，稷麦丰登，千门团圆，万户欢乐，祥和安康，共建大美龙王荡、幸福龙王荡的大主题。意在鼓舞荡人斗志，引导荡人崇尚劳动，修身修德，诚实善良，共同富裕，共同构建世外桃源。通过栩栩如生，惟妙惟肖的大幅画面和即将举行隆重祭祀的大场面，让龙王荡人对这次世纪性祭祀宗旨、寓意，更明晰、昭彰。这五幅巨型画卷，是培忠、培明、培伦、培仁兄弟四人，以自己的经验和思考，会同书院老先生孔宪圣、孟凡尘、颜复礼，郑重其事，讨论五次，最终敲定的主题画。今天，三位老先生看了这几幅大型画卷，要比想象的更恢宏、更壮观、更震撼，赞不绝口："啊！除了震撼，还是震撼。外加感动。"

四爷培仁带领书院全体先生、学子，还有后勤人员，七七八八，二百多人，在书院观览区观览。文学大师孟凡尘不停赞叹，触景生情。文思欲动，口中不自主地说："这巨幅画面，人生不得重见，洋洋大观，气势磅礴，雄伟壮丽，登峰造极，无以复加，将永久载入龙王荡的史册。老夫情不能自抑，赋得小诗一首，请二位老兄斧正。”孔大师连忙说：“孟先生，请！吾辈乃洗耳恭听！”孟凡尘捋了一撮山羊胡子，清了清嗓子，仰起脸，打开嗓门，提高声调，谦逊地唱喏：

金霞碧艳紫丹凝，大海茫茫潮广营。
虾鱼千程收网络，鹏鹰万里举帆旌。
千年振业三秋启，万世兴源十月征。
驱散乌云开雾露，龙王盛事大歌行。

四爷带头高呼：“孟先生，好诗！好诗啊！”学子们情绪激动，皆呼好诗！呼声刚落，孟大师谦逊恭敬，又有点矜持，单手伸出：“孔老先生赐教！”孔宪圣一样激动的心情，一样触景生情，一样兴奋不已：“孟先生好诗，老夫也献丑一首。”四爷还是谦虚地以学子口气：“好，请孔老先生来一首，给俺们长长见识。”孔宪圣低头，两手背在身后，有些驼背，踱步时脖子向前伸，对学子们说：“听好喽！”

茫茫波浩瀚，渺渺浪澜通。
鱼蟹盈舱外，帆风满舵中。
葭蘼蓬百里，黍稷勃千重。
妙手桃源绘，乾坤舞瑞龙。

四爷和学子们都呼好诗。孟先生听了，自以为其诗通俗，言简意明，缺少文学性，意境不如自己的高。半真半假，和学子们一同鼓掌说：“孔老先生，放眼千里，胸怀八方，心系百业，意在桃源。好诗啊，好诗！”

其他观览区的人们只见书院区群情热烈，众人兴起，也不知发生何事。将脖子朝这边伸过来，眼神飘忽不定。他们大多不知啥叫吟诗，当然不可能明白何意。章先虎披破夹袄，站在四队观览区里，仰着头，没弄清所以然，口中骂道：“狗日的，一窝疯子。祭祀还没玩，你们乐个啥子？”

台下各个观览区，座无虚席，万人场面，乌森森、黑压压的一片。荡里万家空屋，街道空巷，荡外边缘地带的平民百姓也蜂拥而来，有板浦、小伊、龙苴、南岗、大伊山、三舍、五图、杨家集的人。

台下首席观览区，除了老弱病残，稚幼孕妇，享受特殊待遇外，主要是外埠请来的嘉宾，有直隶衙门的官员，各大盐场场主，盐运司主管，荡里荡外对龙王荡有过较大贡献的地主、财东、乡绅、社会名流，还有和龙王荡里商户有生意往来的外地商号，如酒行、醋行、茶行、布庄……人群中，最抢眼的靓丽一族，当数严九老爷四房婆娘，和那花枝招展的四个丫环。大婆娘邱胤，大红风衣，青丝头巾；二婆娘夏菡，湛蓝风衣，红丝头巾；三婆娘甄雪莹，绿色风衣，紫罗兰丝巾；四婆娘尤姣姣，白色风衣，绿丝头巾。她们身边立着四个无比俊俏、灵动、活泼而有教养的丫环，一个个身段细柔，妙不可言，精致灵秀，美艳妖绝。小蛤蜊莲儿，小毛蚬萍儿，小鱼花菱儿，小鲤红景儿。四丫环分立四婆娘身边。严九老爷立坐中间，身后站管家严雨川。他们在观览区辟出一块专属区，搬掉简易的条凳，四周搭建临时彩色的简易栏杆，地面上铺两层芦席，席面盖一层陇原驼毛毡子，毡上又苫一层蒙古绵羊绒大红地毯。地毯上放置五把红木座椅，中间茶桌，桌上摆满各婆娘嗜好的不同口味糕点、干果水果：桃酥、黑麻饼、奶油蛋糕、桂花糕、五仁饼、绿豆酥、核桃仁、花生米、松子米、榛子、香榧子，苹果、脆梨、甜枣、葡萄、芦柑、橘子、甜柚，还有绿茶、红茶、无色茶。所有这些阔气大派，都是严九爷家自己掏钱搞的，碍不着别人的事。

祭祀大典，即将开始。

2

在宽阔的祭台上，五十面八尺直径的宏天大鼓，配套五十面五尺直径双人抬庞地大铜锣，沿大戏台前，围成半圆队形，每面大鼓，有十个擂鼓手，每面锣，有三个敲锣人。擂鼓手和敲锣人，皆穿无袖白色对襟短衫，头裹红巾，黑色束口长裤，个个各就各位，等待命令。

锣鼓合奏总指挥，田大鼓身着红色衫、裤，紧束裤脚袖口，“咯噔、咯噔”登上指挥高台。手持系有黄穗红色指挥棒，在空中划了几圈之后，随着立定，顿时，宏天大鼓，庞地大锣，猛烈响起。鼓锣绝配，斩钉截铁，声音齐整，有节有制。铿锵洪亮，撼天动地，振聋发聩。大地抖动，海面起波。有万马奔腾，洪潮滚滚，飙风扫荡，翻江倒海之势。

龙王荡人，兴奋在久违的震荡之中。

二爷廖培明，身着银灰色高领长褂，头戴银灰色呢绒礼帽，脚蹬白袜黑布鞋，手戴白纱手套，肩后拖着一条乌黑油亮的长辫子。在锣鼓震荡中，从后台矫健地走向祭台中央，立定。台上大鼓锣，在指挥者发出指令后，连敲击三次“嘣嚓、嘣嚓，嘣嘣嚓；嘣嚓嘣嚓嘣嘣嚓”之后，突然大鼓停擂，大锣切音。台上台下，鸦雀无声。二爷摘下礼帽，恭恭敬敬，分别向正南方、西南、正西和西北方的观众，深深鞠了三个躬。不慌不忙，从怀中掏出一柄黄色缫丝横卷。身边一个举喇叭的渔人，举起铁皮特制的，一口大、一口小的大喇叭。小口对着二爷的嘴巴。二爷操浓重苏北鲁南，龙王荡人认为最好听的，不蛮不侉，浑厚圆润，正宗龙王荡口音高声道：“尊敬的各位嘉宾，各位父老乡亲，兄弟姐妹们，俺廖培明受总乡团委托，主持本届祭祀大典。俺年轻浅薄，涉世不深，首次主事，多有不周，或诸事不全，乞在座前辈、父老乡亲、兄弟姐妹宽恕。大典即将开场。有诗为证：

地势天行大道通，人间正映日霞彤。
龙王荡里开新世，金海银波诵望隆。

现在，俺宣布：龙王荡金秋祭祀天帝龙王大典，开幕，鸣礼炮二十一响！”二爷话音刚落，坐立在高台东侧，面朝大海的二十三门火炮，点燃二十一门，连续发出“咚咚咚咚……”二十一声轰响。二十三门大炮中，最后两门是为了防止万一有哪门炮哑了，下一门炮接上去，不耽误事，大面子上不难看。礼炮声停下，二爷继续高呼道：“擂击宏天鼓，庞地锣，九九八十一式。”

宏天鼓和庞地锣，是龙王荡田、甘两家百年传承下来的技艺。以往每年祭祀，宏天鼓庞地锣，鼓径六尺，四人擂，锣径三尺，一人提，一人敲。最初的鼓锣艺谱仅有九式，实战中，若需长时间击打，只能九式循环。听上去很热闹，外行人觉不出俗套。听熟之后，就觉得老一套，不过瘾。几百年来，这田、甘两家后代人，不窠臼于陈式老套，在不让祖宗技艺断续同时，不停地翻新拓展，把鼓锣艺谱九式打法，翻新到二十七式，放大鼓面、锣面，增加人手，增加鼓锣点数、节奏，还穿插许多敲打的花式表演，把点数、节奏、拍律、音阶、音重、音轻、音长、音短与敲打的动作，以及台上的其他表演有机结合，增强了鼓锣的艺术性、表演性和老百姓喜闻乐见的趣味性。让观众百听不厌，百看不烦。

今年培明二爷提出大胆改良设想，找来五十多岁的田大鼓，四十多岁的甘大锣，重新编修鼓锣谱。索性编修九九八十一式，把鼓锣营的精湛技艺，拉升到顶峰。二爷的想法一出口，正合田、甘心意。他两人早有想法，把二十七式推演到四十五式。万万没敢想八十一式。不仅如此，按二爷想法，还要增加板鼓、中锣、小锣、铙钹、开道锣、吊镲、小钹、云锣、碰铃、木鱼、堂鼓、定音鼓……让声音更加丰富多元。

鼓锣招式、配合，大有讲究。一鼓十人之间，十鼓百人之间，五十面宏天大鼓，五百人之间，鼓与锣配合，绝不是简单说说而已，这里学问大得很。擂出几个点，谁打长点，谁打短点，节奏快慢，音响控制，点数间隔把握，其中插咋样的动作，鼓上鼓下咋配合，一招一式都入鼓锣谱，若有一人乱了，一泡鸡屎坏一缸酱，整个声音就不和谐，演奏就歇菜了。庞地锣与宏天鼓之间的配合，介入方式，锣声切在哪个鼓点之中，锣的延音与断音、高音与低音、长慢音与急促音、婉转音与直截音、收音与余音，都必须踩着鼓点子走。鼓锣之间，配合必须十分严密。在实战中，鼓也罢，锣也罢，不能多一声，也不能少一声，节奏的拍数，绝对不可怠慢。一处乱，处处乱。一旦乱了点数或节奏，就变成“张店锣鼓各打各”，事后必遭耻笑，声誉不好，则再无人请鼓锣了。

咱们的鼓锣营，是龙王荡自家队伍。田大鼓、甘大锣，两家世交百年，祖传十三代人，堪称鼓锣世家，鼓锣世袭。南自广陵，北到沂水，闻名遐迩，声震八方。响当当的手艺，响当当的名声。经六十天的修、改、编、练，鼓锣营不负众望，真的练成了九九八十一式。宏天鼓庞地锣，打出田、甘鼓锣的名气，打出震天拆地黄老海的铿锵，打出龙王荡的志气威风，打出车轴河的骄傲和自豪。这非同寻常的声音，标志着龙王荡人的根，象征龙王荡人的血脉，也是龙王荡人星火不灭、代代相传的符号。这非同寻常的声音，伴随龙王荡人的脚步，千年百年，战胜无数艰辛，攻克无数难关，消除无数灾祸、饥荒和死亡。一路坚忍，一路响亮，一路高亢，一路激越，走出一个个没落的世纪，走进一个个辉煌时代。有宏天鼓庞地锣的声音在龙王荡里回响，龙王荡人就有自信，就有希望，就有自强不息的力量。就能从绝望中找到生存，就能从黑暗的死亡中觉醒憬悟。龙王荡不能没有鼓锣声，永远。

当二爷宣布宏天鼓庞地锣九九八十一式时，全场沸腾起来。掌声、吹口哨声、呐喊声、欢呼声，响彻云霄。八十一式点燃了台上台下万人热情。气氛极其热烈，风被阻挡，云被震遏，海水退避三舍。

本来，龙王荡人都知道宏天鼓、庞地锣二十七式，这是龙王荡人最熟悉的鼓锣谱，一般人都能吼上几句："咚锵、咚锵、咚咚锵，咚咚锵；锵咚、锵咚、锵锵咚、锵锵咚……"开场之后，间隙穿插大锣起腔："乙嗒，乙咚，哐咚、哐咚，哐、咚哐，咚哐、哐咚、哐咚咚，哐……"

八十一式宏天鼓庞地锣，集天下鼓锣大成。第一式齐天乐，用小锣起腔：嗒嗒嗒台，空哐、台台，空哐、台才、台台，哐……然后大乐接茬。第二式万马奔腾，用导板锣导引：嘟——叭嗒台，空、哐、空、哐，台、嘁、台台，哐……第三式海连波瀚，用行腔锣配合宏天鼓面女子舞蹈表演：乙嗒、乙空哐、台台，空哐、台台，哐才、哐才，哐、哐，台才、台台，哐……第四式飙风骤雨，用四击鼓起头：嗒台，哐才、乙才，哐哐，台嘁、台台，哐……第五式千帆竞发，走场锣，鼓面上女子表演：乙嗒、乙嗒台，哐、台台台，哐、台台台，哐嘁、哐嘁嘁，哐嘁、乙嘁台，哐……第六式紫气东来，用吹打锣起头，唢呐配：吧嗒台，空哐，台嘁、台，嘁台、乙，哐嘁、台台，哐……第七式葭苇蓬蘽，第八式麦浪滚滚；第九式静静的车轴河；第十式山呼海啸；第十一式百鸟朝凤；第十二式渔歌晚唱；第十三式暗香疏影；第十四式解连环；第十五式雨打新荷；第十六式霓裳羽衣；第十七式秋色旖旎；第十八式……鼓锣共鸣，高山流水，神通气透，千载不遇。鼓对锣，天衣无缝；锣对鼓，无懈可击。声频谐和，浑然一体，完美无缺，相得益彰。鼓声欢天喜地，锣声兴高采烈。鼓声气势磅礴，如雷霆万钧，声势浩大；锣声热火朝天，如掀天揭地，气吞山河。鼓声狂风怒号，锣声风雨如磐。鼓声洪流浩荡，百川归海；锣声千帆竞发，百舸争流。鼓声矫若惊龙，飘若行云；锣声游雾祥瑞，纵横捭阖。鼓声山崩地裂，铁骑轰鸣；锣声天昏地暗，阴云如晦。鼓声和风细雨，温文尔雅；锣声天朗地清，惠风和畅。鼓声烟岚云岫，洲渚林薄；锣声松风水月，清幽秀色……

这八十一式宏天鼓庞地锣，天作之合，天下无双，名副其实，敲得四海翻腾，五洲震荡，敲得荡人心花怒放，欣喜若狂，额手称庆。强音，盛大气场，令人震撼。轻音，安宁幽静，令人倍觉抚慰。长音缓慢，短音齐切。形成既铿锵顿挫，腔正调圆，刚劲挺拔，虎虎生威，荡气回肠；又轻柔悠扬，潇洒飘逸，逍遥娴雅的音响艺术效果，让人感慨感动。八十一式鼓锣刚结束，紧接着吹奏九九八十一章龙王荡号子曲。

长号、短号、曲号、牛角号、海螺号、陶埙、唢呐、芦笙、横竖笛，九种管器。一丈长的九支长铜号开场，奏序引，九声长调，“嘟——嘟……”仰天长啸，音量高亢、洪亮、宽厚、沉稳。响遏行云，亮止风行。接下来，短直铜管、唢呐、牛角号……九人一组。先是九组合奏，然后，分列协奏、分组奏、对奏、二重奏、三重奏。很美妙。这就是龙王荡业余号子营，皆是龙王荡各队、各乡、各镇、乡团、龙荡营中的青年吹器爱好者，被二爷临时组合起来，日夜训练，才形成今天管乐吹奏大场面。号子营有模有样，九个组，各有特色，人人皆有绝活，没有一个南郭先生。

二爷在祭祀大典上不用弦器，只用吹管器，主要考虑这几种吹器，兼容性强，吹奏声音粗犷、浑厚、有震撼效果，台下受众，听得明白，能抖擞精神，驱除萎靡。号器乐章有《下水船》《车轴河纤夫谣》《渔丰盈囤》《风调雨顺》《颗粒归仓》《葭苇茫茫》《八声甘州》《凤凰台上忆吹箫》《春雪早梅》《双双燕》《曲玉管》《鱼游春水》《六州歌头》……

那令人如痴如醉、神魂颠倒的吹奏，那强烈轰动、隆重的共鸣，粗犷豪迈、豁达奔放的乐章余音，在平静的海面上，在广阔的沙滩上，在旷野的荡原上，在龙王荡森森芦苇青纱中，在生机勃勃的车轴河畔，在幽谷寒潭澄澈的碧水前，起伏、延宕，久久回荡。十里听声，百里闻音，龙王荡前所未有的大乐，让人魂牵梦萦。

二爷宣令："祭祀大典第一项，祭天神，请天帝，放响雷，炸鞭炮；点烟火，立香案，举高烛；擎大香，置火鼎，上供品！"

鼓锣共击，管乐吹器又起，鞭炮齐鸣，烟火"啾啾啾"钻入云霄，烟花纷散，"嘣——""咔——"天花乱坠。烟雾缭绕，祭台中央大型木质巨架上，徐徐自天而降的是，辉煌灿烂的天宫和玉皇大帝的卷轴巨幅画卷。玉帝头戴十二行紫晶珠冕旒，身披九龙黄色靓袍，脚蹬蚕丝青月靴。手持青玉笏，身边有二十四个金童玉女，上有华盖掩顶。他面带慈祥，阅尽沧桑的眼神中，传达胸装天下，心系万民，运载三界万事万物，包举乾坤寰宇，俯视三千大千世界，至高无上的智慧和情怀。他端坐金碧辉煌天庭大殿之中，愉快地享纳人间丰贡。

台下的名流巨卿，达官显贵，土豪乡绅，衮衮诸公；还有芸芸众生，凡夫俗子，平头百姓，无一例外，通通起立，大多数人毕恭毕敬，肃然起敬。还有人没等二爷宣跪，就已经两手加额，虔诚跪地，三拜九叩，五体投地了。人群中，也有个别轴丝头，带结疤，鲁莽的戆种。不信天，不信地，不信神灵，不信鬼。憨种、死猪头、活魔王。看到伟大、光荣、正确的天帝，不屑睥睨，心存不满，不以为意。宁愿守着破锅烂灶，宁愿经受风灾雨灾旱灾洪灾之难，坚决不信上天大帝，不屑于天帝的花天酒地，养尊处优，雉头狐腋，画卵雕薪，穷奢极欲，豪纵浮华。他们只知道，平头百姓受尽灾难折磨，身在水火之中，从不见天帝的一丝怜惜和悲悯。大旱期间，他们虔心祈祷，盼他天帝发善，给点雨，哪怕是一阵小雨。他吝啬，他狠心，丝雨不下，他还加温火，生灵涂炭，遍地绿油油的作物，枯死得干干净净。洪水来时，平民哀求他，求他发慈悲，求他轸恤。不吃不喝，省下钱粮，上供品。可是那暴风，那骤雨，那海啸，那洪潮，照样没有丝毫恻隐之心。天帝照样让妖风魔雨，险波恶澜，揭掉房屋，冲垮牛舍马厩，淹没农田庄稼，让父老乡亲葬身鱼腹。这样的天皇老子，不值得敬！哪怕就是有人得罪你老天，你的胸怀，也应该比天大，比海深，何须计较私人恩怨，而加罪于一方无辜、无依无靠的小民呢？这是愣头青、戆头、憨种们仇官仇富仇天地的根本原因。当然可以理解，当然不应遭受谴责或怪罪。

天帝不缺人间供品俗物，天帝在乎世势所趋，人心所向。在天帝眼里，俗物的贵贱多寡，它代表的是凡间人，对天帝的孝敬之心和忠诚之意。今天，龙王荡人倾其力，竟其诚。礼不轻，情更浓，义更重。表达了对天帝九五至尊，高高在上，绝对巨擘威望，不可一世的权力和地位的敬畏、崇拜、景仰和恭敬。愿天帝不计较人间的无知、愚蠢、糊涂，保佑龙王荡风调雨顺，百业兴旺，万民长富。

台上鼓锣营还在“咚锵咚咚锵”地敲打，号子营还在“呼啦呼啦嘀嘀嗒”地吹，烟花爆竹还在“呼呼嗵嗵”地炸。轰轰烈烈的气氛融合在翻腾的烟雾之中，向天空、向海面，向百里龙王荡里，翩然、潇洒飘去。

祭台幕后两边，分列七辆平板车，每车一骡四人，十四辆平板车，负载供品，在祭台前沿处一字排开。两头剥皮的牯牛，膘肥体胖，腱子肉像拳头粗的绳索捻在一起，坚劲，圆滚滚，沉甸甸，红艳艳。整头牛被架在车上，昂首挺胸，尾巴夹在后腿裆下，作奋蹄用力状，形象如雕塑般夸张、给力。两只弯角平展，胸前悬挂大红布绾成的，一朵盆口大的光荣花。四头有皮没毛的膘猪，每头不少于五百斤，这猪至少喂饲一年，肉厚筋劲皮实。啊呀！这牛、这猪，让人平添无限遐思，若用草锅炖出来，能香煞半截荡子。膘猪不悲不凄不苦，面带微笑，深深的双眼箍，特显英俊、帅气，尽表升入天堂的怡悦和快乐。两只蒲扇大的招风耳朵自然张开，足以让大耳朵的大象产生嫉妒。绝对没有被宰杀的痛苦。头戴人工制作的，黑色官带乌纱幞头，表现特安详喜庆，既庄重，也诙谐。两只扒了皮的绵羊从死后的神情观察，绵羊，并不像人们所说的那样，温顺柔和没脾气。而是瞪圆两只布满血丝、不屈和仇恨的死羊眼，摆出一副头可断，血可流，不可辱，死不瞑目，抱恨黄泉的英雄架势。羊立于平板车上，满脸的冤，满脸的怨，满脸的忧伤，满脸的愁云，满脸壮志未酬身先死的不情不愿。羊脸有些狰狞，有些恐惧。不管羊作何感受，两只角上还是被挂上两盏大大的红灯笼，足以掩饰它那吓人的眼神。若干只被拔掉羽毛的鸡、鸭、鹅，体下铺大红纸，统一按照德州扒鸡上桌登场的姿势，抬头、挺胸，半开嘴巴，翅护两脚，欲歌似唱状。还有两车在开水锅焯过的马鲛鱼、鲅鱼、雪鱼、三文鱼、青虾和铜蟹。这些活物，都是今日凌晨子时，刚刚屠宰和捕捞的新鲜货色。除此之外，还有两桌雪白的豆腐。绝对是龙王荡本地大螺丝黄豆磨浆做成的，绝对用龙王荡本地肉色老卤膏点的卤。绝对用的车轴河大清早的头河水。豆腐块，砖头一样地结实。掼不坏，摔不碎，筋道。看，刚出筐不久，还冒热气呢！

两车的白面馍，垒如丘峦，大馍馍，又白又暄，又软又香甜。那是头道罗子，罗出的细白小麦粉，加老冰糖、鸡蛋清，起糟接碱，上锅蒸出来的。还用筷头蘸红水，戳一个花生米大的红点。哎！让人生发出许多美滋滋的联想。两列坨龙卷子，两筐大红苹果，两筐大黄梨，两篓紫皮山芋，两筐篮的白莲藕，十络子花生果、大红枣、银杏核，熟透的黄豆荚、小麦穗、稖槌、芦黍穗，外加两捆芦蓬蘽。所有供品按层次，陈列妥当。锣鼓、吹器、爆竹声停止。

二爷高呼道：“龙王荡万民祭天帝，跪——”“唰”，全场万人跪下。“一叩首！二叩首！再叩首！礼成。起，坐！”二爷接着又高呼：“请三界诸神就座！点烧高烛大香。”台后大幕拉开，九九八十一个少女身着白色旗袍，每人端一张座椅，一字儿排在供品案后边。少女们站椅子边上。后台两侧分别有一个老者，左边的瘦一点，右边的胖一点，皆白发白胡，穿深黄长衫，到台中，有两小厮端铜盆。二老人在铜盆中净手之后，随着九支丈二长号“嘟、嘟、嘟”声，移步长方形大香鼎前，点燃九支六尺长烛，分别在黄铜火盆中点燃黄蜡纸、火纸。二爷高呼道：“拭座椅！”少女们从袖口中取出白毛巾，擦拭椅面。“请诸神入座！”少女们手势做“请”状。“敬酒！”少女们从桌面上提起蓝瓷酒壶，向蓝瓷牛眼杯中斟酒，斟满酒，恭敬放在桌上。在九支牛角号导引曲中，一身材高挑、颀秀的少女，身着宽松红色连体长裙，从幕后如飞天仙女飘入台中央，手持酒壶在玉帝像前，起舞敬酒。二爷继续呼道：“请诸神，享供品。奏乐!”鼓声轻起，以唢呐、长笛、芦笙吹奏《齐天乐》乐章，长短管协奏。

八十一个妙龄少女在乐声里，曼妙起舞，大红少女领舞。诸神在享受饕餮盛宴的同时，欣赏人间妙舞。在深蓝海面上，在巨幅山水林木，奇花异草，千禽百鸟的壁画背景下，白衣少女们曼丽舞姿伸展起伏，如滚滚波涛，卷起皑皑雪浪。又如一群铺天盖地的白鹭，飞舞在万紫千红间。微风带来海面上的轻雾，朦朦胧胧，悠悠扬扬涌向祭台，深情缱绻，袅袅娜娜，缠缠绵绵。映衬着白裙少女们轻盈而飘逸的舞姿。萦绕着雄伟高大，错彩镂金，雕缋满眼，铺锦列绣，绰约精致的背景墙壁画。笼罩着祭案上丰富繁盛的祭品和铜盆中正在燃烧的黄蜡纸火苗。薄雾时聚时散，若隐若现。祭台仿佛是海面上的神坛、仙山，飘在虚无缥缈间，亦真亦幻，亦虚亦实。又似空中楼阁，镜花水月，海市蜃楼，隐隐约约，渺渺茫茫，如梦如幻，不可捉摸。台上台下，皆入仙境。龙王荡的平头百姓，真实地做了一回神仙。

曲终舞毕。在长号和鸣中，一支马队替换台上的白裙少女。马队将展示《舞马》神功。《舞马》，大型舞曲，德庆堂书院词学大师颜复礼的杰作。颜大师应二爷要求，查阅参考大量古今资料，结合龙王荡实情，编写两部大舞曲，《舞马》和《霓裳羽衣》，让二爷挑选。

最后，二爷选择《舞马》。这是因为《霓裳羽衣》，曲子叠数太多，太复杂，场面太大，几千人参与，驾驭难度大。加之《霓》剧对服饰、乐器、动作、表演、参与人的素质，要求相当高，以龙王荡现有条件，根本无法完成，更何况颜大师颜老怪，在温文尔雅的表面，掩藏心气高、脾气倔的内在本性。他才不顾及你的条件如何，一旦选中，任何一个环节、细节，都不得改动、调整。而且必须由他亲自督导、监理排演。二爷最终放弃《霓》剧。

《舞马》这支舞，曲子以吹奏为主，现成的号子营，能吹。舞蹈，四百骑战马，四百人参与，没问题。从乡团和龙荡营的骠骑营中，各选出二百名骑士高手，不费劲，现成的。再找出十个二十个能举起千把斤重物的汉子，大有人在，像章先虎、虎头鲸、大虾逛、霍大掐、奋蹄骥秦驼、大匠炉司马淬、大铳铁蛋、夹山大虫、赤臂罗汉、震山象、大马猴……都是举重若轻，单人托起碾场石碌碡的硬汉子。若两两联手，举起一马一人，小菜一碟，不用担心。

场上，四百骑清一色的白马，马背上清一色的蓝色长裙子少女，清一色高挑身材，清一色的胖瘦，清一色的披肩亮发。个个英姿飒爽，人人仙气醉人，冰清玉洁，清正纯粹，若娉婷婵娟，娇巧清扬，鲜艳照人。她们都是来自龙荡营巽营飞天神姑麾下。飞天神姑诞下小飞天之后，身体恢复很快。一月之后，就和她的小姐妹们，活跃在总乡团大校场上，集中操练《舞马》剧。助演的一百多男丁和二十个大力士，都是乡团和龙荡营精锐的青年勇士。

现在台上四百骑战马，洁白如雪，这些都是千里挑一，血统高贵的伊犁汗血宝马。爱马如命的姑娘们把自己的宝马漂洗得干干净净，毛式如一层精细绒毡，紧紧贴住身体。演出之前，又在马身上打上一层亮丽芳香的清蜡。最有特点的马鬃、马尾巴，如长长细腻柔软而结实的银丝，一丝一缕，蓬松展开，光洁明亮。黑唇黑蹄，金络青鬃白玉鞍，每匹马都如绅士般彬彬有礼。

战马挺胸昂首低颔，有“独步圣明世，四海称英雄”的气概，迈着矫健灵活整齐小碎步，踩着“咚咚锵”的小声鼓锣点，和着铜管吹奏的“嘀嘀嘀嗒”的节奏，列成两纵队，立定于台中间。向前敲瘦骨，犹自带铜声。一百多个青年壮士，皆穿白色束腰紧裤脚的宽松长裤，光着上身板，脸上涂黑白红黄相间四色，长辫子绕在脖子上，胸前挂络鸡卵大的金珠项链。肩膀向下的身板上，皆文龙凤深色图案。台子左边，五十壮士，每人右肩上担一条长条板凳，凳腿朝下，在铜管乐声中，按节奏，半跳斜跨式舞步，向台右边舞去。到右边，板凳一字排开。

台子右边，五十壮士，每四人举一张高腿木板大床，每人攥一腿，床腿粗壮，床框木榫带胶，结实无比，床框上皆固定三层床板。壮士们向台子左边，左三步，右三步，向前四步，后退两步，一路舞步，左边排开。台子中央，两纵列马队在口令声中，一齐面向右边，两马之间保持适当间距，一声令下，第一排五十匹骏马驮着蓝裙少女，向右边齐步奔去，一齐从板凳上跨越。

白马四蹄蹬开，鬃毛如战旗，迎风飘起。长尾巴展开，那线条犹如白色的波浪，飘扬而劲拔。少女们伏在马背上潇洒无比。艺高胆大，胆大艺高，在飞马背上，她们如一道蓝白彩云，俊逸超脱，秀丽滑过，稍纵即逝。紧接，第二排十匹战马，两两展示，步伐整齐，动作利索，前边两马跑出五步，后边两马紧跟而上，后边两马刚出五步，再后边的两马又跟上……如此连接式的奇妙出彩表演，精美绝伦，尽善尽美，惊奇险绝。

台下万众，目不转睛，心悬嗓门，赞叹不已，感慨万分。眼睛丝毫不敢眨巴，丝毫不敢怠慢。胆小的姑娘、娃娃们，担心马蹄被板凳绊住，担心人仰马翻，担心仙女姐姐们从马背上摔下来，头破血流，正是那跨越的精彩瞬间，他们蒙住自己眼睛，他们看不清楚，但感觉却十分清晰。观众中，贵宾席上，端木圩地主举人端木渥，触景感怀，下意识地小声咏诵："锦城丝管日纷纷，半入江风半入云啊！"座中严九爷，一直在注意端木渥的表情，听到他口中念念有词，没等端木说出下句，他便接上："此曲只应天上有，人间能得几回闻。"严九爷知道端木渥触景生怀，随口而出，并无其他用意。但是他还是觉得端木卖弄文情，别有用心。此诗，是杜甫老先生婉转曲意讽刺花卿（敬定）目无朝臣，僭用天子音乐之事。以双关手法，意在嘲笑花卿居功自傲、骄恣不法的狂放做派。这一点，端木举人，他当然明白，他确实并无恶意。严九认为，《舞马》本身，就是唐朝明皇时代天子之舞，现在被搬到龙王荡，端木之意，有讽刺编舞人不知天高地厚之嫌。严九和端木举人，是龙王荡中数一数二的地主。两人之间，也从来没有为啥事冲突过，可是，两人心里好像总是有啥不解的疙瘩，互相不服气。

严九土地规模大，收益丰，是苏鲁一带有名的大户，其势远远超过端木。他从不把端木放在眼里，他觉得，既然都是地主，实力说了算。没有实力，别充大卵子。端木眼中，严九就是个土财主，肚里没有两盅墨水，标榜文人雅士，关公门前舞大刀，鲁班面前耍斧头，卖弄啥骚情。对严九，他不屑一顾。今日之事，端木知道严九在想啥。他坐在椅上，不动声色，眼睛看着严九，将自己两条腿向两边劈开。手从裤腰里伸进去，薅出一根毛，对严九使手指捻了捻，意思是：土鳖子，你就是俺腿裆的"胡子"，懒得"理"你。严九知道端木污蔑自己是鸡巴毛，他脸上绽放出一丝阴险的笑容。他把手掌摞手背，放在自己大腿上，呈“王八”状，意思是你他娘的，就是一只缩头乌龟，有种放马过来。

端木渥便不再理他了，抬头继续专心看戏。严九也觉得无趣，多么好看的节目，较啥劲呢！

这时候的台上，舞马越来越惊险，五十匹骏马从板凳两边相向而跃，两两相间穿插，同时跨越障碍，同时着地，整齐划一，线条优美，形象既精致，又悠闲。继续化解高难度障碍，将士们把条凳分成两列，中间设五六尺空当，让骏马连续跨越。两列条凳，中有间距，难度更大，要求更高，技巧性更强，既验马，也考人。百马齐跨，五十马分列跨，两两对跨，双排障碍跨越之后，稍作小憩。

左边二十张大板床，床床相接，自左向右，横排在台子中央。

飞天神姑责无旁贷，首先成为马队的首舞者。她的马背童子功，十分了得。今日舞马指挥发令人，正是她的养父焦大奎。多少天来，《舞马》训练，焦大奎一直担任马上功夫指导。他的动作要求，第一个由女儿焦海英飞天神姑去演练，准确无误之后，再由飞天神姑率众姐妹，在马背上操练。舞马最后一个环节进入高潮，表演者敢演，观众不一定敢看。四百骑骏马从大木床上腾空飞过，四蹄展开在一条平面直线上，这动作，被焦大奎命名为骏马霹雳。最后有十二匹骏马，驮着十二姑娘，跨上木板床，在板床上，前腿跃起，后腿竖立亮相；姑娘们攥紧缰绳，贴着骏马鬃间，形成人马合一。然后骏马又倒立，后腿跃起，前腿站立，摆出一个让观众难以想象的高难度造型。接下来，锣鼓、长号声轻起，按节奏，骏马在床上，摇头摆尾，扭屁股，晃肚皮。随着焦大奎一声命令“变！”，十二匹马，四十八蹄律动，音乐轻快，舞态变化，多姿多彩，马蹄踢踏摩擦拍击床板，发出踢踏声，加上骏马各种优美扭姿，舞马从前边的惊心动魄险绝场合，变成踢踏床板的轻快、放松的幽默、诙谐的场面。混合锣鼓的轻轻击打，唢呐的“嘀嗒”有致，形成声响、骏马美女姿体、器乐演奏效果的和谐统一，展现了飞天神女骠骑团结协作，整齐划一的团队风采。

情节丰富，高潮迭起。一群壮汉，闪亮登场。每张床，由四名大汉，每人持一床腿，把木板床高高举起。骏马在木板床上，闻听命令，在锣鼓和长号声中，奋头鼓尾，步步应节。在床上应着鼓点，踩着节奏，时而提起左前蹄，时而提起右前蹄，时而提起左后蹄，时而提起右后蹄。一提一扭，舞动起来。马背上的姑娘们配合骏马舞步，看着高台上焦大奎的红色指挥杖。白鹤亮翅，金鸡独立，蝶羽翩跹，九天玄云，盘旋飞转，上下翻覆，左右转折，前后滚动伸展，纵横捭阖……像彩云飘逸，像水波流动，千姿百态，变幻无穷。或如杨柳风清，或林深窗冥。或如狂浪纵辩，或逍遥自在，或如坚韧刚毅，或娇柔轻盈。

最后，台底大幕拉开，飞天神姑倒立马背，骏马立在三床叠摞之上，傲然挺拔。由夹山大虫、赤臂罗汉、震山象、大马猴四兄弟举起底层四条床腿，徐徐向前台走来。台上所有人马，为她开道。

骏马在第三层床面上，翩翩起舞，婆娑盘旋。骏马长长细柔雪白鬃毛，从脖项上分披两边，轻轻飘动，驮起飞天神姑，轻盈自如，人驭马知，马通人性。飞天神姑，忽而仰卧马背；忽而搂坠马脖之下，缩成铜铃状。忽而跨在马的一侧，台下众人见马不见人；忽而一手撑住马背，身体悬在半空；忽而蹿入马肚下，马在床上，抃转如飞。

马戏最后一个压轴举动，也是一个最艰难、最危险的动作，让所有人提心吊胆。万人场面，万籁俱寂，悄然无息，连半根折针坠地，都可听到“叮当”声。人们大气不敢进，小气不敢出。飞天神姑把一块黄色手帕抛在床板上，自己在马背上，身体垂直倒挂，用嘴巴叼起手帕。

过去，在马戏里，许多人半跨马侧，用手捡起手帕，虽然难度大，已不足为奇，观众会认为老一套。要突破这一难度，用嘴巴叼起手帕，才算是马戏的最高境界。焦大奎无论如何也不同意女儿涉足这一项目的训练，他认为，手捡丝帕，是马戏动作中极限，想超越，只有两个结果，一是坠马断脊，终身瘫痪；二是骏马失衡，被马踩死。多少年前，和他一起南征北战的马背民族蒙古人，也从来没有人敢突破这一难度禁区。更何况在三层床之上，而床是人手托起的。脚下还在不停地移动、展示。万一下边四人，有一人摇晃一下，床失衡，马失衡，人失衡，命就没了。谁能保证那四人，在全场移动过程中，绝对没闪失。焦大奎自知女儿海英脾气倔，她做出决定，九牛拉不回。排练期间，焦大奎在筛选举床人时，千思万虑，反反复复，斟酌再三再四，最后，选定夹山大虫、赤臂罗汉四兄弟。在焦大奎看来，这四兄弟人正，心眼好，力气大，平衡性强，配合密切。关键是能对任何一个细微环节，精雕细琢，千锤百炼，一丝一毫不马虎。这让焦大奎很是欣慰。历经百次操作，千次演练，飞天神姑练成在三层床的马背上，嘴叼丝帕。飞天神姑实现高难度的突破。

在她看来，这不单纯是难度突破，更重要的，是观念和禁区的突破，才是真正的突破。动作难度突破，只不过是对身体的极限挑战，而对观念和禁区的突破，则是对传统马术的继承、肯定与否定。在飞天神姑挑战这一禁区过程中，焦大奎曾设想多样保护措施，以防万一不测，通通被飞天神姑撤掉。她说："俺命属老天，老天若要收了俺，谁能挡得住？老天若不收俺，保护是多余的。"她的骏马在板床上舞动抃转，在飞天神姑叼起黄色丝帕那一瞬间，全场万人齐立，雀跃欢呼。宏天鼓、庞地锣、一百杖鼓齐鸣，响声轰天拆地，九九八十一支管号、牛角号、螺号、唢呐、横竖长笛、埙齐奏……舞马，在一片喧腾、鼎沸、欢呼、呐喊中落下帷幕。

舞马的创新、开拓和探索，以及自我完善的精神。积极快乐、喜悦的表现。把台下万众带进心灵呼唤，朝气风华，生机盎然，超越与回归的人生状态。在场人们，丰富美妙的内心，只能意会，无法言喻。人们进入了无限欢欣、怡悦的崭新境界。

接下来，龙王荡特有的大秧歌，在锣鼓和号子声中，从台子两边向台中涌动。龙王荡的秧歌队，分别由舞龙队、舞狮队、杖鼓队、高跷队、花船队、拉歌队组成。六支队伍同台表演，五彩斑斓，姹紫嫣红，令人目不暇接，眼花缭乱，美不胜收。只有在这样的祭祀大典中，才有幸得见。一般的庆典场合，顶多用上一两支分队。这六支队伍，在龙王荡里整合起来的大秧歌，红遍苏鲁江浙淮南肥东半边天。

龙王荡大秧歌，号管吹奏，丝弦弹拉，锣鼓击打，都是龙王荡里约定的曲调和叠数。宫、商、角、徵、羽，无一例外。那是前辈们根据史上唐、宋教坊里的曲名，改制修订而成，后辈人不得以个人好恶，随意修订。大秧歌的唱词，也是龙王荡传统的承续，有荤有素，约定俗成。多是老百姓喜闻乐见，平民化的大白话。从农人渔人口中说的，土掉渣子的，酸叽叽，辣飕飕，腥滋滋，臊沌沌，田沟里语气，畦埝上风格。有的尖酸刻薄，敏锐刁钻，入木三分，恰如其分。有的诙谐幽默，滑稽风趣，鞭辟入里。还有的只是龙王荡人才能听懂的，稀奇古怪的，形象化比喻，抽象化借代夸张，让人听了就想撒尿的感觉。此类语言，相沿成习，也只有龙王荡人才能玩味出真正的内含意蕴。

好了，新的一幕拉开了，这是今日上午最后一个项目了。祭台两边，进场的是大秧歌舞龙队和大秧歌舞狮队。两个队，龙狮对舞，龙戏珠，狮耍球。舞龙队，分别有四大龙王。东海龙王排第一，是青龙，东方至尊，龙身最长，五十丈，龙头大如三板船，鳞片青如碧，大如簸箕。龙嘴张开，吞云吐雾，龙舌金红如焰。龙眼如斗，不停眨巴闪动，活灵活现，栩栩如生。龙身上下盘旋，左右翻覆，飞腾翩翔。龙王荡人一直认为，东海龙王是自己的龙，管雨、制雷、节洪、控潮汐。

青龙从龙头到龙尾，五十人，两两相对，不停翻转手中操杆。狮子队，三人一头雄狮，两人一头雌狮，还有一人一狮的狮崽。八头雄狮，八头雌狮，十头小狮崽。狮毛以灰黄为主调，杂配赤、橙、绿、蓝、紫的斑纹。这些狮子，欢蹦乐跳，生机勃勃，绘声绘色，惟妙惟肖。特别那些欢快伶俐的小狮子，天真烂漫，灵巧活泼，萌萌可爱。在“咚咚锵”和“嘀嘀嗒”音响中，手舞足蹈，快乐无忧。气氛极其热烈。

南海龙王是赤龙，位次青龙，置南方，是火位，分管天下火事，主司火患、人间真火、光、闪电。赤龙周身金红，金辉相映，金光耀目，两眼如炬，身长三十丈，上蹿下跳，火急火燎，性情暴躁，口中不住吐出浓烈火焰，横冲直撞，桀骜不驯，肆意妄为，放荡不羁。令人骇讶、惊异和恐惧。赤龙对金狮，当五只雄狮、五只雌狮和一群天真无邪，生动活泼，懵懂无知，单纯萌娃般的小崽子，向赤龙舞过来，赤龙顿时暴怒，“唰”地蹿上火云，张开血盆大嘴，吐出一串燃烧的紫色火焰，吓得群狮屁滚尿流。狮王从蒙圈中反应过来，明知斗不过火龙，还是做出视死如归，欲拼死一战的姿态。雌狮呈驰援状态。他们跳起，向赤龙逼近。此刻，锣鼓敲打出极端惊厥声，直管、唢呐吹的是害怕惊怵声。气氛十分紧张，生死一战，一触即发。赤龙见势，从云中蹿下，七窍喷火，身体迅速滚动，前边两爪揸开，欲扑向领头的雄狮。赤龙和雄狮大战三个回合，雄狮败北逃跑。赤龙摆出昂首挺胸，傲慢倨骄，孤高夸耀，轻世傲物的姿态。

九支长号，发出九声深厚、隆重的长啸。西海的黑龙，驾驭黑风黑云黑雾黑水，向祭台中飘摇而来，四周一群黑狮戏耍。黑龙和黑狮们，同戏一个龙珠。斗大龙珠，白炽发亮。黑狮把龙珠抛向天空，黑龙顺风而飘，轻轻衔住龙珠，龙头左右摆动，龙眼皮挤了又挤，幽默地调戏狮群。几只雄狮纵上蹿下，发出低沉的，强而不怒的吼声，想从黑龙流涎的口中，夺得那碧透晶亮放光的龙珠，几只雌狮仰首瞪眼，跃跃欲试，张开嘴巴，等待龙珠落下。小崽们如猴般在地上翻滚。黑龙操纵风源，东西南北中，大风小风，阴风阳风，冷风热风；还有季节变换，都归黑龙司掌。一口干烈的热风，吹得雄狮夹着尾巴，仰面露出白肚皮毛，表示投降认输。又一口冷风，吹得小崽们抖抖瑟瑟……

北海龙王是条白龙，体形小，清瘦得一脸节约俭朴的样子。白龙位列第四，在龙王荡人口传中，白龙司管雪、冰、雹、冷冻和霜。白龙性情温和沉稳，谦逊、有亲和力。不像青龙那样招摇，飞扬跋扈。不像赤龙那样猖獗骄横。也不像黑龙那样霸道嚣张。白龙左右摇摆，乐呵呵地从空中飘来。一群白狮子围着白龙，和谐亲睦，融洽慈爱，友好良善，一路相和相协。白龙用阔大嘴巴亲昵地舔舐着头狮的脸，用似乎很温柔的龙爪子搂着另一只雌狮。一只快乐、调皮、淘气、天真的小狮崽，跳上白龙圆滚滚的身背，骑着白龙，白龙亲密和蔼地扭动身姿……

四支龙队，盘旋扭转。四支狮队，翻越舞动。龙、狮欢快飞舞，畅快淋漓，尽情发挥，台上器乐声闹腾，喧哗。群龙群狮，狂欢跳跃，翱翔于蓝天碧海之间。

龙、狮跳着，舞着，渐渐向祭台两边分散。这时，从祭台后边，一百个袅娜迎风，娉婷若仙的姑娘高跷队，如绿柳轻飘，如银燕展影，飘然行动。三十红衣如艳霞，三十绿衣如青桐，二十白衣如薄云，二十黄衣如露葵，踩着参差错落、高低不等的高跷，轻盈柔姿曼舞，向前台飘移。舞动的高跷，身着夸张的长裙水袖，她们像五彩缤纷的巨型蝴蝶，像奇丽辉煌的金凤，像瑰丽绚烂的彩鸾，像雄伟壮丽的鲲鹏，像流风回雪，绰约明丽的苍鹰。五十丈宽二百丈长的大台场上，花团锦簇，云蒸霞蔚，精妍妙绝。这是龙荡营雪里红部。这些箭弩姑娘，不仅手臂功夫了得，脚下功夫也让人刮目相看。

她们从台底飘向台前。这时候，唢呐队从号子营中分列出来。九个唢呐手，每人身背五种唢呐，分出高中低三种调，必要时，口鼻同时用上，九人可发挥十八人的作用。他们头戴红色白尖尖高帽，帽顶犹如狗尾巴尖，不停扭动。脸上涂红、黄、黑三色。分别身着红、蓝、黑背心，一式蓝青大悠裆裤衩，黑色筒靴，穿插在高跷队中，活脱脱的侏儒小矮鬼，一边伴奏，一边还插科打诨，滑稽搞笑。高跷队不单纯走高跷，变队列，走台步。她们有绝活，龙王荡的绝活，不外传的绝活。

少女们穿花色鲜艳，五颜六色的生丝长裙，裙边压着高跷足跟，看不出她们在走高跷。高跷分出低、中、高三档。低档三尺、中档五尺、高档六尺。仙女们身材伟岸苗条，人人桃腮、香面、樱唇、柳眉、凤眼。松柔青丝，靓发盘结，委堕如云。她们或头顶凤冠，或珠络金钏，或宝钗玉簪，或细篦翠环。富丽奢华，美艳俏妙，盛装精妍，高贵优雅。

一百人，每只纤纤玉指，扯着不一样的饰物：金丝绦、绿丝巾、红丝绸、白丝缎；玉坠花圆扇；大蓝大紫蜡纸伞；大红花，大金花……其中四十人，是高跷队里高手中的高手，身怀绝技。她们双肩下垂，三丈六尺的落地长袖，五颜六色。龙王荡里称这长袖，叫作车轴河清波大水袖。这四十人，专舞龙王荡三百年来独门舞蹈，“高跷水袖舞”。

这支舞的原始创意，是把黄海波浩瀚动态，车轴河绵长白练，龙王荡莽莽苍苍的芦苇串合起来，构建荡人长袖舞，供荡里在大节日、大喜事、大庆典上表演，愉神悦意，烘托气氛，是经典压轴的高艺。几百年的日月更替，风雨变迁，沧海桑田，星移斗转。历经多少代人的寻思，人们逐渐赋予这车轴河大水袖，更明确、更生动的意义。高跷队水袖舞，成了龙王荡人与大盐大碱，与大风大雨、大海大潮、大波大浪、大灾大难生死搏斗的精神再现。就是这些再现赋予这舞的外在力量和内涵蕴意。形成了荡人对民族气节和英勇顽强形象的演绎赞颂。高跷水袖舞，有她独特的思想与灵魂。她不仅仅是华美和险绝，也是坚忍、挺拔、强劲、刚毅性格的象征。从表演角度看，龙王荡大水袖，鲜艳、华美，气质高雅、俊丽。既含蓄内敛，韵味丰富，又外拓大度，夸张神奇。高跷水袖的独特险绝，高难度动作表现，扩展和延伸地面水袖的局限。利用高跷的更大空间，更容易立体地表示肢体语言。一招一式，都最大限度地阐发龙王荡人对生活的热爱和理解。是荡人对这块贫瘠萧条而又生生不息，孕育生灵的热土的某种眷顾和无法割舍的情愫的诠释。倾吐了一方人对一方水土的爱。

说起高跷水袖舞在龙王荡的起源，还有一段奇妙的历史渊源。明初，明太祖灭隆平王张士诚。张士诚在当地老百姓心中，是贤王，威望高，影响深。俗话说，群众基础好。明太祖担心，一方刁民，不服自己的统治，再生事。下令隆平府当地百姓，驱散，迁徙外地。隆平当地迁徙百姓中，有个唱原始昆腔的，六十多岁，精神矍铄，牙口全齐的魏老先生，老两口，带一男一女两弟子，一把琵琶，一把三弦，一副紫檀板子，在龙王荡的龙王口住下了。是他们把水袖这活，带到龙王荡的。后历经弟子传子孙，多少代人加工、改造、创新，那原始昆腔，渐渐变成龙王荡的小海调，在海、赣、泗、沭传唱开了。当年魏老先生戏台上二尺长的水袖，只是用来做角色羞怯或者不便直露脸面的遮挡；躬身行礼时的辅助，或表示悲哀时的拭泪掩面。都是些撣拂、握手、相拥、示意乐队配合而搞的小动作。说到底，那时的水袖，最大功能是辅佐、补充，在台上不起主导作用。现在，龙王荡高跷大水袖，演的、秀的绝不是单纯的大水袖。这门绝技在姑娘们手里，玩得出神入化。甩、撣、拨、钩、挑、抖、打、扬、撑、冲，劲爆如飙风急雨，一发而致千钧之力。奔放如惊涛骇浪，波澜壮阔，大气恢宏。任何大喜大悲，裂崩天地的大场合，大节奏，大抒情，都可通过高跷大水袖，表现得浓墨重彩，酣畅淋漓。那些细腻、沉静的杨柳岸晓风残月，溪桥萍景的温柔情态，一样可通过大水袖表现出来。轻轻一挥，挥去幽怨惆怅与不幸；挥去委屈不甘与凄怆。轻轻一扬，扬出娇巧的呢侬软意，妩媚婉约；扬出兰质蕙心的绽放，和宁静、无声流动的谢落。

今天的高跷大水袖，舞两场，第一场是拂霞紫电落，腾虚状写虹的传统大舞《天女散花》。第二场是安得云彩虹，架天作长桥的传统大袖《嫦娥奔月》。高跷陶醉四海宾，水袖奇惊洞中仙。天女散花中，姑娘们要展示高跷双腿劈叉双手双抛。四十个姑娘脚踩六尺高跷，在空中，断涧迎风撒碎玉，雾雨当空飞彩虹，娇艳如花的大水袖从天而降，就在落地刹那间，漫天流云增松翠，紫色朝阳映海红。双腿劈叉，险拔奇绝。翻卷沧海天作岸，会凌绝顶君为峰，双手托起三丈六尺长的五彩大水袖直线抛向天空，赤橙黄绿青蓝紫，谁持彩练当空舞。惊险、震撼，登峰造极，无以复加。观者提心吊胆，无不放电般颤抖，头皮发麻，呼吸静止。为姑娘们绝技表演，拍案叫绝。《嫦娥奔月》中的高跳追星单抛大水袖，前滚翻绞袖，高跷旋子圆场袖，空翻抖袖，奔月双掷袖，百转千回洪波大挥袖……水底有龙掀巨浪，岸旁无雨挂长虹。谁把青红绒两条，半红半紫挂天腰。

高跷大水袖在姑娘们手中抛向蓝天，生出一片璀璨，一片绚烂，一片秀丽，一片光芒，一片明朗。抛向大海，回放一片幽蓝，一片斑斓，一片富丽堂皇，一片金碧辉煌。千变万化，异彩纷呈，惊险绝妙，无可比拟，独步天下……

杖鼓队和花船队，混合一起。从祭台底边处左右两边，一路敲击，一路扭动，迈开大秧歌的十字舞步，“咚咔，咚咔，咚咚咔，咚咚咔，咔鼓隆咚捶咚捶，咔鼓隆咚咔咚咔，嘚嘞嘞嘞咔咚咔——”向台中会合。

杖鼓队是从龙荡营的坤营、艮营，凌霜菊部和萃海罂部遴选的百名巾帼俊女。花船队一百人，是从乡团中挑选的三十岁上下的年轻乡丁，个个男扮女装大花脸，头顶白色三角巾，身着绿衫红裙花腰带。杖鼓花船，穿插相间。花船摇摆，按杖鼓敲击的节拍，花船动态，风浪摇摆，人物肢体，情趣渲染，皆由杖鼓指挥。

龙王荡的杖鼓，不是人们常见常说常听常用的那种两头小，肚子粗圆，挂在腰间，两根小棒斜敲的小腰鼓，而是龙王荡杖鼓。龙王荡杖鼓，史上称作昙鼓，宋《乐书》叫它杖鼓，元史《礼乐志》有详介。类似朝鲜族的长鼓。龙王荡杖鼓，尺寸比一般杖鼓尺寸大些，可敲出沉稳的闷响和高中低声的混响，也能敲出高亢洪亮的脆响和多重结构的重声响。鼓身圆，多用椿木或桦木、杨木制作。在龙王荡凡是祭祀、庆典、贺农事渔事，都少不了杖鼓。杖鼓击奏，多用手指掌。击鼓时，摇头晃脑袋，脚底迈起大秧歌十字舞步。“发蹦子”“打旋子”“抖肚皮”“扭屁股”，花样翻新，热闹非凡。杖鼓鼓口多蒙牲皮，中间细实，两头粗空而圆，全长二尺六寸，左边鼓腔长七寸，鼓口直径九寸。右端鼓腔长七寸，鼓口直径八寸。不同角度敲击，会产生不同声音共鸣。鼓身外壳，红漆打底，红光耀目，再涂上各种颜色图案花纹，多姿多彩。

龙王荡的杖鼓，很讲究。不同杖鼓的独特声音，来自皮质。龙王荡杖鼓左边蒙牛皮、马皮，或者驴皮、猪皮。此类皮质，厚韧光亮，发声柔和，深沉隆重，混响清晰。右边大多蒙鹿皮、羊皮，或者狗皮，皮薄质细，发声清脆、明亮而高亢。龙王荡杖鼓打法独到，左手手指手掌拍鼓，右手执专用竹板片敲击。鼓谱多样复杂，单鼓点、单花点，双鼓点、双花点，多鼓点、多花点，闷鼓点、滚动鼓点……奏法独有，滚奏、翻奏、震奏，长音奏、短音奏、延音切音奏……敲击节奏变化，谱内记载几百种。杖鼓演奏，在龙王荡里，有记载以来，最适合花船舞，鼓船配合，相谐相融。执鼓人，两手两面鼓，掌控多重不同音响、音质、音色和音调，轻重有节，快慢有致，时轻时重，时强时弱，节奏分明，跌宕起伏。花船形态万千，无奇不有。鼠船、牛船、虎船、兔子船、龙船、马船、羊船、猴子船、凤船、狗船、猪船、大鹏船、鸭船、鹅船、金鸾船、莺船、鹭船、孔雀船、鹦鹉船、黄鹤船、鸿雁船、狮船、狼船、象船、豹子船、蝴蝶船、蟋蟀船、蜈蚣船、土狗子船、黄蜂船、刺猬船、蝙蝠船、穿山甲船、豆丹船、蚂蚱船、蝗虫船、鱼船、虾船、蟹船、老鳖船……男扮女装的男人，扮成船娘子，身着彩衣，花衫、花裙、花鞋、花头巾。脸上涂厚厚一层脂粉，一个个花枝招展，十分俏丽，千种风骚。船娘立于船舱，肩挎纤带，置身花船间，船舷首尾，皆是各式大花布围成，形象化成各种动物，如龙船，龙头龙尾，虎船，虎头虎尾，凤船，凤头凤尾……船娘划船，艄公撑船。百艘花船，百名船娘，百名艄公。划船和撑船，龙王荡生活中，少不了划桨、撑篙、弄船，差不多出门干活，走亲戚，串门子，赶集，捕鱼捉蟹，都离不开船。

今日，艄公们都按自己的理解和想象，自说自画自作妆。一个个扮相稀奇古怪，头戴破毡帽、破斗笠、白布巾的……身着白布衫、黄布衫、赤布衫……统一的是，肩搭白毛巾，腰勒红丝绦。胡子五花八门，有的是真胡子，有的后安的，八字胡、山羊胡、络腮胡，一把抓的稻草胡。纠纠缠缠邋遢胡，弯弯曲曲卷毛胡。金色胡、红色胡、黄色胡、紫色胡、白色胡、黑白相杂胡。五光十色，千姿百态，不拘一格。

船娘艄公对白，幽默诙谐，滑稽搞笑。有的船公辣称促寿，口头散漫，动作表情荒诞，甚至带着并无恶意的下流和低俗，主要为了烘托气氛，逗笑。当然不会让观众产生反感和不爽情绪。艄公手持彩色船篙，围绕花船，或左或右，或前或后，一艘船，一船娘，一艄公，一杖鼓，结成一组。船的周边，舞动着鱼精、虾妖、鳖怪、蟹魔、蚌鬼……

船娘掌船，随艄公船篙舞动而舞动，艄公动作、表情、力度、节奏、表演，都按杖鼓的鼓点，单点、双点、花点、滚点……声响，有节律而舞。击杖鼓的人，按高台上指挥下达指令执行，形成全场百人千人一盘棋，有条不紊，有板有眼，层次分明。

忽如骤风来袭，随杖鼓声的升腾跌宕，曲折离奇，艄公贴船下篙，一篙插到底，花船在搏击风浪，花船左摇右晃，船体被风浪掀起，似翻欲覆。船娘艄公，惊恐万分。长管唢呐、竖笛、葫芦丝齐鸣，衬托风声，杖鼓单点齐奏，“嘣、嘣、嘣”定住风波，艄公费九牛二虎之力，花船从浪尖上跃起，激流奋进，乘风破浪。大花船迎风而上，艄公们用力过猛，一篙送出，花船一齐冲出水面，一头涌向岸坡，花船搁浅了。半身在滩上，半身在水上。船娘急了，都怪艄公使劲时，心中无数。有一船娘大声冲着艄公喊道：“就你不知轻重，粗鲁的货，一篙到底，痛快吗？叽里呱啦，捣呀捣、捣。你就不会一下是一下吗？你以为船，是你婆娘哈！命都不要哩，这不！再捣呀！戳呀！抽呀！插呀！驴！”艄公低头傻愣。

杖鼓的花点，有一搭，没一搭，有气无力。似乎在讥讽、耻笑船娘艄公。船娘生气，手掐腰，没办法。艄公取下破毡帽，瞪眼睛，吹胡子，急得搓手，一脸无奈。一会儿，手持船篙，在船边弯腰细察。时而歪着脑袋思考，急得满头大汗。杖鼓花点密集，渲染艄公心急火燎的状态。艄公摩拳擦掌，撸起袖子，卷起裤腿，紧了紧花裤腰带，转到船头，使肩用力“推船”，船娘用力划，花船纹丝不动。艄公又到船尾，使船篙子，伸船底，用力“撬船”，肩扛臂推，使出浑身解数，船娘也踮起脚，弯腰使劲，全力配合，花船还是不动。艄公一气之下，抱头蹲在沙滩上，干脆撂挑子，不管了。

船娘陡生一计，放下花船，跳出船外。几个骚情船娘凑到一起，手理各色汗巾香帕，扭动赘肉的大屁盘，来到船边，七手八脚，有的使篙，有的使桨，有的在船头推，有的在船尾拖，一齐用力。一大个子船娘喊道："一齐，一齐哈，来，嘿唷。"小娘儿们一齐跟着叫："嘿唷，嘿唷……"船缓缓移动了，下水了。半是兴奋半骄傲的大个子船娘喊道："臭男人，关键时刻，掉链子。平时床上，本事大着哩！脚指盖蹬劈了，今天尿了。老娘的脚指盖蹬劈了！"小娘儿们哈哈大笑，之后，挨着推船下水。其他各船也纷纷效仿。哎！人多力量大。

高跷队、舞龙舞狮队、杖鼓队、花船队，每队各分半数，向左右两侧分散，让出祭台中心。这时拉歌队上场，人从台底两侧，两部分人，每部百人，百人中一半男，一半女。手舞莲花棒，迈着秧歌舞步，向台中心靠拢。这两百人，是从南北二十队、二十乡镇的平民中，精挑细选筛出来的。他们嗓门大，声音高，能说会道，特熟悉龙王荡里流传的大调小曲。拉歌对歌是龙王荡里传统娱乐形式。

河南十队十乡，组成一支南拉歌队；河北十队十乡组成北拉歌队。

南队队员，一身白，白帽白衫白裤白鞋帮，男子腰间勒红丝绦，女子蓝丝绦，手持红色莲花棒。北队队员，一身红，红帽红衫红裤红鞋帮，男子腰勒白丝绦，女子腰勒绿丝绦，手持黄色莲花棒。红绿蓝白丝绦腰带，宽八寸，长九尺九寸，勒腰间，每侧余下三尺多长，以便拉歌时，手舞足蹈，增加活力和美感。

莲花棒，是一根四尺长，镰刀柄粗的竹竿。竹竿上，凿出许多扁形通透的竖孔，每个孔里，装两三枚能活动的铜钱，铜钱孔里，插上细细的竹销子，表演人抓住竹竿，边摆动，边按节奏，动作一致，敲打自己肢体不同部位，竹竿里随之发出"嚓嚓嚓……"共同节奏的声音。百人一起，一举一动，都在一个节奏上，同发一种声，不单调，不枯燥，不贫乏，也不嘈杂。丰富生动，悦耳好听。今天，要在这个大舞台上，二十队展开拉歌大赛，唱技对决。他们的词曲丰富多彩，有的用老曲老词唱老调，有的用老曲老调唱新词，没有硬性规定，热闹就好。

所有的拉歌曲调，都在龙王荡流行百年，谁也说不清楚来源。原汁原味的拉魂腔，渔歌嗨嗨九腔十八调，砍柴的樵吭十三叠，采莲咿咿呀呀曲。大多调长词少，有的只有曲调，没有词，如打嘞嘞，唱给牛听的歌，消除牛身疲惫，激发牛的斗志和奋进。只有调没有词，估计有词，牛也听不懂。

两支庞大的歌队，你来一首，我对一首；你来一句，我对一句。同调同曲，若双曲，你唱上阕，我唱下阕，还有套曲、集曲之类。你唱大调，我对小调；你唱主体旋律，我唱穿心曲。拉歌两方，可以相互调侃，荤段子，素段子，幽默诙谐，只要不伤大雅，只要热闹，都中。

总之，曲调不可重复。就看谁的队伍准备的曲子多，一直唱到双方中的一方没词没曲，则另一方取胜。现在两方拉歌队队员们，个个兴奋不已，揎拳撸袖。“咚咚锵，咚咚锵……”宏天鼓、庞地锣，有节奏轰响，两支拉歌队，跳大秧歌舞步，进入台中心，摆开对阵架势。

北队领队望天吼，这个人，内心有些洼曲，不阳光。他先声夺人，开口挑衅，用改编过的软调，自诌的词，以压倒姿态，咄咄逼人，先开腔领唱：

　　　　南歌队呀今悲催。
合唱：今呀么今悲催，
　　　　脸色呀憔悴，
　　　　精神呀疲惫，
　　　　吞嗓不利索，
　　　　一副老牛腿。
　　　　呀么老牛腿。
女子年大妮领唱：啊！啊！啊！踘踘像鸭子，
合唱：咙格哩格，咙咙格哩格
　　　　横行螃蟹跪，
　　　　今日拉歌赛呀，
　　　　屁滚又流尿（suī）
女声合白：南队兄弟哎，
　　　　　　听明白哎哟！

女声合唱：尾在老牛屁股后，

打呀么打嘞嘞；

打呀么打嘞嘞。

男女声合唱：尾在老牛屁股后打呀么打嘞嘞！

南队领队张大喇叭，一听，不乐意，这叫啥嘛！开场骂阵，耍流氓，恶心人。真他娘的狡诈。用高雅大调，唱这种恶俗的词，真他娘的掉价，兴八出的。一上场，就蔑视俺们，说俺们行动迟缓，精神不济，意在打压俺队士气，摧俺队意志，让俺队回家牵牛耕地，唱牛歌，打嘞嘞去。他想让观众笑话俺。俺若不还击，人家说俺队无能；俺若睚眦必报，必有人说俺小肚鸡肠。欲置俺两难。不中，俺没那么大度包容。

他们百人，放声高唱，以压倒性节奏，杖鼓“嘣嘣”，唢呐“呜里哇啦！”，更是挑衅。你他娘放马过来，哪有不应战之理。这俩领队，皆龙王荡大秧歌高手，双方都挺熟悉对方套路，又不是第一次过招，谁的肚里，有几码小伎俩，弯弯绕，小九九，互相都熟。关键不在开始，看谁能笑到最后。谁中断，没的唱了，自认技不如人，甘拜下风，拉倒，没的商量。

张大喇叭竖起手中莲花棒，抖起“嚓嚓”两声休止符的节奏，身边唢呐后半拍起声“嘀嘀嘀嗒……呜呜啦啦”吹起来。张大喇叭，针锋相对，用一首古典曲调，翻唱新词回应，他领唱道：

蟾卧阴穴诮天窖，

男女合唱：哎哎哎，诮天窖。

领唱：寸光鼠称千里瞭，

男女合唱：哎哎，千里瞭。

女声合唱：弼马峨冠实可笑，

钟鼓同协夜郎调。

男女合唱：哎哎哎嗨——夜郎调呀夜郎调。

张大喇叭领自己队员，连唱三遍，舒畅，悠扬，起劲，还带上几分自豪、傲慢和讽刺。

望天吼没听懂，百人团瞬间蒙圈。台下书院观摩人群中，经学大师孔宪圣饶有兴致，竖起拇指，称赞道："好词，不矜不伐，不吹嘘，讥讽对方，不带污字脏话。坐井观天，鼠目寸光，弼马小官，夜郎自大，妙哉！"观众观众，观懂了，观门道；观不懂，观热闹。这场面，热闹。

词学大师颜复礼知道这词，一定是身边这位文学大师孟凡尘的杰作。这词写得还好，好在题材宽泛，想讽刺对方，啥时啥事，皆可用上。体裁别致，对方一时搞不明白啥意味，容易误判。接下来的对歌，就难了。颜复礼当然知道这支曲子，唐人叫《阿那曲》，宋人称《鸡叫子》。本朝徐釚《词苑丛谈》记载了《阿那曲》的典故。北队望天吼哪里知道这词曲含义。但隐约感觉到，自己被嘲笑、讽刺打击了。自己又弄不明白，有点尬态。

文学大师孟凡尘掩饰不住踌躇满志，满脸春风。内心欢喜，争取尽可能不让边上两"法师"看出来。孟大师眼观台上跳，再听台上唱，口中轻轻咏道："癞蛤蟆卧井底，笑天空只有井口大小。鼠辈目光短浅，吹嘘自己能观千里之遥。养马小官戴上高帽子，就以为自己和天官天神是同僚。夜郎国王不知天高地厚，还敢在汉使面前自我夸耀！"望天吼不懂也好，无须接他张大喇叭的茬。南队刚重复唱完第三遍，他不敢懈怠，抓住莲花棒的中间，伸臂摇晃一下，向自家队员发出示意，队员心领神会，抓住莲花棒中间摇两短三长音，身后杖鼓、高跷、龙狮队和拉歌队一起，跳起大秧歌舞。北队一百人的莲花棒，在头、脖、背、臂、腰、腿、臀、脚上，有节奏地边跳边敲，"嚓嚓嚓……"望天吼索性指挥大伙来一段集曲，大调带小调，《鹂调》四喜，欲技压对方，只见他脖子向左侧一歪，一个转身，挥起手中莲花棒，向左侧一伸。男子一起敲打莲花棒，跟着节拍跳起来。五十女子齐声高唱《鹂调》前三句，舒慢悠扬：

海无边啦天无涯风是船云是家，
彩旗儿桅梢梢高高飘呀飘！
郎哥哥脚板板渔船上桨划划。

望天吼手举莲花棒向下一按，女声十人小合唱《罗江怨》：

郎哥远航一月担三，
海阔呀行舟，歇在哪个滩。
啊！曾记否小妹情小妹的恋。

五十女声合唱《粉红莲串双叠翠》：

海无边哟海无边，
天无涯哟天无涯，
郎哥哥船上捕呀捕鱼虾。
金山银山哟搬回家，
屋里堂外哟仓仓满吵吵。
大仓满吵吵，
小仓满吵吵，
仓里鱼虾，
囤里粮麻，
四时儿佳。

望天吼手中莲花棒在头顶上绕一个大圆圈，男女百人穿插走队分组，齐唱齐跳：

九月九菊花菊花儿香，
村村寨寨秋收啊忙。
磨磨刀，补补网，
磨刀割豆，
补网丰舱。
潇潇洒洒秋风凉爽爽，
豆叶枯树叶儿黄，

收下绒绒芦蓬蘽，
做双毛窝窝好过冬。
哎哎哎芦蓬蘽、毛茸茸，
做毛窝，好过冬。

南队张大喇叭，也不示弱，又出新花样，他左手收起莲花棒，弯腰，右手着地，连打出三个龙王荡里极标致的“螃蟹蹓子”，立起时，把手里莲花棒抛向空中，一个大跨跳，从空中接住莲花棒。身后长号短号牛角号螺号、杖鼓、唢呐助威。“呜里哇啦”“嘣嚓咚锵”响起，声势浩大，气势逼人。南队别开生面，和北队不唱一个调，五十女声齐唱，男人伴舞，唢呐、三弦、二胡、琵琶、月琴、横笛伴奏，还有银铃、杯琴、碟琴、板鼓、檀板协奏配合。她们唱《满江红》调填新词：

海无边，
天无涯，
启航迎朝霞。
洪涛巨浪，
阵雨哗哗
风是船，云是家，
波瀚浩荡，银帆沙沙
银钩卡呀双桨划，
金丝扎呀飞渔叉，
银钩金丝飞渔叉，
飞渔叉呀咙格哩格咙
盼郎哥哟早回家，
满舱鱼蟹满舱虾。

男声合唱女人伴舞（红丝绦绿丝带漫天飞舞）：

海无边，天无涯，

启航迎朝霞……

男女二重唱：

海无边，天无涯，
启航迎朝霞……女三重唱……

望天吼急不可待，你唱大调单曲，俺也唱大调单曲。他手持莲花棒，连打三个飞旋子，一挥手，五十女声齐唱《波扬调》：

一轮明月当空照，
檐铃窗外敲，
声音好似奴那才郎到，
细听不是他，
原来是梧桐叶子落……

北队声音刚落，南队张大喇叭莲花棒在空中左右绕两圈，随后迈开大秧歌舞步，接住莲花棒，又在头顶上方，画两个三角示意。

南队由方形队变成两个三角形队，男五十人，张大喇叭立第一；女队五十人，阎大花站首位。阎大花，三十六七岁的女人，胖乎乎，白净净，有韵味，有性感，还有点骚情。大眼细眉，双眼箍，白牙齿，厚嘴唇，堕马发髻一边倒。满脸是戏，浑身是情。小长裙，抖一抖，仿如小风摆细柳。小腰软溜溜，大臀紧绷绷，屁股一扭，肩头一耸，妩媚动人。着实让不安分的男人走神，守不住。她领众女人边唱边扭，唱啥呀？唱小调《一更鼓儿敲》：

一更鼓儿月照山，
郎哥搂住小心肝。
郎哥问俺咋的整？
俺身就在你面前，

你爱咋贪就咋贪。
二更鼓儿月升高，
郎哥摸俺小柳腰。
俺俩相好天注定，
鸳鸯相守白头老。
三更鼓儿月当头，
俺偕郎哥进高楼，
乘这快活好时光，
奴家让你爱个够。
四更鼓儿月照房，
俺和郎哥赖软床。
你好俺好亲亲好，
这样日子赛蜜糖。
五更鼓儿敲得响，
一夜时光如一晌。
知道郎哥将欲去，
恋恋不舍心头慌……

阎大花呀，唱得欢，唱得美！唱得台下人群里，多少光棍汉，心猿意马，不淡定了。那个章先虎坐条凳上，两腿夹紧，二目圆睁，死死盯住阎大花两只欢蹦跳动罩在单衣里高高翘起的大奶子，不停地咽唾沫，臆想好像进入某种情境，他守不住了，立马起身，沿场内过道，直奔场外的茅子。这个时候，人们集中精神看大戏，茅子里没人，他不及解开破裤衩，伸手从大悠裆裤脚口里，拽出那硬邦邦的物器，两腿挺直，咬牙切齿，抓住物器攥紧，只需几下抖动，就把憋在小肚里腥臊的，鼻涕般的东西抖出来，直射在茅子的柴笆上。然后，摇摇头，深吸一口气，转身回到座位。再看台上，早不见臆想中阎大花的影子，而是换上了年大妮在领唱。

年大妮和阎大花大致轮廓，大差不差，只有一点出入，阎大花是方脸盘，年大妮是蛋形脸盘。阎大花刚演唱完《一更鼓儿敲》，率女子队伍，转身台侧。年大妮率众女人唱起了《叠断桥》；阎大花率众女子对唱《凤阳歌》；年队唱《小郎儿》，阎队唱《倒板浆》；年队唱《剪花》，阎队唱《杨柳青》；年队唱《莲花落》，阎队唱《马头调》；年队唱《孟姜女》，阎队唱《玉美人》；年队唱《馋嘴大娘》，阎队唱《房四姐》；年队唱《娃娃忆》，阎队唱《草虫》；年队唱《太平年》，阎队唱《小玉娥郎》；年队唱《八段锦》，阎队唱《打牙锋》……年大妮唱累了，她向身后的男人队做了一个招手轮换的示意动作，望天吼心领神会，率男队一路跳，一路唱，走向戏台中心，年大妮率女人们，退在右侧助舞。阎大花也向台侧做一个示意动作，张大喇叭率自己男人队，从另一侧走向台前，阎大花领众女子助舞。

望天吼率队唱《梳油头》，张大喇叭队唱《摘石榴》；望队唱《梳妆台》，张队唱《泗洲调》；望队唱《闹五更》，张队唱《西北乡》；望队唱《寄生草》，张队唱《刮地风》；望队唱《京垛子》，张队唱《哭皇天》；望队唱《银细丝》，张队唱《绣花灯》……台上对歌，对得正热烘，起劲，难分胜负。台下人观得入境痴迷，听得入神沉醉。眼见着，到了午时三刻，如此下去，没完没了，看到天晚，眼饱了，肚饿了。而且台上那些助阵的高跷上的姑娘，受不了，太累了，小腿肚快抽筋了。那三四尺、四五尺、五六尺的高跷子啊！不是卧铺，谁能持得住！二爷有些不安，这种情况，事先也有预案。算了，不能再闹了，够味了，再持续下去，非出人命不可！二爷命庞地锣，一齐鸣起，这是定好的规矩，收场，以鸣锣为号。就这样，才硬生生地把台上的近千人，撤下台来！

二爷登台宣布：

“首场祭天大典，到此为止。下午未时三刻，祭龙王，将举行百龙游海盛典。这是龙王荡有史以来，仪式最隆重，声势最浩大，节目最精彩的活动之一。代表队，有严九爷仁字龙船队，端木举人义字龙船队，夏侯家的礼字龙船队，东方大统领智字龙船队，和俺廖家大院信字龙船队。各龙船队，下属花船三十艘，共一百五十艘花船戏海。典礼仪式结束后，这些龙船花船，将在龙王荡的车轴河上，巡游三日。

“在接下来的四天祭典中，俺们将继续举行祭海、祭网、祭彩、祭船、祭鱼、祭酒、祭风、谢洋、做水头、放天灯系列活动。各位来宾，父老乡亲，场外俺们安排有生活区，路远不及回家吃饭的，愿意在生活区用餐，自己掏一半钱，乡团补贴一半钱。俺们从四队、丰乐、杨集、板浦请来百家小吃摊主，想吃啥，应有尽有。

“暄馍馍、小糊饼、稆子饼、豆末饼、菜饼、肉饼、摊煎饼。有绿豆粉、豌豆粉、红薯粉、土豆粉。有清汤面、阳春面、打卤面、盖浇面、杂酱面、刀削面、臊子面、炒面、拌面、兰州拉面。下水饺、下馄饨，还有外地抄手、小云吞，形状差不多，口味不一样。还有蒸米糕、烧卖、年糕、蛋糕、酥油糕、桂片糕。大肉包、大菜包、粉条萝卜包、水晶包，一咬‘扑哧’小汤包。有糙米饭、粳米饭、芦黍稆䅟干饭……

“炸肉坨、炸虾坨、炸鱼坨、青菜豆腐坨。炸油条、炸油糕、炸糍粑、炸麻花、炸锅巴、炸薯条、炸虾片。牛肉汤、羊肉汤、狗肉汤、鸡蛋汤、杂烩汤、豆腐汤、傻子汤、青菜汤、白水加盐望人汤，干干净净无色无味清透碧波汤（开水）。

“有炒菜、烧菜、清蒸、大煮、炊熘；有烀、焖、爆、炝、熥菜。有咸鲜口、麻辣口、糖醋口……”

二爷生怕观众吃不饱，吃不好，影响情绪，有害健康。所以，啰里啰唆，介绍一大堆。最后，没忘记告诉大家，万一身体出现啥不适状况，生活区域，南宫杏林大医堂特意在此设临时义诊所，昼夜有先生轮值。最后二爷放声呼道：“凡是外地来宾，请在原地休息，乡团已把简餐备好，马上送达！”

……

未完待续，请看第二部

《神龙涅槃》